闲情偶寄 全编

鸿雁 主编

北京联合出版公司
Beijing United Publishing Co.,ltd.

图书在版编目（CIP）数据

闲情偶寄全编/鸿雁主编. -- 北京：北京联合出版公司, 2015.1（2022.3重印）
ISBN 978-7-5502-4472-6

Ⅰ.①闲… Ⅱ.①鸿… Ⅲ.①杂文集 – 中国 – 清代②《闲情偶寄》 – 注释
③《闲情偶寄》 – 译文 Ⅳ.① I264.9

中国版本图书馆 CIP 数据核字（2014）第 313205 号

闲情偶寄全编

主　　编：鸿　雁
责任编辑：徐秀琴
封面设计：韩　立
内文排版：吴秀侠

北京联合出版公司出版
（北京市西城区德外大街 83 号楼 9 层　　100088）
德富泰（唐山）印务有限公司印刷　新华书店经销
字数 580 千字　　720 毫米 × 1020 毫米　1/16　28 印张
2015 年 1 月第 1 版　2022 年 3 月第 2 次印刷
ISBN 978-7-5502-4472-6
定价：78.00 元

李渔，号笠翁，他生活于明末清初的江南地区，是著名的戏曲家和小说家，同时，他也是一位有着美妙生活情趣的生活家。李渔年轻时也曾打算走科举入仕之路，但随着应试的落榜和明清鼎革的大变故，便断绝了出仕的念头。李渔自负才气，选择了一条古代文人少有的人生道路，即靠卖赋售文来解决自家生计。他刊行自己创作的小说，经营书坊，带领自家的戏班在各地演出，是中国古代别具特色的具有经济头脑的文人。

浮生碌碌，而李渔在其中自得其乐，他以一种悠游林下的闲情雅兴感知生活、品味生活，并将对生活的思想和情致反映在奇书《闲情偶寄》之中。李渔在六十岁前后，开始系统地总结他的创作和生活经验，使其上升为理论。康熙十年（1671年），《笠翁秘书第一种》即《闲情偶寄》问世，这是李渔一生艺术、生活经验的结晶。

《闲情偶寄》分为词曲、演习、声容、居室、器玩、饮馔、种植、颐养八部，堪称生活艺术大全、休闲百科全书，是中国第一部倡导休闲文化的专著。

其中《词曲部》谈论戏剧的结构、词采、音律、宾白、科诨、格局；《演习部》谈论选剧、变调、授曲、教白、脱套；《声容部》中的《习技》详述教女子读书、写诗、学习歌舞和演奏乐器的方法，都和戏剧有关。后人曾把《词曲》《演习》两部抽出来，独立印成一书，名《李笠翁曲话》。其中从创作、导演、表演、教习，直到语言、音乐、服装，都一一做了论述，是李渔在汲取前人的理论成果基础上，结合自己的艺术实践经验，对中国古代戏曲理论进行的全面总结，形成了一个内

容丰富、自成体系、具有民族特色的戏剧理论体系。可以说，它是中国古典戏剧理论集大成著作，是中国戏剧美学史上的一座里程碑。

《闲情偶寄》的后六部主要谈娱乐养生之道和生活情趣，内容丰富，切合实用，同时也为我们全景式地提供了三百多年前中国人日常生活和世俗风情的图像：从亭台楼阁、池塘门窗的布局，界壁的分隔，室内家具的摆放，到花草虫鱼、鼎铛玉石的摆设；从妇女的修容、首饰、脂粉点染到穷人与富人的颐养之方等，涉猎极其广泛，表现了作者的艺术领悟力和无限的生活情趣。这六部的写法，和一般生活知识读物不同，李渔往往以优美的文辞开篇，并结合抒情和说理，希望人们读了他的书对美化生活有新的认识，能让生活更加丰富多彩。

本书基本保留了作者原文，并辅以注释、译文，同时还选取了数百幅精美图片，图文并茂，以使读者在轻松的心境中快乐阅读。

《闲情偶寄》是一本与众不同的著作，李渔把对于日常生活的心得融会在书中，既有细微的观察，也有深邃的思考，表现出了独特的艺术造诣和审美情趣。在繁忙的现代社会，悠闲的心境正是人们所缺乏的，此时捧读《闲情偶寄》，正可用这份"闲情"来滋润躁动的心灵。

目录

词曲部

演习部

器玩部

颐养部

词曲部

结构第一

【原文】

　　填词一道，文人之末技也。然能抑而为此，犹觉愈于驰马试剑，纵酒呼卢。孔子有言："不有博弈者乎？为之犹贤乎已。"博弈虽戏具，犹贤于"饱食终日，无所用心"；填词虽小道，不又贤于博弈乎？

　　吾谓技无大小，贵在能精；才乏纤洪，利于善用。能精善用，虽寸长尺短，亦可成名。否则才夸八斗，胸号五车，为文仅称点鬼之谈①，著书惟供覆瓿之用②，虽多亦奚以为？填词一道，非特文人工此者足以成名，即前代帝王，亦有以本朝词曲擅长，遂能不泯其国事者。请历言之。高则诚③、王实甫诸人，元之名士也，舍填词一无表见。使两人不撰《琵琶》《西厢》，则沿至今日，谁

《牡丹亭》年画

1

复知其姓字？是则诚、实甫之传，《琵琶》《西厢》传之也。汤若士④，明之才人也，诗文尺牍，尽有可观，而其脍炙人口者，不在尺牍诗文，而在《还魂》⑤一剧。使若士不草《还魂》，则当日之若士，已虽有而若无，况后代乎？是若士之传，《还魂》传之也。此人以填词而得名者也。

历朝文字之盛，其名各有所归，"汉史""唐诗""宋文""元曲"，此世人口头语也。《汉书》《史记》，千古不磨，尚矣。唐则诗人济济，宋有文士跄跄，宜其鼎足文坛，为三代后之三代也。元有天下，非特政刑礼乐一无可宗，即语言文学之末，图书翰墨之微，亦少概见。使非崇尚词曲，得《琵琶》《西厢》以及《元人百种》诸书传于后代，则当日之元，亦与五代、金、辽同其泯灭，焉能附三朝骥尾，而挂学士文人之齿颊哉？此帝王国事，以填词而得名者也。由是观之，填词非末技，乃与史传诗文同源而异派者也。近日雅慕此道，刻欲追踪元人、配飨若士者尽多，而究竟作者寥寥，未闻绝唱。其故维何？止因词曲一道，但有前书堪读，并无成法可宗。暗室无灯，有眼皆同瞽目，无怪乎觅途不得，问津无人，半途而废者居多，差毫厘而谬千里者，亦复不少也。

王实甫像

【注释】

①点鬼之谈：指唐代诗人杨炯喜欢堆砌古人姓名，其文被讥笑为"点鬼簿"。②供覆瓿之用：汉代刘歆指责扬雄的文章晦涩难懂，说过"吾恐后人用覆酱瓿也"的话。③高则诚：即高明，号则诚，元代戏剧家。④汤若士：即汤显祖，号海若，又号若士。⑤《还魂》：即《牡丹亭》，原名《还魂记》。

【译文】

为曲填词的技能只是文人的雕虫小技而已。但是如果能放下架子去做，也比赛马舞剑、酗酒赌博这些事要好。孔子说过："没有下棋的人吗？做这个总比无所事事要好吧。"下棋虽然只是游戏，可也好过饱食终日却什么也不做；填词虽是雕虫小技，不是又好于下棋吗？

我认为技艺不分大小，贵在能够精通；才能不在多少，贵在能够善用。能够做到精通和善用，就算只是雕虫小技，也可以成名。不然，即使自称才高八斗，学富五车，写起文章也是只会堆砌古人的姓名，写的书只好让人拿来盖酱缸，虽多又有什么用呢？填词的技艺，非但足以使精通于此的文人成就声名，就是前代帝王，也有因本朝多擅长词曲之人，而使自己的国家流芳后世的。请让我一一道来。高则诚、王实甫等人是元代的著名文士，除填词之外别无所长。假使他们没写《西厢记》《琵琶记》，时至今日谁还会知道他们的姓名？所以他们得以流名后世是因为《西厢记》《琵琶记》的流传。汤显祖是明朝的才子，其诗文和书信都值得一读，但他写的脍炙人口的，并非其诗文和书信，而是《还魂记》这部戏。假如汤显祖没写《还魂记》，那么当时的汤显祖，有跟没有也没有什么区别，更何况对于后人而言呢？所以汤显祖的名字的传颂得益于《还魂记》的流传。这就是文人因为填词而得名。

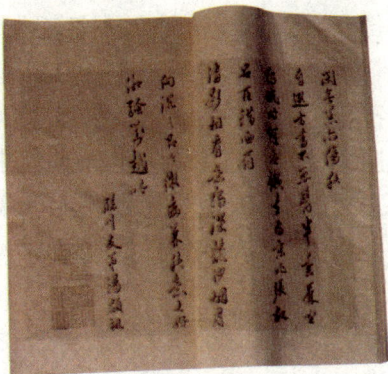
汤显祖手迹

历代文学的兴盛，都有自己不同的体裁。"汉史""唐诗""宋文""元曲"，这都是世人的口头语。《汉书》《史记》千古流芳，是伟大的！唐代则是诗人人才济济。宋朝文士层出不穷。这三代在文坛上呈三足鼎立之势，是夏、商、周三代之后出现的又一文学繁盛的三代。元代立国后，不单政事、刑法和礼乐等方面乏善可陈，即使在语言文字、书籍文章这些细枝末节，也少有建树。假如不是推崇词曲，写出《琵琶记》《西厢记》和《元人百种》等书流传后世，那么当时的元朝也会和五代、金、辽一样泯灭，又怎能在三代之后，还会挂在学士文人的嘴上呢？这是帝王国家因为填词而扬名的例子。由此看来，填词并非是雕虫小技，而是和史书、传记、诗歌、散文同源的不同文体。最近喜欢上了戏曲，刻意学习元代作家、希望与汤显祖齐名的人很多，但终究能完成的人很少，没听说可以堪称绝唱的作品。这是为什么呢？只因为填词作曲，只有前人的作品可以借鉴，却没有成法可以遵循。就像黑暗的屋子里没有点灯，有眼睛如同瞎子，难怪会找不到出路，也没人可以指路。所以半途而废的人很多，差之毫厘而谬以千里的人也不在少数。

【原文】

尝怪天地之间有一种文字，即有一种文字之法脉准绳，载之于书者，不异耳提而命，独于填词制曲之事，非但略而未详，亦且置之不道。揣摩其故，殆有三焉：一则为此理甚难，非可言传，止堪意会。想入云霄之际，作者神魂飞越，如在梦中，不至终篇，不能返魂收魄。谈真则易，说梦为难，非不欲传，不能传也。若是，则诚异诚难，诚为不可道矣。吾谓此等至理，皆言最上一乘，非填词之学节节皆如是也，岂可为精者难言，而粗者亦置弗道乎？一则为填词之理变幻不常，言当如是，又有不当如是者。如填生旦之词，贵于庄雅，制净丑之曲，务带诙谐，此理之常也。乃忽遇风流放佚之生旦，反觉庄雅为非，作迂腐不情之净丑，转以诙谐为忌。诸如此类者，悉难胶柱。恐以一定之陈言，误泥古拘方之作者，是以宁为阙疑，不生蛇足。若是，则此种变幻之理，不独词曲为然，帖括诗文皆若是也。岂有执死法为文，而能见赏于人，相

3

传于后者乎？一则为从来名士以诗赋见重者十之九，以词曲相传者犹不及什一，盖千百人一见者也。凡有能此者，悉皆剖腹藏珠，务求自秘，谓此法无人授我，我岂独肯传人。使家家制曲，户户填词，则无论《白雪》盈车，《阳春》遍世，淘金选玉者未必不使后来居上，而觉糠秕在前。且使周郎渐出^①，顾曲者多，攻出瑕疵，令前人无可藏拙，是自为后羿而教出无数逢蒙，环执干戈而害我也，不如仍仿前人，缄口不提之为是。吾揣摩不传之故，虽三者并列，窃恐此意居多。

以我论之：文章者，天下之公器，非我之所能私；是非者，千古之定评，岂人之所能倒？不若出我所有，公之于人，收天下后世之名贤，悉为同调。胜我者，我师之，仍不失为起予之高足；类我者，我友之，亦不愧为攻玉之他山。持此为心，遂不觉以生平底里，和盘托出，并前人已传之书，亦为取长弃短，别出瑕瑜，使人知所从违，而不为诵读所误。知我，罪我，怜我，杀我，悉听世人，不复能顾其后矣。但恐我所言者，自以为是而未必果是；人所趋者，我以为非而未必尽非。但矢一字之公，可谢千秋之罚。噫，元人可作，当必贳予。

【译文】

曾经奇怪世上只要有一种文体，就有一种相应的规则记载在书上，与在老师那里学到的没什么区别。只有在填词作曲方面，不仅写得很简略，而且就像故意对它置之不理一样。揣测其中的原因，大致有三点：一是戏曲创作的规则难以把握，不可言传，只能意会。灵感突现时，创作者神魂飞越，像是在梦中一般，不到最后便不能收回魂魄。谈论现实很容易，要描述梦境却很难。并非不想言传，而是难以言传。如此的创作规则的确很奇怪，确实难以道出！我认为如此深刻的道理，说的都是文学的最高境界。并不仅仅只是戏曲创作，其他方面都是一样。难道能因为精妙之处难以言传，就连粗浅之处也避而不谈了吗？二是填词的规律变化莫测，这里说是应该这样，那里又说不应该这样。比如填写生、旦的唱词，贵在庄重典雅，写净、丑的唱词，务必诙谐幽默。这是常理。但如果忽然碰到风流放荡的生与旦，反觉得庄重典雅的唱词不合适了。为迂腐、不通人情的净、丑写词，反而以诙谐幽默为忌。这类的情况，很难一概而论。恐怕用固定的陈词滥调，耽误了那些拘泥程式的作者，所以宁愿缺漏存疑，也不画蛇添足。如此一来，这种变幻不定的规律，不仅填词作曲是这样，科举八股、诗歌散文都是这样。哪里会有死搬教条做出的文章，会被人赏识而流传后世的呢？三是自古以来名人因为擅长诗歌、词赋而受器重的十有八九，而因词曲传世的却不足十分之一,千百人中也只能出一个。凡是擅长此道的人,都把技巧深藏心中,必定自己珍藏,认为既然没有人传授给我,我怎么能够传授他人。假使人人都能填词作曲,那么别说遍地都是好戏曲,评论者也未必不会让后来者居上,而觉得前人粗陋。况且假如内行人越来越多,挑出许多毛病,使前人没有藏拙的地方,这就像后羿教出许多逢蒙那样的徒弟,结果自己被他们围起来用武器攻击。不如仍旧效仿前人,闭口不提的好。我反复揣摩此种技艺不传的原因,虽然三点原因并列,但是我认为恐怕还是这点居多。

在我看来:文学作品是天下人共有之物,不是可以让某个人私藏的;是与非应该由历史来做定论,并非某个人可以颠倒的。因此,倒不如倾尽我的所有,公之于世,从而得以与天下后世贤士引为知音。才能高过我的,我以他为师,即使他曾师出于我;才能与我相当的,我以他为友,可以使他成为我借鉴学习的对象。抱着这样的用心,不由自主便会把自己生平所学全部拿出来,与前代流传下来的书互相对照,也可以取长补短,辨别优点与不足,使人知道该何去何从,而不会被阅读的书籍所误导。理解我,怪罪我,同情我,伤害我,都随世人,我已经不再顾及后果了。只怕我所说的,自己认为正确而事实并非如此;大家所追求,我认为不对的事实并非都不对。但求有一个字有益于大众,那就能够免去历史的责罚。唉!元代的高手必然可以原谅我的。

【原文】

填词首重音律,而予独先结构者,以音律有书可考,其理彰明较著。自《中原音韵》一出,则阴阳平仄画有睽区,如舟行水中,车推岸上,稍知率由者,虽欲故犯而不能矣。《啸余》《九宫》二谱一出,则葫芦有样,粉本昭然。前人呼制曲为填词,填者,布也,犹棋枰之中画有定格,见一格,布一子,止有黑白之分,从无出入之弊,彼用韵而我叶之,彼不用韵而我纵横流荡之。至于引商刻羽,戛玉敲金,虽曰神而明之,匪可言喻,亦由勉强而臻自然,盖遵守成法之化境也。

至于结构二字,则在引商刻羽之先,拈韵抽毫之始。如造物之赋形,当其精血初凝,胞胎未就,先为制定全形,使点血而具五官百骸之势。倘先无成局,而由顶及踵,逐段滋生,则人之一身,当有无数断续之痕,而血气为

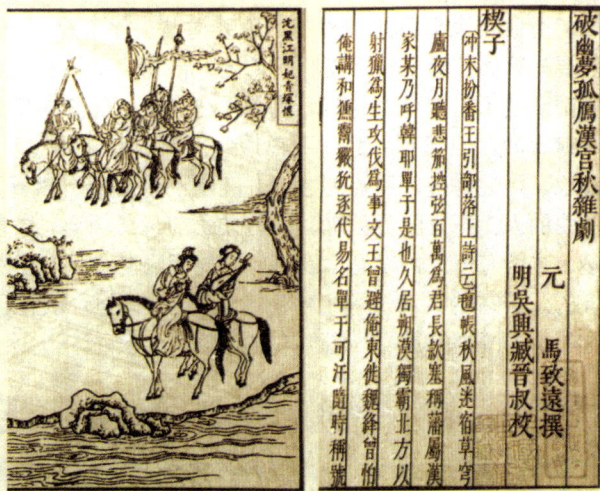

《汉宫秋》内页及插图

之中阻矣。工师之建宅亦然。基址初平，间架未立，先筹何处建厅，何方开户，栋需何木，梁用何材，必俟成局了然，始可挥斥运斧。倘造成一架而后再筹一架，则便于前者，不便于后，势必改而就之，未成先毁，犹之筑舍道旁，兼数宅之匠资，不足供一厅一堂之用矣。故作传奇①者，不宜卒急拈毫，袖手于前，始能疾书于后。有奇事，方有奇文，未有命题不佳，而能出其锦心，扬为绣口者也。尝读时髦所撰，惜其惨淡经营，用心良苦，而不得被管弦、副优孟者，非审音协律之难，而结构全部规模之未善也。

【注释】

①传奇：明代对南曲中的长篇戏曲的称呼，区别于北杂剧。

【译文】

填制曲词首先注重音律，唯独我首先注重的是结构，因为音律有书可以参考，其规律较为明显。自《中原音韵》一书问世之后，阴阳平仄都有了各自的范畴，如同船行驶于水中，车推行于岸上一样，通晓一点门道的人，即使想明知故犯也做不到。《啸余》《九宫》两个曲谱一推出，就提供了依样画葫芦的范本，其形式和内容都非常明了。前人称创制曲词为"填词"，"填"是布局的意思，犹如棋盘上画有固定的格子，见一个格子，下一颗棋子，只有黑与白的区别，而从来没有出格入格的弊病。该用韵的地方我用韵，不用韵的地方我随意发挥。至于音律，使其铿锵悦耳，虽然说来神奇，不能用语言表达，不过，这也是由勉强到自然，遵守固定法则而达到出神入化的境界。

至于结构，则在确定音韵之前就要考虑。就像造物主创造人形，要在精血凝结之初，胚胎形成之前，先制定出整体形状，使一滴血也具备五官和躯骸的形式。倘若开始没有总体格局，而从头顶到脚跟，分段生长，那么人的身体上就会有无数断续的伤痕，而血气也会因此被阻断。工匠建筑房屋也是如此。地基刚打平，架构还没确立，而要先筹划在哪里建厅堂，在何处开门窗，檩子和大梁用什么木料，必须等到整个布局都清楚了，才可以动工。倘若先建成了一部分再筹划另一部分，那么就会出现适用于前面的，但却对后面的不适用的情况，势必要作改变来屈就。还没建成就先毁掉，就像在路边建房，用能够建造几座房子的资源，却不足以建造出一厅一堂。因此创作戏曲的人，不宜仓促动笔，在写作之前考虑周详，才能做到之后的奋笔疾书。要有奇事，才能有奇文，没有命题不好却能写出脍炙人口的好作品的。曾经读过一些跟随潮流的人所写的文章，可惜他们惨淡经营、用心良苦所创作的曲子，却不能拿来演唱。这不是音律的问题，而是整体结构没有安排好。

【原文】

词采似属可缓，而亦置音律之前者，以有才技之分也。文词稍胜者，即号才人，音律极精者，终为艺士。师旷①止能审乐，不能作乐；龟年②但能度词，不能制词。使之作乐制词者同堂，吾知必居末席矣。事有极细而亦不可不严者，此类是也。

【注释】

①师旷：春秋时晋国著名乐师，相传其能从音乐中辨出吉凶。②龟年：李龟年，唐代玄宗时著名音乐家。

【译文】

词采似乎可以放到后边说，而我将其置于音律之前，是因为有才能和技巧的分别。文采稍突出的，就号称才子；对音律极其精通的，终究也只是艺人。师旷只能欣赏音乐，不能创作乐曲；李龟年只能演唱，却不能创作曲词。让他们与作曲作词的人聚集一堂，我想他们必然是居于末席的。事情有极为细小却不能不认真对待的，诸如此类便是。

戒讽刺

【原文】

武人之刀，文士之笔，皆杀人之具也。刀能杀人，人尽知之；笔能杀人，人则未尽知也。然笔能杀人，犹有或知之者；至笔之杀人较刀之杀人，其快其凶更加百倍，则未有能知之而明言以戒世者。予请深言其故。

何以知之？知之于刑人之际。杀之与剐，同是一死，而轻重别焉者。以杀只一刀，为时不久，头落而事毕矣；剐必数十百刀，为时必经数刻，死而不死，痛而复痛，求为头落事毕而不可得者，只在久与暂之分耳。然则笔之杀人，其为痛也，岂止数刻而已哉！窃怪传奇一书，昔人以代木铎①，因愚夫愚妇识字知书者少，劝使为善，诚使勿恶，其道无由，故设此种文词，借优人说法，与大众齐听。谓善由如此收场，不善者如此结果，使人知所趋避，是药人寿世之方，救苦弭灾之具也。后世刻薄之流，以此意倒行逆施，借此文报仇泄怨。心之所喜者，处以生旦之位，意之所怒者，变以净丑之形，且举千百年未闻之丑行，幻设而加于一人之身，使梨园②习而传之，几为定案，虽有孝子慈孙，不能改也。

噫，岂千古文章，止为杀人而设？一生诵读，徒备行凶造孽之需乎？仓颉造字而鬼夜哭，造物之心，未必非逆料至此也。凡作传奇者，先要涤去此种肺肠，务存忠厚之心，勿为残毒之事。以之报恩则可，以之报怨则不可；以之劝善惩恶则可，以之欺善作恶则不可。人谓《琵琶》一书，为讥王四而设。因其不孝于亲，故加以入赘豪门，致亲饿死之事。何以知之？因"琵琶"二字，有四"王"字冒于其上，则其寓意可知也。噫，此非君子之言，齐东野人之语也。

①木铎：古代一种用木作铃舌的大铃，宣告政令时召集群众之用，后借指宣扬某种政教、学说。②梨园：唐玄宗精通音律，曾亲自于内廷的梨园当中向宫中艺人教授歌舞，后世于是将戏班子与戏曲业称为梨园。

【译文】

武士的刀，文人的笔，都是杀人的工具。刀能杀人人们都知道，笔能杀人就并非人人都知道了。笔能杀人有些人虽然也知道，但是说到笔杀人比刀杀人更快、更凶猛百倍，就没有人能知道并明确指出来告诫世人。请让我深入解释其中的原因。

我是如何知道这些的呢？是从处决犯人的过程中领悟的。砍头和刀剐，都是一死，但轻重却是不同的。砍头只用一刀，时间很短，人头落地事情便会结束；刀剐则必定用几十几百刀，用时必定经过几刻钟。想快点死却死不成，疼痛接连不断。想要人头落地了事儿却办不到，只是由于时间的长短的差别。然而用笔杀人，带来的痛楚何止几刻钟？我奇怪戏曲传奇被前人当作宣扬政教的木铃，因为普通百姓识文断字的人很少，要劝导世人行善，告诫人们不要作恶，没有别的办法。因此借用这种文学形式，通过演员现身说法，传入大众的耳朵里。告诉人们好人是这样的结局，坏人是那样的下场，让人们知道该做什么不该做什么，这是救人救世的良方，救苦消灾的工具。后世尖酸刻薄之流却用这个方式来倒行逆施，借此来报仇、泄愤。将心中喜爱的人放在生角和旦角的位置；心中不满的人，便虚构成净角和丑角的样子，并杜撰出千百年闻所未闻的丑陋行径，虚构在这一个人身上，让艺人演练并传播，几乎成为定论，即使此人有孝顺的后代，也没办法改变。

唉！难道千百年来的文章只是为了杀人作的吗？一生读书难道只为行凶造孽做准备吗？仓颉造字时有鬼在夜里哭，造物之人当初未必没有料到这点。凡是从事戏曲创作的人，首先要把这种邪念去除干净，务必保存忠厚之心，不要做残酷狠毒之事。可以用文章报恩，用来发泄怨气就不行；可以用来劝善惩恶，用来欺善作恶就不行。有人说《琵琶记》这本书是为讽刺王四而作。因为他对双亲不孝，所以书中加上了入赘豪门，致使双亲饿死的情节。如何知道的呢？因为"琵琶"两字四个"王"字在上面，其寓意由此可知。唉！这并非君子该说的话，而应该是山野村夫的话。

【原文】

凡作传世之文者，必先有可以传世之心，而后鬼神效灵，予以生花之笔，撰为倒峡之词①，使人人赞美，百世流芳。传非文字之传，一念之正气使传也。《五经》《四书》《左》《国》《史》《汉》诸书，与大地山河同其不朽，试问当年作者有一不肖之人、轻薄之子厕于其间乎？但观《琵琶》得传至今，则高则诚之为人，必有善行可予，是以天寿其名，使不与身俱没，岂残忍刻薄之徒哉！即使当日与王四有隙，故以不孝加之，然则彼与蔡邕未必有隙，何以有隙之人，止暗寓其姓，不明叱其名，而以未必有隙之人，反蒙李代桃僵之实乎？此显而易见之事，从无一人辩之。创为是说者，其不学无术可知矣。

予向梓传奇，尝埒誓词于首，其略云：加生旦以美名，原非市恩于有托；抹净丑以花面，亦属调笑于无心；凡以点缀词场，使不岑寂而已。但虑七情以内，无境不生，六命之中，何所不有。幻设一事，即有一事之偶同；乔命一名，即有一名之巧合。焉知不以无基之楼阁，认为有

《琵琶记》书影

样之葫芦？是用沥血鸣神，剖心告世，倘有一毫所指，甘为三世之暗，即漏显诛，难逭阴罚。此种血忱，业已沁入梨枣②，印政寰中久矣。而好事之家，犹有不尽相谅者，每观一剧，必问所指何人。

噫，如其尽有所指，则誓词之设，已经二十余年，上帝有赫，实式临之，胡不降之以罚？兹以身后之事，且置勿论，论其现在者：年将六十，即旦夕就木，不为夭矣。向忧伯道之忧③，今且五其男，二其女，孕而未诞、诞而待孕者，尚不一其人，虽尽属景升豚犬，然得此以慰桑榆，不忧穷民之无告矣。年虽迈而筋力未衰，涉水登山，少年场往往追予弗及；貌虽癯而精血未耗，寻花觅柳，儿女事犹然自觉情长。所患在贫，贫也，非病也；所少在贵，贵岂人人可幸致乎？是造物之悯予，亦云至矣。非悯其才，非悯其德，悯其方寸之无他也。

生平所著之书，虽无裨于人心世道，若止论等身，几与曹交食粟之躯④等其高下。使其间稍伏机心，略藏匕首，造物且诛之夺之不暇，肯容自作孽者老而不死，犹得徉狂自肆于笔墨之林哉？吾于发端之始，即以讽刺戒人，且若器器自鸣得意者，非敢故作夜郎，窃恐词人不究立言初意，谬信"琵琶王四"之说，因谬成真。谁无恩怨？谁乏牢骚？悉以填词泄愤，是此一书者，非阐明词学之书，乃教人行险播恶之书也。上帝讨无礼，予其首诛乎？现身说法，盖为此耳。

【注释】

①倒峡之词：出自杜甫《醉歌行》："词源倒倾三峡水，笔阵独扫千人军。"后世比喻文思泉涌，文章气势磅礴。②梨枣：旧时印书的刻板多用梨木、枣木，所以梨枣为书版的代称。③伯道之忧：晋代邓攸，字伯道，战乱中带子侄一起逃亡，在难以两全之下为了保全侄子就丢弃了儿子，以后终身无子。伯道之忧指没有儿子的忧虑。④曹交食粟之躯：曹交，战国曹人，《孟子》载曹交自称说："交九尺四寸以长，食粟而已。"

【译文】

凡是创作出流传后世文章的人，必须先要有可以流传后世的心，而后鬼神才能显灵，赐给他生花妙笔，使之文思泉涌，为人称道，流芳百世。流传并非因为文字的流传，而是其中的一腔正气使之流传。《五经》《四书》《左传》《国语》《史记》《汉书》等书，与大地山河一样永垂不朽，试问当年这些书的作者有一个不肖之人、轻薄之徒混杂在其中吗？再看《琵琶记》得以流传至今，那么高则诚的为人必定有善行可以称道。所以上天让他美名流传，而没有随肉体消亡，他怎会是残忍刻薄的人呢？即使他当年真和王四有嫌隙，故意将不孝的罪名加上，然而他与蔡邕未必有嫌隙。为何对有矛盾的人，只将姓氏暗喻其中，而不明说其名。而让未必有矛盾的人蒙受李代桃僵的罪名呢？如此显而易见的事情，却从没有一个人为此辩驳。编造《琵琶记》是为了讽刺王四说法的人，其不学无术是显而易见的。

我以前在推出自己的戏曲时，总将一段誓词置于开头，大意是：将美名加在生、旦身上，并非是为了向寄托的人报恩；给净、丑抹个花脸，也只是无意的调笑；这些是为了给戏曲增加点缀，使气氛不那么冷寂罢了。但是考虑到七情六欲之内，什么情况都会发生，天地之间，任何东西都会存在。虚构一个故事，就会在现实中有一件事

演戏场景图

与之偶合；变造一个名字，就会有一个名字与之巧合。怎么知道没有人将凭空捏造的东西当作是依样画葫芦？因此我滴血向神明盟誓，剖开心向世人告白，倘若有丝毫的暗指，甘愿三辈子不能说话，即使逃过了阳世的谴责，也难以逃脱阴间的责罚。这种热忱早已出版时附于开头了，向世间表明很久了。然而一些好事之人仍有不能完全谅解我的，每看一出戏，必定要追问剧中所指的是谁。

唉！如果都有影射，那么所发誓言已经二十多年，苍天有眼，随时应验，为什么不降罪惩罚我呢？这些是死后的事，暂且放到一边不提，先谈论现在：我已快六十岁了，即使马上死去，也不算是早逝了。以前我担心没有子嗣，现在已经有五个儿子、两个女儿，已经怀孕还没生、生完还将怀孕的，尚且不止一个人。虽然这些子女都无才无德，然而用他们来慰藉我的晚年，也不必担心会像穷苦人家那样无后了。年纪虽然大了但筋骨还没衰老，涉水爬山，年轻人也常常赶不上我。容貌虽然瘦削但精血还没耗尽，寻花问柳，还是会有儿女情长。所担心的是贫穷，贫穷不是毛病；所缺少的是富贵，但富贵又岂是人人都能幸运地获得的呢？这是造物主对我的怜惜。他不是怜爱我的才华，不是怜爱我的品德，是怜爱我心无杂念。

我一生所写的书，虽然对人心世道没有多大裨益，但倘若只说数量，那么几乎能和曹交说的食粟之躯媲美了。假使我心中暗藏一点心机，有一点害人之心，上天诛杀剥夺我的生命都来不及，岂能容忍我这个作孽的人老了还不死，而且疯疯癫癫地舞文弄墨呢？我在书的一开始就用不要讽刺来告诫大家，就像个嚣张狂妄、自鸣得意的人，并非是我敢故意夜郎自大，我只是担心填词作曲的人体会不到我写这些话的本意，去错误地相信《琵琶记》影射王四这样的论调，将错误的当成真实的。谁没有恩怨？谁缺少牢骚？若都以填词作曲来泄愤，那么这就不是阐明词学的书，就成了教人冒险做坏事的书了。那么上天追讨无礼之人，我岂不是要首当其冲？我在这里现身说法，就是为了这个。

立主脑

【原文】

古人作文一篇，定有一篇之主脑。主脑非他，即作者立言之本意也。传奇亦然。一本戏中，有无数人名，究竟俱属陪宾，原其初心，止为一人而设。即此一人之身，自始至终，离合悲欢，中具无限情由，无穷关目，究竟俱属衍文①，原其初心，又止为一事而设。此一人一事，即作传奇之主脑也。然必此一人一事果然奇特，实在可传而后传之，则不愧传奇之目，而其人其事与作者姓名皆千古矣。如一部《琵琶》，止为蔡伯喈一人，而蔡伯喈一人又止为"重婚牛府"一事，其余枝节皆从此一事而生。二亲之遭凶，五娘之尽孝，拐儿之骗财匿书，张大公之疏财仗义，皆由于此。是"重婚牛府"四字，即作《琵琶记》之主脑也。一部《西厢》，止为张君瑞一人，而张君瑞一人，又止为"白马解围"

11

一事，其余枝节皆从此一事而生。夫人之许婚，张生之望配，红娘之勇于作合，莺莺之敢于失身，与郑恒之力争原配而不得，皆由于此。是"白马解围"四字，即作《西厢记》之主脑也。余剧皆然，不能悉指。

后人作传奇，但知为一人而作，不知为一事而作。尽此一人所行之事，逐节铺陈，有如散金碎玉，以作零出则可，谓之全本，则为断线之珠，无梁之屋。作者茫然无绪，观者寂然无声，又怪乎有识梨园，望之而却走也。此语未经提破，故犯者孔多，而今而后，吾知鲜矣。

【注释】

①衍文：指古籍抄刊中误增的文字，此处指起铺垫陪衬作用的文字。

【译文】

古人作一篇文章，必然有一篇文章的主脑。主脑不是其他，是作者创作文章的本意，戏曲也是如此。在一部戏中，有许多人名，到底都只是作陪衬的角色。作者最初的本意，只是为一个人创作。就是这一个人，从始至终，经历离合悲欢，中间穿插许多情由、无数情节，终究都是些铺张的文字，作者最初的本意，又都只是为一件事而写。这一个人一件事，就是创作戏曲的主脑。但这个人这件事必须确实奇特，确实值得传扬才去作传，才对得起戏曲的名目，其中的人和事及作者的名字才都能千古流传。比如《琵琶记》，只为蔡伯喈一个人而作，而蔡伯喈又只有"重婚牛府"一件事最重，其余情节都由这件事产生。蔡伯喈双亲遭遇凶灾，妻子赵五娘尽孝，骗子为骗钱财藏匿家书，张大公仗义疏财，都是由此事引起的。"重婚牛府"四个字，就是创作《琵琶记》的主脑。一部《西厢记》，只为张君瑞一个人而作，而张君瑞又只做了"白马解围"一件事，其他情节都由此事引发。老夫人许婚，张生希望与莺莺婚配，红娘勇于撮合，莺莺敢于失身，郑恒力争原配而不得，都由此事引起。"白马解围"四个字，就是创作《西厢记》的主脑。其他的戏剧都是如此，就不再一一指明。

后人创作戏曲，只知道是为一人而作，

白马解围

却不知道为一事而作，将这个人做的所有事件逐个展开，如同松散破碎的金玉，单个拿出来还可以，说到整部戏，那就成了断线的珠子、没有大梁的屋子。作者茫然无绪，观众悄然无声，难怪一些行家都不演出这样的剧本。这些话以前没有被人说破，所以犯这种错误的人非常多，从今以后，我知道这样的人会很少了。

脱窠臼

【原文】

"人惟求旧，物惟求新。"新也者，天下事物之美称也。而文章一道，较之他物，尤加倍焉。戛戛乎陈言务去，求新之谓也。

至于填词一道，较之诗赋古文，又加倍焉。非特前人所作，于今为旧，即出我一人之手，今之视昨，亦有间焉。昨已见而今未见也，知未见之为新，即知已见之为旧矣。古人呼剧本为"传奇"者，因其事甚奇特，未经人见而传之，是以得名，可见非奇不传。"新"即"奇"之别名也。若此等情节业已见之戏场，则千人共见，万人共见，绝无奇矣，焉用传之？是以填词之家，务解"传奇"二字。欲为此剧，先问古今院本中，曾有此等情节与否，如其未有，则急急传之，否则枉费辛勤，徒作效颦之妇。东施之貌未必丑于西施，止为效颦于人，遂蒙千古之诮。使当日逆料至此，即劝之捧心，知不屑矣。

吾谓填词之难，莫难于洗涤窠臼，而填词之陋，亦莫陋于盗袭窠臼。吾观近日之新剧，非新剧也，皆老僧碎补之衲衣，医士合成之汤药。即众剧之所有，彼割一段，此割一段，合而成之，即是一种"传奇"。但有耳所未闻之姓名，从无目不经见之事实。语云"千金之裘，非一狐之腋"[1]，以此赞时人新剧，可谓定评。但不知前人所作，又从何处集来？岂《西厢》以前，别有跳墙之张珙？《琵琶》以上，另有剪发之赵五娘乎？若是，则何以原本不传，而传其抄本也？窠臼不脱，难语填词，凡我同心，急宜参酌。

【注释】

①千金之裘，非一狐之腋：腋指狐腋下皮毛，裘衣用成千上万的狐腋集合而成。这里比喻做事情要通过点滴积累。

【译文】

"人惟求旧，物惟求新。"新，是天下万物的美称。而文章相比其他事物，求新更要加倍。老生常谈的陈词滥调必须除去，说的就是求新。

至于填词作曲，与诗赋古文相比，求新的程度更要加倍。不但前人的东西在今

《四声猿》插图

天已经过时，即使是出自我一人之手，今天看昨天的，也会发现问题。因为昨天已经看见而今天还没有看见，知道没有见过的是新的，就知道已经见过的是旧的了。古人称剧本为"传奇"，是因为里面的故事非常奇特，写的都是人们没有见过的事情，因此得名。可见不奇特就不能流传。"新"就是"奇"的别名。倘若这类情节已经在舞台上演过，成千上万的人都见过了，就一点都不奇特了，哪里还用得着去传扬？所以戏曲作者，务必要懂得"传奇"二字的含义。想写这个剧作，先了解从古至今的剧作中是否有过此类情节，如果没有，就赶快写出来，否则就会徒劳无功，白白做了效颦东施。东施的容貌未必比西施难看，只因为效仿了他人，便成了千古的笑话。假如当初预料到会这样，即使别人劝她捂住心口装病，也不屑这样去做。

我认为填词最难的莫过于摆脱前人成法；而填词最鄙陋的也莫过于抄袭前人成果。我看近来的新剧，并非是新剧，都是老和尚用碎布头缝补成的衲衣、医生合成的汤药一样的东西。将以前的各种剧本，那边抄一段，这里摘一段，拼凑起来，就成了一出戏。里面只有没听过的人名，没有没见过的情节。古语说："千金之裘，非一狐之腋。"以此来称赞当今的新剧本，可说是非常准确的评论。却不知前人的作品又是从哪里搜集来的？难道《西厢记》之前，就已经有另一个跳墙的张珙？《琵琶记》之前，另有一个剪发的赵五娘？如果是，那为何原本没有流传，而流传抄袭的本子呢？不摆脱前人成法，就很难说填词，凡是和我有同样想法的人，都应该认真思考这个问题。

密针线

【原文】

编戏有如缝衣，其初则以完全者剪碎，其后又以剪碎者凑成。剪碎易，凑成难，凑成之工，全在针线紧密。一节偶疏，全篇之破绽出矣。每编一折，必须前顾数折，后顾数折。顾前者，欲其照映，顾后者，便于埋伏。照映埋伏，不止照映一人、埋伏一事，凡是此剧中有名之人、关涉之事，与前此后此所说之话，节节俱要想到，宁使想到而不用，勿使有用而忽之。

吾观今日之传奇，事事皆逊元人，独于埋伏照映处，胜彼一筹。非今人之太工，以元人所长全不在此也。若以针线论，元曲之最疏者，莫过于《琵琶》。无论大关节目，背谬甚多，如子中状元三载，而家人不知；身赘相府，享尽荣华，不能自遣一仆，而附家报于路人；赵五娘千里寻夫，只身无伴，未审果能全节与否，其谁证之？诸如此类，皆背理妨伦之甚者。再取小节论之，如五娘之剪发，乃作者自为之，当日必无其事。以有疏财仗义之张大公在，受人之托，必能终人之事，未有坐视不顾，而致其剪发者也。然不剪发，不足以见五娘之孝。以我作《琵琶》，《剪发》一折亦必不能少，但须回护张大公，使之自留地步。吾读《剪发》之曲，并无一字照管大公，且若有心讥刺者。据五娘云："前日婆婆没了，亏大公周济。如今公公又死，无钱资送，不好再去求他，只得剪发"云云。若是，则剪发一事乃自愿为之，非时势迫之使

《琵琶记》饭婆泥塑

然也，奈何曲中云："非奴苦要孝名传，只为上山擒虎易，开口告人难。"此二语虽属恒言，人人可道，独不宜出五娘之口。彼自不肯告人，何以言其难也？观此二语，不似怼怨大公之词乎？然此犹属背后私言，或可免于照顾。迨其哭倒在地，大公见之，许送钱米相资，以备衣衾棺椁，则感之颂之，当有不啻口出者矣，奈何曲中又云："只恐奴身死也，兀自没人埋，谁还你恩债？"试问公死而埋者何人？姑死而埋者何人？对埋殓公姑之人而自言暴露①，将置大公于何地乎？且大公之相资，尚义也，非图利也，"谁还恩债"一语，不几抹倒大公，将一片热肠付之冷水乎？此等词曲，幸而出自元人，若出我辈，则群口讪之，不识置身何地矣。予非敢于仇古，既为词曲立言，必使人知取法，若扭于世俗之见，谓事事当法元人，吾恐未得其瑜，先有其瑕。人或非之，即举元人借口，乌知圣人千虑，必有一失；圣人之事，犹有不可尽法者，况其他乎？

《琵琶》之可法者原多，请举所长以盖短。如《中秋赏月》一折，同一月也，出于牛氏之口者，言言欢悦；出于伯喈之口者，字字凄凉。一座两情，两情一事，此其针线之最密者。瑕不掩瑜，何妨并举其略。然传奇一事也，其中义理分为三项：曲也，白也，穿插联络之关目也。元人所长者止居其一，曲是也，白与关目皆其所短。吾于元人，但守其词中绳墨②而已矣。

【注释】

①暴露：指尸骸无人掩埋，暴露在外。②绳墨：木匠用来画墨线，矫正曲直的工具，这里指规矩、规则。

【译文】

编剧本就像缝衣服，开始是将完整的布料裁剪开，然后再把裁剪好的布块儿缝合成衣服。剪开容易，缝合成衣服却很难。缝合工作完全取决针线的紧密。一处的偶然疏漏，就会使整篇文章露出破绽。每编写一折戏，必须顾及前后的几折。顾及前面是要前后呼应，顾及后面则方便埋下伏笔。前后呼应和埋下伏笔，不仅仅要照应一个人、埋伏一件事，凡是剧作中有名字的人、关联到的事，以及前后所说的话，处处都要想到。宁可使想到的用不上，也不能使有用的被疏忽。

我看现在的戏剧，任何方面都逊色于元代人，唯独在埋伏与照映方面，胜他们一筹。这并非现代人精通于此，而是元代人所擅长的都不在于此。如果从穿插衔接方面来讨论，元曲中结构最松散的莫过于《琵琶记》。《琵琶记》中无论大小情节，前后矛盾有错误的地方很多。如儿子中状元已经三年，而家里人却不知道；入赘相府做了女婿，享尽荣华富贵，而不能差遣一个仆人送信，却委托过路人捎带家书；赵五娘千里寻夫，只身一人无人陪伴，却不考虑是否真的能保全名节，谁能为她证明？诸如此类的事情，都非常违背情理伦常。再拿一些细节来讨论。比如五娘剪发，应该是作者自己的创作，当时必定没有这种事。因为有仗义疏财的张大公在，他受人所托，必定可以帮忙到底，不会坐视不理，而致使五娘剪发卖钱这种事情发生。但是如果不剪发，就不足以表明五娘的孝顺。若是我来写《琵琶记》，"剪发"这一折也必不可少。但必须回过头来照应张大公，使他留有余地。我读"剪发"的曲词，没有一个字照顾到张大公，并且好像有意要讥讽。根据五娘的说法："前天婆婆死了，多亏张大公周济。现在公公又死了，没有钱送葬，不好意思再去求他，只好剪发"等。如果是这样，那么剪发这件事是赵五娘自愿做的，并非是当时的形势所逼迫的。为什么曲词中又说："并非我硬要传孝名，只是因为上山擒虎容易，开口求人难。"这两句话虽然普遍，人人都能说，却唯独从五娘嘴里说出来不适合。她自己不肯求人，为何要说求人难？看这两句话，不像是在埋怨张大公吗？然而这还是私下所说的话，或许可以不用照应。等到她哭倒在地，张大公见了许诺要送钱粮资助，用来准备后事，赵五娘对此应该感激称颂，为何戏曲中又说："只怕我也死了，依然没人埋葬，谁又来还你的恩情呢？"试问公公死了是谁埋葬的？婆婆死了又是谁埋葬的？对埋葬公婆的人说出自己死后将暴尸的话，会把张大公置于何地呢？而且张大公资助她是崇尚道义，而非贪图私利。"谁还恩债"这句话，不是一下子将张大公的功德抹杀，往好心上泼冷水吗？这种词曲，幸好出自元代人之手，若是出自现代人，就会被众人耻笑，不知道该何处容身了。我不是胆敢抨击古人，既然要为词曲著书立说，必定使人知道学习方法。若是被世俗的偏见误导，认为任何地方都应当效法元代人，恐怕没有学到优点，而先学了缺点。或许有人会非议，将元人做借口，不知道圣人千虑，必有一失，圣人做事，尚且不能全部效仿，何况其他人呢？

《琵琶记》中可以效仿的地方原本很多，请让我来举出其长处来掩盖其不足。比如"中秋赏月"一折中，相同的月亮，从牛氏的口里说出来的，每句都欢快喜悦；从蔡伯喈口里说出来的，每个字凄婉悲凉。坐在一起却是两种心情，两种心情却出于同一件事，这是《琵琶记》中描述最为细密精致之处。瑕疵无法掩盖优点，何妨将优缺点同时举出呢。然而，戏曲剧本是一个整体，其中的内容分为三项：词曲、念白、穿插联络的关目。元代人所擅长的只是其中之一，词曲就是。念白与关目都是其不足之处。我们对于元代人，只是要遵守其词曲中的法则罢了。

减头绪

【原文】

头绪繁多，传奇之大病也。《荆》《刘》《拜》《杀》（《荆钗记》《刘知远》《拜月亭》《杀狗记》）之得传于后，止为一线到底，并无旁见侧出之情。三尺童子观演此剧，皆能了了于心，便便于口，以其始终无二事，贯串只一人也。后来作者不讲根源，单筹枝节，谓多一人可增一人之事。事多则关目亦多，令观场者如入山阴道中①，人人应接不暇。殊不知戏场脚色，止此

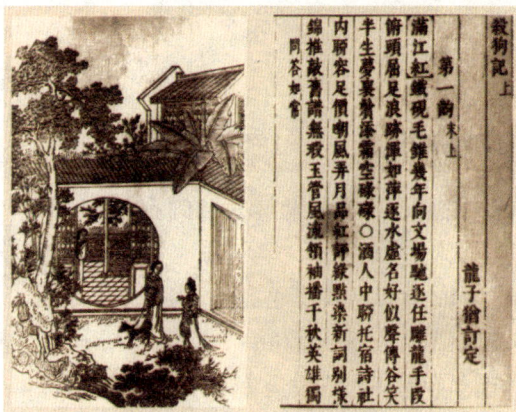

《杀狗记》书影及插图

数人，便换千百个姓名，也只此数人装扮，止在上场之勤不勤，不在姓名之换不换。与其忽张忽李，令人莫识从来，何如只扮数人，使之频上频下，易其事而不易其人，使观者各畅怀来，如逢故物之为愈乎？作传奇者，能以"头绪忌繁"四字，刻刻关心，则思路不分，文情专一，其为词也，如孤桐劲竹，直上无枝，虽难保其必传，然已有《荆》《刘》《拜》《杀》之势矣。

【注释】

①如入山阴道中：《世说新语·言语》载："王子敬（王献之）云：'从山阴道上行，山川自相映发，使人应接不暇。'"指景色优美，让人目不暇接，这里指情节人物繁多复杂，让人摸不着头脑。山阴：今浙江绍兴。

【译文】

头绪繁多是戏剧中的一大弊病。《荆钗记》《刘知远》《拜月亭》《杀狗记》得以流传于后世，只是因为它们能一条主线贯穿到底，并没有滋生其他情节。小孩子观看这些戏，都能了然于心，描述清楚。因为这些戏自始至终没有讲别的事情，贯穿整个故事的也只有一个主角。后世作者却不讲究主线，只在筹划枝节，认为多一个人就要多说一个人的事情，事情多关目就也多，使观众像进入了山阴道里一样，让

人应接不暇。却不知道戏班里的角色就只有有限的演员，即便换了千百个姓名，也只是这几个演员扮演，只是在于出场勤不勤，不在于姓名换不换。与其忽而张三忽而李四，让人们识辨不清，不如只让他们扮演几个人，使他们出场的次数频繁些，变幻情节而不更改角色，使观众各自舒畅情怀，就像遇到了熟悉的事物一样。戏剧作者，如果能将"头绪忌繁"四个字铭记于心，就能使思路集中，文章情节专一。那么他创作的曲词，就会像傲岸的梧桐、苍劲的翠竹，直上云霄而没有横生的斜枝，即使难以保证必定能得以流传，然而也已经具备了《荆钗记》《刘知远》《拜月亭》《杀狗记》的气势。

戒荒唐

【原文】

昔人云："画鬼魅易，画狗马难。"以鬼魅无形，画之不似，难于稽考。狗马为人所习见，一笔稍乖，是人得以指摘。可见事涉荒唐，即文人藏拙之具也。而近日传奇，独工于为此。噫，活人见鬼，其兆不祥，矧①有吉事之家，动出魑魅魍魉②为寿乎？移风易俗，当自此始。吾谓剧本非他，即三代以后之《韶》《濩》也。殷俗尚鬼，犹不闻以怪诞不经之事被诸声乐，奏于庙堂，矧辟谬崇真之盛世乎？王道本乎人情，凡作传奇，只当求于耳目之前，不当索诸闻见之外。无论词曲，古今文字皆然。凡说人情物理者，千古相传；凡涉荒唐怪异者，当日即朽。《五经》《四书》《左》《国》《史》《汉》，以及唐宋诸大家，何一不说人情？何一不关物理？及今家传户颂，有怪其平易而废之者乎？《齐谐》，志怪之书也，当日仅存其名，后世未见其实。此非平易可久、怪诞不传

昆腔《玉簪记》

之明验欤？人谓家常日用之事，已被前人做尽，穷微极隐，纤芥无遗，非好奇也，求为平而不可得也。予曰：不然。世间奇事无多，常事为多，物理易尽，人情难尽。有一日之君臣父子，即有一日之忠孝节义。性之所发，愈出愈奇，尽有前人未作之事，留之以待后人。后人猛发之心，较之胜于先辈者。即就妇人女子言之，女德莫过于贞，妇愆无甚于妒。古来贞女守节之事，自剪发、断臂、刺面、毁身，以至刎颈而止矣。近日失贞之妇，竟有刲肠剖腹，自涂肝脑于贵人之庭以鸣不屈者；又有不持

利器，谈笑而终其身，若老衲高僧之坐化者。岂非五伦以内，自有变化不穷之事乎？

古来妒妇制夫之条，自罚跪、戒眠、捧灯、戴水，以至扑臀而止矣。近日妒悍之流，竟有锁门绝食，迁怒于人，使族党避祸难前，坐视其死而莫之救者；又有鞭扑不加，囹圄不设，宽仁大度，若有刑措之风，而其夫摄于不怒之威，自遣其妾而归化者。岂非闺阃③以内，便有日异月新之事乎？此类繁多，不能枚举。此言前人未见之事，后人见之，可备填词制曲之用者也。即前人已见之事，尽有摹写未尽之情，描画不全之态。若能设身处地，伐隐攻微，彼泉下之人，自能效灵于我，授以生花之笔，假以蕴绣之肠，制为杂剧，使人但赏极新极艳之词，而意忘其为极腐极陈之事者？此为最上一乘，予有志焉，而未之逮也。

【注释】

①矧：况且，何况。②魑魅魍魉：传说中的妖魔鬼怪。③闺阃：妇女居住的内室，也指夫妇之间。

【译文】

古人说："画鬼魅容易，画狗马却很难。"因为鬼魅没有一定形貌，画得不像，也难以考证。狗和马是人们所常见的，有一点偏差，就成了人们指摘的对象。可见涉及荒唐的事，就是文人掩藏缺点的手段。然而现在的戏剧，就唯独擅长这方面。唉！活人看到鬼，兆头不吉利，何来办喜事的人家，动辄便用鬼怪来做寿的呢？移风易俗，应该从这里开始。我认为剧本并非其他，就是夏商周三代以后，像《韶》《濩》一样的正统乐曲。商代崇尚鬼神，尚且没听说将荒诞不经的事情加诸音乐，演奏于宗庙宫廷，何况是如今辟除荒谬推崇本真的盛世呢？君王之道以人情为本。凡是写作戏剧，只应当从自己身边去寻找素材，不该在见闻之外求索。不仅戏曲如此，古往今来的文章都是这样。凡是讲述人情事理的，都能千古相传，凡是涉及荒唐怪异的，马上便会腐朽。《五经》《四书》《左传》《国语》《史记》《汉书》，以及唐宋各位文豪，哪一个说的不是人情？哪一个不是关乎事理？到现在仍家喻户晓，有怪罪它们平易而想要将其丢掉的吗？《齐谐》是本专写怪事的书，当时只保存书名，后世没见过它的内容。这难道不是取材平易能够长久，内容荒诞不能流传的明证吗？有人说生活中的已经被前人写完，深入且细致，任何细节没遗漏，并非是我们喜欢猎奇，而是想写平常的事情却不能。我说：并非如此。世上奇异的事情不多，平常的事情才多，自然事物容易写尽，人情却很难写尽。有一天存在君臣父子的关系，就有一天的忠孝节义。人的性情越来越新奇，有的是前人没做过的事，留下来等待后人去做。后人强烈的感情，相比之下要胜于前人。只从妇女来说，女子品德中最高的莫过于贞节，女子罪过中最严重的莫过于嫉妒。古代女子守节的事，有剪头发、断手臂、毁容颜、坏身体的，最严重的是自杀。而现在女子为保贞节，竟有断肠破腹，用肝脑涂地来向欺侮自己的富贵人家表现坚贞不屈的；还有不以利器自残，在谈笑中死去，如同得道高僧坐化那样。难道不是说伦常之中也有变化无穷的事情吗？

古代妒妇用来管制丈夫的方法，不过罚跪、不准睡觉、捧油灯、头顶水之类，最严重的是打屁股。现在凶悍的妒妇，竟然有锁起丈夫不让吃饭，甚至迁怒别人，使亲族惧怕不敢阻拦，眼看他死去却无人去救的；也有既不鞭打，也不禁闭，宽仁大度，就像废除了刑罚，而她的丈夫震慑于其不怒而威，自动将小妾休掉向她屈服的。这难道不是说明内室之中就有日新月异的事情吗？这类事情有很多，不能一一列举。这都是说前人没有见到的事，后人见到了，可以用来做戏剧创作的素材。即使前人已经见到的事，也有没有写尽的情感和刻画不全的形态，如果能设身处地，专攻细微之处，那么那些黄泉之下的鬼神自然会对我显灵，将生花妙笔传授于我，借给我锦绣心胸，写成戏剧，使人们只欣赏极其新鲜艳丽的曲词，而忘记它是极其腐朽陈旧的故事。这是戏剧的最高境界，我有志于此，但还没有达到。

审虚实

【原文】

传奇所用之事，或古或今，有虚有实，随人拈取。古者，书籍所载，古人现成之事也；今者，耳目传闻，当时仅见之事也；实者，就事敷陈，不假造作，有根有据之谓也；虚者，空中楼阁，随意构成，无影无形之谓也。

人谓古事多实，近事多虚。予曰：不然。传奇无实，大半皆寓言耳。欲劝人为孝，则举一孝子出名，但有一行可纪，则不必尽有其事。凡属孝亲所应有者，悉取而加之，亦犹纣之不善，不如是之甚也，一居下流，天下之恶皆归焉。其余表忠表节，与种种劝人为善之剧，率同于此。若谓古事皆实，则《西厢》《琵琶》推为曲中之祖，莺莺果嫁君瑞乎？蔡邕之饿莩其亲，五娘之干蛊①其夫，见于何书？果有实据乎？孟子云："尽信书，不如无书。"盖指《武成》而言也。经史且然，矧杂剧乎？凡阅传奇而必考其事从何来、人居何地者，皆说梦之痴人，可以不答者也。然作者秉笔，又不宜尽作是观。若纪目前之事，无所考究，则非特事迹可以幻生，并其人之姓名亦可以凭空捏造，是谓虚则虚到底也。若用往事为题，以一古人出名，则满场脚色

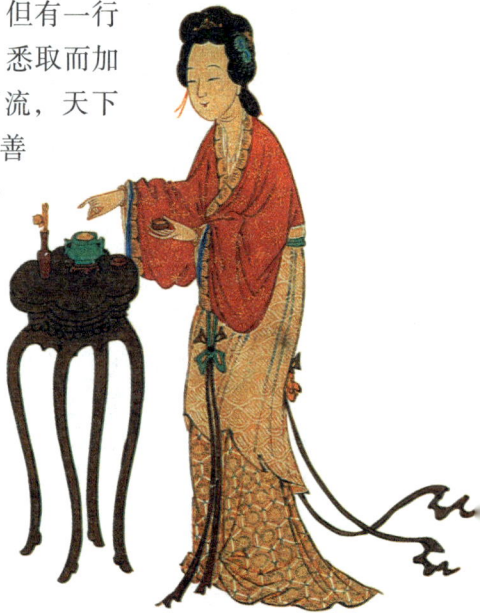

崔莺莺像

皆用古人，捏一姓名不得；其人所行之事，又必本于载籍，班班可考，创一事实不得。非用古人姓字为难，使与满场脚色同时共事之为难也；非查古人事实为难，使与本等情由贯串合一之为难也。

予即谓传奇无实，大半寓言，何以又云姓名事实必须有本？要知古人填古事易，今人填古事难。古人填古事，犹之今人填今事，非其不虑不考，无可考也。传至于今，则其人其事，观者烂熟于胸中，欺之不得，罔之不能，所以必求可据，是谓实则实到底也。若用一二古人作主，因无陪客，幻设姓名以代之，则虚不似虚，实不成实，词家之丑态也，切忌犯之。

【注释】

①干蛊：典出《易经·蛊卦》："干父之蛊。"原指子承父业，完成父亲未完成的事业。这里指赵五娘替丈夫侍奉父母，养老送终。

【译文】

戏曲所写的事情，有古代的有现在的，有虚构的有真实的，随人们来选取。古代的就是那些书籍中记载的古人现成的事情；现在的就是耳闻眼见的当时出现的事情。真实的就是根据事实敷衍陈述，不经编造，有根有据的事；虚构的就像空中楼阁，是作者随意编写而成，没有事实依托的事。

有人说古代的事真实的居多，现在的事多为虚构。我说：并非如此。戏剧没有全都是事实的，大部分都是寓言罢了。想劝人们尽孝，就举出一位孝子，只要有一点孝行可以写，就不必每件事都是真的。凡是孝敬父母该具备的条件，都拿来给他，就像纣王的不善并非那么严重，一旦居于下流，天下全部坏事便都到了他身上。其他表现忠诚气节及各种劝人向善的戏剧，都与之相同。如果说古代的事情都真实，那么《西厢记》《琵琶记》这些被推举为戏曲鼻祖的作品中，崔莺莺果然嫁给了张君瑞吗？蔡邕使双亲饿死，赵五娘替丈夫文过饰非，哪本书里写过？果真有事实根据吗？孟子说："全都相信书，不如没有书。"这是针对《尚书》中的《武成》一篇而言的。经书、史书尚且如此，更何况是戏曲！凡是读戏剧时一定要考究其中事情的出处、人物的来历的人，都是说梦的痴人，可以不用理会。然而作者创作，也不能都是这样的观点。如果眼前的事，没有可以考究的，那么非但里面的事情能够虚构，而且其中人物的姓名也可以凭空捏造，这是所说的虚构就虚构到底。如果用以前的事为题材，因为其中一位古人有名，那整出戏的角色就都要用古人，捏造一个姓名也不行；剧中人物所做的事，又必须要依据记载，件件都可以考证，虚构一件事情也不行。并非使用古人的姓名困难，而是使之与整部戏的角色共同行事困难；并非查阅古人事迹困难，而是要使之与剧本的情节相互贯串合而为一困难。

我既然说戏剧没有完全真实的，大多为寓言，为何又说姓名事实必须要有依据呢？要明白古人写古代的事容易，今人写古代的事困难。古人写古代的事，就像今人写现在的事，并非作者不担心不考证，而是无从考证。那些作品传到今天，里面的人和事，观众已经烂熟心中，根本欺骗不了他们，所以写古人务必要有依据。这是所说的真实就要真实到底。如果用一两个古人为主角，因为没有配角，便虚构姓名来充当，就会虚构不像虚构，事实不是事实，这是剧作家的丑态，切忌犯这样的错误。

词采第二

【原文】

曲与诗余①，同是一种文字。古今刻本②中，诗余能佳而曲不能尽佳者，诗余可选而曲不可选也。诗余最短，每篇不过数十字，作者虽多，入选者不多，弃短取长，是以但见其美。曲文最长，每折必须数曲，每部必须数十折，非八斗长才，不能始终如一。微疵偶见者有之，瑕瑜并陈者有之，尚有踊跃于前，懈弛于后，不得已而为狗尾貂续者亦有之。演者观者既存此曲，只得取其所长，恕其所短，首尾并录。无一部而删去数折，止存数折，一出而抹去数曲，止存数曲之理。此戏曲不能尽佳，有为数折可取而挈带全篇，一曲可取而挈带全折，使瓦缶与金石齐鸣者，职是故也。

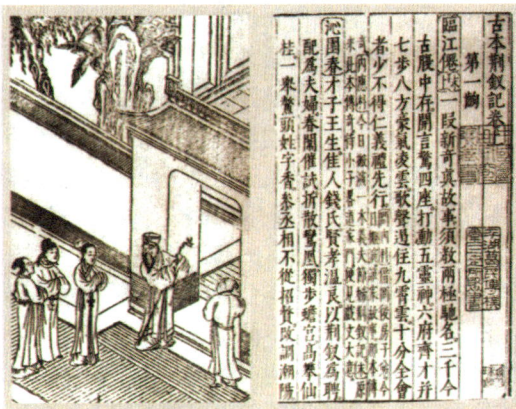

《荆钗记》书影及插图

予谓既工此道，当如画士之传真，闺女之刺绣，一笔稍差，便虑神情不似，一针偶缺，即防花鸟变形。使全部传奇之曲，得似诗余选本如《花间》《草堂》诸集，首首有可珍之句，句句有可宝之字，则不愧填词之名，无论必传，即传之千万年，亦非侥幸而得者矣。

吾于古曲之中，取其全本不懈、多瑜鲜瑕者，惟《西厢》能之。《琵琶》则如汉高用兵，胜败不一，其得一胜而王者，命也，非战之力也。《荆》《刘》《拜》《杀》之传，则全赖音律。文章一道，置之不论可矣。

【注释】

①诗余：词的别称。②刻本：用木刻版印成的书籍。

【译文】

　　曲和词是同一种形式的文字。古往今来的刻本当中，词写得好而曲却不是都好；词有选择性而曲却没有。词最短，每首不过几十个字，写词的人虽然多，入选的却不多，摒弃差词只取好词，所以就只能看到词的精美。戏曲最长，每折当中必有几支曲子，每部戏当中必然包含几十折，若非才高八斗，不可能做到自始至终都一样好。因此有偶尔带一点小瑕疵的，有优缺点并存的，有前面紧凑后面松散的，也有没有办法只好狗尾续貂的。演员和编者既然保存了这些曲目，就只能选取其优点，原谅其不足，将开头结尾都收录起来。没有将一部戏删去好几折，只保留几折，或将一出戏删除几支曲子，只保留几支的道理。这是因为戏曲不可能整篇都好，有几折可取就能带动全篇，有一首曲子可取就能带动整折，出现一部戏中瓦盆与金玉齐鸣的好坏参半的情况，就是因为这个原因。

　　我认为既然从事戏曲创作这行，就应当像画家画像、女子刺绣那样，一笔稍有差池，就担忧神情画得不像；一针偶有疏漏，就提防花鸟会变形。如果所有戏剧中的曲子，都像《花间集》《草堂诗余》等词集那样，每首都有精彩的词句，每句都有点睛之字，就不会愧对戏曲的称呼了，无论怎样都能得以流传，即使流传千万年，也不是侥幸获得的。

　　我从古代戏曲中选取整部写得紧凑、优点多缺点少的戏曲，只有《西厢记》符合要求。《琵琶记》就像汉高祖用兵，胜败都有，取得一次胜利而成为帝王，是命运，而非善于作战。《荆钗记》《刘知远》《拜月记》《杀狗记》的流传，则完全靠音律，至于文章词采，可以放在一边不提。

贵显浅

【原文】

　　曲文之词采，与诗文之词采非但不同，且要判然相反。何也？诗文之词采，贵典雅而贱粗俗，宜蕴藉而忌分明。词曲不然，话则本之街谈巷议，事则取其直说明言。凡读传奇而有令人费解，或初阅不见其佳，深思而后得其意之所在者，便非绝妙好词，不问而知为今曲，非元曲也。

　　元人非不读书，而所制之曲，绝无一毫书本气，以其有书而不用，非当用而无书也，后人之曲则满纸皆书矣。元人非不深心，而所填之词，皆觉过于浅近，以其深而出之以浅，非借浅以文其不深也，后人之词则心口皆深矣。无论其他，即汤若士《还魂》一剧，世以配飨元人，宜也。问其精华所在，则以《惊梦》《寻梦》二折对。予谓二折虽佳，犹是今曲，非元曲也。《惊梦》首句云："袅晴丝，吹来闲庭院，摇漾春如线。"以游丝一缕，逗起情丝，发端一语，即费如许深心，可谓惨淡经营矣。然听歌《牡丹亭》者，百人之中有一二人解出此意否？若谓制曲初心并不在此，不过因所见以起兴，则瞥见游丝，不妨直说，何须曲而又曲，由晴丝而说及春，由春与晴丝而悟其如线也？若云作此原有深心，则恐索解人不易得矣。索解人既不易得，又何必奏之歌筵，俾雅人俗子同闻而共见乎？其余"停半晌，整花钿，没揣菱花，偷人半面"及"良辰美景奈何天，赏心乐事谁家院"，"遍青山，啼红了杜鹃"等语，字字俱费经营，字字皆欠明爽。此等妙语，止可作文字观，不得作传奇观。至如末幅"似虫儿般蠢动，把风情掮"，与"恨不得肉儿般团成片也，逗的个日下胭脂雨上鲜"，《寻梦》曲云："明放着白日青天，猛教人抓不到梦魂前"，"是这答儿压黄金钏匾"，此等曲，则去元人不远矣。

【译文】

　　戏曲的文采与诗歌、散文的文采不仅不同，而且要截然相反。为什么？因为诗歌、散文的文采注重典雅而轻视粗俗，应该含蓄而切忌直白。戏曲并非如此，人物语言就要依照生活中的街谈巷议，叙事要清楚明白。凡是阅读的剧本令人费解之处，或者初次阅读看不到优点，要深入思考才明白其中含义的，就不是绝妙好词，不用问就知道是现今的戏曲，而非元代戏曲。元代人不是不读书，然而其创作的戏曲，绝不含丝毫的书卷气，因为他们有学问而不用，并非该用时却拿不出来；后人所作戏曲，则整篇都取自书本。

　　元代人并非不深思熟虑，但他们写的曲作，都让人觉得十分浅近，因为他们深入浅出，而不是用浅近之文来掩饰自己的不深刻，而后人所作曲词则想的和写的同样深奥。别的不说，只说汤显祖的《牡丹亭》，世人将其同元曲相媲美，是适宜的。问它的精华所在，人们便答以《惊梦》《寻梦》两折。我认为这两折虽好，却仍是现代的风格，而非元代风格。《惊梦》第一句话说："袅晴丝，吹来闲庭院，摇漾春如线。"用游丝一缕挑起人物情丝，一开始就花费如此苦心，可说是惨淡经营。然而听《牡丹亭》的人，一百人之中能否有一两个理解这层含义？如果说汤显祖的创作本意并不在此，不过是要用眼前所见来起兴，那么看见游丝不妨直说，哪里需要一曲又一曲地描述，从晴空游丝说到春天，又从春天与晴空游丝而感悟情丝如线呢？如果说写这些原本有深意，那么恐怕要找到能理解的人是不容易的。既然理解的人很难找到，又何必

《牡丹亭》之惊梦

要在舞台演出，让高雅的人和粗俗的人一同欣赏呢？其他像"停半晌，整花钿，没揣菱花，偷人半面"以及"良辰美景奈何天，赏心乐事谁家院"，"遍青山，啼红了杜鹃"这些语句，每个字都煞费苦心，每个字都不够明白爽直。这样美妙的语句，只能当作文章来看，不能当作戏曲来观赏。至于像片尾的"似虫儿般蠢动，把风情搧"和"恨不得肉儿般团成片，逗的个日下胭脂雨上鲜"，及《寻梦》中说："明放着白日青天，猛教人抓不到梦魂前……是这答儿压黄金钏匾"这类曲子，就和元人作品相去不远。

【原文】

　　而予最赏心者，不专在《惊梦》《寻梦》二折，谓其心花笔蕊，散见于前后各折之中。《诊祟》曲云："看你春归何处归，春睡何曾睡，气丝儿，怎度的长天日。""梦去知他实实谁，病来只送得个虚虚的你。做行云，先渴倒在巫阳会。""又不得困人天气，中酒心期，魆魆的常如醉。""承尊觑，何时何日，来看这女颜回？"《忆女》曲云："地老天昏，没处把老娘安顿。""你怎撇得下万里无儿白发亲。""赏春香还是你旧罗裙。"《玩真》曲云："如愁欲语，只少口气儿呵。""叫的你喷嚏似天花唾。动凌波，盈盈欲下，不见影儿那。"此等曲，则纯乎元人，置之《百种》前后，几不能辨，以其意深词浅，全无一毫书本气也。

　　若论填词家宜用之书，则无论经传子史以及诗赋古文，无一不当熟读，即道家佛氏、九流百工之书，下至孩童所习《千字文》《百家姓》，无一不在所用之中。至于形之笔端，落于纸上，则宜洗濯殆尽。亦偶有用着成语之处，点出旧事之时，妙在信手拈来，无心巧合，竟似古人寻我，并非我觅古人。此等造诣，非可言传，只宜多购元曲，寝食其中，自能为其所化。而元曲之最佳者，不单在《西厢》《琵琶》二剧，而在《元人百种》之中。《百种》亦不能尽佳，十有一二可列高、王之上，其不致家弦户诵，出与二剧争雄者，以其是杂剧而非全本，多北曲而少南音①，又止可被诸管弦，不便奏之场上。今时所重，皆在彼而不在此，即欲不为纨扇之捐，其可得乎？

【注释】

①北曲：古代对北方各种散曲、杂剧的总称。南音：即南曲，是不同于北曲的各种曲调的总称。

【译文】

　　而我最欣赏的，不只在《惊梦》《寻梦》两折，我认为剧中匠心所在，散见在前后各折之中。《诊祟》曲说："看你春归何处归，春睡何处睡？气丝儿怎度得长天日。""梦去知他实实谁？病来只送得个虚虚的你。做行云，先渴倒在巫阳会。……又不得困人

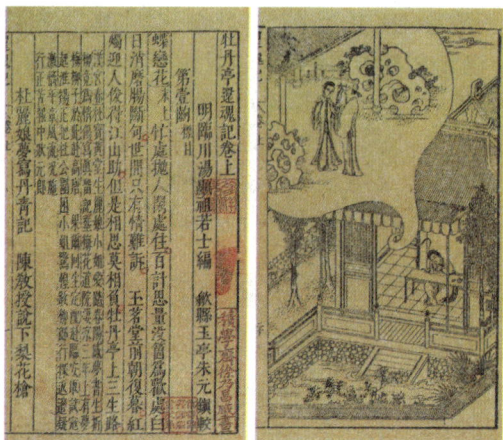

《牡丹亭》书影及插图

天气，中酒心期，魆魆的常如醉。""承尊觑，何时何日，来看这女颜回？"《忆女》曲说："地老天昏，没处把老娘安顿。""你怎撇得下万里无儿白发亲。""赏春香还是你旧罗裙。"《玩真》曲说："如愁欲语，只少口气儿呵……叫的你喷嚏似天花唾。动凌波，盈盈欲下，不见影儿那。"这类曲文，便达到了元人的境界，将其放在《元人百种》中，也几乎不能分辨，因为其寓意深而文浅白，完全没有一点的书卷气。

如果说戏曲家适合用的书，那么不管经传子史以及诗赋和古文，没有一样不该熟读，即使道教、佛家、各行各业的书，下到小孩学习的《千字文》《百家姓》，没有不在所用之列的。至于自己写作品，就需要将它们摒除干净。就算偶然有用到成语的地方，需要点出旧事的时候，妙处在于信手拈来、无心巧合，竟然像是古人在模仿我，并不是我在模仿古人。这种造诣，不能言传，只能多看元曲，寝食不忘，自然能被其熏染。元曲中最好的，不只是《西厢记》《琵琶记》，而且包括《元人百种》。《元人百种》中的剧作也不是都好，十部作品中有一两部在高则诚、王实甫之上。它们没能家喻户晓，与《西厢记》《琵琶记》一较高下，是因为它们是杂剧而非全剧，多为北曲而缺少南曲，又只可以配乐演唱，不适合舞台表演。现在被人看重的，都是南曲而不是北曲，即使不想被人抛弃，却怎么可能？

重机趣

【原文】

"机趣"二字，填词家必不可少。机者，传奇之精神，趣者，传奇之风致。少此二物，则如泥人土马，有生形而无生气。因作者逐句凑成，遂使观场者逐段记忆，稍不留心，则看到第二曲，不记头一曲是何等情形，看到第二折，不知第三折要作何勾当。是心口徒劳，耳目俱涩，何必以此自苦，而复苦百千万亿之人哉？故填词之中，勿使有断续痕，勿使有道学气。所谓无断续痕者，非止一出接一出，一人顶一人，务使承上接下，血脉相连，即于情事截然绝不相关之处，亦有连环细笋伏于其中，看到后来方知其妙，如藕于未切之时，先长暗丝以待，丝于络成之后，才知作茧之精，此言机之不可少也。

所谓无道学气者，非但风流跌宕之曲、花前月下之情，当以板腐为戒，即谈忠孝节义与说悲苦哀怨之情，亦当抑圣为狂，寓哭于笑，如王阳明①之讲道学，则得词中三昧矣。阳明登坛讲学，反复辨说"良知"二字，一愚人讯之曰："请问'良知'这件东西，还是白的？还是黑的？"阳明曰："也不白，也不黑，只是一点带赤的，便是良知了。"照此法填词，则离合悲欢，嘻笑怒骂，无一语一字不带机趣而行矣。予又谓填词种子，要在性中带来，性中无此，做杀不佳。人问：性之有无，何从辨识？予曰：不难，观其说话行文，即知之矣。说话不迂腐，十句之中，定有一二句超脱，行文不板实，一篇之内，但有一二段空灵，此即可以填词之人也。不则另寻别计，不当以有用精神，费之无益之地。

噫，"性中带来"一语，事事皆然，不独填词一节。凡作诗文书画、饮酒斗棋与百工技艺之事，无一不具凤根，无一不本天授。强而后能者，毕竟是半路出家，止可冒斋饭吃，不能成佛作祖也。

【注释】

①王阳明：即王守仁，字伯安，自号阳明子，世称阳明先生，明代哲学家、思想家。

【译文】

"机趣"两个字是戏剧家不可或缺的。"机"是戏曲的精神，"趣"是戏曲的风格。少了这两样东西，那么戏曲就如同泥人和土马那样，有形状而没有生气。因为作者逐句拼凑，就使得观众要逐段记忆。一不留心，就看到第二段曲词，却忘了第一段写的是什么，看了第二折却不知道第三折要如何发展。演员费尽唇舌徒劳无功，观众耳朵眼睛酸涩疲劳。何必自己受罪，还让千万人也跟着受罪呢？所以写戏剧，不要出现时断时续的痕迹，不要使之出现道学气。所谓不要有断续痕迹，不只是要一出紧接一出地演，一个人紧跟着一个人上台，务必使整部戏剧前后衔接，血脉相通，即使在感情、事件一点都不相关情况下，也要有前后相连的伏笔，让观众看到后来才知其中奥妙。就像藕还没有切开时，里面已经长出细丝，蚕丝已缠连在一起之后才知作茧精巧，这是说"机"不可以少。

所谓不要存在道学气，不仅只是描写风流韵事应该戒除死板迂腐，即使谈论忠孝节义、诉说悲苦哀怨，也应该将圣贤之道通过狂放张扬出来，将哀苦蕴藏在嬉笑之中。就像王阳

古雅的江南戏台

明讲道学那样，就是得到了曲词诀窍。王阳明在一次讲学中，反复解释"良知"两个字。一个愚钝的人问道："请问'良知'这个东西是白的还是黑的？"王阳明说："不白也不黑，只要带一点红色的，就是良知了。"按照这种方法写写戏曲，那么离合悲欢、嬉笑怒骂，就没有一处不带机趣了。我又认为填写曲词，要从性情中带出感情，作者性情中没有的东西，就是死活写出来也写不好。有人问：性情中有没有，怎么分辨？我说：很简单，从他说话写作中，就能看出。说话不迂腐死板，十句话中必定有一两句是超脱的；写文章不死板教条，一篇文章中就会有一两段是空灵的，这就是可以填词谱曲的人。否则，还是另谋出路，不要将自己有用的精神，浪费在没有收效的地方。

唉！"从性情中带来"这句话，适用于任何事，不单只是填词这一件事。凡是诗文书画、喝酒下棋及各行各业，没有一项不需要天分的。勉强学习而后能做到的，毕竟是半路出家，只能混口饭吃，不能登峰造极。

戒浮泛

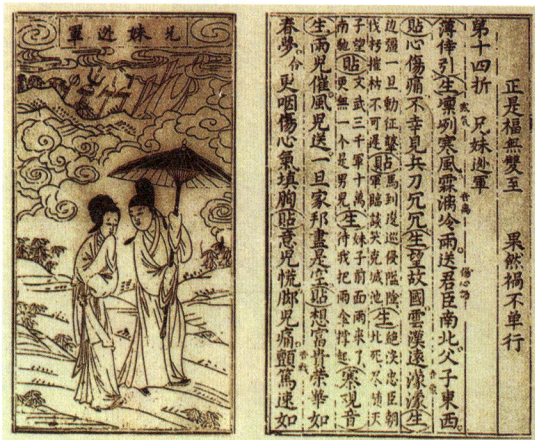

《拜月亭》书影及插图

词贵显浅之说，前已道之详矣。然一味显浅而不知分别，则将日流粗俗，求为文人之笔而不可得矣。元曲多犯此病，乃矫艰深隐晦之弊而过焉者也。极粗极俗之语，未尝不入填词，但宜从脚色起见。如在花面口中，则惟恐不粗不俗，一涉生旦之曲，便宜斟酌其词。无论生为衣冠仕宦，旦为小姐夫人，出言吐词当有隽雅春容①之度。即使生为仆从，旦作梅香②，亦须择言而发，不与净丑同声。以生旦有生旦之体，净丑有净丑之腔故也。元人不察，多混用之。观《幽闺记》之陀满兴福，乃小生脚色，初屈后伸之人也。其《避兵》曲云："遥观巡捕卒，都是棒和枪。"此花面口吻，非小生曲也。均是常谈俗语，有当用于此者，有当用于彼者。又有极粗极俗之语，止更一二字，或增减一二字，便成绝新绝雅之文者。神而明之，只在一熟。当存其说，以俟其人。

①春容：舒缓从容，形容雍容畅达。②梅香：戏剧中婢女的名字，后来统称婢女为梅香。

【译文】

戏曲贵在浅显的道理，前面已经说得很详细。然而一味追求浅显而不知区分，戏曲就会日益流于粗俗，想写文人手笔的东西却不可能了。元曲大多犯这种弊病，这是想要改变艰深晦涩的弊端太过的原因。极其粗俗的语言，不是不能填词，但应该从人物角色出发。如果在花脸口中，就唯恐不够粗俗；一涉及生、旦的曲文，就应该斟酌用词。不管生角扮演的是达官还是显贵，旦角扮演的是小姐还是夫人，其语言都应当含有隽永雍容的风度，即使生角扮演的是仆人，旦角扮演的是丫头，用词也必须经过选择，不能像净角、丑角那样的口气，因为生旦有生旦的样子，净丑有净丑的腔调。元代人不审察此处，多将其混用。来看《幽闺记》中的陀满兴福，是小生的角色，是最初屈居人下而后吐气扬眉的人。在《避兵》一曲中他说："遥观巡捕卒，都是棒和枪。"这是花脸的口吻，并非小生的曲调。同是日常用语，有的应该用在这里，有的应该用在那里。还有极为粗俗的语言，只需更改一两个字，或增减一两个字，就会变得极为新鲜典雅。神来之笔，只在于一个熟练。保留这种观点，等待别人来验证。

【原文】

填词义理无穷，说何人，肖何人，议某事，切某事，文章头绪之最繁者，莫填词若矣。予谓总其大纲，则不出"情景"二字。景书所睹，情发欲言，情自中生，景由外得，二者难易之分，判如霄壤。以情乃一人之情，说张三要像张三，难通融于李四。景乃众人之景，写春夏尽是春夏，止分别于秋冬。善填词者，当为所难，勿趋其易。批点传奇者，每遇游山玩水、赏月观花等曲，见其止书所见，不及中情者，有十分佳处，只好算得五分，以风云月露之词，工者尽多，不从此剧始也。善咏物者，妙在即景生情。如前所云《琵琶·赏月》四曲，同一月也，牛氏有牛氏之月，伯喈有伯喈之月。所言者月，所寓者心。牛氏所说之月，可移一句于伯喈？伯喈所说之月，可挪一字于牛氏乎？夫妻二人之语，犹不可挪移混用，况他人乎？人谓此等妙曲，工者有几，强人以所不能，是塞填词之路也。予曰：不然。

作文之事，贵于专一。专则生巧，散乃入愚；专则易于奏工，散者难于责效。百工居肆①，欲其专也；众楚群咻②，喻其散也。舍情言景，不过图其省力，殊不知眼前景物繁多，当从何处说起。咏花既愁遗鸟，赋月又想兼风。若使逐件铺张，则虑事多曲少；欲以数言包括，又防事短情长。展转推敲，已费心思几许，何如只就本人生发，自有欲为之事，自有待说之情，念不旁分，妙理自出。如发科发甲之人，窗下作文，每日止能一篇二篇，场中遂至七篇。窗下之一篇二篇未必尽好，而场中之七篇，反能尽发所长，而夺千人之帜者，以其念不旁分，舍本题之外，并无别题可做，只得走此一条路也。吾欲填词家舍景言情，非责人以难，正欲其舍难就易耳。

【注释】

①百工居肆：出自《论语·子张》："百工居肆以成其事，君子学以致其道。"百工，古代各行各业工匠的总称。肆，古代的作坊、工场。②众楚群咻：语出《孟子·滕文公下》："一齐人傅之，众楚人咻之，虽日挞而求其齐也，不可得矣。""众楚群咻"指众多的外来干扰。

【译文】

  戏曲创作的道理很多，说哪个人就要像哪个人，议论哪件事就要切合哪件事，文章中头绪最繁杂的，莫过戏曲。我认为其总体纲领概括起来，逃不出"情景"两个字。写的是自己看到的景物，抒发的是自己想说的感情，感情发自内心，景物从外界得来，两者之间的难易却有天壤之别。因为感情是一个人的，说张三的感情就要像张三，很难像李四。景物是人们共有的，写春夏都是春夏，它只和秋冬不同。善于填词的人，应当写难写的，不要趋于写容易的。点评戏曲的人，每遇到游山玩水、赏月观花的戏曲，见其中只写所见景物，而不涉及情感，即使有十分的好，也只能算作五分，因为写风云月露的词曲，擅长的人太多，不是从这部戏才有的。擅长咏物的人，妙处在于能触景生情。如前边所说《琵琶记·赏月》中的四支曲子，同一个月亮，牛氏有牛氏的月，蔡伯喈有蔡伯喈的月。写的是月亮，寄托的是心情。牛氏口中的月亮，能有一句转移到蔡伯喈口中吗？蔡伯喈口中的月亮，能有一个字可以挪到牛氏那里吗？夫妻二人的语言，尚且不能相互挪用，何况其他人呢？有人说如此的妙曲，擅长的人有几个？强人所难，这是堵塞戏曲的创作之路。我说：并非如此。

  做文章这种事，贵在专一。专一就会生巧，散漫就会流于愚钝；专一就易于做到精妙，散漫则很难产生绩效。"百工居肆"就是要人们做事情都要专一；"众楚群咻"讽喻精神涣散的坏处。不写感情写景物，不过是图省力，殊不知眼前景物繁多，应该从哪里说起。赞美花害怕忘了鸟，写月亮又想兼写风。如果每件都铺开来写，就会担心事情多而曲目少；想要几句话包括，又害怕还有事情少而感情多。反复推敲，已浪费了很多心思，哪像只从自己出发，自然有想做之事，自然有想说之情。思虑集中，精妙是自然的事。如同考科举的人在家中作文，每天只能写出一两篇，到了考场却能写出七篇。在家中写的一两篇未必全好，而考场中写的七篇，反而能全部发挥所长，从而于众考生中名列前茅。因为他的精神集中，除了这个题目，并没有别的题目可做，只能走这一条路。我想让戏曲家不写景物写感情，并非要责难别人，正是想让他舍去难的去写容易的。

拜月图

忌填塞

【原文】

填塞之病有三：多引古事，迭用人名，直书成句。其所以致病之由亦有三：借典核以明博雅，假脂粉以见风姿，取现成以免思索。而总此三病与致病之由之故，则在一语。一语维何？曰：从未经人道破。一经道破，则俗语云"说破不值半文钱"，再犯此病者鲜矣。

古来填词之家，未尝不引古事，未尝不用人名，未尝不书现成之句，而所引所用与所书者，则有别焉；其事不取幽深，其人不搜隐僻，其句则采街谈巷议。即有时偶涉诗书，亦系耳根听熟之语，舌端调惯之文，虽出诗书，实与街谈巷议无别者。总而言之，传奇不比文章，文章做与读书人看，故不怪其深，戏文做与读书人与不读书人同看，又与不读书之妇人小儿同看，故贵浅不贵深。

慧女传书图

使文章之设，亦为与读书人、不读书人及妇人小儿同看，则古来圣贤所作之经传，亦只浅而不深，如今世之为小说矣。人曰：文人之传奇与著书无别，假此以见其才也，浅则才于何见？予曰：能于浅处见才，方是文章高手。施耐庵之《水浒》，王实甫之《西厢》，世人尽作戏文小说看，金圣叹①特标其名曰"五才子书""六才子书"者，其意何居？盖愤天下之小视其道，不知为古今来绝大文章，故作此等惊人语以标其目。噫，知言哉！

【注释】

①金圣叹：名采，字若采，明亡后改名人瑞，字圣叹。清初著名文学批评家。曾以《离骚》《庄子》《史记》、"杜诗"、《水浒》与《西厢记》合称"六才子书"，康熙时因哭庙案被杀。

【译文】

填塞的弊病有三种：大量引用典故；重复使用人名；直接抄写现成语句。造成这些毛病的也有三点原因：借用典故来表现渊博高雅；假借脂粉来展现风采姿色；取用现成的语句来省去思考。总结这三种弊病和它们的原因，就是一句话。是哪句话呢？回答是：从来没被人说破。一旦说破，就像俗话所说"说破不值半文钱"，就会很少再有人会犯这种毛病。

自古以来的戏曲作家并非不用典故，并非不借用人名，不是不抄现成的语句，但他们引用和抄写的，都是有区别的；典故不引用艰深的，人名不用陌生的，句子都采用街谈巷议的。即使偶尔涉及诗书内容，也是人们耳熟能详、嘴里常说的话。虽然是出自诗书，实际与街谈巷议没有差别。总而言之，戏曲不同于文章，文章写给读书人看，所以不责怪其艰深；戏曲则是给读过书与没读过书的人和没读过书的妇女和小孩子一同观看的，所以贵浅显而不贵艰深。假使文章也是写给这些人一同阅读的，那么自古以来圣贤所写的文章，也只能浅显而不能艰深，就像现在的小说一样了。有人说：文人写戏曲与写书没有差别，无非为了借此来展现才华，如果浅显则才华从哪里体现呢？我说：能在浅显处展现才华，才是写作高手。施耐庵的《水浒传》，王实甫的《西厢记》，人们都当作戏文小说来看，金圣叹特别将其标名为"第五才子书""第六才子书"，是何用意？是不满天下人小看这些文学形式，不知道这些是古往今来的绝好文章，所以用这样惊人的话来标明它的题目。啊，真是明智之言！

◎音律第三◎

【原文】

作文之最乐者，莫如填词，其最苦者，亦莫如填词。填词之乐，详后《宾白》之第二幅，上天入地，作佛成仙，无一不随意到，较之南面百城[1]，洵有过焉者矣。至说其苦，亦有千态万状，拟之悲伤疾痛、桎梏幽囚诸逆境，殆有甚焉者。请详言之。

他种文字，随人长短，听我张弛，总无限定之资格。今置散体弗论，而论其分股、限字与调声叶律者。分股则帖括时文是已。先破后承，始开终结，内分八股，股股相对，绳墨不为不严矣；然其股法、句法，长短由人，未尝限之以数，虽严而不谓之严也。限字则四六排偶之文是已。语有一定之字，字有一定之声，对必同心，意难合掌，矩度不为不肃矣；然止限以数，未定以位，止限以声，未拘以格，上四下六可，上六下四亦未尝不可，仄平平仄可，平仄仄平亦未尝不可，虽肃而实未尝肃也。调声叶律，又兼分股限字之文，则诗中之近体是已。起句五言，是句句五言，起句七言，则句句七言，起句用某韵，则以下俱用某韵，起句第二字用平声，则下句第二字定用仄声，第三、第四又复颠倒用之，前人立法亦云苛且密矣。然起句五言，句句五言，起句七言，句句七言，便有成法可守，想入五言一路，则七言之句不来矣；起句用某韵，以下俱用某韵，起句第二字用平声，下句第二字定用仄声，则拈得平声之韵，上去入三声之韵，皆可置之不问矣；守定平仄、仄平二语，再无变更，自一首以至千百首皆出一辙，保无朝更夕改之令阻人适从矣，是其苛犹未甚，密犹未至也。

至于填词一道，则句之长短，字之多寡，声之平上去入，韵之清浊阴阳，皆有一定不移之格。长者短一线不能，少者增一字不得，又复忽长忽短，时少时多，令人把握不定。当平者平，用一仄字不得；当阴者阴，换一阳字不能。调得平仄成文，又虑阴阳反复；分得阴阳清楚，又与声韵乖张。令人搅断肺肠，烦苦欲

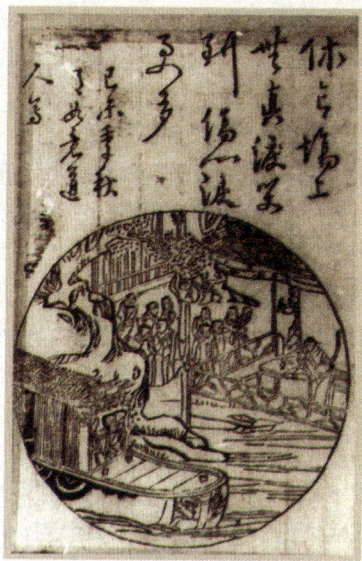
《比目鱼》插图

绝。此等苛法，尽勾磨人。作者处此，但能布置得宜，安顿极妥，便是千幸万幸之事，尚能计其词品之低昂，文情之工拙乎？予褓襁识字，总角成篇，于诗书六艺②之文，虽未精穷其义，然皆浅涉一过。总诸体百家而论之，觉文字之难，未有过于填词者，予童而习之，于今老矣，尚未窥见一斑。只以管窥蛙见之识，谬语同心；虚赤帜于词坛，以待将来。作者能于此种艰难文字显出奇能，字字在声音律法之中，言言无资格拘挛之苦，如莲花生在火上，仙叟弈于橘中，始为盘根错节之才，八面玲珑之笔，寿名千古，衾影何惭！而千古上下之题品文艺者，看到传奇一种，当易心换眼，别置典刑。要知此种文字作之可怜，出之不易，其楮墨笔砚非同一物，有如假自他人，耳目心思效用不能，到处为人掣肘，非若诗赋古文，容其得意疾书，不受神牵鬼制者。七分佳处，便可许作十分，若到十分，即可敌他种文字之二十分矣。予非左祖词家，实欲主持公道，如其不信，但请作者同拈一题，先作文一篇或诗一首，再作填词一曲，试其孰难孰易，谁拙推工，即知予言之不谬矣。然难易自知，工拙必须人辨。

【注释】

① 南面百城：管辖许多地方。南面：古时以面朝南坐为尊。② 六艺：即六经，指《诗》《书》《礼》《易》《乐》《春秋》六部儒家经典。

【译文】

写文章最快乐的，莫过于写戏曲，最痛苦的，也莫过于写戏曲。写戏曲的快乐，

详见《宾白》的第二篇，可以上天入地，成佛成仙，没有一件事不能随心所欲，比起朝南而坐拥有百城的皇帝，也有过之而无不及。至于说写戏曲的痛苦，也是各种各样，比起悲伤病痛、囚禁坐牢等逆境，大概更加严重。请让我详细道来。

别的文体，随别人说长道短，只听任自我挥洒，他人没有约束的资格。现在放下散文不说，只说其他文体含有分股、限字与讲究声律的。分股就是科举考试中的八股文。先破题后承题，开始议论，结尾总结，文章分为八股，股与股相对，规则不能说不严，然而每股的写法、每句的写法，篇幅的长短都由作者来定，没有字数限制，虽说严格却也不算严格。限定字数的是四六排比对偶的骈文。每句有固定字数，每个字有一定声调，对偶必须相对，字意不能重复，规矩不能说不严肃。然而它却只有字数限制，而没有限制位置；只有声调限制，而没有限制格律。上面四个字下面六个字可以，上面六个字下面四个字也未尝不可；声调可以为仄、平、平、仄、平、仄、仄、平也未尝不可。虽然严肃实际却未必真的严肃。要协调声律，又要分股、限定字数的文体，是诗中的近体诗。起始句是五个字，就每句都是五个字；开始是七个字，就每句都是七个字；开始用哪个韵，每句就都要用这个韵；起始句第二个字定为平声，下一句第二个字就必定要用仄声，第三句和第四句的平仄又颠倒使用。前人定的规则，可以说苛刻并且严密。然而起始句是五个字，每句就都是五个字，起始句是七个字每句就都是七个字，就有了现成的法则可以遵循。想写五言诗，那么就不用想七言之句；起始句用哪个韵，以下都用相同的韵；起始句第二个字用平声，第二句第二个字就必然会用仄声；就只需选择平声的字，上声、去声、入声的字就不用再考虑。遵守平仄、仄平的规律，就再没有其他变更，从一首到千万首都如出一辙，保证不会有变化无常的规则让人无所适从。这就是说它的苛刻还不过分，严密还没到极限。

至于戏曲，则句子的长短，字数的多少，声调的平上去入，韵律的清浊阴阳，都有固定不变的格式。长句少一个字不行，短句加一个字也不行；再加上忽长忽短，字数有时多有时少，让人难以把握。该用平声就用平声，用一个仄声字都不行；该用阴调就用阴调，换一个阳调的字也不行。协调好平仄，又考虑阴阳的反复；分清楚了阴阳，又与声调韵律相悖。让人挖空心思，烦闷不堪。如此苛刻的法则，将人折磨透了。作者在这里，只要能布置得当、安排妥帖，就是万幸的事了，哪里还顾得上词品的高低、文采的优劣呢？我年幼认字，少年能写文章，对于诗书、六艺的文体，虽然没有精通，然而每种都涉猎过。总结各种文体而言，觉得最难的莫过于写戏曲了。我从小就开始写曲词，现在已经老了，但也

《西厢记》插图

没什么见地。只是将一些肤浅的见识，告诉同行。戏曲的领军人物，还要等以后的俊才来做。作者能在如此艰难的文体中展露才华，字字都符合声律规则，每句话都没有受缚的痛苦，如同莲花生在火上、神仙老人在橘子中下棋一样，才堪称盘根错节的才华、八面玲珑的文笔，能够千古流芳，问心无愧。古往今来评论文艺者，看到戏曲时，应当另眼相看，制定其他的评判标准。要知道这种文体创作艰辛，写出来不容易。里面的文字就像不是自己的，如同从别人那里借来；自己的见闻思想发挥不了作用，到处被人限制。不像诗赋、散文，可以让人奋笔疾书，不受任何牵制。若七分妙处，就可以算作十分；如果达到十分，就比过其他文体的二十分了。我不是要偏袒戏曲家，实在是想主持公道。如果不相信，就请写作的人选择同一个题目，先写一篇文章或一首诗，再作一曲戏文，看看哪种困难哪种容易，哪个拙劣哪个工整，就知道我说的话不假了。然而困难和容易自己知道，工整拙劣就必须让别人来判断。

【原文】

词曲中音律之坏，坏于《南西厢》。凡有作者，当以之为戒，不当取之为法。非止音律，文艺亦然。请详言之。填词除杂剧不论，止论全本，其文字之佳，音律之妙，未有过于《北西厢》者。自南本一出，遂变极佳者为极不佳，极妙者为极不妙。推其初意，亦有可原，不过因北本为词曲之豪，人人赞羡，但可被之管弦，不便奏诸场上，但宜于弋阳、四平等俗优，不便强施于昆调，以系北曲而非南曲也。兹请先言其故。

北曲一折止隶一人，虽有数人在场，其曲止出一口，从无互歌迭咏之事。弋阳、四平等腔，字多音少，一泄而尽，又有一人启口，数人接腔者，名为一人，实出众口，故演《北西厢》甚易。昆调悠长，一字可抵数字，每唱一曲，又必一人始之，一人终之，无可助一臂者，以长江大河之全曲，而专责一人，即有铜喉铁齿，其能胜此重任乎？此北本虽佳，吴音不能奏也。作《南西厢》者，意在补此缺陷，遂割裂其词，增添其白，易北为南，撰成此剧，亦可谓善用古人，喜传佳事者矣。然自予论之，此人之于作者，可谓功之首而罪之魁矣。

所谓功之首者，非得此人，则俗优竞演，雅调无闻，作者苦心，虽传实没。所谓罪之魁者，千金狐腋，剪作鸿毛，一片精金，点成顽铁。若是者何？以其有用古之心而无其具也。

今之观演此剧者，但知关目动人，词曲悦耳，亦曾细尝其味，深绎其词乎？使读书作古之人，取《西厢》南本一阅，句栉字比，未有不废卷掩鼻，而怪秽气熏人者也。若曰：词曲情文不浃，以其就北本增删，割彼凑此，自难贴合，虽有才力无所施也。然则宾白之文，皆由己作，并未依傍原本，何以有才不用，有力不施，而为俗口鄙恶之谈，以秽听者之耳乎？且曲文之中，尽有不就原本增删，或自填一折以补原本之缺略，自撰一曲以作诸曲之过文者，此则束缚无人，操纵由我，何以有才不用，有力不施，亦作勉强支吾之句，以混观者之目乎？使王实甫复生，看演此剧，非狂叫怒骂，索改本而付之祝融①，即痛哭流涕，对原本而悲其不幸矣。

【注释】

①祝融：传说中的火神。

【译文】

　　戏曲中音律最差的是南本《西厢记》。凡是戏曲作者，应当以它为戒，而不该拿来作范本。不仅音律如此，文字也不能学。请让我详细说明。戏曲中除去杂剧不说，只讨论全本。其中文采音律俱佳的，莫过于北本《西厢记》。自从南本出来后，最好的就变成了最差的，最美妙的变成了最难听的。推究《南西厢》的创作本意，也情有可原。不过因为《北西厢》是戏曲中的翘楚，人人赞美，但只能配乐演唱，不便于在舞台表演；只适宜弋阳腔、四平腔等通俗艺人演唱，不便于强加于昆曲，因为它是北曲而不是南曲。请先让我来说其中缘由。

　　北曲一折戏只属于一个人，虽然有几个人在场，曲词却只由一人演唱，从来没有相互唱和这种事。弋阳、四平等唱腔，字数多、音律少，一唱到底。又有一个人张嘴、几个人接腔的，名义上是一人，实则出自众口。所以表演《北西厢》很容易。昆腔曲调悠长，一个字可抵几个字，每唱一曲，又必须一个人从头唱到尾，没有可以帮腔的人。将老长的整部曲子让一个人演唱，即使有铜喉铁齿，能担当如此重任吗？这就是说北本虽好，但却不能用吴音表演。写《南西厢》的人，用意是想弥补这个缺陷，于是将唱词割裂开来，增添对白，将北曲改成南曲，撰写成《南西厢》，也可以说他是善于借用古人，喜欢传扬美事的人。然而在我看来，这个人对于原来作者，可说既是首功又是罪魁。

　　所谓首功，是说如果不是此人，就会使此剧被民间艺人竞相演出，使世人听不到高雅曲调，作者的一片苦心，虽然使作品传唱实际却将作品埋没。所谓罪魁，是他将贵重的狐裘剪成鸿毛般的碎片，将一块金子点成了烂铁。为什么会有这样的结果？因为他虽有沿用古人做法的用心却没有相应的才能。

　　如今观看、表演这出戏的人，只知道它情节动人，词曲好听，但有没有仔细品尝其滋味，深入研究其词句呢？让那些读书研古的人，拿来南本《西厢记》看一看，其词句不通，看的人没有不将他扔掉捂起鼻子，怪罪它臭不可闻。如果说词曲文理不通，因为是就北本增删而成，东拼西补，自然不易贴合，虽然作者有才能也无处施展。然而其中的宾白都是作者自己所作，并没有依傍原本。怎么会有才能而不用，有力气却不施展，写一些粗俗恶心的话来污染听众耳朵呢？而且曲文中，哪里都有不按原本增删之处。或者自己写一折戏来补充原本的缺漏之处，或者自己撰写一首曲子来作为衔接。这些就没人束缚，由自己主导。为什么有才华而不用，有力气却不施展，还是写些勉强、支吾的句子来混淆观众视听？假使王实甫复活，看到演这出戏，不是狂叫怒骂，找来改过的剧本烧掉，就是痛哭流涕，对着原本悲叹它的不幸。

【原文】

嘻！续《西厢》者之才，去作《西厢》者，止争一间，观者群加非议，谓《惊梦》以后诸曲，有如狗尾续貂。以彼之才，较之作《南西厢》者，岂特奴婢之于郎主[①]，直帝王之视乞丐！乃今之观者，彼施责备，而此独包容，已不可解；且令家尸户祝[②]，居然配飨《琵

《西厢记》之听琴

琶》，非特实甫呼冤，且使则诚号屈矣！予生平最恶弋阳、四平等剧，见则趋而避之，但闻其搬演《西厢》，则乐观恐后。何也？以其腔调虽恶，而曲文未改，仍是完全不破之《西厢》，非改头换面、折手跛足之《西厢》也。南本则聋聩、喑哑、驼背、折腰诸恶状，无一不备于身矣。此但责其文词，未究音律。

从来词曲之旨，首严宫调，次及声音，次及字格。九宫十三调，南曲之门户也。小出可以不拘，其成套大曲，则分门别户，各有依归，非但彼此不可通融，次第亦难紊乱。此剧只因改北成南，遂变尽词场格局：或因前曲与前曲字句相同，后曲与后曲体段不合，遂向别宫别调随取一曲以联络之，此宫调之不能尽合也；或彼曲与此曲牌名巧凑，其中但有一二句字数不符，如其可增可减，即增减就之，否则任其多寡，以解补凑不来之厄，此字格之不能尽符也；至于平仄阴阳与逐句所叶之韵，较此二者其难十倍，诛之将不胜诛，此声音之不能尽叶也。词家所重在此三者，而三者之弊，未尝缺一，能使天下相传，久而不废，岂非咄咄怪事乎？更可异者，近日词人因其熟于梨园之口，习于观者之目，谓此曲第一当行，可以取法，用作曲谱；所填之词，凡有不合成律者，他人执而讯之，则曰："我用《南西厢》某折作对子，如何得错！"

噫，玷《西厢》名目者此人，坏词场矩度者此人，误天下后世之苍生者，亦此人也。此等情弊，予不急为拈出，则《南西厢》之流毒，当至何年何代而已乎！

①郎主：旧时仆人称呼主人为郎主。②家尸户祝：尸，指古代祭祀时代表死者受祭的活人。祝，主持祭祀的司仪。家尸户祝，这里指《西厢记》受到大众的普遍欢迎，家喻户晓。

【译文】

唉！续《西厢记》者的才华，与《西厢记》的作者相比只差一点。而观众群起非议，认为《惊梦》之后的曲子都像狗尾续貂。然而其才华与《南西厢》的作者加以比较，岂止是奴婢之于主人，简直是帝王与乞丐的差距。可是现在的观众对《西厢记》续写部分横加指责，却单单对《南西厢》包容，已经很难让人理解了，而且还能让它家喻户晓，居然与《琵琶记》并论，不但王实甫要喊冤，而且高则诚也要叫屈。我生平最讨厌弋阳、四平腔的剧目，看到就要马上避开。但听说要上演《西厢记》，就兴高采烈唯恐落后地去观看。为什么呢？因为它的腔调虽然难听，但曲文却没有改变，仍是完整的《西厢记》，没有改头换面、残缺不全。南本却是集聋瞎、哑、驼背、折腰等各种弊病。这里只是批评它的文词，没有推究它的音律。

自古以来戏曲创作的要旨，首先严格宫调，其次是声音，再次是字格。九宫十三调，是南曲的关键。短小的戏可以不必拘泥，但是成套的大戏，就要分门别类，各自找到自己的位置，不仅彼此之间不能混淆，次序也不能错乱。《西厢记》只因改北本为南本，于是词场的格局全都变了：有的因为前曲与前曲字句相同、后曲与后曲体式不合，就将别的宫调随意选取一曲作为关联，这就是为什么南本宫调不能完全相契合；有的那支曲子与这支曲子的曲牌碰巧一样，其中只有一两句话字数不相符，如果能增减，就增减字数应付，否则就不管它的多少，以解决不能补凑的困难，这就是为什么其字格不能完全符合。至于平仄、阴阳以及每句的押韵，与这二者相比困难十倍，改也改不完，这就是为什么其声音不能完全押韵。戏曲作家所看重的就是这三点，而《南西厢》三处的

印有《西厢记》画的器物

弊病都有，一个都不少。却能传唱天下，久盛不衰，岂不是咄咄怪事吗？更加奇怪的是，最近戏曲作者因《南西厢》经常在舞台传唱，观众也已习以为常，就认为这部戏是戏曲中最好的，可以拿来效法，当作曲谱来用。自己填制的曲词，凡是有不符合规则之处，别人拿着来质疑，就答道："我参照的是《南西厢》中的某一折，怎么会错？"

唉！玷污《西厢记》名声的就是这些人；败坏戏曲创作规则的是这些人；贻误天下及后代众生的还是这些人。这些弊端，我若不赶紧指出来，那么《南西厢》的流毒，将会流传到什么时候啊？

向在都门，魏贞庵相国取崔郑合葬墓志铭示予，命予作《北西厢》翻本，以正从前之谬。予谢不敏，谓天下已传之书，无论是非可否，悉宜听之，不当奋其死力与较短长。较之而非，举世起而非我；即较之而是，举世亦起而非我。何也？贵远贱近，慕古薄今，天下之通情也。谁肯以千古不朽之名人，抑之使出时流下？彼文足以传世，业有明征；我力足以降人，尚无实据。以无据敌有征，其败可立见也。时龚芝麓先生亦在座，与贞庵相国均以予言为然。

向有一人欲改《北西厢》，又有一人欲续《水浒传》，同商于予。予曰："《西厢》非不可改，《水浒》非不可续，然无奈二书已传，万口交赞，其高踞词坛之座位，业如泰山之隐，磐石之固，欲遽叱之使起而让席于予，此万不可得之数也。无论所改之《西厢》，所续之《水浒》，未必可继后尘，即使高出前人数倍，吾知举世之人不约而同，皆以'续貂蛇足'四字，为新作之定评矣。"二人唯唯而去。此予由衷之言，向以诚人，而今不以之绳己，动数前人之过者，其意何居？曰：存其是也。放郑声①者，非仇郑声，存雅乐也；辟异端者，非仇异端，存正道也；予之力斥《南西厢》，非仇《南西厢》，欲存《北西厢》之本来面目也。若谓前人尽不可议，前书尽不可毁，则杨朱、墨翟亦是前人，郑声未必无底本，有之亦是前书，何以古圣贤放之辟之，不遗余力哉？

予又谓《北西厢》不可改，《南西厢》则不可不翻。何也？世人喜观此剧，非故嗜痂②，因此剧之外别无善本，欲睹崔张旧事，舍此无由。地乏朱砂，赤土为佳，《南西厢》之得以浪传，职是故也。使得一人焉，起而痛反其失，别出新裁，创为南本，师实甫之意，而不必更袭其词，祖汉卿之心，而不独仅续其后，若与《北西厢》角胜争雄，则可谓难之又难，若止与《南西厢》赌长较短，则犹恐屑而不屑。予虽乏才，请当斯任，救饥有暇，当即拈毫。

①郑声：春秋时郑国的流行音乐，不同于当时的"雅乐"，后代指俗乐或淫艳靡烂的音乐。
②嗜痂：嗜好吃病人身上疮痂的怪癖。

我从前在京城时，相国魏贞庵拿来崔莺莺与郑恒合葬的墓志铭让我看，要我写《北西厢》的翻本，来纠正从前剧本的错误，我以无法胜任推辞了。我说已经流传天下的书，无论对错与否，都该听任于它，不应当拼命与它一争长短。如果相比之下不如原本，天下人就会群起非议。就算相比之下写得好，天下人也会群起非议。为什么呢？因为世人贵重远的、轻视近的，仰慕古代、菲薄当世，这是世人的通病。谁愿意将千古不朽的名人贬低使之居于今人之下？其文章能够流传后世，已经是明证了；我有贬低他的能力，却没有真凭实据。以没有证据的事来抗衡有明证的事，失败是显而易见的。当时龚芝麓先生也在座，他和相国魏贞庵都认同我的话。

从前有个人想改写《北西厢》，还有个人想续写《水浒传》，来和我商量。我说："《西厢记》不是不能改，《水浒传》不是不能续，但是无奈这两本书已经流传，人人称颂，它们高居在词坛之上，已同泰山般稳固、磐石般牢靠。想马上让它们起来让位给我们，是无论如何办不到的。不说所改《西厢记》和所续《水浒传》未必赶得上原著，即使比前人高出几倍，我也知道天下人会不约而同地用狗尾续貂、画蛇添足来评论新作。两人听后点头称是地离开了。这是我的由衷之言，一向用来告诫别人，如今不用来约束自己，动辄就数落前人的过错，用意何在？回答是：想要将正确的保留下来。放弃郑国的靡靡之音，不是仇视它，而是为了保存高雅的乐曲；排除异端，不是仇视它，而是为了保存正统之道。我力图排斥《南西厢》，不是仇视它，是想保存《北西厢》的本来面目。如果说前人都不能非议，以前的书都不能诋毁，那么杨朱、墨翟也是前人，郑国的音乐未必没有底本，有底本也是以前的书，为什么古代圣贤对这些要不遗余力地排斥回避呢？

我又认为《北西厢》不能改写，《南西厢》却不能不翻改。为什么？世人爱看这部戏，并非是他们嗜好不好的东西，是因为除了这个剧本再也没有更好的翻本。想看崔莺莺和张生的故事，除此之外没有别的。地上缺乏朱砂，红土就是好的。《南西厢》得以流传，就是这个缘故。假如有一个人，能够出来改写它的过失之处，别出心裁，创作出南本，师承王实甫的本意，而不更改抄袭它的曲词；秉承关汉卿的思想，而不只是续写，如果是与《北西厢》一较高下，就可以说是难上加难，如果只是和《南西厢》比较，就还恐怕他不屑于比较呢。我虽然缺少才能，却请求担当此任，不再为生计问题奔忙后，就立即动笔。

【原文】

《南西厢》翻本既不可无，予又因此及彼，而有志于《北琵琶》一剧。蔡中郎夫妇之传，既以《琵琶》得名，则"琵琶"二字乃一篇之主，而当年作者何以仅标其名，不见拈弄其实？使赵五娘描容之后，果然身背琵琶，往别张大公，弹出北曲哀声一大套，使观者听者涕泗横流，岂非《琵琶记》中一大畅事？而当年见不及此者，岂元人各有所长，工南词者不善制北曲耶？使王实甫作《琵琶》，吾知与千载后之李笠翁必有同心矣。

予虽乏才，亦不敢不当斯任。向填一折付优人，补则诚原本之不逮，兹已附入四卷之末，尚思扩为全本，以备词人采择，如其可用，谱为弦索①新声，若是，则《南西厢》《北琵琶》二书可以并行。虽不敢望追踪前哲，并訾时贤，但能保与自手所填诸曲（如已经行世之前后八种，及已填未刻之内外八种）合而较之，必有浅深疏密之分矣。然著此二书，必须杜门累月，窃恐饥来驱人，势不由我。安得雨珠雨粟之天，为数十口家人筹生计乎？伤哉！贫也。

【注释】

①弦索：代指北曲。

【译文】

《南西厢》的翻本既然不能没有，我又因此及彼，想要改写北本《琵琶记》这部戏。蔡中郎夫妇故事的流传，既然以《琵琶记》得名，那么"琵琶"二字就是全篇中心。当初作者为什么只标出琵琶的名字，却不表明其真正的含义呢？假使赵五娘化妆之后，果然身背琵琶，去向张大公告别，弹奏出一大段哀伤的北曲，使观众感动落泪，岂不是《琵琶记》中一大畅快的事？然而当初作者没想到这些，岂是元

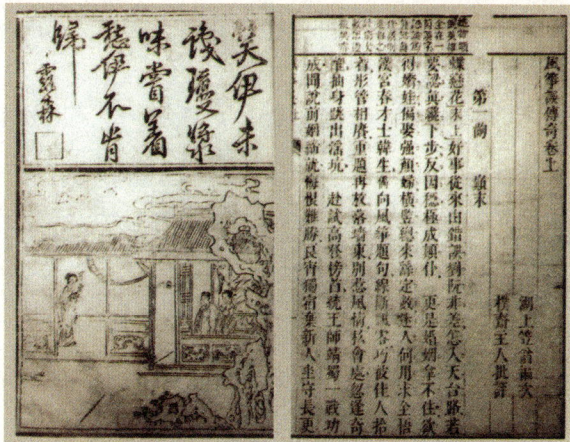

《风筝误》书影及插图

代人各有所长，工于南曲的就不善创制北曲了吗？假使让王实甫创作《琵琶记》，我知道他一定和千年后的李渔有同样的想法。

我虽缺少才能，也不敢不担当此任。我以前写过一折戏交给演员，来弥补高则诚原本中不足之处，现在已经附在了第四卷的末尾。我还想要将其扩展为全本，当作戏曲作者的参考，如果有可用的地方，就谱写成新曲，倘若如此，那么《南西厢》和《北琵琶》两书就可以一同传唱了。虽然不敢奢望能赶上前辈圣哲，与当世圣贤并驾齐驱，但总能保留亲手创作的各部戏曲（如已经在世上流传的前后八种曲目，及已经写好还没有刊印的内外八种曲目）放在一起进行比较，必然会有深浅、疏密的差别。然而要写这两本书，必须闭门创作好几个月，我担心受到生计的驱使而停笔，形势由不得自己。怎样能使天上掉下钱粮，维持我家数十口人的生计呢？伤心啊！因为贫穷！

恪守词韵

【原文】

一出用一韵到底，半字不容出入，此为定格。旧曲韵杂出入无常者，因其法制未备，原无成格可守，不足怪也。既有《中原音韵》一书，则犹畛域①画定，寸步不容越矣。常见文人制曲，一折之中，定有一二出韵之字，非曰明知故犯，以偶得好句不在韵中，而又不肯割爱，故勉强入之，以快一时之目者也。

杭有才人沈孚中者，所制《绾春园》《息宰河》二剧，不施浮采，纯用白描，大是元人后劲。予初阅时，不忍释卷，及考其声韵，则一无定轨，不惟偶犯数字，竟以寒山、桓欢二韵，合为一处用之，又有以支思、齐微、鱼模三韵并用者，甚至以真文、庚青、侵寻三韵，不论开口闭口，同作一韵用者。长于用才而短于择术，致使佳调不传，殊可痛惜！夫作诗填词同一理也。未有沈休文诗韵以前，大同小异之韵，或可叶入诗中。既有此书，即三百篇之风人复作，亦当俯就范围。

李白诗仙，杜甫诗圣，其才岂出沈约下，未闻以才思纵横而跃出韵外，况其他乎？设有一诗于此，言言中的，字字惊人，而以一东二冬并叶，或三江七阳互施，吾知司选政者，必加摈黜，岂有以才高句美而破格收之者乎？词家绳墨，只在《谱》《韵》二书，合谱合韵，方可言才，不则八斗难克升合，五车不敌片纸，虽多虽富，亦奚以为？

【注释】

①畛域：指两物之间的界限。

【译文】

一出戏要整出都用一个韵，半个字也不容许有出入，这是规定好的格式。以前的曲子用韵繁杂，出入无常，因为它的规则没有齐备，原本没有现成的格式可以遵守，不足为怪。既然有了《中原音韵》这本书，就像画定好了词曲的范围，一点都不能逾越。经常见到文人创作曲词，同一折中，必定有一两个字用韵错误。并非明知故犯，因为偶然得到好句却不押韵，又不肯割爱，所以就勉强加上，以图一时之快。

杭州有个才子叫沈孚中，创作了《绾春园》《息宰河》两出戏，不用浮华词采，只用白描，大有元代人的风力。我第一次阅读时爱不释手，等到考究其声韵，却没有一点规律，不仅偶尔会用错字，居然还将"寒山""桓欢"两韵合用在一

明代艺人表演场景

处。有的还将"支思""齐微""鱼模"三韵并用，甚至将"真文""庚青""侵寻"三韵，不管开口闭口，就当作同韵使用。此人擅长施展才华却缺乏技巧，导致好曲不能流传，多么令人痛惜！作诗和写曲词道理相同，沈休文的《诗韵》没出现以前，大同小异的音韵，或许能够写进同一首诗。既然有了这本书，即使是《诗经》作者重新创作，也应当遵循规范。

诗仙李白、诗圣杜甫，他们的才华不在沈约之下，也没听说因为自己才思纵横而跳出韵律之外的，更何况其他人？假设有一首诗在这里，句句说到点子上，字字让人惊叹，但用一东、二冬共同押韵，或者用三江、七阳两韵相互使用，我知道考官必定要将其刷掉，难道会因为他们才气高、诗句美而破格录取吗？戏曲作者要遵循的，只在《谱》《韵》这两本书。符合曲谱和音韵，才可以去谈才华，否则即使才高八斗也抵不了一升、学富五车也敌不过一张纸，虽然多又有何用？

凛遵曲谱

【原文】

曲谱者，填词之粉本，犹妇人刺绣之花样也，描一朵，刺一朵，画一叶，绣一叶，拙者不可稍减，巧者亦不能略增。然花样无定式，尽可日异月新，曲谱则愈旧愈佳，稍稍趋新，则以毫厘之差而成千里之谬。

情事新奇百出，文章变化无穷，总不出谱内刊成之定格。是束缚文人而使有才不得自展者，曲谱是也；私厚词人而使有才得以独展者，亦曲谱是也。使曲无定谱，亦可日异月新，则凡属淹通①文艺者，皆可填词，何元人、我辈之足重哉？"依样画葫芦"一语，竟似为填词而发。妙在依样之中，别出好歹，稍有一线之出入，则葫芦体样不圆，非近于方，则类乎扁矣。葫芦岂易画者哉！明朝三百年，善画葫芦者，止有汤临川②一人，而犹有病其声韵偶乖，字句多寡之不合者。甚矣，画葫芦之难，而一定之成样不可擅改也！

【注释】

①淹通：精通，贯通。②汤临川：即汤显祖，因其是临川人，故世称汤临川。

【译文】

曲谱是编戏的参照，犹如妇女刺绣的花样。描一朵花就刺一朵花；画一片叶就绣一片叶。笨拙的人不能减少一点，手巧的人也不能增加一点。然而花样没有固定形式，尽可以有日新月异的变化，而曲谱则是越旧越好，稍稍趋向新奇，就会差之毫厘谬以千里。

情节新奇百出，文章变化无穷，但都不会超出曲谱中的固定格式。束缚文人使他们有才气却无法施展的，是曲谱；厚爱词人使其才华得以独自施展的，也是曲谱。如果戏曲没有固定曲谱，也可以日新月异的变化，那么凡是稍通文学的人，就都能写戏曲了，何以元人和我们这些人如此被看重？"依样画葫芦"这句话，竟像专门为编戏说的。妙在依照样本，可以分出曲词好坏。稍有一点出入，就会使葫芦的形状画得不圆，不是接近方，就是类似扁。画葫芦难道就容易吗？明朝有三百年，善于画葫芦的却只有一个汤显祖，尚且有人批评他声韵偶尔用得不对，句子长短不切合。画葫芦太难了！然而固定的样本却是不能擅自修改的！

【原文】

曲谱无新，曲牌名有新。盖词人好奇嗜巧，而又不得展其伎俩，无可奈何，故以二曲三曲合为一曲，熔铸成名，如《金索挂梧桐》《倾杯赏芙蓉》《倚马待风云》之类是也。此皆老于词学、文人善歌者能之，不则上调不接下调，徒受歌者揶揄。然音调虽协，亦须文理贯通，始可串离使合。如《金络索》《梧桐树》是两曲，串为一曲，而名曰《金索挂梧桐》，以金索挂树，是情理所有之事也。《倾杯序》《玉芙蓉》是两曲，串为一曲，而名曰《倾杯赏芙蓉》，倾杯酒而赏芙蓉，虽系捏成，犹口头语也。《驻马听》《一江风》《驻云飞》是三曲，串为一曲，而名曰《倚马待风云》，倚马而待风云之会，此语即入诗文中，亦自成句。凡此皆系有伦有脊之言，虽巧而不厌其巧。竟有只顾串合，不询文义之通塞，事理之有无，生扭数字作曲名者，殊失顾名思义之体，反不若前人不列名目，只以"犯"字加之。如本曲《江儿水》而串入二别曲，则曰《二犯江儿水》；本曲《集贤宾》而串入三别曲，则曰《三犯集贤宾》。又有以"摊破"①二字概之者，如本曲《簇御林》、本曲《地锦花》而串入别曲，则曰《摊破簇御林》《摊破地锦花》之类，何等浑然，何等藏拙。更有以十数曲串为一曲而标以总名，如《六犯清音》《七贤过关》《九回肠》《十二峰》之类，更觉浑雅。予谓串旧作新，终是填词末着。只求文字好，音律正，即牌名旧杀，终觉新奇可喜。如以极新极美之名，而填以庸腐乖张之曲，谁其好之？善恶在实，不在名也。

明本《董西厢》插图

【注释】

①摊破：唐宋填词用语。指因乐曲节拍的变动引起句法、协韵的变化，突破原来词调谱式，故称摊破。

【译文】

没有新的曲谱，却有新的曲牌名。大概是词人偏好新奇巧妙，但又不能施展他们的才华，无可奈何，所以就将两支、三支曲子合为一支，融合成新曲，比如《金索挂梧桐》《倾杯赏芙蓉》《倚马待风云》这些就是。这些都是熟悉词学、擅长谱曲的文人才能做到的，否则就会上下曲调不衔接，白白被演唱者嘲笑。然而音韵即使协调，也需要文理贯通，才能串联成一个整体。比如《金络索》《梧桐树》两支曲子，将它们合为一曲，定名为《金索挂梧桐》。将金索挂在树上，这是情理中有的事情。《倾杯序》《玉芙蓉》两支曲子，串成一曲，定名为《倾杯赏芙蓉》。倒杯酒来欣赏芙蓉，虽然是捏造，也是人们的口头语。《驻马听》《一江风》《驻云飞》三支曲子，串成一曲，定名为《倚马待风云》，身靠马背等待风云聚会，这话即使放到诗文中，也自然成句。凡是这些都有理有据，虽然奇巧却不觉得奇巧。竟然还有只顾串联，不顾文意通不通顺、合不合理，将几个字生硬的连作曲名，失去了顾名思义的传统，倒不如从前的人不新列名目，只将"犯"字加在原题之前，比如本名叫《江儿水》，串入两支其他的曲名，就叫《二犯江儿水》；本名叫《集贤宾》，串进去其他三支曲子，就叫《三犯集贤宾》。还有的用"摊破"二字来概括，比如本名叫《簇御林》《地锦花》，加入其他曲名后，就叫《摊破簇御林》《摊破地锦花》，多么浑然一体，多么掩饰缺点啊。还有将十几支曲子串成一曲标出总名的，比如《六犯清音》《七贤过关》《九回肠》《十二峰》之类，更感觉浑然高雅。我认为串联旧曲为新曲，终究是填词中的小技。只要文采好、音律正，即使再旧的曲牌名，终会感觉新奇喜爱。如果用非常新奇美好的曲牌名，却填进去庸俗、陈腐、乖张的曲词，谁又会喜欢呢？词曲的好坏在内容，不在名称。

鱼模当分

【原文】

词曲韵书，止靠《中原音韵》一种，此系北韵，非南韵也。十年之前，武林陈次升先生欲补此缺陷，作《南词音韵》一书，工垂成而复缀，殊为可惜。予谓南韵深渺，卒难成书。填词之家即将《中原音韵》一书，就平上去三音之中，抽出入声字，另为一声，私置案头，亦可暂备南词之用。然此犹可缓。更有急于此者，则鱼模一韵，断宜分别为二。

鱼之与模，相去甚远，不知周德清当日何故比而同之，岂仿沈休文诗韵之例，以元、繁、孙三韵，合为十三元之一韵，必欲于纯中示杂，以存"大音希声"①之一线耶？无论一曲数音，听到歇脚处，觉其散漫无归，即我辈置之案头，自作文字读，亦觉字句聱牙，声韵逆耳。倘有词学专家，欲其文字媲美者，当令鱼自鱼而模自模，两不相混，斯为极妥。即不能全出皆分，或每曲各为一韵，如前曲用鱼，则用鱼韵到底，后曲用模，则用模韵到底，犹之一诗一韵，后不同前，亦简便可行之法也。

　　自愚见推之，作诗用韵，亦当仿此。另钞元字一韵，区别为三，拈得十三元者，首句用元，则用元韵到底，凡涉繁、孙二韵者勿用，拈得繁、孙者亦然。出韵则犯诗家之忌，未有以用韵太严而反来指谪者也。

【注释】

① 大音希声：语出《老子》："大音希声，大象无形。"意谓最大最美的声音乃是无声之音。

【译文】

　　词曲的韵书只有《中原音韵》一书可参考。这是北曲音韵，而非南曲音韵。十年之前，武林人陈次升先生想要弥补这个缺陷，写了《南词音韵》一书，快要写完时又放弃了，实在可惜。我认为南曲音韵很深邃缥缈，很难写成书。戏曲作者若将《中原音韵》这本书中的平、上、去三个音中，抽出入声，另外创制一声，自己放置在案头，也可以暂且用来填写南曲。然而这件事还不着急。还有更加紧急的，就是"鱼模"这一韵，绝对应该分割为两个。

　　"鱼"和"模"两韵相差太远，不知道为什么周德清当初要将它们放在一起等同起来。难道是效仿沈休文《诗韵》的体例，将"元""繁""孙"三个韵合为"十三元"中的一韵，必定想要在单纯中表现复杂，以保存"大音希声"的特点吗？不要说一支曲子里用了几个音，听到停顿之处，让人觉得散漫没有归属，即使我们这些人放在案头，当作文章阅读，也会觉得字句拗口，声韵难听。如果有词学专家想要使自己的文字与声音相媲美，应当让"鱼"就是"鱼"、"模"就是"模"，两韵不相

填词必先会用韵

混淆，才是妥当。就算不能完全区分，也应该每曲子各用一韵，比如前曲用"鱼"韵，就将"鱼"韵用到底；后曲用"模"韵，就将"模"韵用到底。就像一首诗一个韵，后边的诗歌用韵不同于前边，也是简单可行的方法。

据我推测，作诗用韵也该如此，另外"元"字韵提出，与"繁""孙"区别成三个韵。用"十三元"中的韵，首句用"元"韵，就将"元"韵用到底，凡是涉及"繁""孙"这两韵就不用。用到"繁""孙"两韵也是如此。违反韵律就犯了诗人的忌讳，没有因为用韵太严格而反遭指责的。

廉监宜避

【原文】

侵寻、监咸、廉纤三韵，同属闭口之音，而侵寻一韵，较之监咸、廉纤，独觉稍异。每至收音处，侵寻闭口，而其音犹带清亮，至监咸、廉纤二韵，则微有不同。此二韵者，以作急板小曲则可，若填悠扬大套之词，则宜避之。

《西厢》"不念《法华经》，不理《梁王忏》"一折用之者，以出惠明①口中，声口恰相合耳。此二韵宜避者，不止单为声音，以其一韵之中，可用者不过数字，余皆险僻艰生，备而不用者也。若惠明曲中之"撧燀"字、"搀"字、"彪"字、"臜"字、"馅"字、"蘸"字、"撍"字，惟惠明可用，亦惟才大如天之王实甫能用，以第二人作《西厢》，即不敢用此险韵矣。

初学填词者不知，每于一折开手处，误用此韵，致累全篇无好句；又有作不终篇，弃去此韵而另作者，失计妨时。故用韵不可不择。

【注释】

①惠明：《西厢记》中的一个人物形象，性格粗犷豪放。

【译文】

"侵寻""监咸""廉纤"这三个韵同属闭口音，不过"侵寻"韵与"监咸"韵、"廉纤"韵相比，有一些差异，每到收音的地方"侵寻"虽是闭口音，但发音仍然带着清亮，至于"监咸""廉纤"两韵就稍有不同。这两个韵用来作急板小曲就可以，如果填写悠扬的大套曲词，则应避免使用。

《西厢记》里"不念《法华经》，不理《梁王忏》"一折中用这两个韵，是因为出自惠明口中，声音和口气刚好契合而已。这两个韵应该避免使用不仅是因为声音，还因为一个韵当中能用的字只有几个，其他都是生僻字，只是备用而不常用的。比如惠明唱词中的"燀""搀""彪""臜""馅""蘸""撍"等字，只有惠明才能用，也只有才气冲天的王实甫能用，让第二人写《西厢记》，就不敢用这些险韵了。

初学填词的人不知道，每逢一折戏开始的地方，误用这些韵，导致全篇没有好句子；还有没写完就将这些韵放弃另外重写，计划不好耽误时间，所以用韵不能不做选择。

拗句难好

【原文】

音律之难，不难于铿锵顺口之文，而难于倔强聱牙之句。铿锵顺口者，如此字声韵不合，随取一字换之，纵横顺逆，皆可成文，何难一时数曲。至于倔强聱牙之句，即不拘音律，任意挥写，尚难见才，况有清浊阴阳，及明用韵，暗用韵，又断断不宜用韵之成格，死死限在其中乎？

词名之最易填者，如《皂罗袍》《醉扶归》《解三酲》《步步娇》《园林好》《江儿水》等曲。韵脚虽多，字句虽有长短，然读者顺口，作者自能随笔，即有一二句宜作拗体①，亦如诗内之古风，无才者处此，亦能勉力见才。至如《小桃红》《下山虎》等曲，则有最难下笔之句矣。《幽闺记·小桃红》之中段云："轻轻将袖儿掀，露春纤，盏儿拈，低娇面也。"每句只三字，末字叶韵，而每句之第二字，又断该用平，不可犯仄。此等处，似难而尚未尽难。其《下山虎》云："大人家体面，委实多般，有眼何曾见！懒能向前，弄盏传杯，恁般腼腆。这里新人忒杀虐，待推怎地展？主婚人，不见怜，配合夫妻，事事非偶然。好恶姻缘总在天。"只须"懒能向前""待推怎地展""事非偶然"之三句，便能搅断词肠。"懒能向前""事非偶然"二句，每句四字，两平两仄，末字叶韵。"待推怎地展"一句五字，末字叶韵，五字之中，平居其一，仄居其四。此等拗句，如何措手？南曲中此类极多，其难有十倍于此者，若逐个牌名援引，则不胜其繁，而观者厌矣；不引一二处定其难易，人又未必尽晓；兹只随拈旧诗一句，颠倒声韵以喻之。

如"云淡风轻近午天"，此等句法，自然容易见好，若变为"风轻云淡近午天"，则虽有好句，不夺目矣。况"风轻云淡近午天"七字之中，未必言言合律，或是阴阳相左，或是平仄尚乖，必

戏剧中不可缺少乐器

须再易数字，始能合拍。或改为"风轻云淡午近天"，或又改为"风轻午近云淡天"。此等句法，揆^②之音律则或谐矣，若以文理绳之，尚得名为词曲乎？海内观者，肯曰此句为音律所限，自难求工，姑为体贴人情之善念而恕之乎？曰：不能也。既曰不能，则作者将删去此句而不作乎？抑自创一格而畅我所欲言乎？曰：亦不能也。然则攻此道者，亦甚难矣！

【注释】

①拗体：格律诗的一种变体。指诗人刻意求奇，特地变更诗格用拗句写成的诗。②揆：量，度。

【译文】

使用音律的难处，不在于读来铿锵顺口的文字，而在于佶屈聱牙的句子。铿锵顺口的文字，如果这个字声韵不切合，就随便找个字来替换，无论怎么读，都可以成文，一下子能写出几支曲子又有什么难的？至于佶屈聱牙的句子，就不拘泥于音律，随意挥洒尚且很难表现出才华，况且还分清浊阴阳，和明用韵、暗用韵，又有绝对不适宜用韵的规定，死死地限制人呢？

词牌中最容易填的，比如《皂罗袍》《醉扶归》《解三酲》《步步娇》《园林好》《江儿水》等曲子，韵脚虽然多，字句虽然有长有短，然而读来顺口，作者自然能随意创作，即使有一两句应当写成拗体，也如同诗中的古体诗，缺少才气的人在这里，也能通过努力表现才华。至于像《小桃红》《下山虎》等曲目，就有最难让人下笔的句子。《幽闺记·小桃红》中间一段写道："轻轻将袖儿掀，露春纤，盏儿拈，低娇面也。"每句话只有三个字，最后一个字押韵，而且每句第二个字又必须用平声，不可以用仄声。这些地方，看起来难实际还不是都难。《下山虎》中写道："大人家体面，委实多般，有眼何曾见？懒能向前，弄盏传杯，恁般腼腆，这里新人忒杀虐，待推怎地展？主婚人，不见怜，配合夫妻事，事非偶然，好恶姻缘总在天。"只是"懒能向前""待推怎地展""事非偶然"这三句，就能使人绞尽脑汁。"懒能向前""事非偶然"两话，每句四个字，两个是平声两个是仄声，最后一个字押韵。"待推怎地展"一句是五个字，最后一个字押韵，五个字当中，有一个平声字，四个仄声字。这样的拗句，如何下笔？南曲中这种句子极其普遍，还有比这困难十倍的，如果每个词牌都逐一引证，就不胜枚举，而使读者生厌。而如果不引用一两处来限定难易，人们又未必都能知道。只随便拿出一句旧诗，将其声韵颠倒一下来说明。

比如"云淡风轻近午天"，这种句法，自然容易看出优点，但若变成"风轻云淡近午天"，虽然还是好句子，却不能引人注目了。况且"风轻云淡近午天"七个字当中，未必字字都符合音律，或者是阴阳用错，或者是平仄不对，必须再换几个字，才能够合拍。或者改作"风轻云淡午近天"，或者改作"风轻午近云淡天"。这种句子，用音律衡量或许是和谐了，但如果用文理来衡量，还能称为词曲吗？天下的观众，能说这句话被音律限制，难以求精，姑且为体贴人情而原谅其缺陷吗？回答是：不能。既然说不能原谅，那么作者将删去这句不写吗？抑或自创一种格式畅所欲言？回答是：也不能。既然如此，那么就会使从事这项工作的人，也太难了啊！

【原文】

变难成易，其道何居？曰：有一方便法门①，词人或有行之者，未必尽有知之者。行之者偶然合拍，如路逢故人，出之不意，非我知其在路而往投之也。凡作倔强聱牙之句，不合自造新言，只当引用成语。成语在人口头，即稍更数字，略变声音，念来亦觉顺口。新造之句，一字聱牙，非止念不顺口，且令人不解其意。今亦随拈一二句试之。如"柴米油盐酱醋茶"，口头语也，试变为"油盐柴米酱醋茶"，或再变为"酱醋油盐柴米茶"，未有不明其义，不辨其声者。"东边日出西边雨，道是无情却有情"，口头语也，试将上句变为"日出东边西边雨"，下句变为"道是有情却无情"，亦未有不明其义，不辨其声音。若使新造之言而作此等拗句，则几与海外方言无别，必经重译而后知之矣。即取前引《幽闺》之二句，定其工拙。"懒能向前""事非偶然"二句，皆拗体也。"懒能向前"一句，系作者新构，此句便觉生涩，读不顺口。"事非偶然"一句，系家常俗语，此句便觉自然，读之溜亮，岂非用成语易工，作新句难好之验乎？予作传奇数十种，所谓"三折肱为良医"，此折肱语也。因觅知音，尽倾肝膈。孔子云："益者三友：友直，友谅，友多闻。"多闻，吾不敢居，谨自呼为直谅。

《拜月亭》戏画瓷瓶　清

【注释】

①方便法门：佛教指修行者入道的门径，也指佛门。泛指门径、方法。

【译文】

变难为易的方法在哪里呢？回答是：有一个方便的办法，词人或者有用到它的，但未必都知道。用到的人偶然合拍，如同在途中遇到了故人，是出其不意的，并非知道他在路上而专程去见他。凡写佶屈聱牙的句子，不适合自创新句，只应该引用成语。成语在人的嘴边，即使稍微更改几个字，略微改变声音，念出来也觉得顺口。而新造的句子，一个字拗口，非但读来不顺口，并且也让人不明白什么含义。在这里也随意拿一两句来做试验。比如"柴米油盐酱醋茶"是口头语，试着变成"油盐柴米酱醋茶"，或者再变成"酱醋油盐柴米茶"，没有不知道含义、辨别不出声音的。"东边日出西边雨，道是无情却有情"是口头语，试将上句改为"日出东边西边雨"，下句改做"道是有情却无情"，也没有不知道含义、辨别不出声音的。如果是新造的语句写出这样的拗句，就几乎和外国话没有差别了，必须经过重新翻译才能知道。就拿前边所说的《幽闺记》中的两句，来评定这种做法的好坏。"懒能向前""事非偶然"两句话都不顺口，"懒能向前"这句话为作者新创，就觉得生涩，读着不顺口。"事非偶然"一句是家常话，这句就觉得自然，读着响亮。这难道不是用现成熟语容易工整，自创新句难以写好的验证吗？我写的戏剧有几十部，所谓久病成良医，这是我的经验之谈。因为要找知音，所以发自肺腑。孔子说："有益的朋友有三种：正直的朋友、宽容的朋友、见多识广的朋友。"见多识广，我不敢自居，请允许我称正直和宽容吧。

合韵易重

【原文】

句末一字之当叶者，名为韵脚。一曲之中，有几韵脚，前后各别，不可犯重。此理谁不知之？谁其犯之？所不尽知而易犯者，惟有"合前"数句。兹请先言合前之故。同一牌名而为数曲者，止于首只列名，其后在南曲则曰"前腔"，在北曲则曰"么篇"，犹诗题之有其二、其三、其四也。末后数语，在前后各别者，有前后相同，不复另作，名为"合前"者。此虽词人躲懒法，然付之优人，实有二便；初学之时，少读数句新词，省费几番记忆，一便也；登场之际，前曲各人分唱，合前之曲必通场合唱，既省精神，又不寂寞，二便也。然合前之韵脚最易犯重。何也？

大凡作首曲，则知查韵，用过之字不肯复用，迨做到第二、三曲，则止图省力，但做前词，不顾后语，置合前数句于度外，谓前曲已有，不必费心，而乌知此数句之韵脚在前曲则语语各别，凑入此曲，焉知不有偶合者乎？故作前腔之曲，而有合前之句者，必将末后数句之韵脚紧记在心，不可复用；作完之后，又必再查，始能不犯此病。此就韵脚而言也。

韵脚犯重，犹是小病，更有大于此者，则在词意与人不相合。何也？合前之曲既使同唱，则此数句之词意必有同情。如生旦净丑四人在场，生旦之意如是，净丑之意亦如是，即可谓之同时，即可使之同唱；若生旦如是，净丑未尽如是，则两情不一，已无同唱之理；况有生旦如是，净丑必不如是，则岂有相反之曲而同唱者乎？此等关窍，若不经人道破，则填词之家既顾阴阳平仄，又调角徵宫商，心绪万端，岂能复筹及此？予作是编，其于词学之精微，则万不得一，如此等粗浅之论，则可谓知无不言，言无不尽者矣。后来作者，当赐予一字，命曰"词奴"，以其为千古词人，尝效纪纲①奔走之力也。

【注释】

①纪纲：古代指仆人。

【译文】

句末应该押韵的字，叫作韵脚。一支曲当中，有几个韵脚，前后韵脚各不相同，不可重复。这个道理谁不知道？谁会犯这种错误？并不是都知道因而容易犯错误的，只有"合前"的几句。请让我先说一下"合前"的原因。使用同一曲牌写几支曲子的，只在第一支前写出曲牌名，之后的，在南曲中称为"前腔"，在北曲中则称为"么篇"，犹如诗歌的题目中有"其二""其三""其四"一样。曲子结尾几句，有前后曲子不同的；有前后曲子都相同，

《桃花扇》书影及插图

不再重写，就叫作"合前"。这虽是填词者偷懒的办法，然而交给演员，实际却有两个方便。初学的时候，可以少读几句新词，少花点记忆的功夫，这是其中一个方便；登台表演时，前边的曲子各自分开来演唱，"合前"的曲子必然要全场合唱，这样既省精力，又不会寂寞，这是另一个方便。然而"合前"的韵脚最容易重复。为什么？

大多写第一支曲时，就都知道查看韵脚，用过的字就不肯再用，等到第二、第三支曲时，就只图省力，只顾前边的词曲，不顾后边的语句，早把"合前"的句子抛之脑后了，认为前边的曲子中已经有了，就不再必费心，而不知道这几句话的韵脚在前面的曲子中虽各不相同，但凑到这支曲中，怎么知道不会有偶尔重复的？因此写"前腔"的曲子，而有"合前"的句子的，必须将结尾几句的韵脚牢记于心，不可重复使用；写完后，又必须再检查一下，才能不犯这种毛病。这些就是对于韵脚而言的。

韵脚重复使用，还是小毛病，更有比这严重的，就是唱词与角色不符。为什么？"合前"的曲子既然令全场同唱，那么这几句的词意必然有大家的共同情感。比如生、旦、净、丑四个角色同时在场，生和旦的感情是这样，净与丑的感情也是这样，就能说他们有共同情感，就能让他们共同演唱；如果生与旦的感情是这样，而净与丑的感情不全是这样，那么两种感情不一致，就没有共同演唱的道理了。况且有生与旦的感情是这样，净与丑的感情不是这样，那么怎么会有将情感相反之曲拿来合唱的道理呢？这个诀窍，如果不经说破，那么戏曲作者既要照顾音律，又要协调曲调，心绪万端，怎么顾得上这点呢？我写这篇文章，相对于戏曲的精微之处，就不足万分之一。

如此粗浅的言论，可以说是知无不言、言无不尽的了。以后的作者，应该赐给我一个"词奴"的称号，因为我曾经为千古词人奔波忙碌啊！

慎用上声

【原文】

　　平上去入四声，惟上声一音最别。用之词曲，较他音独低，用之宾白，又较他音独高。填词者每用此声，最宜斟酌。此声利于幽静之词，不利于发扬之曲；即幽静之词，亦宜偶用、间用，切忌一句之中连用二三四字。盖曲到上声字，不求低而自低，不低则此字唱不出口。如十数字高而忽有一字之低，亦觉抑扬有致；若重复数字皆低，则不特无音，且无曲矣。至于发扬之曲，每到吃紧关头，即当用阴字，而易以阳字尚不发调，况为上声之极细者乎？予尝谓物有雌雄，字亦有雌雄。平去入三声以及阴字，乃字与声之雄飞者也；上声与阳字，乃字与声之雌伏者也。此理不明，难于制曲。

　　初学填词者，每犯抑扬倒置之病，其故何居？正为上声之字入曲低，而入白反高耳。词人之能度曲者，世间颇少。其握管捻髭之际，大约口内吟哦，皆同说话，每逢此字，即作高声；且上声之字出口最亮，入耳极清，因其高而且清，清而且亮，自然得意疾书。孰知唱曲之道与此相反，念来高者，唱出反低，此文人妙曲利于案头，而不利于场上之通病也。非笠翁为千古痴人，不分一毫人我，不留一点渣滓者，孰肯尽出家私底蕴，以博慷慨好义之虚名乎？

【译文】

　　平上去入四个声调，只有上声最特别。用到词曲当中，比其他三个音都低；用到宾白当中，比其他三个音又都高。所以填词者每用到上声，最应该仔细斟酌。上声适合于幽静的曲词，不适用于激昂的曲词。即使用于幽静的曲词，也要少用、间隔使用，切忌在一句当中连用二三四个上声字。曲子唱到上声字时，不用刻意唱低声音也会自然变低，因为不低这个字就唱不出来。就像十几高音字中忽然有一个低音字，也会让人感到抑扬顿挫；如果连续几个字都是低音，就会不仅没有声音，并且也没有曲调了。至于激昂的曲子，每到紧要关头，就应该使用阴声字，而换作阳声字尚且不能发出声调，况且是上声这种发音极细的呢？我曾经认为物有雌雄之分，字也有雌雄之分。平去入三声以及阴声字，是字和声中的雄性者；上声与阳声字，是字和声中的雌性。这个道理不明白，就难于创作曲词。

　　初学填词的人，常犯音调高低倒置的弊病，原因在哪里？在于上声字用于曲中调低，而用于宾白中则音调高。词人中能够编曲的，世间很少。他们握笔、捻须创作之时，大概是口中念念有词，就如同说话，每当碰到上声字，就当作高音，而且上声字读出来声音最高，听起来极为清亮，因为它发音既高亢又清晰，既清晰又响亮，作者自然洋洋得意奋笔疾书。哪知道唱曲方法和写曲的方法相反，念出来高的，唱起来反而低，这是文人作的妙曲只适合放在案头，而不适合在舞台表演的通病。不是我这个千古痴人，一点也不分你我，毫无保留，谁又肯将自己的家底都拿出来，用以博取慷慨好义的虚名呢？

少填入韵

【原文】

　　入声韵脚，宜于北而不宜于南。以韵脚一字之音，较他字更须明亮，北曲止有三声，有平上去而无入，用入声字作韵脚，与用他声无异也。南曲四声俱备，遇入声之字，定宜唱作入声，稍类三音，即同北调矣，以北音唱南曲可乎？予每以入韵作南词，随口念来，皆似北调，是以知之。若填北曲，则莫妙于此，一用入声，即是天然北调。然入声韵脚，最易见才，而又最难藏拙。工于入韵，即是词坛祭酒。以入韵之字，雅驯①自然者少，粗俗倔强者多。填词老手，用惯此等字样，始能点铁成金。浅乎此者，运用不来，熔铸不出，非失之太生，则失之太鄙。但以《西厢》《琵琶》二剧较其短长。作《西厢》者，工于北调，用入韵是其所长。如《闹会》曲中"二月春雷响殿角"，"早成就了幽期密约"，"内性儿聪明，冠世才学。扭捏着身子，百般做作。""角"字，"约"字，"学"字，"作"字，何等雅驯！何等自然！《琵琶》工于南曲，用入韵是其所短。如《描容》曲中"两处堪悲，万愁怎摸？"愁是何物，而可摸乎？入声韵脚宜北不宜南之论，盖为初学者设，久于此道而得三昧者，则左之右之，无不宜之矣。

【注释】

　　①雅驯：典雅纯正，文雅不俗。

【译文】

　　入声的韵脚，适宜于北曲却不适宜于南曲。因为韵脚的字音与其他字相比更应该明快响亮。北曲只有三声，即平上去三声而没有入声，用入声字作韵脚在北曲里和用其他声没有差别。而南曲中四声都具备，遇到入声字，必定要唱成入声，与其他三声唱得稍有相同，就和北曲相同了。用北曲音调演唱南曲可以吗？我每次用入声写南曲时，随口念来，都像北曲，所以知道这些。如果填写北曲，就没有比这更妙的了，一使用入声，就是天然的北曲音调。然而用入声作韵脚，最容易展现才华，却也最难隐藏缺点。擅长用入声韵的就是词坛高手。因为入声字典雅自然的少，粗俗拗口的多。

填词老手，习惯使用这类字，才能点铁成金。对此不熟练的人，运用不了，做不出来，不是过于生硬，就是过于鄙俗。将《西厢记》《琵琶记》两剧拿来做比较。作《西厢记》的人擅长于北曲，用入声韵是他所擅长的。比如《闹会》曲中的"二月春雷响殿角""早成就了幽期密约""内性儿聪明，冠世才学。扭捏着身子，百般做作"，其中的"角""约""学""作"等字，多么典雅，多么自然！作《琵琶记》的人擅长于南曲，用入声韵是其短处。如《描容》曲中的"两处堪悲，万愁怎摸？"一句，"愁"是什么，可以摸得着吗？入声韵脚适合北曲而不适合南曲的言论，是对初学者而言的，长期创作而掌握了其中诀窍的人，就可以随意发挥，没有不合适的了。

擅长填词的人，必通韵脚

别解务头

【原文】

填词者必讲"务头"，然务头二字，千古难明。《啸馀谱》中载《务头》一卷，前后胪列，岂止万言，究竟务头二字，未经说明，不知何物。止于卷尾开列诸旧曲，以为体样，言某曲中第几句是务头，其间阴阳不可混用，去上、上去等字，不可混施。若迹此求之，则除却此句之外，其平仄阴阳，皆可混用混施而不论矣。又云某句是务头，可施俊语于其上。若是，则一曲之中，止该用一俊语，其余字句皆可潦草涂鸦，而不必计其工拙矣。予谓立言之人，与当权秉轴者无异。政令之出，关乎从违，断断可从，而后使民从之，稍背于此者，即在当违之列。凿凿①能信，始可发令，措词又须言之极明，论之极畅，使人一目了然。今单提某句为务头，谓阴阳平仄，断宜加严，俊语可施于上。此言未尝不是，其如举一废百，当从者寡，当违者众，是我欲加严，而天下之法律反从此而宽矣。况又嗫嚅其词，吞多吐少，何所取义而称为务头，绝无一字之诠释。然则"葫芦提"三字，何以服天下？吾恐狐疑者读之，愈重其狐疑，明了者观之，顿丧其明了，非立言之善策也。

予谓务头二字，既然不得其解，只当以不解解之。曲中有务头，犹棋中有眼，有此则活，无此则死。进不可战，退不可守者，无眼之棋，死棋也；看不动情，唱不发调者，无务头之曲，死曲也。一曲有一曲之务头，一句有一句之务头。字不聱牙，音不泛调，一曲中得此一句，即使全曲皆灵，一句中得此一二字，即使全句皆健者，务头也。由此推之，则不特曲有务头，诗词歌赋以及举子业，无一不有务头矣。人亦照谱按格，发舒性灵，求为一代之传书而已矣，岂得为谜语欺人者所惑，而阻塞词源，使不得顺流而下乎？

【注释】

①凿凿：非常确实鲜明的样子。

【译文】

曲词作者必须讲"务头"，然而"务头"两个字，千百年来人们都很难弄懂。《啸馀谱》中有《务头》一卷，前后罗列，何止上万字？但到底"务头"这两个字，还是没有说清除，不知道是什么东西，只是在篇尾列举了许多旧曲子为样本，说明某曲中第几句是务头，其中阴阳不能混用，去上、上去等字也不能混用。如果遵循这种说法去求证，那么除了这句之外，其他句子的平仄、阴阳，都可以混用而不用管了。书中还说哪一句是务头，可在其中加入优美的词语。如此，那么一曲当中，只应当用一个好句，其他地方都可以随便乱写，而不必计较它的好坏了。我认为写作的人和掌权的人没有什么差别。政令一发布，关系到人们的听从和违抗，一定要保证百姓能顺从，

曲词创作必讲"务头"

而后再让百姓去服从，稍有违背，就在违抗之列。确保政令确凿可信，才可以发布。措辞又必须说得极其清楚，行文极其流畅，使人能一目了然。现在只说哪句是务头，说明阴阳、平仄必须严格。优美词句可以加进去。这句话也未必不对，但它却只强调一点而抛弃其他方面，就使人遵从的少，违背的多。是本意想要更加严格，反而使天下的法律从此放宽了。况且又论述的含含糊糊、吞吞吐吐，为什么称为"务头"，绝对没有一个字来诠释。然而糊里糊涂，如何让天下信服？我害怕困惑的人读了它会更加困惑，明白的人看了它顿时不明白了。这不是著书立说的良策。

我认为"务头"二字，既然解释不了，只好用不解释解决了。戏曲当中有务头，就像棋中有棋眼，有棋眼的就是活棋，没棋眼的就是死棋。进不能攻、退不能守的，是没棋眼的棋，是死棋；观看不能让人动情、演唱没有韵调的，是没有务头的曲子，是死曲。每支曲子都有各自的务头，每句词也有各自的务头。用字不拗口，发音不走调，一曲当中能有一句这样的话，就使全曲都变得灵秀；一句当中能有一两个这样的字，就使全句都变得饱满，这就是务头。由此推断，那么不只戏曲有务头，诗词、歌赋以及科考文章，没有一个不是有务头的。人们也遵循曲谱、格式，抒发情感，只求能使一代人流传而已，怎么能被让骗人的话所迷惑，而阻塞了思路，使它不能顺畅发挥呢？

◎宾白第四◎

【原文】

自来作传奇者，止重填词，视宾白为末着，常有"白雪阳春"其调，而"巴人下里"其言者，予窃怪之。原其所以轻此之故，殆有说焉。

元以填词擅长，名人所作，北曲多而南曲少。北曲之介白^①者，每折不过数言，即抹去宾白而止阅填词，亦皆一气呵成，无有断续，似并此数言亦可略而不备者。由是观之，则初时止有填词，其介白之文，未必不系后来添设。在元人，则以当时所重不在于此，是以轻之。后来之人，又谓元人尚在不重，我辈工此何为？遂不觉日轻一日，而竟置此道于不讲也。予则不然。尝谓曲之有白，就文字论之，则犹经文之于传注；就物理论之，则如栋梁之于榱桷^②；就人身论之，则如肢体之于血脉，非但不可相轻，且觉稍有不称，即因此贱彼，竟作无用观者。故知宾白一道，当与曲文等视，有最得意之曲文，即当有最得意之宾白，但使笔酣墨饱，其势自能相生。常有因得一句好白，而引起无限曲情，又有因填一首好词，而生出无穷话柄者。是文与文自相触发，我止乐观厥成，无所容其思议。此系作文恒情，不得幽渺其说，而作化境观也。

【注释】

①介白：戏曲中的道白。②榱桷：房屋的椽子。

【译文】

《燕燕》剧照中的念白手势

历来戏曲作者，只重视填词，将宾白看作小技，经常出现"阳春白雪"似的高雅曲调，宾白却是"下里巴人"般的粗俗，我对此感到奇怪。推究作者之所以轻视宾白，也是有原因的。

元代人对填词擅长，名家所写的戏曲，北曲多而南曲少。北曲中的宾白，每折戏不过几句，即使将宾白去掉只看曲词，也都能一气呵成，没有断断续续的，似乎这几句宾白可有可无的。由此看来，最初只有曲词，宾白的文字可能是后来的人增设的。就元代人而言，因为当时所重视的不是宾白，所以轻视了它。后来的作者又认为元代人尚且不看重，我们写好它干什么？于是便一天比一天轻视，竟然到了将宾白置之不理的地步。我却不是这样认为。我认为戏曲中有宾白，就文字而言，犹如经文里有注解；就结构而言，就像大梁上有椽子；就人体来比喻，如同肢体有了血脉，不仅不该轻视，并且如果感觉宾白稍有不相称，就会使曲词因此变得低贱，而变成没用的东西。所以明白宾白创作应当与曲文同等对待，有最得意的曲文，就应当有最得意的宾白。只要笔墨酣畅饱满，两者自然能够相辅相成。经常会有想出一句好宾白，而引发无限曲词的灵感；又因为填了一支好曲词，而生出很多的宾白。这是文字之间的相互触发，我只是乐观其成，没有思考的空间。这是做文章的常情，不可以含糊其词故弄玄虚，将其作为神奇的幻境。

声务铿锵

【原文】

宾白之学，首务铿锵。一句聱牙，俾听者耳中生棘；数言清亮，使观者倦处生神。世人但以音韵二字用之曲中，不知宾白之文，更宜调声协律。世人但知四六之句平间仄，仄间平，非可混施迭用，不知散体之文亦复如是。"平仄仄平平仄仄，仄平平仄仄平平"二语，乃千古作文之通诀，无一语一字可废声音者也。如上句末一字用平，则下句末一字定宜用仄，连用二平，则声带暗哑，不能耸听。下句末一字用仄，则接此一句之上句，其末一字定宜用平，连用二仄，则音类咆哮，不能悦耳。此言通篇之大较，非逐句逐字皆然也。能以作四六平仄之法，用于宾白之中，则字字铿锵，人人乐听，有"金声掷地"①之评矣。

【注释】

①金声掷地：谓掷地作金石之声。形容语言文辞铿锵有力。

【译文】

宾白的学问，首先务必要铿锵有力。一句拗口，听众听起来就会像耳中长刺那样难受；几句清晰响亮，能使观众在疲倦时精神一振。世人只会将音韵用在曲词中，却不知宾白的文字更应该声律协调；世人只知道四六的骈文要平仄相间，不可以混用重叠，却不知散体的文章也是如此。"平仄仄平平仄仄，仄平平仄仄平平"两句话是自古以来做文章通用的要诀，没有一句话和一个字可以不用声律的。如果上句最后一个字用的是平声，下句最后一个字就必须要用仄声，两个平声字连用，就会使声音暗哑，不能听清楚。如果下句最后一个字用的是仄声，与此句相接的上句最后一个字就必定要用平声，两个仄声字连用，声音就会像咆哮一般，不能悦耳动听。这说的是通篇的大体要求，并非每句每字都是如此。如果能将写四六骈文的平仄法则，用在宾白当中，就会字字铿锵有力，人人爱听，得到"金声掷地"的好评。

【原文】

声务铿锵之法，不出平仄、仄平二语是也。然有时连用数平，或连用数仄，明知声欠铿锵，而限于情事，欲改平为仄，改仄为平，而决无平声仄声之字可代者。此则千古词人未穷其秘，予以探骊觅珠①之苦，入万丈深潭者，既久而后得之，以告同心。虽示无私，然未免可惜。字有四声，平上去入是也。平居其一，仄居其三，是上去入三声皆丽于仄。而不知上之为声，虽与去入无异，而实可介于平仄之间，以其别有一种声音，较之于平则略高，比之去入则又略低。古人造字审音，使居平仄之介，明明是一过文，由平至仄，从此始也。譬如四方声音，到处各别，吴有吴音，越有越语，相去不啻天渊，而一至接壤之处，则吴越之音相伴，吴人听之觉其同，越人听之亦不觉其异。晋、楚、燕、秦以至黔、蜀，在在皆然，此即声音之过文，犹上声介于平去入之间也。作宾白者，欲求声韵铿锵，而限于情事，求一可代之字而不得者，即当用此法以济其穷。如两句三句皆平，或两句三句皆仄，求一可代之字而不得，即用一上声之字介乎其间，以之代平可，以之代去入亦可。如两句三句皆平，间一上声之字，则其声是仄，不必言矣。即两句三句皆去声入声，而间一上声之

59

字，则其字明明是仄而却似平，令人听之不知其为连用数仄者。此理可解而不可解，此法可传而实不当传，一传之后，则遍地金声，求一瓦缶之鸣而不可得矣。

①探骊觅珠：进入险地寻找无价之宝。骊，骊龙，传说中生于九重之渊的黑龙，其颔下有千金之珠。比喻行文能抓住关键。

【译文】

声音务求铿锵悦耳的方法，跳不出平仄、仄平两条。然而有时连用几个平声字，或连用几个仄声字，明知声音不够铿锵，而局限于情理，想改平声为仄声，或改仄声为平声，却没有合适的平声、仄声字可替代。这就是自古以来填词之人没能解开的秘密，我忍受了很多劳累辛苦，深入探究，经过很长时间才有了收获，将它告诉和我志同道合的人。虽然表现了我的无私，然而不免觉得可惜。字有四个声调，平、上、去、入。平声字占其中之一，仄声字占其中之三，就是上、去、入三声都归于仄声。却不知上声虽然与去声、入声都属于仄声，而实际上却是介乎平声与仄声之间，因为它还有一种声调，相比平声要略高，相比去声、入声又略低。古代人造字定音，使上声介于平声与仄声之间，明明是一个过渡声调，从平声到仄声的过渡就是从上声开始的。比如各地方言，哪里都不同，江苏有江苏的方言，浙江有浙江的方言，发音有天壤之

河南梆子《红娘》

别。但是到了它们的交界之地，那么江苏和浙江发音交织在一起，江苏人听了觉得相同，浙江人听了也不觉得它有差异。山西、湖北、河北、陕西以至贵州、四川，也都是这样。这就是声音中的过渡，犹如上声介于平声、去声和入声之间。写宾白的人，想追求声韵的铿锵悦耳，却受情事束缚，一个代替的字都找不到，就可以用这个方法来弥补不足。如果两三句都是平声，或者两三句都是仄声，一个可以替代的字也找不到，就用一个上声字穿插在其中，用它代替平声字可以，代替去声字、入声字也可以。如果两三句都是平声，加入一个上声字，那么这字不用说一定读仄声。如果两三句都是去声、入声，加入一个上声字，那么这字明明是仄声却像平声，让听的人听不出句中连用了几个仄声。这个道理可以解释又不好解释，这种方法可以传授而实际又不该传授。一旦流传之后，那么到处都是悦耳的音乐，一点难听的音乐都找不到了。

语求肖似

　　文字之最豪宕，最风雅，作之最健人脾胃者，莫过填词一种。若无此种，几于闷杀才人，困死豪杰。予生忧患之中，处落魄之境，自幼至长，自长至老，总无一刻舒眉，惟于制曲填词之顷，非但郁藉以舒，悒为之解，且尝僭①作两间最乐之人，觉富贵荣华，其受用不过如此，未有真境之为所欲为，能出幻境纵横之上者。我欲做官，则顷刻之间便臻荣贵；我欲致仕，则转盼之际又入山林；我欲做人间才子，即为杜甫、李白之后身；我欲娶绝代佳人，即作王嫱、西施之原配；我欲成仙作佛，则西天蓬岛即在砚池笔架之前；我欲尽孝输忠，则君治亲年，可跻尧、舜、彭篯之上。非若他种文字，欲作寓言，必须远引曲譬，蕴藉包含，十分牢骚，还须留住六七分，八斗才学，止可使出二三升，稍欠和平，略施纵送，即谓失风人②之旨，犯佻达③之嫌，求为家弦户诵者难矣。填词一家，则惟恐其蓄而不言，言之不尽。是则是矣，须知畅所欲言亦非易事。

　　言者，心之声也，欲代此一人立言，先宜代此一人立心，若非梦往神游，何谓设身处地？无论立心端正者，我当设身处地，代生端正之想；即遇立心邪辟者，我亦当舍经从权，暂为邪辟之思。务使心曲隐微，随口唾出，说一人，肖一人，勿使雷同，弗使浮泛，若《水浒传》之叙事，吴道子之写生，斯称此道中之绝技。果能若此，即欲不传，其可得乎？

　　①僭：超越本分，过分。②风人：指古代采集民歌风俗等以观民风的官员，后指诗人。③佻达：轻薄放荡，轻浮。

　　文学中最豪放、最风雅、作出来最有益于身心的，莫过于戏曲创作。如果没有戏曲，几乎等于闷死才子，困死豪杰。我生于患难之中，处于落魄境地，从小到大、从大到老，没有一刻高兴过，只有在制曲填词时，不但郁闷得以舒缓，烦闷得以化解，并且还常常成为天地间最快乐的人，觉得荣华富贵的享受也不过如此。没有现实生活中的为所欲为，能超过戏曲幻境中的纵横驰骋的。我想做官，那么顷刻之间就能荣华富贵；我想归隐，转眼之间就能进入山林；我想做人间才子，就成为杜甫、李白的转世；我想娶绝代佳人，就成了王昭君、西施的原配夫婿；我想成仙作佛，那么西天和蓬莱就在我的砚池笔架之前；我想尽孝尽忠，那么君王的治理和亲人的年龄就会跻身于尧、舜、彭祖之上。戏曲不像其他文体，想要表达寓意，必须引用典故、委婉比喻，蕴藉含蓄；有十分的牢骚，还需要保留六七分不说；才高八斗，也只能使用二三升，稍微欠缺温和平顺，稍有放纵，就被认为有失文人风度，有轻佻的嫌疑，想成为家喻户晓的作品就很难了。戏曲作家则是唯恐有话不说，说不透彻。话虽如此，也要知道畅所欲言不是件容易的事。

语言是人的心声。想替一个人立言，先应该为这个人立心。如果不是心驰神往，谁能做到设身处地？不要说正直的人物我应该设身处地，代他生出正直的想法；即使是遇到内心邪恶的人物，也应暂时抛开正道做权宜之计，暂时产生邪恶思想。务必使人物心里细微的想法能随口道出，写一个人就要像一个人，不要使人物雷同，不要使人物性格浮泛。就像《水浒传》的叙事、吴道子的作画一般，才称得上是戏曲创作中的绝技。如果真能这样，就是不想流传，难道可以做到吗？

在戏曲创作中作者可以纵横驰骋

词别繁减

【原文】

传奇中宾白之繁，实自予始。海内知我者与罪我者半。知我者曰：从来宾白作说话观，随口出之即是，笠翁宾白当文章做，字字俱费推敲。从来宾白只要纸上分明，不顾口中顺逆，常有观刻本极其透彻，奏之场上便觉糊涂者，岂一人之耳目，有聪明聋聩之分乎？因作者只顾挥毫，并未设身处地，既以口代优人，复以耳当听者，心口相维，询其好说不好说，中听不中听，此其所以判然之故也。笠翁手则握笔，口却登场，全以身代梨园，复以神魂四绕，考其关目，试其声音，好则直书，否则搁笔，此其所以观听咸宜也。罪我者曰：填词既曰"填词"，即当以词为主；宾白既名"宾白"，明言白乃其宾，奈何反主作客，而犯树大于根之弊乎？笠翁曰：始作俑者，实实为予，责之诚是也。但其敢于若是，与其不得不若是者，则均有说焉。请先白其不得不若是者。

前人宾白之少，非有一定当少之成格。盖彼只以填词自任，留余地以待优人，谓引商刻羽我为政，饰听美观彼为政，我以约略数言，示之以意，彼自能增益成文。如今世之演《琵琶》《西厢》《荆》《刘》《拜》《杀》等曲，曲则仍之，其间宾白、科诨①等事，有几处合于原本，以寥寥数言塞责者乎？且作新与演旧有别。《琵琶》《西厢》《荆》《刘》《拜》《杀》等曲，家弦户诵已久，童叟男妇皆能备悉情由，即使一句宾白不道，止唱曲文，观者亦能默会，是其宾白繁减可不问也。

至于新演一剧，其间情事，观者茫然；词曲一道，止能传声，不能传情，欲观者悉其颠末，洞其幽微，单靠宾白一着。予非不图省力，亦留余地以待优人。但优人之中，智愚不等，能保其增益成文者悉如作者之意，毫无赘疣蛇足于其间乎？与其留余地以待增，不若留余地以待减，减之不当，犹存作者深心之半，犹病不服药之得中医也。此予不得不若是之故也。至其敢于若是者，则谓千古文章，总无定格，有创始之人，即有守成不变之人，有守成不变之人，即有大仍其意，小变其形，自成一家而不顾天下非笑之人。

【注释】

①科诨：即插科打诨，指戏曲演员在演出中穿插滑稽的动作和诙谐的语言引人发笑。

【译文】

戏曲中宾白增多，实际上是从我开始的。天下理解和怪罪我的人各占一半。理解我的人说：从来宾白都是被当作说话看待，随口说出来的就是，李渔却把宾白当成文章来写，字字都费心推敲；从来宾白都是只要在纸上写清楚就行，不管说出来是否顺口。常常有些戏曲的宾白在纸上写得极其透彻，在舞台上表演时就让人觉得糊涂的，难道同一个人的耳目会有聪明和昏聩的差别吗？因为作者只顾写，并没有设身处地，既替演员唱，又替听众听，心中想的和嘴里念的相联系。这就是有些戏曲读起来和听起来截然不同的缘故。李渔创作时，手里拿笔，口中演唱，完全将自己演员，并且反复全神贯注地检查关目，调整声调音律，好的就直接写下来，否则就不写，这就是为什么看起来和听起来都好的原因。怪罪我的人说：填词既然叫"填词"，就应当以曲词为主；宾白既然叫"宾白"，就已经清楚说明其为陪衬，为什么要反客为主，犯本末倒置的毛病？我回答道：始作俑者确实是我，你责怪得很对。但是我之所以敢于这样做，并且不得不这样做，都是有原因的。请让我先说不得不如此的原因。

前人作品宾白少，并非有一定要写得少的成法，是因为他只以填词为己任，留下余地让演员自己去发挥，认为按谱度曲是我的事，粉饰美化是演员的事，我用几句话用来示意，他们自然能够增补成文。现在世上演出的《琵琶记》《西厢记》《荆钗记》《刘知远》《拜月亭》《杀狗记》等曲目，曲词仍然没变，但其中的宾白、插科打诨等，又有几处与原本相同，用寥寥几句话来敷衍的呢？而且创作新戏与演出旧戏不同。《琵琶记》《西厢记》《荆钗记》《刘知远》《拜月亭》《杀狗记》等曲目，早就家喻户晓，男女老少都熟悉其情节，就算一句宾白不说，只唱曲文，观众也能领会，这就是它们宾白的多少可以不过问的原因。

至于新上演的戏剧，它的情节故事，观众并不知道，词曲又只能传声，不能传情，想要观众熟悉其始末，洞察细节，只能依靠宾白。我并非不想省点力气，也为演员留下发挥的余地。但演员当中，智慧高低不等，能保证他们增补成文的都能遵照作者的本意，其中没有一点多余的地方吗？与其留出余地来等演员增补，不如留下余地让演员删减。删减不当，还能保留作者一半的用心，就像生病了不吃药比乱吃药好一样。这就是我不得不如此的原因。至于我敢于如此的原因，是因为自古以来的文章都没固定格式。有创始的人，就有墨守成规的人，也有不改初衷，稍改形式，自成一家而不顾天下非难嘲笑的人。

【原文】

古来文字之正变为奇，奇翻为正者，不知凡几，吾不具论，止以多寡增益之数论之。《左传》《国语》，纪事之书也，每一事不过数行，每一语不过数字，初时未病其少；迨班固之作《汉书》，司马迁之为《史记》，亦纪事之书也，遂益数行为数十百行，数字为数十百字，岂有病其过多，而废《史记》《汉书》于不读者乎？此言少之可变为多也。

诗之为道，当日但有古风，古风之体，多则数十百句，少亦十数句，初时亦未病其多；迨近体一出，则约数十百句为八句，绝句一出，又敛八句为四句，岂有病其渐少，而选诗之家止载古风，删近体绝句于不录者乎？此言多之可变为少也。

总之，文字短长，视其人之笔性。笔性遒劲者，不能强之使长；笔性纵肆者，不能缩之使短。文患不能长，又患其可以不长而必欲使之长。如其能长而又使人不可删逸，则虽为宾白中之古风史汉，亦何患哉？予则乌能当此，但为糠秕之导，以俟后来居上之人。

【译文】

明成化本《白兔记》书影及插图

把古代文学翻来覆去地改写，不知有多少次，我不都说了，只从字数增减多少上说明。《左传》《国语》，都是纪事的书，每件事不过几行，每句话不过几个字，开始人们并没有人责怪它字数少。等到班固写《汉书》，司马迁写《史记》，也是纪事的书，他们把几行变成几十几百行，把几个字变成为几十几百个字，难道有责备它们字数过多，而废弃《史记》《汉书》不读的吗？这说的是字数少可以变多。

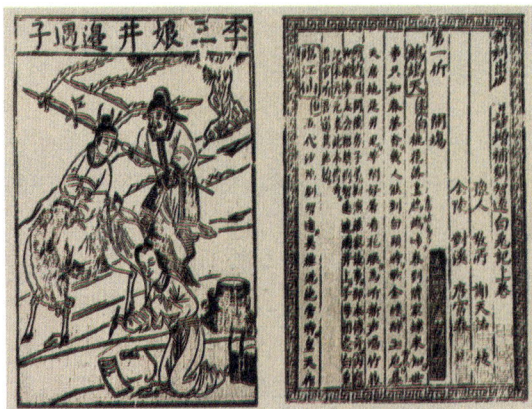

诗歌创作，开始只有古风。古风的文体，多则几十上百句，少的也有十几句，当初人们也没有人以字多为病；等到近体诗一出现，就把几十上百句减少成八句，绝句一出现，又把八句减为四句，难道有人以其字数减少而责怪它们，选诗只收录古风，删除近体诗、绝句不选的吗？这是说字数可以由多变少。

总之，文章的长短，要看这个人的写作风格。笔力遒劲的人，不能强求写长篇；笔力狂放的人，不能强求写短篇。文章有怕它的篇幅不够长的，又有怕它本来可以不长却一定要把它写长的。如果一篇文章的篇幅写得长又让人难以删减，那么即使它长得像宾白中的古风、《史记》《汉书》，又担心什么呢？我则不能担当重任，只是简单引导，等待后来居上的作者去完成。

【原文】

予之宾白，虽有微长，然初作之时，竿头未进，常有当俭不俭，因留余幅以俟剪裁，遂不觉流为散漫者。自今观之，皆吴下阿蒙①手笔也。如其天假以年，得于所传十种之外，别有新词，则能保为犬夜鸡晨，鸣乎其所当鸣，默乎其所不得不默者矣。

【注释】

①吴下阿蒙：《三国志·吴书·吕蒙传》裴松之注引《江表传》："鲁肃上代周瑜，过蒙言议，常欲受屈。肃拊蒙背曰：'吾谓大弟但有武略耳，至于今者，学识英博，非复吴下阿蒙。'"阿蒙，指吕蒙，比喻学识浅陋的人。

【译文】

我写的宾白，虽然有些稍长，然而开始创作的时候，经验不足，常有该简短的不简短，想留下余地让人裁减，于是没有觉察就流于散漫了。现在看来，都是拙劣之作。如果上天赐我长寿，让我能在已经流传的十部戏曲之外，再创作出新戏，我就能做到恪尽职守，该说的就说，该沉默时就保持沉默。

字分南北

【原文】

北曲有北音之字，南曲有南音之字，如南音自呼为"我"，呼人为"你"，北音呼人为"您"，自呼为"俺"为"咱"之类是也。世人但知曲内宜分，乌知白随曲转，不应两截。此一折之曲为南，则此一折之白悉用南音之字；此一折之曲为北，则此一折之白悉用北音之字。时人传奇多有混用者，即能间施于净丑，不知加严于生旦；此能分用于男子，不知区别于妇人。以北字近于粗豪，易入刚劲之口，南音悉多娇媚，便施窈窕之人。殊不知声音驳杂，俗语呼为"两头蛮"，说话且然，况登场演剧乎？此论为全套南曲、全套北曲者言之，南北相间，如《新水令》《步步娇》之类，则在所不拘。

【译文】

　　北曲中有北方发音的字，南曲中有南方发音的字，比如南方话自称为"我"，称别人为"你"，而北方话称别人为"您"，自称为"俺""咱"等。世人只知曲词应该分南北，不知道宾白要随曲词变化，不该分为两截。这一折的曲词是南曲，那么这一折的宾白就都用南方发音的字；这一折曲词是北曲，那么这一折的宾白就都用北方发音的字。现在的戏曲有很多是南北混用的，即使有时能在净、丑角色中区分，却不知道在生、旦角色中注意；只知道在男角中分开使用，却不知道在女角中区别对待。因为北方发音粗犷豪放，适合出自刚劲的角色演唱；南方发音大

《琵琶记》插图

多娇媚，适合用于秀美之人。殊不知语音驳杂，俗语称为"两头蛮"。说话都是这样，何况登台演出呢？这种说法是针对全套的南曲和北曲而言的，南北相间的戏曲，比如《新水令》《步步娇》之类，就不在限制当中。

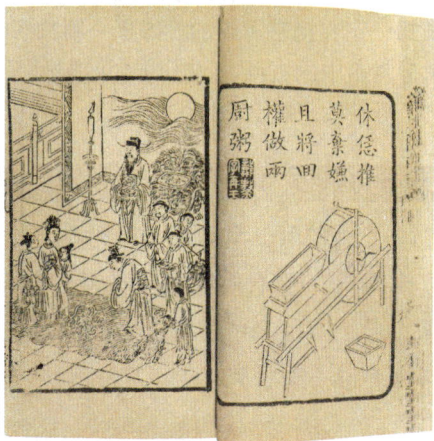

文贵洁净

【原文】

　　白不厌多之说，前论极详，而此复言洁净。洁净者，简省之别名也。洁则忌多，减始能净，二说不无相悖乎？曰：不然。多而不觉其多者，多即是洁；少而尚病其多者，少亦近芜。予所谓多，谓不可删逸之多，非唱沙作米、强凫变鹤之多也。

　　作宾白者，意则期多，字惟求少，爱虽难割，嗜亦宜专。每作一段，即自删一段，万不可删者始存，稍有可削者即去。此言逐出初填之际，全稿未脱之先，所谓慎之于始也。然我辈作文，常有人以为非，而自认作是者；又有初信为是，而后悔其非者。文章出自己手，无一非佳，诗赋论其初成，无语不妙，迨易日经时之后，取而观之，则妍媸好丑之间，非特人能辨别，我亦自解雌黄[①]矣。此论虽说填词，实各种诗文之通病，古今才士之恒情也。

　　凡作传奇，当于开笔之初，以至脱稿之后，隔日一删，逾月一改，始能

淘沙得金，无瑕瑜互见之失矣。此说予能言之不能行之者，则人与我中分其咎。予终岁饥驱，杜门日少，每有所作，率多草草成篇，章名急就，非不欲删，非不欲改，无可删可改之时也。每成一剧，才落毫端，即为坊人攫去，下半犹未脱稿，上半业已灾梨，非止灾梨，彼伶工②之捷足者，又复灾其肺肠，灾其唇舌，遂使一成不改，终为痼疾③难医。予非不务洁净，天实使之，谓之何哉！

【注释】

①雌黄：矿物名。可制颜料、褪色剂等，古代常用来涂改文字，因称改易文字为"雌黄"。②伶工：旧指乐师或演员。③痼疾：长时间难以治愈的病。

【译文】

宾白不厌其多的论述，前面说得已经非常详细，而这里再来谈谈洁净。"洁净"就是简省的别名。洁净就是忌讳繁多，删减才能洁净，这与前面的观点不是相悖的吗？回答说：不是这样。字数多却让人觉得不多，多就是洁净；字数少却仍感觉多，少也近于芜杂。我说的多，是说不可删减的多，不是将沙子说成米、鸭子硬说成仙鹤的那种多。

创作宾白，寓意要求多，字数要求少，虽然不忍割爱，但爱好也应该专一。每写一段，就要自己删改一段，实在不能删改的才能留下，稍微有能够删减的地方就要将其删去。这是说在每出戏刚开始填词、全稿尚未完成之前，这就是所说的在开始时要慎重。然而我们这些人做文章，常常有别人认为不是，而自己却认为是的；还有开始相信对，后来又后悔不对的。文章出于自己手中，没有一篇是不好的；诗赋刚完成时，没有不精彩的句子。等过了一段时间，拿出再看，那么其中的好坏，不仅别人能辨别出来，自己也知道哪里需要改动了。这种说法虽然只对填词而言，实际上是各种诗文的通病、古今才子的常情。

凡是创作戏曲的人，应当在创作的开始，直到脱稿之后，隔天删减一次，过一月修改一次，才能从沙中淘洗出黄金，没有同一剧本好坏参半的过失了。这种学说我能说出却做不

《窦娥冤》剧照

到，需要大家和我共同承担责任。我常年被饥饿驱使，闭门创作时间少，每次创作，大都是匆忙写完的。不是我不想删、不想改，而是没有删改的时间。每写成一部戏剧，刚放下笔，就被戏班的人拿走；下半部还没脱稿，上半部已经拿到戏园，不单拿到戏园，那些手快的乐师，已经在练习曲子，练习演唱了。于是就使一点儿也不能改了，最终成了顽症难以医治。不是我不想洁净，老天爷实在不让我这么做，该怎么办呢？

意取尖新

【原文】

纤巧二字，行文之大忌也，处处皆然，而独不戒于传奇一种。传奇之为道也，愈纤愈密，愈巧愈精。词人忌在老实，老实二字，即纤巧之仇家敌国也。然纤巧二字，为文人鄙贱已久，言之似不中听，易以尖新二字，则似变瑕成瑜。其实尖新即是纤巧，犹之暮四朝三①，未尝稍异。同一话也，以尖新出之，则令人眉扬目展，有如闻所未闻；以老实出之，则令人意懒心灰，有如听所不必听。

白有尖新之文，文有尖新之句，句有尖新之字，则列之案头，不观则已，观则欲罢不能；奏之场上，不听则已，听则求归不得。尤物足以移人②，尖新二字，即文中之尤物也。

【注释】

①暮四朝三：《庄子·齐物论》："狙公赋芧，曰：'朝三而暮四。'众狙皆怒。曰：'然则朝四而暮三。'众狙皆悦。"原指说法、做法有所变换而实质不变。②尤物足以移人：谓绝色的女子能移易人的情志。

【译文】

"纤巧"二字，是写文章的大忌，各种文体都是如此，只有戏曲不受约束。戏曲的创作，越纤细就越缜密，越巧妙就越精致。戏曲家的忌讳是老实，"老实"二字是纤巧的仇敌。然而"纤巧"二字已经被文人看不起很长时间了，说出来似乎不中听，换成"尖新"二字，就好像变瑕为瑜了。其实"尖新"就是"纤巧"，就像"暮四朝三"的变化一样，实则没有什么改变。同样的话，用尖新的语言写出来，就会让人扬眉展目，就像闻所未闻一样；用老实的语言写出来，就会令人心灰意懒，就像没有必要听一样。

如果宾白中有尖新的文词，文词中有尖新的语句，语句中有尖新的文字，那么将它放在案头，不看则已，一看就会让人欲罢不能；在舞台演出，不听则已，一听就会让人流连忘返。尤物足以改变人的性情，"尖新"二字，就是文章中的尤物。

少用方言

　　填词中方言之多，莫过于《西厢》一种，其余今词古曲，在在有之。非止词曲，即《四书》之中，《孟子》一书亦有方言，天下不知而予独知之，予读《孟子》五十余年不知，而今知之，请先毕其说。

　　儿时读"自反而缩，虽褐宽博，吾不惴焉"①，观朱注云："褐②，贱者之服；宽博，宽大之衣。"心甚惑之。因生南方，南方衣褐者寡，间有服者，强半富贵之家，名虽褐而实则绒也。因讯蒙师，谓褐乃贵人之衣，胡云贱者之服？既云贱矣，则当从约，短一尺，省一尺购办之资，少一寸，免一寸缝纫之力，胡不窄小其制而反宽大其形，是何以故？师默然不答，再询，则顾左右而言他。具此狐疑，数十年未解。及近游秦塞，见其土著之民，人人衣褐，无论丝罗罕觏，即见一二衣布者，亦类空谷足音。因地寒不毛，止以牧养自活，织牛羊之毛以为衣，又皆粗而不密，其形似毯，诚哉其为贱者之服，非若南方贵人之衣也！又见其宽则倍身，长复扫地。即而讯之，则曰："此衣之外，不复有他，衫裳襦裤，总以一物代之，日则披之当服，夜则拥以为衾，非宽不能周遭其身，非长不能尽履其足。《鲁论》③'必有寝衣，长一身有半'，即是类也。"予始幡然大悟曰："太史公著书，必游名山大川，其斯之谓欤！"盖古来圣贤多生西北，所见皆然，故方言随口而出。朱文公南人也，彼乌知之？故但释字

皮影《西厢记》

义，不求甚解，使千古疑团，至今未破，非予远游绝塞，亲觌其人，乌知斯言之不谬哉？由是观之，《四书》之文犹不可尽法，况《西厢》之为词曲乎？

凡作传奇，不宜频用方言，令人不解。近日填词家，见花面登场，悉作姑苏口吻，遂以此为成律，每作净丑之白，即用方言，不知此等声音，止能通于吴越，过此以往，则听者茫然。传奇天下之书，岂仅为吴越而设？至于他处方言，虽云入曲者少，亦视填词者所生之地。如汤若士生于江右，即当规避江右之方言，粲花主人吴石渠生于阳羡，即当规避阳羡之方言。盖生此一方，未免为一方所囿。有明是方言，而我不知其为方言，及入他境，对人言之而人不解，始知其为方言者。诸如此类，易地皆然。欲作传奇，不可不存桑弧蓬矢④之志。

【注释】

①自反而缩，虽褐宽博，吾不惴焉：出自《孟子·公孙丑上》："自反而不缩，虽褐宽博，吾不惴焉；虽千万人，吾往矣。"②褐：粗布或粗布衣服。③《鲁论》：即《鲁论语》。《论语》的汉代传本之一。相传为鲁人所传，是今本《论语》的来源之一。④桑弧蓬矢：古代诸侯生子后所举行的一种仪式，以桑木作弓，蓬梗为箭。象征男儿应有志于天下。

【译文】

戏曲中方言运用最多的，莫过于《西厢记》。其他古今戏曲中，使用方言的到处都有。不仅词曲如此，即使是四书，在《孟子》当中也有方言，天下人对此都不知道而我却知道。我读了五十多年《孟子》都没有发现，现在知道了，请让我先来说明。

我儿时读《孟子》中的"自反而缩，虽褐宽博，吾不惴焉"，看到朱熹的注解为："褐，贱者之服；宽博，宽大之衣。"心里非常不解。因为我生在南方，南方很少有人穿褐衣，偶尔有穿的，也大多是富贵人家，名虽为褐但实际是丝绒。于是我就向老师询问，说褐是富贵人家的衣服，为什么说是穷人穿的衣服？既然说贫贱的人所穿，就应当节约，短一尺就能省一尺买布的钱，少一寸就能免一寸缝纫的功夫，为何不将衣服做得窄小反而做得很宽大呢？这是什么原因？老师沉默不答，我再问，老师就顾左右而言他了。怀着这个疑问，几十年没有答案。等到最近去游览陕西边塞，看到当地百姓，都穿着粗布衣服。不要说绸缎衣服罕见，就是一两个穿麻布衣服的，也是很少见。因为此地天气寒冷不长庄稼，百姓只能以放牧为生，将牛羊毛织成衣服，又都粗糙而不细密，外形就像毯子，确实是穷人穿的衣服，不是南方富人穿的衣服！我又看到衣服宽度是人身体的一倍，长度也拖着地，就上前询问，回答道："这种衣服之外，再没其他衣服，外套内衣都以一件衣物代替，白天就穿在身上当衣服，晚上就抱在怀里当被褥。不宽就不能包裹全身，不长就不能盖全双脚。《论语》说'必有寝衣，长一身有半'，就是这样的衣服。"我才恍然大悟："司马迁著书，必须要周游名山大川，原因就是如此吧！"大概自古以来的圣贤多生于西北，所看见的都是如此，所以方言就随口说出。朱熹是南方人，他怎么知道这些？所以只解释字面意思，而不求甚解，致使千古的疑团至今没有解开，若非我远游边塞，亲眼看到这些衣褐之人，怎么知道他的话没错呢？由此看来，《四书》里的文章尚且不能完全效法，何况《西厢记》是曲词呢？

凡是创作戏曲，不适宜频繁使用方言，让人难以理解。近来戏曲作家，看到花脸登场就都用苏州方言，于是这就成了成法，每次写到净、丑的宾白就用方言，而不知道这种发音，只能通用于吴越两地，到了其他地方，就会让人听不懂。戏曲是天下流传之书，难道是专为吴、越两地而写的吗？至于别处的方言，虽说在戏曲中用的很少，也要看戏曲作者的出生之地。如汤显祖生于江西，就应当避免用江西方言，粲花主人吴石渠生于阳羡，就应当避免用阳羡方言。因为生于一个地方，就不免被一个地方所束缚。有的话明明是方言，但作者不知道它是方言，等到了其他地方，对别人说这些话，而别人不理解，才知道它是方言。诸如此类的事，变换地点都是如此。要想创作戏剧，就不能不心存四方之志。

时防漏孔

【原文】

一部传奇之宾白，自始至终，奚啻①千言万语。多言多失，保无前是后非，有呼不应，自相矛盾之病乎？如《玉簪记》之陈妙常，道姑也，非尼僧也，其白云"姑娘在禅堂打坐"，其曲云"从今孽债染缁衣"，"禅堂""缁衣"皆尼僧字面，而用入道家，有是理乎？诸如此类者，不能枚举。总之，文字短少者易为检点，长大者难于照顾。

吾于古今文字中，取其最长最大，而寻不出纤毫渗漏者，惟《水浒传》一书。设以他人为此，几同笊篱贮水，珠箔遮风②，出者多而进者少，岂止三十六漏孔而已哉！

《水浒传》之三打祝家庄

【注释】

①奚啻：何止，岂但。②笊篱：用竹篾或铁丝、柳条编成蛛网状供捞物沥水的器具。珠箔：即珠帘。

【译文】

一部戏曲的宾白，自始至终，何止千言万语。说得多错的就多，能保证没有前面对而后面错、前后不能呼应、自相矛盾的弊病吗？比如《玉簪记》中的陈妙常，是道姑而不是尼姑，她的宾白中却说："姑娘在禅堂打坐。"她的唱词中也唱道："从今孽债染缁衣。""禅堂""缁衣"都是佛家用语，却用在道家的话里，有这种道理吗？诸如此类的错误，不胜枚举。总之，文字短少的容易规范，而文字多的就难以照顾周全。

我在古今的文章中，找出篇幅最长，而又找不出丝毫错误的，只有《水浒传》。假设让别人来写此书，几近于用笊篱盛水、珠帘挡风，出去的多进来的少，怎么会只有三十六个漏孔而已！

◎科诨第五◎

【原文】

插科打诨，填词之末技也，然欲雅俗同欢，智愚共赏，则当全在此处留神。文字佳，情节佳，而科诨不佳，非特俗人怕看，即雅人韵士，亦有瞌睡之时。作传奇者，全要善驱睡魔，睡魔一至，则后乎此者虽有《钧天》之乐，《霓裳羽衣》①之舞，皆付之不见不闻，如对泥人作揖，土佛谈经矣。予尝以此告优人，谓戏文好处，全在下半本。只消三两个瞌睡，便隔断一部神情，瞌睡醒时，上文下文已不接续，即使抖起精神再看，只好断章取义，作零出观。若是，则科诨非科诨，乃看戏之人参汤也。养精益神，使人不倦，全在于此，可作小道观乎？

【注释】

①《霓裳羽衣》：即《霓裳羽衣舞》，简称《霓裳》。唐代宫廷乐舞套曲。传为唐开元中西凉节度使杨敬述所献，初名《婆罗门曲》，后经玄宗润色并填词，改用此名。乐曲描绘虚无缥缈的仙境和仙女形象。

【译文】

插科打诨，是戏曲创作中的小技。然而要想能做到雅俗之人全喜欢，智者愚人都能欣赏，就应当在这个地方留心。如果一部戏曲，文字好，情节好，然而插科打诨却不好，非但庸俗的人不愿意看，即便文人雅士，看了也有打瞌睡的时候。戏曲作者，都要善于驱赶瞌睡虫，瞌睡虫一来，就算后面演出《钧天》这样的音乐、《霓裳羽衣》这样的舞蹈，都会看不到听不到，如同对泥人作揖、对土佛谈经。我曾经将这些告诉演员，告诉他们戏文的精彩之处都在后半部分。只要三两个瞌睡，就会割断一段剧情，瞌睡醒时，前后内容已经衔接不上，即使打起精神再看，也只能断章取义，当作零碎的戏来看。像这样，那么剧本中的插科打诨就不再是插科打诨了，而成了观众的人参汤。能够蓄养精神，使人不觉疲倦的，全在于这一点，能当成雕虫小技来看待吗？

戒淫亵

【原文】

　　观文中花面插科，动及淫邪之事，有房中道不出口之话，公然道之戏场者。无论雅人塞耳，正士低头，惟恐恶声之污听，且防男女同观，共闻亵语①，未必不开窥窃之门，郑声宜放，正为此也。不知科诨之设，止为发笑，人间戏语尽多，何必专谈欲事？即谈欲事，亦有"善戏谑兮，不为虐兮"②之法，何必以口代笔，画出一幅春意图，始为善谈欲事者哉？

　　人问：善谈欲事，当用何法，请言一二以概之。予曰：如说口头俗语，人尽知之者，则说半句，留半句，或说一句，留一句，令人自思。则欲事不挂齿颊，而与说出相同，此一法也。如讲最亵之话虑人触耳者，则借他事喻之，言虽在此，意实在彼，人尽了然，则欲事未入耳中，实与听见无异，此又一法也。得此二法，则无处不可类推矣。

《金瓶梅》插图　王婆子贫嘴说风情

【注释】

　　①亵语：污秽的语言。②善戏谑兮，不为虐兮：出自《诗经·卫风·淇奥》，指言谈中话语诙谐、风趣，待人接物和蔼平易。

【译文】

　　来看戏文中花脸的插科，动辄就涉及淫乱之事，有些在屋里都说不出口的话，却公然在戏台上说出来。高雅的人会堵住耳朵、正直的人会低下头，唯恐粗俗恶心的声音会污染耳朵。而且要提防男女一起观看，同时听到淫秽话语，未必不会打开偷情之门。郑国音乐放佚，正是因为如此。不知道插科打诨的添加，只是为了引人发笑，人世间玩笑话太多了，何必要专门谈论男女情欲之事呢？即使是说男女情事，也有"善开玩笑而不过分"的方法，何必要以口代笔，给观众画出一幅春意图，才能算善于谈论男女情事呢?

有人问：要善于谈论男女情事，应该用什么方法? 请说出一二点来概括。我回答：如果说的是口头的俗语，就说半句，留半句，或者说一句，留一句，让观众自己思考。那么情欲之事虽然没有说出口，而和说出来一样，这是一种方法。如果要讲最淫亵的话，害怕沾染到别人的耳朵，就借其他事情来比喻，说的虽然是这里，指的却是那里，人们都能明白其含义，那么情欲之事虽然没有入耳，实际却和听见没有差别。这又是一种方法。有了这两种方法，那么没有什么地方不能以此类推了。

忌俗恶

【原文】

昆曲《牡丹亭·游园惊梦》

科诨之妙，在于近俗，而所忌者，又在于太俗。不俗则类腐儒之谈，太俗即非文人之笔。吾于近剧中，取其俗而不俗者，《还魂》而外，则有《粲花五种》，皆文人最妙之笔也。

《粲花五种》之长，不仅在此，才锋笔藻，可继《还魂》，其稍逊一筹者，则在气与力之间耳。《还魂》气长，《粲花》稍促;《还魂》力足，《粲花》略亏。虽然，汤若士之《四梦》[1]，求其气长力足者，惟《还魂》一种，其余三剧则与《粲花》并肩。使粲花主人及今犹在，奋其全力，另制一种新词，则词坛赤帜，岂仅为若士一人所攫哉? 所恨予生也晚，不及与二老同时。他日追及泉台，定有一番倾倒，必不作妒而欲杀之状，向阎罗天子掉舌，排挤后来人也。

【注释】

①《四梦》：指汤显祖的《邯郸记》《南柯记》《紫钗记》和《还魂记》(即《牡丹亭》) 四部戏曲，合称"临川四梦"。

【译文】

插科打诨的妙处在于通俗，而其所忌讳的又是太过粗俗。不通俗就如同迂腐儒生的言谈，而太粗俗就不再是文人的风格。我在近代剧本中，选取既通俗又不粗俗的，除了《还魂记》之外，就是《粲花五种》，这些都是文人写的最妙的作品。

《粲花五种》的长处不仅在于插科打诨，它的才华文笔，可以继承《还魂记》，稍逊一筹的地方在于气韵和力道。《还魂记》气韵深长，《粲花五种》的气韵稍局促；《还魂记》力道充足，《粲花五种》的力道略显欠缺。虽然如此，汤显祖的《临川四梦》中，气韵长力道足的只有《还魂记》一部，其他三部就与《粲花五种》不分伯仲。如果粲花主人现在还活着，全力以赴，另外再写出一部新戏，那么词坛的大旗，怎么会被汤显祖一个人独揽呢？可惜我生晚了，没有赶上与两位前辈同一个时代，以后等我到了黄泉，定要与他们一较高下。他们必定不会嫉妒而想杀掉我，不会向阎王嚼舌头，排挤我这个后来人。

重关系

【原文】

科诨二字，不止为花面而设，通场脚色皆不可少。生旦有生旦之科诨，外末有外末之科诨，净丑之科诨则其分内事也。然为净丑之科诨易，为生旦外末之科诨难。雅中带俗，又于俗中见雅；活处寓板，即于板处证活。此等虽难，犹是词客优为之事。所难者，要有关系。关系维何？曰：于嬉笑诙谐之处，包含绝大文章；使忠孝节义之心，得此愈显。如老莱子之舞斑衣①，简雍②之说淫具，东方朔③之笑彭祖面长，此皆古人中之善于插科打诨者也。作传奇者，苟能取法于此，是科诨非科诨，乃引人入道之方便法门耳。

【注释】

①老莱子之舞斑衣：谓春秋末楚国老莱子穿五色斑斓之衣，扮小儿之状以娱双亲，后被奉为孝养父母的典范。②简雍：字宪和，三国时蜀汉昭德将军。性傲跌宕，滑稽善讽。事见下文"贵自然"条。③东方朔：西汉文学家，字曼倩，平原厌次（今山东惠民）人，汉武帝时为太中大夫。性格诙谐滑稽。事见下文"贵自然"条。

【译文】

"科诨"二字，不只是为花脸创设的，全场的角色都不能少。生、旦有生、旦的科诨，外、末有外、末的科诨，净、丑的科诨则是其分内之事。但写净、丑的科诨容易，写生、旦、外、末等角色的科诨却很难。因为这些人的科诨要雅中带俗，又要在俗中见雅；要在灵活处带点儿死板，又要在死板处显出灵活。这些虽然很难，还是戏曲作者能努力办到的事。困难之处在于其中要有关系。"关系"是什么？回答是：在嬉笑诙谐的地方要大有文章，使忠孝节义的思想，通过这些更加彰显。好像老莱子彩衣娱亲，简雍谈论淫具，东方朔嘲笑彭祖脸长一样，这些都是古人中善于插科打诨的。戏曲作者如果能学习这些，那么科诨就不再是科诨，而是引导人们进入正道的方便之法。

贵自然

科诨虽不可少，然非有意为之。如必欲于某折之中，插入某科诨一段，或预设某科诨一段，插入某折之中，则是觅妓追欢，寻人卖笑，其为笑也不真，其为乐也亦甚苦矣。妙在水到渠成，天机自露。"我本无心说笑话，谁知笑话逼人来"，斯为科诨之妙境耳。如前所云简雍说淫具，东方朔笑彭祖。即取二事论之。

蜀先主[①]时，天旱禁酒，有吏向一人家索出酿酒之具，论者欲置之法。雍与先主游，见男女各行道上，雍谓先主曰："彼欲行淫，请缚之。"先主曰："何以知其行淫？"雍曰："各有其具，与欲酿未酿者同，是以知之。"先主大笑，而释蓄酿具者。

汉武帝时，有善相者，谓人中[②]长一寸，寿当百岁。东方朔大笑，有司奏以不敬。帝责之，朔曰："臣非笑陛下，乃笑彭祖耳。人中一寸则百岁，彭祖岁八百，其人中不几八寸乎？人中八寸，则面几长一丈矣，是以笑之。"

此二事，可谓绝妙之诙谐，戏场有此，岂非绝妙之科诨？然当时必亲见男女同行，因而说及淫具；必亲听人中一寸寿当百岁之说，始及彭祖面长，是以可笑，是以能悟人主。如其未见未闻，突然引此为喻，则怒之不暇，笑从何来？笑既不得，悟从何来？此即贵自然、不贵勉强之明证也。吾看演《南西厢》，见法聪口中所说科诨，迂奇诞妄，不知何处生来，真令人欲逃欲呕，而观者听者绝无厌倦之色，岂文章一道，俗则争取，雅则共弃乎？

①蜀先主：即刘备。②人中：人的上唇正中凹下的部分。

科诨虽然不可缺少，但并不是有意去做的。如果一定想在某折戏当中插入某一段科诨，或者预设某一段科诨，将其插入某折戏当中，就会像嫖客找妓女寻欢，妓女找人卖笑一般，这种笑不真实，这种欢乐也非常痛苦的。插科打诨妙在水到渠成，天机自然流露。"我本来无心说笑话，谁知道笑话却来找我"，这就是科诨的妙境。就像前边所说的简雍谈论淫具，东方朔嘲笑彭祖。现在我就拿这两件事来说明。

三国蜀国刘备时，一年政府因为天气干旱禁止酿酒，有官吏在一户人家搜出酿酒的器具，要将他治罪。简雍陪同刘备出游，看到有男女各自走在路上，简雍就对刘备说："他们想要做淫乱之事，请把他们抓起来。"刘备问："怎么知道他们要做淫乱之事呢？"简雍说："他们身上各自长着淫具，和想酿酒还没酿的那个人一样，因此我知道。"刘备大笑，释放了那个藏有酿酒器具的人。

汉武帝时，有个善于相面的人，他说人的人中如果有一寸长，寿命就会有一百岁。东方朔听后大笑，掌管礼仪的官员上奏东方朔对皇上不敬。汉武帝责问东方朔，东方朔回答："我不是在笑陛下，是在笑彭祖。人中如果长一寸就是一百岁，彭祖活了八百岁，那他的人中不是差不多有八寸长吗？人中长八寸，那他的脸差不多就有一丈长，所以我才笑他。"

这两件事情，可谓绝妙的诙谐，戏台上如果有这些，岂不是绝妙的科诨吗？然而当时简雍必然是亲眼看到男女同行，因而才说到淫具；东方朔必然亲耳听到人中长一寸寿命有百岁的说法，才说到彭祖脸长，所以才可笑，所以才能使皇上醒悟。如果他们没看到没听到，而突然用这些事来比喻，那么皇上发怒都来不及，笑又从哪里来？笑既然没了，醒悟又从哪里来？这就是科诨要贵自然、不贵勉强的明证。我看《南西厢》时，听见法聪口中所说的科诨，迂腐、离奇又荒诞、虚妄，不知道从哪里生出来的，真让人听了想逃、想吐，但观众却没有一点厌倦的神色，难道文章这种东西，粗俗才能让人争着看，高雅就会遭到抛弃吗？

格局第六

【原文】

传奇格局，有一定而不可移者，有可仍可改，听人自为政者。开场用末，冲场用生；开场数语，包括通篇，冲场①一出，蕴酿全部，此一定不可移者。

开场用末，冲场用生

开手宜静不宜喧，终场忌冷不忌热，生旦合为夫妇，外与老旦非充父母即作翁姑，此常格也。然遇情事变更，势难仍旧，不得不通融兑换而用之，诸如此类，皆其可仍可改，听人为政者也。

近日传奇，一味趋新，无论可变者变，即断断当仍者，亦如改窜，以示新奇。予谓文字之新奇，在中藏②，不在外貌，在精液，不在渣滓，犹之诗赋古文以及时艺，其中人才辈也，一人胜似一人，一作奇于一作，然止别其词华，未闻异其资格。有以古风之局而为近律者乎？有以时艺之体而作古文者乎？绳墨不改，斧斤自若，而工师之奇巧出焉。行文之道，亦若是焉。

【注释】

①冲场：戏曲名词，谓传奇剧本的第二折。②中藏：原指内脏。喻诗文内容。

【译文】

戏曲的格局，有固定不能更改的，有可改可不改的，听凭作者自己处理。开场用末角，冲场用生角；开场的几句话要概括通篇内容，冲场一出戏要蕴含全部情节，这是固定不能更改的格式。开场戏适宜安静不适宜喧嚣，终场忌讳冷清不忌讳热闹，生、旦适合演夫妻，外末与老旦不是充当父母就是做公婆，这是常用的格局。然而遇到情节有变化，不能仍然按照常规来写，就不得不通融变换来使用。诸如此类，都是可改可不改的格式，听凭作者视情况而定。

近来的戏剧，一味追求新奇，别说能变的地方变了，即使万万不能变的地方，也横加窜改，来显示作品的新奇。我认为文章的新奇是在内容，而不在表面；是在于精华，而不在渣滓。犹如诗、赋、古文以及八股文，其中人才辈出，一人比一人强，一部作品比一部作品新奇，然而它们都只是在词采上有区别，没听说在格式上有什么差别。有用古风格局写近体律诗的吗？有用八股文的格式来写古文的吗？绳墨不变，斧头不换，而工匠的奇巧却展现出来。文学创作也是如此。

家门

【原文】

开场数语，谓之"家门"。虽云为字不多，然非结构已完、胸有成竹者，不能措手。即使规模已定，犹虑做到其间，势有阻挠，不得顺流而下，未免小有更张，是以此折最难下笔。如机锋锐利，一往而前，所谓信手拈来，头头是道，则从此折做起，不则姑缺首篇，以俟终场补入。犹塑佛者不即开光①，画龙者点睛有待，非故迟之，欲俟全像告成，其身向左则目宜左视，其身向右则目宜右观，俯仰低徊，皆从身转，非可预为计也。此是词家讨便宜法，开手即以告人，使后来作者未经捉笔，先省一番无益之劳，知笠翁为此道功臣，凡其所言，皆真切可行之事，非大言欺世者比也。

【注释】

①开光：神佛的偶像雕塑完成后，选择吉日举行仪式，揭去蒙在脸上的红绸，开始供奉。也称"开眼"。

【译文】

开场几句话，称为"家门"。虽说字数不多，然而若非已经安排好结构、胸有成竹的话，就不能动笔。即使全剧结构已定，还要考虑写到中间时，情节发展受到阻隔，剧情不能继续下去，难免会小有改动，所以这一折最难下笔。如果作者笔锋锐利，一往无前，就是所谓的信手拈来、头头是道，那么就从第一折写起，否则就姑且先空着第一折，等到整场戏写完后再补进去。如同雕佛像的人不立即开光，画龙的人不着急点睛。不是故意延迟，而是要等到整个佛像都完成了，佛像的身体如果倾向左侧那么眼睛就向左看，如果身体倾向右侧那么眼睛就向右看，俯视仰望、左顾右盼，都要随着身体的角度来变化，不是事先能够计划好的。这是戏曲作家方便的方法，开始就把这些告诉大家，使后来的作者还没动笔，就先省去一番无用工。知道李渔是写开场方面的大功臣，凡是我所说的都是切实可行的方法，不是那些说大话来欺世盗名的人能比的。

《苏三起解》中苏三自报家门

【原文】

未说家门，先有一上场小曲，如《西江月》《蝶恋花》之类，总无成格，听人拈取。此曲向来不切本题，止是劝人对酒忘忧、逢场作戏诸套语。予谓词曲中开场一折，即古文之冒头，时文之破题，务使开门见山，不当借帽覆顶。即将本传中立言大意，包括成文，与后所说家门一词相为表里。前是暗说，后是明说，暗说似破题①，明说似承题②，如此立格，始为有根有据之文。场中阅卷，看至第二三行而始觉其好者，即是可取可弃之文；开卷之初，能将试官眼睛一把拿住，不放转移，始为必售之技。吾愿才人举笔，尽作是观，不止填词而已也。

【注释】

①破题：唐宋时应举诗赋和经义的起首处，须用几句话说破题目要义，叫破题。明清时八股文的头两句，也称破题，并成为一种固定的程式。②承题：申述题意，八股文中之第二股叫"承题"。

【译文】

自报家门之前，先有一段上场的小曲，如《西江月》《蝶恋花》之类，并没有固定规格，听人随意选择。这种曲子向来不切合本意，只是劝人们对酒忘忧、逢场作戏之类的套语。我认为戏曲中开场的一折，就等于古文的"冒头"和八股文的"破题"，务必要开门见山，不应遮遮掩掩。应该将本剧的主要意思概括成文，与后面家门中的言辞相互呼应。前面是暗说，后面是明说，暗说就像破题，明说就像承题。像这样建立格式，才是有根有据的文章。考场中批阅试卷，看到第二三行才感觉写得好的，就是可要可不要的文章；刚打开试卷，就能将考官的眼睛一下抓住，使其目不转睛的，才是一定能录取的文章。我希望才子写文章，都要这样看，并非只是针对戏曲创作而已。

【原文】

元词开场，止有冒头数语，谓之"正名"，又曰"楔子"，多则四句，少则二句，似为简捷。然不登场则已，既用副末上场，脚才点地，遂尔抽身，亦觉张皇失次。增出家门一段，甚为有理。然家门之前，另有一词，今之梨园皆略去前词，只就家门说起，止图省力，埋没作者一段深心。

大凡说话作文，同是一理，入手之初，不宜太远，亦正不宜太近。文章所忌者，开口骂题，便说几句闲文，才归正传，亦未尝不可，胡遽惜字如金，而作此卤莽灭裂①之状也？作者万勿因其不读而作省文。至于末后四句，非止全该，又宜别俗。元人楔子，太近老实，不足法也。

【注释】

①卤莽灭裂：语出《庄子·则阳》，后多用以形容做事草率粗疏。

【译文】

元曲的开场，只有几句话，叫作"正名"，又叫"楔子"，多的有四句，少的有两句，好像很简捷。然而不登台表演就罢了，既然让副末上场，脚才着地，没说两句就立刻抽身下台，也让人觉得张皇失措。因此增加家门一段，非常有道理。然而在家门之前，还有另外一段话，现在舞台演出都将其省去了，只从家门说起，只图省力气，却埋没了作者的一片苦心。

凡是说话、写文章，都是一样的道理，开始不要离题太远，也不应离题太近。文章所忌讳的是开头便直奔主题，即便先说几句闲话，才言归正传，也未尝不可，为什么要惜字如金，而表现得鲁莽冲动？作者千万不要因为没有人读就省略掉。至于后面的四句话，不仅要写全，而且要不落俗套。元代人的"楔子"，太过死板，不足以效法。

冲场

【原文】

开场第二折，谓之"冲场"。冲场者，人未上而我先上也。必用一悠长引子。引子唱完，继以诗词及四六排语，谓之"定场白"，言其未说之先，人不知所演何剧，耳目摇摇，得此数语，方知下落，始未定而今方定也。此折之一引一词，较之前折家门一曲，犹难措手。务以寥寥数言，道尽本人一腔心事，又且蕴酿全部精神，犹家门之括尽无遗也。同属包括之词，则分难易于其间者，以家门可以明说，而冲场引子及定场诗词全用暗射，无一字可以明言故也。非特一本戏文之节目全于此处埋根，而作此一本戏文之好歹，亦即于此时定价。何也？开手笔机飞舞，墨势淋漓，有自由自得之妙，则把握在手，破竹之势已成，不忧此后不成完璧。如此时此际文情艰涩，勉强支吾，则朝气昏昏，到晚终无晴色，不如不作之为愈也。然则开手锐利者宁有几人？不几阻抑后辈，而塞填词之路乎？曰：不然。有养机使动之法在：如入手艰涩，姑置勿填，以避烦苦之势；自寻乐境，养动生机，俟襟怀略展之后，仍复拈毫，有兴即填，否则又置，如是者数四，未有不忽撞天机者。若因好句不来，遂以俚词塞责，则走入荒芜一路，求辟草昧而致文明，不可得矣。

明本《拜月记》插图　瑞兰自叙

【译文】

开场第二折戏叫作"冲场"。"冲场"就是别人没上场而我先上场。必定要用一段悠长的引子，引子唱完，紧接着一段诗词及四六排句，叫作"定场白"，说得是在没有说明之前，人们不知道演的是什么内容，摸不着头脑，听了这几句话，才知道要演什么，开始不确定而现在刚确定。此折戏中的一段引子一段定场白，相比前一折中的家门曲词还要难着手。务求用寥寥数语将所有的心里话全部道出，并且又要酝酿全剧的精神，就像自报家门一样将全剧概括无遗。它们都是概括的曲词，但其中的难易程度不同，因为家门可以明说，而"冲场"的引子和定场白全都要暗示影射，没有一个字可以明说。不但一部戏的情节关目都在此处伏笔，而且一部戏的好坏，也都在此处能确定。为什么？因为如果一开始写就笔锋飞舞、笔墨酣畅、自由自在，那么就能把握在手，势如破竹一气呵成，不担心后面写不成好曲。如果这个时候文思艰难，勉强支吾几句，那么就会开始死气沉沉，到最后也终究不会有起色，还不如不写的好。然而开头就文字犀利能有几个人？这样不是等同于压制后辈，阻塞戏曲创作之路吗？回答说：并非如此。有培养灵感、激发灵感的方法：如果开始就下笔艰难，就姑且先放在一边不写，以免自己苦恼；自己去寻找乐趣，培养灵性和生机，等思路稍微展开，再拿起笔来，有兴致就写，否则就再放置一边。像这样几次，没有不灵感突现的。如果因为一时想不出好句就用庸俗的话来敷衍，就等于走进了荒芜之地，想要离开蒙昧达到文明，是不可能了。

出脚色

【原文】

本传中有名脚色，不宜出之太迟。如生为一家，旦为一家，生之父母随生而出，旦之父母随旦而出，以其为一部之主，余皆客也。虽不定在一出二出，然不得出四五折之后。太迟则先有他脚色上场，观者反认为主，及见后来人，势必反认为客矣。即净丑脚色之关乎全部者，亦不宜出之太迟。善观场者，止于前数出所记，记其人之姓名；十出以后，皆是枝外生枝，节中长节，如遇行路之人，非止不问姓字，并形体面目皆可不必认矣。

【译文】

一部戏中主要的角色，出场不应该太晚。比如生角是一家，旦角是一家，生角的父母要跟随生角出场，旦角的父母要跟随旦角出场。因为他们是这部戏的主角，其他角色都是陪衬。主角虽然不一定要在第一、第二折戏就出现，然而也不能出现在第四、五折以后。出场太迟就会先有其他角色上场，那么观众会反将他们当成主角，等见到后出场的主角，势必又会当成配角。即使关系到全剧的净、丑角色，也不应该出场太晚。善于看戏的人，只在前几折戏中记住出现的人名；十场戏之后，都是引发出来的次要角色，就像路上遇到的行人，不但不用问姓名，并且连他们的体形面貌都不必知道。

小收煞

【原文】

上半部之末出，暂摄情形，略收锣鼓，名为"小收煞"。宜紧忌宽，宜热忌冷，宜作郑五歇后[①]，令人揣摩下文，不知此事如何结果。如做把戏者，暗藏一物于盆盎衣袖之中，做定而令人射覆[②]，此正做定之际，众人射覆之时也。

戏法无真假，戏文无工拙，只是使人想不到、猜不着，便是好戏法、好戏文。猜破而后出之，则观者索然，作者赧然，不如藏拙之为妙矣。

【注释】

①郑五歇后：指唐代郑綮的一种喜用诙谐歇后语的诗体。②射覆：古代游戏。把东西覆于器物下，让人猜，也用于称行酒令时用字句暗指事物，让人猜测。

【译文】

上半部分的最后一出戏，暂时控制剧情，暂停锣鼓，叫作"小收煞"。适合紧凑忌讳松散，适合热闹忌讳冷清，就像郑綮的歇后语，让人自己想象后面的剧情，不知道这件事的结果如何。就像要把戏的人，暗中藏一个东西在衣袖当中，藏好了让别人去猜，"小收煞"就是藏好了让观众去猜的时候。戏法没有真假，戏文没有好坏，只要使人想不到、猜不着，就是好戏法、好戏文。猜中后再演出来，那么就会使观众索然无味，作者羞愧难当，还不如藏拙的好。

大收煞

【原文】

全本收场，名为"大收煞"。此折之难，在无包括之痕，而有团圆之趣。如一部之内，要紧脚色共有五人，其先东西南北各自分开，至此必须会合。此理谁不知之？但其会合之故，须要自然而然，水到渠成，非由车辏①。最忌无因而至，突如其来，与勉强生情，拉成一处，令观者识其有心如此，与恕其无可奈何者，皆非此道中绝技，因有包括之痕也。骨肉团聚，不过欢笑一场，以此收锣罢鼓，有何趣味？水穷山尽之处，偏宜突起波澜，或先惊而后喜，或始疑而终信，或喜极信极而反致惊疑，务使一折之中，七情

《西厢记·长亭送别》瓷板画

俱备，始为到底不懈之笔，愈远愈大之才，所谓有团圆之趣者也。予训儿辈尝云："场中作文，有倒骗主司②入彀之法：开卷之初，当以奇句夺目，使之一见

而惊，不敢弃去，此一法也；终篇之际，当以媚语摄魂，使之执卷留连，若难遽别，此一法也。"收场一出，即勾魂摄魄之具，使人看过数日，而犹觉声音在耳、情形在目者，全亏此出撒娇，作"临去秋波那一转"也。

【注释】

①车戽：用水车汲水。②主司：科举的主试官。

【译文】

整场戏收场叫作"大收煞"。这一折的难处，在于没有概括的痕迹，却显出团圆的乐趣。比如一部戏中主角共有五个，开始先将他们东西南北各自分开，到"大收煞"时就必须要让他们会合。这个道理谁不知道？但是使他们会合的原因，必须要自然而然、水到渠成，而不是用水车汲水。最忌讳的就是没有原因而来，突如其来，或者勉强造一个情节，把人物拉到一起，让观众看出是有意这样写的，这与让观众原谅他的无可奈何一样，都不是写"大收煞"的高明写法，因为其中有概括的痕迹。骨肉团聚，只不过是一场欢笑，以此来结尾，有什么趣味？山穷水尽的地方，偏偏要突起波澜，或者使观众先惊后喜，或者使他们先怀疑最终相信，或者先让观众看得极高兴、极其相信，最后却大吃一惊。务必使一折戏当中，各种情感都具备，才能使得自始至终都精彩，写得越远越彰显才华，就是所说的有团圆的机趣。我教导晚辈时说过："考场中写文章，有能够诱骗考官进圈套的方法。刚开始的时候，应当用新奇语句引起考官注意，使他一看到就惊叹，不敢放弃，这是一个方法。文章结束的时候，应当用美妙词句勾引考官心魂，使他爱不释手。这是另一个方法。"收场一出戏就是勾魂摄魄的工具。让人看了几天以后，仍然觉得声音萦绕耳畔、情形还历历在目，靠的都是在这出戏中的"撒娇"，如同临别时的回眸一笑。

填词馀论

【原文】

读金圣叹所评《西厢记》，能令千古才人心死。夫人作文传世，欲天下后代知之也，且欲天下后代称许而赞叹之也。殆其文成矣，其书传矣，天下后代既群然知之，复群然称许而赞叹之矣，作者之苦心，不几大慰乎哉？予曰：未甚慰也。誉人而不得其实，其去毁也几希。但云千古传奇当推《西厢》第一，而不明言其所以为第一之故，是西施之美，不特有目者赞之，盲人亦能赞之矣。

自有《西厢》以迄于今，四百余载，推《西厢》为填词第一者，不知几千万人，而能历指其所以为第一之故者，独出一金圣叹。是作《西厢》者之心，四百余年未死，而今死矣。不特作《西厢》者心死，凡千古上下操觚立言①者之心，无不死矣。人患不为王实甫耳，焉知数百年后，不复有金圣叹其人哉！

【注释】

①操觚立言：执简立言，指写作。

【译文】

读金圣叹所评的《西厢记》，能让千古以来的才子心死。人们写文章流传于世，是想让天下人和后代知道他，并且想要天下人和后代称许赞叹。等到文章写成，作品流传，天下人和后代都知道了他，并且对他交口称赞了，作者的一片苦心，不是得到了最大的安慰吗？我认为：没有十分安慰。赞誉别人而没有说到实处，那就离诋毁不远了。只说古今戏曲应当推举《西厢记》为第一，却不说明它所以成为第一的原因，就像西施的美貌，不仅有眼睛的人赞美她，盲人也能赞美她。

从《西厢记》出现到现在有四百多年了，推举《西厢记》为戏曲第一的，不知有几千几万人，而能指出它所以是第一的原因的，只有一个金圣叹。作《西厢记》之人的用心，四百多年没有死，现在能够瞑目了。不仅写《西厢记》的人可以瞑目，但凡自古以来从事文学创作的人都能够瞑目了。人们都担心自己不是王实甫，怎么知道几百年后，不会再出现一个金圣叹呢？

明张深之校本《西厢记》书中插图

【原文】

圣叹之评《西厢》，可谓晰毛辨发，穷幽极微，无复有遗议于其间矣。然以予论之，圣叹所评，乃文人把玩之《西厢》，非优人搬弄之《西厢》也。文字之三昧，圣叹已得之；优人搬弄之三昧，圣叹犹有待焉。如其至今不死，自撰新词几部，由浅及深，自生而熟，则又当自火其书，而别出一番诠解。甚矣，此道之难言也。

【译文】

金圣叹评论《西厢记》，可谓明察秋毫，细致入微，再没有任何遗漏。然而在我看来，金圣叹所点评的是文人阅读的《西厢记》，并非演员表演的《西厢记》。文章创作的诀窍，金圣叹已经得到；演员表演的诀窍，金圣叹还有待探究。如果他至今还活着，自己创作几部新戏，由浅到深，由生到熟，那么又会自己将《西厢记》的评点烧掉，再重新做出一番诠释。戏曲评论实在太难了！

【原文】

圣叹之评《西厢》，其长在密，其短在拘，拘即密之已甚者也。无一句一字不逆溯其源，而求命意之所在，是则密矣，然亦知作者于此，有出于有心，有不必尽出于有心者乎？心之所至，笔亦至焉，是人之所能为也；若夫笔之所至，心亦至焉，则人不能尽主之矣。且有心不欲然，而笔使之然，若有鬼物主持其间者，此等文字，尚可谓之有意乎哉？文章一道，实实通神，非欺人语。千古奇文，非人为之，神为之、鬼为之也，人则鬼神所附者耳。

【译文】

金圣叹点评《西厢记》，其长处在于细致，短处在于拘谨。拘谨就是太细致造成的。没有一字一句不是追根溯源，探求本意的所在，这样确实是细致，然而也要知道作者在这里，有的是出于有心，有的则未必是出于有心。心里想到哪儿，笔就写到哪儿，这是每个人都能做到的；至于笔写到哪儿，心也就想到哪儿，那么就不是每个人能做到的了。况且还有心里本来不想这样，但落笔却促使他写成这样，就像鬼使神差。像这样的文字，还可以说是作者有意写的吗？文学创作，实在是通晓神明的，这不是骗人的话。千古的奇文，不是人写出来的，而是鬼神写出来的，人不过是被鬼神附身罢了。

演习部

选剧第一

【原文】

　　填词之设，专为登场；登场之道，盖亦难言之矣。词曲佳而扮演不得其人，歌童好而教率不得其法，皆是暴殄天物，此等罪过，与裂缯毁璧等也。

　　方今贵戚通侯，恶谈杂技，单重声音，可谓雅人深致，崇尚得宜者矣。所可惜者：演剧之人美，而所演之剧难称尽美；崇雅之念真，而所崇之雅未必果真。尤可怪者：最有识见之客，亦作矮人观场，人言此本最佳，而辄随声附和，见单即点，不问情理之有无，以致牛鬼蛇神塞满氍毹①之上。极长词赋之人，偏与文章为难，明知此剧最好，但恐偶违时好，呼名即避，不顾才士之屈伸，遂使锦篇绣帙②，沉埋瓴甓之间。汤若士之《牡丹亭》《邯郸梦》得以盛传于世，吴石渠之《绿牡丹》《画中人》得以偶登于场者，皆才人侥幸之事，非文至必传之常理也。若据时优本念，

明末刻本《邯郸记》插图

87

则愿秦皇复出，尽火文人已刻之书，止存优伶所撰诸抄本，以备家弦户诵而后已。伤哉，文字声音之厄，遂至此乎！

吾谓《春秋》之法，责备贤者，当今瓦缶雷鸣，金石绝响，非歌者投胎之误，优师指路之迷，皆顾曲周郎之过也。使要津之上，得一二主持风雅之人，凡见此等无情之剧，或弃而不点，或演不终篇而斥之使罢，上有憎者，下必有甚焉者矣。观者求精，则演者不敢浪习，黄绢色丝之曲，外孙齑臼之词，不求而自至矣。吾论演习之工而首重选剧者，诚恐剧本不佳，则主人之心血，歌者之精神，皆施于无用之地。使观者口虽赞叹，心实咨嗟③，何如择术务精，使人心口皆羡之为得也。

昆曲《牡丹亭·游园》

【注释】

①氍毹：原指毛织地毯。旧时戏台演出常铺红色氍毹，因以氍毹或红氍毹代称戏台。②锦篇绣帙：指华美的篇章。③咨嗟：叹息。

【译文】

戏曲的创作，是专门为了登台演出；登台演出的规矩，却是很难说清的。词曲写得好而演员没有找好，或是演员好可是教导却不得法，都是暴殄天物，这种罪过，与撕裂绸缎、毁坏玉璧的罪过等同。

现今的达官显贵，都讨厌谈论杂技，只看重戏曲，可以说是品味高雅、崇尚得当的了。可惜的是，演员漂亮，而所演的戏剧却很难尽善尽美；崇尚高雅的念头很真诚，但是所推崇的高雅却未必真的高雅。非常奇怪的是：极其有见识的观众，也作矮人看戏状，别人说这出戏最好，也就动辄随声附和，见到戏单就点这出戏，也不问有没有情理，以至于牛鬼蛇神塞满了舞台。极其擅长词赋的人，却偏要和曲词为难，明知道这出戏最好，但害怕违背众人所好，一提到此句的名字就赶紧回避，不管有才之士是否委屈，就这样好曲目被深深埋没了。汤显祖的《牡丹亭》和《邯郸梦》得以盛传于世，吴石渠的《绿牡丹》和《画中人》能够偶尔在舞台上演，都是才子们侥幸得来的事，并非文采好就必能流传的常理。如果根据现在演员的本意，那么就会希望秦始皇再生，烧尽文人已经刻印的书，只保存演员自己杜撰的抄本，让千家万户去传唱才罢休。可悲啊！戏曲作品的灾难已经达到这种程度了吗！

我认为按照《春秋》笔法，对于贤者要求全责备。当今舞台上瓦釜雷鸣，金石般的悦耳之声已经绝迹，这不是演员投错了胎、师父指错了路，而全是戏剧评论家的罪过。假如身居要职的人，有一两个推崇风雅的，凡是看到这种不合情理的戏剧，或者弃之不点，或者没演完就让它停演。上面有憎恶的人，下面必定有更憎恶它的人。观众追求精妙，那么演员就不敢随便演出，绝妙的好戏不用刻意寻求自己就会出现。我认为演技的高超最重要的是选择剧本，就怕剧本不好，那么戏班主人的心血和演员的精力就全都花在了没用的地方。观众虽然嘴上赞叹，心中其实在咒骂，何不在挑选剧本时务必求精，让人们心服口服。

别古今

选剧授歌童，当自古本始。古本既熟，然后间以新词，切勿先今而后古。何也？优师教曲，每加工于旧，而草草于新。以旧本人人皆习，稍有谬误，即形出短长；新本偶尔一见，即有破绽，观者听者未必尽晓，其拙尽有可藏。且古本相传至今，历过几许名师，传有衣钵①，未当而必归于当，已精而益求其精，犹时文中"大学之道""学而时习之"诸篇，名作如林，非敢草草动笔者也。新剧则如巧搭新题，偶有微长，则动主司之目矣。故开手学戏，必宗古本。而古本又必从《琵琶》《荆钗》《幽闺》《寻亲》等曲唱起，盖腔板之正，未有正于此者。此曲善唱，则以后所唱之曲，腔板皆不谬矣。旧曲既熟，必须间以新词。切勿听拘士腐儒之言，谓新剧不如旧剧，一概弃而不习。

盖演古戏，如唱清曲，只可悦知音数人之耳，不能娱满座宾朋之目。听古乐而思卧，听新乐而忘倦。古乐不必《箫》《韶》②《琵琶》《幽闺》等曲，即今之古乐也。但选旧剧易，选新剧难。教歌习舞之家，主人必多冗事，且恐未必知音，势必委诸门客，询之优师。门客岂尽周郎，大半以优师之耳目为耳目。而优师之中，淹通文墨者少，每见才人所作，辄思避之，以凿枘不相入也。故延优师者，必择文理稍通之人，使阅新词，方能定其美恶。又必藉文人墨客参酌其间，两议佥同，方可授之使习。此为主人多冗，不谙音乐者而言。若系风雅主盟，词坛领袖，则独断有余，何必知而故询。

噫，欲使梨园风气丕变维新，必得一二缙绅③长者主持公道，俾词之佳者必传，剧之陋者必黜，则千古才人心死，现在名流，有不以沉香刻木而祀之者乎？

①衣钵：衣，袈裟；钵，食具。佛教禅宗自初祖至五祖皆以衣钵相传，作为传法的信证，亦泛称师徒传授继承。②《箫》《韶》：传说中虞舜时的音乐。③缙绅：古代称有官职的或做过官的人，也作搢绅。

【译文】

　　选择剧本教授戏童，应当从老剧本开始。老剧本已经练熟了，然后再间或穿插一些新戏，千万不能先教新戏而后教旧戏。为什么呢？师父教戏，每每严格要求旧戏，而对新戏草草了事。因为旧戏人人都熟习，稍有错误，就能看出好坏；新戏人们只是偶尔看到，即使有破绽，观众听众未必都知道，那么缺点就能完全隐藏。况且旧戏流传至今，经历过许多名师，衣钵相传，有不当的地方也必然已经妥当了，而且精益求精。好比八股文中的"大学之道""学而时习之"命题的诸篇文章，名作如林，没有敢轻易动笔的人。新戏就如同巧妙搭配的新题目，偶尔有一点长处，就会引起主考官注目。所以开始学戏，必须以旧戏为宗。而旧戏中又必须从《琵琶记》《荆钗记》《幽闺记》《寻亲记》等戏唱起，因为唱腔的纯正没有超过这几部戏的。这些曲目擅长演唱了，以后所唱的曲子，唱腔就都不会错了。旧曲已经唱熟，就必须穿插学习一些新曲。切莫听信拘束、迂腐的儒生的话，认为新戏不如旧戏，一概抛弃不学。

　　演古戏，比如演唱清曲，只能让几个知音听着悦耳，而不能使满座宾朋都感到愉悦。听古乐会让人犯困，听新乐却使人忘记疲倦。古乐不必是《箫》《韶》等雅乐，《琵琶记》和《幽闺记》等戏曲，也是今天的古乐。然而选旧戏容易，选新戏困难。因为教授戏曲的人家，主人必然有许多琐事，并且恐怕不一定懂戏，势必会将选戏的任务委托给门客，或询问戏师。门客怎会全是通晓音律的人，多半也是听戏师的。而戏师当中，粗通文墨的也没有几个，一看到才子作的剧本，就想回避，因为雅俗不能相容。所以请戏师，必须要选稍通文理的人，使其阅读新戏，才能判定出好坏。还必须要让文人墨客参与讨论，两方观点相同，才能传授给戏童练习。这是对于主人繁忙并且不懂音乐而言的。如果主人是风雅的盟主、词坛的领袖，那么自己决定就够了，何必知道还故意向别人询问？

　　唉！要使戏曲界的风气变新，就必须有一两个德高望重的人来主持公道。如果这样，好戏必然得以流传，粗陋的必然被抛弃，那么古今的才子才能瞑目，现在的戏曲名流还有不对他们顶礼膜拜的吗？

剂冷热

【原文】

　　今人之所尚，时优之所习，皆在热闹二字；冷静之词，文雅之曲，皆其深恶而痛绝者也。然戏文太冷，词曲太雅，原足令人生倦，此作者自取厌弃，非人有心置之也。然尽有外貌似冷而中藏极热，文章极雅而情事近俗者，何难稍加润色，播入管弦？乃不问短长，一概以冷落弃之，则难服才人之心矣。

　　予谓传奇无冷热，只怕不合人情。如其离合悲欢，皆为人情所必至，能使人哭，能使人笑，能使人怒发冲冠，能使人惊魂欲绝，即使鼓板不动，场上寂然，而观者叫绝之声，反能震天动地。是以人口代鼓乐，赞叹为战争，较之满场杀伐，钲鼓雷鸣而人心不动，反欲掩耳避喧者为何如？岂非冷中之热，胜于热中之冷；俗中之雅，逊于雅中之俗乎哉？

【译文】

现在人所崇尚的，艺人们所学习的，都在于热闹二字；冷静文雅的戏曲都是深恶痛绝的。戏文太冷清，词曲太文雅，原本足以令人厌倦，这是作者自找的，并非有人存心厌弃。然而也有一些外冷内热的戏曲，有一些文辞典雅而故事庸俗的曲词，将它们稍加润色，配上音乐，就会有所改观。这有何难？不问好坏，一概抛弃不用，则难以使才子们心服。

我认为戏曲没有冷热之分，只怕不符合人情。比如剧中的悲欢离合，都是人情的必然，能让人哭、能让人笑、能让人发怒、能让人惊恐，即使停止锣鼓，台上寂静无声，而观众的叫好声反能震天动地。这是用人的嘴代替鼓乐，用赞叹成为战争，

昆曲《长生殿》剧照

相比满场打杀，战鼓雷鸣，观众却无动于衷，反而想捂住耳朵避开喧嚣，又如何呢？难道不是冷中之热胜过热中之冷，俗中之雅逊色于雅中之俗吗？

◎变调第二◎

【原文】

变调者，变古调为新调也。此事甚难，非其人不行，存此说以俟作者。才人所撰诗赋古文，与佳人所制锦绣花样，无不随时更变。变则新，不变则腐；变则活，不变则板。至于传奇一道，尤是新人耳目之事，与玩花赏月同一致也。使今日看此花，明日复看此花，昨夜对此月，今夜复对此月，则不特我厌其旧，而花与月亦自愧其不新矣。故桃陈则李代，月满即哉生。花月无知，亦能自变其调，矧词曲出生人之口，独不能稍变其音，而百岁登场，乃为三万六千日雷同合掌之事乎？

吾每观旧剧，一则以喜，一则以惧。喜则喜其音节不乖，耳中免生芒刺；

惧则惧其情事太熟，眼角如悬赘疣。学书学画者，贵在仿佛大都，而细微曲折之间，正不妨增减出入，若止为依样葫芦，则是以纸印纸，虽云一线不差，少天然生动之趣矣。因创二法，以告世之执郢斤①者。

①郢斤：《庄子·徐无鬼》载，匠石挥斧削去郢人涂在鼻翼上的白粉，而不伤其人，比喻纯熟、高超的技艺。

【译文】

变调就是把古调变为新调。这件事很难，不是做这行的就不行，保留这种说法待作者验证。文人所写的诗赋古文与妇人所做的锦绣花样一样，没有不随时变更的。改变才能创新，不变就会陈腐；改变就能灵活，不变就会呆板。至于戏曲创作，更是让人耳目一新的事，与玩花赏月相同。如果让人今天看这朵花，明天还看这朵花，昨夜面对这轮月亮，今夜又去面对这轮月亮，那么不仅我会厌烦其陈旧，花和月也会惭愧自己的不新鲜了。因此桃花谢了就会有李花代替，月满后就会出现缺口。花和月亮没有知觉，尚且能够改变自己的形态，何况戏曲出自活人之口，就不能稍微做些改变，而是一出戏演出一百年，三万六千个日子全都雷同吗？

我每次看旧戏，既高兴又担忧。高兴的是其音调不乖张，听着不刺耳，担忧的是其情节太熟悉，就像眼角上长了多余的肉瘤。学习书画的人，贵在与名家相似，但一些细微曲折之处，不妨有些出入，如果只是依样画葫芦，那就是用纸张印纸张，虽说一点儿差别都没有，却少了生动的情趣。所以我创制出两种变调的方法，来告诉那些创作戏曲的人。

缩长为短

【原文】

观场之事，宜晦不宜明。其说有二：优孟衣冠①，原非实事，妙在隐隐跃跃之间。若于日间搬弄，则太觉分明，演者难施幻巧，十分音容，止作得五分观听，以耳目声音散而不聚故也。且人无论富贵贫贱，日间尽有当行之事，阅之未免妨工。抵暮登场，则主客心安，无妨时失事之虑，古人秉烛夜游，正为此也。然戏之好者必长，又不宜草草完事，势必阐扬志趣，摹拟神情，非达旦不能告阕。然求其可以达旦之人，十中不得一二，非迫于来朝之有事，即限于此际之欲眠，往往半部即行，使佳话截然而止。

予尝谓好戏若逢贵客，必受腰斩之刑。虽属谑言，然实事也。与其长而不终，无宁短而有尾。故作传奇付优人，必先示以可长可短之法：取其情节可

戏剧可以简短，但要有头有尾

省之数折，另作暗号记之，遇清闲无事之人，则增入全演，否则拔而去之。此法是人皆知，在梨园亦乐于为此。但不知减省之中，又有增益之法，使所省数折，虽去若存，而无断文截角之患者，则在秉笔之人略加之意而已。法于所删之下折，另增数语，点出中间一段情节，如云昨日某人来说某话，我如何答应之类是也；或于所删之前一折，预为吸起，如云我明日当差某人去干某事之类是也。如此，则数语可当一折，观者虽未及看，实与看过无异，此一法也。

予又谓多冗之客，并此最约者亦难终场，是删与不删等耳。尝见贵介命题，止索杂单，不用全本，皆为可行即行，不受戏文牵制计也。予谓全本太长，零出太短，酌乎二者之间，当仿《元人百种》之意，而稍稍扩充之，另编十折一本，或十二折一本之新剧，以备应付忙人之用。或即将古书旧戏，用长房妙手②，缩而成之。但能沙汰得宜，一可当百，则寸金丈铁，贵贱攸分，识者重其简贵，未必不弃长取短，另开一种风气，亦未可知也。此等传奇，可以一席两本，如佳客并坐，势不低昂，皆当在命题之列者，则一后一先，皆可为政，是一举两得之法也。有暇即当属草③，请以下里巴人，为白雪阳春之倡。

【注释】

①优孟衣冠：典出《史记·滑稽列传》：楚相孙叔敖死，优孟着孙叔敖衣冠，模仿其神态动作，楚庄王及左右不能辨，以为孙叔敖复生。后称登场演戏为"优孟衣冠"。②长房妙手：费长房，东汉方士。《神仙传》中记载其有缩地神术，能将地缩短，使千里景色尽现眼前。③属草：起草，写草稿。

【译文】

看戏这件事，适合晚上不适合白天。原因有两点：演员表演，原本就不是真的，妙处就在于隐隐约约之间。如果在白天表演，就会觉得太清楚，演员难以施展虚幻的技巧，十分的音容，只能当作五分来看，因为耳朵和眼睛在白天注意力分散不集中。并且人们不论穷富，白天都有要做的事，看戏不免耽误时间。到晚上演出，主人和宾客就能安下心来，不会担心误时误事，古人秉烛夜游，正是因为如此。然而好戏必然很长，又不能草草了事，势必要淋漓尽致，表演到位，不到天亮不会结束。然而要找可以看通宵的人，十个当中也找不出一两个，不是因为第二天有事，就是因为当时想睡觉，往往看到一半就走，使好戏演到中间就停止。

我曾说过好戏如果遇见贵客，必然被腰斩。虽然只是戏言，却是事实。与其戏很长演不完，不如简短有头有尾。所以将剧本交给演员时，必须先告诉他们戏文长短变化的方法。将情节可省的几折，另外用记号标出，遇到的观众清闲没事，就把可省去的加上一起演，否则就删去不演。这方法尽人皆知，戏班也喜欢这样做。但是却不知道删减之中也有增补的方法，能使省略的几折虽然去掉却好像还在，而且没有残缺不全的感觉，只要作者略加几笔罢了。这种方法是在所省之戏的下一折之前，另外增加几句话，点出中间的一段情节，比如昨天某人来说了什么话，我如何回答之类的；或在所省之戏的前一折末尾，预先做些交代，比如我明天要派某人去做某些事之类的话。如此一来几句话就可以当作一折戏，观众虽没来得及看，实际与看过没有区别，这是一种方法。

我又说过事务繁忙的观众，就连缩减到最短的戏也很难看完，那么删与不删都一样。我曾见过权贵点戏，只要折子戏，不点全本，都是为了说走就走，不受剧情牵制。我认为全本太长，单折戏又太短，应该介于两者之间，仿照《元人百种》而稍微扩充一下，另编一些十折一本，或者十二折一本的新戏，用来应付繁忙的观众。或者就把古书旧戏，用费长房那样的妙手，改编成短篇。只要删减得当，一部就能抵得上一百部，就会像一寸金和一丈铁，贵贱分明，有见识的人看重它的简要，未必不会抛开长篇取短篇，另外开创一种新风气，也不是没有可能。这种剧本，可以一个晚上演两本。如果宾客同坐，地位相当，都可以点戏，那么就一前一后，都派得上用场，这是一举两得的方法。有时间我就马上去写，请让我这个粗浅之人，来倡导这种高雅艺术吧。

变旧成新

【原文】

演新剧如看时文，妙在闻所未闻，见所未见；演旧剧如看古董，妙在身生后世，眼对前朝。然而古董之可爱者，以其体质愈陈愈古，色相愈变愈奇。如铜器玉器之在当年，不过一刮磨光莹之物耳，迨其历年既久，刮磨者浑全无迹，光莹者斑驳成文，是以人人相宝，非宝其本质如常，宝其能新而善变也。使其不异当年，犹然是一刮磨光莹之物，则与今时旋造者无别，何事什佰其价而购之哉？旧剧之可珍，亦若是也。今之梨园，购得一新本，则因其新而愈新之，饰怪妆奇，不遗余力；演到旧剧，则千人一辙，万人一辙，不求稍异。观者如听蒙童背书，但赏其熟，求一换耳换目之字而不得，则是古董便为古董，却未尝易色生斑，依然是一刮磨光莹之物，我何不取旋造者观之，犹觉耳目一新，何必定为村学究，听蒙童背书之为乐哉？然则生斑易色，其理甚难，当用何法以处此？曰：有道焉。仍其体质，变其丰姿，如同一美人，而稍更衣饰，便足令人改观，不俟变形易貌，而始知别一神情也。体质维何？曲文与大段关目是已。丰姿维何？科诨与细微说白是已。曲文与大段关目不可改者，古人既费一片心血，自合常留天地之间，我与何仇，而必欲使之埋没？且时人是古非今，改之徒来讪笑，仍其大体，既慰作者之心，且杜时人之口。

【译文】

　　演新戏如同看时下文章，妙处在于没有听过、没有见过；演旧戏如同看古董，妙处就在于自己生于后世，却能看到前朝之物。然而古董可爱的地方，是它质地越陈旧就越古雅，外表越变化就越奇特。比如铜器和玉器制成之时，不过是刮磨得光洁晶莹的物品罢了，等到它经过很长时间之后，刮磨的痕迹已经看不到，光洁的外表变得斑驳丛生，所以人人都当成宝贝。并非以它的本质没变为宝，而是以其能够生出新貌善于变化为宝。如果仍然与当年一样是一件刮磨光洁之物，那么就与现在刚造出的东西没分别了，何必用百倍的价钱去购买呢？旧戏的珍贵也是这样。现在的梨园买到一本新戏剧本，就因为它是新的而要将其变得更新，不遗余力地追求奇装异服。演出旧戏时，就千篇一律，不求一点变化。观众如同在听小孩背书，只看到他很熟练，想找一个让人耳目一新的字都没有。如此，则古董就是古董，却没有改变颜色、生出斑点，还是一件刮磨光莹的物品。我为何不拿出刚造的来观赏，这样还能觉得耳目一新，何必要做乡村学究，以听小孩背书为乐呢？然而生斑变色的道理非常难，应当用什么方法来解决呢？我回答：有办法！保持其本质，改变其外貌，就像一位美人，稍微更换一下衣饰，就足以令人改观，不用改变外形相貌，就能知道其另一种神情了。本质是什么？就是曲文与大段的关目。外貌是什么？插科打诨与细微宾白就是。曲文与大段的关目不能更改，因为古人既然费了一片心血，自然应该常留世间，我与他们有什么怨仇，一定要将其作品埋没？况且现代

老戏曲也可以变旧成新

人崇尚古人菲薄今人，擅自修改只能白白招来世人嘲笑。使原作大体不变，既可告慰作者的苦心，并且可以堵住现在人的嘴。

科诨与细微说白不可不变者，凡人作事，贵于见景生情，世道迁移，人心非旧，当日有当日之情态，今日有今日之情态，传奇妙在入情，即使作者至今未死，亦当与世迁移，自咟其舌，必不为胶柱鼓瑟之谈，以拂听者之耳。况古人脱稿之初，便觉其新，一经传播，演过数番，即觉听熟之言难于复听，即在当年，亦未必不自厌其繁，而思陈言之务去也。我能易以新词，透入世情三昧，虽观旧剧，如阅新篇，岂非作者功臣？使得为鸡皮三少之女①，前鱼不泣之男②，地下有灵，方颂德歌功之不暇，而忍心矫制③责之哉？但须点铁成金④，勿令画虎类狗。又须择其可增者增，当改者改，万勿故作知音，强为解事，令观者当场喷饭，而群罪作俑之人，则湖上笠翁不任咎也。此言润泽枯槁，变易陈腐之事。予尝痛改《南西厢》，如《游殿》《问斋》《逾墙》《惊梦》等科诨，及《玉簪·偷词》《幽闺·旅婚》诸宾白，付伶工搬演，以试旧新，业经词人谬赏，不以点窜为非矣。尚有拾遗补缺之法，未语同人，兹请并终其说。

旧本传奇，每多缺略不全之事，刺谬难解之情。非前人故为破绽，留话柄以贻后人，若唐诗所谓"欲得周郎顾，时时误拂弦"，乃一时照管不到，致生漏孔，所谓"至人千虑，必有一失"。此等空隙，全靠后人泥补，不得听其缺陷，而使千古无全文也。女娲氏炼石补天，天尚可补，况其他乎？但恐不得五色石耳。姑举二事以概之。赵五娘于归两月，即别蔡邕，是一桃夭新妇。算至公姑已死，别墓寻夫之日，不及数年，是犹然一冶容诲淫之少妇也。身背琵琶，独行千里，即能自保无他，能免当时物议乎？张大公重诺轻财，资其困乏，仁人也，义士也。试问衣食名节，二者孰

《玉簪记·秋江》剧照

重？衣食不继则周之，名节所关则听之，义士仁人，曾若是乎？此等缺陷，就词人论之，几与天倾西北，地陷东南无异矣，可少补天塞地之人乎？

【注释】

①鸡皮三少之女：出自《列女传》："夏姬得道，鸡皮三少。"传说春秋陈灵公时的美女夏姬可以把皱得像鸡皮一样的脸三次恢复为少女模样，这里指将旧作呈现新貌。②前鱼不泣之男：出自《战国策·魏策》。龙阳君是战国时魏王的男幸，像美女一样婉转媚人，得宠于魏王。一天，他陪魏王钓鱼，钓得十条大鱼，不觉泪下。魏王惊问其故，他说："我刚钓到鱼时很高兴，后又钓了一些大的，便想把前面钓的小鱼丢掉。四海之内，美人甚多，大王得到其他美女，必然也会将臣抛弃，臣怎能不哭呢？"这里是反其意而用之。③矫制：指假托君命行事。制，制书。④点铁成金：神仙故事中说仙人用手指一点使铁变成金子，比喻把不好的作品改好。

【译文】

科诨和细微宾白不能不改动的原因是人们做事情贵在能触景生情。世道变了，人心不古，当时有当时的情感心态，现在有现在的情感心态。戏曲的奇妙之处在于合乎人情。即使作者至今还没有死，也应该随时代变迁而改变，改变自己的口气，一定不说不能变通的话，让观众听着不舒服。况且古人刚刚完稿时，就觉得它很新颖，一经传播，演过几次后，就会觉得熟悉得不想再听。即使在当年，也未必不自己感到繁乱，而想着将陈旧的言词去掉。如果能被我们改编成新词，渗透入现在的人情，虽然看的是旧戏，就像看新戏一样，难道不是原作者的功臣吗？让旧戏焕发出青春色彩，成为即使新作辈出也不会被遗弃的作品，作者地下有灵，歌功颂德都来不及，怎么会忍心因为改编而责怪我们呢？但是改编必须点铁成金，不要画虎不成反类犬。又必须选择其中可以增添的去增添，应当改动的才改动，千万别自以为是，牵强附会，让观众看了当场喷饭，而一起怪罪我这个始作俑者，那么我可不负责。这里是说润色枯燥无味的语言，改变陈腐的地方。我曾经大改《南西厢》，比如《游殿》《问斋》《逾墙》《惊梦》当中的插科打诨，《玉簪·偷词》《幽闺·旅婚》中的宾白，然后交给演员表演，新旧进行比较，已经得到词人们的错爱，不认为我改动的地方有什么不对。还有一个对旧戏查漏补缺的方法，尚未告诉同行，请让我将它一起说完。

旧本戏曲，常有许多残缺不全的情节和错误让人难以理解的地方。这些不是前人故意做出的破绽，给后人留下话柄，像唐诗中所说的"欲得周郎顾，时时误拂弦"，只是一时照顾不到，从而出现了漏洞，所谓"智者千虑，必有一失"。这种漏洞，全靠后人去弥补，不能听任它缺漏下去，而使千古没有完整的戏文。女娲炼石补天，天尚且能补，况且其他东西？只是担心得不到补天的五色石而已。姑且举两个例子来概括。赵五娘新婚两个月，就与丈夫蔡邕离别，是一个如桃花般美貌的新媳妇。算到公婆去世，祭别公婆墓地外出寻夫，不过几年而已，仍然应该是一个美丽动人的少妇。身背琵琶，独自远行千里，即使能保证自己不会出事，但是能避免世人非议吗？张大公看重承诺轻视钱财，给困乏的赵五娘提供资助，是一个仁人义士。试问衣食与名节二者哪个更重要？缺少衣食张大公就去周济她，关系名节之事却听任她。仁人义士，难道是这个样子的吗？这样的缺陷，就戏曲家而言，几乎和天塌地陷没什么区别，可以缺少填补漏洞的人吗？

【原文】

若欲于本传之外，劈空添出一人，送赵五娘入京，与之随身作伴，妥则妥矣，犹觉伤筋动骨，太涉更张。不想本传内现有一人，尽可用之而不用，竟似张大公止图卸肩，不顾赵五娘之去后者。其人为难？着送钱米助丧之小二是也。《剪发》白云："你先回去，我少顷就着小二送来。"则是大公非无仆从之人，何以吝而不使？予为略增数语，补此缺略，附刻于后，以政同心。此一事也。《明珠记》①之《煎茶》，所用为传消递息之人者，塞鸿是也。塞鸿一男子，何以得事嫔妃？使宫禁之内，可用男子煎茶，又得密谈私语，则此事可为，何事不可为乎？此等破绽，妇人小儿皆能指出，而作者绝不经心，观者亦听其疏漏；然明眼人遇之，未尝不哑然一笑，而作无是公②看者也。若欲于本家之外，凿空构一妇人，与无双小姐从不谋面，而送进驿内煎茶，使之先通姓名，后说情事，便则便矣，犹觉生枝长节，难免赘瘤③。不知眼前现有一妇，理合使之而不使，非特王仙客至愚，亦觉彼妇太忍。彼妇为谁？无双自幼跟随之婢，仙客观在作妾之人，名为采苹是也。无论仙客觅人将意，计当出此，即就采苹论之，岂有主人一别数年，无由把臂，今在咫尺，不图一见，普天之下有若是之忍人乎？予亦为正此迷谬，止换宾白，不易填词，与《琵琶》改本并列于后，以政同心。又一事也，其余改本尚多，以篇帙浩繁，不能尽附。总之，凡予所改者，皆出万不得已，眼看不过，耳听不过，故为铲削不平，以归至当，非勉强出头，与前人为难者比也。凡属高明，自能谅其心曲。

【注释】

①《明珠记》：明代陆采所作，讲述王仙客和刘无双的爱情故事。②无是公：汉司马相如《子虚赋》中虚构的人物，以之泛指虚构的人物。③赘瘤：赘疣，比喻多余无用之物。

【译文】

如果想在原剧本以外，凭空添加一个人送赵五娘进京，和她随身做伴，妥当是妥当了，还是觉得伤筋动骨，大费周章。不去想剧本还有一个现成人物，完全能用的却不用，就好像张大公只图推卸责任，不管赵五娘去后会出什么事情。这个人是谁呢？就是张大公派去给赵五娘送钱米、办丧事的小二。《剪发》中张大公说："你先回去，我少顷就着小二来。"那么张大公并非没有仆人，为什么吝啬不用呢？我为这部戏略微增加几句话，弥补这个漏洞，附刻在本篇之后，以求证与同行。这是一个事例。《明珠记》中的《煎茶》一折，传递消息的人是塞鸿。塞鸿是一个男子，怎么可以侍候嫔妃呢？假使宫禁之内，能够让男子煎茶，还能与其说悄悄话，这种事都可以做，还有什么事不能做呢？这种破绽，妇女小孩都能指出来，但作者却一点也不经心，观众也听凭这种疏漏。然而明眼人遇到了，也只是哑然一笑，当塞鸿这个人不存在。如果想从本家之外凭空再虚构一个妇人，与无双小姐素未谋面，而送到宫内煎茶，使她先通报自己的姓名，然后再说其他事由，方便是方便，还是觉得节外生枝，难免累赘。不知道眼前有一个现成的妇人，按理说能用却不用，不只让人觉得王仙客太愚蠢，也觉得那个妇人太狠心。那个妇人是谁？就是无双自幼跟随身边的婢女，王仙客

《桃花扇》插图

现在的小妾，名字叫采苹的就是。不说王仙客找人出主意，主意应该是采苹来出；即使就采苹而言，怎么有与主人一别几年，没有办法服侍，现在近在咫尺，也不想见一见主人。普天之下有如此狠心的人吗？我也修改了这个错误，只换了当中宾白，不改变曲文，和《琵琶记》的改本一起放在后面，以求证于同行。这又是一个事例。其他的改本还很多，因为篇幅太多，不能都附上。总之，凡是我所修改的，都是出于万不得已，眼睛看不过，耳朵听不过，因此删改谬误，使之归于妥当。并非我想强出头，为难古人。凡是高明的人，自然能体谅我的用心。

【原文】

插科打诨之语，若欲变旧为新，其难易较此奚止百倍。无论剧剧可增，出出可改，即欲隔日一新，逾月一换，亦诚易事。可惜当世贵人，家蓄名优数辈，不得一诙谐弄笔之人，为种词林萱草①，使之刻刻忘忧。若天假笠翁以年，授以黄金一斗，使得自买歌童，自编词曲，口授而身导之，则戏场关目，日日更新，氍上诙谐，时时变相。此种技艺，非特自能夸之，天下人亦共信之。然谋生不给，遑问其他？只好作贫女缝衣，为他人助娇，看他人出阁而已矣。

【注释】

①萱草：又称忘忧草，据说可以使人忘记忧愁。

【译文】

插科打诨的话，如果想要变旧为新，它的难易程度与此相比何止容易百倍。别说每个剧本都能增添，每一出戏都能删改，即使想隔天更新，每月变换，也是极其容易

的事。可惜当今的权贵，家养艺人无数，却没有一个诙谐的文人，为他写些幽默的词句，使人们时刻都忘记烦恼。如果上天能让我多活几年，给我一斗黄金，使我能自己买几个歌童，我就自编词曲，亲自教导他们。那么戏场上的关目，就会每天更新；曲坛上的幽默，时时都在变样。这种技艺，不是我能自夸的，天下人也都相信。然而我现在谋生都来不及，哪顾得上其他事情？只好像贫女那样为别人作嫁衣，增加他人的美丽，看着别人出嫁而已。

授曲第三

【原文】

声音之道，幽渺难知。予作一生柳七①，交无数周郎，虽未能如曲子相公②身都通显，然论其生平制作，塞满人间，亦类此君之不可收拾。然究竟于声音之道未尝尽解，所能解者，不过词学之章句，音理之皮毛，比之观场矮人，略高寸许，人赞美而我先之，我憎丑而人和之，举世不察，遂群然许为知音。

噫，音岂易知者哉？人问：既不知音，何以制曲？予曰：酿酒之家，不必尽知酒味，然秫多水少则醇酽，曲好蘖精则香冽，此理则易谙也；此理既谙，则杜康③不难为矣。造弓造矢之人，未必尽娴决拾④，然曲而劲者利于矢，直而锐者宜于鹄，此道则易明也；既明此道，即世为弓人矢人可矣。虽然，山民善跋，水民善涉，术疏则巧者亦拙，业久则粗者亦精；填过数十种新词，悉付优人，听其歌演，近朱者赤，近墨者黑，况为朱墨所从出者乎？粗者自然拂耳，精者自能娱神，是其中菽麦亦稍辨矣。语云："耕当问奴，织当访婢。"予虽不敏，亦曲中之老奴，歌中之黠婢也。请述所知，以备裁择。

【注释】

①柳七：即柳永，北宋词人。原名三变，字耆卿，因排行七，又称柳七。作品多为慢词，喜用俗语填词，开拓了词的表现领域。②曲子相公：五代晋相和凝的绰号。字成绩，郓州须昌人。少年时好为曲子词，所作流传颇广，故世称他为"曲子相公"。③杜康：相传最早酿酒的人。④决拾：决，通"抉"，扳指，多以骨制，套在右手拇指上，用以钩弦；拾，套袖，革制，套在左臂上，用以护臂。这里指射箭。

【译文】

音乐的真谛，深奥缥缈难以理解。我做了一辈子填词谱曲的柳永，结交了无数精通音乐的周郎，虽然没有像曲子相公和凝那样名声显赫，然而谈到平生的创作，也是充满人间，也像他那样多得不能收拾了。但是我到底没能对音乐的真谛完全理解，所理解的，不过是诗词的个别章句以及乐理的一些皮毛，比起看戏的矮子只是稍高了一寸。人们赞美之前我先赞美了，我所厌恶丑陋的人们跟着附和。举世看不到真相，于是都将我赞许为精通音律之人。

唉，音律岂是容易理解的吗？有人问：既然不懂音律，怎么能够谱曲？我回答：酿酒的人家，不必都知道酒的味道，然而高粱多水少酒味就香醇，酒曲好酒味就香冽，这个道理就很容易理解；这个道理既然掌握了，那么杜康那样的美酒就不难酿造。制造弓箭的人并非都擅长射箭，然而弯曲而且强劲的弓利于射箭，笔直锋利的箭容易中的，这个道理却很容易理解；这个道理既然掌握了，世人就都能成为制造弓箭的人了。虽然山里人善于爬山，水边的人善于涉水，但技术生疏那么灵巧的人也显得笨拙；从事某种职业时间长了粗笨的人也会变得精通。填写过几十种新戏，都交给演员们表演了，听他们歌唱表演，近朱者赤，近墨者黑，何况是填写戏曲的作者呢？粗糙的地方自然听着不顺耳，精彩之处自然能娱乐身心。所以戏曲中的优劣也就慢慢分辨出来了。俗语说：种田的事要请教奴仆，织布的事要请教婢女。我虽然不够聪明，也算是个戏曲中的老奴，唱词中的巧婢了。请让我将知道的叙述出来，以备后人裁断选择。

不懂音律也能辨别戏曲中的优劣

解明曲意

【原文】

唱曲宜有曲情，曲情者，曲中之情节也。解明情节，知其意之所在，则唱出口时，俨然此种神情，问者是问，答者是答，悲者黯然魂消而不致反有喜色，欢者怡然自得而不见稍有瘁容，且其声音齿颊之间，各种俱有分别，此所谓曲情是也。

吾观今世学曲者，始则诵读，继则歌咏，歌咏既成而事毕矣。至于讲解二字，非特废而不行，亦且从无此例。有终日唱此曲，终年唱此曲，甚至一生唱此曲，而不知此曲所言何事，所指何人，口唱而心不唱，口中有曲而面上身上无曲，此所谓无情，与蒙童背书，同一勉强而非自然者也。虽腔板极正，喉舌齿牙极清，终是第二、第三等词曲，非登峰造极之技也。欲唱好曲者，必先求明师讲明曲义。师或不解，不妨转询文人，得其义而后唱。唱时以精神贯串其中，务求酷肖。若是，则同一唱也，同一曲也，其转腔换字之间，别有一种声口，举目回头之际，另是一副神情，较之时优，自然迥别。变死音为活曲，化歌者为文人，只在能解二字，解之时义大矣哉！

《霸王别姬》剧照

演唱曲子应该含有曲情。曲情是戏曲中的情节。明白了情节，知道大概意思是什么，那么演唱出来的时候，就能准确地表现出角色应有的神情。发问是发问的表情，回答是回答的神情。悲伤的就表现得黯然销魂，而不至于反而会有喜色；欢快的就表现得怡然自得，而看不到稍有哀伤之色。而且其声音、齿形和面颊之间，各种表情都要有不同表现，这就是所谓的曲情。

我看现在学戏曲的人，开始就是诵读剧本，接着就是演唱，演唱好了事情就完了。至于讲解剧情，非但废弃不做，而且从来没有过这样的先例。有人终日演唱这出戏、终年都在演唱这出戏、甚至一生都在演唱这出戏，却不知道这出戏讲的是什么事，说的是什么人。嘴上演唱却不用心体会，口中唱着，但面貌身体却没有任何表现，这就是所谓的没有感情。这和学童背书一样，都是勉强去做，而不是自然而然发自内心的。虽然唱腔、板式非常正确，口齿极其标准，终究只是二、三流的唱法，不是登峰造极的技艺。想要将曲子唱好，一定要先请教明师讲明白曲子的含义。老师如果不懂，不妨再去咨询文人，知道意思后再去演唱。演唱的时候将思想感情贯穿其中，务必力求惟妙惟肖。若能如此，那么同样唱腔，同样的曲子，在转腔换字的时候，就会别有一番韵味；抬目回眸之际，便有另一番神情，相比时下的演员，自然是天壤之别。将死的声音变成活的曲调，将演唱者变成文人，只在于能够理解曲意，理解的意义确实是大啊！

调熟字音

调平仄，别阴阳，学歌之首务也。然世上歌童解此二事者，百不得一。不过口传心授，依样葫芦，求其师不甚谬，则习而不察，亦可以混过一生。独有必不可少之一事，较阴阳平仄为稍难，又不得因其难而忽视者，则为"出口""收音"二诀窍。世间有一字，即有一字之头，所谓出口者是也；有一字，即有一字之尾，所谓收音者是也。尾后又有余音，收煞此字，方能了局。譬如吹箫、姓萧诸"箫"字，本音为箫，其出口之字头与收音之字尾，并不是"箫"。若出口作"箫"，收音作"箫"，其中间一段正音并不是"箫"，而反为别一字之音矣。且出口作"箫"，其音一泄而尽，曲之缓者，如何接得下板？故必有一字为之头，以备出口之用，有一字为之尾，以备收音之用，又有一字为余音，以备煞板之用。字头为何？"西"字是也。字尾为何？"夭"字是也。尾后余音为何？"乌"字是也。字字皆然，不能枚纪。《弦索辨讹》等书载此颇详，阅之自得。

要知此等字头、字尾及余音，乃天造地设，自然而然，非后人扭捏而成者也，但观切字之法，即知之矣。《篇海》《字汇》等书，逐字载有注脚，以两字切成一字。其两字者，上一字即为字头，出口者也；下一字即为字尾，收音者也；但不及余音之一字耳。无此上下二字，切不出中间一字，其为天造地设可知。

此理不明，如何唱曲？出口一错，即差谬到底，唱此字而讹为彼字，可使知音者听乎？故教曲必先审音。即使不能尽解，亦须讲明此义，使知字有头尾以及余音，则不敢轻易开口，每字必询，久之自能惯熟。"曲有误，周郎顾。"苟明此道，即遇最刻之周郎，亦不能拂情而左顾矣。字头、字尾及余音，皆为慢曲而设，一字一板或一字数板者，皆不可无。其快板曲，止有正音，不及头尾。

调配平仄，区别阴阳，是学戏者的首要任务。然而世上的戏童知道这两件事的，一百个当中也难找出一个。不过是得到老师的口传心授，依样画葫芦，只求师傅没什么大错误，就习以为常，没有觉察，也可以混过一辈子。只有一件必不可少的事，相比调配平仄、区别阴阳更难一点儿，又不能因为难而将其忽视，就是"出口""收音"两个诀窍。世上有一个字，就有一个相应的字头，就是所谓的出口；有一个字，就有一个相应的字尾，就是所谓的收音。结尾之后还有余音，收完了这个字，才能算完。比如吹箫、姓萧中的"箫"字，本身发音为"箫"，然而出口的字头和收音的字尾，并不是"箫"。如果出口读作"箫"，收音也读"箫"，其中间一段的正音就并不是"箫"，反而成了另一个字的发音了。而且出口是"箫"，那么声音就会一出就完，曲子缓慢的，如何去接下一板？所以必须有一个字作字头，用作出口；一个字作字尾，用来收音；还有一个字作余音，用来煞板。"箫"字的字头是什么？是"西"字。字尾是什么？是"夭"字，余音是什么？是"乌"字。每个字都是如此，不能一一列举。《弦索辨讹》等书对这些的记录非常详细，看后自然有收获。

要知道这些字头、字尾及余音，是天造地设、自然而然的，不是后人捏造而成的。只要察看切字的方法，就知道了。《篇海》《字汇》等书，每个字都标有注脚，用两个字反切成一个字。这两个字，上一个字是字头，就是出口；下一个字是字尾，就是收音；只是没有涉及余音的那个字而已。没有这上下两个字，就反切不出中间的一个字，可见它们是天造地设的。

弄不懂这个道理，如何能唱戏呢？出口一错，就会一错到底。该唱这个字却唱错成那个字，如何让懂戏的人听？所以教戏之前首先要审定字音。即使不能都解释清楚，也应该讲明这个道理，使学戏的人知道字有头尾和余音。那么就不敢轻易开口，每个字都必然请教别人，时间长了自然能够熟练掌握。"曲有误，周郎顾"。如果明白这个道理，即使遇到再严苛的周郎，他也不能不顾事实地责问你了。字头、字尾和余音，都是为慢曲创设的，一字一板或者一字数板的，这三者都不能少。那些节奏快的曲子，只有正音，没有字头字尾。

调熟字音才能学戏

【原文】

缓音长曲之字，若无头尾，非止不合韵，唱者亦大费精神，但看青衿赞礼之法，即知之矣。"拜""兴"二字皆属长音。"拜"字出口以至收音，必俟其人揖毕而跪，跪毕而拜，为时甚久。若止唱一"拜"字到底，则其音一泄而尽，不当歇而不得不歇，失傧相①之体矣。得其窍者，以"不""爱"二字代之。"不"乃"拜"之头，"爱"乃"拜"之尾，中间恰好是一"拜"字。以一字而延数晷②，则气力不足；分为三字，即有余矣。"兴"字亦然，以"希""因"二字代之。赞礼且然，况于唱曲？婉譬曲喻，以至于此，总出一片苦心。审乐诸公，定须怜我。字头、字尾及余音，皆须隐而不现，使听者闻之，但有其音，并无其字，始称善用头尾者；一有字迹，则沾泥带水，有不如无矣。

【注释】

①傧相：古时称替主人接引宾客和赞礼的人。②晷：本义日影，比喻时光。

【译文】

缓音长曲当中的字如果没有字头字尾，非但不合韵律，演唱的人也会大费精神，只要看看司仪典礼时唱读的方法，就知道了。"拜"和"兴"二字都属于长音。"拜"字从出口到收音，必然等到行礼的人作完揖又下跪，下跪完又叩拜，为时很长。若只发"拜"音到底，就会使声音一发出就结束，不该停却又不得不停，从而失掉傧相的体面。掌握发音诀窍的人，用"不""爱"二字代替"拜"字。"不"是"拜"的字头，"爱"是"拜"的字尾，中间恰好是一个"拜"字。用一个字而延长很多时间，就会力气不足；如果分成三个字，就有余地。"兴"字也是如此，用"希"和"因"二字来代替。典礼尚且这样，何况是唱戏？我委婉地比喻到了这种程度，是出于一片苦心。审查音乐的各位先生，一定要怜惜我。字头、字尾和余音，都必须隐而不现，观众听见的，只有其音没有其字，才称得上是擅长运用字头字尾；一旦有了字的痕迹，就会拖泥带水，有还不如没有。

曲严分合

【原文】

同场之曲，定宜同场，独唱之曲，还须独唱，词意分明，不可犯也。常有数人登场，每人一只之曲，而众口同声以出之者，在授曲之人，原有浅深二意：浅者虑其冷静，故以发越见长；深者示不参差，欲以翕如①见好。

尝见《琵琶·赏月》一折，自"长空万里"以至"几处寒衣织未成"，俱作合唱之曲，谛听其声，如出一口，无高低断续之痕者，虽曰良工心苦，然作者深心，于兹埋没。此折之妙，全在共对月光，各谈心事，曲既分唱，身段即可分做，是清淡之内原有波澜。若混作同场，则无所见其情，亦无可施其态矣。惟"峭寒生"二曲可以同唱，首四曲定该分唱，况有"合前"数句振起神情，原不虑其太冷。他剧类此者甚多，举一可以概百。

戏场之曲，虽属一人而可以同唱者，惟行路出师等剧，不问词理异同，皆可使众声合一。场面似闹，曲声亦宜闹，静之则相反矣。

【注释】

①翕如：和谐貌，和顺貌。

【译文】

同唱的曲子一定要同唱；独唱的曲子还必须独唱。因为每段曲子都词意分明，不能混淆。常有几个人同时登台，每人各有一支曲子，然而却众口一声演唱的情况。就教戏曲的人而言，本有深浅两层意思：浅的是担心场上冷静，所以用响亮的声音使场面热闹起来；深的是想显示整齐，让观众听后为之一振。

曾经看过《琵琶·赏月》这折戏，从"长空万里"到"几处寒衣织未成"，都作为合唱的曲子。聆听其声，好像出自一人之口，没有高低、断续的痕迹。虽说用心良苦，然而却埋没了作者的深心。这折戏的精妙，在于共同面对月光，各谈自己的心事。戏曲既然是分开演唱，演员的身段就可分开做，平淡冷清之中就会显出波澜。如果混在一起唱，就看不到人物感情，人物也无法施展自己的神态。只有"峭寒生"二曲可以一起演唱，前面的四支曲子一定要分开唱，况且还有"合前"的几句可以振奋精神，原本就不担心场上太冷清。其他剧本像这种情况的很多，举一个例子就都能概括。

戏曲当中虽然是独唱但可以合唱的，只有行路、出师等剧目，不管词意是否相同，都能让众人合唱。场面热闹，曲调也应该热闹，而安静的场面就正相反了。

锣鼓忌杂

【原文】

戏场锣鼓，筋节所关，当敲不敲，不当敲而敲，与宜重而轻，宜轻反重者，均足令戏文减价。此中亦具至理，非老于优孟者不知。最忌在要紧关头，忽然打断。如说白未了之际，曲调初起之时，横敲乱打，盖却声音，使听白者少听数句，以致前后情事不连，审音者未闻起调，不知以后所唱何曲。

打断曲文，罪犹可恕，抹杀宾白，情理难容。予观场每见此等，故为揭出。又有一出戏文将了，止余数句宾白未完，而此未完之数句，又系关键所在，乃戏房锣鼓早已催促收场，使说与不说同者，殊可痛恨。故疾徐轻重之间，不可不急讲也。场上之人将要说白，见锣鼓未歇，宜少停以待之，不则过难专委，曲白锣鼓，均分其咎矣。

【译文】

舞台上的锣鼓，起关键作用。该敲不敲，不该敲却敲了，该重敲时却敲轻了，该轻敲时却敲重了，都足以降低戏的价值。这当中有着很深的道理，不是经验丰富的行家就不知道。演戏最忌讳在要紧关头忽然打断。比如道白还没完，曲调刚开始，如果锣鼓横敲乱打，就会将声音盖住，使听道白的人少听几句，以致使前后情节不能连贯，使听曲子的人没听到起调，不知道后面要唱什么曲子。

打断了曲文，还可以原谅，抹杀了宾白，就情理难容了。我看戏时每每见到这种情况，所以将其揭示出来。还有一出戏快完了，只剩下几句宾白没有说完，而这几句没说完的话，又是关键所在，但戏场的锣鼓却已经响起催促收场，使得说了等于没说，实在令人痛恨。所以锣鼓的快慢轻重，不能不急于讲出来。舞台上的演员将要说宾白时，如果看到锣鼓敲得正起劲停不下来，就稍等一会儿等待锣鼓声停。否则过错就不能只由锣鼓手承担，演员和锣鼓手都要承担责任。

吹合宜低

【原文】

丝、竹、肉三音，向皆孤行独立，未有合用之者，合之自近年始。三籁①齐鸣，天人合一，亦金声玉振②之遗意也，未尝不佳；但须以肉为主，而丝竹副之，使不出自然者，亦渐近自然，始有主行客随之妙。

迩来戏房吹合之声，皆高于场上之曲，反以丝竹为主，而曲声和之，是座客非为听歌而来，乃听鼓乐而至矣。从来名优教曲，总使声与乐齐，箫笛高一字，曲亦高一字，箫笛低一字，曲亦低一字。然相同之中，即有高低轻重之别，以其教曲之初，即以箫笛代口，引之使唱，原系声随箫笛，非以箫笛随声，习久成性，一到场上，不知不觉而以曲随箫笛矣。

三籁齐鸣，天人合一

正之当用何法？曰：家常理曲，不用吹合，止于场上用之，则有吹合亦唱，无吹合亦唱，不靠吹合为主。譬之小儿学行，终日倚墙靠壁，舍此不能举步，一旦去其墙壁，偏使独行，行过一次两次，则虽见墙壁而不靠矣。以予见论之，和箫和笛之时，当比曲低一字，曲声高于吹合，则丝竹之声亦变为肉，寻其附和之痕而不得矣。正音之法，有过此者乎？然此法不宜概行，当视唱曲之人之本领。如一班之中，有一二喉音最亮者，以此法行之，其余中人以下之材，俱照常格。倘不分高下，一例举行，则良法不终，而怪予立言之误矣。

【注释】

①三籁：出自《庄子·齐物论》，指天籁、地籁、人籁。②金声玉振：语出《孟子·万章下》："集大成也者，金声而玉振之也。金声也者，始条理也；玉振之也者，终条理也。"谓以钟发声，以磬收韵，奏乐从始至终。

【译文】

弦乐、管乐、声乐三种乐音，向来都是独奏的，没有将它们合起来用的，三种乐音合用是近几年开始的。三籁齐鸣，天人合一，也是所谓的金声玉振的意思，未尝不好；但是其中必须以声乐为主，以弦乐、管乐为辅，使并非自然的人声慢慢接近自然，才有主唱客随的美妙。

但近来戏场中伴奏的乐曲，都高于台上演员的声音，反而成了以弦乐、管乐为主，以声乐附和。成了观众不是为了听演唱而来，而是为听鼓乐而来。历来艺人教人学曲，总是让歌声与乐声同高。乐声提高一个调，演唱声也要提高一个调；乐声低一个调，演唱声也要低一个调。但在高低相同的情况下，也有高低轻重的区别。因为教人唱戏的开始，用器乐代替人声，引导他们跟随器乐的音调演唱。这样就成了声乐跟随器乐，而不是器乐跟随声乐了。练习时间长了就成了习惯。一到开口演唱，不知不觉就跟随乐器的声音了。

纠正这个毛病应当用什么方法呢？回答是：在平时练习唱曲时，不用管弦伴奏，只在舞台上用。那么有伴奏能唱，没有伴奏也能唱，但不靠伴奏为主。就像小孩学走路，整天靠着墙壁走，没有它就不能走路。一旦让他离开墙壁，让他自己走，走过一次两次之后，就会虽然看到墙壁也不去依靠了。根据我的观点，有弦管伴奏的时候，应该让伴奏的声音比声乐低一个调，声乐的声音高于伴奏，那么弦乐和管乐的声音也变成声乐的一部分，就找不到附和的痕迹了。纠正音调的方法还有更好的吗？这种方法不能一概而论，应该看演员自己的能力来决定。如果一个戏班中，有一两个嗓音洪亮的，就使用这个办法来教，其他资质在中等以下的，就都按照常规的方法去教。倘若不区分资质高低，全都照着这种方法来教导，那么好方法也不会有好结果，反而怪我的观点有错误。

【原文】

吹合之声，场上可少，教曲学唱之时，必不可少，以其能代师口，而司熔铸变化之权也。何则？不用箫笛，止凭口授，则师唱一遍，徒亦唱一遍，师住口而徒亦住口，聪慧者数遍即熟，资质稍钝者，非数十百遍不能，以师徒之间无一转相授受之人也。自有此物，只须师教数遍，齿牙稍利，即有箫笛引之。随箫随笛之际，若曰无师，则轻重疾徐之间，原有法脉准绳，引人归于胜地；若曰有师，则师口并无一字，已将此曲交付其徒。先则人随箫笛，后则箫笛随人，是金蝉脱壳之法也。

"庚公之斯，学射于尹公之他；尹公之他，学射于我。"箫笛二物，即曲中之尹公之他也。但庚公之斯与子濯孺子，昔未见面，而今同在一堂耳。若是，则吹合之力讵可少哉？予恐此书一出，好事者过听予方言，谬视箫笛为可弃，故复补论及此。

【译文】

伴奏的声音，演出时可以缺少，但在教学生演唱时却必不可少。因为它能代替老师的口，就像浇铸金属的模具，具有校正定型的作用。为什么？因为如果不用器乐伴奏，只凭老师口授，就会老师唱一遍，学生也跟着唱一遍，老师住口，学生也跟着住口。聪明的学生几遍就熟了，资质稍微愚钝的，不教几十、几百遍就学不会，因为师徒之间没有一个可以沟通的人。自从有了伴奏，只要老师教几遍，口齿稍微伶俐的，就可以用器乐引导。跟随器乐练习的时候，如果没有老师，那么轻重快慢之间，自有乐器为准绳，起到引人入胜的作用；如果有老师，那么老师即使口里不发出一个字，也将整个曲子教给了他的学生。开始是人随着器乐练唱，后来是器乐随着人声伴奏，这是金蝉脱壳的方法。

"庚公之斯，学射于尹公之他；尹公之他，学射于我。"箫和笛两种乐器，就是戏曲中的尹公之他。只是庚公之斯和子濯孺子，以前没见过面，现在却同在一堂了。如果这样，那么伴奏是可以缺少的吗？我害怕这本书一出，好事的人偏信我的话，错误地认为箫笛等器乐可以抛弃，所以又在这里补充说明。

教白第四

【原文】

教习歌舞之家，演习声容之辈，咸谓唱曲难，说白易。宾白熟念即是，曲文念熟而后唱，唱必数十遍而始熟，是唱曲与说白之工，难易判如霄壤。时论皆然，予独怪其非是。唱曲难而易，说白易而难，知其难者始易，视为易者必难。

盖词曲中之高低抑扬，缓急顿挫，皆有一定不移之格，谱载分明，师传严切，习之既惯，自然不出范围。至宾白中之高低抑扬，缓急顿挫，则无腔板可按、谱籍可查，止靠曲师口授；而曲师入门之初，亦系暗中摸索，彼既无传于人，何以转授于我？讹以传讹，此说白之理，日晦一日而人不知。人既不知，无怪乎念熟即以为是，而且以为易也。

吾观梨园之中，善唱曲者，十中必有二三；工说白者，百中仅可一二。此一二人之工说白，若非本人自通文理，则其所传之师，乃一读书明理之人也。故曲师不可不择。教者通文识字，则学者之受益，东君①之省力，非止一端。苟得其人，必破优伶之格以待之，不则鹤困鸡群，与侪众②无异，孰肯抑而就之乎？然于此中索全人，颇不易得。不如仍苦立言者，再费几升心血，创为成格以示人。自制曲选词，以至登场演习，无一不作功臣，庶于为人为彻之义，无少缺陷。虽然，成格即设，亦止可为通文达理者道，不识字者闻之，未有不喷饭胡卢③，而怪迂人之多事者也。

说宾白容易，说好也难

【注释】

①东君：犹东家。对主人的尊称。②侪众：指同辈的人，普通人。③胡卢：喉咙间发出的笑声。

教导歌舞的人和演习戏曲的人，都认为唱曲较难，说白容易。宾白只要熟练念出就可以，曲文则要先念熟后练唱，练唱又必须几十遍才能熟练，所以唱曲与宾白的难易有天壤之别。现在的观点都是如此，我却觉得不是。唱曲说难也容易；说宾白容易也很难。知道了难在什么地方学起来才容易；看上去容易实际必然很难。

词曲中音调的高低抑扬、缓急顿挫，都有固定不变的格式，曲谱写得十分清楚，老师传授时也要求严格。练习多了就会习惯，自然也就不会违反规则了。至于宾白中的高低抑扬、缓急顿挫，就没有固定的腔板可以参考，没有曲谱可以查询，只能凭借老师口授。而老师在自己刚入门学戏时，也是自己暗中摸索；他既然都没人教，又怎能传授给学生呢？于是以讹传讹，说白的道理一天比一天模糊而人们难以弄明白。人们既然不知道，就无怪于他们认为只要念熟就可以了，而且认为这是容易的事。

我看梨园当中，善于唱曲的，十个当中必定有两三个；能将宾白说好的，一百人当中也只有一两个。这一两个能将宾白说好的，如果不是本人通晓文理，就是他们的老师是个读书明理的人。所以戏曲老师不能不选择。教戏的人通文识字，那么学戏的人受到的益处，主人省去的麻烦，就不止一处。如果找到了这样的人，就一定要对他破格相待，否则就会像仙鹤困于鸡群，与平常人没有两样。那么谁肯压抑自己来屈就于你呢？然而要在戏曲老师中找到十全十美的人，非常不容易。不如让我再受点儿苦，多耗费些心血，创立出宾白的规范来给大家参考。从谱曲填词，到登台表演，每一个环节我都是有功之臣，遵循帮人帮到底的道理，没有任何缺漏。虽然如此，宾白的规范即使设立了，也只能是对通晓文理的人说的，不识字的人听到了，没有不笑话的，而且责怪我是迂腐多事的人。

高低抑扬

宾白虽系常谈，其中悉具至理，请以寻常讲话喻之。明理人讲话，一句可当十句，不明理人讲话，十句抵不过一句，以其不中肯綮也。宾白虽系编就之言，说之不得法，其不中肯綮等也。犹之情人传语，教之使说，亦与念白相同，善传者以之成事，不善传者以之偾事[①]，即此理也。此理甚难亦甚易，得其孔窍[②]则易，不得孔窍则难。此等孔窍，天下人不知，予独知之。天下人即能知之，不能言之，而予复能言之，请揭出以示歌者。白有高低抑扬，何者当高而扬？何者当氐而扬？曰：若唱曲然。曲文之中，有正字，有衬字。每遇正字，必声高而气长，若遇衬字，则声低气短而疾忙带过，此分别主客之法也。说白之中，亦有正字，亦有衬字，其理同，则其法亦同。一段有一段之主客，一句有一句之主客，主高而扬，客低而抑，此至当不易之理，即最简极便之法也。

凡人说话，其理亦然。譬如呼人取茶取酒，其声云："取茶来！""取酒来！"此二句既为茶酒而发，则"茶""酒"二字为正字，其声必高而长，"取"字"来"字为衬字，其音必低而短。再取旧曲中宾白一段论之。《琵琶·分别》白云："云情雨意，虽可抛两月之夫妻；雪鬓霜鬟，竟不念八旬之父母！功名之念一起，甘旨之心顿忘，是何道理？"首四句之中，前二句是客，宜略轻而稍快，后二句是主，宜略重而稍迟。"功名""甘旨"二句亦然，此句中之主客也。"虽可抛""竟不念"六个字，较之"两月夫妻""八旬父母"虽非衬字，却与衬字相同，其为轻快，又当稍别。至于"夫妻""父母"之上二"之"

宾白要说得得法

字，又为衬中之衬，其为轻快，更宜倍之。是白皆然，此字中之主客也。常见不解事梨园，每于四六句中之"之"字，与上下正文同其轻重疾徐，是谓菽麦不辨，尚可谓之能说白乎？此等皆言宾白，盖场上所说之话也。

至于上场诗，定场白，以及长篇大幅叙事之文，定宜高低相错，缓急得宜，切勿作一片高声，或一派细语，俗言"水平调"是也。上场诗四句之中，三句皆高而缓，一名宜低而快。低而快者，大率宜在第三句，至第四句之高而缓，较首二句更宜倍之。如《浣纱记》定场诗云："少小豪雄侠气闻，飘零仗剑学从军。何年事了拂衣去，归卧荆南梦泽云。""少小"二句宜高而缓，不待言矣。"何年"一句必须轻轻带过，若与前二句相同，则煞尾一句不求低而自低矣。末句一低，则懈而无势，况其下接着通名道姓之语。如"下官姓范名蠡，字少伯"，"下官"二字例应稍低，若末句低而接者又低，则神气索然不振矣，故第三句之稍低而快，势有不得不然者。此理此法，谁能穷究至此？然不如此，则是寻常应付之戏，非孤标特出之戏也。高低抑扬之法，尽乎此矣。

【注释】

①偾事：把事情搞坏，即坏事。②孔窍：洞孔，指窍门，门道。

【译文】

宾白虽然是老生常谈，但其中有着深刻的道理。请让我用平常的事打个比方，明理的人讲话，一句能抵得上十句；不明事理的人讲话，十句也抵不过一句，因为他的话没抓到关键。宾白虽然是编写好的话，可是说得不得法，也一样抓不住关键。就像请别人传话，告诉他们要说的内容，这和念白道理一样，会传话的人用它能办好事情，不会传话的人就会耽误事，就是这个道理。这个道理很难也很容易，找到了窍门就容易，找不到窍门就难。这种窍门，天下人不知道，只有我知道。天下的人就是知道，却表达不出，而我还能把它说清楚。请让我揭示出来给演员看。说白要高低抑扬，哪里应该高扬，哪里应当低抑，回答是：就像唱曲那样。曲文当中，有正字，有衬字。遇到正字，必须声高气长；遇到衬字，就要声低气短很快带过去，这是区分主次的方法。说白当中，也有正字，也有衬字，道理相同，方法也相同。宾白每一段都有自己的主次，每句话也有自己的主次，主要的字句要声高气扬，次要的字句要声低气短，这是非常恰当不可改变的道理，也是最简单最方便的方法。

平常人们说话，道理也是一样。比如喊别人去取茶拿酒，说的是："取茶来！""拿酒来！"这两句话既然是为茶和酒而发出的，那么"茶""酒"二字就是正字，发声就要声高气长，"取""来"是衬字，发音要声低气短。再拿旧戏当中的一段宾白来说明。《琵琶记·分别》中的对白说："云情雨意，虽可抛两月之夫妻；雨鬓霜鬟，竟不念八旬之父母！功名之念一起，甘旨之心顿忘，是何道理？"开头的四句话，前两句话是陪衬，适合念得略轻而稍快，后两句话是主要的，应该读得略重而稍慢。"功名""甘旨"两句也是这样，这就是句中的主次。"虽可抛""竟不念"六个字，相比"两月夫妻""八旬父母"，虽然不是衬字，却和衬字相同，念得要轻快些，又应当和衬字的念法稍有差别。至于"夫妻""父母"之前的两个"之"字，又是衬字中的衬字，发音的轻快程度要加倍。凡是宾白都是这样，这是字当中的主次之法。我常见到一些不懂这个道理的演员，每次到四六句的"之"的时候，就把轻重快慢念得和上下文一样，就像分不清豆子和麦子，还能说他会说宾白吗？这些都是说宾白，也都是舞台上演员所说的话。

《游龙戏凤》中李凤姐上场

至于上场诗、定场白以及长篇的叙事文字，一定要高低错落、缓急恰当，千万不要全部念做高声，或全部说成低语，成了俗话说的"水平调"。上场诗的四句当中，三句都要念得高扬而缓慢，一句应该念得声低而短促。说得声低而短促的大概适合放在第三句，到了第四句，相比开始的两句声音更要加倍。比如《浣纱记》的定场诗说，"少小豪雄侠气闻，飘零仗剑学从军。何年事了拂衣去，归卧荆南梦泽云。""少小"两句应该高扬而舒缓，不用多说。"何年"一句必须轻轻带过，如果与前两句相同，那么收尾的一句不想念低也就自然变低了。收尾句一旦低，就会松懈、没气势。况且后面紧接通名报姓的话。比如"下官姓范名蠡，字少伯"，"下官"二字照例应该声音稍低，如果收尾句低了，接着一句又低，那么人物的神情气势就会萎靡不振了。所以第三句要念得稍低而且快，形势不得不如此。这种道理和方法，谁能深究到这个程度？然而不这样，就是平常应付的表演，而非出类拔萃的好戏。宾白要高低抑扬的道理，都在这里了。

【原文】

优师既明此理，则授徒之际，又有一简便可行之法，索性取而予之：但于点脚本时，将宜高宜长之字用朱笔圈之，凡类衬字者不圈。至于衬中之衬，与当急急赶下、断断不宜沾滞①者，亦用朱笔抹以细纹，如流水状，使一一皆能识认。则于念剧之初，便有高低抑扬，不俟登场摹拟。如此教曲，有不妙绝天下，而使百千万亿之人赞美者，吾不信也。

【注释】

①沾滞：停留，拘执而不通达。

【译文】

戏曲老师明白了这个道理，在授徒的时候，还有一种简便可行的方法，索性也拿出来告诉大家：只要是在读脚本的时候，将应该高、应该长的字用红笔圈出来，凡是衬字的都不圈。至于衬字中的衬字，和那些应该马上带过，万万不能拖泥带水的，也用红笔划上细纹，如同流水的样子，使人一看就能辨认出来。那么，学生在开始学念宾白时，就有高低抑扬的感觉，不用等到登场表演时模仿了。这样教戏，有达不到绝妙境地，让千百万人赞美的，我就不会相信。

缓急顿挫

【原文】

缓急顿挫之法，较之高低抑扬，其理愈精，非数言可了。然了之必须数言，辨者愈繁，则听者愈惑，终身不能解矣。

优师点脚本授歌童，不过一句一点，求其点不刺谬，一句还一句，不致断者联而联者断，亦云幸矣，尚能询及其他？即以脚本授文人，倩其画文断句，亦不过每句一点，无他法也。而不知场上说白，尽有当断处不断，反至不当断处而忽断；当联处不联，忽至不当联处而反联者。此之谓缓急顿挫。

此中微渺，但可意会，不可言传；但能口授，不能以笔舌喻者。不能言而强之使言，只有一法：大约两句三句而止言一事者，当一气赶下，中间断句处勿太迟缓；或一句止言一事，而下句又言别事，或同一事而另分一意者，则当稍断，不可竟连下句。是亦简便可行之法也。此言其粗，非论其精；此言其略，未及其详。精详之理，则终不可言也。

【译文】

宾白缓急顿挫的方法，相比声音的高低抑扬，其道理更加精深，并非几句话能说清楚的，然而又必须几句话把它说清，辩解的人越多，那么听的人就越迷惑，甚至一生都解不开。

戏师圈点脚本来教授歌童，不过是一句一圈点，只求圈点得没有错，一句还是一句，不至于使该断开的地方连上，该连接的地方却断开，也可说是万幸了，还能向他问其他事情吗？即使把剧本交给文人，请他来圈点字句，他也不过是一句一圈点，没有别的方法。却不知道在台上的宾白，有许多该断开却没断开，不该断却突然断开的地方；该联的不联，在不该联反而联起来的地方。这就是宾白中的缓急顿挫。

当中的微妙，只能意会不可言传；只能用口头传授，不能用文字解说。不能说出的话却要勉强用语言来表达，这只有一种方法：大约两三句话只说一件事情的，应该一口气带过，中间断句的地方读得不要太慢。有的一句话只说一件事，而下一句话又说别的事，或者同一件事却有另一层意思，就应该稍微切断，不能直接连上下一句。这也是一个简单可行的办法。这说的只是其中大概，没有论及细节；只是简略的说明，没有详细地阐述。精微详细的道理，终究无法用语言表达。

【原文】

当断当联之处，亦照前法，分别于脚本之中，当断处用朱笔一画，使至此稍顿，余俱连读，则无缓急相左之患矣。

【译文】

该断和该联的地方，也要按照前面的方法，分别在脚本当中在该断开的地方用红笔画一下，使其到这个地方要稍微停顿，其他的地方都要连读。这样就没有快慢不当的忧虑了。

【原文】

妇人之态，不可明言，宾白中之缓急顿挫，亦不可明言，是二事一致。轻盈袅娜，妇人身上之态也；缓急顿挫，优人口中之态也。予欲使优人之口，变为美人之身，故为讲究至此。欲为戏场尤物者，请从事予言，不则仍其故步。

【译文】

女人的体态，不能详细说明；宾白中的缓急顿挫，也不能详细说明。这两件事的道理相同。轻盈袅娜，是女人身上的姿态；缓急顿挫，是演员口中的姿态。我想将演员口中的姿态变成美人那样的优美体态，所以将宾白探究到如此程度。想成为舞台上的尤物，就请听从我的话，否则就仍然遵循原来的方法吧。

声容部

选姿第一

【原文】

"食色，性也。""不知子都之姣者，无目者也。"①古之大贤择言而发，其所以不拂人情，而数为是论者，以性所原有，不能强之使无耳。人有美妻美妾而我好之，是谓拂人之性；好之不惟损德，且以杀身。我有美妻美妾而我好之，是还吾性中所有，圣人复起，亦得我心之同然，非失德也。

孔子云："素富贵，行乎富贵。"②人处得为之地，不买一二姬妾自娱，是素富贵而行乎贫贱矣。王道本乎人情，焉用此矫清矫俭者为哉？但有狮吼在堂，则应借此藏拙，不则好之实所以恶之，怜之适足以杀之，不得以红颜薄命借口，而为代天行罚之忍人也。

予一介寒生，终身落魄，非止国色难亲，天香未遇，即强颜陋质之妇，能见几人，而敢谬次音容，侈谈歌舞，贻笑于眠花藉柳之人哉！然而缘虽不偶，兴则颇佳，事虽未经，理

食色，性也

实易谐，想当然之妙境，较身醉温柔乡者倍觉有情。如其不信，但以往事验之。

楚襄王，人主也。六宫窈窕，充塞内庭，握雨携云，何事不有？而千古以下，不闻传其实事，止有阳台一梦，脍炙人口。阳台今落何处？神女家在何方？朝为行云，暮为行雨，毕竟是何情状？岂有踪迹可考，实事可缕陈乎？皆幻境也。

幻境之妙，十倍于真，故千古传之。能以十倍于真之事，谱而为法，未有不入闲情三昧者。凡读是书之人，欲考所学之从来，则请以楚国阳台之事对。

【注释】

①不知子都之姣者，无目者也：出自《孟子·告子》。原文是"至于子都，天下莫不知其姣也，不知子都之姣者，无目者也。"子都，古代美男子名。②素富贵，行乎富贵：出自《中庸·十四章》："素富贵，行乎富贵；素贫贱，行乎贫贱；素夷狄，行乎夷狄；素患难，行乎患难。君子无入而不自得焉。"

【译文】

"贪恋美食美色是人的本性"，"不知道子都的美貌的人，是有眼无珠的"。古代圣贤说话都是有选择的。之所以能不违背人情，而数次提出这种论断，是因为人性中原有的，不能勉强让其消失。别人有娇妻美妾，而我去爱慕，这是违背人性的；爱她们不仅有损道德，而且会招来杀身之祸。我自己有娇妻美妾而我去爱慕，这是恢复了我的本性。即使圣人再生，也会同意我的观点，不认为这样是失德。

孔子说："生于富贵，行事就要有富贵的样子。"人在允许的情况下，不买上一两个姬妾以自娱，就是生于富贵而去做贫贱的事。仁义的君王之道以人情为本，哪里用得着这样假装清高和俭朴的行为呢？但如果家中有了一个悍妇，就应该藏起这种爱好，否则喜爱实际上就等同于厌恶，怜爱她们足以将她们杀死，不要用红颜薄命作借口，让自己成为代替上天惩罚这些女子的残忍之人。

我是一个贫寒的书生，一生落魄，不但国色天香的美人难以亲近、没有遇到，即使勉强能看的女人，能遇见的又有几个？哪敢谬谈音容，侈论歌舞，让整天寻花问柳的人笑话！然而我的缘分虽然不好，兴致却很好，虽然没有亲身经历，道理却很容易明白。自己想当然的美妙境界，比起身醉温柔乡的人更加有情趣。如果不相信，就用历史上的事来验证。

楚襄王是君王，宫中美女无数，翻云覆雨，什么样的事情没有过？然而自古以来，没听说过传述他的实事，只有

朝为行云，暮为行雨

"阳台一梦"的传说脍炙人口。阳台现在在哪里？神女的家在哪里？朝为行云，暮为行雨到底是怎样的情景？哪里有踪迹可考，有实事能够细细陈述？这些都是幻境！

幻境的美妙，要比现实高出十倍，所以能千古流传。能将比现实美妙十倍的事情作为尺度，没有不得到闲情真谛的。凡是读这本书的人，要问我这些是从哪里学来的，那就请让我用"阳台一梦"来作答吧。

肌 肤

【原文】

妇人妩媚多端，毕竟以色为主。《诗》不云乎"素以为绚兮"？素者，白也。妇人本质，惟白最难。常有眉目口齿般般入画，而缺陷独在肌肤者。岂造物生人之巧，反不同于染匠，未施漂练之力，而遽加文采之工乎？

曰：非然。白难而色易也。曷言乎难？是物之生，皆视根本，根本何色，枝叶亦作何色。人之根本维何？精也，血也。精色带白，血则红而紫矣。多受父精而成胎者，其人之生也必白。父精母血交聚成胎，或血多而精少者，其人之生也必在黑白之间。若其血色浅红，结而为胎，虽在黑白之间，及其生也，豢以美食，处以曲房①，犹可日趋于淡，以脚地未尽缁也。有幼时不白，长而始白者，此类是也。至其血色深紫，结而成胎，则其根本已缁，全无脚地可漂，及其生也，即服以水晶云母，居以玉殿琼楼，亦难望其变深为浅，但能守旧不迁，不致愈老愈黑，亦云幸矣。有富贵之家，生而不白，至长至老亦若是者，此类是也。

知此，则知选材之法，当如染匠之受衣。有以白衣使漂者受之，易为力也；有白衣稍垢而使漂者亦受之，虽难为力，其力犹可施也；若以既染深色之衣，使之剥去他色，漂而为白，则虽什佰其工价，必辞之不受。以人力虽巧，难拗天工，不能强既有者而使之无也。

【注释】

①曲房：内室，密室。

【译文】

女子妩媚多姿，到底是以姿色为主。《诗经》上不是说"素以为绚兮"吗？素就是白。女子天生的东西，只有皮肤白是最难的。经常有眉毛、眼睛、嘴巴和牙齿样样都能入画的女子，而缺憾唯独在皮肤。岂是造物主造人的精巧，还不如染匠，没有漂白就加上了色彩吗？

回答：不是这样，因为皮肤白很难，皮肤有色却很容易。为什么说要皮肤白很难呢？这是因为万物的生长都要看它的根本，根本是什么颜色，枝叶就是什么颜色。人的根本是什么？是精、血。精的颜色发白，血的颜色则是红中发紫。父亲的精与母亲的血交聚形成胎儿，受精较多的胎儿，生出来必然白皙；受父母精血交会或者血多而精少的胎儿，生出的肤色必定在黑白之间。如果母血为浅红色，结成胎儿的肤色虽然在黑白之间，等到出生以后，给她吃好食物，让她住幽暗的屋子，还能慢慢变白，因为其本质不完全都黑。有小时候长得不白，长大后皮肤开始变白的人，就是这种情况。至于母血为深紫色，与父精结成胎儿，那么其本质就是黑的，完全没有可能变白，等到生下来后，即使服用水晶云母，住在玉殿琼楼，也很难奢望她会变白，只要能维持好原来的肤色，不至于越老越黑，也可说是万

女子妩媚，以姿色为主

幸了。有的富贵人家，出生时皮肤不白，等长大变老后依然不白，就是这种情况。

知道了这些，就知道了挑选美女的方法。应当像染匠接衣服一样，有要将白衣服漂白的就接受，因为容易做到；有白衣服稍有污垢而要漂白的也接受，虽然有些难，但还是可以办到的；如果要让已经染成深色的衣服除去原有的颜色再漂白，那么即使给高出十倍百倍的工钱，也必然要辞掉。因为人的技艺虽然巧妙，但难以拗得过天工，不能勉强使已经有的消失掉。

【原文】

妇人之白者易相，黑者亦易相，惟在黑白之间者，相之不易。有三法焉：面黑于身者易白，身黑于面者难白；肌肤之黑而嫩者易白，黑而粗者难白；皮肉之黑而宽者易白，黑而紧且实者难白。面黑于身者，以面在外而身在内，在外则有风吹日晒，其渐白也为难；身在衣中，较面稍白，则其由深而浅，业有明征，使面亦同身，蔽之有物，其验亦若是矣，故易白。身黑于面者反此，故不易白。

肌肤之细而嫩者，如绫罗纱绢，其体光滑，故受色易，退色亦易，稍受风吹，略经日照，则深者浅而浓者淡矣。粗则如布如毯，其受色之难，十倍于绫罗纱绢，至欲退之，其工又不止十倍，肌肤之理亦若是也，故知嫩者易白，而粗者难白。

皮肉之黑而宽者，犹绸缎之未经熨，靴与履之未经楦者，因其皱而未直，故浅者似深，淡者似浓，一经熨楦之后，则纹理陡变，非复曩时色相矣。肌肤之宽者，以其血肉未足，犹待长养，亦犹待楦之靴履，未经烫熨之绫罗纱绢，此际若此，则其血肉充满之后必不若此，故知宽者易白，紧而实者难白。

相肌之法，备乎此矣。若是，则白者、嫩者、宽者为人争取，其黑而粗、紧而实者遂成弃物乎？曰：不然。薄命尽出红颜，厚福偏归陋质，此等非他，皆素封①伉俪之材，诰命夫人②之料也。

【注释】

①素封：无官爵封邑而富比封君的人。②诰命夫人：封建时代指受过封号的妇女。

【译文】

女子皮肤白的容易分辨，皮肤黑的也容易分辨，只有介于黑白之间的，不容易分辨。有三种分辨方法：面部比身体皮肤黑的容易变白，身体比面部黑的难以变白；皮肤虽黑却细嫩的容易变白，又黑又粗糙的难以变白；皮肉黑而松弛的容易变白，黑而紧实的难以变白。面部肤色比身体黑的，因为脸在外面身体在衣服里面，脸在外面就有风吹日晒，要变白就比较困难；身体在衣服里面，比脸部稍白，那么已经证明其肤色可以由深变浅。要让脸也和身体一样，用衣物遮蔽，结果也会和身体一样，所以容易变白。身体比面部黑的人与此相反，所以不容易变白。

肌肤细嫩的，就像绫罗纱绢，质地光滑，所以容易上色，也容易褪色，稍微受到风吹日晒，就会深的变浅、浓的变淡。肌肤粗糙就像粗布和毯子的，给它上色比绫罗纱绢困难十倍，褪色又不止比绫罗纱绢困难十倍。肌肤的原理也是如此，所以知道肌肤嫩的容易变白，粗糙的不容易变白。

皮肉黑并且松弛的，就像绸缎没有熨烫，靴子和鞋没有楦过，又皱又不平，因此浅的看起来也像深的，淡的看起来也像浓的，一经过熨楦，就会使纹理突变，不再是以前的样子。肌肤松弛的，因为血肉不丰满，还有待滋养，就像还未楦过的靴子和鞋、没有烫熨过的绫罗纱绢，现在是这样，等到长得丰满之后必然就不是这样。所以知道肌肤松弛的容易变白，紧绷结实的难以变白。

分辨肌肤的方法，都在这了。如果这样，那么肌肤白嫩的、松弛的女子就会被人抢着要，而肌肤黝黑粗糙、紧绷结实的女子就会被遗弃吗？回答道：不是这样。红颜往往薄命，长相粗陋的人偏偏有福，这种长相不好的女子向来就是做配偶、当诰命夫人的材料。

眉 眼

【原文】

面为一身之主，目又为一面之主。相人必先相面，人尽知之，相面必先相目，人亦尽知，而未必尽穷其秘。

吾谓相人之法，必先相心，心得而后观其形体。形体维何？眉发口齿，耳鼻手足之类是也。心在腹中，何由得见？曰：有目在，无忧也。

目为一面之主

察心之邪正，莫妙于观眸子，子舆氏[1]笔之于书，业开风鉴之祖。予无事赘陈其说，但言情性之刚柔，心思之愚慧。四者非他，即异日司花执爨[2]之分途，而狮吼堂与温柔乡接壤之地也。

目细而长者，秉性必柔；目粗而大者，居心必悍；目善动而黑白分明者，必多聪慧；目常定而白多黑少，或白少黑多者，必近愚蒙。

然初相之时，善转者亦未能遽转，不定者亦有时而定。何以试之？曰：有法在，无忧也。其法维何？一曰以静待动，一曰以卑瞩高。目随身转，未有动荡其身，而能胶柱其目者；使之乍往乍来，多行数武，而我回环其目以视之，则秋波不转而自转，此一法也。妇人避羞，目必下视，我若居高临卑，彼下而又下，永无见目之时矣。必当处之高位，或立台坡之上，或居楼阁之前，而我故降其躯以瞩之，则彼下无可下，势必环转其眼以避我。虽云善动者动，不善动者亦动，而勉强自然之中，即有贵贱妍媸之别，此又一法也。

至于耳之大小，鼻之高卑，眉发之淡浓，唇齿之红白，无目者犹能按之以手，岂有识者不能鉴之以形？无俟哓哓，徒滋繁渎。

【译文】

脸是身体的主体，眼睛又是脸的主体。看人必须要先看脸，尽人皆知，看脸必须要先看眼睛，也是尽人皆知，但是未必都深入探究过其中奥秘。

我认为看人的方法先看心，知道内心后再去观察她的形体。形体是什么？就是眉毛、头发、嘴巴、牙齿、耳朵、鼻子、手和脚之类。心在肚子里，怎么能看见？回答说：有眼睛在，不用担心。

观察内心的邪正，最妙的莫过于观察眼睛。孟子将这些写进书里，已经打开风鉴的先河。我不想复述他的学说，只想讲讲性情的刚烈温柔、心思的愚钝聪慧。这四者不是别的，就是一个女子他日是赏花品卉还是烧火做饭，是成天咆哮还是尽现温柔。

眼睛细长的，秉性必然温柔；眼睛粗大的，性格必然凶悍；眼睛善动而且黑白分明的，必然很聪慧；目光呆滞而且白多黑少或白少黑多的，必定接近愚蠢。

然而刚开始相面时，眼睛灵活的未必马上转动，目光不定的也有定的时候。如何识别呢？回答：有办法，不用担心。是什么方法呢？一说是以静待动，一说是从低处往高处看。眼睛随着身体转动，没有身体摆动而目光不动的。让她来回多走几次，紧盯着她的眼睛看，那么目光不转而自转，这是一个方法。女子害羞，眼睛必然往下看，如果居高临下她的目光就更往下，这样就永远无法看到她的目光。必须要让她站在高处，或者站在台坡上，或者站在楼阁之前，而我故意降低自己去看她，那么她的眼睛就没办法再下看了，势必会转移她的目光来回避我。虽说目光善动的人眼睛会转动，目光呆滞的人眼睛也会转动，但从勉强和自然之间，就有贵贱美丑的差别，这又是一个方法。

至于耳朵大小、鼻子高矮、眉毛头发淡浓、嘴唇牙齿的红和白，盲人都可以用手摸出来，哪里会有明眼人看不出来的呢？不需我絮絮叨叨，让人生厌了。

【原文】

眉之秀与不秀，亦复关系情性，当与眼目同视。然眉眼二物，其势往往相因。眼细者眉必长，眉粗者眼必巨，此大较也，然亦有不尽相合者。如长短粗细之间，未能一一尽善，则当取长恕短，要当视其可施人力与否。张京兆①工于画眉，则其夫人之双黛，必非浓淡得宜，无可润泽者。短者可长，则妙在用增；粗者可细，则妙在用减。但有必不可少之一字，而人多忽视之者，其名曰"曲"。必有天然之曲，而后人力可施其巧。"眉若远山"，"眉如新月"，皆言曲之至也。即不能酷肖远山，尽如新月，亦须稍带月形，略存山意，或弯其上而不弯其下，或细其外而不细其中，皆可自施人力。最忌平空一抹，有如太白经天；又忌两笔斜冲，俨然倒书八字。变远山为近瀑，反新月为长虹，虽有善画之张郎，亦将畏难而却走。非选姿者居心太刻，以其为温柔乡择人，非为娘子军②择将也。

【注释】

①张京兆：即张敞。汉时平阳人，宣帝时为京兆尹。《汉书·张敞传》中记载张敞常替妻子画眉毛。有成语"张敞画眉"，旧时比喻夫妻感情好。②娘子军：指唐高祖之女平阳公主所组织的军队。唐高祖第三女平阳公主嫁柴绍，并在长安。高祖将起义兵，遣使密召之。绍间行赴太原。公主乃归鄠县庄所，散家资，招引山中亡命，起兵以应高祖。营中号曰"娘子军"。后指由女子组成的队伍。

【译文】

眉毛秀气不秀气，也关系到人的性格，应当与眼睛同样看待。然而眉毛和眼睛二者往往相互关联，眼睛细长的眉毛也必然细长，眉毛粗的眼睛一定大，一般是这样。

然而也有不完全一致的时候，比如眉眼的长短粗细，不可能处处尽善尽美，就应该取长补短，要看能否用人工修饰。张京兆擅于画眉，那么他夫人的双眉必定不是浓淡相宜、不用再修饰的。眉毛短的可以画长，妙在增加；眉毛粗的可以变细，妙在减省。还有一个必不可少的字，而往往被人们忽视，那就是"曲"。眉毛必然有天然的弯曲，然后人工才能修饰好。"眉若远山""眉如新月"，都是说眉毛弯曲的极致。即使不能都酷似远山、新月，也必须稍微带点月形，略存些山意，或者上面弯下面不弯，或者是眉梢细中间不细，都能人工修饰。最忌讳凭空一抹，如同太白星掠过天空；又忌讳两笔斜冲，俨然成了倒写的八字。将远山变成了近处的瀑布，将新月变成了长虹，虽然有善于画眉的张京兆，也会望而却步。不是挑选姿容的人要求太苛刻，而是因为他要挑选温柔可人的美人，不是为娘子军选择良将。

手 足

【原文】

相女子者，有简便诀云："上看头，下看脚。"似二语可概通身矣。予怪其最要一着，全未提起。两手十指，为一生巧拙之关，百岁荣枯所系，相女者首重在此，何以略而去之？且无论手嫩者必聪，指尖者多慧，臂丰而腕厚者，必享珠围翠绕之荣；即以现在所需而论之，手以挥弦，使其指节累累，几类弯弓之决拾；手以品箫，如其臂形攘攘，几同伐竹之斧斤；抱枕携衾，观之兴索，捧卮进酒，受者眉攒，亦大失开门见山之初着矣。

故相手一节，为观人要着，寻花问柳者不可不知，然此道亦难言之矣。选人选足，每多窄窄金莲[①]；观手观人，绝少纤纤玉指。是最易者足，而最难者手，十百之中，不能一二觏也。须知立法不可不严，至于行法，则不容不恕。但于或嫩或柔或尖或细之中，取其一得，即可宽恕其他矣。

至于选足一事，如但求窄小，则可一目了然。倘欲由粗以及精，尽美而思善，使脚小而不受脚小之累，兼收脚小之用，则又比手更难，皆不可求而可遇者也。其累维何？因脚小而难行，动必扶墙靠壁，此累之在己者也；因脚小而致秽，令人掩鼻攒眉，此累之在人者也。其用维何？瘦欲无形，越看越生怜惜，此用之在日者也；柔若无骨，愈亲愈耐抚摩，此用之在夜者也。

昔有人谓予曰："宜兴周相国，以千金购一丽人，名为'抱小姐'，因其脚小之至，寸步难移，每行必须人抱，是以得名。"予曰："果若是，则一泥塑美人而已矣，数钱可买，奚事千金？"

【注释】

①金莲：旧时称妇女缠过的小脚。

【译文】

辨别女子，有简便的口诀："上看头，下看脚。"这两句话似乎概括了全身。我怪罪他最重要的一条，完全没有提起。双手的十根手指，是人一生巧拙的关键，也关系到一生的兴衰。看女子最重要的就在这里，为什么将其忽略呢？且不说手细嫩的一定聪明，指头尖的大多聪慧，手臂手腕丰满的必会得到荣华富贵；就从现在需要的来说，用手来弹琴，如果手指关节粗大，几乎与拉弓的手没有差别，用手品箫，假如手臂粗壮，几乎和砍竹子的斧头相同，与这样的女子同床共枕，看到就让人兴味索然，让她们来捧杯进酒，接受的人也会皱眉。这也违背了挑选美女的初衷。

所以看手是观察女人的要点，寻花问柳的人不能不知道。然而这个道理也很难用语言表达。挑选美女要选脚，有三寸金莲的很多；看手来选美女，很少有纤纤玉指的。所以说最容易选的是脚，最难选的是手，几十上百个人当中，不能找出一两个长有妙手的女子。要知道制定准则不能不严格，至于具体应用时，就不得不放宽。只要在细嫩、柔软、形尖、细长当中具备其中一点，就能原谅其他的不足。

至于选脚，如果只要求脚窄小，那么就能一目了然。倘若想精益求精，尽善尽美，使脚小又不受小的拖累，并且兼具小脚的作用，这就又比挑手更难，都是可遇不可求的。拖累小脚的是什么？是因为脚小难于行走，走动就必须扶靠墙壁，这拖累的是自己；还有因为脚小而发出臭味，让人掩鼻皱眉的，这是拖累别人。脚小的作用是什么？纤瘦得快没了，让人越看越怜惜，这个作用体现在白天；柔若无骨，越抚摩越爱不释手，这个作用是晚上的。

以前有人对我说："宜兴的周相国花费千金买了一个美人，名叫'抱小姐'，因为她的脚太小了，寸步难移，每次走路都要有人抱，因此得名。"我回答说："果真如此，只要一个泥塑的美人就可以了，几个钱就能买到，何必花费千金呢？"

两手十指，为一生巧拙之关

【原文】

造物生人以足，欲其行也。昔形容女子婷婷①者，非曰"步步生金莲"，即曰"行行如玉立"，皆谓其脚小能行，又复行而入画，是以可珍可宝，如其小而不行，则与刖足②者何异？此小脚之累之不可有也。

予遍游四方，见足之最小而无累，与最小而得用者，莫过于秦之兰州、晋之大同。兰州女子之足，大者三寸，小者犹不及焉，又能步履如飞，男子有时追之不及，然去其凌波小袜而抚摩之，犹觉刚柔相半；即有柔若无骨者，然偶见则易，频遇为难。至大同名妓，则强半皆若是也。与之同榻者，抚及金莲，令人不忍释手，觉倚翠偎红之乐，未有过于此者。

向在都门，以此语人，人多不信。一席间拥二妓，一晋一燕，皆无丽色，而足则甚小。予请不信者即而验之，果觉晋胜于燕，大有刚柔之别。座客无不翻然，而罚不信者以金谷酒数。此言小脚之用之不可无也。噫，岂其娶妻必齐之姜？就地取材，但不失立言之大意而已矣。

【注释】

①娉婷：女子容貌姿态娇好的样子。②刖足：断足，古代肉刑之一。

【译文】

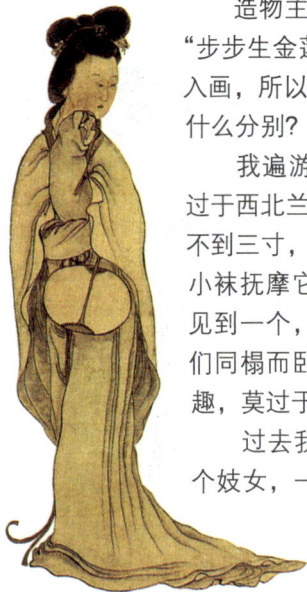

造物主将脚给人，是用来走路的。过去形容娉婷的女子，不是说"步步生金莲"，就是说"行行如玉立"，都是说脚小而能走，又可以入画，所以让人珍爱。如果小得走不了路，那么与被砍掉脚的人还有什么分别？如此看来，不能让脚小成为拖累。

我遍游天下，看到脚小而不受拖累、并能发挥小脚作用的，莫过于西北兰州和山西大同的女子。兰州女子的脚，大的三寸，小的还不到三寸，又能步履如飞，男子有时也追不上。然而脱掉脚上的凌波小袜抚摩它们，就更觉得刚柔相半，也有柔若无骨的，但只能偶尔见到一个，频繁遇见就难了。大同的名妓，则大多也是如此。和她们同榻而卧，抚摸她们的小脚，令人爱不释手，觉得男欢女爱的乐趣，莫过于此。

过去我在京城跟别人说这些，别人多不相信。有次酒席间有两个妓女，一个是晋地的，一个是燕地的，都姿色平平，然而脚都很小。我于是请不相信我的人来当场验证，果然觉得晋地的胜于燕地的，软硬差别很大。在座的宾客无不幡然醒悟，于是对不相信的人罚酒数杯。这里是说小脚的用处不能抹杀。唉！难道娶妻一定要娶齐国的姜氏吗？就地取材，只要不失选择女子的大概标准就可以了。

步步生金莲

【原文】

验足之法无他，只在多行几步，观其难行易动，察其勉强自然，则思过半矣。直则易动，曲即难行；正则自然，歪即勉强。直而正者，非止美观便走，亦少秽气。大约秽气之生，皆强勉造作之所致也。

【译文】

检验脚的方法没有别的，只是让她多走几步，观察她行走是否困难，是否自然。这样，就考虑得差不多了。脚直的就容易走动，脚扭曲的就很难走动；脚正就走得自然，脚歪就走得勉强。脚又直又正的，不只好看便于行走，也很少有臭味。大概脚臭的产生都是走路勉强做作造成的。

态 度

【原文】

古云："尤物足以移人。"尤物维何？媚态是已。世人不知，以为美色，乌知颜色虽美，是一物也，乌足移人？加之以态，则物而尤矣。如云美色即是尤物，即可移人，则今时绢做之美女，画上之娇娥，其颜色较之生人，岂止十倍，何以不见移人，而使之害相思成郁病耶？是知"媚态"二字，必不可少。

媚态之在人身，犹火之有焰，灯之有光，珠贝金银之有宝色，是无形之物，非有形之物也。惟其是物而非物，无形似有形，是以名为"尤物"。尤物者，怪物也，不可解说之事也。凡女子，一见即令人思，思而不能自已，遂至舍命以图，与生为难者，皆怪物也，皆不可解说之事也。

吾于"态"之一字，服天地生人之巧，鬼神体物之工。使以我作天地鬼神，形体吾能赋之，知识我能予之，至于是物而非物，无形似有形之态度，我实不能变之化之，使其自无而有，复自有而无也。态之为物，不特能使美者愈美，艳者愈艳，且能使老者少而媸者妍，无情之事变为有情，使人暗受笼络而不觉者。

女子一有媚态，三四分姿色，便可抵过六七分。试以六七分姿色而无媚态之妇人，与三四分姿色而有媚态之妇人同立一处，则人止爱三四分而不爱六七分，是态度之于颜色，犹不止一倍当两倍也。试以二三分姿色而无媚态之妇人，与全无姿色而止有媚态之妇人同立一处，或与人各交数言，则人止为媚态所惑，而不为美色所惑，是态度之于颜色，犹不止于以少敌多，且能以无而敌有也。

今之女子，每有状貌姿容一无可取，而能令人思之不倦，甚至舍命相从者，皆"态"之一字之为祟也。是知选貌选姿，总不如选态一着之为要。态自天生，非可强造。强造之态，不能饰美，止能愈增其陋。同一颦也，出于西施则可爱，出于东施则可憎者，天生、强造之别也。相面、相肌、相眉、相眼之法，皆可言传，独相态一事，则予心能知之，口实不能言之。口之所能言者，物也，非尤物也。噫，能使人知，而能使人欲言不得，其为物也何如！其为事也何如！岂非天地之间一大怪物，而从古及今，一件解说不来之事乎？

【译文】

古人说："尤物足以移人。""尤物"是什么？就是媚态。世人不清楚，以为美色就是尤物。哪里知道模样虽然很美，也只不过是一种东西，哪里足以动摇人心？加上媚态，就是尤物了。如果说美色就是尤物，可以动摇人心，那么用绢做的以及画中的美女，其美貌比活人高出何止十倍？为何不见它们动摇人心，而使人相思抑郁成病的呢？由此可见，"媚态"二字是必不可少的。

媚态在人身上，就如同火有焰、灯有光、珠贝金银有宝色一样，这是无形的东西，而非有形的东西。正因为其是物又不是物，无形又好像有形，所以才叫"尤物"。尤物就是怪物，是不能解说的事情。凡是女子，一见就让人思念，并且无法自拔，甚至为了得到她而甘愿舍弃性命，与自己生命作对的，都是怪物，都是无法解释的事。

我对于"态"这个字，叹服天地生人的鬼斧神工。假如让我来当造物主，形体我能给她，知识我能给她，至于这种似物而非物、无形似有形的态度，我实在不能变化出来，让它从无到有，又从有到无。媚态这种东西，不仅能让美丽的人更美丽，娇艳的人更娇艳，而且能使年老变为年轻、丑陋变为美丽、无情的事变为有情的事，让人暗中受到吸引而感觉不到。

女子一旦有了媚态，三四分姿色就能比得上六七分姿色。试以用六七分姿色却无媚态的女子与有三四分姿色却有媚态的女子站在一起，那么人们就只喜欢三四分姿色的却不喜欢六七分姿色的。这就是媚态相比容貌，不止胜过一倍两倍。试以让有两三分姿色却无媚态的女子与一点姿色都没有却有媚态的女子站在一起，或者都和别人说几句话，那么人们只会被妩媚的姿态所迷惑，而不被美色所迷惑。这说明媚态相比姿色，还不只能以少敌多，并且能用无来胜有。

现在的女子，常有容貌没有一点可取之处，却能让人不知疲倦地思念，甚至舍命相从的，都是"态"这个字在作祟。所以知道挑选容貌与姿色，总不如挑选媚态重要。媚态是天生的，不能勉强做作。造作的媚态，不能增添美丽，只能显得更加丑陋。同是皱眉，出于西施就觉得可爱，出于东施觉得可憎，这是天生和做作的区别。相面、相肌、相眉、相眼的方法，都能言传，唯独看人的媚态，我心里明白，嘴上却说不出来。口中能说出的是物，不是尤物。唉，能让人知道，却又让人想说而不能说的，是什么东西呢？是怎样的一回事？难道不是天地间的一大怪物，一件从古至今解释不了的事情吗？

【原文】

诘予者曰：既为态度立言，又不指人以法，终觉首鼠①，盍亦舍精言粗，略示相女者以意乎？予曰：不得已而为言，止有直书所见，聊为榜样而已。向在维扬②，代一贵人相妾。靓妆而至者不一其人，始皆俯首而立，及命之抬头，一人不作羞容而竟抬；一人娇羞腼腆，强之数四而后抬；一人初不即抬，及强而后可，先以眼光一瞬，似于看人而实非看人，瞬毕复定而后抬，俟人看毕，复以眼光一瞬而后俯，此即"态"也。

记曩时春游遇雨，避一亭中，见无数女子，妍媸不一，皆踉跄而至。中一缟衣③贫妇，年三十许，人皆趋入亭中，彼独徘徊檐下，以中无隙地故也；人皆抖擞衣衫，虑其太湿，彼独听其自然，以檐下雨侵，抖之无益，徒现丑态故也。及雨将止而告行，彼独迟疑稍后，去不数武而雨复作，乃趋入亭。彼则先立亭中，以逆料必转，先踞胜地故也。然臆虽偶中，绝无骄人之色。见后人者反立檐下，衣衫之湿，数倍于前，而此妇代为振衣，姿态百出，竟若天集众丑，以形一人之媚者。自观者视之，其初之不动，似以郑重而养态；其后之故动，似以徜徉而生态。然彼岂能必天复雨，先储其才以俟用乎？其养也，出之无心，其生也，亦非有意，皆天机之自起自伏耳。当其养态之时，先有一种娇羞无那之致现于身外，令人生爱生怜，不俟娉婷大露而后觉也。斯二者，皆妇人媚态之一斑，举之以见大较。噫，以年三十许之贫妇，止为姿态稍异，遂使二八佳人与曳珠顶翠者皆出其下，然则态之为用，岂浅鲜哉！

【注释】

①首鼠：踌躇，迟疑不决，模棱两可。②维扬：扬州的别称。③缟衣：白绢衣裳。

【译文】

有人责问我：你既然为媚态立言，又不告诉别人方法，终究让人觉得含糊。为何舍取精深理论讲一下大概，只给相女子的人一些粗略的提示呢？我说：我是不得已才说的，只能直接写出我所看到的，作为榜样而已。我以前在扬州，曾替一个贵人相妾。打扮得漂亮出来的不止一个人。开始都是低着站着，等到命她们抬头，其中一个不害羞直接把头抬起来；另一个娇羞腼腆，强迫多次才抬起头；还有一个刚开始没有马上抬头，强迫时才抬起，先是目光一扫，像是要看人而实际上没有看人，扫完后眼神定住，然后才把头抬起，等人看完，又目光一扫把头低了下去。这就是媚态。

记得曾经有一次春游时遇到下雨，我在一个亭子中避雨，看见许多女子，美丑不一，都跟跟跄跄跑过来。其中有一个身穿白衣的贫寒女子，三十岁左右，别人都跑入亭子中间，只有她徘徊在亭檐下，因为亭子中间已经没有空地。别人都在抖擞衣衫，担心衣服太湿。她却听其自然，因为在亭檐下还是会被雨淋，抖衣服也没用，只会表现丑态。等雨要停大家互相喊着往外走时，唯独她迟疑片刻，走在后面，刚离开亭子，雨又开始下，于是又都跑向亭子。她就先站在了亭子中间，因为预料到必定会回来，所以先占了个好地方。然而虽然她偶然猜中，却没有一点骄傲的神色。见后来的人反而站在檐下，衣衫比先前更湿，这个女子就帮她们整

女子媚态

127

理衣服，姿态百出，就像上天集合众多丑女，来衬托她一个人的妩媚一样。以旁观的眼光来看，她开始不动似乎是郑重地养态；其后动起来，又好像是徜徉而生态。然而她难道是料到天会再下雨，先把这些媚态收起以等待表现的时机吗？她养态是出于无心，生态也不是有意，都是浑然天成的。当她养态时，身上已经先有了一种娇羞无奈的情致，令人产生怜爱，不用等到她媚态大露时才能感觉到。这两个例子，都是女子媚态的一斑，举出来以见个大概。唉，年纪三十的贫家女子，只因为姿态与别人稍有不同，就使得十六七的妙龄女子和穿金戴银贵妇人被比下去。这样看来难道媚态的作用还小吗？

【原文】

人问：圣贤神化之事，皆可造诣而成，岂妇人媚态独不可学而至乎？予曰：学则可学，教则不能。人又问：既不能教，胡云可学？予曰：使无态之人与有态者同居，朝夕薰陶，或能为其所化；如蓬生麻中，不扶自直，鹰变成鸠，形为气感，是则可矣。若欲耳提而面命之，则一部《廿一史》，当从何处说起？还怕愈说愈增其木强①，奈何！

【注释】

①木强：质直刚强。

【译文】

有人问：圣贤神化的事，都可以学习完成，难道唯独女子的媚态就不能学习得到吗？我回答：学是能学的，教就不行了。有人又问：既然不能教，为什么说可以学呢？我说：让没有媚态的女子与有媚态的女子住在一起，朝夕薰陶，或许能被她同化。就像蓬草生长在麻中间，不用扶它就自然是直的，鹰变成鸠，是因为受了鸠的气息感染，像这样就可以了。若想耳提面命，那么就像一部《二十一史》，应当从何处说起呢？还怕越说越让她呆滞，有什么办法！

◦修容第二◦

【原文】

妇人惟仙姿国色，无俟修容；稍去天工者，即不能免于人力矣。然予所谓"修饰"二字，无论妍媸美恶，均不可少。

俗云："三分人材，七分妆饰。"此为中人以下者言之也。然则有七分人材者，可少三分妆饰乎？即有十分人材者，岂一分妆饰皆可不用乎？曰：不能也。若是，则修容之道不可不急讲矣。

今世之讲修容者，非止穷工极巧，几能变鬼为神，我即欲勉竭心神，创为新说，其如人心至巧，我法难工，非但小巫见大巫，且如小巫之徒，往教大巫之师，其不遭喷饭而唾面①者鲜矣。然一时风气所趋，往往失之过当。非始初立法之不佳，一人求胜于一人，一日务新于一日，趋而过之，致失其真之弊也。

"楚王好细腰，宫中皆饿死；楚王好高髻，宫中皆一尺；楚王好大袖，宫中皆全帛。"细腰非不可爱，高髻大袖非不美观，然至饿死，则人

三分人材，七分装饰

而鬼矣。髻至一尺，袖至全帛，非但不美观，直与魑魅魍魉无别矣。此非好细腰、好高髻大袖者之过，乃自为饿死，自为一尺，自为全帛者之过也。亦非自为饿死，自为一尺，自为全帛者之过，无一人痛惩其失，著为章程，谓止当如此，不可太过，不可不及，使有遵守者之过也。

吾观今日之修容，大类楚宫之末俗，著为章程，非草野得为之事。但不经人提破，使知不可爱而可憎，听其日趋日甚，则在生而为魑魅魍魉者，已去死人不远，刬腰成一缕，有饿而必死之势哉！

予为修容立说，实具此段婆心，凡为西子者，自当曲体人情，万毋遽发娇嗔，罪其唐突。

【注释】

①唾面：往人的脸上吐唾沫。表示鄙视、侮辱。语出《战国策·赵策四》"有复言令长安君为质者，老妇必唾其面。"

【译文】

女子当中除了天姿国色的不需要修饰面容，长得稍差一点的，就不能避免人工修饰。然而我说的"修饰"二字，无论相貌美丑都是不能可少的。

俗话说："三分人材，七分妆饰。"这是对相貌中下的人而说的。然而有七分相貌的女子，能够少了三分的妆饰吗？即使有十分相貌的女子，难道一分的妆饰都不需要吗？我说：不能。像这样，那么修饰面容的道理不得不赶紧讲了。

现在所讲的修饰面容，不仅极其考究精巧，几乎能把丑鬼变成神仙。我即使想殚精竭虑，创立新学说，怎奈人心极其巧妙，我的方法难以达到，不仅是小巫见大巫，

并且像小巫的徒弟去教大巫的老师，哪有不让人喷饭唾弃的。然而一味地追求流行，往往过犹不及。并非最初设立的规则不好，而是一个人想胜过一个人，一天比一天新奇，追求过了头，就会失去了真实。

"楚王好细腰，宫中皆饿死；楚王好高髻，宫中皆一尺；楚王好大袖，宫中皆全帛。"细腰不是不可爱，高高的发髻和宽宽的衣袖也不是不美观，然而以至于饿死，就会是人变成了鬼；发髻高达一尺，衣袖用整块布，非但不美观，简直与鬼怪没有区别。这并不是喜好细腰、喜好高髻、喜好大袖的楚王的过错，而是那些饿死自己、自梳高髻、自己用整块布做衣袖的宫女们的过错。也并非全是这些人的过错，错在没有一个人去纠正这个错误，制定规则，告诉她们只应当这样，不能太过分，也不能达不到，使她们有章可循。

我看现在的修容，很像楚王宫中的陋习。制定规则，不是我这个平民百姓能做到的。但如果不对她们提醒，让她们知道这种做法不仅不可爱，而且令人厌恶，听凭它越来越严重。活着就打扮得像鬼怪，已经离死人不远了。而且要使腰细得只有一缕，有势必饿死的趋势。

我为修饰容貌立说，实在是出于这样的苦心。凡是像西施那样的美人，自然能体谅我这番用心，千万不要恼怒嗔怪，怪罪我说话唐突。

盥 栉

盥面之法，无他奇巧，止是濯垢务尽。面上亦无他垢，所谓垢者，油而已矣。油有二种，有自生之油，有沾上之油。自生之油，从毛孔沁出，肥人多而瘦人少，似汗非汗者是也。沾上之油，从下而上者少，从上而下者多，以发与膏沐[1]势不相离，发面交接之地，势难保其不侵。况以手按发，按毕之后，自上而下亦难保其不相挨擦，挨擦所至之处，即生油发亮之处也。生油发亮，于面似无大损，殊不知一日之美恶系焉，面之不白不匀，即从此始。从来上粉着色之地，最怕有油，有即不能上色。倘于浴面初毕，未经搽粉之时，但有指大一痕为油手所污，迨加粉搽面之后，则满面皆白而此处独黑，又且黑而有光，此受病之在先者也。既经搽粉之后，而为油手所污，其黑而光也亦然，以粉上加油，但见油而不见粉也，此受病之在后者也。此二者之为患，虽似大而实小，以受病之处止在一隅，不及满面，闺人尽有知之者。尚有全体受伤之患，从古佳人暗受其害而不知者，予请攻而出之。

从来拭面之巾帕，多不止于拭面，擦臂抹胸，随其所至；有腻即有油，则巾帕之不洁也久矣。即有好洁之人，止以拭面，不及其他，然能保其上不及发，将至额角而遂止乎？一沾膏沐，即非无油少腻之物矣。以此拭面，非拭面也，犹打磨细物之人，故以油布擦光，使其不沾他物也。他物不沾，粉独沾乎？凡有面不受妆，越匀越黑；同一粉也，一人搽之而白，一个搽之而不白者，职是故也。以拭面之巾有异同，非搽面之粉有善恶也。故善匀面者，必须先洁其巾。拭面之巾，止供拭面之用，又须用过即浣，勿使稍带油痕，此务本穷源之法也。

【注释】

①膏沐：古代妇女润发的油脂。

【译文】

　　洗脸的方法，没什么奇妙技巧，只是一定要洗干净污垢。脸上没有其他污垢，所谓的污垢只是油而已。脸上的油垢有两种：一种是皮肤自己生出的，一种是沾上去的。自己生出的油垢，是从毛细孔分泌而出，胖人出的多，瘦人出的少，像是汗其实不是汗。沾上去的油垢，从下往上的少，从上往下的多。因为头发要抹油，脸与头发相接之处就会难免沾上油。何况偶尔用手抚摸头发后，手从头上放下来时也难免不会碰到脸，手碰到脸的地方沾上油垢，出现亮光。脸上生油发亮，对脸好像没什么影响，却不知道关系着女人面部一整天的美丑，面部不白暂不匀称，就是由此引起的。从来搽粉着色的地方，最怕有油，有油就不能上色。倘若刚洗完脸、还没施粉之时，就有指头大的一块被油手弄脏，等搽完粉后，脸上都是白色的，却只有这个地方是黑的，并且又黑又亮，这是在搽粉之前留下的毛病。搽完粉后，脸上却被油弄脏，弄脏的地方也会又黑又亮。这是因为粉上蘸了油，只看得见油看不见粉。这是搽粉后留下的毛病。这两种毛病，虽然好像很大其实并不大，因为只在脸上的一小块地方，并非整张脸，闺中女子大都明白这个道理。还有一种会整个面容受到损害，自古以来，许多美人暗受其害却不知道，让我来将其指出。

　　擦脸的手巾、手帕，大多不只用来擦脸，还用来它擦臂抹胸，随便擦到哪里。脏的地方就有油，手帕早就不干净了。即使有爱干净的女人，只用来擦脸，不擦其他地方，然而能保证它不会碰到头发，只是擦到额角停下不擦了吗？一沾到头上的发油，手帕上就沾上了油。用它来擦脸，这不是在擦脸，而是像打磨器物的人故意用油布把器物擦光一样，为使器物不沾上其他东西。其他东西沾不上，粉能沾得上吗？脸上上不了妆，越抹越黑就是这个原因。同样的粉，有人搽上白，有人搽上不白，也是

盥面之法，无他奇巧

131

这个原因。这全是因为擦脸的手帕有别，而不是因为搽的粉有别。所以擅长擦脸的人，一定会把手帕先洗干净，手帕只用做擦脸之用，而且用后一定洗，不让它带上一点油迹。这是最基本的做法。

【原文】

善栉不如善篦，篦者，栉之兄也。发内无尘，始得丝丝现相，不则一片如毡，求其界限而不得，是帽也，非髻也，是退光黑漆之器，非乌云蟠绕之头也。

故善蓄姬妾者，当以百钱买梳，千钱购篦。篦精则发精，稍俭其值，则发损头痛，篦不数下而止矣。篦之极净，使便用梳。而梳之为物，则越旧越精。"人惟求旧，物惟求新"。古语虽然，非为论梳而设。求其旧而不得，则富者用牙，贫者用角。新木之梳，即搜根剔齿者，非油浸十日，不可用也。

【译文】

善于梳头不如善于篦头。篦子是梳头最重要的工具。头发中没有脏东西，才能使每根头发都呈现出来。否则就会像一片毡子，发丝之间找不到界限。这是帽子，而不是发髻了；是没有光泽的黑漆之物，而不是乌云盘绕的头了。

所以善养姬妾的人，应当用一百个钱买梳子，一千个钱买篦子。篦子精细头发就精细，稍微廉价些的，就会使头发受损而且头痛，梳不了几下就得停下。把头发篦得干净了，再用梳子梳理。梳子这种东西则越旧越好。古话虽说："人惟求旧，物惟求新"，但对于梳子却并不适用。找不到旧梳子，那么富人就用象牙梳，穷人就用牛角梳。新的木梳，就像抠指甲、剔牙齿的东西，不浸在油里十来天，就不能用。

【原文】

善栉不如善篦

古人呼髻为"蟠龙"。蟠龙者，髻之本体，非由妆饰而成。随手绾成，皆作蟠龙之势，可见古人之妆，全用自然，毫无造作。然龙乃善变之物，发无一定之形，使其相传至今，物而不化，则龙非蟠龙，乃死龙矣；发非佳人之发，乃死人之发矣。无怪今人善变，变之诚是也。但其变之之形，只顾趋新，不求合理；只求变相，不顾失真。

凡以彼物肖此物，必取其当然者肖之，必取其应有者肖之，又必取其形色相类者肖之，未有凭空捏造，任意为之而不顾者。古人呼发为"乌云",呼髻为"蟠龙"者,以二物生于天上,宜乎在顶。发之缭绕似云,发之蟠曲似龙,而云之色有乌云,龙之色有乌龙。是色也,相也,情也,理也,事事相合,是以得名,非凭捏造,任意为之而不顾者也。

窃怪今之所谓"牡丹头""荷花头""钵盂头",种种新式,非不穷新极异,令人改观,然于当然应有、形色相类之义,则一无取焉。人之一身,手可生花,江淹之彩笔①是也;舌可生花,如来之广长②是也;头则未见其生花,生之自今日始。此言不当然而然也。发上虽有簪花之义,未有以头为花,而身为蒂者;钵盂乃盛饭之器,未有倒贮活人之首,而作覆盆之象者,此皆事所未闻,闻之自今日始。此言不应有而有也。

群花之色,万紫千红,独不见其有黑。设立一妇人于此,有人呼之为"黑牡丹""黑莲花""黑钵盂"者,此妇必艴然而怒,怒而继之以骂矣。以不喜呼名之怪物,居然自肖其形,岂非绝不可解之事乎?

【注释】

①江淹之彩笔:江淹,南朝梁人,少有文名,世称江郎。江淹少时,曾梦人授以五色笔,从此文思大进,晚年又梦一个自称郭璞的人索还其笔,自后作诗,再无佳句。人因以"彩笔"指辞藻富丽的文笔。②如来之广长:广长舌,指佛的舌头。佛三十二相之一。据说佛舌广而长,覆面至发际,故名。

【译文】

古人称发髻为"蟠龙"。蟠龙,是指头发本身,不是装饰而成的。随手将头发绾起,都是蟠龙的样子。可见古人梳妆,都很自然,毫不造作。然而龙很善于变化,头发也没有固定形状,假如流传到现在,没有任何变化,那么龙就不是蟠龙,而是死龙了;头发也就不是美人的头发,而是死人的头发。难怪现在的人善变,变是对的。但是变化的形状,却不能只顾追求潮流,不管是否合理,也不能只顾追求变化,不管是否失真。

凡是一种东西来模仿另一种东西,必须按其本来面目来模仿。或者取来形状颜色相似的东西来模仿,没有凭空捏造,随心所欲毫不顾忌的。古人称头发为"乌云",称发髻为"蟠龙",是因为二者都生在天上,适合用在头顶上。头发缭绕如同云,盘旋弯曲像龙。而且云有乌云,龙有乌龙。如此一来,无论颜色形状、于情于理都非常贴切,因此才有了如此称呼,并非凭空捏造、随意称呼不顾情理的。

我奇怪现在所谓"牡丹头""荷花头""钵盂头"等各种新式的发型,非要新颖到极致,然而在情理、外形和颜色等各个方面,没有任何可取之处。人的一身,手上可以生花,比如江淹的画笔;舌头可以生花,比如如来佛的舌头。头上却没见过生花的,头上生花是从现在才开始的。这是说不应该那样做却做了。头上虽然戴有簪花,但并非要将头当作花,将身体当成花蒂;钵盂是盛饭的用具,不是用来扣在人脑袋上,做出倒扣盆子模样的。这些前所未闻的，今天开始听到了。这是说不该发生的事却发生了。

百花的颜色，万紫千红，却唯独没有见过黑色。假设有一个女子在这里，有人喊她"黑牡丹""黑莲花""黑钵盂"，这个女子定然勃然大怒，继而破口大骂。居然用自己不喜欢说出名字的怪物的形状来形容自己，这难道不是让人费解的事吗？

【原文】

吾谓美人所梳之髻，不妨日异月新，但须筹为理之所有。理之所有者，其象多端，然总莫妙于云龙二物。仍用其名而变更其实，则古制新裁，并行而不悖矣。勿谓止此二物，变来有限，须知普天下之物，取其千态万状，越变而越不穷者，无有过此二物者矣。

龙虽善变，犹不过飞龙、游龙、伏龙、潜龙、戏珠龙、出海龙之数种。至于云之为物，顷刻数迁其位，须臾屡易其形，"千变万化"四字，犹为有定之称，其实云之变相，"千万"二字，犹不足以限量之也。若得聪明女子，日日仰观天象，既肖云而为髻，复肖髻而为云，即一日一更其式，犹不能尽其巧幻，毕其离奇，矧未必朝朝变相乎？

若谓天高云远，视不分明，难于取法，则令画工绘出巧云数朵，以纸剪式，衬于发下，俟栉沐既成，而后去之，此简便易行之法也。

云上尽可着色，或簪以时花，或饰以珠翠，幻作云端五彩，视之光怪陆离。但须位置得宜，使与云体相合，若其中应有此物者，勿露时花珠翠之本形，则尽善矣。

肖龙之法：如欲作飞龙、游龙，则先以己发梳一光头于下，后以假发制作龙形，盘旋缭绕，覆于其上。务使离发少许，勿使相粘相贴，始不失飞龙、游龙之义，相粘相贴则是潜龙、伏龙矣。

悬空之法，不过用铁线一二条，衬于不见之处，其龙爪之向下者，以发作线，缝于光发之上，则不动矣。

戏珠龙法，以发作小龙二条，缀于两旁，尾向后而首向前，前缀大珠一颗，近于龙嘴，名为"二龙戏珠"。出海龙亦照前式，但以假发作波浪纹，缀于龙身空隙之处，皆易为之。

是数法者，皆以云龙二物分体为之，是云自云而龙自龙也。予又谓云龙二物势不宜分，"云从龙，风从虎"，《周易》业有成言，是当合而用之。

美人所梳之髻，不妨日新月异

同用一发，同作一假，何不幻作云龙二物，使龙勿露全身，云亦勿作全朵，忽而见龙，忽而见云，令人无可测识，是美人之头，尽有盘旋飞舞之势，朝为行云，暮为行雨，不几两擅其绝，而为阳台神女之现身哉？

噫，笠翁于此搜尽枯肠，为此髻者，不可不加尸祝。天年以后，倘得为神，则将往来绣阁之中，验其所制，果有裨于花容月貌否也。

【译文】

我认为美人所梳发髻，不妨日新月异，但是应该合乎情理。合乎情理的发型有很多，但没有比"乌云""蟠龙"这二者更妙的了。如果仍用原名却改变形状，那么古代的发式与现在的发式就能够并行不悖了。不要觉得只有这两样东西，变化有限，要知道普天之下的事物，千变万化、变化无穷的，没有超过这两者的。

龙虽然善变，也不过是飞龙、游龙、伏龙、潜龙、戏珠龙、出海龙等几种；至于云这种东西，瞬息万变，"千变万化"四字对于它还只是定量的东西，用"千万"来形容远远不够。如果一个聪明女子，每天都仰观天象，按照云的形状去梳发髻，又根据发髻的模样去观察云，即使她每天都变换发型，也不能够穷尽云的变幻无端，何况她不是每天都变换发型呢？

如果说天太高云太远，看不分明，难以仿效，那么也可以让画工画出几朵新巧的云，剪成纸样，衬在头发下面，等梳洗毕，再去掉，这是一个简便易行的方法。

云髻尽可以加上些颜色，或者插上鲜花，或者戴上些珠玉装饰，变幻成五彩的云端，看上去光怪陆离。但必须选择恰当，使它们与云的形状吻合，好像其中应该有这种东西，不要露出鲜花珠翠的形状，那么就尽善尽美了。

模仿龙的方法是：如果想做飞龙、游龙的形状，那么就先将头发下边梳光，然后用假发做成龙的样子，使假发盘旋缭绕，覆盖在自己的头发上。不要使它与自己的头发有一点距离，也不要让假发和头发粘贴在一起，才不失飞龙、游龙的含义。如果粘贴在一起，就成了潜龙、伏龙了。

使龙悬空的方法不过是用一两条铁线，衬在看不见的地方，龙爪向下的就用头发做线，系在自己的头发上，就会固定不动了。

戏珠龙发式的做法，是用假发编成两条小龙，缀在发髻的两旁，尾朝后头朝前，前面点缀一颗大珠靠近龙嘴，就叫作"二龙戏珠"。出海龙发式也按照上面的方式，只用假发做成波浪形状，缀在龙身有空隙之处，都是很容易的。

这几种方法，都是模仿云龙两者分别做出来的，云就是云，龙就是龙。我又认为云、龙两者是不能分开的。"云从龙，风从虎"，《周易》里面这样说了，这是说应该将两者结合起来。同样是用假发，同样都做成假的，为什么不同时做出云、龙两种形状，龙不要露出全身，云也不做整朵，一会见龙，一会见云，令人分辨不出哪是龙哪是云？如此一来，美人的头发就有了盘旋飞舞之势，真正是早上"行云"，晚上"行雨"，不就两者的长处都有了，成了阳台神女的化身吗？

唉！我在这里绞尽脑汁，梳这些发型的人，不能不为我祷告。我死之后，倘若能变成神，那么就一定要到绣房闺阁当中检验一下，看它是否果真对女子的花容月貌有所好处。

薰 陶

【原文】

名花美女，气味相同，有国色者，必有天香。天香结自胞胎，非由薰染，佳人身上实实有此一种，非饰美之词也。此种香气，亦有姿貌不甚较艳，而能偶擅其奇者。总之，一有此种，即是夭折摧残之兆，红颜薄命未有捷于此者。

有国色而有天香，与无国色而有天香，皆是千中遇一，其余则薰染之力不可少也。其力维何？富贵之家，则需花露。花露者，摘取花瓣入甑，酝酿而成者也。蔷薇最上，群花次之。然用不须多，每于盥浴之后，挹取数匙入掌，拭体拍面而匀之。此香此味，妙在似花非花，是露非露，有其芬芳，而无其气息，是以为佳，不似他种香气，或速或沉，是兰是桂，一嗅即知者也。其次则用香皂浴身，香茶沁口，皆是闺中应有之事。皂之为物，亦有一种神奇，人身偶染秽物，或偶沾秽气，用此一擦，则去尽无遗。由此推之，即以百种奇香拌入此中，未有不与垢秽并除，混入水中而不见者矣，乃独去秽而存香，似有攻邪不攻正之别。皂之佳者，一浴之后，香气经日不散，岂非天造地设，以供修容饰体之用者乎？香皂以江南六合县出者为第一，但价值稍昂，又恐远不能致，多则浴体，少则止以浴面，亦权宜丰俭之策也。至于香茶沁口，费亦不多，世人但知其贵，不知每日所需，不过指大一片，重止毫厘，裂成数块，每于饭后及临睡时以少许润舌，则满吻皆香，多则味苦，而反成药气矣。

凡此所言，皆人所共知，予特申明其说，以见美人之香不可使之或无耳。别有一种，为值更廉，世人食而但甘其味，嗅而不辨其香者，请揭出言之：果中荔子，虽出人间，实与交梨、火枣无别[1]，其色国色，其香天香，乃果中尤物也。予游闽粤，幸得饱啖而归，庶不虚生此口，但恨造物有私，不令四方皆出。陈不如鲜，夫人而知之矣。殊不知荔之陈者，香气未尝尽没，乃与橄榄同功，其好处却在回味时耳。佳人就寝，止啖一枚，则口脂之香，可以竟夕，多则甜而腻矣。须择道地者用之，枫亭是其选也。

人问："沁口之香，为美人设乎？为伴美人者设乎？"予曰："伴者居多。若论美人，则五官四体皆为人设，奚止口内之香。"

【注释】

①交梨、火枣：道教所称的仙果。

【译文】

名花与美女，气味相同，有国色的就必定有天香。天香是从娘胎里带来的，不是由后天熏染出来的。佳人身上确实有这种香味，不是夸大其词。这种香气，有些容貌不太娇艳的女人偶尔也会散发出来。总之，身上一有这种香气，就是早逝、被摧残的征兆。红颜薄命没有比这更快的了。

既有国色又有天香的女子，与没有国色而有天香的女子，都是千里挑一的，其余女子的香气都是熏染之功了。如何熏染？富贵人家需要用花露。花露就是摘下花瓣，放进瓶子里，酿制而成的汁液。其中最上等的是蔷薇，其他花次之。不需要用太多，每次洗脸沐浴之后，取几勺放在手心，拭身拍脸，涂抹均匀。这种香味，妙在它是花又非花，是露而非露，有花的芬芳而没有花的气息，所以最好。不像其他的香气，有的马上挥发掉，有的沉淀在皮肤上，是兰花还是桂花，一闻就知道。其次则是用香皂洗澡，或用香茶漱口，这些都是女子应有的事。香皂这种东西，也有一种神奇的功能，人身上偶然沾上了脏东西或者难闻的气味，用它一擦就都去掉了。由此可知，把百种奇香混合在其中，没有不同污垢秽气一起洗去，混入水中而消失不见的，只有香皂能只去掉污秽而保留香气，似乎有攻邪不攻正的功效。好的香皂洗过以后，香气整日都不散去，这难道不是天造地设、专供美容、修饰身体用的吗？香皂以江南六合县出的为最佳，但价钱稍微有点贵，又担心路途太远买不到，如果这种香皂多就能用来洗澡，少就只用来洗脸，也是出于节俭考虑。至于用香茶沁口，花费也不多，世人只知道香茶很贵，却不知道每天所需的不过是指甲大一片，重量只有毫厘。把一片分成几块，每次在饭后以及睡觉前用少许来润舌，就会满口都是香味了，多了就会味道苦，反而变成药味了。

凡是这些话都是人们知道的，我特意再申明一次，是为了强调美人的香气不能缺少的。还有一种香料，价格更低廉。平时人们吃这种东西只觉得它味道好，但闻着却分辨不出它的香味，请让我说出这种东西：水果中的荔枝，虽然长在人间，其实与交梨、火枣这些传说中的仙果没有区别，它的颜色是国色，香气是天香，是水果中的尤物。我游历过闽粤一带，有幸饱餐一顿回来，觉得这张嘴没有白长，只是恨造物主有私心，不让四方到处都产荔枝。陈荔枝不如鲜荔枝，大家都知道，却不知道陈荔枝的香气并没有完全消失，和橄榄的功用相同，好处都在回味之时。女子在睡觉前只吃一颗，那么口中和肌肤上香气，就可以保持整晚，吃多了就会甜得发腻。必须选择地道的来吃，枫亭出产的就是上选。

有人问："沁口的香味是为美人准备的，还是为陪伴美人的人准备的呢？"我说："为陪伴的人准备的居多。因为美人整个人都是为别人准备的，何止口里的香气。"

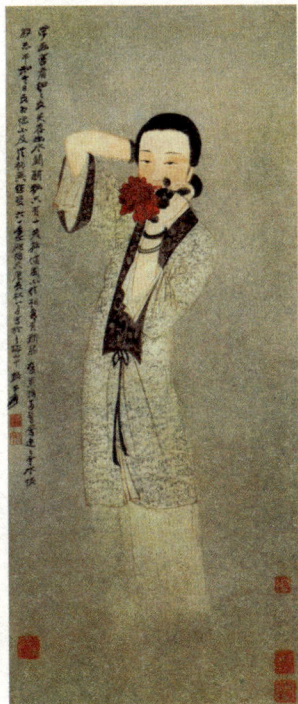

有国色必有天香

137

点 染

"却嫌脂粉污颜色，淡扫蛾眉朝至尊。"此唐人妙句也。今世讳言脂粉，动称污人之物，有满面是粉而云粉不上面，遍唇皆脂而曰脂不沾唇者，皆信唐诗太过，而欲以虢国夫人①自居者也。噫，脂粉焉能污人，人自污耳。

人谓脂粉二物，原为中材而设，美色可以不需。予曰：不然。惟美色可施脂粉，其余似可不设。何也？二物颇带世情，大有趋炎附势之态，美者用之愈增其美，陋者加之更益其陋。使以绝代佳人而微施粉泽，略染腥红，有不增娇益媚者乎？使以媸颜陋妇而丹铅其面，粉藻其姿，有不惊人骇众者乎？询其所以然之故，则以白者可使再白，黑者难使遽白；黑上加之以白，是欲故显其黑，而以白物相形之也。试以一墨一粉，先分二处，后合一处而观之，其分处之时，黑自黑而白自白，虽云各别其性，未甚相仇也；迨其合处，遂觉黑不自安，而白欲求去。相形相碍，难以一朝居者，以天下之物，相类者可使同居，即不相类而相似者，亦可使之同居，至于非但不相类、不相似，而且相反之物，则断断勿使同居，同居必为难矣。此言粉之不可混施也。

脂则不然，面白者可用，面黑者亦可用。但脂粉二物，其势相依，面上有粉而唇上涂脂，则其色灿然可爱，倘面无粉泽而止丹唇，非但红色不显，且能使面上之黑色变而为紫，以紫之为色，非系天生，乃红黑二色合而成之者也。黑一见红，若逢故物，不求合而自合，精光相射，不觉紫气东来②，使乘老子青牛，竟有五色灿然之瑞矣。若是，则脂粉二物，竟与若辈无缘，终身可不用矣，何以世间女子人人不舍，刻刻相需，而人亦未尝以脂粉多施，摈而不纳者？曰：不然。予所论者，乃面色最黑之人，所谓不相类、不相似，而且相反者也。若介在黑白之间，则相类而相似矣，既相类而相似，有何不可同居？但须施之有法，使浓淡得宜，则二物争效其灵矣。

从来傅粉之面，止耐远观，难于近视，以其不能匀也。画士着色，用胶始匀，无胶

脂粉让美人更美

则研杀不合。人面非同纸绢，万无用胶之理，此其所以不匀也。有法焉：请以一次分为二次，自淡而浓，由薄而厚，则可保无是患矣。

【注释】

①虢国夫人：唐杨贵妃三姐，嫁裴氏。天宝七载封为虢国夫人，得宠遇。唐杜甫有《虢国夫人》诗："却嫌脂粉污颜色，淡扫蛾眉朝至尊。"讽其自炫丽质。天宝十五载安禄山陷长安，随玄宗、贵妃西行，途中为陈仓令薛景仙所杀。②紫气东来：《史记·老子韩非列传》："于是老子乃著书上下篇，言道德之意五千余言而去，莫知其所终。"司马贞索隐引汉刘向《列仙传》："老子西游，关令尹喜望见有紫气浮关，而老子果乘青牛而过也。"后遂以"紫气东来"表示祥瑞。

【译文】

"却嫌脂粉污颜色，淡扫蛾眉朝至尊"，这是唐代诗人的佳句。现在的人忌讳谈论脂粉，动辄就说是玷污人的东西。有的人满脸是粉却说自己从来不施粉，满嘴唇胭脂却说自己从来不用胭脂抹嘴唇。这些都是对唐诗太过相信，而想以虢国夫人自居的人。唉！脂粉怎么会玷污人呢？不过是人自己玷污自己而已。

有人认为脂粉这两种东西，本来是给中等姿色的女人准备的，美人可以不需要。我说：不是这样，只有美人才可以施脂粉，其他女人反而似乎可以不用。为什么？因为这两样东西都非常世俗，大有趋炎附势的样子，美丽的女人用了会更加美丽，丑陋的女人用了反而更加丑陋。假如让绝色的美人微施脂粉，略染腥红，怎么可能不增添她的娇媚呢？假使相貌丑陋者涂脂抹粉，看后能不让人害怕吗？之所以会这样，是因为皮肤白化妆后会更加白，肤色黑的化妆后不能马上变白，而在黑皮肤上加了白色，这是想故意显出自己的黑，而用白色来形成对比。试用墨、粉来做实验，先把它们分开放在两处，然后放在一起观察，会发现分开时，黑就是黑，白就是白，虽说各自的性质不同，却并没有发生冲突。等到把它们放在一起时，就感觉黑的似乎很不安，而白的也想要离开。二者互相妨碍，难以合在一起，因为天下万物，同类的才能相处，不同类而相似的，也可以使它们相处。至于既不同类又不相似，而且相反的东西，就千万不能放在一起，放在一起必然会很为难。这是说粉不可以乱用。

胭脂就不然，脸白的人能用，脸黑的人也能用。然而脂、粉这两种东西，相互依存。脸上搽了粉而唇上涂了胭脂，就显得灿烂可爱；如果脸上没搽粉而只染红了嘴唇，不但红色显不出来，而且红色还将脸上的黑色变成了紫色。紫色这种颜色不是天生的，而是红黑两种颜色混合而成的。黑色一遇见红色，就像遇到了老朋友，不让它们合在一起也会自动合在一起，脸上精光四射，不觉生出一片紫气，假使让她骑上老子的青牛，就会呈现色斑斓的祥瑞之气了。如果这样，那么脂粉两种东西，就和脸黑的人无缘，终身可以不用了。可为什么世间的女子，人人都不肯放弃，时刻都需要它呢？而且人们也没有因为别人多施了脂粉，就不接受她了。我说：不是这样。我指的是脸色最黑的人，是所谓不同类、不相似，甚至相反的。如果肤色介于黑白之间，就是同类相似了。既然是同类或相似，为什么不能共处呢？只需使用得法，浓淡得宜，那么这两种东西就会争着发挥作用了。

从来搽过粉的脸，只适合远看，不适合近看，因为它难以均匀。画家着色时，要用胶才能让颜色均匀，没有胶就涂抹不匀。人的脸不同于纸、绢，绝对没有用胶的道理，这就是涂不均匀的原因。对此有办法解决：将一次的粉分成两次搽，从淡到浓，由薄到厚，就能保证没有这种忧虑了。

【原文】

请以他事喻之。砖匠以石灰粉壁，必先上粗灰一次，后上细灰一次；先上不到之处，后上者补之；后上偶遗之处，又有先上者衬之，是以厚薄相均，泯然无迹。使以二次所上之灰，并为一次，则非但拙匠难匀，巧者亦不能遍及矣。粉壁且然，况粉面乎？今以一次所傅之粉，分为二次傅之，先傅一次，俟其稍干，然后再傅第二次，则浓者淡而淡者浓，虽出无心，自能巧合，远观近视，无不宜矣。此法不但能匀，且能变换肌肤，使黑者渐白。何也？染匠之于布帛，无不由浅而深，其在深浅之间者，则非浅非深，另有一色，即如文字之有过文也。如欲染紫，必先使白变红，再使红变为紫，红即白紫之过文，未有由白竟紫者也。如欲染青，必使白变为蓝，再使蓝变为青，蓝即白青之过文，未有由白竟青者也。如妇人面容稍黑，欲使竟变为白，其势实难。今以薄粉先匀一次，是其面上之色已在黑白之间，非若曩时之纯黑矣；再上一次，是使淡白变为深白，非使纯黑变为全白也，难易之势，不大相径庭哉？由此推之，则二次可广为三，深黑可同于浅，人间世上，无不可用粉匀面之妇人矣。

此理不待验而始明，凡读是编者，批阅至此，即知湖上笠翁原非蠢物，不止为风雅功臣，亦可谓红裙知己。初论面容黑白，未免立说过严。非过严也，使知受病实深，而后知德医人，果有起死回生之力也。舍此更有二说，皆浅乎此者，然亦不可不知；匀面必须匀项，否则前白后黑，有如戏场之鬼脸。匀面必记掠眉，否则霜花覆眼，几类春生之社婆[1]。至于点唇之法，又与匀面相反，一点即成，始类樱桃之体；若陆续增添，二三其手，即有长短宽窄之痕，是为成串樱桃，非一粒也。

【注释】

[1]春生之社婆：社婆，春社日头胎生下的女子，肌肤、头发都是雪白的。

【译文】

请让我用其他事情来比喻。瓦匠用石灰粉刷墙壁，必然先刷一层粗灰，然后再刷一层细灰，前一次粉刷不到之处，后刷的补上，后刷的偶然有遗漏，又有先刷的相衬，所以厚薄均匀，没有一点痕迹。假如将两次的灰合为一次刷，那么不但拙笨的瓦匠不能涂匀，灵巧的瓦匠也难以涂匀。粉刷墙壁尚且这样，更何况在脸上搽粉呢？现在将一次所搽的粉分为两次搽，先搽一次，等到稍微干了，再搽第二次，就会浓的地方变淡，淡的地方变浓，虽然出于无心，也自然能够巧合，无论远观近看，都没有不合适的。这种方法不但均匀，而且能改变肌肤颜色，使黑的皮肤渐渐变白。为什么？染匠染布的时候，无不从浅色到深色，而在浅深之间的，就不深又不浅，另有一种颜色，就像文章中有过渡文一样。如果想要染成紫色，必须先使白色变成红色，再把红色变成紫色，红色就是白和紫的过渡，没有把白色一下子染成紫色的。如果想染青色，必然先把白色变成蓝色，再把蓝色变成青色。蓝色就是白与青的

脸上搽粉要讲究方法

过渡文，没有从白色直接染成青色的。如果女子的面容稍黑，想使脸一下子变白，势必很难。现在用薄粉先匀一次，这时脸上的肤色已经在黑白之间，不像开始的纯黑了；接着再搽一次，这是使淡白变为深白，不是使纯黑变成全白。和以前相比难易程度不是大相径庭吗？由此推之，那么两次可以扩展到三次，深黑的皮肤和浅白的相同了，人间世上，没有不能用粉均匀抹脸的女子了。

这种道理不用检验就能明白。凡是读这本书的，批阅到这里，就知道我原来不蠢笨，不仅是风雅的功臣，还可说是红颜的知己。前面谈论面容黑白，说法未免过于严格。并非过于严格，只是为了让人知道自己病得实在很严重，而后他才会感谢医生的恩德，知道他真的有起死回生的能力。除此之外还有两点，都比这些要浅显，然而也不能不知道，在给脸擦粉时也必须擦匀脖子，否则前面白而后面黑，就像戏台上的鬼脸；敷粉时一定要记住掠过眉毛，否则粉屑就会盖上眼睛，就像祭祀仪式上的社婆。至于点唇的方法，又和敷粉相反，点一下就成，才是樱桃小嘴，如果陆续地增添，点两三次，就会有长短宽窄不等的痕迹，就成了成串的樱桃而不是一粒了。

◦治服第三◦

【原文】

古云："三世长者知被服，五世长者知饮食。"俗云："三代为宦，着衣吃饭。"古语今词，不谋而合，可见衣食二事之难也。饮食载于他卷，兹不具论，请言被服一事。

寒贱之家，自羞褴褛，动以无钱置服为词，谓一朝发迹，男可翩翩裘马，妇则楚楚衣裳。孰知衣衫之附于人身，亦犹人身之附于其地。人与地习，久始

相安，以极奢极美之服，而骤加俭朴之躯，则衣衫亦类生人，常有不服水土之患。宽者似窄，短者疑长，手欲出而袖使之藏，项宜伸而领为之曲，物不随人指使，遂如桎梏其身。"沐猴而冠"①为人指笑者，非沐猴不可着冠，以其着之不惯，头与冠不相称也。

此犹粗浅之论，未及精微。"衣以章身"，请晰其解。章者，著也，非文采彰明之谓也。身非形体之身，乃智愚贤不肖之实备于躬，犹"富润屋，德润身"②之身也。同一衣也，富者服之章其富，贫者服之益章其贫；贵者服之章其贵，贱者服之益章其贱。有德有行之贤者，与无品无才之不肖者，其为章身也亦然。设有一大富长者于此，衣百结之衣③，履踵决之履，一种丰腴气象，自能跃出衣履之外，不问而知为长者。是敝服垢衣，亦能章人之富，况罗绮而文绣者乎？丐夫菜佣窃得美服而被焉，往往因之得祸，以服能章贫，不必定为短褐，有时亦在长裾耳。

"富润屋，德润身"之解，亦复如是。富人所处之屋，不必尽为画栋雕梁，即居茅舍数椽，而过其门、入其室者，常见荜门圭窦④之间，自有一种旺气，所谓"润"也。公卿将相之后，子孙式微⑤，所居门第未尝稍改，而经其地者，觉有冷气侵入，此家门枯槁之过，润之无其人也。

从来读《大学》者，未得其解，释以雕镂粉藻之义。果如其言，则富人舍其旧居，另觅新居而加以雕镂粉藻；则有德之人亦将弃其旧身，另易新身，而后谓之心广体胖乎？甚矣，读书之难，而章句训诂之学非易事也。予尝以此论见之说部，今复叙入闲情。噫，此等诠解，岂好闲情、作小说者所能道哉？偶寄云尔。

衣以章身

【译文】

古语说："三世长者知被服，五世长者知饮食。"俗话说："三代为宦，着衣吃饭。"

古语和俗话，不谋而合，可见衣食这两件事的难处。饮食记录在其他卷上，这里就不具体说明了，请让我来说说穿衣这件事。

贫穷人家，羞愧自己的衣衫褴褛，动辄就以没钱买衣服为说辞，说等哪天发了财，男人就要风度翩翩、骏马貂裘，女人就要穿起楚楚动人的衣裳。哪里知道衣衫依附于人，就像人依附于土地。人和土地，时间长了才能相安。将极其奢华美丽的衣服，骤然穿在一个俭朴的人身上，那么这衣服就像一个生人，常有水土不服的忧患。宽大的好像太窄，短小的似乎太长，手想出来而衣袖却将它遮住，脖子应该伸直衣领却让它弯曲，物品不随人指使，就像身上套了枷锁。沐猴而冠被人耻笑，不是猴子不能戴帽子，而是因为猴子没有戴帽子的习惯，头与帽子不相称。

以上所说的都是粗浅之论，没涉及精微之处。"衣以章身"，请让我解析它的含义。章就是显著，不是文采彰明的意思；身不是指形体的身，而是指聪慧、愚蠢、贤良、不肖等的载体，就像"富润屋，德润身"中所说的身。同一件衣服，富人穿上它彰显其富有，穷人穿上它更彰显其贫穷；高贵的人穿上它会彰显其高贵，低贱的人穿上它却更彰显其低贱。有德性有品行的贤人和没有品德没有才能的不肖之徒，"衣以章身"的道理也是一样。假设有一个富有的长者在这里，穿的是布满补丁的衣服和露出脚跟的鞋，但是本身具有的富贵雍容的气质，能跃出穿戴之外，不用问就知道是一位长者。所以，破烂肮脏的衣服也能表现出人的富贵，何况是绫罗绸缎做工精细的衣服呢？乞丐和种菜的佣人偷来华美衣服穿在身上，往往会因此得祸。因为衣服能显出其贫穷，不必一定是粗布短衣，有时穿长袍也能显示。

"富润屋，德润身"的含义也是这样。富人住的房屋，不必都雕梁画栋，即使住在几间茅草屋中，经过他的家门、进入他的卧室的人，常常能够感觉到在简陋的房子中，自有一种兴旺之气，这就是所谓的"润"。公卿将相的后代，子孙衰落，所居住的房屋即使没有任何改动，但是经过这里的人，也会觉得有冷气袭人，这是家道衰落的缘故，没有人能够将它润起来。

历来读《大学》的人，没有弄懂"富润屋，德润身"的含义，而解释为雕镂粉饰。果真像他们说的那样，那么富人就舍弃他的旧居，另外换新居，再加以雕镂粉饰，那么有德的人也会丢掉原来的旧身躯，另外换一个新身躯然后就能说这是心宽体胖吗？读书真是太难了，章句训诂也不是件容易的事。我曾经把这个观点写进解释字义的书中，现在又写进了关于闲情的这本书。唉！这种诠解，难道是喜好闲情、做小说的人有资格说的吗？我只是发表一下心中的感想罢了。

首　饰

【原文】

珠翠宝玉，妇人饰发之具也，然增娇益媚者以此，损娇掩媚者亦以此。所谓增娇益媚者，或是面容欠白，或是发色带黄，有此等奇珍异宝覆于其上，则光芒四射，能令肌发改观，与玉蕴于山而山灵，珠藏于泽而泽媚同一理也。

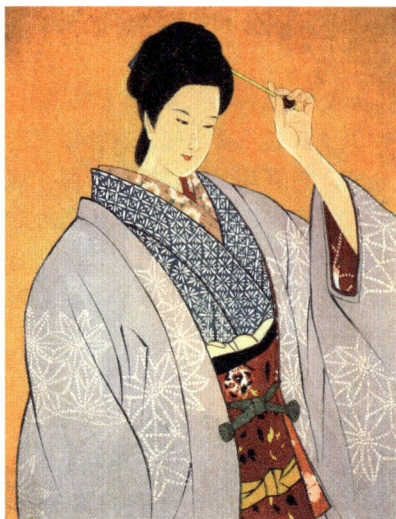
珠翠宝玉，妇人饰发之具

若使肌白发黑之佳人满头翡翠，环鬓金珠，但见金而不见人，犹之花藏叶底，月在云中，是尽可出头露面之人，而故作藏头盖面之事。巨眼者①见之，犹能略迹求真，谓其美丽当不止此，使去粉饰而全露天真，还不知如何妩媚；使遇皮相之流②，止谈妆饰之离奇，不及姿容窈窕，是以人饰珠翠宝玉，非以珠翠宝玉饰人也。

故女子一生，戴珠顶翠之事，止可一月，万勿多时。所谓一月者，自作新妇于归之日始，至满月卸妆之日止。只此一月，亦是无可奈何。父母置办一场，翁姑婚娶一次，非此艳妆盛饰，不足以慰其心。过此以往，则当去桎梏而谢羁囚，终身不修苦行矣。一簪一珥，便可相伴一生。此二物者，则不可不求精善。富贵之家，无论多设金玉犀贝之属，各存其制，屡变其形，或数日一更，或一日一更，皆未尝不可。贫贱之家，力不能办金玉者，宁用骨角，勿用铜锡。骨角耐观，制之佳者，与犀贝无异，铜锡非止不雅，且能损发。

【注释】

①巨眼者：指见识高、鉴别能力强的人。②皮相之流：只从外表上看，不深入了解的人。

【译文】

珠珠美玉是女子装饰头发的用品，然而增加娇媚的是它们，减损娇媚的也是它们。所谓增添娇媚，或是面容不够白皙，或是头发颜色有点黄，有这种奇珍异宝点缀在头上，就会光芒四射，令肌肤、头发得到改观。这和美玉藏到深山里山就会有灵气，珍珠藏到水里水就会变美丽道理是一样的。

如果让皮肤白皙、头发乌黑的美人头上缀满美玉和珍珠，那么就会只看见这些珠宝而看不见人了。这就像把鲜花藏在了叶子底下，将月亮藏在了云里一样，是完全能够出头露面的美人，却故做蒙头盖面的事。明眼人看了，尚且能忽略她的外表看出她的真实容貌，知道她的美丽不止如此，让她去掉粉饰而露出本来面目，还不知是如何妩媚动人。假使遇到一个见识浅薄的人，只会谈论她妆饰的离奇，而不涉及她的姿态容貌的窈窕。这就成了用人来装饰珠玉宝石，而不是用珠玉宝石来装饰人了。

所以女子一生戴珍珠美玉的时间，只能是一个月，千万不要戴很长时间。所谓一个月，就是从做新娘出嫁那天开始，到满一个月卸妆时为止。只是这一个月，也是无可奈何才戴的。父母置办一场婚事，公婆娶一次儿媳妇，不是这种艳妆盛饰，就不足以抚慰他们的一番用心。此后，就应该去掉这些束缚，终身不再受这种苦刑。一个簪子、一对耳环，就可以陪伴自己一生。这两样东西，就不能不要求精致完美。富贵人家，不妨多准备一些金、玉、犀角、珍珠之类做的簪子和耳环，品种齐备，形状多变，或者几天一换，或者一天一换，都未尝不可。贫寒之家，没能力置办金银珠玉做的簪子和耳环，宁可用骨头牛角做的，也不要用铜和锡做的。骨头、牛角的首饰耐看，做得好的，与犀角和珍珠没有差别，铜锡首饰不仅不雅观，而且能损伤头发。

【原文】

簪珥之外，所当饰鬓者，莫妙于时花数朵，较之珠翠宝玉，非止雅俗判然，且亦生死迥别。《清平调》之首句云："名花倾国两相欢。"欢者，喜也，相欢者，彼既喜我，我亦喜彼之谓也。国色乃人中之花，名花乃花中之人，二物可称同调，正当晨夕与共者也。

汉武云："若得阿娇，贮之金屋。"吾谓金屋可以不设，药栏花榭则断断应有，不可或无。富贵之家如得丽人，则当遍访名花，植于阃内，使之旦夕相亲，珠围翠绕之荣不足道也。晨起簪花，听其自择。喜红则红，爱紫则紫，随心插戴，自然合宜，所谓两相欢也。

寒素之家，如得美妇，屋旁稍有隙地，亦当种树栽花，以备点缀云鬓之用。他事可俭，此事独不可俭。妇人青春有几，男子遇色为难。尽有公侯将相、富室大家，或苦缘分之悭，或病中宫①之妒，欲亲美色而毕世不能。我何人斯，而擅有此乐，不得一二事娱悦其心，不得一二物妆点其貌，是为暴殄天物，犹倾精米洁饭于粪壤之中也。

即使赤贫之家，卓锥无地，欲艺时花而不能者，亦当乞诸名园，购之担上。即使日费几文钱，不过少饮一杯酒，既悦妇人之心，复娱男子之目，便宜不亦多乎？更有俭于此者，近日吴门所制象生花，穷精极巧，与树头摘下者无异，纯用通草，每朵不过数文，可备月余之用。绒绢所制者，价常倍之，反不若此物之精雅，又能肖真。而时人所好，偏在彼而不在此，岂物不论美恶，止论贵贱乎？噫，相士用人者，亦复如此，奚止于物。

【注释】

①中宫：皇后居住之处，因以借指皇后。这里指正妻。

【译文】

簪子、耳环之外，用来点缀头发的，没有比鲜花更妙的了。和珍珠美玉相比，不仅高雅俗气能一眼看出来，而且生机死气迥异。《清平调》的第一句是这样写的："名花倾国两相欢。"欢就是喜欢的意思。两相欢就是你喜欢我，我也喜欢你的意思。有着国色的美人就是人中的花，而名花就是群花中的美人，二者可以说是同类，正是应当朝夕相伴的。

汉武帝说："若得阿娇，贮之金屋。"我认为金屋可以不准备，而花圃园林却一定要有。富贵人家如果得到美人，就应该找遍天下名花，养在美人的屋内，让她们朝夕相处，那么珠光宝气的荣耀就不值一提了。美人清晨起来簪花，听凭她自己的选择，喜欢红的就戴红的，喜欢紫的就戴紫的，随心插戴，自然得体，这就是所谓的"两相欢"。

贫寒人家，如果娶到一个美貌女子，屋子旁边只要有一点空地，就应该种树栽花，以备她点缀鬓发之用。其他事情可以节俭，这件事却唯独不能节俭。女子的青春没有多久，男子遇到美人很不容易。有很多公侯将相、富豪人家，或是没有缘分，或是老婆嫉妒，想亲近美色却一生也不可能。我是什么人，居然能够享受这种快乐？不做一两件事来让美人开心，不用一两件东西来装点美人容貌，简直是暴殄天物，好像把精米、洁饭倒在了粪土上。

即使是十分贫穷的人家，地方极小，想种鲜花却做不到的，也应该到别人的花园要一些，或者买来一些，即使每天花费几文钱，不过是少喝一杯酒。既让女人高兴了，也愉悦了自己的眼睛，不是获得许多便宜吗？还有比这更节俭的：近来苏州制作的假花，极其精巧，和从树上摘下的没有区别。全都用通草做成，每朵不过几文钱，可以用一个多月。用绒绢制成的，价钱常比这种花高出几倍，反而比不上它精美雅致，还像真的。但当今的人们喜好的，偏偏是绢花而不是草花。难道东西可以不管好坏，只论贵贱吗？唉！挑选任用人才，也往往这样，不只是东西。

【原文】

装扮少不了头花

吴门所制之花，花象生而叶不象生，户户皆然，殊不可解。若去其假叶而以真者缀之，则因叶真而花益真矣。亦是一法。时花之色，白为上，黄次之，淡红次之，最忌大红，尤忌木红。玫瑰，花之最香者也，而色太艳，止宜压在鬓下，暗受其香，勿使花形全露，全露则类村妆，以村妇非红不爱也。花中之茉莉，舍插鬓之外，一无所用。可见天之生此，原为助妆而设，妆可少乎？珠兰亦然。珠兰之妙，十倍茉莉，但不能处处皆有，是一恨事。

【译文】

苏州所制的花，花朵像真的而叶不像，家家都是这样，真是难以理解。如果去掉假叶而用一些真叶来点缀，就会因为叶子是真的而更显花逼真了，这也是一种方法。

鲜花的颜色，白色最好，黄色次之，淡红又次之，最忌讳大红，尤其忌讳水红。玫瑰是花中最香的，然而颜色太艳，只适合压在发髻下，暗暗发出香味，不要使它完全露出。完全露出就像乡村的装扮了，因为村妇就喜欢红色。茉莉花除了插在鬓发上之外，没有任何用处。由此可见，大自然生出此物，原本就是为女子装扮而设的，装扮能缺少它吗？不能。珠兰花也一样。况且珠兰花的妙处比茉莉花还要高出十倍，只是不能到处都有，是一件遗憾的事。

【原文】

予前论髻，欲人革去"牡丹头""荷花头""钵盂头"等怪形，而以假发作云龙等式。客有过之者，谓：吾侪立法，当使天下去赝存真，奈何教人为伪？予曰：生今之世，行古之道，立言则善，谁其从之？不若因势利导，使之渐近自然。妇人之首，不能无饰，自昔为然矣，与其饰以珠翠宝玉，不若饰之以髲。髲虽云假，原是妇人头上之物，以此为饰，可谓还其固有，又无穷奢极靡之滥费，与崇尚时花，鄙黜珠玉，同一理也。予岂不能为高世之论哉？虑其无裨人情耳。

【译文】

我在之前谈论发髻时，想让人革除"牡丹头""荷花头""钵盂头"等怪异发型，而用假发做成云龙发式。有一个人到我家做客时说：我们这些人设立法则，应当让天下人去伪存真，怎么你却反而教人作假呢？我回答：生于当代，实行古代的法则，这种观点虽好，但谁会听从呢？不如因势利导，使之逐渐接近自然。女子头上不能没有装饰，自古就是这样。与其戴些珍珠宝玉来做装饰，不如用假发做装饰，假发虽说是假的，但原本就是女人头上的东西，用它来装饰，可说是恢复它们原来的功用，又不用奢侈浪费。这和崇尚鲜花、摈弃珍珠玉石是同样的道理。我难道不能提出高出世俗的观点吗？担心它无益于人情罢了。

【原文】

簪之为色，宜浅不宜深，欲形其发之黑也。玉为上，犀之近黄者、蜜蜡之近白者次之，金银又次之，玛瑙琥珀皆所不能。簪头取象于物，如龙头、凤头、如意头、兰花头之类是也。但宜结实自然，不宜玲珑雕斫①；宜于发相依附，不得昂首而作跳跃之形。盖簪头所以压发，服贴为佳，悬空则谬矣。

饰耳之环，愈小愈佳，或珠一粒，或金银一点，此家常佩戴之物，俗名"丁香"，肖其形也。若配盛妆艳服，不得不略大其形，但勿过丁香之一倍二倍。既当约小其形，复宜精雅其制，切忌为古时络索之样，时非元夕②，何须耳上悬灯？若再饰以珠翠，则为福建之珠灯，丹阳之料丝灯矣。其为灯也犹可厌，况为耳上之环乎？

147

【注释】

①雕斫：雕琢。②元夕：旧称农历正月十五日为上元节，是夜称元夕，与"元夜""元宵"同。

【译文】

簪子的颜色宜浅不宜深，是为了表现头发的黑。玉簪为上等，犀角簪中偏黄和蜜蜡簪中接近白色的次之，金簪和银簪再次，玛瑙琥珀簪都不可取。簪头要制成某种形状，比如龙头、凤头、如意头、兰花头之类，但是应该结实自然，不宜精雕细刻，应该与头发相依附，不要让它有昂起头像要跳跃的样子。因为簪头用来压头发，服帖的为好，悬空就错了。

耳环是越小越好，或者珍珠一粒，或者金银一点，这是日常佩戴的东西，俗名叫丁香，是说它的形状。如果搭配盛妆艳服，就不得略微大一点儿，但也不要超过丁香的一倍二倍。既要做得小巧，又要精致雅气，切忌做成古时络索的样子。又不是元宵节，怎么用得着在耳朵上挂灯笼？如果再配上珍珠，就成了福建的珠灯、丹阳的料丝灯了！这种形状做灯笼已经让人觉得厌烦了，何况是做耳环呢？

衣 衫

【原文】

妇人之衣，不贵精而贵洁，不贵丽而贵雅，不贵与家相称，而贵与貌相宜。绮罗文绣之服，被垢蒙尘，反不若布服之鲜美，所谓贵洁不贵精也。红紫深艳之色，违时失尚，反不若浅淡之合宜，所谓贵雅不贵丽也。贵人之妇，宜披文采，寒俭之家，当衣缟素，所谓与人相称也。

然人有生成之面，面有相配之衣，衣有相配之色，皆一定而不可移者。今试取鲜衣一袭，令少妇数人先后服之，定有一二中看，一二不中看者，以其面色与衣色有相称、不相称之别，非衣有公私向背于其间也。使贵人之妇之面色，不宜文采而宜缟素，必欲去缟素而就文采，不几与面为仇乎？故曰不贵与家相称，而贵与貌相宜。

大约面色之最白最嫩，与体态之最轻盈者，斯无往而不宜。色之浅者显其淡，色之深者愈显其淡；衣之精者形其娇，衣之粗者愈形其娇。此等即非国色，亦去夷光①、王嫱不远矣，然当世有几人哉？稍近中材者，即当相体裁衣②，不得混施色相矣。

相体裁衣之法，变化多端，不应胶柱而论，然不得已而强言其略，则在务从其近而已。面颜近白者，衣色可深可浅；其近黑者，则不宜浅而独宜深，浅则愈彰其黑矣。肌肤近腻者，衣服可精可粗；其近糙者，则不宜精而独宜粗，精则愈形其糙矣。

然而贫贱之家，求为精与深而不能，富贵之家欲为粗与浅而不可，则奈何？曰：不难。布苎有精粗深浅之别，绮罗文采亦有精粗深浅之别，非谓布苎必粗而罗绮必精，锦绣必深而缟素必浅也。绸与缎之体质不光、花纹突起者，即是精中之粗，深中之浅；布与苎之纱线紧密、漂染精工者，即是粗中之精，浅中之深。

凡予所言，皆贵贱咸宜之事，既不详绣户而略衡门，亦不私贫家而遗富室。盖美女未尝择地而生，佳人不能选夫而嫁，务使得是编者，人人有裨，则怜香惜玉之念，有同雨露之均施矣。

【注释】

①夷光：又称西施，名夷光。春秋越国美女。②相体裁衣：看身体剪裁衣服。比喻根据实际情况处理事情。

【译文】

女子的衣服，不贵精致而贵洁净；不贵艳丽而贵素雅；不贵与家境相称，而贵与容貌相称。绫罗绸缎绣制成的衣服，弄脏之后，反而不如粗布衣服光鲜美丽，这是所谓的贵洁净不贵精致。大红大紫等鲜艳的颜色，违背时尚，反而不如浅淡的颜色合适，这是所谓的贵素雅不贵艳丽。贵妇人适合穿色彩华丽的衣服，贫寒的女子适合穿朴素的衣服，这是所谓的与家境相称。

然而人有天生的容貌，容貌有与之相配的衣服，衣服也各有相配的色彩，都是固定不变的。现在让我们取一件光鲜的衣服，让几个女子先后穿上，肯定有一两个人穿着好看，一两个人穿着不好看，因为脸色与衣服颜色，有相称和不相称的差别，并不是衣服有厚薄偏袒之心。假使一个贵妇人的脸色不适合色彩华丽而适合朴素，

妇人之衣，要相体裁衣

衣服要与自己的肤色接近

却一定要抛弃朴素而屈就华丽，不是要和自己的容貌为敌吗？所以说衣服不贵与家庭相称，而贵与容貌相称。

大概只有脸色最白最嫩与体态最轻盈的女子，才什么衣服都适合。色彩浅的能显出她的淡雅，色彩深的更能使她显得淡雅；精致的衣服能使她娇媚，粗糙的衣服更能使她显得娇媚。这样的女子即使不是天香国色，也离西施、王昭君不远了。然而当今世上又有几个呢？稍微接近中等姿色的，就应当按照身体特征做衣服，不能乱用色彩。

按照身体特征做衣服的方法有许多，不能一概而论。如果非要勉强说出要领，就是一定要和自己的肤色接近。脸色接近白色的人，衣服颜色可深可浅；脸色接近黑色的人，就不适合浅色而只适合深色，浅色衣服会显得脸更黑。肌肤细腻的，衣服既可精致也可粗糙；肌肤粗糙的，就不适合精致的只适合粗糙的，精致的衣服会使皮肤显得更加粗糙。

然而贫寒人家想要穿精致深艳的衣服却办不到，富贵人家想穿粗糙朴素的衣服却不可以，怎么办呢？回答说：不难。棉布、麻布有精粗深浅的区别，绫罗绸缎也有精粗深浅的区别，不是说棉布麻必定粗糙，绫罗绸缎必定精致，不是说绫罗绸缎颜色必定深艳，朴素的衣服颜色必定浅。绸缎中质地不光滑、花纹突起的，就是精致中的粗糙，深色中的浅色；棉麻当中针线紧密、漂染精细的，就是粗糙中的精致，浅色中的深色。

凡是我所说的，富贵与贫寒女子都适合；既没有只详谈富贵之家而忽略贫寒人家，也不偏向贫寒人家而忘了富贵人家。因为美女不是选择地点出生的，美人也不能自己选择丈夫。务必要使得到这本书的人都能受益，那么我怜香惜玉的心意，就能像雨露一样播洒均匀了。

【原文】

迩来衣服之好尚，其大胜古昔，可为一定不移之法者，又有大背情理，可为人心世道之忧者，请并言之。其大胜古昔，可为一定不移之法者，大家富室，衣色皆尚青是已。（青非青也，元也[1]。因避讳，故易之。）记予儿时所见，女子之少者，尚银红桃红，稍长者尚月白，未几而银红桃红皆变大红，月白变蓝，再变则大红变紫，蓝变石青。迨鼎革以后，则石青与紫皆罕见，无论少长男妇，皆衣青矣，可谓"齐变至鲁，鲁变至道"[2]，变之至善而无可复加者矣。其递变至此也，并非有意而然，不过人情好胜，一家浓似一家，一日深于一日，不知不觉，遂趋到尽头处耳。

然青之为色，其妙多端，不能悉数。但就妇人所宜者而论，面白者衣之，其面愈白，面黑者衣之，其面亦不觉其黑，此其宜于貌者也。年少者衣之，其年愈少，年老者衣之，其年亦不觉甚老，此其宜于岁者也。贫贱者衣之，是为贫贱之本等，富贵者衣之，又觉脱去繁华之习，但存雅素之风，亦未尝失其富贵之本来，此其宜于分者也。他色之衣，极不耐污，略沾茶酒之色，稍侵油腻之痕，非染不能复着，染之即成旧衣。此色不然，惟其极浓也，凡淡乎此者，皆受其侵而不觉；惟其极深也，凡浅乎此者，皆纳其污而不辞，此又其宜于体而适于用者也。贫家止此一衣，无他美服相衬，亦未尝尽现底里，以覆其外者色原不艳，即使中衣澈垢，未甚相形也；如用他色于外，则一缕欠精，即彰其丑矣。富贵之家，凡有锦衣绣裳，皆可服之于内，风飘袂起，五色灿然，使一衣胜似一衣，非止不掩中藏，且莫能穷其底蕴。

　　诗云"衣锦尚䌹"，恶其文之著也。此独不然，止因外色最深，使里衣之文越著，有复古之美名，无泥古之实害。二八佳人，如欲华美其制，则青上洒线，青上堆花，较之他色更显。反复求之，衣色之妙，未有过于此者。后来即有所变，亦皆举一废百，不能事事咸宜，此予所谓大胜古昔，可为一定不移之法者也。

　　①元：即玄，黑色。因避清圣祖玄烨讳而改"玄"为"元"。②齐变至鲁，鲁变至道：见《论语·雍也》。所谓"齐、鲁、道"实指治世三种境界，由齐变至鲁，再由鲁变至道，表明治世三阶段。

　　近来衣服的时尚，有远远胜于古代，可以当作固定不变的法则的；也有完全违背了情理，让人为人心世道而担忧的。请让我来一起说明。远胜于古代，可以当作固定不变的法则的，是大户与富户都崇尚的青色（青并不是青色，而是玄色，因要避讳，所以改了称呼）。记得我小时候的所见，年轻的女子，爱穿银红和桃红色的，年龄稍大的女子爱穿月白色的。没多久，银红和桃红都换成了大红色，月白色换成了蓝色。大红色又换成了紫色，蓝色换成了石青色。等到朝代更替以后，石青色与紫色又都罕见了，无论男女老少，都改穿青色的衣服了。可说是"齐国霸道变成了鲁国王道，鲁国王道又变成了孔子圣道"，已经变得完善而无以复加了。衣服变化成这样，并非人们有意如此，不过是因为人们争强好胜，衣服颜色一家浓过一家，一天深过一天，不知不觉就到尽头。

　　然而青色有许多妙处，不能全都列举出来。但就女子所适宜的方面来说，脸白的穿上会显得更白，脸黑的穿上也不会觉得特别黑。这是青色适宜于女子容貌的地方。年轻的穿上显得更年轻，年老的穿上也不觉得太老，这是青色适合不同年龄的地方。贫贱的人穿着是贫贱的本色，富贵的人穿着又觉得脱去了繁华习气，只留素雅之风，也

青色衣服既耐穿又实用

不失富贵本色。这是青色适合不同身份的地方。其他颜色的衣服，非常不耐脏，稍微沾上茶酒颜色和油腻痕迹，除非漂染才能再穿，然而漂染后就成了旧衣。这种颜色不是这样。因为它颜色极浓，凡是比它颜色淡的沾上后都看不出来。因为它的颜色极深，凡是比它颜色浅的染上后都能容纳，这是青色既耐穿又实用的地方。穷人只有这一件衣服，没有其他的漂亮衣服穿在里面，也不会完全显出里面衣物。因为穿在外边的衣服颜色原本就不鲜艳，即使里面的衣服破了脏了，也看不出来。如果其他颜色的衣服穿在外边，只要一点不精细，就会彰显出丑态。富贵人家，凡是漂亮衣服，都可以穿在里面，风吹起衣角时就会五彩斑斓，一件胜过一件。不但不会掩盖里面的衣服，而且韵味无穷。

《诗经》说："穿漂亮衣服外面应该穿上麻布衣。"是讨厌华丽的衣服在外面显露。这里却不是如此，正因为外衣的颜色是最深的，才使里面的衣服更加明显。既有复古的美名，又没有拘泥古法的缺点。妙龄少女，如果想使衣服再华美些，就可以在青色衣服上绣上花纹和花朵，就会比其他颜色更加显眼。反复寻思，觉得衣服颜色的妙处莫过于此。后来即使有变化，也都是有一利而带来百害，不能处处都满意。这就是我所说的远胜于古代、可以当作固定不变的法则。

【原文】

至于大背情理，可为人心世道之忧者，则零拼碎补之服，俗名呼为"水田衣"①者是已。衣之有缝，古人非好为之，不得已也。人有肥瘠长短之不同，不能象体而织，是必制为全帛，剪碎而后成之，即此一条两条之缝，亦是人身赘瘤，万万不能去之，故强存其迹。赞神仙之美者，必曰"天衣无缝"，明言人间世上，多此一物故也。而今且以一条两条、广为数十百条，非止不似天衣，且不使类人间世上，然则愈趋愈下，将肖何物而后已乎？推原其始，亦非有意为之，盖由缝衣之奸匠，明为裁剪，暗作穿窬②，逐段窃取而藏之，无由出脱，创为此制，以售其奸。不料人情厌常喜怪，不惟不攻其弊，且群然则而效之。毁成片者为零星小块，全帛何罪，使受寸磔之刑？缝碎裂者为百衲僧衣，女子何辜，忽现出家之相？

风俗好尚之迁移，常有关于气数，此制不昉于今，而昉于崇祯末年。予见而诧之，尝谓人曰："衣衫无故易形，殆有若或使之者，六合以内，得无有土崩瓦解之事乎？"未几而闯氛四起，割裂中原，人谓予言不幸而中。

方今圣人御世，万国来归，车书一统之朝，此等制度，自应潜革。倘遇同心，谓刍荛③之言，不甚訾谬，交相劝谕，勿效前辙，则予为是言也，亦犹鸡鸣犬吠之声，不为无补于盛治耳。

【注释】

①水田衣：袈裟的别名。因用多块长方形布片连缀而成，宛如水稻田之界画，故名。也叫百衲衣。这里指用各色布块拼合而成的衣服。②穿窬：穿壁逾墙，指偷盗行为。③刍荛：割草打柴的人，樵夫。指乡野间见闻不多无知浅陋的人。

【译文】

　　至于违背情理，让人不得不为人情世道担忧的穿着，就是那些零碎拼合起来的衣服，俗名"水田衣"。衣服有缝并不是古人的喜好，是不得已的。人有胖瘦高矮的不同，不可能按照身体织布，必定要先制成整块布，剪碎然后做成衣服。就是这一两条衣缝，也如同多余的赘肉，因为根本去不掉所以才勉强留下。称赞神仙的美好必然说"天衣无缝"，清楚说明人世间，衣缝是多余的。然而现在还要将这一两条缝，增加到几十上百条，不但不像天衣，而且也不像人间的衣服了。像这样越变越差，想把它变成什么东西才停止呢？推究其本意，也不是故意这样做的。大概是因为缝衣服的狡猾裁缝，明着是裁剪，暗中偷工减料，将一段段布偷走藏起来，又没有办法出手，所以做了这种衣服，来出售偷来的东西。没想到人情厌倦平常喜欢新奇，不但没有攻击它的缺点，反而群起仿效，将成片的布剪成零星小块。整匹布有什么罪过，而遭受千刀万剐的酷刑？将碎裂布片制成百衲僧衣，女子有什么罪过，让她忽然变成出家人的模样？

　　风俗时尚的变化，常与气数相关。这种做法不是从现在开始，而是始于崇祯末年。当时我见后很诧异，曾经对人说："衣服无缘无故地改变款式，大概是有东西在操纵，天下难道会有土崩瓦解的事情发生吗？"不久叛乱四起，割裂中原，别人说我的话不幸言中。

　　当今圣君治理天下，万国都来归顺，所有制度都统一，这种做衣服的方式，自然应该废除。倘若遇到和我观点一致的人，认为我说的不太荒谬，互相劝告不再仿造这种做法，那么我说这些话，也就像鸡鸣犬吠那样，不能说对太平盛世没任何帮助。

【原文】

　　云肩以护衣领，不使沾油，制之最善者也。但须与衣同色，近观则有，远视若无，斯为得体。即使难于一色，亦须不甚相悬。若衣色极深，而云肩极浅，或衣色极浅，而云肩极深，则是身首判然，虽曰相连，实同异处，此最不相宜之事也。予又谓云肩之色，不惟与衣相同，更须里外合一，如外色是青，则夹里之色亦当用青，外色是蓝，则夹里之色亦当用蓝。何也？此物在肩，不能时时服贴，稍遇风飘，则夹里向外，有如飓吹残叶，风卷败荷，美人之身不能不现历乱萧条之象矣。若使里外一色，则任其整齐颠倒，总无是患。然家常则已，出外见人，必须暗定以线，勿使与服相离，盖动而色纯，总不如不动之为愈也。

【译文】

妇人之妆，随家丰俭

披肩用来保护衣领，不使它沾上油污，这种设计最完美。但是必须与衣服同色，近看则有，远看则无，如此才得体。即使难以是相同的颜色，也不要相差悬殊。如果衣服颜色很深，而披肩颜色太浅，或者衣服颜色太浅而披肩颜色很深，那就是将身体和头分开，虽说是相连的，实际等同于身首异处，这样是最不合适的。我又认为披肩的颜色不仅应该与衣服颜色相同，更应该表里颜色一致。如果表面是青色，那么里子也应该是青色。表面是蓝色，里子就应该用蓝色。为什么？因为披肩披在肩上，不可能时时刻刻都是服帖的，稍微遇到风吹，那里子就会翻过来，就像风吹落叶，风卷残荷，美人的身体就不得不呈现出凌乱萧条的景象了。如果里外颜色相同，那么无论是整齐与否，都没有这种担心。然而在家里能这样穿，如果出外见人，就必须在暗处用线将披肩和衣服连起来，不要让它和衣服分离，虽然动后颜色一致，总不如不动的好。

【原文】

妇人之妆，随家丰俭，独有价廉功倍之二物，必不可无。一曰半臂，俗呼"背褡"①者是也；一曰束腰之带，欲呼"鸾绦"②者是也。妇人之体，宜窄不宜宽，一着背褡，则宽者窄，而窄者愈显其窄矣。妇人之腰，宜细不宜粗，一束以带，则粗者细，而细者倍觉其细矣。背褡宜着于外，人皆知之；鸾绦宜束于内，人多未谙。带藏衣内，则虽有若无，似腰肢本细，非有物缩之使细也。

【注释】

①背褡：背心，马甲。②鸾绦：束腰的丝带。

【译文】

女子的装扮，随家庭条件而定，但是有两种价廉物美的东西必不可少：一个是坎肩，俗称"背褡"；一个是束腰的带子，俗称"鸾绦"的。女子的身体，宜窄不宜宽，一穿上坎肩，肩宽的就会显得窄，肩窄的显得更窄。女子的腰，宜细不宜粗，一束上带子，那么腰粗的就显得细，腰细的显得更细。坎肩应该穿在外边人们都知道，腰带应该系在里面，人们却大多不明白。腰带藏在衣服里面，那么虽然有也像没有，好像腰本来就这么细，不是有东西使它变细了。

【原文】

　　裙制之精粗，惟视折纹之多寡。折多则行走自如，无缠身碍足之患，折少则往来局促，有拘挛①桎梏之形；折多则湘纹易动，无风亦似飘遥，折少则胶柱难移，有态亦同木强。

　　故衣服之料，他或可省，裙幅必不可省。古云："裙拖八幅湘江水。"幅既有八，则折纹之不少可知。予谓八幅之裙，宜于家常；人前美观，尚须十幅。盖裙幅之增，所费无几，况增其幅，必减其丝。惟细縠轻绡可以八幅十幅，厚重则为滞物，与幅减而折少者同矣。即使稍增其值，亦与他费不同。妇人之异于男子，全在下体。男子生而愿为之有室，其所以为室者，只在几希之间耳。掩藏秘器，爱护家珍，全在罗裙几幅，可不丰其料而美其制，以贻采葑采菲②者诮乎？

　　近日吴门所尚"百裥裙"③，可谓尽美。予谓此裙宜配盛服，又不宜于家常，惜物力也。较旧制稍增，较新制略减，人前十幅，家居八幅，则得丰俭之宜矣。吴门新式，又有所谓"月华裙"者，一裥之中，五色俱备，犹皎月之现光华也，予独怪而不取。人工物料，十倍常裙，暴殄天物，不待言矣，而又不甚美观。盖下体之服，宜淡不宜浓，宜纯不宜杂。予尝读旧诗，见"飘飏血色裙拖地""红裙妒杀石榴花"等句，颇笑前人之笨。若果如是，则亦艳妆村妇而已矣，乌足动雅人韵士之心哉？惟近制"弹墨裙"，颇饶别致，然犹未获我心，嗣当别出新裁，以正同调。思而未制，不敢轻以误人也。

【注释】

　　①拘挛：肌肉收缩，不能伸展自如。②采葑采菲：见《诗经·邶风·谷风》："采葑采菲，无以下体。""下体"，表面指葑、菲的根，这里有双关意味，也指人。词句指要叶不要根，比喻态新人弃旧人。③百裥裙：多褶的裙子。

【译文】

　　裙子制作的精致粗糙，只看折纹的多少就知道了。折纹多的就能行走自如，没有缠身碍脚的；折纹少的行走就会受约束，如同戴着枷锁。折纹多裙摆就容易摆动，没有风也好像在飘动；折纹少裙摆就很难摆动，有媚态也显得呆板。

　　所以做衣物的布料，其他的或许可以节省，但裙子的布料一定不能节省。古语说："裙拖八幅湘江水。"既然有八幅布料，那么可知有不少折纹。我认为八幅的裙子，适合于在家里穿，想在人前显得美观，必须得十幅。做裙子增加几幅布料，花费不多，

何况增加裙幅，必然减少织布用的丝线，因为只有又轻又薄的料子才能做八幅十幅的裙子，厚重的料子做成的裙子是累赘，与布幅折纹少的裙子相同。即使稍微多花点钱，也和其他费用不同。女人不同于男人的地方，都在下体。男人生下来就希望有妻室，女子所以为妻室，只在于那个隐秘的部位。把那个私密的东西掩藏起来，爱护那个宝贝，全靠几幅罗裙，能不多准备衣料而做得美观，而让那些好色之徒笑话吗？

最近苏州流行的"百裥裙"，可说是完美。我认为这种裙子适合搭配盛服，又不适合平时穿，这是就爱惜物力而言。

衣服之料，裙幅必不可省

如果比旧款式稍增几幅，比新款式稍减几幅，在外面穿十幅的，在家就穿八幅的，这样就比较合适了。苏州的新款裙子还有一款叫"月华裙"，一折当中，五种颜色都有，犹如皎洁的月亮现出光华。只有我觉得不可取。它所用的人工、布料，是普通裙子的十倍，暴殄天物，就不用说了，而且也不太好看。遮盖下体的衣服，宜淡不宜浓，宜纯不宜杂。我曾经读旧诗，看到"飘飚血色裙拖地""红裙妒杀石榴花"等句子，很嘲笑前人的愚笨。果真如此，那也是浓妆艳抹的村姑罢了，哪里足以使雅人韵士动心呢？只有近来创制的"弹墨裙"非常别致，然而也没虏获我的心。我以后一定别出心裁，向同行请教。想了还没有做，不敢轻易地说出来误导别人。

鞋 袜

【原文】

男子所着之履，俗名为鞋，女子亦名为鞋。男子饰足之衣，俗名为袜，女子独易其名曰"褶"，其实褶即袜也。古云"凌波小袜"，其名最雅，不识后人何故易之？袜色尚白，尚浅红；鞋色尚深红，今复尚青，可谓制之尽美者矣。鞋用高底，使小者愈小，瘦者越瘦，可谓制之尽美又尽善者矣。然足之大者，往往以此藏拙。埋没作者一段初心，是止供丑妇效颦，非为佳人助力。近有矫其弊者，窄小金莲，皆用平底，使与伪造者有别。殊不知此制一设，则人人向高底乞灵，高底之为物也，遂成百世不祧之祀①，有之则大者亦小，无之则小者亦大。尝有三寸无底之足，与四五寸有底之鞋同立一处，反觉四五寸之小，而三寸之大者，以有底则指尖向下，而秃者疑尖，无底则玉笋朝天，而尖者似秃故也。吾谓高底不宜尽去，只在减损其料而已。足之大者，利于厚而不利于薄，薄则本体现矣；利于大而不利于小，小则痛而不能行矣。我以极薄极小者形之，则似鹤立鸡群，不求异而自异。世岂有高底如钱，不扭捏而能行之大脚乎？

【注释】

①不桃之祀：古代宗庙制度，天子七庙，包括远祖庙、二桃（高祖之祖、高祖之父）及四亲（父、祖、曾祖、高祖），亲尽则将神主迁入远祖庙，称为"桃迁"。如果功德大，则不迁，单独立庙祭祀，称为"不桃之祀"。

【译文】

男子脚上穿的俗名叫鞋，女子穿的也叫鞋。男子脚上穿的衣服，俗名叫袜，但是女子独将其名称改为褶，其实褶就是袜。古人说的"凌波小袜"，名字最雅致，不知后人为什么改了。袜子颜色崇尚白色和浅红，鞋的颜色崇尚深红，现在又崇尚青色，可以说制作得已经很完美了。鞋做成高底，使脚小的显得更小，脚瘦的显得更瘦，可以说做得是尽善尽美了。但是脚大的人往往以此来掩盖缺点，这就埋没了做鞋人的初衷，只能起到东施效颦的作用，而不是为美人添彩。近来有矫正这种弊病的人，小脚女子都穿平底鞋，使她们与那些仿效小脚的有区别。却不知这种办法一出，却使人人都想穿高底鞋，高底鞋于是就成了永远无法废除的东西。穿上它大脚也是小脚，不穿它小脚也是大脚。穿平底鞋的三寸小脚和穿高底鞋五寸大脚站在一起，反而觉得四五寸的脚小，而三寸的脚大。因为穿高底鞋就脚趾向下，长得宽的脚会显得尖瘦；穿平底鞋就脚趾朝天，小脚看起来却很大。我认为高底鞋不应该都废除，只要减少用料就可。大脚的鞋底宜厚不宜薄，薄就会使大脚原形毕露；鞋子宜大不宜小，小就会挤痛脚而不能走路。与穿着鞋底极薄极小的高底鞋的女人来比较，就像鹤立鸡群，不必刻意追求不同而自然不同。世上哪里有穿着一双鞋底像铜钱薄的鞋子，不扭捏就能走路的大脚呢？

【原文】

古人取义命名，纤毫不爽，如前所云，以"蟠龙"名髻，"乌云"为发之类是也。独于妇人之足，取义命名，皆与实事相反。何也？足者，形之最小者也；莲者，花之最大者也；而名妇人之足者，必曰"金莲"，名最小之足者，则曰"三寸金莲"。使妇人之足，果如莲瓣之为形，则其阔而大也，尚可言乎？极小极窄之莲瓣，岂止三寸而已乎？此"金莲"之义之不可解也。

从来名妇人之鞋者，必曰"凤头"。世人顾名思义，遂以金银制凤，缀于鞋尖以实之。试思凤之为物，止能小于大鹏；方之众鸟，不几洋洋乎大观也哉？以之名鞋，虽曰赞美之词，实类讥讽之迹。如曰"凤头"二字，但肖其形，凤之头锐而身大，是以得名；然则众鸟之头，尽有锐于凤者，何故不以命名，而独有取于凤？且凤较他鸟，其首独昂，妇人趾尖，妙在低而能伏，使如凤凰之昂首，其形尚可观乎？此"凤头"之义之不可解者也。若是，则古人之命名取义，果何所见而云然？岂终不可解乎？曰：有说焉。妇人裹足之制，非由前古，盖后来添设之事也。其命名之初，妇人之足亦犹男子之足，使其果如莲瓣之稍尖，凤头之稍锐，亦可谓古之小脚。无其制而能约小其形，较之今人，殆有过焉者矣。吾谓"凤头""金莲"等字相传已久，其名未可遽易，然止可呼其名，万勿肖其实；如肖其实，则极不美观，而为前人所误矣。不宁惟是，凤为羽虫之长，与龙比肩，乃帝王饰衣饰器之物也，以之饰足，无乃大亵名器乎？尝见妇人绣袜，每作龙凤之形，皆昧理僭分①之大者，不可不为拈破。

"蟠龙"名髻，"乌云"为发

近日女子鞋头，不缀凤而缀珠，可称善变。珠出水底，宜在凌波袜下，且似粟之珠，价不甚昂，缀一粒于鞋尖，满足俱呈宝色。使登歌舞之氍毹，则为走盘之珠；使作阳台之云雨，则为掌上之珠。然作始者见不及此，亦犹衣色之变青，不知其然而然，所谓暗合道妙者也。

予友余子澹心，向著《鞋袜辨》一篇，考缠足之从来，核妇履之原制，精而且确，足与此说相发明。

【注释】

【译文】

古人根据意义来命名，一点都不会错。比如前面所说的，以"蟠龙"称发髻、以"乌云"称头发之类都是。唯独对女子的脚，取的名字和事实相反。为什么呢？脚是身体上最小的部分，莲花是花中花朵最大的，但称女子的脚时必称"金莲"，称最小的脚为"三寸金莲"。假如女子的脚，果真像莲花瓣的形状，那么就又宽又大还值得说吗？再小再窄的莲花瓣，岂止有三寸而已？所以称脚为"金莲"很难理解。

历来称女人的鞋必然为"凤头"，世人顾名思义，就用金银制成凤点缀在鞋尖来做实这个称呼。试想凤凰这种东西，只比大鹏小一点，与众鸟相比，不是等同于洋洋大观吗？用"凤头"来称呼鞋，虽然说是赞美之词，实际上类似于讥讽。如果说"凤头"这两个字只是指形状，因为凤头尖而身体大，所以得名，然而众鸟的头比凤头尖的多的是，为什么不用来命名，而只偏偏取于凤？并且凤凰和其他的鸟相比，只有凤头是向上昂的，女子的脚趾尖，妙在低而能伏，假使像凤凰的昂头，样子还能看吗？这就是"凤头"的含义让人难以理解。如此而言，那么古人为脚和鞋子命名取义，到底是根据什么命名的？难道最终无法理解吗？回答：有说法。女子裹足的规矩不是自古就有的，是后来添设的。最初命名的时候，女人的脚就像男子的脚，假如真的像莲瓣、凤头一样稍尖，也可称得上古代的小脚了。没有裹脚的规矩却能让脚变小，相比今人，已经远远超出了。我认为"凤头""金莲"等名字流传已久，不能立刻改掉，然而对于我们而言，只可以如此称呼它的名字，绝对不要模仿它的形状。如果模仿它的实际形状，就会极不美观，而被前人误导了。不仅如此，凤凰是鸟虫之王，与龙并列，是帝王装饰衣服、器皿的东西，用它来装饰脚，不是太亵渎国家尊严了吗？我曾经见有的女子绣袜子，凡是绣上龙凤图案的，都是不明事理、逾越等级的事情，所以不能不将这点指出来。

　　近来女子的鞋头，不再点缀凤而点缀珍珠了，可称得上好的变化。珍珠出于水底，适合匹配凌波小袜，而且像米粒大的珍珠，价钱不太昂贵，缀一粒在鞋尖，满脚都呈现出华贵之色。假如穿着它在台上轻歌曼舞，就成了在滚动于玉盘当中的珍珠；与之共享云雨之情，会被男人当成掌上明珠。然而，起初穿这种鞋子的人并没有意料到，正像衣服颜色变成青色，不知道会这样而这样做了，这就是所谓的巧合自然之道。

　　我的朋友余澹心曾经写了一篇《鞋袜辨》，考究缠足的由来，考核女鞋原来的款式，精细而且准确，足以和我的观点相互补充。

习技第四

【原文】

　　"女子无才便是德。"言虽近理，却非无故而云然。因聪明女子失节者多，不若无才之为贵。盖前人愤激之词，与男子因官得祸，遂以读书作宦为畏途，遗言戒子孙，使之勿读书、勿作宦者等也。此皆见噎废食[①]之说，究竟书可竟弃，仕可尽废乎？吾谓才德二字，原不相妨。有才之女，未必人人败行；贪淫之妇，何尝历历知书？但须为之夫者，既有怜才之心，兼有驭才之术耳。

　　至于姬妾婢媵，又与正室不同。娶妻如买田庄，非五谷不殖，非桑麻不树，稍涉游观之物，即拔而去之，以其为衣食所出，地力有限，不能旁及其他也。买姬妾如治园圃，结子之花亦种，不结子之花亦种；成荫之树亦栽，不

才德二字，不相妨碍

成荫之树亦栽，以其原为娱情而设，所重在耳目，则口腹有时而轻，不能顾名兼顾实也。使姬妾满堂，皆是蠢然一物，我欲言而彼默，我思静而彼喧，所答非所问，所应非所求，是何异于入狐狸之穴，舍宣淫而外，一无事事者乎？

故习技之道，不可不与修容、治服并讲也。技艺以翰墨为上，丝竹次之，歌舞又次之，女工②则其分内事，不必道也。然尽有专攻男技，不屑女红，鄙织纴为贱役，视针线如仇雠，甚至三寸弓鞋不屑自制，亦倩老妪贫女为捉刀人者，亦何借巧藏拙，而失造物生人之初意哉！

予谓妇人职业，毕竟以缝纫为主，缝纫既熟，徐及其他。予谈习技而不及女工者，以描鸾刺凤之事，闺阁中人人皆晓，无俟予为越俎之谈。其不及女工，而仍郑重其事，不敢竟遗者，虑开后世逐末之门，置纺绩蚕缲于不讲也。虽说闲情，无伤大道，是为立言之初意尔。

【注释】

①见噎废食：因为吃东西噎住就停止进食。比喻遇到偶然挫折就停止应做的事。②女工：也作女红、女功。指通常由妇女所做的纺织、刺绣、缝纫等事。

【译文】

"女子无才便是德。"虽然有道理，但也不是无缘无故就说的。因为聪明的女子失节的多，不如无才的好。这是古人的激愤之词，与男子因做官而惹祸，就将读书做官当成恐怖的事，留下遗言告诫子孙，让他们不要读书做官的道理相同。这都是因噎废食的观点，难道能将书全都扔掉，将官全都废黜吗？我认为才华和品德，原本不相互妨碍。有才华的女子，未必人人品行败坏；贪婪淫荡的女人，何尝都读过书？只要做丈夫的，既有爱怜其才华的心，又要有驾驭其才华的方法就可以了。

至于姬妾和婢女，又与妻子不同。娶妻如购买田庄，不是粮食与桑麻就不种，稍与游览观赏相关的，就要拔掉。因为它是衣食之源，地力有限，不能再种其他东西。买姬妾就如同布置花园，结籽与不结籽的花都要种；成荫与不能成荫的树都要栽，因为花园原本就是为了娱悦性情而设的，看重的是它的观赏性，对于温饱问题反而不那么重要，不可能做到观赏与实用兼顾。假使满堂姬妾，都是一些蠢笨的东西，我想聊天而她们却沉默，我想安静她们却大声喧闹，答非所问，应非所求，这与进了狐狸的洞，除了淫乱之外，没有其他事可做有什么不同？

所以，学习技艺的道理，不能不与化妆、穿衣一起来讲。技艺中以学习文章诗画为上选，乐器次之，歌舞再次。针线活儿则是女子分内的事，就不必说了。然而竟有些女子专学男子技能，不屑女红的，把织布做衣当成低贱的事，视针线为仇敌，甚至连绣花鞋都不屑自己做，也请一些老妇贫女代做。怎能借别人的巧手来掩盖自己的笨拙，而丧失造物造人的初衷呢！

我认为女子的职业，到底应该以缝纫为主，缝纫熟悉之后，再慢慢学习其他技艺。所说的学习技艺而没有涉及女红，是因为刺绣的事闺阁女子人人都知道，不用等我来做越俎代庖之谈。我没有谈及女红，然而仍然郑重其事地不敢把它遗漏，是因为担心为后世女子打开舍本逐末之门，将纺纱织布的事丢在一边不提。虽然说的是闲情，却不影响大道理，这是我写此书的本意。

文 艺

【原文】

学技必先学文。非曰先难后易，正欲先易而后难也。天下万事万物，尽有开门之锁钥。锁钥维何？文理二字是也。寻常锁钥，一钥止开一锁，一锁止管一门；而文理二字之为锁钥，其所管者不止千门万户。盖合天上地下，万国九州，其大至于无外，其小至于无内，一切当行当学之事，无不握其枢纽，而司其出入者也。此论之发，不独为妇人女子，通天下之士农工贾，三教九流，百工技艺，皆当作如是观。以许大世界，摄入文理二字之中，可谓约矣，不知二字之中，又分宾主。凡学文者，非为学文，但欲明此理也。此理既明，则文字又属敲门之砖，可以废而不用矣。

天下技艺无穷，其源头止出一理。明理之人学技，与不明理之人学技，其难易判若天渊。然不读书不识字，何由明理？故学技必先学文。然女子所学之文，无事求全责备，识得一字，有一字之用，多多益善，少亦未尝不善；事事能精，一事自可愈精。

予尝谓土木匠工，但有能识字记帐者，其所造之房屋器皿，定与拙匠不同，且有事半功倍之益。人初不信，后择数人验之，果如予言。粗技若此，精者可知。甚矣，字之不可不识，理之不可不明也。

【译文】

学习技艺必须先学习文字。并非说要先难后易，正是为了先易后难。天下的万事万物，都有将其打开的钥匙。钥匙是什么？就是"文理"二字。一般的锁和钥匙，一把钥匙只开一把锁，一把锁只管一扇门，但"文理"二字作为锁和钥匙，所管辖的不止千门万户。天地之间，九州四方，大到不能再大的，小到不能再小的，一切该做该学的事，无不掌握在它的手中。这番言论不是只说给女人，全天下的士、农、工、商、三教九流、百工技艺，都是如此。将如此大的世界，都统摄在文理二字当中，可谓简约了。不知文理二字，又分宾主。凡是学习文字的人，不是为了学习文字，只是为了明白这个道理。这个道理明白了，那么文字就成了敲门砖，可以废弃不用了。

天下的技艺无数，原理只有一个。明理的人学习技艺，与不明理的人学习技艺，难易程度有天壤之别。然而不读书、不识字，从哪里去明理呢？所以说学习技艺必须先学文字。然而女子所学文字，不要求全责备，认得一个字，有一个字的用处，多多益善，认得少也未尝不好。事事都能精通，一件事情自然可以更精通。

我曾经说，土木匠当中，只要有能够认字记账的，他们造的房屋器皿，必定与拙劣的工匠不同，并且还可以事半功倍。人们开始不相信，后来挑选了几个工匠来验证，果然如我所说。粗浅的技艺尚且如此，精湛的技艺可想而知。不可以不认字，不可以不明理，这个道理太重要了！

【原文】

妇人读书习字，所难只在入门。入门之后，其聪明必过于男子，以男子念纷，而妇人心一故也。导之入门，贵在情窦未开之际，开则志念稍分，不似从前之专一。然买姬置妾，多在三五、二八之年，娶而不御，使作蒙童求我者，宁有几人？如必俟情窦未开，是终身无可授之人矣。惟在循循善诱，勿阻其机，"扑作教刑"一语，非为女徒而设也。

先令识字，字识而后教之以书。识字不贵多，每日仅可数字，取其笔画最少、眼前易见者训之。由易而难，由少而多，日积月累，则一年半载以后，不令读书而自解寻章觅句矣。乘其爱看之时，急觅传奇之有情节、小说之无破绽者，听其翻阅，则书非书也，不怒不威而引人登堂入

女子读书认字，更加专心

室①之明师也。其故维何？以传奇、小说所载之言，尽是常谈俗语，妇人阅之，若逢故物。譬如一句之中，共有十字，此女已识者七，未识者三，顺口念去，自然不差。是因已识之七字，可悟未识之三字，则此三字也者，非我教之，传奇、小说教之也。

由此而机锋相触，自能曲喻旁通。再得男子善为开导，使之由浅而深，则共枕论文，较之登坛讲艺，其为时雨之化，难易奚止十倍哉？十人之中，拔其一二最聪慧者，日与谈诗，使之渐通声律，但有说话铿锵，无重复聱牙之字者，即作诗能文之料也。苏夫人说"春夜月胜于秋夜月，秋夜月令人惨凄，春夜月令人和悦。"此非作诗，随口所说之话也。东坡因其出口合律，许以能诗，传为佳话。此即说话铿锵，无重复聱牙，可以作诗之明验也。其余女子，未必人人若是，但能书义稍通，则任学诸般技艺，皆是锁钥到手，不忧阻隔之人矣。

【注释】

①登堂入室：堂、室古代宫室，前面是堂，后面是室。登上厅堂，进入内室。比喻学问或技能从浅到深，达到很高的水平。

【译文】

女子读书认字，困难之处只在入门，入门之后，其聪明程度必然超过男子，因为男子杂念多，而女子专心。引导女子入门，最好在女子情窦未开时，情窦一开就会分心，不像以前那么专一了。然而买姬置妾，多数在她们十五六岁的时候，娶来而不亲近，让她们像小孩子一样学习的，能有几个？如果一定要情窦未开的女子，那么一辈子都没有人可以教授。教女子读书认字要循循善诱，不要阻挡了她们灵性。"不学就打"这句话，不是对女学生而言的。

先让她们识字，字认识了再教她读书。识字不用多，每天只能教几个字。先挑笔画最少、最常见的字来教她们，再由易到难，由少到多，日积月累，那么经过一年半载，不让她读书她自己也会去读了。趁着她爱看书时，赶快找一些有情节的传奇和没有破绽的小说，让她随便翻阅，那么书就不是书了，而是不发脾气、没有威严，能够引导她们登堂入室的开明老师了。是什么原因呢？因为传奇、小说所写的话，都是家常俗语，女子看了，好像遇到了老朋友一样。比如一句话当中共有十个字，这个女子已经认识了七个，三个还不认识，顺口念去，自然不会念错，这是因为已经认识的七个字，能够悟出不认识的三个字。那这三个字就不是我教的，而是传奇、小说教的了。

通过这样字与字之间的相互引发，自然能触类旁通。如果再得到男子好好引导，使她由浅而深地学习，那么一起在床笫之间探讨学习，比起登台授课，就像春风化雨，难易何止相差十倍？十个人当中，挑出一两个最聪明的，每天和她谈论诗歌，使她慢慢通晓声律，说话只要是铿锵、没有重复、不拗口的女子，就是能作诗写文的材料。苏轼的夫人说："春夜月胜于秋夜月，秋夜月令人凄惨，春夜月令人和悦。"这不是作诗，是随口所说的话而已。苏轼因为夫人说话合于韵律，赞许她能作诗，而被传为佳话。这就是说话铿锵、没有重复、不拗口的女子能够作诗的明证。其他的女子，未必人人是这样，但只要稍微懂晓书的含义，那么就可以随便学习各种技艺了，都是拿到了开锁的钥匙，不担心有阻碍的人了。

【原文】

妇人读书习字，无论学成之后受益无穷，即其初学之时，先有裨于观者：只须案摊书本，手捏柔毫，坐于绿窗翠箔之下，便是一幅画图。班姬①续史之容，谢庭咏雪②之态，不过如是，何必睹其题咏，较其工拙，而后有闺秀同房之乐哉？噫，此等画图，人间不少，无奈身处其地，皆作寻常事物观，殊可惜耳。

【注释】

①班姬：即班昭。一名姬，字惠班。班彪女，班固妹。东汉女辞赋家。曾继承父兄遗志，续写《汉书》。②谢庭咏雪：指谢道韫作咏雪诗的故事。谢道韫，东晋女诗人。谢奕之女，谢安的侄女，王羲之之子王凝之之妻。一次大雪骤下，谢安问道："白雪纷纷何所似？"谢安侄子谢朗答："撒盐空中差可拟。"道韫说："未若柳絮因风起。"谢安大悦。

【译文】

女子读书习字，不说学成后会受益无穷，即使在初学的时候，也先让看到她的人得到了好处：只要在书桌上摊开书本，手中拿着毛笔，坐在绿窗翠帘下，就是一幅画。班昭续写《汉书》时的姿容，谢道韫咏雪时的神态，也不过如此，何必非要看她题咏的内容，计较其好坏，然后才与她有同床共枕的欢乐呢？唉！这样的画面，人间也不少，无奈身在那里的人，都当成平常的事物来看待，太可惜了。

【原文】

欲令女子学诗，必先使之多读，多读而能口不离诗，以之作话，则其诗意诗情，自能随机触露，而为天籁自鸣矣。至其聪明之所发，思路之由开，则全在所读之诗之工拙，选诗与读者，务在善迎其机。

然则选者维何？曰：在"平易尖颖"四字。平易者，使之易明且易学；尖颖者，妇人之聪明，大约在纤巧一路，读尖颖之诗，如逢故我，则喜而愿学，所谓迎其机也。所选之诗，莫妙于晚唐及宋人，初中盛三唐，皆所不取；至汉魏晋之诗，皆秘勿与见，见即阻塞机锋，终身不敢学矣。此予边见，高明者阅之，势必哑然一笑。然予才浅识隘，仅足为女子之师，至高峻词坛，则生平未到，无怪乎立论之卑也。

【译文】

想让女子学诗，必须先让她多读。多读才能口不离诗，将诗当作话，那么诗意诗情就自然能够出现了。至于发掘女子的聪明，打开她们的思路，就完全取决于所读之诗的好坏。选诗给她们读，关键是善于迎合她们的天性。

那么如何选诗呢？回答是：在于"平易尖颖"四个字。"平易"就是选的诗要容易明白和学习；"尖颖"是指女子的聪明通常体现在纤巧风格的诗上，读纤巧的诗，就像遇见了老朋友，就会高兴而愿意学，这就是所谓的迎合其天性。所选的诗，最好的莫过于晚唐和宋代。初唐、中唐、盛唐都不是好选择。至于汉代、魏晋的诗，都要藏起来不要让她们看见，看见后就会阻塞她们的灵感，终身不敢再学习了。这是我的愚见，高明的人看了势必会哑然失笑。然而我才疏学浅，仅仅能做女子的老师，至于高峻词坛，则一生也没有达到，请不要怪我的观点浅薄。

【原文】

女子之善歌者，若通文义，皆可教作诗余。盖长短句法，日日见于词曲之中，入者既多，出者自易，较作诗之功为尤捷也。曲体最长，每一套必须数曲，非力赡者不能。诗余短而易竟，如《长相思》《浣溪沙》《如梦令》《蝶恋花》之类，每首不过一二十字，作之可逗灵机。但观诗余选本，多闺秀女郎之作，为其词理易明，口吻易肖故也。

然诗余既熟，即可由短而长，扩为词曲，其势亦易。果能如是，听其自制自歌，则是名士佳人合而为一，千古来韵事韵人，未有出于此者。吾恐上界神仙，自鄙其乐，咸欲谪向人寰而就之矣。此论前人未道，实实创自笠翁，有由此而得妙境者，切勿忘其所本。

词的选本，多为闺阁女子之作

【译文】

善于唱歌的女子，如果通晓文章含义，就可以教她们写词。因为长短句的句法，每天都出现在词曲当中，看进去的多了，写出来自然就容易，相比学作诗要快很多。曲子的篇幅最长，每套都必须有好几支曲子，不是功力深厚的人就写不出来。词的篇幅短容易写完。比如《长相思》《浣溪沙》《如梦令》《蝶恋花》之类，每首不过一二十个字，写着可以引发灵感。只要看看词的选本，很多都是闺阁中女子的作品，这是因为词的原理容易掌握，语气容易模仿。

填词熟悉之后，就可以由短到长，扩为词曲，也很容易把握。真能像这样，听凭她们自己填词自己演唱，那就是集才子佳人于一身，千百年来的风流韵事没有高出它的了。恐怕神仙也会自愧不如，都想贬到人间来亲近她们了。这个观点前人没说过，确实是由我创立的，如果有从这里得到妙境的，千万不要忘本。

【原文】

以闺秀自命者，书、画、琴、棋四艺，均不可少。然学之须分缓急，必不可已者先之，其余资性能兼，不妨次第并举，不则一技擅长，才女之名著矣。琴列丝竹，别有分门，书则前说已备。善教由人，善习由己，其工拙浅深，不可强也。

画乃闺中末技，学不学听之。至手谈一节，则断不容已，教之使学，其利于人己者，非止一端。妇人无事，必生他想，得此遣日，则妄念不生，一也；女子群居，争端易酿，以手代舌，是喧者寂之，二也；男女对坐，静必思淫，鼓瑟鼓琴之暇，焚香啜茗之余，不设一番功课，则静极思动，其两不相下之势，不在几案之前，即居床笫之上矣。一涉手谈，则诸想皆落度外，缓兵降火之法，莫善于此。

但与妇人对垒，无事角胜争雄，宁饶数子而输彼一筹，则有喜无嗔，笑容可掬；若有心使败，非止当下难堪，且阻后来弈兴矣。

【译文】

以大家闺秀自命的女子，书、画、琴、棋四种技艺都不能缺少。然而学习这些应该有轻重缓急之分，必不可少的要先学，其他技艺如果天资能够兼顾，不妨一起都学。只要擅长一种技艺，才女的名声就起来了。琴分丝、竹两类，各有分类。书则在前面已经说了，善教在于别人，善学在于自己，学的好坏深浅，不能勉强。

大家闺秀不可缺少书、画、琴、棋四艺

画画是闺中女子的末技，学不学随意。至于下棋，就不能由着自己。教围棋让她学习，既有利于自己又有利于别人，不止一个好处。女子没有事做，一定会产生杂念，用下围棋来消磨时间，那么就不会生出非分的念头，这是一个好处；女子住在一起，容易产生争端，用下棋来代替争吵，就能让喧嚣安静下来，这是第二个好处；男女对坐，静下来后就去想淫乱的事，在弹琴鼓瑟、烧香品茶的闲暇，不安排一些事情做，就会静极思动，男女两不相下之势，不在桌子前，就会到床笫之上了。可是只要一涉及围棋，那么所有的念头都会抛到脑后。清心寡欲的方法，没有比这更好的了。

只是与女子下棋，不要争强好胜，宁肯让几个棋子给她，输给她一点，就会让她喜笑颜开、笑容可掬，如果存心让她输棋，不仅当时使她难堪，而且会阻碍以后下棋的兴致。

【原文】

纤指拈棋，踌躇不下，静观此态，尽勾消魂。必欲胜之，恐天地间无此忍人也。

【译文】

纤纤玉指拈着棋子，踌躇不决，静静欣赏这种神态，尽可以让人销魂了。一定要胜过她，恐怕天地之间没有如此残忍的人。

【原文】

双陆投壶诸技①，皆在可缓。骨牌赌胜，亦可消闲，且易知易学，似不可已。

【注释】

①双陆、投壶：双陆，古代的一种赌博游戏。投壶，中国古代投掷游戏，由礼射演化而成，为士大夫宴饮间的娱乐活动。

【译文】

双陆、投壶等技艺，都可以以后慢慢学习。骨牌赌输赢，可以当作消遣，并且好懂好学，好像不应该放弃。

丝竹

【原文】

丝竹之音，推琴为首。古乐相传至今，其已变而未尽变者，独此一种，余皆末世之音也。妇人学此，可以变化性情，欲置温柔乡，不可无此陶熔之具。然此种声音，学之最难，听之亦最不易。凡令姬妾学此者，当先自问其能弹与否。主人知音，始可令琴瑟在御，不则弹者铿然，听者茫然，强束官骸以俟其阕，是非悦耳之音，乃苦人之具也，习之何为？

凡人买姬置妾，总为自娱。己所悦者，导之使习；己所不悦，戒令勿为，是真能自娱者也。尝见富贵之人，听惯弋阳、四平等腔，极嫌昆调之冷，然因世人雅重昆调，强令歌童习之，每听一曲，攒眉许久，座客亦代为苦难，此皆不善自娱者也。

予谓人之性情，各有所嗜，亦各有所厌，即使嗜之不当，厌之不宜，亦不妨自攻其谬。自攻其谬，则不谬矣。

予生平有三癖，皆世人共好而我独不好者：一为果中之橄榄，一为馔中之海参，一为衣中之茧绸。此三物者，人以食我，我亦食之；人以衣我，我亦衣之；然未尝自沽而食，自购而衣，因不知其精美之所在也。谚云："村人吃橄榄，不知回味。"予真海内之村人也。因论习琴，而谬谈至此，诚为饶舌。

【译文】

丝竹之音，推琴为首

丝竹所发出的声音，最动听的是琴。古代的音乐传到今天，已经改变但还没有完全改变的，只有这一种，其他都已经是末世之音了。女子学琴，可以改变性情。要享受女子柔情，不能没有这种陶冶性情的工具。然而这种声音，学起来最困难，也最不容易被欣赏。凡是让姬妾学习弹琴的人，应该先问问自己她们是否能弹。主人通晓音律，才可以驾驭乐器，否则弹的人铿锵悦耳，听的人却一片茫然，勉强约束感官将它听完，就不是悦耳的音乐，而是折磨人的刑具。学习弹琴的目的是什么？

凡是买来妻妾的人，都是为了自娱。自己喜欢的，引导她来学习；自己不喜欢的，就告诫她不要学，才是真正能够自娱的人。我曾经见到富贵之人，听惯了弋阳、四平的腔调，极其嫌弃昆曲的清冷，然而因为世人推崇昆曲，于是强迫歌童学习，每听一支曲子，就要皱眉很久，在座的客人都替他难受，这都是不善于自娱的人。

我认为人的性情各有所好，也各有所厌，即使喜好得不恰当，厌恶得不合适，也不妨自己反驳斥其荒谬，驳斥了荒谬，那它就不再荒谬了。

我平生有三个怪癖，都是世人都好而只有我不喜好的：一个是水果中的橄榄，一是食物中的海参，一是衣料中的丝绸。这三种东西，人们让我吃，我也吃，人们让我穿，我也穿，然而从来没有自己买过，因为我不知道它们的精美在何处。谚语说："村人吃橄榄，不知回味。"我真的就是天下一个地道的农村人。谈论学琴，却错谈到这里，真是多嘴。

【原文】

人问：主人善琴，始可令姬妾学琴，然则教歌舞者，亦必主人善歌善舞而后教乎？须眉丈夫之工此者，有几人乎？曰：不然。歌舞难精而易晓，闻其声音之婉转，睹见体态之轻盈，不必知音，始能领略，座中席上，主客皆然，所谓雅俗共赏者是也。琴音易响而难明，非身习者不知，惟善弹者能听。伯牙不遇子期，相如不得文君，尽日挥弦，总成虚鼓。

吾观今世之为琴，善弹者多，能听者少；延名师、教美妾者尽多，果能以此行乐，不愧文君、相如之名者绝少。务实不务名，此予立言之意也。若使主人善操，则当舍诸技而专务丝桐①。"妻子好合，如鼓瑟琴。"②"窈窕淑女，琴瑟友之。"③琴瑟非他，胶漆男女，而使之合一；联络情意，而使之不分者也。花前月下，美景良辰，值水阁之生凉，遇绣窗之无事，或夫唱而妻和，或女操而男听，或两声齐发，韵不参差，无论身当其境者俨若神仙，即画成一幅合操图，亦足令观者消魂，而知音男妇之生妒也。

【注释】

①丝桐：指琴。古人削桐为琴，练丝为弦，故称。②妻子好合，如鼓瑟琴：出自《诗经·小雅·棠棣》。琴、瑟同时弹奏，其音谐和，用以喻夫妇和睦。③窈窕淑女，琴瑟友之：出自《诗经·周南·关雎》。也是用琴瑟比喻夫妇的和睦。

【译文】

有人问我：主人善于弹琴才能让姬妾学习。然而教姬妾歌舞，也一定要主人能歌善舞才去教她们吗？男子丈夫精通歌舞的，能有几个人？我回答：不是这样。歌舞难以精通却容易明白，听婉转的声音，看轻盈的体态，不必懂得音律才能领略，所有在座的，无论主客都是这样，所谓的雅俗共赏就是这样。弹出琴声容易，要听懂就很难。没有亲自弹过琴的就不知道，只有擅长弹的人才能听懂。俞伯牙如果没有遇到钟子期，司马相如如果没有遇到卓文君，那么就算他们整日弹琴，都是白费力气。

我看现代人弹琴，擅长弹琴的人很多，能听懂人却很少；延请名师教导小妾学琴的人很多，真能从中得到乐趣，不愧于卓文君、司马相如美名的人却很少。务实而不务名，这是我写这些东西的本意。如果主人擅长弹琴，就应该舍弃其他的技艺专攻音乐。《诗经》中说："妻子好合，如鼓琴瑟。""窈窕淑女，琴瑟友之。"琴瑟不是别的，正是让男女如胶似漆，使他们合而为一，联络男女情意，使他们不分离的音乐。花前月下，美景良辰，又恰有烟水楼阁可以乘凉，家里刚好也没什么事，或夫唱妻和，或女弹男听，或男女一起弹奏，声音和谐。不要说身临其境的人如同神仙，就是画成一幅男女合奏图，也足以让看到的人销魂，而让通晓音乐的男女产生忌妒了。

琴瑟非他，胶漆男女

【原文】

丝音自蕉桐而外，女子宜学者，又有琵琶、弦索①、提琴之三种。琵琶极妙，惜今时不尚，善弹者少，然弦索之音，实足以代之。

弦索之形较琵琶为瘦小，与女郎之纤体最宜。近日教习家，其于声音之道，能不大谬于宫商者，首推弦索，时曲次之，戏曲又次之。予向有场内无文，场上无曲之说，非过论也。止为初学之时，便以取舍得失为心，虑其调高和寡，止求为"下里巴人"，不愿作"阳春白雪"，故造到五七分即止耳。

提琴较之弦索，形愈小而声愈清，度清曲者必不可少。提琴之音，即绝少美人之音也。春容柔媚②，婉转断续，无一不肖。即使清曲不度，止令善歌二人，一吹洞箫，一拽提琴，暗谱悠扬之曲，使隔花间柳者听之，俨然一绝代佳人，不觉动怜香惜玉之思也。

【注释】

①弦索：弦乐器。这里指三弦。②春容：声音悠扬洪亮。

【译文】

弦乐中除了琴之外，女子应该学的，还有琵琶、三弦和提琴三种。琵琶的声音极其美妙，可惜如今不流行了，善于弹的人也很少，然而三弦的声音足以代替琵琶。

三弦的形状，比琵琶瘦小，与女子纤弱的身体最相称。最近教乐器的，对于声音的把握上能在音调上不出大错的，首推三弦，流行乐曲次之，戏曲再次。我历来都有剧场里既没有好戏文也没有好曲子的说法，这并非是过激言论。只是因为那些唱戏的人在初学时，就以取舍得失为初衷，担心曲高和寡，只求媚俗，不求高雅，所以学到五分七分的时候就不学了。

提琴相比三弦，形状更小声音更清亮，是清曲必不可少的乐器。提琴的声音，就是极年轻的美人的声音。千娇百媚，婉转断续，无一不惟妙惟肖。就算不伴随清唱，只要让两个善于演唱的，一个吹洞箫，一个拉提琴，私下奏出悠扬的曲子，即使没有看见真人，也会想象那是一位绝代佳人，不自觉萌生怜香惜玉之情。

【原文】

丝音之最易学者，莫过于提琴，事半功倍，悦耳娱神。吾不能不德创始之人，令若辈尸而祝之也。

【译文】

弦乐器中最容易学的，莫过于提琴，学起来事半功倍，奏出来悦耳动听。我不能不感谢发明它的人，让我们这些人烧香膜拜。

【原文】

竹音之宜于闺阁者，惟洞箫[1]一种。笛可暂而不可常。至笙、管二物，则与诸乐并陈，不得已而偶然一弄，非绣窗所应有也。

盖妇人奏技，与男子不同，男子所重在声，妇人所重在容。吹笙搦管之时，声则可听，而容不耐看，以其气塞而腮胀也，花容月貌为之改观，是以不应使习。

妇人吹箫，非止容颜不改，且能愈增娇媚。何也？按风作调，玉笋为之愈尖；簇口为声，朱唇因而越小。画美人者，常作吹箫图，以其易于见好也。或箫或笛，如使二女并吹，其为声也倍清，其为态也更显，焚香啜茗而领略之，皆能使身不在人间世也。

女子吹箫，更添娇媚

【注释】

①洞箫：即箫，管乐器，因不封底而得名。

【译文】

管乐器中适宜女子学的，只有洞箫一种。笛子只能偶尔吹一次不要经常吹。至于笙、管两种东西，和其他乐器一样，只是不得已偶尔摆弄一下，不是女子该学的。

因为女子演奏乐器和男子不同。男子演奏重在声音，女子演奏重在姿容。吹笙、捏管的时候，声音可以听，但姿容却不耐看，因为吹时气塞腮鼓，花容月貌变了形，所以不应让女子学习这种乐器。

女子吹箫时，不但容颜不会改变，而且能增加她的娇媚。为什么？因为手按箫的风孔调音，玉指显得更加纤细；女人撮着小口发出声音时，朱红的嘴唇显得更小。画美人的，常画吹箫图，因为吹箫容易表现女子的美好。箫和笛子，如果让两个女子一起吹，那么声音会更加清澈，媚态也更显。一边焚香品茶一边欣赏，都能使人感到飘飘欲仙。

【原文】

吹箫品笛之人，臂上不可无钏[1]。钏又勿使太宽，宽则藏于袖中，不得见矣。

【注释】

①钏：臂镯的古称。俗称镯，镯子。

【译文】

吹箫品笛的女子，手臂上不能没有镯子。镯子也不要太宽，太宽就会藏在袖子中，就看不到了。

歌 舞

【原文】

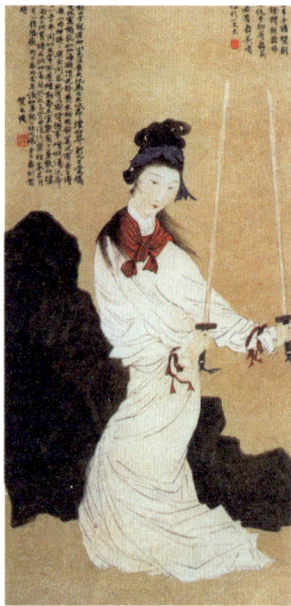

女子学歌舞，有燕语莺啼之致

昔人教女子以歌舞，非教歌舞，习声容也。欲其声音婉转，则必使之学歌；学歌既成，则随口发声，皆有燕语莺啼①之致，不必歌而歌在其中矣。欲其体态轻盈，则必使之学舞；学舞既熟，则回身举步，悉带柳翻花笑之容，不必舞而舞在其中矣。

古人立法，常有事在此而意在彼者。如良弓之子先学为箕，良冶之子先学为裘。妇人之学歌舞，即弓冶之学箕裘也。后人不知，尽以声容二字属之歌舞，是歌外不复有声，而征容必须试舞，凡为女子者，即有飞燕②之轻盈，夷光之妩媚，舍作乐无所见长。然则一日之中，其为清歌妙舞者有几时哉？若使声容二字，单为歌舞而设，则其教习声容，犹在可疏可密之间。若知歌舞二事，原为声容而设，则其讲究歌舞，有不可苟且塞责者矣。但观歌舞不精，则其贴近主人之身，而为殢雨尤云之事者，其无娇音媚态可知也。

【注释】

①燕语莺啼：燕子、黄莺鸣叫。形容声音婉转动听。②飞燕：赵飞燕。西汉舞人。原为阳阿公主家歌舞伎。舞艺高超，舞姿轻盈，故名飞燕。成帝时入宫为婕妤，后立为皇后。

【译文】

过去人们教女子学习歌舞，不是为了教歌舞，是为让她们练习声音和仪容。想让她们声音婉转，就必须学习唱歌。学会唱歌后，那么随口发出的声音，就都有了莺歌燕语的韵致，不用唱歌而歌的韵味已经在说话中了。想要使其体态轻盈，就必须学习跳舞。学会跳舞后，那么举手投足，就都带着柳枝翻飘、鲜花含笑的仪容，不用跳舞而舞蹈的韵味已经在一举一动中了。

古人设立规矩，经常是事在此意在彼。比如擅做弓箭的工匠的儿子，学习做弓之前先学习做簸箕；擅冶金属的铁匠的儿子，学习炼金之前要先学做皮衣。女子学习歌舞，就像造弓、冶金要先学习做簸箕、皮衣一样。后人不知道这个道理，只将声音姿容用于歌舞当中。认为唱歌之外不再有声音，而挑选姿容就必须要跳舞。凡是女子，即使有赵飞燕的轻盈，西施的妩媚，除了歌舞以外别无所长。然而一天当中，轻歌曼舞的时间有多长？如果"声容"二字只是为歌舞而创设，那么教习声容的事就可急可缓了。如果知道唱歌跳舞原本是为声音、姿容而设，那么教习歌舞的人就不可以敷衍搪塞了。只要看到女子的歌舞不精湛，那么就知道她靠近主人，与主人亲热时，不会有娇声与媚态。

【原文】

"丝不如竹，竹不如肉。"①此声乐中三昧语，谓其渐近自然也。予又谓男音之为肉，造到极精处，止可与丝竹比肩，犹是肉中之丝，肉中之竹也。何以知之？但观人赞男音之美者，非曰"其细如丝"，则曰"其清如竹"，是可概见。至若妇人之音，则纯乎其为肉矣。

语云："词出佳人口。"予曰：不必佳人，凡女子之善歌者，无论妍媸美恶，其声音皆迥别男人。貌不扬而声扬者有之，未有面目可观而声音不足听者也。但须教之有方，导之有术，因材而施，无拂其天然之性而已矣。歌舞二字，不止谓登场演剧，然登场演剧一事，为今世所极尚，请先言其同好者。

【注释】

①丝不如竹，竹不如肉：见《左传·襄公二十六年》。丝，代指弦乐器；竹，代指管乐器；肉，指人的声音。

【译文】

"弦乐不如管乐，管乐不如声乐。"这是乐理中的真谛，是说歌声接近自然。我又认为男子的歌声，即使登峰造极，也只能与弦乐和管乐同列，还是声乐当中的管乐和弦乐。为什么这样说？只要看人们赞美男子歌声美妙，不是说"细得像丝线"，就是说"清脆如竹管"，就能知道大概了。至于女子的声音，就是纯粹的声乐。

有句话说："美妙词句出自佳人口。"我要说：不必是佳人，凡是善于唱歌的女子，无论美丑，她的声音都和男子迥异。其貌不扬但声音悠扬的女子有，没有相貌美丽但声音不好听的女子。只需教导有方，因材施教，不要扼杀她们的天性就可以了。唱歌跳舞，不仅是为了登台演出，然而登台演出是当今的人们所喜爱的，所以请让我先从大家的共同爱好说起。

【原文】

一曰取材。取材维何？优人所谓"配脚色"是已。喉音清越而气长者，正

女子分配角色与男子不同

生、小生之料也；喉音娇婉而气足者，正旦、贴旦之料也，稍次则充老旦；喉音清亮而稍带质朴者，外末之料也；喉音悲壮而略近嘁杀者，大净之料也。至于丑与副净，则不论喉音，只取性情之活泼，口齿之便捷而已。然此等脚色，似易实难。男优之不易得者二旦，女优之不易得者净丑。不善配脚色者，每以下选充之，却不知妇人体态不难于庄重妖娆，而难于魁奇洒脱，苟得其人，即使面貌娉婷，喉音清婉，可居生旦之位者，亦当屈抑而为之。盖女优之净丑，不比男优仅有花面之名，而无抹粉涂胭之实，虽涉诙谐谑浪，犹之名士风流。若使梅香之面貌胜于小姐，奴仆之词曲过于官人，则观者听者倍加怜惜，必不以其所处之位卑，而遂卑其才与貌也。

【译文】

　　一是取材。取材是什么？就是演员所说的分配角色。嗓音清越而气韵悠长的，是扮演正生、小生的材料，声音娇美婉转而气韵充足的，是扮演正旦、贴旦的材料；稍差一点的是扮演老旦的材料；嗓音清亮而稍带质朴的，是扮演外末的材料；嗓音悲壮而略微沙哑的，是扮演大净的材料；至于丑和净副，就不看嗓音，只选择性情活泼、口齿伶俐的人就行。然而这种角色，好像容易其实很难。男演员当中不容易选出扮演正旦和贴旦的人，女演员中不容易找到扮演净角、丑角的人。不擅长分配角色的人，总是用水平差的人充数，却不知道女子的体态，不难扮演庄重、妖娆的角色，却很难装出魁梧、洒脱的模样。如果得到这样的女演员，即使面貌娉娉婷婷，嗓音清婉，可以扮演生旦角色，也要委屈她去扮演净丑角色。因为女子扮演净丑角色，和男的扮演不同，只是有个花脸的名称，并不真的涂脂抹粉画成花脸；虽然诙谐戏谑，却还具有名士风流。如果扮演丫鬟的容貌胜过了小姐，扮演仆人的唱词比扮演主人的还要好，那么观众和听众就会对她倍加怜惜，必定不会因为她扮演卑贱的角色就贬低她的才气与容貌。

【原文】

　　二曰正音。正音维何？察其所生之地，禁为乡土之言，使归《中原音韵》之正者是已。乡音一转而即合昆调者，惟姑苏一郡。一郡之中，又止取长、吴二邑，余皆稍逊，以其与他郡接壤，即带他郡之音故也。即如梁溪境内之民，去吴门不过数十里，使之学歌，有终身不能改变之字，如呼酒钟为"酒宗"之类是也。近地且然，况愈远而愈别者乎？

然不知远者易改，近者难改；词语判然、声音迥别者易改，词语声音大同小异者难改。譬如楚人往粤，越人来吴，两地声音判如霄壤，或此呼而彼不应，或彼说而此不言，势必大费精神，改唇易舌，求为同声相应而后已。止因自任为难，故转觉其易也。

至入附近之地，彼所言者，我亦能言，不过出口收音之稍别，改与不改，无甚关系，往往因仍苟且，以度一生。止因自视为易，故转觉其难也。

正音之道，无论异同远近，总当视易为难。选女乐者，必自吴门是已。然尤物之生，未尝择地，燕姬赵女、越妇秦娥见于载籍者，不一而足。"惟楚有材，惟晋用之。"①此言晋人善用，非曰惟楚能生材也。

予游遍域中，觉四方声音，凡在二八上下之年者，无不可改，惟八闽、江右二省，新安、武林二郡，较他处为稍难耳。

正音有法，当择其一韵之中，字字皆别，而所别之韵，又字字相同者，取其吃紧一二字，出全副精神以正之。正得一二字转，则破竹之势已成，凡属此一韵中相同之字，皆不正而自转矣。

【注释】

①惟楚有材，惟晋用之：出自《左传·襄公二十六年》："虽楚有才，晋实用之"。

【译文】

二是正音。正音什么是？就是看演员的出生之地，严禁带有乡土口音，使其按照《中原音韵》的标准矫正发音。地方口音一变就合于昆调的，只有苏州郡；苏州郡当中，又只选取长洲和吴县两个县。其他的地方都稍稍逊色，因为它们与其他的郡接壤，就带有了他郡的口音。即使无锡县境内的居民，离苏州不过几十里，让他学唱戏，就有一辈子也改不了发音的字，比如酒钟叫作"酒宗"之类就是。近的地方尚且这样，何况越远差别就越大呢？

然而却不知道远的容易改，近的反而难改；用词与发音迥异的容易改，而大同小异的却难改。比如楚地人去越地，越地人来吴地，两地的口音有天壤之别，或者我叫他他不应，或者他说话而我无语，所以一定要大费精神，改变各自的口音，达到用相同的语音交流为止。只因为自己当成困难的任务来完成，所以转变起来反而觉得容易。

至于到了离得近的地方，他所说的，我也能说，不过是发音和收音稍微有点差别，改不改没有太大关系，所以往往凑合，度过了一生。只因为自己觉得容易，因此转变起来反而困难。

纠正口音的方法，不管发音是否相同、距离是远是近，都应当将容易的事看成难事来做。选女歌舞演员，一定选苏州的。但是美女的出生却不选择地点，燕、赵、越、秦等地的美女记载在史册上的有很多。"惟楚有材，惟晋用之"，这是说晋国人善用人才，不是说只有楚地有人才。

我走遍了全国，觉得各地的口音，凡是年龄在十六岁左右的人，没有不能改的。只有福建、江西两省，新安、杭州两郡，相比其他地方改起来要难。

纠正字音是有方法的：应当选择在同一韵当中每个字韵母都不同，而不同的韵中，每个字韵母都相同的字中，选出一两个关键的字，集中精力来纠正它们。纠正了这一两个关键字，那么纠正别的字就会势如破竹。凡是属于这一韵中韵母相同的字，都不用纠正就会自然转变过来。

【原文】

请言一二以概之。九州以内，择其乡音最劲、舌本最强者而言，则莫过于秦晋二地。不知秦晋之音，皆有一定不移之成格。秦音无东钟，晋音无真文；秦音呼东钟为真文，晋音呼真文为东钟。此予身入其地，习处其人，细细体认而得之者。秦人呼中庸之中为"肫"，通达之通为"吞"，东南西北之东为"敦"，青红紫绿之红为"魂"，凡属东钟一韵者，字字皆然，无一合于本韵，无一不涉真文。岂非秦音无东钟，秦音呼东钟为真文之实据乎？我能取此韵中一二字，朝训夕诂，导之改易，一字能变，则字字皆变矣。晋音较秦音稍杂，不能处处相同，然凡属真文一韵之字，其音皆仿佛东钟，如呼子孙之孙为"松"，昆腔之昆为"空"之类是也。即有不尽然者，亦在依稀仿佛之间。正之亦如前法，则用力少而成功多。是使无东钟而有东钟，无真文而有真文，两韵之音，各归其本位矣。秦晋且然，况其他乎？

大约北音多平而少入，多阴而少阳。吴音之便于学歌者，止以阴阳平仄不甚谬耳。然学歌之家，尽有度曲一生，不知阴阳平仄为何物者，是与蠹鱼[①]日在书中，未尝识字等也。予谓教人学歌，当从此始。平仄阴阳既谙，使之学曲，可省大半工夫。

口音误人，要纠正字音

正音改字之论，不止为学歌而设，凡有生于一方，而不屑为一方之士者，皆当用此法以掉其舌。至于身在青云，有率吏临民之责者，更宜洗涤方音，讲求韵学，务使开口出言，人人可晓。常有官说话而吏不知，民辩冤而官不解，以致误施鞭扑，倒用劝惩者。声音之能误人，岂浅鲜哉！

【注释】

①蠹鱼：即衣鱼，蛀虫。

【译文】

请让我举一两个例子来概括：普天之下，口音最重、舌根最硬的，莫过于秦晋这两个地方。却不知道秦晋两地的发音都有一定不变的规律。秦地口音中没有"东钟"，晋地口音中没有"真文"。秦地口音把"东钟"读成"真文"，晋地口音把"真文"念成"东钟"。这是我亲自到这些地区，长期和当地人相处，细细体会到的。秦地人把"中庸"的"中"读作"肫"，"通达"的"通"读作"吞"，"东南西北"的"东"读作"敦"，"青红紫绿"的"红"读作"魂"。凡属于"东钟"韵的字，全都是这样，没有一个符合本韵，没有一个不涉及"真文"韵。难道不是秦地口音中没有"东钟"，将"东钟"韵念成"真文"韵的真凭实据吗？如果我能从此韵中的一两个字，日夜教导，引导他们将发音改过来，那么一个字能改正，每个字就都能改正了。晋地口音相比秦地口音有些杂乱，不能处处相同，然而凡是属于"真文"韵的字，发音都像"东钟"韵，比如将"子孙"的"孙"读作"松"，将"昆腔"的"昆"读作"空"之类就是。即使不完全如此，也都差不多。纠正的方法也和前面一样，那么不用费多大力气大多就能成功地改过来，这样就使没有"东钟"韵的有"东钟"韵，没有"真文"韵的有"真文"韵，两韵的发音，各归各位。秦、晋两地尚且如此，何况其他地方呢？

一般北方的发音中平声多入声少，阴调多阳调少。吴地口音之所以便于学演唱，只是因为它的阴阳平仄没太多的错误而已。但有些学唱戏的唱曲唱了一生，却不知道阴阳平仄是什么，就像蠹虫整天待在书中，却不认识字一样。我认为教人唱戏，应该从这里开始。平仄阴阳弄清楚了，再让他学唱曲子，可以省去一大半的功夫。

纠正发音不仅是为学习唱戏而设的，凡是生在一个地方却不屑只在那里生活的人，都应当用这个方法来纠正发音。至于地位显赫，有统率官吏、治理百姓责任的人，更应该将口音去掉，讲究音韵，务必在发言时让每个人都能听清楚。常有官员说话下属听不懂，百姓申辩冤情而官员却听不明白，以致出现误用刑罚、颠倒是非的情况。口音能够误人，难道还少见吗？

【原文】

正音改字，切忌务多。聪明者每日不过十余字，资质钝者渐减。每正一字，必令于寻常说话之中，尽皆变易，不定在读曲念白时。若止在曲中正字，他处听其自然，则但于眼于依从，非久复成故物，盖借词曲以变声音，非假声音以善词曲也。

【译文】

纠正读音，切忌贪多。聪明的人每天不超过十几个字，资质愚钝的人根据自己的接受程度逐渐减少。每纠正一个字，必须要在平常说话中，将这个字的发音都改过来，不只是在念曲词、宾白时才改正。如果只在曲子中纠正字音，别处听其自然，那么只是眼下纠正过来了，过不了多久又成了老样子。这是借词曲来改变口音，不是借改变口音来完善词曲。

【原文】

三曰习态。态自天生，非关学力，前论声容，已备悉其事矣。而此复言习态，抑何自相矛盾乎？曰：不然。彼说闺中，此言场上。闺中之态，全出自然。场上之态，不得不由勉强，虽由勉强，却又类乎自然，此演习之功之不可少也。生有生态，旦有旦态，外末有外末之态，净丑有净丑之态，此理人人皆晓；又与男优相同，可置弗论，但论女优之态而已。男优妆旦，势必加以扭捏，不扭捏不足以肖妇人；女优妆旦，妙在自然，切忌造作，一经造作，又类男优矣。

人谓妇人扮妇人，焉有造作之理，此语属赘。不知妇人登场，定有一种矜持之态；自视为矜持，人视则为造作矣。须令于演剧之际，只作家内想，勿作场上观，始能免于矜持造作之病。此言旦脚之态也。

然女态之难，不难于旦，而难于生；不难于生，而难于外末净丑；又不难于外末净丑之坐卧欢娱，而难于外末净丑之行走哭泣。总因脚小而不能跨大

步，面娇而不肯妆瘁容故也。然妆龙像龙，妆虎像虎，妆此一物，而使人笑其不似，是求荣得辱，反不若设身处地，酷肖神情，使人赞美之为愈矣。至于美妇扮生，较女妆更为绰约。潘安、卫玠[1]，不能复见其生时，借此辈权为小像，无论场上生姿，曲中耀目，即于花前月下偶作此形，与之坐谈对弈，啜茗焚香，虽歌舞之余文，实温柔乡之异趣也。

【注释】

①潘安、卫玠：潘安，晋潘岳，岳字安仁，故省称"安"，潘安貌美，故诗文中常用作美男子的代称。卫玠，字叔宝，晋代美男子。

【译文】

三是习态。神态是天生的，和学习没什么关系，在前边谈论声音和姿容时，已经说得很清楚了，而这里又谈学习姿态，不是自相矛盾吗？我回答：不是这样。那里说的是闺中的媚态，这里说的是在舞台上的姿态。闺中媚态，都是出于自然；舞台上的姿态，不能不勉强去做。虽说是勉强，却又类似自然，这是演练的工夫不能缺少的。生角有生角的姿态，旦角有旦角的姿态，外末有外末的姿态，净丑有净丑的姿态，这个道理人人皆知。这又和男演员相同，可以先放到一边不说，只谈论女演员的姿态。男演员扮演旦角，势必要扭扭捏捏，不扭捏就演不像女人。女演员扮演旦角，妙在自然，切忌做作，一做作，就反而像男演员了。

有人说女子扮演女子，怎么会有做作的道理，这话纯属多余。不知道女子登台，一定有一种矜持之态，自己认为是矜持，别人觉得是做作，应该让她们在演戏时，只当是在家里一样自然，不要看成台上演戏，这样才能避免做作的毛病。这是说旦角的姿态。

但是女人姿态的难演，不是难在扮演旦角，而难在扮演生角。不是难在扮演生角，而是难在扮演外末、净丑。又不是难在扮演外末、净丑的坐卧和欢乐，而难在扮演外末、净丑的行走和哭泣上。女子总因为自己脚小而不肯跨大步，总因为面容娇媚而不肯装成憔悴的样子。然

女优妆旦，妙在自然

而演龙就像龙，演虎就像虎，演外末、净丑，却让人笑话她演得不像，这是想要荣耀却得到羞辱，反而不如设身处地，使神情酷似，让人都赞美才更好。至于让美丽女子扮演生角，相比扮演女角更加绰约。潘安、卫玠这样的美男子，我们不能再看到他们活着时的样子，借女子来扮演，不管是台上生姿，唱曲中耀眼，即使在花前月下偶尔装出美男子的形态，与其一起坐着谈话、下棋，焚香品茶，虽然是歌舞的余兴，实则是风月场上的另一番情趣。

居室部

◎房舍第一

【原文】

　　人之不能无屋，犹体之不能无衣。衣贵夏凉冬燠，房舍亦然。堂高数仞，榱题数尺①。壮则壮矣，然宜于夏而不宜于冬。登贵人之堂，令人不寒而栗，虽势使之然，亦寥廓有以致之；我有重裘，而彼难挟纩②故也。及肩之墙，容膝之屋，俭则俭矣，然适于主而不适于宾。造寒士之庐，使人无忧而叹，虽气感之耳，亦境地有以迫之；此耐萧疏，而彼憎岑寂故也。

　　吾愿显者之居，勿太高广。夫房舍与人，欲其相称。画山水者有诀云："丈山尺树，寸马豆人。"使一丈之山，缀以二尺三尺之树；一寸之马，跨以似米似粟之人，称乎？不称乎？

　　使显者之躯，能如汤文之九尺十尺，则高数仞为宜，不则堂愈高而人愈觉其矮，地愈宽而体愈形其瘠，何如略小其堂，而宽大其身之为得乎？

人不能无屋

181

处士之庐，难免卑隘，然卑者不能耸之使高，隘者不能扩之使广，而污秽者、充塞者则能去之使净，净则卑者高而隘者广矣。

吾贫贱一生，播迁流离，不一其处，虽债而食，赁而居，总未尝稍污其座。性嗜花竹，而购之无资，则必令妻孥忍饥数日，或耐寒一冬，省口体之奉，以娱耳目。人则笑之，而我怡然自得也。性又不喜雷同，好为矫异，常谓人之葺居治宅，与读书作文同一致也。譬如治举业③者，高则自出手眼，创为新异之篇；其极卑者，亦将读熟之文移头换尾，损益字句而后出之，从未有抄写全篇，而自名善用者也。

乃至兴造一事，则必肖人之堂以为堂，窥人之户以立户，稍有不合，不以为得，而反以为耻。常见通侯贵戚，掷盈千累万之资以治园圃，必先谕大匠曰：亭则法某人之制，榭则遵谁氏之规，勿使稍异。而操运斤之权者，至大厦告成，必骄语居功，谓其立户开窗，安廊置阁，事事皆仿名园，纤毫不谬。

【译文】

人不能没有房屋，就像身体不能没有衣服。衣服贵在夏凉冬暖，房屋也是一样。厅堂高达数丈，屋檐伸出几尺，壮观是壮观，然而只适合夏天而不适合冬天。走进豪门显贵的家，令人不寒而栗，虽是权势使然，但也跟房屋的高大宽阔不无关系。这种感觉是我有厚皮袄，而他衣衫单薄造成的。齐肩的矮墙，只容得下人睡觉的小屋，俭朴是俭朴，然而只适合于主人居住，不适合接待客人。造访贫寒人士的家，使人没有忧愁也会感叹，虽然有屋中气氛感染的缘故，可是也是环境的恶劣让人感到窘迫。即使主人耐得住萧条冷清，而客人却厌恶这种孤寂凄清。

我希望显者的房屋不要太高太大。房屋和人应该相称。画山水的人有口诀说："丈山尺树，寸马豆人。"就是说一丈高的山，点缀的却是两三尺的树，画的是一寸大的马，马背上却是米粒大小的人，相不相称呢？

假使显者的身躯能像商汤和周文王那样有九尺十尺高，那么房屋要高数丈才合适，否则屋子越高就显得人越矮小，地面越宽显得人越消瘦。将房子建小点，而使自己的身材显得高大魁梧不是更好吗？

贫寒人士的房子，难免矮小狭窄，虽然低的不能再加高，狭窄的不能再扩充，但是屋里污秽没用的东西则能够除去使房子变干净，干净了那么低矮的就会显得高大，狭窄的就会显得宽阔。

我贫苦一生，四处奔波流离，没有固定的住处，虽然靠借钱吃饭，靠租房居住，却从未让居住的房子沾上一点污秽。我生性嗜好养花种竹，又没钱购买，宁可让妻子儿女忍耐几天饥饿，或者忍受一个冬天的寒冷，也要省出点生活费用，购买花竹娱悦耳目。别人嘲笑我，而我却怡然自得。我生性又不喜欢雷同，爱好标新立异，常说人们建造房屋和读书作文一样。比如参加科举考试的考生，水平高的能够别出心裁写出新颖奇异的文章；水平低的也能将读熟的文章改头换尾，增减字句，而后做出新文章，从没有照抄全篇而自命不凡的人。

但是到了建造房屋，就一定要模仿人家的厅堂来建厅堂，按照人家的窗户来建窗户，稍有不同，不觉得自得，反觉得羞耻。经常见那些公侯贵戚，耗费成千上万来修建园圃，他们必定事先吩咐工匠：亭子要效法某人的款式，台榭要遵循谁家的规矩，不要有一点差别。而那些建造房屋的工匠，等到房屋建成时，也必定居功自傲，说他建造的门窗、走廊、台阁，每样都是模仿名园，丝毫不差。

【原文】

噫，陋矣！以构造园亭之胜事，上之不能自出手眼，如标新创异之文人；下之至不能换尾移头，学套腐为新之庸笔，尚嚣嚣以鸣得意，何其自处之卑哉！

予尝谓人曰：生平有两绝技，自不能用，而人亦不能用之，殊可惜也。人问：绝技维何？予曰：一则辨审音乐，一则置造园亭。性嗜填词，每多撰著，海内共见之矣。设处得为之地，自选优伶，使歌自撰之词曲，口授而躬试之，无论新裁之曲，可使迥异时

创造园亭，因地制宜

腔，即旧日传奇，一概删其腐习而益以新格，为往时作者别开生面，此一技也。一则创造园亭，因地制宜，不拘成见，一榱一桷，必令出自己裁，使经其地、入其室者，如读湖上笠翁之书，虽乏高才，颇饶别致，岂非圣明之世，文物之邦，一点缀太平之具哉？

噫，吾老矣，不足用也。请以崖略付之简篇，供嗜痂者要择。收其一得，如对笠翁，则斯编实为神交之助尔。

【译文】

唉！太浅陋了！建造园亭这样的胜事，好的不能别出心裁，如同标新立异的文人，坏的甚至不能做到改头换尾，像那些庸俗的文人一样写出新文章。还在那里满不在乎，自鸣得意。为何要自降身份到如此卑微的地步呢？

我曾经对别人说：我生平有两大绝技，自己不能用，别人也不能用，太可惜了！别人问我：绝技是什么？我回答：一是辨审音乐，一是建造园亭。我生性嗜好填词，写了很多作品，这是天下人都看到的。假如让我处在能自己做主的位置，自己挑选演员，让他们演唱我自己写的戏曲，并由我亲自教导，那么不仅新编的戏曲，可以使其迥异于时下流行的腔调；即使旧戏，也能一律删去陈腐习气而形成新的风格，为过去的作品别开生面，这是一种绝技。另一种绝技是建造园亭，因地制宜，不拘泥于成规，每一个地方必然要自己亲手设计，使路过的人和进来的人，都像读我的书一样，虽然缺少高才，但也饶有一番情致。这难道不是现在的圣明之世、文明之邦点缀太平的工具吗？

唉！我老了，不中用了。请让我将自己的一些粗浅的感受写在书上，以供有此爱好的人来参考，若能得到一些收获，就像面对我一样，那么这篇文章就是我们神交的助手了。

【原文】

土木之事，最忌奢靡。匪特庶民之家当崇俭朴，即王公大人亦当以此为尚。盖居室之制，贵精不贵丽，贵新奇大雅，不贵纤巧烂漫。凡人止好富丽者，非好富丽，因其不能创异标新，舍富丽无所见长，只得以此塞责。譬如人有新衣二件，试令两人服之，一则雅素而新奇，一则辉煌而平易，观者之目，注在平易乎？在新奇乎？锦绣绮罗，谁不知贵，亦谁不见之？缟衣素裳，其制略新，则为众目所射，以其未尝睹也。

凡予所言，皆属价廉工省之事，即有所费，亦不及雕镂粉藻之百一。且古语云："耕当问奴，织当访婢。"①予贫士也，仅识寒酸之事。欲示富贵，而以绮丽胜人，则有从前之旧制在。新制人所未见，即缕缕言之，亦难尽晓，势必绘图作样。然有图所能绘，有不能绘者。不能绘者十之九，能绘者不过十之一。因其有而会其无，是在解人善悟耳。

【注释】

①耕当问奴，织当访婢：古谚语。谓办事应与熟习其事的人商量。

【译文】

兴建房屋这件事，最忌讳奢侈浪费。不仅普通的百姓家庭应当崇尚俭朴，就是王公大人也应该把节俭作为风尚。因为房屋的法则，贵在精致而不是贵在华丽，贵在新奇高雅而不是贵在纤巧烂漫。凡是只喜欢富丽堂皇的人，并不是真的喜欢富丽堂皇，而是因为他不能标新立异，除了富丽堂皇没有其他长处，只好以此来搪塞。比如一个人有两件新衣服，试想让两个人穿在身上，一个穿素雅而新奇的，一个穿华丽而平常的，观赏者的注意力，是在普通的还是新奇的呢？绫罗绸缎，谁不知道贵重？谁又没有见过？朴素的衣服，其款式略微新颖，就会引起众人的注意，因为以前没见过。

凡是我所说的，都是省钱省力的事，即使有点花费，也到不了雕镂粉饰的百分之一。而且古语说："耕当问奴，织当访婢。"我是一个贫寒之士，只知道这些寒酸的事。想炫耀自己的富贵，而靠绮艳华丽来胜过别人，那么就按照以前的款式。新的款式人们没有见过，即使我在这里详细说明，也很难全都知晓，必须要绘制图样。然而有的东西可以画，有的东西画不出来。不能画的有十分之九，能画出来的只有十分之一。凭借画出来的东西去领会没有画出来的，这就全靠自己领悟了。

向 背

【原文】

屋以面南为正向。然不可必得，则面北者宜虚其后，以受南薰；面东者虚右，面西者虚左，亦犹是也。如东、西、北皆无余地，则开窗借天以补之。牖①之大者，可抵小门二扇；穴之高者，可敌低窗二扇，不可不知也。

【注释】

①牖：窗户。

【译文】

房屋以面朝南为正向。然而不可能都办到，所以面朝北的应该留些空地在后面，以接受南风熏染；面朝东的要留空地在右边；面朝西的要留空地在左边，也是这个道理。如果东、西、北面都没有空地，就要开窗借天力来补救。窗户大的可以抵得上两扇小门；窗户开得高，可以抵得上两扇窗户，这些不能不知道。

房屋以面朝南为正向

途 径

【原文】

径莫便于捷，而又莫妙于迂。凡有故作迂途，以取别致者，必另开耳门一扇，以便家人之奔走，急则开之，缓则闭之，斯雅俗俱利，而理致兼收矣。

【译文】

道路中最方便莫过于捷径，最巧妙的莫过于迂回的小径。凡是故意作迂回小径，以达到别具一格的，必须要另开一扇边门，以方便家人出入。紧急的时候就打开，没有急事就关上。这种房子对雅俗之家都适合，兼具雅致与实用。

高 下

【原文】

房舍忌似平原，须有高下之势，不独园圃为然，居宅亦应如是。前卑后高，理之常也。然地不如是，而强欲如是，亦病其拘。总有因地制宜之法：高者造屋，卑者建楼，一法也；卑处叠石为山，高处浚水为池，二法也。又有因其高而愈高之，竖阁磊峰于峻坡之上；因其卑而愈卑之，穿塘凿井于下湿之区。总无一定之法，神而明之，存乎其人，此非可以遥授方略者矣。

【译文】

房屋忌讳建造得像平原，必须有高低起伏之势。不仅园圃是这样，住宅也应该像这样。前面低后面高，这是常理。然而如果地形不是这样，而勉强非要这样，也是犯了拘泥的毛病。总有因地制宜的方法：地势高的地方造房屋，地势低的地方建楼宇，这是一种方法；在地势低的地方叠起石头做假山，地势高的地方引水建水池，这是第二种方法；还可以将高的地方变得更加高，如在陡坡上建造亭阁、山峰；将低的地方变得更低，在低洼潮湿处挖塘凿井。总之没有一定的法则，心领神会全都在于自己，这不是能够让别人传授的。

房舍须有高下之势

出檐深浅

【原文】

　　居宅无论精粗，总以能避风雨为贵。常有画栋雕梁，琼楼玉栏，而止可娱晴，不堪坐雨者，非失之太敞，则病于过峻。故柱不宜长，长为招雨之媒；窗不宜多，多为匿风之薮；务使虚实相半，长短得宜。又有贫士之家，房舍宽而余地少，欲作深檐以障风雨，则苦于暗；欲置长牖以受光明，则虑在阴。剂其两难，则有添置活檐一法。

　　何为活檐？法于瓦檐之下，另设板棚[1]一扇，置转轴于两头，可撑可下。晴则反撑，使正面向下，以当檐外顶格；雨则正撑，使正面向上，以承檐溜[2]。是我能用天，而天不能窘我矣。

【注释】

　　①板棚：木板搭的棚子。②檐溜：即檐沟。亦指檐沟流水。

【译文】

　　房屋无论精美粗糙，最重要的还是遮风避雨。常有一些雕梁画栋，琼楼玉宇，只能在晴天玩乐，却不能用来遮雨的，不是太宽敞，就是太高大。所以柱子不宜过高，过高就会招来雨水；窗户不宜过多，过多就会招风。一定要使虚实各半，长短合适。还有一些贫寒之家，房舍宽而空地少，想造深长一些的房檐来阻挡风雨，却又苦于太长屋里光线变暗；想开大窗来接受光线，又担心阴天下雨。调解两方面的难处，有一个添置活檐的方法。

　　什么是"活檐"？就是在瓦檐下面另外安置一扇板棚，安置转轴于两头，可撑开也可放下。晴天就反过来撑，让正面朝下，当作房檐外的顶格；下雨天就正着撑，让正面朝上，用来承接屋檐上滴下的雨水。这样我能利用天，而天不能伤害我了。

置顶格

【原文】

　　精室不见椽瓦，或以板覆，或用纸糊，以掩屋上之丑态，名为"顶格"，天下皆然。予独怪其法制未善。何也？常因屋高檐矮，意欲取平，遂抑高者就下，顶格一概齐檐，使高敞有用之区，委之不见不闻，以为鼠窟，良可慨也。亦有不忍弃此，竟以顶板贴椽，仍作屋形，高其中而卑其前后者，又不美观，而病其呆笨。

予为新制，以顶格为斗笠之形，可方可圆，四面皆下，而独高其中。且无多费，仍是平格之板料，但令工匠画定尺寸，旋而去之。如作圆形，则中间旋下一段是弃物矣，即用弃物作顶，升之于上，止增周围一段竖板，长仅尺许，少者一屋，多则二屋，随人所好，方者亦然。造成之后，若糊以纸，又可于竖板之上，裱贴字画，圆者类手卷，方者类册叶，简而文，新而妥，以质高明，必当取其有裨。方者可用竖板作门，时开时闭，则当壁橱四张，纳无限器物于中，而不之觉也。

【译文】

精致的房间里看不见椽子和瓦，因为有的用木板覆盖，有的用纸糊起来，以此来掩盖屋顶上的丑态，这就叫"顶格"。天下的房子都是这样。我却偏偏责怪认为这种方法不够完善。为什么？因为通常是屋顶高房檐矮，想让顶格和房檐取平，于是就让高的迁就低的，顶格建得一概与房檐一样高。这样就使高大宽敞的有用区域被弃置不管，成为老鼠洞，真是太可惜了。也有不忍心舍弃这个地方的，竟然把顶格紧贴屋椽，仍然显出屋顶的形状，中间高而前后低，又不美观，而且还显得呆板笨拙。

我设计了一种新样式，将顶格做成斗笠的形状，可以方也可以圆，四面都低，只有中间高。而且不用多花费，仍然是平格所用的材料。只要让工匠画好尺寸，将多余的部分去掉。如果做成圆形，那么中间旋下的一段就成了废物，可以用来当顶，将它放在高处，只增加周围的一段竖板，竖板仅有一尺来长，少的用一层，多的用两层，根据人的喜好而定，做方的也一样。做成之后，如果用纸糊上，还可以在竖板上裱贴上字画，圆的类似手卷，方的类似册叶，简单而别致，新颖而妥帖，请教高明的人，一定会认为这样做很好。方的还可以用竖板做门，时开时关，当成四张壁橱使用，可以放很多东西在里面，却不会被人察觉。

甃 地

【原文】

古人茅茨①土阶，虽崇俭朴，亦以法制未尽备也。惟幕天者可以席地，梁栋既设，即有阶除，与戴冠者不可跣足，同一理也。且土不覆砖，尝苦其湿，又易生尘。有用板作地者，又病其步履有声，喧而不寂。以三和土甃地，筑之极坚，使完好如石，最为丰俭得宜。而又有不便于人者：若和灰和土不用盐卤②，则燥而易裂；用之发潮，又不利于天阴。且砖可挪移，而甃成之土不可挪移，日后改迁，遂成弃物，是又不宜用也。不若仍用砖铺，止在磨与不磨之间，别其丰俭，有力者磨之使光，无力者听其自糙。

予谓极糙之砖，犹愈于极光之土。但能自运机杼，使小者间大，方者合圆，别成文理，或作冰裂，或肖龟纹，收牛溲马渤③入药笼，用之得宜，其价值反在参苓之上。此种调度，言之易而行之甚难，仅存其说而已。

【注释】

①茅茨：茅屋。②盐卤：熬盐时剩下的液体，也叫卤水。③牛溲马渤：牛溲，车前草；马渤，菌类。比喻至贱之物。

【译文】

古人住的是茅草屋土台阶，虽说崇尚俭朴，也是因为建筑技术不完备。只有以天为帐的人才能以地为席，房屋造好了，就应当有台阶，这与戴帽子的人不能光脚是同一个道理。而且如果地面上不铺砖，既潮湿又容易生出尘土。有用木板铺地的，又有走起路来有响声，喧闹不静的毛病。也有用三合土铺地的，建好后极其坚固，像石头一样完好，最为丰俭得宜。但是又有对人不方便的地方，如果和灰和土时不用盐卤，就会干燥易裂；用了盐卤，阴雨天又容易发

造房屋就应当有台阶

潮。况且砖可以挪动，而建好的土不能移动，以后要改建时，就成了废物，这种方法又不适合采用。不如仍然用砖铺地，全在磨与不磨之间，体现出简朴与丰富。有能力的就把砖磨光，没有能力的就听凭其粗糙。

我认为极其粗糙的砖也好过极其光滑的土。只要自己去思考，使小砖和大砖相间，方砖和圆砖搭配，设计一种图案，或者做成冰裂状，或者模仿龟甲纹。就像将牛溲马渤收入药笼，只要使用得当，价值反而在人参、茯苓之上。这种调配，说起来容易做起来很难，仅仅将它提出来而已。

洒 扫

【原文】

精美之房，宜勤洒扫。然洒扫中亦具大段学问，非僮仆所能知也。欲去浮尘，先用水洒，此古人传示之法，今世行之者，十中不得一二。盖因童子性懒，虑有汲水之烦，止扫不洒，是以两事并为一事，惜其力也。久之习为固然，非特童子忘之，并主人亦不知扫地之先，更有一事矣。彼但知两者并一是

省事法，殊不知因其懒也。遂以一事化为数十事。服役者既以为苦，而指使者亦觉其繁，然总不知此数十事者，皆从一事苟简而生之者也。

精舍之内，自明窗净几而外，尚有图书翰墨、古董器玩之种种，无一不忌浮尘。不洒而扫，是以红尘掺物，物物皆受其蒙，并栋梁之上、椽桷之间亦生障翳①，势必逐件擦磨，始现本来面目，手不停挥者，半日才能竣事，不亦劳乎？若能先洒后扫，则扫过之后，只须麈尾②一拂，一日清晨之事毕矣，何指使服役之纷纷哉？此洒水之不容已也。

然勤扫不如勤洒，人则知之；多洒不如轻扫，人则未知之也。饶其善洒，不能处处皆遍，究竟干地居多，服役者不知，以其既经洒湿，则任意挥扫无妨。扬尘舞蹈之际，障翳之生也更多，故运帚切记勿重；匪特勿重，每于歇手之际，必使帚尾着地，勿令悬空，如扫一帚起一帚，则与挥扇无异，是扬灰使起，非抑尘使伏也。此是一法。又有闭门扫地之诀，不可不知。如人先扫房舍，后及阶除，则将房舍之门紧闭，俟扫完阶除后，略停片刻，然后开门，始无灰尘入户之患。臧获不知，以为房舍扫完，其事毕矣，此后渐及门外，与内绝不相蒙，岂知有顾此失彼之患哉！顺风扬灰，一帚可当十帚，较之未扫更甚。此皆世人所忽，故拈出告之，然未免饶舌。

【注释】

①障翳：遮蔽。指物体表面蒙上的灰尘等物。②麈尾：古人闲谈时执以驱虫、掸尘的一种工具。在细长的木条两边及上端插设兽毛，或直接让兽毛垂露外面，类似马尾松。

【译文】

精美的房屋，应当经常打扫。然而打扫当中也大有学问，不是僮仆能明白的。要除去灰尘，要先用水洒，这是古人传下来的方法，现在这样去做的人，十个人当中找不到一两个。都是因为僮仆生性懒惰，嫌汲水太麻烦，只扫地不洒水，把两件事并成一件事，只是图省力。时间长了就习以为常。不仅僮仆忘了洒水的事，连主人也不知道扫地之前还有一件事。他们只知道把两事合并在一起是省事的办法。却不知道因为他们的懒惰，于是将一件事变成了几十件事。不仅干活的人受苦，指使的人也觉得很麻烦。然而不知道这几十件事，都是从一件事偷懒而生发出来的。

精致的房屋内，除了窗明几净以外，还有图书、字画、古董、器玩等，没有一件不忌讳浮尘的。不洒水就扫地，势必尘土飞扬，每一件东西都会被蒙上了灰尘，连栋梁、椽子也布满灰尘，势必要逐件擦拭，才能呈现出物品的本来面目。手不停歇地干半天才能做完，不是太辛劳吗？如果能先洒水后扫地，那么扫过之后，只需用拂尘轻轻一拂，一早上的事就干完了，哪里用得着如此烦琐呢？所以洒水这件事不能省掉。

然而，勤扫不如勤洒的道理人们虽然知道了，多洒不如轻扫的道理人们就不知道了。就算非常善于洒水，也不可能处处都洒到，毕竟还是干的地方居多。干活的人不

知道，以为既然已经洒湿了，随意
挥扫也没什么关系。结果挥舞扫帚
的时候，灰尘产生的更多，所以扫
地时切记不要太重，不仅不能太重，
每当歇手时一定使让扫帚尾部着地，
不要让它悬空。如果扫一下提一下，
就与挥舞扇子没有差别了，是在把
灰尘扬起来，不是把尘土压下去。
这是一种方法。还有关上门扫地的
秘诀，不能不知道。比如先打扫房
屋再打扫台阶，就应该将房屋的门

洒扫有学问，非僮仆所能知

关紧，等扫完台阶后，稍停片刻再打开门，才不会有灰尘跑进屋里烦恼。仆人不知道
这些，认为房屋扫完，他的事就做完了，之后再扫门外，与里面没有任何关系，哪知
道会顾此失彼呢？顺着风扫地，一扫帚扬起的灰尘抵得上十扫帚，比没扫更脏了。这
些都是世人所忽略的地方，所以把它指出来告诉大家，然而未免有点话多。

【原文】

洒扫二事，势必相因，缺一不可，然亦有时以孤行为妙，是又不可不知。
先洒后扫，言其常也，若旦旦如是，则土胶于水，积而不去，日厚一日，砖板
受其虚名，而有土阶之实矣。故洒过数日，必留一日勿洒，止令童子轻轻用
帚，不致扬尘，是数日所积者一朝去之，则水土交相为用，而不交相为害矣。

【译文】

洒水和扫地这两件事，相辅相成，缺一不可，然而有时只做一件事更妙，这又是
不能不知道的。先洒水后扫地，说的是一般情况，如果每天都如此，就会使土与水胶
合起来，沉积在地上扫不去，一天比一天厚，使砖、木板徒有其名，实际却成了土阶。
所以洒过几天水之后，一定留一天不洒，只要让童仆轻轻地扫，不至于扬起灰尘。这
样，几天积在地上的尘土，一早上就除去了，那么水与土交相为我所用，而不会交相
来害我了。

藏垢纳污

【原文】

欲营精洁之房，先设藏垢纳污之地。何也？爱精喜洁之士，一物不整齐，
即如目中生刺，势必去之而后已。然一人之身，百工之所为备，能保物物皆精
乎？且如文人之手，刻不停批；绣女之躬，时难罢刺。唾绒满地，金屋为之不

纳污之区也必不可少

光；残稿盈庭，精舍因而欠好。是极韵之物，尚能使人不韵，况其他乎？故必于精舍左右，另设小屋一间，有如复道，俗名"套房"是也。凡有败笺弃纸、垢砚秃毫之类，卒急不能料理者，姑置其间，以俟暇时检点。妇人之闺阁亦然，残脂剩粉无日无之，净之将不胜其净也。此房无论大小，但期必备。如贫家不能办此，则以箱笼代之，案旁榻后皆可置。先有容拙之地，而后能施其巧，此藏垢之不容已也。

至于纳污之区，更不可少。凡人有饮即有溺，有食即有便。如厕之时尚少，可于溷厕之外，不必另筹去路。至于溺之为数，一日不知凡几，若不择地而遗，则净土皆成粪壤，如或避洁就污，则往来仆仆，是率天下而路也[①]。此为寻常好洁者言之。

若夫文人运腕，每至得意疾书之际，机锋一转，则断不可续。然而寝食可废，便溺不可废也。"官急不如私急"，俗不云乎？常有得句将书而阻于溺，及溺后觅之杳不可得者，予往往验之，故营此最急。当于书室之旁，穴墙为孔，嵌以小竹，使遗在内而流于外，秽气罔闻，有若未尝溺者，无论阴晴寒暑，可以不出户庭。此予自为计者，而亦举以示人，其无隐讳可知也。

【注释】

①是率天下而路也：语出《孟子·滕文公上》里的《许行》篇。意思是：这让全天下人都疲惫不堪。路，疲劳；羸弱。

【译文】

想要营造精致整洁的房屋，要先准备一个藏污纳垢的地方。为什么？因为喜欢干净整洁的人，只要有一件东西不整齐，就像眼中长了刺，势必要把它除掉才作罢。然而一个人有许多的事要做，能保证每样东西都干净整洁吗？就像文人的手一刻不停地写文章；刺绣的女子不停地刺绣。绒线头满地，即使金屋也失去了光彩。残稿满地，雅致的屋舍也失去了情致。这些极有情韵的东西，尚且会使人感觉失去情韵，何况其他东西呢？所以一定要在房屋的左右，另设一间小屋，就像复道，俗名"套房"。凡是有废弃的稿纸、用脏的砚台、秃掉的毛笔之类的东西，来不及处理的物品，姑且放在这里，等有了时间再收拾。女人的闺房也是如此。残留剩余的脂粉每天都有，每天收拾干净也来不及。这间套房不论大小，但一定要有。如果贫寒之家不能盖套间，就用箱子代替，桌旁或是床后都可以放置。先有藏脏东西的地方，然后才能施展精巧。这就是说一定要有藏垢的地方。

至于纳污的地方，更是不能少。凡是人要喝水就要撒尿，要吃饭就要方便。去厕所的次数比较少，可在猪圈厕所，不必再去寻找其他地方。但是撒尿的次数，一天当中不知有多少次，如果不选择地方而随地小便，那么净土就都变成了粪土。如果要避开干净的地方，选择脏地方小便，就要来回跑，这样要把天下的人都累坏了。这是对平常爱干净的人而言的。

如果是文人写作写到得意时，思路一断就很难再接上了。然而吃饭睡觉可以不要，尿却不能不撒。"官急不如私急"，俗话不是这样说了吗？常常刚想出一个妙句想写下来，却因为要小便而被打断了，等方便完再去想这句话时却再也想不起来了，我往往就是这样。所以准备方便之地是最要紧的事。可以在书房旁边的墙上挖一个小孔，里面嵌上一根小竹子，使方便在里面却流在外面，闻不到任何秽气，就像没有方便过一样。不论阴晴寒暑，都可以足不出户。这是我为自己想出来的计策，也把它讲出来告诉别人，由此可知我没有什么隐讳的了。

窗栏第二

【原文】

吾观今世之人，能变古法为今制者，其惟窗栏二事乎！窗栏之制，日新月异，皆从成法中变出。"腐草为萤"，实具至理，如此则造物生人，不枉付心胸一片。但造房建宅与置立窗轩，同是一理，明于此而暗于彼，何其有聪明而不善扩乎？

予往往自制窗栏之格，口授工匠使为之，以为极新极异矣，而偶至一处，见其已设者，先得我心之同然，因自笑为辽东白豕①。独房舍之制不然，求为同心甚少。门窗二物，新制既多，予不复赘，恐其又蹈白豕辙也。惟约略言之，以补时人之偶缺。

【注释】

①辽东白豕：语出《后汉书·朱浮传》："往时辽东有豕，生子白头，异而献之。行至河东，见群豕皆白，怀惭而还。"指知识浅薄，少见多怪。

【译文】

我看现在的人，能够做到将古法今用的，唯独窗与栏这两样东西了！窗与栏的样

窗与栏的样式日新月异

式日新月异，都是从古法中演变出来的。"腐草生出萤火虫"，非常有道理。如此造物主创造人的一片苦心才不至于白费。然而建造房屋与开设窗栏的道理相同。但人们明白这一点却不明白那一点，为什么有聪明才智却不用到更多的地方呢？

我常常自己设计窗栏的样式，告诉工匠让他们去做，自以为非常新颖独特。然而偶然到一个地方，看到了这种样式，才知道有人已经先有了和我一样的想法了，于是自嘲为"辽东白豕"。只有在房屋设计的方面不是这样，很少能找到与我想法一致的人。门窗这两样东西，新的样式已经很多，我就不再啰唆了，否则恐怕又会像"辽东白豕"一样了。只简略说一下，以弥补现在人偶尔的缺漏。

制体宜坚

【原文】

窗棂以明透为先，栏杆以玲珑为主，然此皆属第二义；具首重者，止在一字之坚，坚而后论工拙。尝有穷工极巧以求尽善，乃不逾时而失头堕趾，反类画虎未成者，计其新而不计其旧也。总其大纲，则有二语：宜简不宜繁，宜自然不宜雕斫。凡事物之理，简斯可继，繁则难久，顺其性者必坚，戕其体者易坏。

木之为器，凡合笋使就者，皆顺其性以为之者也；雕刻使成者，皆戕其体而为之者也；一涉雕镂，则腐朽可立待矣。故窗棂栏杆之制，务使头头有笋，眼眼着撒。然头眼过密，笋撒太多，又与雕镂无异，仍是戕其体也，故又宜简不宜繁。根数愈少愈佳，少则可怪；眼数愈密最贵，密则纸不易碎。然既少矣，又安能密？曰：此在制度之善，非可以笔舌争也。窗栏之体，不出纵横、欹斜、屈曲三项，请以萧斋①制就者，各图一则以例之。

【注释】

①萧斋：唐张怀瓘《书断》："武帝造寺，令萧子云飞白大书'萧'字，至今一字存焉。李约竭产，自江南买归东洛，建一小亭以玩，号曰'萧斋。'"后人称寺庙、书斋为"萧斋"。

【译文】

窗棂以明亮通透为主，栏杆以玲珑精致为主。然而这些都是属于第二位的，首要是一定要坚固，坚固之后才能谈论做工的好坏。经常有人挖空心思追求精巧美观，但是没多久不是掉头就是断脚，画虎不成反类犬，这是因为只计划到了新的时候好看，没有考虑旧了以后的样子。总括来讲，就是两条：宜简洁不宜繁杂；宜自然不宜雕琢。但凡事物的道理，简单的就能持续很长时间，繁杂的就很难长久；顺应事物本性的必然坚牢，破坏事物本体的就容易毁坏。

木制的物品，凡是合榫接头的，都是顺应了它的本性，而雕刻而成的东西，都是破坏了它的本体。一旦经过雕刻，腐朽就很快了。因此窗棂栏杆的制作，务必要做到每个头都有榫，每个眼都嵌入辙里。然而如果榫头太密，榫眼太多，就又和雕刻没有区别了，仍然是在破坏其本体，所以应该简单不应该繁杂。根数越少越好，少了就可以坚固；眼数越密越好，密了窗纸就不容易破碎。然而既然根数少，又怎么可能密呢？我回答：这在于设计是否完善，不是可用语言来争辩的。窗户和栏杆的式样，不外乎"纵横""欹斜""屈曲"这三种样式，请让我将书斋现成的式样，各绘制一张图举例。

【原文】

△纵横格

是格也，根数不多，而眼亦未尝不密，是所谓头头有笋，眼眼着撒者，雅莫雅于此，坚亦莫坚于此矣。是从陈腐中变出。由此推之，则旧式可化为新者，不知凡几。但取其简者、坚者、自然者变之，事事以雕镂为戒，则人工渐去，而天巧自呈矣。

【译文】

这种格式，木料根数不多，榫眼也不是不密，这就是所谓的"头头有笋，眼眼着撒"。没有比这种款式更高雅、坚固的了。这是从旧样式中变化出来的。由此可以推断，那些旧式样可以变化成新式样，不知道有多少。只选取其中简洁的、坚固的、自然的来变化，处处都避免雕镂，则人工的痕迹就会逐渐看不到，而天然的精巧自然呈现出来。

【原文】

△欹斜格（系栏）

此格甚佳，为人意想所不到，因其平而有笋者，可以着实，尖而无笋者，没处生根故也。然赖有躲闪法，能令外似悬空，内偏着实，止须善藏其拙耳。当于尖木之后，另设坚固薄板一条，托于其后，上下投笋，而以尖木钉于其上，前看则无，后观则有。

其能幻有为无者，全在油漆时善于着色。如栏杆之本体用朱，则所托之板另用他色。他色亦不得泛用，当以屋内墙壁之色为色。如墙系白粉，此板亦作粉色；壁系青砖，此板亦肖砖色。自外观之，止见朱色之纹，而与墙壁相同者，混然一色，无所辨矣。至栏杆之内向者，又必另为一色，勿与外同，或青或蓝，无所不可，而薄板向内之色，则当与之相合。自内观之，又别成一种文理，较外尤可观也。

【译文】

这种格式非常好，是人们意想不到的。因为如果是平而有榫的，木条可以落到实处，如果是尖而无榫的，木条便无处生根。然而幸好有躲闪法，能让它从外面看好像是悬空的，而里面却偏偏落在实处，只是为了善于藏拙罢了。应当在尖木条的后面，另外安一条坚固的薄板，托在后面，上下入榫，再将尖木条钉在它上面。从前面看不到，后面看就有。

这种格式能将有变成无的，在于油漆时要善于着色。如果栏杆的主体用红色，那托板就要另外使用别的颜色。别的颜色也不能乱用，应该使用室内墙壁的颜色。比如墙壁是白色，托板也要用白色，墙壁是青砖，托板就也要模仿青砖的颜色。从外面看，只看到红色的纹路，而与墙壁颜色相同的部分，已经跟墙壁浑然一体，无从辨别了。至于向内的栏杆，又必须用另外一种颜色，不能与外面颜色相同，或者青色或者蓝色，都可以，而这时薄板向内的颜色就应该跟它相配。从里面看，又是另一种图案，相比外面还要好看。

【原文】

△屈曲体（系栏）

此格最坚，而又省费，名"桃花浪"，又名"浪里梅"。曲木另造，花另造，俟曲木入柱投笋后，始以花塞空处，上下着钉，借此联络，虽有大力者挠之，不能动矣。花之内外，宜作两种，一作桃，一作梅，所云"桃花浪""浪里梅"是也。浪色亦忌雷同，或蓝或绿，否则同是一色，而以深浅别之，使人一转足之间，景色判然。是以一物幻为二物，又未尝于本等材料之外，另费一钱。凡予所为，强半皆若是也。

【译文】

这种格式最坚固，而且又节省费用，名为"桃花浪"，也叫"浪里梅"。弯曲的木条和装饰的花要分开另作。等弯曲的木条安上去后，再把花塞到空隙处，上下钉上钉子，用它作为联络，即使力气大的人摇它，也摇不动。内外的花应该做两种，一种桃花，一种梅花，这就是所说的"桃花浪"和"浪里梅"。浪的颜色忌讳雷同，或着蓝色或着绿色，否则如果用同一种颜色，就用深浅来区分。让人转身之间，眼前出现完全不同的景色。这是把一件东西变幻成两件东西，又没有在原有的材料之外，另有花费。我做的窗栏，大半都是这样。

取景在借

开窗莫妙于借景，而借景之法，予能得其三昧。向犹私之，乃今嗜痂者众，将来必多依样葫芦，不若公之海内，使物物尽效其灵，人人均有其乐。但期于得意酣歌之顷，高叫笠翁数声，使梦魂得以相傍，是人乐而我亦与焉，为愿足矣。

向居西子湖滨，欲购湖舫一只，事事犹人，不求稍异，止以窗格异之。人询其法，予曰：四面皆实，独虚其中，而为"便面"①之形。实者用板，蒙以灰布，勿露一隙之光；虚者用木作框，上下皆曲而直其两旁，所谓便面是也。纯露空明，勿使有纤毫障翳。是船之左右，止有二便面，便面之外，无他物矣。坐于其中，则两岸之湖光山色、寺观浮屠、云烟竹树，以及往来之樵人牧竖、醉翁游女，连人带马尽入便面之中，作我天然图画。且又时时变幻，不为一定之形。非特舟行之际，摇一橹，变一像，撑一篙，换一景，即系缆时，风摇水动，亦刻刻异形。是一日之内，现出百千万幅佳山佳水，总以便面收之。而便面之制，又绝无多费，不过曲木两条、直木两条而已。

世有掷尽金钱，求为新异者，其能新异若此乎？此窗不但娱己，兼可娱人。不特以舟外无穷之景色摄入舟中，兼可以舟中所有之人物，并一切几席杯盘射出窗外，以备来往游人之玩赏。何也？以内视外，固是一幅便面山水；而以外视内，亦是一幅扇头人物。譬如拉妓邀僧，呼朋聚友，与之弹棋观画，分韵拈毫，或饮或歌，任眠任起，自外观之，无一不同绘事。同一物也，同一事也，此窗未设以前，仅作事物观；一有此窗，则不烦指点，人人俱作画图观矣。

开窗莫妙于借景

夫扇面非异物也，肖扇面为窗，又非难事也。世人取像乎物，而为门为窗者，不知凡几，独留此眼前共见之物，弃而弗取，以待笠翁，讵非咄咄怪事乎？所恨有心无力，不能办此一舟，竟成欠事。兹且移居白门，为西子湖之薄幸人矣。此愿茫茫，其何能遂？不得已而小用其机，置此窗于楼头，以窥钟山气色，然非创始之心，仅存其制而已。

【注释】

①便面：古代用以遮面的扇状物。后称团扇、折扇为便面。

【译文】

开设窗户最妙的莫过于借景。而借景的方法，我得到了其中的真谛。以前我一直保密，但现在喜欢模仿别人的人很多，将来必定会有很多依样画葫芦的人，不如将它公诸天下，使物尽其用，每个人都享受到其中乐趣。只希望在得意酣歌之余，高喊李笠翁几声，相伴于我的梦魂当中，别人快乐我也就跟着快乐，我的心愿就满足了。

以前我住在西湖边的时候，想购买一条小船，这船哪里都可以和别人的船样子相同，不求任何差异，只是窗格要不一样。别人问我窗格的做法，我说：四面都是实的，只有中间是虚的，做成扇面形状。实的地方用木板，蒙上灰布，不要露一点光亮；虚的地方用木框，上下两边用弯木，左右两旁用直木，所谓的"扇面"就是这样。窗户要完全空明，不能有丝毫遮挡。这样船的左右只有两个扇面窗，除了扇面窗之外再也没有其他东西了。坐在船中，两岸的湖光山色、寺院宝塔、云烟竹树以及往来的樵夫牧童、醉翁游女，连人带马，全都进入扇面当中，成了我的天然图画，而且时时都在变幻，不是固定的形态。不仅船行时摇一下橹就会变一幅画，撑一下篙就会变一个景，就是在系上缆绳时，风摇水动，也时刻都有不同形态。如此一天之内，呈现出千万幅的好山好水，都收入我的扇面了。而扇面窗的制作，花费也不多，不过是两条弯木，两条直木而已。

世上有一掷千金，寻求新异的人，难道有比这个更新异的吗？这种窗户不仅娱悦自己，还可以娱悦别人。它不仅能把船外的无穷景色摄入船中，还可以把船上的所有的人与物，及一切桌席杯盘映出窗外，以备来往游人观赏。为什么呢？因为从里面往外面看，固然是一幅扇面山水画，而从外面往里面看，也是一幅扇面人物画。比如拉妓邀僧，呼朋聚友，和他们弹琴观画，吟诗泼墨，饮酒歌舞，任眠任起，从外面看进去，没有一样不同于绘画图。同一件物品，同一件事情，在这扇窗没有开以前，仅仅只是一般的事物，一旦有了这扇窗，不用烦劳别人指点，人人都会当成图画来欣赏了。

扇面并非特殊的事物，把窗户做成扇面形，也不是难事。世人模仿事物形状，来做成门窗，不知有多少种。唯独留下眼前人所共见的扇面抛开不用，而要等我来发现，难道不是咄咄怪事吗？遗憾的是我有心无力，不能置办这样一条船，终成憾事。现在我移居到了白门，成了西湖的无缘人。这个愿望变渺茫了，如何才能如愿以偿？不得已只好大材小用，做了一扇这样的窗子放在楼头，用来窥探钟山的景色。然而并非设计的本意，只是保存了样式而已。

【原文】

予又尝作观山虚牖，名"尺幅窗"，又名"无心画"，姑妄言之。浮白轩中，后有小山一座，高不逾丈，宽止及寻，而其中则有丹崖碧水，茂林修竹，鸣禽响瀑，茅屋板桥，凡山居所有之物，无一不备。盖因善塑者肖予一像，神气宛然，又因予号笠翁，顾名思义，而为把钓之形。予思既执纶竿①，必当坐之矶上，有石不可无水，有水不可无山，有山有水，不可无笠翁息钓归休之地，遂营此窟以居之。是此山原为像设，初无意于为窗也。后见其物小而蕴大，有"须弥芥子"②之义，尽日坐观，不忍阖牖，乃瞿然曰："是山也，而可以作画；是画也，而可以为窗；不过损予一日杖头钱，为装潢之具耳。"遂命童子裁纸数幅，以为画之头尾，乃左右镶边。头尾贴于窗之上下，镶边贴于两旁，俨然堂画一幅，而但虚其中。非虚其中，欲以屋后之山代之也。坐而观之，则窗非窗也，画也；山非屋后之山，即画上之山也。不觉狂笑失声，妻孥群至，又复笑予所笑，而"无心画""尺幅窗"之制，从此始矣。

予又尝取枯木数茎，置作天然之牖，名曰"梅窗"。生平制作之佳，当以此为第一。己酉之夏，骤涨滔天，久而不涸，斋头淹死榴、橙各一株，伐而为薪，因其坚也，刀斧难入，卧于阶除者累日。予见其枝柯盘曲，有似古梅，而老干又具盘错之势，似可取而为器者，因筹所以用之。是时栖云谷中幽而不明，正思辟牖，乃幡然曰："道在是矣！"遂语工师，取老干之近直者，顺其本来，不加斧凿，为窗之上下两旁，是窗之外廓具矣。再取枝柯之一面盘曲、一面稍平者，分作梅树两株，一从上生而倒垂，一从下生而仰接，其稍平之一面则略施斧斤，去其皮节而向外，以便糊纸；其盘曲之一面，则匪特尽全其天，不稍戕斫，并疏枝细梗而留之。既成之后，剪彩作花，分红梅、绿萼二种，缀于疏枝细梗之上，俨然活梅之初着花者。同人见之，无不叫绝。予之心思，讫于此矣。后有所作，当亦不过是矣。

【注释】

①纶竿：鱼竿。②须弥芥子：佛教语。谓偌大一个须弥山可以塞进一粒芥子中，形容佛法无边。引申为内涵丰富之意。

【译文】

我还制作过观赏山景的虚窗，叫作"尺幅窗"，也叫"无心画"，姑且随意说说。浮白轩后面有一座小山，高不超过一丈，宽只有八尺，然而里面却有丹崖碧水，茂林修竹，鸣禽响瀑，茅屋板桥，凡是山居所需要的东西，没有一样不具备。善于雕塑的人为我塑了一座雕像，活灵活现，又因为我号笠翁，顾名思义，将我雕塑成垂钓的样

尺幅窗，无心画

子。我想既然手执钓竿，就应该坐在石头上，有石头就不能没有水，有水就不能没有山，有山有水，又不能没有钓鱼回来休息的地方，于是营造了这个地方来安置它。此山原本是为安置雕像而设的，起初没有想过开窗。后来看见东西虽小含蕴却大，有"须弥山藏于芥子之中"的含义，我于是整天坐在那里观看景色，不愿关窗，有一天突然想明白："这座山，可以当画；这幅画，也可以当窗。不过花掉我一天的酒钱来装潢罢了。"于是叫仆童裁了几幅纸，作为画的头尾及左右的镶边。头尾贴在窗户上下，镶边贴在窗户两旁，俨然成了一幅堂画，只是把中间空出来。并不是真的要让中间空起来，而是想用屋后的山来代替堂画。再坐下来观赏，那么窗户就不是窗户，而是画了；山也不是屋后的山，而是画中的山。不自觉狂笑失声，妻儿子女全都赶来，又笑我所笑的，于是"无心画""尺幅窗"的做法从此就开始了。

我曾经又用过几根枯木，制作成天然的窗户，叫作"梅窗"。我生平制作的窗户最好的，应当以梅窗为第一。己酉年的夏天，大雨倾盆，地面长时间不干，我书房前的石榴和橙树被各淹死了一棵。于是想砍掉它们当柴烧，可是它们很坚硬，柴刀和斧头都劈不动，放在台阶上好几天。我见树枝弯曲，有点像古梅，而老枝干又有盘桓交错之势，好像可以拿来做什么东西，所以就考虑怎么用。当时乌云密布，幽暗不明，正想开窗户，于是幡然醒悟："有办法了！"于是告诉工匠，将老树干中最直的，按本来形状，不做加工，做成窗户的上下两边，于是窗户的外框就成了。再拿一面盘曲一面比较平直的树枝，分别做成两棵梅树，一棵从上面向下倒垂，一棵从下面向上仰接。比较平直的一面用斧头稍微加工，削去皮和节疤，朝外安放，以便往上糊纸；盘曲的一面，则不仅完全保留天然的形状，任何加工也不做，连稀疏的枝丫和细小的树梗都留下来。窗户做成之后，将彩纸剪开做成花，分为红梅与绿萼两种，点缀在枝丫和树梗之上，俨然是活梅初开花的样子。朋友见了，无不叫绝。我的心思用到这里就没有了。后来再有其他的制作，也不过如此了。

【原文】

便面不得于舟，而用于房舍，是屈事矣。然有移天换日之法在，亦可变昨为今，化板成活，俾耳目之前，刻刻似有生机飞舞，是亦未尝不妙，止费我一番筹度耳。

予性最癖，不喜盆内之花，笼中之鸟，缸内之鱼，及案上有座之石，以其局促不舒，令人作囚鸾絷凤之想。故盆花自幽兰、水仙而外，未尝寓目。鸟中之画眉，性酷嗜之，然必另出己意而为笼，不同旧制，务使不见拘囚之迹而后已。自设便面以后，则生平所弃之物，尽在所取。

从来作便面者，凡山水人物、竹石花鸟以及昆虫，无一不在所绘之内，故设此窗于屋内，必先于墙外置板，以备承物之用。一切盆花笼鸟、蟠松怪石，皆可更换置之。如盆兰吐花，移之窗外，即是一幅便面幽兰；盎菊舒英，纳之牖中，即是一幅扇头佳菊。或数日一更，或一日一更；即一日数更，亦未尝不可。但须遮蔽下段，勿露盆盎之形。而遮蔽之物，则莫妙于零星碎石。是此窗家家可用，人人可办，讵非耳目之前第一乐事？得意酣歌之顷，可忘作始之李笠翁乎？

【译文】

扇面窗不能用于小船，而用于了房舍，是委屈它了。然而还有移天换日的方法，可以将昨天变成今天，将刻板变为灵活，使耳畔眼前，时刻充满生机，这样也不是不妙，只是要多花费一些心思而已。

我性格怪僻，不喜欢盆里的花、笼中的鸟、缸内的鱼，和摆在桌上的有底座的石头，因为其受到拘束无法自然舒展，让人产生鸾凤被囚的感觉。所以盆里的花除了幽兰和水仙，其他我都不看。鸟中的画眉，我生性喜欢它，然而鸟笼也必须按照我的设计制成，不同于旧式鸟笼，必须让它看不出有拘禁的痕迹才罢休。自从设计出扇面窗之后，平常抛弃的东西，都在利用的范围内了。

历来画扇面的，山水人物、竹石花鸟以及昆虫，全都在描绘的范围之内，所以设置扇面窗在屋子当中，必须先放一块木板在墙外，以备摆放东西之用。所有的盆花笼鸟、蟠松怪石，都可以交替摆放。比如开花的盆兰，摆到窗外，就是一幅扇面幽兰图；菊花开了，将它放在窗中，就是一幅扇面佳菊图。或者几天一换，或者一天一换，即使一天换几次，也未尝不可。只是必须将盆景的下端遮住，不能露出花盆的形状。而遮蔽所用的东西，没有比零星碎石更妙的了。这样的窗户家家都能用，人人都能做，这难道不是令人赏心悦目的头等乐事吗？在得意纵情歌唱之余，难道可以忘了发明者李笠翁吗？

【原文】

△湖舫式

此湖舫式也。不独西湖，凡居名胜之地，皆可用之。但便面止可观山临水，不能障雨蔽风，是又宜筹退步，以补前说之不逮。退步云何？外设推板，可开可阖，此易为之事也。但纯用推板，则幽而不明；纯用明窗，又与扇面之制不合，须以板内嵌窗之法处之。其法维何？曰：即仿梅窗之制，以制窗棂。亦备其式于右。

【译文】

湖舫式

这就是湖船扇面窗的样式。不仅西湖，凡是名胜之地，都可以采用。但是扇面窗只能观赏山水，不能遮风挡雨，这就应该想一个补救的方法，以补充前面说法的不足。如何弥补？就是在外面设置推板，可开可关，这是容易办到的事。可是如果单纯只用推板，屋里就会幽暗不明，如果单纯用明窗，又和扇面的式样不搭配，必须用板内嵌窗的方法来处理。这种方法是什么？回答：就是仿照梅窗的样式，来制作窗棂，将其式样介绍如下。

【原文】

△便面窗外推板装花式

四围用板者，既取其坚，又省制棂装花人工之半也。中作花树者，不失扇头图画之本色也。用直棂间于其中者，无此则花树无所倚靠，即勉强为之，亦浮脆而难久也。

棂不取直，而作欹斜之势，又使上宽下窄者，欲肖扇面之折纹；且小者可以独扇，大则必分双扇，其中间合缝处，糊纱糊纸，无直木以界之，则纱与纸无所依附故也。

若是，则棂与花树纵横相杂，不几泾渭难分，而求工反拙乎？曰：不然。有两法盖藏，勿虑也。花树粗细不一，其势莫妙于参差，棂则极匀，而又贵乎极细，须以极坚之木为之，一法也；油漆并着色之时，棂用白粉，与糊窗之纱纸同色，而花树则绘五彩，俨然活树生花，又一法也。若是泾渭自分，而便面与花，判然有别矣。梅花止备一种，此外或花或鸟，但取简便者为之，勿拘一格。惟山水人物，必不可用。板与花棂俱另制，制就花棂，而后以板镶之。即花与棂，亦难合造，须使花自花而棂自棂，先分后合。其连接处，各损少许以就之，或以钉钉，或以胶粘，务期可久。

【译文】

推板四周用木板，既坚固又节省了制作窗棂、安装假花一半的人工。在中间装饰成花和树，是为了不丢失扇面画的本色。将直窗棂间隔用在中间，是因为如果没有直窗棂支撑花树就没有倚靠，即使勉强安了上去，也会松动难以持久。

窗棂不要做成直立的，而要做成欹斜的，形成上宽下窄的式样，是为了模仿扇面折纹。同时窗子小的可以用一扇推板，大的就一定要分成两扇。中间合缝的地方要糊上纱或者纸，如果没有立木来做间隔，纱和纸就没有依附的地方了。

如果这样，窗棂和花树纵横交错，不是就会无法区分，弄巧成拙了吗？回答：不是的。这里有两种方法可以弥补。花树的粗细可以不同，妙就妙在参差不齐，而窗棂却必须要匀称，而且越细越好，并且必须用极其坚固的木料来做，这是方法之一。油漆和上色时，用白色粉刷窗棂，与糊窗的纱纸用颜色一致，而花树则要绘成五彩色，俨然活树开花，这是另一种方法。像这样就自然泾渭分明，扇面与花树就能区别明显。梅花只用准备一种，除此之外，无论花鸟，都只选用最简单的制作，不拘一格。只有山水人物，绝对不能用。板与花棂都要另外制作，做好了花棂，然后再用板镶上。即使是花与棂，也很难合在一起造，必须使花就是花、棂就是棂，先分后合。它们连接的地方，各自削去一点以便连接，或者用钉子钉，或者用胶粘，务必要使它持久耐用。

【原文】

△便面窗花卉式和虫鸟式

诸式止备其概，余可类推。然此皆为窗外无景，求天然者不得，故以人力补之；若远近风物尽有可观，则焉用此碌碌为哉？昔人云："会心处正不在远。"若能实具一段闲情、一双慧眼，则过目之物尽是画图，入耳之声无非诗料。譬如我坐窗内，人行窗外，无论见少年女子是一幅美人图，即见老妪白叟扶杖而来，亦是名人画幅中必不可无之物；见婴儿群戏是一幅百子图，即见牛羊并牧、鸡犬交哗，亦是词客文情内未尝偶缺之资。"牛溲马渤，尽入药笼。"予所制便面窗，即雅人韵士之药笼也。

【译文】

各种样式只要明白了大概，其他都能以此类推。然而这些都是因为窗外没有景致，想要天然的景致却得不到，所以才用人工来弥补。如果远近都有可以观赏的景致，哪里还用得着这样忙忙碌碌呢？前人曾说："会心之处不在远方。"如果真有一段闲情、一双慧眼，那么但凡眼睛看得到的东西，都可以当作画图，耳朵听到的声音，全都是作诗的材料。比如我坐在窗内，别人在窗外行走，不要说看见年轻女子是一幅美人图，即使看见老妇或是老翁，拄着拐杖走来，也是名士图画中必不可缺的部分；看见幼童成群嬉戏是一幅百子图，即使看见牛羊合牧，鸡犬相鸣，也是文人墨客的诗文里从不缺少的素材。"牛溲马渤，尽入药笼。"我设计的扇面窗，就是文人雅士的药笼了。

【原文】

此窗若另制纱窗一扇，绘以灯色花鸟，至夜篝灯[①]于内，自外视之，又是一盏扇面灯。即日间自内视之，光彩相照，亦与观灯无异也。

【注释】

①篝灯：用篝笼罩的灯称篝灯。宋王安石《书定林院窗》："竹鸡呼我出华胥，起灭篝灯拥燎炉。"

【译文】

如果这种窗子另外做一面纱窗，画上灯色花鸟，到夜里挂一盏篝灯在里面，从外面看来，又是一盏扇面灯。即使白天从里面看去，光彩相映，也和看花灯没有两样。

【原文】

△山水图窗

凡置此窗之屋，进步宜深，使座客观山之地去窗稍远，则窗之外廓为画，画之内廓为山，山与画连，无分彼此，见者不问而知为天然之画矣。浅促之屋，坐在窗边，势必倚窗为栏，身之大半出于窗外，但见山而不见画，则作者深心有时埋没，非尽善之制也。

【译文】

凡是安这种窗户的房屋，进身应该比较深，让客人观山的位置离窗户稍微远一些。那么窗的外廓就是画，画的内廓就是山，山与画相连，不分彼此，见到的人不用问就知道这是一幅天然的图画。进身较浅而局促的房屋，坐在窗边，势必靠着窗子当作栏杆，身体大部分都探出窗外，只见山而不见画，那么作者的苦心就被埋没，不是完美的设计了。

【原文】

倚窗为栏

△尺幅窗图式

尺幅窗图式，最难摹写。写来非似真画，即似真山，非画上之山与山中之画也。前式虽工，虑观者终难了悟，兹再绘一纸，以作副墨①。且此窗虽多开少闭，然亦间有闭时；闭时用他楣他棂，则与画意不合，丑态出矣。必须照式大小，作木楣②一扇，以名画一幅裱之，嵌入窗中，又是一幅真画，并非"无心画"与"尺幅窗"矣。但观此式，自能了然。裱楣如裱回屏，托以麻布及厚纸，薄则明而有光，不成画矣。

①副墨：副本。②木榻：指可取下的活动窗板。

【译文】

　　尺幅窗的图样，最难画，画出来不是像真画，就是像真山，而非画上之山与山中之画了。前面的式样虽然很精致，考虑到看的人不能完全明白，现在再画一张，作为副本。而且这种窗子虽然开的时候多关的时候少，但毕竟有关的时候，如果关的时候用其他的木榻窗棂，就与画的意境不合，丑态就会出现。必须按照窗子的大小，做一扇木榻，再裱一幅名画在上面，嵌在窗子里面，就又是一幅真画，并非"无心画"与"尺幅窗"了。看了这款图样，自然就明白了。裱木榻如同裱回屏，下面用麻布和厚纸托住，太薄就会明亮透光，成不了画了。

【原文】

　　△梅窗

　　制此之法，总论已备之矣，其略而不详者，止有取老干作外廓一事。外廓者，窗之四面，即上下两旁是也。若以整木为之，则向内者古朴可爱，而向外一面屈曲不平，以之着墙，势难贴伏。必取整木一段，分中锯开，以有锯路者着墙，天然未斫者向内，则天巧人工，俱有所用之矣。

【译文】

　　制作梅窗的方法，总论中已经说得很详细了。其中说得简略不详细的，只有用老树干做外廓这件事。外廓是指窗户的四周，即上下和两边。如果用整块木头来做，向里的一面虽然古朴可爱，可向外的一面却弯曲不平，用它靠墙，肯定难以伏贴。必须将一段整木从中间锯开，有锯痕的一面靠墙，天然没有动过的一面向内，那么天巧与人工，就都用到了。

墙壁第三

【原文】

　　"峻宇雕墙"，"家徒壁立"，昔人贫富，皆于墙壁间辨之。故富人润屋①，贫士结庐，皆自墙壁始。墙壁者，内外攸分而人我相半者也。俗云："一家筑墙，两家好看"。居室器物之有公道者，惟墙壁一种，其余一切皆为我之学也。

然国之宜固者城池，城池固而国始固；家之宜坚者墙壁，墙壁坚而家始坚。其实为人即是为己，人能以治墙壁之一念治其身心，则无往而不利矣。人笑予止务闲情，不喜谈禅讲学，故偶为是说以解嘲，未审有当于理学名贤及善知识否也。

【注释】

①润屋：使居室华丽生辉。指装饰房屋。

【译文】

"峻宇雕墙""家徒壁立"，古人的贫富，都能从墙壁上分辨出来。所以富人修饰房屋，穷人建造住处，都是从墙壁开始的。墙壁区分内外，一半是给自己看一半则是给别人看的。就是俗话说的"一家筑墙，两家好看"。居家的器物当中为公众考虑的只有墙壁一件，其他都是只为自己而设的。

国家应该坚固的是城池，城池坚固国家才能稳固。家应该坚实的是墙壁，墙壁坚实家才坚固。其实为别人就是为自己，人们如果用修治墙壁的观念来修治身心，就没什么事情做起来不顺利了。有人嘲笑我只喜欢追求闲情，不喜欢谈禅讲学，所以偶尔做这样的言论来解嘲，不知理学名贤或是善知者是否觉得正确。

界 墙

【原文】

界墙①者，人我公私之畛域，家之外廓是也。莫妙于乱石垒成，不限大小方圆之定格，垒之者人工，而石则造物生成之本质也。

其次则为石子。石子亦系生成，而次于乱石者，以其有圆无方，似执一见，虽属天工，而近于人力故耳。然论二物之坚固，亦复有差；若云美观入画，则彼此兼擅其长矣。此惟傍山邻水之处得以有之，陆地平原，知其美而不能致也。

予见一老僧建寺，就石工斧凿之余，收取零星碎石几及千担，垒成一壁，高广皆过十仞，嶙刚嵯绝，光怪陆离，大有峭壁悬崖之致。此僧诚韵人也。迄今三十余年，此壁犹时时入梦，其系人思念可知。

砖砌之墙，乃八方公器，其理其法，是人皆知，可以置而弗道。至于泥墙土壁，贫富皆宜，极有萧疏雅淡之致，惟怪其跟脚过肥，收顶太窄，有似尖山，又且或进或出，不能如砖墙一截而齐，此皆主人监督之不善也。若以砌砖墙挂线之法，先定高低出入之痕，以他物建标于外，然后以筑板因之，则有崭墙粉堵之风，而无败壁颓垣之象矣。

①界墙：作为分界的墙壁。

【译文】

界墙，是人与我、公与私的界限，是家宅的外廓。最妙的莫过于用乱石头堆砌，不受大小方圆约束。虽然是人工垒砌而成，但却不失天然本色。

其次就是石子。石子也是自然生成，但次于乱石，因为石子只有圆形没有方形，形状大致相似，虽然是天然生成，却像人工雕琢过的。从坚固程度来看，两者也有差别，如果说到美观入画，那么两者就各有所长。这两样东西只有依山傍水的地方才有，在陆地平原上，虽然知道它们的美却没办法得到。

我曾经见过一位老僧建造寺庙，他将石匠凿下的碎石块收集起来，差不多有上千担，将它们垒成了一面石壁，高和宽都超过十丈，嶙峋峥嵘，光怪陆离，大有悬崖峭壁的韵致。这位僧人真是个雅人。到现在已经三十多年了，这面石壁还经常出现在我梦中，让人思念的程度可想而知。

砖砌之墙，天下通用

砖砌的界墙，天下通用，它的原理和方法尽人皆知，可以放在一边不说。至于泥墙土壁，贫富人家都适用，也能显示清高雅淡的情致，只是墙脚太厚，收顶太窄，好像一座尖山，而且凹进凸出，不能像砖墙那样能砌得整齐，这都是因为主人没有监督好。如果像砌砖墙使用吊线的方法那样，先将建筑时的界限画出来，做出记号，再用筑板根据记号筑墙，筑出来的墙就不会有残缺断裂的情形了。

女 墙

【原文】

《古今注》云："女墙者，城上小墙。一名睥睨①，言于城上窥人也。"予以私意释之，此名甚美，似不必定指城垣，凡户以内之及肩小墙，皆可以此名之。盖女者，妇人未嫁之称，不过言其纤小，若定指城上小墙，则登城御敌，岂妇人女子之事哉？至于墙上嵌花或露孔，使内外得以相视，如近时园圃所筑者，益可名为女墙，盖仿睥睨之制而成者也。其法穷奇极巧，如《园冶》所载诸式，殆无遗义矣。但须择其至稳极固者为之，不则一砖偶动，则全壁皆倾，往来负荷者，保无一时误触之患乎？坏墙不足惜，伤人实可虑也。

予谓自顶及脚皆砌花纹，不惟极险，亦且大费人工。其所以洞彻内外者，不过使代琉璃屏，欲人窥见室家之好耳。止于人眼所瞩之处，空二三尺，使作奇巧花纹，其高乎此及卑乎此者，仍照常实砌，则为费不多，而又永无误触致崩之患。此丰俭得宜，有利无害之法也。

【注释】

①睥睨：城墙上锯齿形的短墙，用于监视、侦伺。

【译文】

《古今注》上说："女墙，指的是城上的矮墙，又叫'睥睨'，是说用来从城上窥视人。"从我个人的观点来看，这个名字非常美，似乎不一定是专指城墙，凡是大门之内及肩高的矮墙，都能够这么叫。因为"女"是对未嫁女子的称呼，而不是说她们的纤细，如果是专门指城上的矮墙，那么登城御敌，岂不是成了妇人女子的事了？至于墙上是嵌花还是打孔，使内外能够互相看到，就像近来建造园圃所造的那样，就应该称为"女墙"了，这其实是模仿"睥睨"来建的。它的方法极其巧妙，《园冶》所记载的式样，已经没有什么遗漏。然而必须从中选出最稳最坚固的式样来做，否则松动一块砖，整堵墙都会倒塌。墙外行走挑担的人，能保证不会有人偶然碰触带来祸患吗？墙坏了倒没什么，担心的是伤到人。

我认为从墙的顶部底部都砌上花纹，不只极其危险而且太费人力。之所以留出孔来以通内外，不过是取代琉璃屏风，让别人能够看到他家园的美好罢了。只在人眼睛所瞩目的地方，空出两三尺，雕一些奇巧的花纹，高于此和低于此的仍旧照常砌实，又花费不多，又可以没有不小心触碰塌倒的隐患。这是丰俭得宜、有利无害的方法。

厅 壁

【原文】

厅壁不宜太素，亦忌太华。名人尺幅自不可少，但须浓淡得宜，错综有致。予谓裱轴不如实贴。轴虑风起动摇，损伤名迹，实贴则无是患，且觉大小咸宜也。实贴又不如实画，"何年顾虎头①，满壁画沧州。"自是高人韵事。予斋头偶仿此制，而又变幻其形，良朋至止，无不耳目一新，低回留之不能去者。因予性嗜禽鸟，而又最恶樊笼，二事难全，终年搜索枯肠，一悟遂成良法。乃于厅旁四壁，倩四名手，尽写着色花树，而绕以云烟，即以所爱禽鸟，蓄于虬枝老干之上。画止空迹，鸟有实形，如何可蓄？曰：不难，蓄之须自鹦鹉始。

从来蓄鹦鹉者必用铜架，即以铜架去其三面，止存立脚之一条，并饮水啄粟之二管。先于所画松枝之上，穴一小小壁孔，后以架鹦鹉者插入其中，务使极固，庶往来跳跃，不致动摇。松为着色之松，鸟亦有色之鸟，互相映发，有如一笔写成。良朋至止，仰观壁画，忽见枝头鸟动，叶底翎张，无不色变神飞，诧为仙笔；乃惊疑未定，又复载飞载鸣，似欲翱翔而下矣。谛观熟视，方知个里情形，有不抵掌叫绝，而称巧夺天工者乎？若四壁尽蓄鹦鹉，又忌雷同，势必间以他鸟。鸟之善鸣者，推画眉第一。然鹦鹉之笼可去，画眉之笼不可去也，将奈之何？

予又有一法：取树枝之拳曲似龙者，截取一段，密者听其自如，疏者网以铁线，不使太疏，亦不使太密，总以不致飞脱为主。蓄画眉于中，插之亦如前法。此声方歇，彼喙复开；翠羽初收，丹晴复转。因禽鸟之善鸣善啄，觉花树之亦动亦摇；流水不鸣而似鸣，高山是寂而非寂。座客别去者，皆作殷浩书空②，谓咄咄怪事，无有过此者矣。

【注释】

①顾虎头：东晋画家顾恺之小字虎头，故称。②殷浩书空：晋中军将军殷浩被罢官为民后，常终日用手指对空划写"咄咄怪事"四字。借指事情令人惊奇诧异。

【译文】

厅堂的墙壁不适宜太朴素，也不适宜太奢华。名人的字画，自然不能少，但也应当浓淡得宜，错落有致。我认为裱成画轴不如直接贴在墙上。画轴被风吹动会损坏了名人的手迹，而直接贴在墙上就不必担心了，而且大大小小的字画都适合这样做。直接贴在墙上又不如直接画在墙上，顾恺之曾经在沧州满壁作画，这自然是高人的风流韵事。我书房里面曾经效仿过这个方法，朋友见了，都感觉耳目一新，流连不忍离去。

名人字画实贴不如实画

我生性喜欢养鸟，却又讨厌鸟笼，这就很难两全其美。于是常年思考这个问题，终于悟出了一个好方法。我请来四位名家高手，在厅屋的四面墙上画满各种颜色的花树，再加上缭绕的云烟，再将我喜爱的鸟养在盘曲的老树干上。画是假的，鸟却是真的，如何去喂养呢？我回答：不难，要养就先从鹦鹉养起。

从来养鹦鹉的，必定用铜架，我将铜架去掉三面，只留下立脚的一条管子及喝水啄食的两条管子。先在所画的松枝上，钻一个小孔，再将铜架插进去，一定要插牢固，使鹦鹉在跳动时，铜管不至于摇动。松树是着色的松树，鸟是有色的鸟，相互映衬，就像同一时间画成的。好朋友来我家中做客，抬头去看壁画，突然看到枝头有小鸟在跳跃，叶子底下有翅膀在扇动，无不神飞色变，赞叹为神笔，还没回过神来，鸟又开始飞翔鸣叫，仿佛就要从墙上飞下来。再仔细观察，才看明白其中奥妙，无不拍掌叫绝，赞称巧夺天工。如果四面墙上所养的全是鹦鹉，为了避免雷同，还应该养一些其他的鸟。画眉鸟叫声最动听。然而养鹦鹉的笼子能够除去，养画眉的笼子却不能除去，怎么办呢？

我又想了一个方法：找一根蜷曲的树枝，截取一段，枝叶密集的地方不用管，听其自然，稀疏的地方用铁丝编成网，不要太稀也不要太密，鸟飞不出去就可以了。如同前面所说将它插在墙上，将画眉鸟养在里面。这只鸟的叫声刚停，那只鸟又叫了；这边的小鸟刚收起翅膀，那边的小鸟又探出头来。由于小鸟喜欢叫喜欢啄，让人觉得花树好像也在摇摆，流水好像也有了响动，高山好像也不那么寂静。客人离开后，无不惊叹不已，认为是咄咄怪事，没有比这更奇妙的了。

书房壁

【原文】

书房之壁，最宜潇洒。欲其潇洒，切忌油漆。油漆二物，俗物也，前人不得已而用之，非好为是沾沾者。门户窗棂之必须油漆，蔽风雨也；厅柱榱楹①之必须油漆，防点污也。若夫书房之内，人迹罕至，阴雨弗浸，无此二患而亦蹈此辙，是无刻不在桐腥漆气之中，何不并漆其身而为厉乎？石灰垩壁，磨使极光，上着也；其次则用纸糊。纸糊可使屋柱窗楹共为一色，即壁用灰垩，柱上亦须纸糊，纸色与灰，相去不远耳。

壁间书画自不可少，然粘贴太繁，不留余地，亦是文人俗志。天下万物，以少为贵。步幛非不佳，所贵在偶尔一见，若王恺之四十里，石崇之五十里，则是一日中哄市，锦绣罗列之肆廛而已矣。看到繁缛处，有不生厌倦者哉？

昔僧玄览往荆州陟岵寺，张璪画古松于斋壁，符载赞之，卫象诗之，亦一时三绝，览悉加垩焉。人问其故，览曰："无事疥吾壁也。"诚高僧之言，然未免太甚。若近时斋壁，长笺短幅尽贴无遗，似冲繁道上之旅肆，往来过客无不留题，所少者只有一笔。一笔维何？"某年月日某人同某在此一乐"是也。此真疥壁，吾请以玄览之药药之。

【注释】

①榱楹：榱，架屋承瓦的木头，方形叫榱。楹，厅堂前部的柱子。

【译文】

　　书房的墙壁最应该潇洒自然，想要它潇洒自然，切忌用油和漆。油与漆这两种东西都是俗物，前人是不得已才使用的，并不是喜欢这样做。门和窗棂所以要用油漆，是为了避免风雨侵蚀；厅柱屋檐之所以要用油漆，是为了防止沾上脏东西。如果书房当中，很少有人来往，也不会遇到风雨侵蚀，没有上面所说的两种麻烦，却也刷上油漆，使人无时无刻不处于油漆的刺鼻气味当中，还不如将油漆直接刷在身上。用石灰粉刷墙，并且磨得很光，是最好的做法；其次是用纸糊。纸糊可以使柱子和窗棂颜色相同，即使墙壁用灰粉刷，柱子上也必须用纸糊，因为纸的颜色与灰相近。

　　墙壁上自然不能少了字画，但是如果贴得太多，不留一点空地，就是文人俗气的做法。天下万物，以少为贵。满墙壁画不是不好，但是贵在偶尔见到，像王恺那样陈列四十里，石崇那样陈

壁间字画自不可少

列五十里，那就成了一个午间的闹市、锦绣罗列的市场了。人们看到繁杂的地方，能不觉得厌倦吗？

　　古时僧人玄览，在荆州陟岵寺做住持，张璪在斋壁上画了古松，符载填上了赞词，卫象为它题了一首诗，他们三人在当时也称得上三绝了。玄览却用粉把他们所画所写的东西全都刷掉了。有人问玄览为什么这么做？玄览说："没事让我的墙壁像长了疥。"虽然是高僧的话，但未免有点太过。像近来的寺墙，长篇短幅到处都是，就像大道上繁忙的旅店，来来往往的过客，无不在上面题字，写的少的只有一句话。是句什么话？某年某月某日某人同某人在此一乐。这才真的是让墙壁生疥，我希望能用玄览的方法来医治它。

【原文】

　　糊壁用纸，到处皆然，不过满房一色白而已矣。予怪其物而不化，窃欲新之。新之不已，又以薄蹄变为陶冶，幽斋化为窑器，虽居室内，如在壶中，又一新人观听之事也。先以酱色纸一层，糊壁作底，后用豆绿云母笺，随手裂作零星小块，或方或扁，或短或长，或三角或四五角，但勿使圆，随手贴于酱色纸上，每缝一条，必露出酱色纸一线，务令大小错杂，斜正参差，则贴成之后，满房皆冰裂碎纹，有如哥窑美器。

其块之大者，亦可题诗作画，置于零星小块之间，有如铭钟勒卣，盘上作铭，无一不成韵事。问予所费几何，不过于寻常纸价之外，多一二剪合之工而已。同一费钱，而有庸腐新奇之别，止在稍用其心。"心之官则思。"如其不思，则焉用此心为哉？

【译文】

用纸糊墙壁，到处都是如此，不过是满房白色而已。我嫌弃它呆滞缺少变化，私下想改进一番，不停革新，将书房变成了陶冶性情的处所。虽然身在书房，却如临仙境，这又是一件让人耳目一新的事。先用一层酱色纸糊在墙壁上当底，然后用豆绿色的云母笺，随手撕成零星小块，或方或扁，或短或长，或三角或四五角，但一定不要是圆形，将这些碎片随手贴在酱色纸上，在每块相接的地方，一定要露出一线酱色纸，让它们大小错杂，斜正参差。那么贴完之后，就满房都是冰裂碎纹，好像哥窑的精美瓷器。

其中大块的，也可以题诗作画，置于零星小块之间，就像钟鼎酒器上镌刻的铭文，无处不显出韵味。问我这样花费了多少，不过是平常的纸钱之外，多花一点剪贴的工夫罢了。相同的花费，却有庸腐和新奇的差别，只在于稍微用心思罢了。"人心的作用就是思考"，如果不思考，这个心还用来干什么？

【原文】

屏不用板而用木槅

糊纸之壁，切忌用板。板干则裂，板裂而纸碎矣。用木条纵横作槅，如围屏之骨子然。前人制物备用，皆经屡试而后得之，屏不用板而用木槅，即是故也。即如糊刷用棕，不用他物，其法亦经屡试，舍此而另换一物，则纸与糊两不相能，非厚薄之不均，即刚柔之太过，是天生此物以备此用，非人不能取而予之。人知巧莫巧于古人，孰知古人于此亦大费辛勤，皆学而知之，非生而知之者也。

【译文】

糊纸的墙壁，切忌使用木板，木板干了就会开裂，木板开裂纸也就跟着碎了。要用木条纵横交错制成木槅，就像围屏的骨架一样很疏。前人制作和使用某种东西，都是经过反复试验才成功。屏风不用木板而用木槅，就是这个缘故。就像糊墙的刷子用棕丝而不用其他材料一样，这也是经过多次验证的。若是不用棕丝而用其他东西，纸和糨糊就不容易黏合，不是厚薄不均匀，就是太硬或太软。这真是天生的一物配一物，不是人们可以用其他东西随便代替的。人们只知道自己的巧思比不上古人，却不知道古人对于这些事情也付出了辛勤劳动。人们都是通过学习知道的，并非一出生就什么都知道。

【原文】

壁间留隙地，可以代橱。此仿伏生①藏书于壁之义，大有古风，但所用有不合于古者。此地可置他物，独不可藏书，以砖土性湿，容易发潮，潮则生蠹，且防朽烂故也。然则古人藏书于壁，殆虚语乎？曰：不然。东南西北，地气不同，此法止宜于西北，不宜于东南。西北地高而风烈，有穴地数丈而始得泉者，湿从水出，水既不得，湿从何来？即使有极潮之地，而加以极烈之风，未有不返湿为燥者。故壁间藏书，惟燕赵秦晋则可，此外皆应避之。即藏他物，亦宜时开时阖，使受风吹；久闭不开，亦有霾湿生虫之患。莫妙于空洞其中，止设托板，不立门扇，仿佛书架之形，有其用而不侵吾地，且有磐石之固，莫能摇动。此妙制善算，居家必不可无者。予又有壁内藏灯之法，可以养目，可以省膏，可以一物而备两室之用，取以公世，亦贫士利人之一端也。我辈长夜读书，灯光射目，最耗元神。有用瓦灯贮火，留一隙之光，仅照书本，余皆闭藏于内而不用者。予怪以有用之光置无用之地，犹之暴殄天物，因效匡衡凿壁②不义，于墙上穴一小孔，置灯彼屋而光射此房，彼行彼事，我读我书，是一灯也，而备全家之用，又使目力不竭于焚膏，较之瓦灯，其利奚止十倍？以赠贫士，可当分财。使予得拥厚资，其不吝亦如是也。

【注释】

①伏生：名胜，汉时济南人，原秦博士，治《尚书》。始皇焚书，伏生以书藏壁中，后来在汉文帝时教授晁错《尚书》。②匡衡凿壁：《汉书·匡衡传》记载，匡衡幼时家贫，"勤学而无烛，邻舍有烛而不逮，衡乃穿壁引其光，以书烛光而读之"，即"凿壁借光"的故事。

【译文】

墙壁间留下空地，可以用来做橱柜。这是模仿伏生在墙壁里藏书的做法，很有古人遗风，不过用途却跟古人不同。橱柜可以放些其他东西，却唯独不能藏书。因为砖土容易返潮，会生出蠹虫，并且还要防止腐朽烂掉。那么古人藏书于墙壁当中就是假话吗？我回答：不是的。四方的气候不同。这种方法只适合于西北，不适合用在东南。西北地势高，风也猛烈，常常要挖地好几丈深才能挖出水来。湿气是因为有水，地下既然没有水，怎么会有湿气呢？即使很潮湿的地方，遇到那么强烈的风，也会变得干燥。所以可以在墙壁里藏书，燕赵秦晋等地都可以，除此以外的地方都不能这样做。即使藏别的东西，也要不时地开关以通风，长时间关着，也有可能潮湿发霉长虫子。最妙的是在墙壁上留出空间，只设托板，不置门扇，好像书架那样，既能发挥功用又不占地方，并且坚固不可摇动。如此巧妙的设计日常生活是不能少的。我还有一个壁内藏灯的好办法，既可以保养眼睛，又可以节省灯油，还可以一盏灯的光亮供两间房使用。把这种方法告诉世人，也是贫寒人士为别人谋利的一种方法吧。我们这些读书人彻夜读书，灯光刺激眼睛，最损耗人的精神。有人使用瓦灯，只留一线光亮照着书本，其余的光线都被遮在瓦灯之内而不去利用。我奇怪为什么人们要把有用的光亮放在无用的地方，这简直是浪费。所以我仿效匡衡凿壁借光的办法，在墙上挖一个小孔，将灯放在那间屋子，灯光也可以射到这间屋子来，别人做别人的事，我读我的书。这样，一盏灯就可以供全家使用，又不会使视力受到灯光损害。比起瓦灯来，这种方法何止好十倍？将这个方法告诉贫寒的读书人，抵得上将财产分给他们。即使以后我发了财，还是会像现在一样不吝啬。

◦联匾第四◦

【原文】

瑞光堂匾

堂联斋匾，非有成规。不过前人赠人以言，多则书于卷轴，少则挥诸扇头；若止一二字、三四字，以及偶语一联，因其太少也，便面难书，方策①不满，不得已而大书于木。彼受之者，因其坚巨难藏，不便纳之笥中，欲举以示人，又不便出诸怀袖，亦不得已而悬之中堂，使人共见。此当日作始者偶然为之，非有成格定制，画一而不可移也。讵料一人为之，千人万人效之，自昔徂今，莫知稍变。

夫礼乐制自圣人，后世莫敢窜易，而殷因夏礼，周因殷礼，尚有损益于其间，矧器玩竹木之微乎？予亦不必大肆更张，但效前人之损益可耳。锢习②繁多，不能尽革，姑取斋头已设者，略陈数则，以例其余。非欲举世则而效之，但望同调者各出新裁，其聪明什佰于我。投砖引玉，正不知导出几许神奇耳。

【注释】

①方策：同方册，即典籍。②锢习：长期养成、不易改掉的陋习。锢，通"痼"。

【译文】

厅堂书房的对联和匾额，并没有固定的规矩。前人为别人题写赠言时，字多就写在卷轴上，字少就直接写在扇面上。如果只有一两个字、三四个字，或者偶尔写成一副对联，因为字数太少，写在扇面或是书页上都不合适，没办法才用大字写到木匾上。接受赠言的人，因为木匾又大又硬，不方便放在箱子中，想拿给人看，又不能从衣袖里取出，于是就把它挂在厅堂里，使大家都可以看见。这是开创者当时的做法，并没有什么固定规矩，非要如此做不可。想不到一个人这么做了，千万个人都来仿效，并且从古到今都没有变动。

礼乐是圣人制定的，后世没有人敢窜改，然而殷朝仿照夏朝礼制，周朝又仿照殷朝礼制，尚且要做些变动，何况器具玩物呢？我也不必大肆更张，只像前人那样做些增减就可以了。旧的陋习实在太多，很难一下子都改过来，就拿我书房里已有的，举几个例子，来作为推行的典范。我并非想要天下人都来学我，只希望和我有相同爱好的人能够别出心裁，比我聪明几十几百倍，以此抛砖引玉，不知道能引出多少奇思妙想。

【原文】

有诘予者曰：观子联匾之制，佳则佳矣，其如挂一漏万何？由子所为者而类推之，则《博古图》中，如樽罍、琴瑟、几杖、盘盂之属，无一不可肖像而为之，胡仅以寥寥数则为也？予曰：不然。凡予所为者，不徒取异标新，要皆有所取义。凡人操觚握管，必先择地而后书之，如古人种蕉代纸[1]，刻竹留题，册上挥毫，卷头染翰，剪桐作诏[2]，选石题诗，是之数者，皆书家固有之物，不过取而予之，非有蛇足于其间也。若不计可否而混用之，则将来牛鬼蛇神无一不备，予其作俑之人乎？图中所载诸名笔，系绘图者勉强肖之，非出其人之手。缩巨为细，自失原神，观者但会其意可也。

【注释】

①种蕉代纸：唐代书法家怀素和尚种植芭蕉万余株，以蕉叶代纸练习书法，传为千古佳话。②剪桐作诏：即"桐叶封弟"的故事。周成王与弟弟叔虞游戏时，剪桐叶做圭说："我拿这个封你。"周公听见后说"天子无戏言"，周成王便封叔虞于晋。

【译文】

有人反问我："看你设计的联匾，好是好，可是如果挂一漏万怎么办？从你所谈的这些类推出去，《博古图》里像酒具、琴瑟、几杖、盘盂等器物，全都可以拿来模仿，你为什么就举了这么几个例子呢？"我说不是这样，我所设计的，不只是为了标新立异，重要的是要取它的含义。人们做文章，必须要想好思路然后才下笔。像古人拿蕉叶做纸，在竹板上刻字挥毫，在纸上染墨，剪桐叶作诏书，选取石头题诗，这些东西都是书法家原本早已用过的，我选取来用，并非画蛇添足。要是不管是否合适都随便拿来用，那么以后牛鬼蛇神，岂不是都会被人拿来用，我岂不是成了始作俑者？图中所记载的名人手迹，是画图的人勉强模仿的，并非出自我的手笔。将大的东西缩小，自然会失去原来的神韵，看的人只要领会其中含义就可以了。

蕉叶联

【原文】

蕉叶题对联

蕉叶题诗，韵事也；状蕉叶为联，其事更韵。但可置于平坦贴服之处，壁间门上皆可用之，以之悬柱则不宜，阔大难掩故也。其法先画蕉叶一张于纸于，授木工以板为之，一样二扇，一正一反，即不雷同。后付漆工，令其满灰密布，以防碎裂。漆成后，始书联句，并画筋纹。蕉色宜绿，筋色宜黑，字则宜填石黄，始觉陆离可爱，他色皆不称也。用石黄乳金更妙，全用金字则太俗矣。此匾悬之粉壁，其色更显，可称"雪里芭蕉"。

【译文】

在蕉叶上题诗，是十分风雅的事；模仿蕉叶的形状做成对联，就更风雅了。这种对联只能挂在平坦的地方，比如墙壁或是门上，挂在柱子上就不适合，因为蕉叶联又宽又大，把柱子都挡住了。制作蕉叶联的方法是先在纸上画出一张蕉叶，让木工用木板做出来，一样两扇，一正一反，这样就不会雷同。然后交给油漆工，让他在上面刮上底灰，防止碎裂。漆完以后，再开始写对联，而且要画上蕉叶的纹路筋络。蕉的颜色适合绿色，筋的颜色适合黑色，字的颜色就最好填上石黄，才觉得可爱，其他颜色都不合适。用石黄乳金更好，但都用金色又太俗。将这种匾挂在粉墙上，颜色更明显，可以称为"雪里芭蕉"。

此君联

【原文】

"宁可食无肉，不可居无竹。"竹可须臾离乎？竹之可为器也，自楼阁几榻之大，以至筹食杯箸之微，无一不经采取，独至为联为匾诸韵事弃而弗录，岂此君①之幸乎？用之请自予始。截竹一筒，剖而为二，外去其青，内铲其节，磨之极光，务使如镜，然后书以联句，令名手镌之，掺以石青或石绿，即墨字亦可。以云乎雅，则未有雅于此者；以云乎俭，亦未有俭于此者。不宁惟是，从来柱上加联，非板不可，柱圆板方，柱窄板阔，彼此抵牾，势难贴服，何如以圆合圆，纤毫不谬，有天机凑泊之妙乎？

此联不用铜钩挂柱，用则多此一物，是为赘瘤。止用铜钉上下二枚，穿眼实钉，勿使动移。其穿眼处，反择有字处穿之，钉钉后，仍用掺字之色补于钉上，混然一色，不见钉形尤妙。钉蕉叶联亦然。

①此君：对竹的昵称。语出《晋书·王徽之传》："王徽之在宅内种竹，人问其故，他说何可一日无此君耶？"以后便以"此君"称呼竹。

【译文】

"宁可食无肉，不可居无竹。"人可以一刻远离竹子吗？竹子做成的器物，大到楼阁桌床，小到箱盒杯筷，没有不使用竹子的，唯独到了作联作匾这种雅事，反而弃置不用了，这难道能说是竹子的幸运吗？使用竹子就从我这里来开始吧！截一段竹子，剖成两半，削去外面的青皮，铲平中间的节疤，磨得如同镜子一样光亮，然后在上面书写联句，再请来名匠篆刻，填上石青或者石绿，直接用墨字也可以。如果说到雅致，没有比这更雅致的了。如果说到简朴，也没有比这更简朴的了。不仅如此，在柱子上挂对联，非得用木板不可，柱子是圆的而木板是方的，柱子是窄的而木板是宽的，彼此互相抵触，必定难以帖服。哪比得上竹子做的，圆的与圆的相合，一点都不差，有没有天机自然的妙趣呢？

这种联不用铜钩来挂，用了也是多此一举，又是一个累赘。只要用两枚铜钉，在联上穿眼钉牢使它移动不了就行。穿眼的地方，要特意选有字的地方。钉上钉子后，仍然用字的颜色，涂在钉子上，使它们浑然一色，看不出钉子形状更妙。钉蕉叶联也是如此。

碑文额

【原文】

三字额，平书者多，间有直书者，匀作两行。匾用方式，亦偶见之。然皆白地黑字，或青绿字。兹效石刻为之，嵌于粉壁之上，谓之匾额可，谓之碑文亦可。名虽石，不果用石，用石费多而色不显，不若以木为之。其色亦不仿墨刻之色，墨刻色暗，而远视不甚分明。地用墨漆，字填白粉，若是则值既廉，又使观者耀目。此额惟墙上开门者宜用之，又须风雨不到之处。客之至者，未启双扉，先立漆书壁经之下，不待搴帷①入室，已知为文士之庐矣。

【注释】

①搴帷：撩起帷幕。

【译文】

　　三个字的匾额，大都是横着写的，偶尔有竖着写的，也分作两行。也有将匾额做成方形的，但都是用白色做底刻上黑字，或是青字绿字。这些都是效仿石刻做的，镶嵌在墙壁上，可以称为匾额，也可以称为碑文。名字虽然叫作石，但并非真用石头做成，用石头做不但花费大而且颜色也不明显，不如用木头做得好。颜色也不要仿照墨刻的颜色，墨刻的颜色暗，远看看不分明。木头的底色用黑漆，字则填上白色的粉，如此既省费用，又很醒目。然而这种匾只适合在墙上开门的地方用，又必须要放在风雨淋不到的地方。客人到来，还没开门，先站在匾额下面，不需要掀开帘子进入房间，就已经知道是文人雅士的居所了。

手卷额

【原文】

手卷额

额身用板，地用白粉，字用石青石绿，或用炭灰代墨，无一不可。与寻常匾式无异，止增圆木二条，缀于额之两旁，若轴心然。左画锦纹，以像装潢之色；右则不宜太工，但像托画之纸色而已。天然图卷，绝无穿凿之痕，制度之善，庸有过于此者乎？眼前景，手头物，千古无人计及，殊可怪也。

【译文】

　　这种匾的额身用木板制成，底子用白粉，字用石青或石绿，或者用炭灰来代替墨汁，没有不可以的。与一般的匾没什么差别，只是增加了两根圆木，缀在匾的两边，就像轴心一样。左边画上锦纹，与装潢的颜色一样，右边不需要太精巧，只要表现出托画的底色就行。天然的画卷，没有半点穿凿之痕，还有比这更好的吗？眼前的景色，手边的材料，千百年来却没有人想到，真让人奇怪。

册页匾

【原文】

　　用方板四块，尺寸相同，其后以木绾之。断而使续，势取乎曲，然勿太曲。边画锦纹，亦装潢之色。止用笔画，勿用刀镌，镌者粗略，反不似笔墨精工；且和油入漆，着色①为难，不若画色之可深可浅，随取随得也。字则必用剞劂。各有所宜，混施不可。

【注释】

　　①着色：涂上颜色。

【译文】

　　将尺寸相同的四块方板，后面用木条连在一起，似断实连，使之弯曲，然而不要太弯。边上画上锦纹，跟装潢颜色一致，只用笔画，不用刀刻，刀刻的太粗糙，反而不如用笔画的精细。而且漆里和了油，着色困难，不如用笔画的颜色可深可浅，随时可以取得。字就必须用刀刻，该怎么做就怎么做，不能混淆。

虚白匾

【原文】

　　"虚室生白"①，古语也。且无事不妙于虚，实则板矣。用薄板之坚者，贴字于上，镂而空之，若制糖食果馅之木印。务使二面相通，纤毫无障。其无字处，坚以灰布，漆以退光。俟既成后，贴洁白绵纸一层于字后。木则黑而无泽，字则白而有光，既取玲珑，又类墨刻，有匾之名，去其迹矣。但此匾不宜混用，择房舍之内暗外明者置之。若屋后有光，则先穴通其屋，以之向外，不则置于入门之处，使正面向内。从来屋高门矮，必增横板一块于门之上。以此代板，谁曰不佳？

【注释】

　　①虚室生白：谓人能清虚无欲，则道心自生。

【译文】

　　"虚室生白"是古语了。凡事都是以虚为妙，实了就显得呆板。用坚硬的木板，在上面贴字，将其镂空，就像做糖食或者水果馅用的木印那样。务必要使两面相通，不能有一点障碍。在没字的地方，抹上灰使其坚固，漆上黑漆使其褪去光泽。做好之后，在字后面贴上一层洁白棉纸，木板就黑而无光，字就白而有光。显得既玲珑可爱，又像是墨刻一般，虽然名字叫匾，看上去却不像匾。然而这种匾不能随便挂在什么地方，要选择内暗外亮的房间安放。如果屋后面有光，就先将墙壁凿通，将匾朝外，或者放在进门的地方，使正面向内。从来都是屋高门矮，必然要在门上挂一块横板，拿虚白匾代替这块横板，谁会说不好呢？

石光匾

【原文】

即"虚白"一种，同实而异名。用于磊石成山之地，择山石偶断处，以此续之。亦用薄板一块，镂字既成，用漆涂染，与山同色，勿使稍异。其字旁凡有隙地，即以小石初之，粘以生漆，勿使见板。至板之四围，亦用石补，与山石合成一片，无使有襞襀之痕①，竟似石上留题，为后人凿穿以存其迹者。字后若无障碍，则使通天，不则亦贴绵纸，取光明而塞障碍。

【注释】

①襞襀：重叠，堆积。

【译文】

石光匾是虚白匾的一种，实质相同名称不同而已。用于石头垒成的假山上，选择山石出现断口的地方，用它来相连。其制作也是用一块薄板，镂刻好之后，用漆将它染成与山相同的颜色，不要有一点差异。字旁边有小空隙的地方，都要用小石子补上，再用生漆粘住，不要看出有木板。木板的周围，也用石头补上，与山石合成一片，不要显出修饰的痕迹，看上去就像是在石头上题字，而让后人凿穿了而保存下来的。字的后面如果没有障碍，就让它透出天光，否则就贴上绵纸，能透出光亮，并且能遮挡后面的障碍。

秋叶匾

【原文】

御沟题红①，千古佳事；取以制匾，亦觉有情。但制红叶与制绿蕉有异：蕉叶可大，红叶宜小；匾取其横，联妙在直。是亦不可不知也。

【注释】

①御沟题红：又叫红叶题诗。唐宣宗时中书舍人卢渥，"偶临御沟，见一红叶"，叶上题诗云"水流何太急，深宫尽日闲。殷勤谢红叶，好去到人间。"后来宣宗放宫女，卢渥得到一位宫女，就是当日题诗于红叶的那位，于是感叹姻缘，传为佳话。

【译文】

"红叶题诗"是千古流传的佳话，拿来制作匾额，也让人觉得别有情致。然而制作红叶匾和制作蕉叶联也有不同之处：蕉叶联可以做得大一些，红叶匾则适合做得小一些；匾要做成横的，对联则做成竖的。这也是不可以不知道的。

蕉叶联

◦山石第五◦

【原文】

幽斋磊石，原非得已。不能致身岩下，与木石居，故以一卷代山，一勺代水，所谓无聊之极思也。然能变城市为山林，招飞来峰使居平地，自是神仙妙术，假手于人以示奇者也，不得以小技目之。且磊石成山，另是一种学问，别是一番智巧。尽有丘壑填胸、烟云绕笔之韵士，命之画水题山，顷刻千岩万壑，及倩磊斋头片石，其技立穷，似向盲人问道者。

故从来叠山名手，俱非能诗善绘之人。见其随举一石，颠倒置之，无不苍古成文，纡回入画，此正造物之巧于示奇也。譬之扶乩召仙，所题之诗与所判之字，随手便成法帖，落笔尽是佳词，询之召仙术士，尚有不明其义者。若出自工书善咏之手，焉知不自人心捏造？妙在不善咏者使咏，不工书者命书，然后知运动机关，全由神力。其叠山磊石，不用文人韵士，而偏令此辈擅长者，其理亦若是也。

然造物鬼神之技，亦有工拙雅俗之分，以主人之去取为去取。主人雅而喜工，则工且雅者至矣；主人俗而容拙，则拙而俗者来矣。有费累万金钱，而使山不成山、石不成石者，亦是造物鬼神作祟，为之摹神写像，以肖其为人

221

也。一花一石，位置得宜，主人神情已见乎此矣，奚俟察言观貌，而后识别其人哉？

【译文】

　　幽静的居所内用石头垒成假山，原本是不得已的做法。因为不能置身于自然山水之中，所以只好用假山假水来代替了，这也是所谓没有办法中想出的好办法。然而能将城市变成山林，将飞来峰移到平地，自然是神仙的妙术。巧借他人之手来显示奇异的，不能看成雕虫小技。况且垒石成山，也是一种学问，别有一番智慧与技巧。不少雅士满胸丘壑，烟云绕笔，让他们画山水，顷刻之间千岩万壑就画出来了。可是要他们在房屋旁边垒一座假山，却一点办法都没有了，如同向盲人问路一样。

　　所以历来那些做假山的名家，都并非能诗善画的人。他们顺手拿一块石头，随便一放，无不显得苍凉古朴、迂回入画，这正是造物主善于显示神奇的地方。就像术士占卜召仙时所题的诗与所画的字，随手写来就成了法帖，落笔都是佳词。询问他们那些语句的含义，连他自己也说不清楚。如果这些字句出自一个擅长书法、善于作诗的人，怎么知道是否他自己捏造出来的呢？妙就妙在让不擅作诗的人去作诗，不擅书法的人去写字，然后才会知道机巧全都由神力控制。叠山垒石，文人雅士不擅长，而这些人却偏偏擅长，就是这个道理。

　　造物的鬼斧神工也有巧拙、雅俗的区别。这种区别是以主人的取舍为标准的。主人趣味高雅并追求精巧，那造出来的山石就是高雅精巧的；主人趣味低俗而且可以容许笨拙，那造出来的山石就也是低俗笨拙的。有的人花费上万的金钱造山造石，然而造出来的山却不像山，石也不像石，这也是造物鬼神在作祟，在为主人摹神写像，来显示主人的为人。一盆花一块石，只要摆放的位置适当，主人的神情就已经体现出来了，哪还需要看到本人后察言观色，才能识别他的为人呢？

大　山

【原文】

　　山之小者易工，大者难好。予遨游①一生，遍览名园，从未见有盈亩累丈之山，能无补缀穿凿之痕，遥望与真山无异者。犹之文章一道，结构全体难，敷陈零段易。唐宋八大家之文，全以气魄胜人，不必句栉字篦，一望而知为名作。以其先有成局，而后修饰词华，故粗览细观同一致也。若夫间架未立，才自笔生，由前幅而生中幅，由中幅而生后幅，是谓以文作文，亦是水到渠成之妙境；然但可近视，不耐远观，远观则襞襀缝纫之痕出矣。

　　书画之理亦然。名流墨迹，悬在中堂，隔寻丈而观之，不知何者为山，何者为水，何处是亭台树木，即字之笔画杳不能辨，而只览全幅规模，便足令人称许。何也？气魄胜人，而全体章法之不谬也。

至于累石成山之法，大半皆无成局，犹之以文作文，逐段滋生者耳。名手亦然，矧庸匠乎？然则欲累巨石者，将如何而可？必俟唐宋诸大家复出，以八斗才人，变为五丁力士，而后可使运斤乎？抑分一座大山为数十座小山，穷年俯视，以藏其拙乎？曰：不难。用以土代石之法，既减人工，又省物力，且有天然委曲之妙。混假山于真山之中，使人不能辨者，其法莫妙于此。累高广之山，全用碎石，则如百衲僧衣，求一无缝处而不得，此其所以不耐观也。以土间之，则可泯然无迹，且便于种树。树根盘固，与石比坚，且树大叶繁，混然一色，不辨其为谁石谁土。立于真山左右，有能辨为积累而成者乎？

此法不论石多石少，亦不必定求土石相半，土多则是土山带石，石多则是石山带土。土石二物原不相离，石山离土，则草木不生，是童山②矣。

【注释】

①遨游：漫游，畅游。②童山：无草木的不毛之山。

【译文】

小山容易造精巧，大山却难以造好。我遨游一生，游遍天下名园，从没见过一亩多、几丈高的假山能够没有缝补、拼凑的痕迹，远观与真山没有差别的。这就同文人做文章一样，构思全篇困难，零碎写来容易。唐宋八大家的文章，全是以气魄胜人，用不着逐字逐句地考察，一看便知是大手笔。因为它先从整体布局，然后才修饰词藻，所以无论粗看还是细看都是一样。如果文章的骨架还没打好，就顺着文思信笔写出，从开头写到中间，再从中间写到结尾，这叫作以文作文，也是水到渠成的奇妙境界。然而只可近观，不耐远看。远看看就会看出拼凑的痕迹。

书画的道理也一样。名人的字画，挂在大厅里，隔了一丈多远来看，看不清楚哪里是山，哪里是水，哪里是亭台树木，可能连字的笔画都看不清，而如果只看全幅的规模气势，就会令人十分赞许。为什么？因为气魄过人，整体的章法没有错误！

至于垒石造假山，大多没有固定规则，就像以文作文，是一段一段写出来的。名家都是这样，何况平庸的工匠呢？那么，垒一座巨石大山，应该如何做呢？难道一定要等唐宋八大家再生，将才高八斗的文士变成大力士，然后让他们操斧造山吗？或者将一座大山，分为几十座小山，终年低头琢磨，以此来掩饰其拙劣吗？我说：其实这并不困难。用一种以土代石的方法，既减少人工，又节省物力，而且还有天然起伏的

累石成山

巧妙。就是将假山混在真山当中，使人分辨不出，这是最妙的方法。要垒砌高大的山，如果全部用碎石头，就如同百衲僧衣，想找没缝的地方却不行，这是它不耐看的原因。用土掺杂在中间，就能看不出丝毫拼凑的痕迹，而且还便于种树。树根盘曲稳固，可以跟石头一样坚固，而且树大叶繁，浑然一色，分辨不出哪里是土哪里是石。站在真山的旁边，有谁能分辨出它是人工堆积而成的呢？

这种方法不要求石头的多少，也不要求土和石各占一半，土多就是土山带石，石多就是石山带土。土和石这两种东西，原本就是不能分开的，石山离开土，就会草木不生，成为"童山"了。

小 山

【原文】

小山亦不可无土，但以石作主，而土附之。土之不可胜石者，以石可壁立，而土则易崩，必仗石为藩篱故也。外石内土，此从来不易之法。

【译文】

小山也不能没有土，只是以石头为主，以土为辅。土有比不上石头的地方，石头可以竖起来，而土很容易崩塌，必须要以石头为依托。外面用石里面填土，这是从来都不可改变的法则。

【原文】

言山石之美者，俱在透、漏、瘦三字。此通于彼，彼通于此，若有道路可行，所谓透也；石上有眼，四面玲珑，所谓漏也；壁立当空，孤峙无倚，所谓瘦也。然透、瘦二字在在宜然，漏则不应太甚。若处处有眼，则似窑内烧成之瓦器，有尺寸限在其中，一隙不容偶闭者矣。塞极而通，偶然一见，始与石性相符。

【译文】

说到山的美，都在透、漏、瘦三个字上。它们彼此相通，好像有道路可以行走，这叫"透"。石上有眼，四面玲珑，就叫作"漏"。当空直立，独立无依，则叫作"瘦"。然而透与瘦这两个字，山的每个地方都应该如此，漏则不能太过分。如果处处有眼，就像窑里烧成的瓦器，有尺寸的限制，一个小洞都不能闭塞。完全堵塞，偶然见到一个眼，才符合石头的本性。

山石之美

【原文】

瘦小之山，全要顶宽麓①窄，根脚一大，虽有美状，不足观矣。

【注释】

①麓：山脚。

【译文】

瘦小的山，都应该顶宽底窄。山脚一大，即使有美丽的形状，也不值得看了。

【原文】

石眼忌圆，即有生成之圆者，亦粘碎石于旁，使有棱角，以避混全之体。

【译文】

石眼忌讳太圆，即使天生是圆的，也要粘上些碎石在旁边，使它有棱有角，以避免过于圆滑。

【原文】

石纹石色取其相同，如粗纹与粗纹当并一处，细纹与细纹宜在一方，紫碧青红，各以类聚是也。然分别太甚，至其相悬接壤处，反觉异同，不若随取随得，变化从心之为便。至于石性，则不可不依；拂其性而用之，非止不耐观，且难持久。石性维何？斜正纵横之理路是也。

【译文】

石头的纹理和颜色要选择相同的。例如粗纹和粗纹的合在一起，细纹和细纹的合在一起，各种颜色，也各自归类。然而如果分得太细致，到了不同颜色相接的地方，反而觉得太生硬，不如随取随放，随心所欲的好。至于石性，就不能不顺从；如果违背石性而去用它，不但不好看，而且难以持久。石性是什么？就是石头斜正纵横的纹理。

石 壁

【原文】

假山之好，人有同心；独不知为峭壁，是可谓叶公之好龙矣。山之为地，非宽不可；壁则挺然直上，有如劲竹孤桐，斋头但有隙地，皆可为之。且山形曲折，取势为难，手笔稍庸，便贻大方之诮。壁则无他奇巧，其势有若累墙，但稍稍纡回出入之，其体嶙峋，仰观如削，便与穷崖绝壑无异。且山之与壁，其势相因，又可并行而不悖者。

凡累石之家，正面为山，背面皆可作壁。匪特前斜后直，物理皆然，如椅榻①舟车之类；即山之本性亦复如是，逶迤其前者，未有不崭绝其后，故峭壁之设，诚不可已。但壁后忌作平原，令人一览而尽。须有一物焉蔽之，使座客仰观不能穷其颠末，斯有万丈悬岩之势，而绝壁之名为不虚矣。蔽之者维何？曰：非亭即屋。或面壁而居，或负墙而立，但使目与檐齐，不见石丈人②之脱巾露顶，则尽致矣。

【注释】

①椅榻：古代的坐卧具。②石丈人：指园林中之峭壁。

【译文】

对于假山的喜好，人人都有同感。但却唯独不知道垒峭壁，这真可以说是"叶公好龙"了。造假山的地方，一定要宽敞才可以；而峭壁却要挺拔直立，就像劲竹孤桐，房屋旁只要有一点空地，就可以做。而且假山造型曲折，很难造出气势，手艺稍微平庸，就会贻笑大方。石壁则没有那么多的奇巧，就像垒墙，只要稍微造的迂回曲折，山体嶙峋，仰看像刀削斧劈，就与悬崖绝壁没有差别了。而且假山与石壁的气势是相辅相成的，可以并行不悖。

凡是垒了石山的人家，正面是石山，背面就可以做成峭壁。事物本来的规律都是前部倾斜后部直立，比如椅子、床、车、船之类，山的本性也是这样，前面蜿蜒曲折，后面挺然峭拔。因此峭壁必不可少。只是峭壁后面要避免留下空地，要使人一览无余。必须用一个东西遮掩起来，使坐客仰视时不会把顶部全都看清楚，这才有万丈悬崖的气势，绝壁也就不是徒有虚名了。用什么来遮掩呢？回答是：亭子或者屋子。无论是面朝石壁而坐，还是背靠石壁而立，只要让视线与屋檐相平，看不见石壁顶端，那么就完美了。

【原文】

石壁不定在山后，或左或右，无一不可，但取其地势相宜。或原有亭屋，而以此壁代照墙，亦甚便也。

【译文】

石壁不一定非要建在山后，左边右边，都可以。只要与地势相宜就可以。或者原来就有亭屋，而用石壁来代替照墙，也很方便。

石 洞

【原文】

假山无论大小，其中皆可作洞。洞亦不必求宽，宽则借以坐人。如其太小，不能容膝，则以他屋联之，屋中亦置小石数块，与此洞若断若连，是使屋与洞混而为一，虽居屋中，与坐洞中无异矣。洞中宜空少许，贮水其中而故作漏隙，使涓滴之声从上而下，旦夕皆然。置身其中者，有不六月寒生，而谓真居幽谷者，吾不信也。

【译文】

假山无论大小，中间都可以做洞，洞不要求太宽，能够坐人就可以了。如果石洞太小，连人都站不下，那么就将其他房屋和它连接起来。屋子中也放些小石块，看起来与石洞似断似连，如此屋子与石洞就浑然一体，虽然坐在屋子里，也跟坐在洞里差不多。洞中空出一小块地方，在里面贮存少许水，并且故意做出漏隙，使涓涓滴水之声从上而下，日夜不断。置身于山洞之中的人，如果有不感到六月生寒，而说自己身处幽谷的，我就不相信。

假山无论大小，中间都可做洞

零星小石

【原文】

贫士之家，有好石之心而无其力者，不必定作假山。一卷特立，安置有情，时时坐卧其旁，即可慰泉石膏肓之癖。若谓如拳之石亦须钱买，则此物亦能效用于人，岂徒为观瞻而设？使其平而可坐，则与椅榻同功；使其斜而可倚，则与栏杆并力；使其肩背稍平，可置香炉茗具，则又可代几案。花前月下，有此待人，又不妨于露处，则省他物运动之劳，使得久而不坏，名虽石也，而实则器矣。且捣衣之砧，同一石也，需之不惜其费；石虽无用，独不可作捣衣之砧乎？王子猷①劝人种竹，予复劝人立石；有此君不可无此丈。同一不急之务，而好为是谆谆者，以人之一生，他病可有，俗不可有；得此二物，便可当医，与施药饵济人，同一婆心之自发也。

【注释】

①王子猷：晋代王徽之，字子猷，王羲之之子。

【译文】

坐卧山石

贫寒人家，有喜欢假山而没能力建造的，不必非要做假山。拳头大的石头，只要安置得有情致，时常在旁边坐卧，也能满足对泉水山石的嗜好。如果说拳头大的石头也必须花钱去买，那么这个东西一定对人也有用处，难道只是作为观赏用的吗？平放就可以坐，就跟椅子和床作用相同；斜放就可以倚靠，就跟栏杆作用相同；如果石头表面比较平整，也可以放香炉和茶具，可以代替茶几。花前月下，将石头来作为器具使用，也不怕放在露天处，又省去了搬运其他东西的劳累。使用很长时间也不会坏，那么它虽然名为石头，实则已经是一件家具了。况且捣衣服的砧石，也是石头，因为需要就不在乎价钱，石头即使再没用，做捣衣砧石难道还不行吗？王子猷劝人种竹，我又劝人立石。有竹子就不能没有石头。二者都不是人们急需的东西，而我在这里谆谆劝导，是因为人的一生，其他的毛病可以有，但是俗气的毛病却不能有。得到这两样东西，就可以医治这种毛病了，这与送药给人治病一样，都是出于一片慈悲之心。

器玩部

【原文】

人无贵贱，家无贫富，饮食器皿，皆所必需。"一人之身，百工之所为备。"子舆氏尝言之矣。至于玩好之物，惟富贵者需之，贫贱之家，其制可以不问。然而粗用之物，制度果精，入于王侯之家，亦可同乎玩好；宝玉之器，磨砻①不善，传于子孙之手，货之不值一钱。如精粗一理，即知富贵贫贱同一致也。

予生也贱，又罹奇穷，珍物宝玩虽云未尝入手，然经寓目者颇多。每登荣膴之堂，见其辉煌错落者星布棋列，此心未尝不动，亦未尝随见随动，因其材美，而取材以制用者未尽善也。

至入寒俭之家，睹彼以柴为扉，以瓮作牖，大有黄虞②三代之风，而又怪其纯用自然，不加区画。如瓮可为牖也，取瓮之碎裂者联之，使大小相错，则同一瓮也，而有哥

饮食器皿，皆所必需

229

窑冰裂之纹矣。柴可为扉也，取柴之入画者为之，使疏密中窾。则同一扉也，而有农户儒门之别矣。

人谓变俗为雅，犹之点铁成金，惟具山林经济者能此，乌可责之一切？予曰：垒雪成狮，伐竹为马，三尺童子皆优为之，岂童子亦抱经济乎？有耳目即有聪明，有心思即有智巧，但苦自画为愚，未尝竭思穷虑以试之耳。

①磨砻：磨治。②黄虞：黄帝、虞舜的合称。

【译文】

人无论贵贱，家无论贫富，饮食器具都是必备的。"一人之身，百工之所为备。"这是孟子说过的话。至于玩赏爱好之物，只有富贵人家需要，贫贱人家，它的样式就可以不用问了。但是那些日常用具，如果样式与制作确实都非常精美，到了王侯的家里也跟赏玩之物相同；如果制作粗糙，即使是宝石玉器，传到子孙手里再卖掉也不会值几个钱。懂得了精致粗糙的道理，就会明白富贵贫贱是一样的。

我生于贫贱之家，而且穷困潦倒，珍贵的玩物虽说未曾拥有，但亲眼见到的却也不少。我每到富贵人家，看到珍贵玩物高低错落，琳琅满目，并非不动心，然而也不是每次看了都动心，因为有些物品即使材料很好然而做工却不精致。

而到了贫寒人家，看他以木柴做门，坛子做窗，大有上古遗风，却又责怪他们只懂得用自然之物，却不知道加以修饰。比如瓮能够做窗户，就将碎瓮片连起来，使之大小互相错落，那么同是一个瓮，却有哥窑烧制的冰裂纹理。柴能够做门，那就用外形美观的来做，使其疏密相间，那么同是一个门，却有农户和儒门的区别。

有人认为变俗为雅，就像点铁成金，只有雄才大略的人才可以办到，怎么可以要求每个人都能做到呢？我说：垒雪堆狮子，砍竹当马骑，这些即使小孩都可以做得很好，难道他们也有雄才大略吗？人有耳目就聪明，用心做事就会产生智慧，只怕自认为愚昧，就不去绞尽脑汁来尝试了。

几 案

【原文】

予初观《燕几图》，服其人之聪明什佰于我，因自置无力，遍求置此者，讯其果能适用与否，卒之未得其人。夫我竭此大段心思，不可不谓经营惨淡，而人莫之则效者，其故何居？以其太涉繁琐，而且无此极大之屋，尽列其间，以观全势故也。

凡人制物，务使人人可备，家家可用，始为布帛菽粟之才，不则售冕旒而沽玉食，难乎其为购者矣。故予所言，务舍高远而求卑近。几案之设，予以庀材无资，尚未经营及此。但思欲置几案，其中有三小物必不可少。

一曰抽替。此世所原有者也，然多忽略其事，而有设有不设。不知此一物也，有之斯逸，无此则劳，且可借为容懒藏拙之地。文人所需，如简牍刀锥、丹铅胶糊之属，无一可少，虽曰司之有人，藏之别有其处，究竟不能随取随得，役之如左右手也。予性卞急，往往呼童不至，即自任其劳。书室之地，无论远近迂捷，总以举

抽屉这东西，有了就方便，没有就麻烦

足为烦，若抽替一设，则凡卒急所需之物尽纳其中，非特取之如寄，且若有神物俟乎其中，以听主人之命者。至于废稿残牍，有如落叶飞尘，随扫随有，除之不尽，颇为明窗净几之累，亦可暂时藏纳，以俟祝融，所谓容懒藏拙之地是也。知此则不独书案为然，即抚琴观画、供佛延宾之座，俱应有此。一事有一事之需，一物备一物之用。《诗》云："童子佩觽"①，《鲁论》云："去丧无所不佩"。人身且然，况为器乎？

【注释】

①童子佩觽：佩戴牙锥。语出《诗经·卫风·芄兰》。觽，象骨制成的解绳结的角锥。亦用为饰物。佩觽，表示已成年，具有才干。

【译文】

我开始看《燕几图》时，就佩服作者的才智高出我十倍百倍。因为我自己没有能力置办，于是就到处寻找置办了这种几案的人家，想知道是否真的适用，然而始终没有找到。我这样挖空心思，不能不说是惨淡经营，然而却没人仿效，为什么？因为那种几案太烦琐，没有那么大的屋子能将它们全部放进去以观全貌。

人们卖东西，总是选择人人需要，家家都用的，像布匹粮食之类的东西；如果卖皇家衣食，那就是在难为购买的人了。因此，我的想法就是要舍弃高远追求通俗。我因为没钱买材料，所以还没来得及做几案。但我考虑过如果做几案，有三样东西不可缺少。

一是抽屉。这是世间原本就有的东西，然而大多数人都忽略了它，有些设计了抽屉，有些则没有。不了解抽屉这种东西，有了就很方便，没有就很麻烦，而且它还能成为偷懒藏拙的地方。文人所需要的物品，比如信笺、剪刀、锥子、笔墨、糨糊之类，没有一样可以缺少，虽说有专门掌管的人，但是放在其他地方，不能像使用左右手那

样随用随取。我是急性子，往往喊书童还没有到，就亲自跑去拿了。在书房里无论是远路还是近路，都不愿意走。要是有了抽屉，把紧急时所需的物品都放在其中，不仅取用方便，而且就像神物等在那里。至于那些废纸残稿，就像是落叶与飞尘那样，随时打扫随时还会有，是书房中碍眼的东西，也可以暂时收在抽屉中，等以后一起烧掉，这就是所说的能够偷懒藏拙的意思。明白这点，就明白不只书桌应该如此，就是弹琴赏画、烧香供佛或是供客人使用的座位，都应该设有抽屉。每件事都有各自的需要，每样东西都有各自的用途。《诗经》说"童子佩觽"，《鲁论》说"去丧无所不佩"。身上佩带的物品尚且如此，更何况是器具呢？

【原文】

一曰隔板，此予所独置也。冬月围炉，不能不设几席。火气上炎，每致桌面台心为之碎裂，不可不预为计也。当于未寒之先，另设活板一块，可用可去，衬于桌面之下，或以绳悬，或以钩挂，或于造桌之时，先作机彀以待之，使之待受火气，焦则另换，为费不多。此珍惜器具之婆心，虑其暴殄天物，以惜福也。

一曰桌撒。此物不用钱买，但于匠作挥斤之际，主人费启口之劳，僮仆用举手之力，即可取之无穷，用之不竭。从来几案与地不能两平，挪移之时必相高低长短，而为桌撒，非特寻砖觅瓦时费辛勤，而且相称为难，非损高以就低，即截长而补短，此虽极微极琐之事，然亦同于临渴凿井，天下古今之通病也，请为世人药之。

凡人兴造之际，竹头木屑，何地无之？但取其长不逾寸，宽不过指，而一头极薄，一头稍厚者，拾而存之，多多益善，以备挪台撒脚之用。如台脚所虚者少，则止入薄者，而留其有余者于脚外，不则尽数入之。是止一寸之木，而备高低长短数则之用，又未尝费我一钱，岂非极便于人之事乎？但须加以油漆，勿露竹头木屑之本形。何也？一则使之与桌同色，虽有若无；一则恐童子扫地之时，不能记忆，仍谬认为竹头木屑而去之，势必朝朝更换，将亦不胜其烦；加以油漆，则知为有用之器而存之矣。只此极细一着，而有两意存焉，况大者乎？劳一人以逸天下，予非无功于世者也。

【译文】

一是隔板。这是我的独创。冬天围火炉，不能不设置几案。火气上升，时间长了总会将桌面台心烤得碎裂，不能不提前想一个办法解决。应该在天冷前，另做一块可以活动的板子，可拆可装，将它衬在桌子下面。用绳子或钩子将其悬挂起来，或者在做桌子时，先做一个能放置木板的机关，使之受热气变焦之后，另外再换另外一块，没有多少花费。这是我珍惜器具的一片苦心，担心人们浪费财物，而不懂得珍惜自己的福祉。

一是桌撒。这种东西不需要花钱买，只要在工匠制作时，主人动动口，仆人动手，就能取之不尽、用之不竭。几案与地面总是不能平齐，搬动时必定和地面高低不一，而要找一件东西当作垫脚，找砖头瓦块不仅浪费时间精力，而且找到后也很难合用，不是去高就低，就是截长补短。虽然这是极为细微琐碎的事，但跟临渴挖井相同，是天下古今人们的通病。我希望帮助世人治好这个病。

人们在制作家具时，竹片木屑随处都是。只要拣来那些长不过寸，宽不过一个指头，一头较薄另一头较厚的保存起来，多多益善，以备挪桌时踮脚之用。如果桌脚留空少，就只将薄的一边塞进去，而将剩下一边留在外面，否则就全部塞进去。这样一寸木头，就能备高低长短多种情况使用，又不用花一文钱，难道不是对人很方便的事吗？但是要将它刷好油漆，不要露出本来面目。为什么呢？一来能使它与桌子同色，放在哪里都像没有一样；一是担心仆童扫地时忘了，将它当竹头木屑而扫掉，那样就必定要天天更换，也会让人不胜其烦。如果涂上油漆，仆童就知道这是有用的东西而应该保留。就是这样极细微的事，也包含两层含义，何况大的方面呢？操劳我一个人而使天下人方便，难道不是对世间有贡献的人吗？

椅 杌

【原文】

器之坐者有三：曰椅、曰杌①、曰凳。三者之制，以时论之，今胜于古，以地论之，北不如南；维扬之木器，姑苏之竹器，可谓甲于古今，冠乎天下矣，予何能赘一词哉！但有二法未备，予特创而补之，一曰暖椅，一曰凉杌。

予冬月著书，身则畏寒，砚则苦冻，欲多设盆炭，是满室俱温，非止所费不资，且几案易于生尘，不终日而成灰烬世界。若止设大小二炉以温手足，则厚于四肢而薄于诸体，是一身而自分冬夏，并耳目心思，亦可自号孤臣孽子②矣。计万全而筹尽适，此暖椅之制所由来也。制法列图于后。一物而充数物之用，所利于人者，不止御寒而已也。

盛暑之月，流胶铄金，以手按之，无物不同汤火，况木能生此者乎？凉杌亦同他杌，但杌面必空其中，有如方匣，四围及底，俱以油灰嵌之，上覆方瓦一片。此瓦须向窑内定烧，江西福建为最，宜兴次之，各就地之远近，约同志数人，敛出其资，倩人携带，为费亦无多也。先汲凉水贮杌内，以瓦盖之，务使下面着水，其冷如冰，热复换水，水止数瓢，为力亦无多也。其不为椅而杌者，夏月少近一物，少受一物之暑气，四面无障，

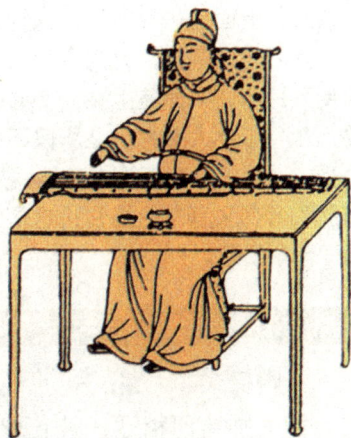

椅为坐具之一

取其透风；为椅则上段之料势必用木，两胁及背又有物以障之，是止顾一臀而周身皆不问矣。此制易晓，图说皆可不备。

【注释】

①杌：小凳。②孤臣孽子：指孤立无助的远臣和贱妾所生的庶子。

【译文】

凳为坐具之一

用来坐的器具有三种：一是椅子，一是杌，一是凳。这三种家具的样式，以时代来说，现在胜于古代，从地域来说，南方胜于北方。扬州木器，苏州竹器，可以说是古今天下第一，哪里用得着我再说什么！然而有两样东西没有，我特地将它做出来加进去：一是暖椅，一是凉杌。

冬天写书时，我身体怕冷，砚池怕冰冻，想多烧几盆炭让满屋子暖和起来，不仅费用太高，而且桌上容易有灰尘，一天工夫就会到处是灰烬。但是如果只用两个大小不一的炉子，温暖了手足，又是厚待了四肢而亏待了身体，这样同一个身体却有冬夏之分，连耳目心思，也要自称为"孤臣孽子"了。想尽一切办法考虑周全，这就是造暖椅的原因。制作方法见图示。一件物品能当几件物品用，暖椅对人的好处也不仅仅是御寒而已。

盛夏时，每样东西摸上去都像开水与火焰一样，何况木头本来就是用来烧火的呢？凉杌也如同普通的杌一样，只是杌面留出空来，像个方匣子。四围和底部全部嵌上油灰，上面盖一片方瓦，这种瓦必须要向瓦窑专门定制，江西与福建最好，宜兴次之。各看地方远近，有同样想法的几个人一起出钱，请人携带，花费也不多。先在杌内倒入凉水，上面盖上瓦。务必使底面碰着水，像冰一样冷，热了就再换水。水只需要几瓢，不会太费力。之所以不做成椅子而做成杌，是因为夏天少接近一种东西，就少受一些暑气。四面没有遮挡，是为了透风。如果做成椅子上段的材料一定要用木头，两肋和背部又有东西挡住，这是只顾屁股而忽略了全身。制作比较容易明白，不需要画图和解说了。

【原文】

△暖椅式

如太师椅而稍宽，彼止取容臀，而此则周身全纳故也。如睡翁椅而稍直，彼止利于睡，而此则坐卧咸宜，坐多而卧少也。前后置门，两旁实镶以板，臀下足下俱用栅。用栅者，透火气也；用板者，使暖气纤毫不泄也；前后置门者，前进人而后进火也。然欲省事，则后门可以不设，进人之处亦可以进火。

此椅之妙，全在安抽替于脚栅之下。只此一物，御尽奇寒，使五官四肢均受其利而弗觉。另置扶手匣一具，其前后尺寸，倍于轿内所用者。入门坐定，置此匣于前，以代几案。倍于轿内所用者，欲置笔砚及书本故也。抽替以板为之，底嵌薄砖，四围镶铜。所贮之灰，务求极细，如炉内烧香所用者。置炭其中，上以灰覆，则火气不烈而满座皆温，是隆冬时别一世界。况又为费极廉，自朝抵暮，止用小炭

太师椅

四块，晓用二块至午，午换二块至晚。此四炭者，秤之不满四两，而一日之内，可享室暖无冬之福，此其利于身者也。若至利于身而无益于事，仍是宴安之具，此则不然。扶手用板，镂去掌大一片，以极薄端砚补之，胶以生漆，不问而知火气上蒸，砚石常暖，永无呵冻之劳，此又利于事者也。不宁惟是，炭上加灰，灰上置香，坐斯椅也，扑鼻而来者，只觉芬芳竟日，是椅也，而又可以代炉。炉之为香也散，此之为香也聚，由是观之，不止代炉，而且差胜于炉矣。有人斯有体，有体斯有衣，焚此香也，自下而升者能使氤氲透骨，是椅也而又可代薰笼。薰笼之受衣也，止能数件；此物之受衣也，遂及通身。迹是论之，非止代一薰笼，且代数薰笼矣。倦而思眠，倚枕可以暂息，是一有座之床。饥而就食，凭几可以加餐，是一无足之案。游山访友，何烦另觅肩舆，只须加以柱杠，覆以衣顶，则冲寒冒雪，体有余温，子猷之舟可弃也，浩然之驴可废也，又是一可坐可眠之轿。日将暮矣，尽纳枕簟①于其中，不须臾而被窝尽热；晓欲起也，先置衣履于其内，未转睫而襦裤皆温。

是身也，事也，床也，案也，轿也，炉也，薰笼也，定省晨昏之孝子也，送暖偎寒之贤妇也，总以一物焉代之。苍颉造字而天雨粟②，鬼夜哭③，以造化灵秘之气泄尽而无遗也。此制一出，得无重犯斯忌，而重杞人之忧④乎？

【注释】

①枕簟：枕席。泛指卧具。②天雨粟：天降粟。古人传说天下将饿，则有此兆。③鬼夜哭：传说仓颉造字时鬼怕为书文所劾，因而夜哭。④杞人之忧：即杞人忧天。《列子·天瑞》："杞国有人，忧天地崩坠，身亡所寄，废寝食者。"后因以"杞人忧天"称不必要的担忧纵令消息未必真，杞人忧天独苦辛。

暖椅像太师椅而稍微宽一点，太师椅只能容纳臀部，而暖椅却要容纳全身。像睡翁椅又比它稍微直一点，睡翁椅只方便睡觉，而暖椅坐卧都便利，坐得多睡得少。暖椅前后都装上门，两旁镶上实的板，臀下和脚下都用栅栏。之所以用栅栏，是为了让火气透出来，用板是为了使暖气一点都不泄漏。前后装上门，是为了前面进人，后面进火。但要是想省事，就可以不用装后门，进人的地方也进火。

这种椅子的妙处，全在脚下的栅栏下面安放了抽屉，只这么一件东西，就能够抵御奇寒，使五官四肢都在不知不觉中享受到温暖。另外设置一个扶手匣，尺寸比轿里用的大一倍。进门坐好后，将这种匣子放在前面，代替书桌。之所以要比轿子里用的大一倍，是为了放笔砚书本。抽屉用板来做，底部嵌薄砖，四围镶铜。抽屉当中储存的灰，一定要很细，像香炉里烧香用的灰一样，在里面放上炭，上面盖上灰，火气就不会太冲而整个椅子里都很温暖，成为隆冬时节的另一世界。而且花费又不高，从早到晚，只要用四块小炭，早上用两块能够坚持到下午，下午用两块能够坚持到晚上，这四块炭连四两都不到，而一天之内却能享受室暖无冬之福，这是它对身体有利的地方。如果只对身体有利而对做事没有帮助，那就只是享乐的工具了，然而暖椅却不是。扶手用板做好，镂掉巴掌大的一块，补上很薄的端砚，用生漆胶住，不用说也知道火气上来时砚台可以一直保暖，不再用口去呵。这是它利于做事之处。不仅如此，在炭上加灰，在灰上放香，坐在这种椅子里，整天都觉得芳香扑鼻。暖椅又能

太师椅

代替炉子。用炉子来点香，香气会散发掉，用暖椅点香，香气会集中起来。如此看来，暖椅不仅能够代替炉子，还会比炉子更好。有人才能有身体，有身体才能有衣服。点香时，香气从下面上升可以熏遍全身，因此暖椅又能够代替熏笼。熏笼一次只能熏几件衣服，而暖椅可以熏全身衣服。如此看来，暖椅不只抵得上一个熏笼，可以说能抵得上好几个熏笼了。困了想睡觉时，靠着枕头就能休息，暖椅又成了一个有座位的床；饿了想吃饭时，靠着书桌就能用饭，暖椅又成了一个没有腿的桌子。要去游山或者探访朋友，不用另找轿子，只需在上面加上杠子，盖上布篷，即使顶风冒雪，身上都还是温暖的。王子猷的船，孟浩然的驴子都不想再要了，暖椅又成了一个可坐可睡的轿子。天快到晚上时，将枕头褥子放进去，不一会儿，被窝就热了。白天要起床时，把衣服和鞋子放进去，一转眼就都暖了。

对身体有利，又方便做事，又能代替床、桌子、轿子、炉子和熏笼，就像早晚来问候的孝子，相偎送暖的贤妻一样，全部可以用这一件东西来代替。苍颉造字，天上下粟米，鬼夜里哭，是因为造化的灵动神秘之气都被泄露了。我设计了暖椅，会不会再犯这个忌讳，而使杞人的忧虑加重呢？

床 帐

人生百年，所历之时，日居其半，夜居其半。日间所处之地，或堂或庑，或舟或车，总无一定之在，而夜间所处，则止有一床。是床也者，乃我半生相共之物，较之结发糟糠①，犹分先后者也。人之待物，其最厚者，当莫过此。然怪当世之人，其于求田问舍，则性命以之，而寝处晏息之地，莫不务从苟简，以其只有己见，而无人见故也。若是，则妻妾婢媵是人中之榻也，亦因己见而人不见，悉听其为无盐嫫姆②，蓬头垢面而莫之讯乎？予则不然。每迁一地，必先营卧榻而后及其他，以妻妾为人中之榻，而床笫乃榻中之人也。欲新其制，苦乏匠资；但于修饰床帐之具，经营寝处之方，则未尝不竭尽绵力，犹之贫士得妻，不能变村妆为国色，但令勤加盥栉，多施膏沐而已。

其法维何？一曰床令生花，二曰帐使有骨，三曰帐宜加锁，四曰床要着裙。曷云"床令生花"，夫瓶花盆卉，文人案头所时有也，日则相亲，夜则相背，虽有天香扑鼻，国色昵人，一至昏黄就寝之时，即欲不为纨扇之捐，不可得矣。殊不知白昼闻香，不若黄昏嗅味。白昼闻香，其香仅在口鼻；黄昏嗅味，其味真入梦魂。法于床帐之内先设托板，以为坐花之具；而托板又勿露板形，妙在鼻受花香，俨若身眠树下，不知其为妆造也者。先为小柱二根，暗钉床后，而以帐悬其外。托板不可太大，长止尺许，宽可数寸，其下又用小木数段，制为三角架子，用极细之钉，隔帐钉于柱上，而后以板架之，务使极固。

①糟糠：酒糟糠皮是穷人赖以生活的食物。指贫贱时一起过患难生活的妻子。②无盐：亦称"无盐女"，即战国时齐宣王后钟离春，因是无盐人，故名，为人有德而貌丑。嫫姆：即嫫母，又名丑女。黄帝第四妻室，面貌丑陋却温柔贤淑。这里用无盐、嫫姆代称丑女。

人生在世的百年时间，白天和晚上各占了一半。白天或是待在堂屋庭院里，或是待在舟船车马中，没有固定的地点。然而晚上待的地方，却只有一张床。床是与人共处半生的东西，比结发妻子相处的还要早。人们最应该看重的就是它。然而现在的人，在买田地建房子方面，可以不惜生命去求取，而对于床却都是简单凑合。因为床只有自己看见，而其他人都看不见。如果这样，那么妻妾对于人来说也是床，因为只有自己看见而别人看不见，即使她们丑陋无比、蓬头垢面也没关系吗？我不是如此。每换一个地方，我必定要先设置好床，再考虑其他事情。因为对于我而言妻妾是床，床也如妻妾。我想更新床的样式，却出不起工钱，只好作罢，但是对于床的修饰、安排，却是尽心竭力的。就像是穷人娶妻子，没办法让她由村妇变成国色天香的美人，只好让她多梳洗打扮。

用什么办法来修饰床呢？一是"床令生花"，二是"帐使有骨"，三是"帐宜加锁"，四是"床要着裙"。什么是"床令生花"呢？花瓶与花盆中的花，是文人经常放在案头的东西，白天在一起，晚上就分开了，虽然香气扑鼻、花色诱人，然而到晚上睡觉时，想不分开也不可能。人们不知道白天闻花香其实没有晚上闻效果好。白天闻花香，香味只在口鼻之间，晚上闻花香，香气却能进入梦中。怎么办呢？就是在床帐里面，设一块托板，用来放花。托板不要太大，有一尺长几寸宽就行，而托板也不要露出板的形状。再做两根小柱子，钉在床后隐蔽之处，帐子悬在外面。下面用几段小木条做成三角架子，用极细的钉子隔着帐子钉在柱子上，然后将板子架上去，务必使其很牢固。

【原文】

架定之后，用彩色纱罗制成一物，或像怪石一卷，或作彩云数朵，护于板外以掩其形。中间高出数寸，三面使与帐平，而以线缝其上，竟似帐上绣出之物，似吴门堆花之式是也。若欲全体相称，则或画或绣，满帐俱作梅花，而以托板为虬枝老干，或作悬崖突出之石，无一不可。帐中有此，凡得名花异卉可作清供者，日则与之同堂，夜则携之共寝。即使群芳偶缺，万卉将穷，又有炉内龙涎、盘中佛手与木瓜、香楠等物可以相继。若是，则身非身也，蝶也，飞眠宿食尽在花间；人非人也，仙也，行起坐卧无非乐境。

予尝于梦酣睡足、将觉未觉之时，忽嗅蜡梅之香，咽喉齿颊尽带幽芬，似从脏腑中出，不觉身轻欲举，谓此身必不复在人间世矣。既醒，语妻孥曰："我辈何人，遽有此乐，得无折尽平生之福乎？"妻孥曰："久贱常贫，未必不由于此。"此实事，非欺人语也。

曷云"帐使有骨"？床居外，帐居内，常也。亦有反此旧制，而使帐出床外者，善则善矣，其如夏月驱蚊，匿于床栏曲折之处，有若负嵎[①]，欲求美观，而以膏血殉之，非长策也，不若仍从旧制。其不从旧制，而使帐出床外者，以床有端正之体，帐无方直之形，百计撑持，终难服贴，总以四角之近柱者软而无骨，不能肖柱以为形，有觭角抵牾之势也，故须别为赋形，而使之有骨。用不粗不细之竹，制为一顶及四柱，俟帐已挂定而后撑之，是床内有床，旧制之便与新制之精，二者兼而有之矣。床顶及柱，令置轿者为之，其价颇廉，仅费中人一饭之资耳。

曷云"帐宜加锁"？设帐之故有二：蔽风、隔蚊是也。蔽风之利十之三，隔蚊之功十之七，然隔蚊以此，闭蚊于中而使之不得出者亦以此。蚊之为物也，体极柔而性极勇，形极微而机极诈。薄暮而驱，彼宁受奔驰之苦，挞伐之危，守死而弗去者十之八九。及其去也，又必择地而攻，乘虚以入。

①负嵎：即负隅。倚靠险要的地势（抵抗）。

【译文】

架好后，用彩色的纱罗，做一件东西，或是像怪石或是像几朵彩云，围在板外面，来掩饰它的形状。中间高出几寸，其他三面都和帐子平齐，用线将它缝在上面，就好像绣在帐子上的东西一样，如同苏州的堆花。如果想要使整体很相称，那么要么画要么绣，将整个帐子都弄上梅花图案，而将托板做成虬曲的树枝或者老树干，或是做成悬崖上突出的石头都行。帐子里有这种设计，凡是得到名花异草，值得做摆设的，白天就放在厅堂，晚上则带着它共寝。如果一时间没有花卉，用香炉中的香料或是盘子里的佛手、木瓜、香楠之类替代也可以。这种设计妙在能让鼻子闻到芳香，如同是睡在树下，一点人工造成的感觉也没有。这样身体就不是身体，而成了蝴蝶，无论飞翔或是休息或是进食，都在花丛中；人也不再是人，而成了神仙，行起坐卧，全在极乐的地方。

我曾有一次在睡得将醒未醒时，忽然闻到蜡梅的香气，咽喉和牙齿间，都带着清幽芳香，就如同是从肺腑间出来的，感觉身体轻飘飘得像想要飞起来一样，感觉自己好像已经不在人间。醒来后，和妻子儿女说："我们是什么人，却能享受到如此的乐趣，岂不是将平生的福分都享尽了？"妻子儿女都说："我们总是如此贫穷，说不定就是这个原因。"这是真事，并非是在骗人。

什么是"帐使有骨"？床在帐外，帐在床内，这是常理。也有人不按规矩做，将帐放在床外，是美观了，然而赶蚊子时，蚊子都躲到了床栏的角落里，如同负隅顽抗。为了美观而用膏血去喂蚊子，毕竟不是长久之计，还不如用原来的办法呢。想不按旧规矩而又要使帐子在床的外面也有办法，因为床有方正的形状，而帐子却没有，想尽了办法要将它撑起，却难以做到，总是在四角靠近柱子的地方，软而无骨，不能像柱子一样成形。所以必须另想办法让帐子有棱有角。可以用不粗不细的竹子，做一个顶和四根柱

床在帐外，帐在床内

子，待帐挂好后将它撑起来，这样就是床中有床，同时具备了旧方法的便利与新方法的精致。床顶和柱子，让做轿子的人去做，价钱很便宜，只要花中等人家一顿饭的钱就行了。

什么是"帐宜加锁"？设置帐子有两个原因：挡风和隔蚊子。挡风的目的占三成，隔蚊子的目的占七成。然而隔开蚊子用的是它，将蚊子关在里面的还是它。蚊子这种东西，身体柔弱性情却很凶悍，形体虽小却很狡诈，傍晚驱赶蚊子时，多数蚊子宁可受奔波之苦和被打死的危险也不肯离开。等赶出去了，还是会寻找地方进攻，乘虚而入。

【原文】

昆虫庶类之善用兵法者，莫过于蚊。其择地也，每弃后而攻前；其乘虚也，必舍垣而窥户。帐前两幅之交接处，皆其据险扼要，伏兵伺我之区也。或于风动帐开之际，或于取器之溺之时，一隙可乘，遂鼓噪而入。法于门户交关之地，上、中、下共设三纽，若妇人之衣扣然。至取溺器时，先以一手缩帐，勿使大开，以一手提之使入，其出亦然。若是，则坚壁固垒，彼虽有奇勇异诈，亦无所施其能矣。至于驱除之法，当使人在帐中，空洞其外，始能出而无阻。世人逐蚊，皆立帐檐之下，使所开之处蔽其大半，是欲其出而闭之门也。犯此弊者十人而九，何其习而不察，亦至此乎？

曷云"床要着裙"？爱精美者，一物不使稍污。常有绮罗作帐，精其始而不能善其终，美其上而不得不污其下者，以贴枕着头之处，在妇人则有膏沐之痕，在男子亦多脑汗之迹，日积月累，无瑕者玷而可爱者憎矣，故着裙之法不可少。此法与增添顶柱之法相为表里。欲令着裙，先必使之生骨，无力不能胜衣也。即于四竹柱之下，各穴一孔，以三横竹内之，去簟尺许，与枕相平，而后以布作裙，穿丁其上，则裙污而帐不污，裙可勤涤，而帐难频洗故也。至于枕簟被褥之设，不过取其夏凉冬暖，请以二语概之，曰：求凉之法，浇水不如透风；致暖之方，增绸不如加布。是予贫士所知者。至于羊羔美酒，亦足御寒，广厦重冰，尽堪避暑，理则固然，未尝亲试。"知之为知之，不知为不知"，此圣贤无欺之学，不敢以细事而忽之也。

【译文】

昆虫当中没有比蚊子更会使用兵法的了。它们寻找地方，通常是放弃后面进攻前面；乘虚而入，一定是放弃墙而选择窗。帐前两幅帐页交接之处，是蚊子据险埋伏、伺机而入的地方。不仅是在风吹开帐子时，就是在人取用便器的时候，只要有一条缝隙能进，它们便叫着飞进来。那用什么方法来阻止它进来呢？办法是在帐门接缝处，缝上上、中、下三个纽扣，就像女人的衣扣一样。取便器时，先用一只手挽着帐子，再用另一只手将便器提进去，不能开大，拿出去也一样。如此就防守严密了，蚊子虽然狡诈，却也无计可施。至于驱逐蚊子的办法，应该是人在帐中，将帐门打开，才能将蚊子赶走。而人们赶蚊子，都站在帐檐之下，将打开的地方遮住了一大半，这是想把蚊子赶走却将门关上。十个人中有八九个会犯这种错误，为什么会习以为常到如此地步呢？

什么是"床要着裙"？爱干净的人，不会让任何一样东西稍有一点脏。用绸缎做帐子，经常是开始很干净后来就保持不了了，上面干净下面很脏。这是因为放枕头的地方，容易沾上女子脂粉与男子汗渍，日积月累，原来很干净的帐子就被玷染了。所以着裙这个方法是不能少的。方法和增添顶柱的办法相配套。想要给床着裙，一定要先给它造骨架，因为帐子无骨的话就无法支撑。在四根竹柱下面，各钻一个洞，横着插三根竹子，比席子高出一尺左右，跟枕头持平。然后用布做裙，穿在上面，这样帐子就不会容易弄脏，脏也是将裙子弄脏，这样做是因为裙能经常洗而帐子却不能经常洗。至于枕头席子与被褥的配置，自然是要冬暖夏凉。我可以用两句话概括："求凉之法，浇水不如透风；致暖之方，增绸不如加布。"这是我这个没钱人的做法。至于饮羊羔美酒能御寒，住高楼大厦可避暑。从道理上说是正确的，但我没有亲身尝试，所以不敢胡说。"知之为知之，不知为不知"，这是圣人教导我们不要欺骗自己，我不敢因为小事而忽视它。

橱 柜

【原文】

造橱立柜，无他智巧，总以多容善纳为贵。尝有制体极大而所容甚少，反不若渺小其形而宽大其腹，有事半功倍之势者。制有善不善也。善制无他，止在多设搁板。橱之大者，不过两层、三层，至四层而止矣。若一层止备一层之用，则物之高者大者容此数件，而低者小者亦止容此数件矣。实其下而虚其上，岂非以上段有用之隙，置之无用之地哉？当于每层之两旁，别钉细木二条，以备架板之用。板勿太宽，或及进身之半，或三分之一，用则活置其上，不则撤而去之。如此层所贮之物，其形低小，则上半截皆为余地，即以此板架之，是一层变为二层。总而计之，则一橱变为两橱，两柜合成一柜矣，所裨不亦多乎？或所贮之物，其形高大，则去而容之，未尝为板所困也。此是一法。

至于抽替之设，非但必不可少，且自多多益善。而一替之内，又必分为大小数格，以便分门别类，随所有而藏之，譬如生药铺中，有所谓"百眼橱"者。

此非取法于物，乃朝廷设官之遗制，所谓五府六部群僚百执事，各有所居之地与所掌之簿书钱谷是也。医者若无此橱，

造橱立柜，以多容善纳为贵

241

药石之名盈千累百，用一物寻一物，则卢医扁鹊①无暇疗病，止能为刻舟求剑之人矣。

此橱不但宜于医者，凡大家富室，皆当则而效之，至学士文人，更宜取法。能以一层分作数层，一格画为数格，是省取物之劳，以备作文著书之用。则思之思之，鬼神通之；心无他役，而鬼神得效其灵矣。

①卢医扁鹊：即扁鹊，战国名医，因家在卢国，又称卢医。泛指良医。

【译文】

制造橱柜没有其他技巧，看重的是能多容纳东西。有的柜子做得很大，然而所能容纳的东西却不多，反而不如外形做得小些，里头大些，就会有事半功倍的功效。设计有完善也有不完善的，完善的设计没有其他，就是里面多做一些搁板，可以多放一些东西。大橱柜，也不过两三层，最多的也就四层。如果一层只当一层之用，那么体积大的东西只能放几件，而短小的也只能放几件。下半部分放满东西而上面却是空的，岂不是将上半部分的有用空间闲置了吗？应该在每层两边，钉上两条细木，以备用来架板。板子不要太宽，是柜子深度的三分之一，或者二分之一就行，用时就架上去，不用时就撤掉。如果这层放置的物品都比较低小，上半截是空的，就将板子架上去，那么一层就变成了两层。总之，一个橱就变成了两个，不是有很多好处吗？如果存放的物品很大，就将板子抽掉，就不会再受板子的限制，这是方法之一。

至于抽屉的设置，不但必要，而且越多越好。而抽屉必须要分成几格，以便分类之用，有什么就放什么，就像生药铺中的"百眼橱"。

这不是从其他地方受到的启发，而是仿照朝廷设官的方法，五府六部的文武百官有各自的居所和各自所掌管的文书财物。医生若没有"百眼橱"，成千上万的药物，随用随找，那么即使扁鹊那样的神医也没时间看病了，只能像刻舟求剑那样胡乱找药。

这种橱柜不但适合医生，凡是大户人家，都应当仿照它做一个。至于文人学士，更要学习这种方法，将一层分成几层，一格划为几格，这样就能将找东西浪费的精力省下来写文章。想着想着就会上通鬼神；心无旁骛，鬼神就能够显灵。

箱笼箧笥

【原文】

随身贮物之器，大者名曰箱、笼，小者称为箧、笥。制之之料，不出革、木、竹三种；为之关键者，又不出铜、铁二项，前人所制亦云备矣。后之作者，未尝不竭尽心思，务为奇巧，总不出前人之范围；稍出范围即不适用，仅供把玩而已。

予于诸物之体，未尝稍更，独怪其枢钮太庸，物而不化，尝为小变其制，亦足改观。法无他长，惟使有之若无，不见枢钮之迹而已。止备二式者，腹稿虽多，未经尝试，不敢以待验之方误人也。

随身贮物之器

予游东粤，见市廛所列之器，半属花梨、紫檀、制法之佳，可谓穷工极巧，止怪其镶铜裹锡，清浊不伦。无论四面包镶，锋棱埋没，即于加锁置键之地，务设铜枢，虽云制法不同，究竟多此一物。譬如一箱也，磨砻极光，照之如镜，镜中可使着屑乎？一笥也，攻治极精，抚之如玉，玉上可使生瑕乎？

有人赠我一器，名"七星箱"，以中分七格，每格一替，有如星列故也。外系插盖，从上而下者。喜其不钉铜枢，尚未生瑕着屑，因筹所以关闭之。遂付工人，命于中心置一暗闩，以铜为之，藏于骨中而不觉，自后而前，抵于箱盖。盖上凿一小孔，勿透于外，止受暗闩①少许，使抽之不动而已。乃以寸金小锁，锁于箱后。置之案上，有如浑金粹玉，全体昭然，不为一物所掩。觅关键而不得，似于无锁；窥中藏而不能，始求用钥。此其一也。后游三山，见所制器皿无非雕漆，工则细巧绝伦，色则陆离可爱，亦病其设关置键之地难免赘瘤，以语工师，令其稍加变易。工师曰："吾地般、倕颇多，如其可变，不自今日始矣。欲泯其迹，必使无关键而后可。"予曰："其然，岂其然乎？"因置暖椅告成，欲增一匣置于其上，以代几案，遂使为之。上下四旁，皆听工人自为雕漆，俟其成后，就所雕景物而区画之。前面有替可抽者，所雕系"博古图"，樽罍钟磬之属是也；后面无替而平者，系折枝花卉，兰菊竹石是也。皆备五彩，视之光怪陆离。但抽替太阔，开闭时多不合缝，非左进右出，即右进左出。

予顾而筹之，谓必一法可当二用，既泯关键之迹，又免出入之疵，使适用美观均收其利而后可。乃命工人亦制铜闩一条，贯于抽替之正中，而以薄板掩之，此板即作分中之界限。夫一替分为二格，乃物理之常，乌知有一物焉贯于其中，为前后通身之把握哉？得此一物贯于其中，则抽替之出入皆直如矢，永无左出右入、右出左入之患矣。

【注释】

①闩：门上的横插。

　　随身贮藏物品的器具，大的叫作"箱""笼"，小的叫作"箧""笥"。制作的材料，不外是革、木、竹这三种；用来做锁的，不过是铜、铁这两样。前人所做的东西可以说非常完备了，后人制作这些东西的时候，未尝不是用尽心思，想要制作得奇巧一些，却总是超不出前人的范围，稍微有些超出便不实用，只能让人欣赏把玩罢了。

　　我对这些东西的形体没有改变，只是觉得上锁的地方太过于平庸古板，试着对它进行些小改进，让外形变得更美观。改变的方法没有什么，就是要做到改变了也像没有改变一样，看不到改变的痕迹。这里准备介绍两种式样，因为我虽有许多想法，但自己也没有尝试过，不敢用有待检验的方法来误人。

　　我游历广东东部的时候，看到市场上陈列的东西，大半是花梨、紫檀木制作的，看起来都非常精巧，只是四面镶铜裹锡的地方，把棱角都给埋没了，在设锁的地方，一定要弄一个铜枢，虽然说花样繁多，但觉得像多出一样东西一样。比如一口箱子，磨得像镜子一样光亮，怎么能让镜子上有渣滓呢？一个做工精良的匣子，摸上感觉和玉一样，怎么可以让玉上有瑕疵呢？

　　有人送给我一个"七星箱"，叫这个名字是因为它里面分成了七个格子，每格中有一个抽屉，好像是星座分布一样。箱子的外面是插盖，我喜欢的是它从上往下都没有钉铜枢，因此看上去非常整洁平滑，就开始考虑如何给它上锁。把它拿给工匠，让他在中心的位置装一个铜制的暗闩，藏在箱壁中让人察觉不到，从后向前，到达箱盖，盖上面钻一个小孔，不要穿透，只让暗闩插进去一点点，使它不能抽动就可以了。再用个寸金小锁，锁在箱子的后面。放在桌上，有如浑金璞玉，整个都非常的光滑，没有遮掩，找不到开关，就像是没有锁一样，想看看里面有什么东西却不能打开，才知道需要用钥匙。这是其一。后来游览三山，看到当地所制的器具都是雕漆的，工艺精致无比，色泽光怪艳丽，但它的毛病也是装锁，太过烦琐了。我把意见告诉给了工匠，要他们稍加改造。工匠说："我们这地方能工巧匠非常多，如果能够改造的话，不会到现在才改。如果想要掩盖上锁的痕迹，除非不上锁。"我说："果真是这样的吗？"暖椅制成后，我想要在上面加一个匣子代替几案，于是就让工匠去做。上下四边，都让工人自己雕漆，做成以后，根据所雕刻的图案来考虑。前面有抽屉的，雕刻的是博古图，即樽罍钟磬之类的东西；后面没有抽屉的平板，雕刻的是折枝花卉，即兰菊竹石之类的植物。上面都粉饰得五颜六色，看上去光怪陆离。但抽屉太宽，开关时不是很合缝，不是左边进右边出就是右边进左边出。

　　我看着它仔细考虑，想了一个一举

贮物箱笼

两得的方法，既遮蔽了锁的痕迹，又使抽屉开合时没有不合缝这个毛病，使得即实用又美观二者兼得。于是让工人也做一条铜闩，贯穿抽屉的正中，上面盖上一块薄板，这块板就是从中间分开的界线。一个抽屉分成两个格子，这是常理。谁能知道其中有件东西是贯穿其中的，而使它的前后连贯一体呢？有这样一件东西贯穿其中，抽屉进出就永远都是笔直的，而不会有抽屉门左出右入，右出左入的毛病了。

【原文】

前面所雕"博古图"，中系三足之鼎，列于两旁者一瓶一炉。予鼓掌大笑曰："'执柯伐柯，其则不远。'即以其人之道，反治其身足矣！"遂付铜工，令依三物之成式，各制其一，钉于本等物色之上，鼎与炉瓶皆铜器也，尚欲肖其形与色而为之，况真者哉？不问而知其酷似矣。鼎之中心穴一小孔，置二小钮于旁，使抽替闭足之时，铜闩自内而出，与钮相平。闩与钮上俱有眼，加以寸金小锁，似鼎上原有之物，虽增而实未尝增也。锁则锁矣，抽开之时，手执何物？不几便于入而穷于出乎？曰：不然。瓶炉之上原当有耳，加以铜圈二枚，执此为柄，抽之不烦余力矣。此区画正面之法也。铜闩既从内出，必在后面生根，未有不透出本匣之背者，是铜皮一块与联络补缀之痕，俱不能泯矣。乌知又有一法，为天授而非人力者哉！所雕诸卉，菊在其中，菊色多黄，与铜相若，即以铜皮数层，剪千叶菊花一朵，以暗闩之透出者穿入其中，胶之甚固，若是则根深蒂固，谁得而动摇之？予于此一物也，纯用天工，未施人巧，若有鬼物伺乎其中，乞灵于我，为开生面者。

制之既成，工师告予曰："八闽之为雕漆，数百年于兹矣，四方之来购此者，亦百千万亿其人矣，从未见创法立规有如今日之奇巧者，请衍此法，以广其传。"予曰："姑迟之，俟新书告成，流布未晚。"窃恐世人先睹其物而后见其书，不知创自何人，反谓剿袭成功以为己有，讵非不白之冤哉？工师为谁？魏姓，字兰如；王姓，字孟明。闽省雕漆之佳，当推二人第一。自不操斤，但善于指使，轻财尚友，雅人也。

【译文】

匣子正面雕刻的博古图中间是一个三足鼎，旁边有一个炉子和一个瓶子。我拍手大笑着说道："'拿着斧柄砍斧柄，例子就在身边啊。'就用这上面的方法来修理它就足够了。"就交给铜匠，让他照这三样物品的样子，各打造出一个来，钉在图案之上。鼎和炉子、瓶子本身都是铜器，漆器上的图案还要模仿，何况真的铜器呢？不用说是极像了。鼎的中心钻了一个小孔，旁边装上两个小钮，在抽屉关紧时，铜闩可以从里面伸出，和钮相平，闩和钮上面都有眼，加上一个寸金小锁，就像鼎上原本就有的东西一样，虽然加了一个东西也和没加是一样的。锁是锁上了，拉开抽屉时，手上需要抓什么呢？这不是好关而难开吗？不是的。瓶子和炉子上面，原本就应有个耳，在上面加上两枚铜环，以这个做柄，则拉开抽屉就十分方便了。这是规划正面的方法。铜闩既从里面出来，必定要在后面生根，不能不透出木匣的背面。这样一块铜皮和补缀连接的痕迹，就都不容易掩盖起来了。怎样看起来才是浑然天成的呢？背面所雕的花卉中，菊花在中间，菊花的颜色大多是黄色的，跟铜十分相似，就用几层铜皮剪成一朵千层菊花，让暗闩透出的地方，穿到菊花里面，胶粘牢固。这样就根深蒂固，还有什么能动摇它呢？我在这件东西上面，纯粹是用的天然的方便而没有人力的雕琢，就像有鬼物藏在里面，通过我的手来达到这种特别的效果一样。

做好以后，工匠对我说："福建做漆雕已有几百年的历史了。四面八方来购买的人也是不计其数了。但是从来没见过像今天这件东西设计这样巧妙的，请您允许我将这种方法推行开来。"我说："先等一等。等我新书写成之后，再推广也不晚。我担心世人先看到实物再看到我的书，就会不知道是何人创始的，反说我是抄袭别人的而据为己有，这不就是不白之冤了吗？"工匠是谁呢？有一个姓魏，字兰如，另一个姓王，字孟明。福建漆雕做得最好的，应当是这两个人了。自己不动手，但善于指导别人，轻视钱财却喜欢结交朋友，也是风雅的人。

古　董

【原文】

博古图

是编于古董一项，缺而不备，盖有说焉。崇高古器之风，自汉魏晋唐以来，至今日而极矣。百金贸一卮，数百金购一鼎，犹有病其价廉工俭而不足用者。常有为一渺小之物，而费盈千累万之金钱，或弃整陌连阡之美产，皆不惜也。

夫今人之重古物，非重其物，重其年久不坏；见古人所制与古人所用者，如对古人之足乐也。若是，则人与物之相去，又有间矣。设使制用此物之古人至今犹在，肯以盈千累万之金钱与整陌连阡之美产，易之而归，与之坐谈往事乎？吾知其必不为也。予尝谓人曰：物之最古者莫过于书，以其合古人之心思面貌而传者也。其书出自三代，读之如见三代之人；其书本乎黄虞，对之如生黄虞之世；舍此则皆物矣。物不能代古人言，况能揭出心思而现其面貌乎？

古物原有可嗜，但宜崇尚于富贵之家，以其金银太多，藏之无具，不得不为长房缩地之法，敛丈为尺，敛尺为寸，如"藏银不如藏金，藏金不如藏珠"之说，愈轻愈小，而愈便收藏故也。矧金银太多，则慢藏诲盗，贸为古董，非特穿窬不取，即误攫入手，犹将掷而去之。迹是而观，则古董、金银为价之低昂，宜其倍蓰而无算也。乃近世贫贱之家，往往效颦于富贵，见富贵者偶尚绮罗，则耻布帛为贱，必觅绮罗以肖之；见富贵者单崇珠翠，则鄙金玉为常，而假珠翠以代之。事事皆然，习以成性，故因其崇旧而黜新，亦不觉生今而反古。有八口晨炊不继，犹舍旦夕而问商周；一身活计茫然，宁遣妻孥而不卖古董者。

崇尚古器之风，自汉魏晋唐开始

人心矫异，讵非世道之忧乎？予辑是编，事事皆崇俭朴，不敢侈谈珍玩，以为末俗扬波。且予窭人也，所置物价，自百文以及千文而止，购新犹患无力，况买旧乎？《诗》云："惟其有之，是以似之。"生平不识古董，亦借口维风，以藏其拙。

【译文】

这本书对古董没有介绍是有原因的。崇尚古器的风气，从汉魏晋唐起，至今已经到达极点了。花百两银子买一个酒杯，用几百两银子买一只鼎，还有人说它价格低廉工艺简陋而不满意。常有人会为一个小小的古董，花费成千上万，或者赔上大片的良田，都在所不惜。

现在的人重视古物，并不是看重古董本身，而是看重它年代久远而没有任何损坏。看见古人制造和曾经使用过的东西，就好像是面对着古人一样，感到一种快乐满足。像这样，古人和古物之间是有距离的。假使当年制作这件器物的人今天仍然活着，他会愿意用大量的金钱和大片的田产，来把它买回去，还跟它座谈往事吗？我肯定他不会的。我曾经对人说："没有比书更古老的东西了，这是因为它符合了古人的心思面貌而得以流传下来。"读上古三代的书就好像是看到了上古三代的人，读黄帝和虞舜时代的书就好像是自己生活在黄帝、虞舜的时代一样。此外，就都只是物品罢了。物品不能代替古人说话，更不用说揭示古人的心思再现他们的音容面貌了。

古物本来就有令人喜爱的地方，但它只适合于富贵人家收藏，不适合于贫贱人家。这是因为富贵人家金银太多，不容易收藏，不得不采用这种缩地法，缩丈为尺，缩尺为寸。正如"藏银不如藏金，藏金不如藏珠"的说法，东西越轻越小，就越便于收藏。

况且如果金银太多，还会招来盗贼，将它换成古董，穿墙打洞的贼不只不会要，即使误拿了，也会将它丢掉。从这点来看，古董、金银价值，应该加倍来估算。而最近贫贱的人家，也效仿富贵人家。见富贵人爱穿绫罗绸缎，就认为穿布做的衣服十分低贱，感觉羞耻，也一定要用绫罗绸缎来做衣服跟人家一样；见富人喜欢戴珠翠首饰，就鄙视那些金玉的首饰，认为太普通了，而用假的珠翠来代替金玉。任何事都这样，所以又因为富贵人家喜欢古物而贬低当代器具，于是生在现代却喜欢返回古代而对此却不知不觉。有时候一家人都吃不上饭了，还不关心眼前的事而忙着玩弄古董，自己的生计都没有了保障，宁可将妻子儿女舍弃也不肯变卖古董。

人心如此变态，难道不是世道的危机吗？我编这本书，事事都崇尚俭朴，不敢侈谈珍玩古董来为不良的习俗推波助澜。况且我是个穷人，所买的东西的价钱，大多从一百文到一千文钱，买新东西还担心自己无能为力，更何况是买旧东西呢？《诗经》中说："因为他有，所以才继承。"我生平不识古董，也只能借口维护世道风尚，来掩盖我的朴拙无知了。

炉 瓶

【原文】

炉瓶之制，其法备于古人，后世无容蛇足。但护持衬贴之具，不妨意为增减。如香炉既设，则锹箸随之，锹以拨灰，箸以举火，二物均不可少。箸之长短，视炉之高卑，欲其相称，此理易明，人尽知之；若锹之方圆，须视炉之曲直，使勿相左，此理亦易明，而为世人所忽。入炭之后，炉灰高下不齐，故用锹作准以平之，锹方则灰方，锹圆则灰圆，若使近边之地炉直而锹曲，或炉曲而锹直，则两不相能，止平其中而不能平其外矣，须用相体裁衣之法，配而用之。然以铜锹压灰，究难齐截，且非一锹二锹可了。此非僮仆之事，皆必主人自为之者。予性最懒，故每事必筹躲懒之法，尝制一木印印灰，一印可代数十锹之用。初不过为省繁惜劳计耳，讵料制成之后，非止省力，且极美观，同志相传，遂以为一定不移之法。譬如炉体属圆，则仿其尺寸，镟一圆板为印，与炉相若，不爽纤毫，上置一柄，以便手持。但宜稍虚其中，以作内昂外低之势，若食物之馒首然。方者亦如是法。加炭之后，先以箸平其灰，后用此板一压，则居中与四面皆平，非止同于刀削，且能与镜比光，共油争滑，是自有香灰以来，未尝现此娇面者也。既光且滑，可谓极精，予顾而思之，犹曰尽美矣，未尽善也，乃命梓人①镂之。凡于着灰一面，或作老梅数茎，或为菊花一朵，或刻五言一绝，或雕八卦全形，只须举手一按，现出无数离奇，使人巧天工，两擅其绝，是自有香炉以来，未尝开此生面者也。湖上笠翁实有裨于风雅，非僭词也。请名此物为"笠翁香印"。

方之眉公诸制，物以人名者，孰高孰下，谁实谁虚，海内自有定评，非予所敢饶舌。用此物者，最宜神速，随按随起，勿迟瞬息，稍一逗留，则气闭火息矣。雕成之后，必加油漆，始不沾灰。焚香必需之物，香锹香箸之外，复有贮香之盒，与插锹箸之瓶之数物者，皆香与炉之股肱手足，不可或无者也。然此外更有一物，势在必需，人或知之而多不设，当为补入清供。夫以箸拨灰，不能免于狼藉，炉肩鼎耳之上，往往蒙尘，必得一物扫除之。此物不须特制，竟用蓬头小笔一枝，但精其管，使与濡墨者有别，与锹箸二物同插一瓶，以便次第取用，名曰"香帚"。

香炉和花瓶的式样古人已设计完备

【注释】

①梓人：古代木工的一种。专造乐器悬架、饮器和箭靶等。泛指木工、建筑工匠。

【译文】

香炉和花瓶的式样，古人已设计得非常完备了，后人就没有必要去画蛇添足了。只是一些用来保护和衬托它们的东西，不妨进行一些随意的增减。比如说有了香炉，就要有铲子和筷子，铲子要用来拨灰，筷子用来夹炭，这两种东西都是必不可少的。筷子的长短要视香炉的高低而定，要和香炉相称，这个道理非常简单，每个人都能明白。而铲子用方形的还是圆形的也要看炉子是圆的还是方的而定，不能让它们相差太远，这个道理也非常容易明白，然而人们却经常忽视。装了炭之后，香炉里的灰高低不齐，因此拿铲子作准来压平。铲子是方形的灰就成了方形，铲子是圆形的灰就成了圆形。如果是靠近边缘的地方，炉子是方的而铲子却是圆的，或是炉子是圆的而铲子却是方的，那就不容易吻合，只能压平中间的部分，而不能压平边缘的地方了。必须要量体裁衣，配合着来用。然而用铜铲去压灰，终究难压得平整，并且不是一铲两铲就可以做完的。这不是僮仆做的事，应让主人亲自去做。我性情懒散，所以每件事情都想找个偷懒的方法。我曾做过一个木印来印灰，一个印能代替数十把铲子，一开始只是为了省去些麻烦，没有想到做好之后，不仅省力而且非常美观，在朋友中流传开了，就成了固定的方法。比如炉体是圆的，就可以依照它的尺寸，镟一块圆板做印，这样就和香炉相合了，丝毫不差。上面做一个柄，手拿着比较方便。只是圆板的中间

香炉有底有盖

要稍微凹进去一点，中间高四周低，像馒头一样。方的也要这样做。加了炭之后，先用筷子把灰弄平，然后用这种板子压一下，中间和四周就都平整了，不仅像刀削的一样，而且还像镜子和油那样光滑。自从有香灰以来，就没有见过如此漂亮的灰面。又光又滑，可以称得上是极其精巧了。我看后又想，说它尽美可以，但是并不尽善。就让木工加以镂刻，凡是着灰的一面，或刻上几根老梅，或刻上一朵菊花，或刻上一首五绝，或刻上一个完整的八卦图。只要举起这个板往灰上一按，就会出现无数图案了，而且自然天成，巧妙绝伦。自从有了香炉之后，就没见过如此别开生面

的。我湖上笠翁，实在是有益于风雅，这并不是过头话。我将此物称作"笠翁香印"。

和眉公设计出来的那些以人名命名的东西相比较，哪个高哪个低，哪个实哪个虚，天下自有定论，不是我能随便乱说的。使用这种灰印的时候，一定要神速，随按随起，不能有一点迟缓，稍微有点逗留迟疑，就气闭火熄了。灰印雕好之后，必须加上些油漆，这样才不会沾上灰。焚香所必需的东西，除铲子和筷子外，还有存香的盒子以及插铲子和筷子的瓶子这几样东西，也都是香炉所必需的。但是此外还有一样东西，也是必不可少的，人们或许知道，但大都没有置备，我把它补充进来。用筷子拨灰，弄得一片狼藉是在所难免的，炉子的肩上和鼎的耳上，经常会蒙上一层灰尘，一定要有一样东西来打扫。这不需另外制作，只要用一把毛散开的小毛笔，笔管要硬些，使其和用来写字的笔不同。将它和铲子与筷子一起放在瓶子里，需要时取出来用就可以了，把它叫作香帚。

【原文】

至于炉有底盖，旧制皆然，其所以用此者，亦非无故。盖以覆灰，使风起不致飞扬；底即座也，用以隔手，使移动之时，执此为柄，以防手汗沾炉，使之有迹，皆有为而设者也。然用底时多，用盖时少。何也？香炉闭之一室，刻刻焚香，无时可闭；无风则灰不自扬，即使有风，亦有窗帘所隔，未有闭熄有用之火，而防未必果至之风者也。是炉盖实为赘瘤，尽可不设。而予则又有说焉：炉盖有时而需，但前人制法未善，遂觉有用为无用耳。盖以御风，固也。独不思炉不贮火，则非特盖可不用，并炉亦可不设；如其必欲置火，则盖之火熄，用盖何为？

予尝于花晨月夕及暑夜纳凉，或登最高之台，或居极敞之地，往往携炉自随，风起灰扬，御之无策，始觉前人呆笨，制物而不善区画之，遂使贻患及今

也。同是一盖，何不于顶上穴一大孔，使之通气，无风置之高阁，一见风起，则取而覆之，风不得入，灰不致扬，而香气自下而升，未尝少阻，其制不亦善乎？止将原有之物，加以举手之劳，即可变无益为有神。昔人点铁成金，所点者不必是铁，所成者亦未必皆金，但能使不值钱者变而值钱，即是神仙妙术矣。此炉制也。

瓶以磁者为佳，养花之水清而难浊，且无铜腥气也。然铜者有时而贵，以冬月生冰，磁者易裂，偶尔失防，遂成弃物，故当以铜者代之。然磁瓶置胆，即可保无是患。胆用锡，切忌用铜，铜一沾水即发铜青，有铜青而再贮以水，较之未有铜青时，其腥十倍，故宜用锡。且锡柔易制，铜劲难为，价亦稍有低昂，其便不一而足也。磁瓶用胆，人皆知之，胆中着撒，人则未之行也。插花于瓶，必令中窾，其枝梗之有画意者随手插入，自然合宜，不则挪移布置之力不可少矣。有一种倔强花枝，不肯听人指使，我欲置左，彼偏向右，我欲使仰，彼偏好垂，须用一物制之。所谓撒也，以坚木为之，大小其形，勿拘一格，其中则或扁或方，或为三角，但须圆形其外，以便合瓶。此物多备数十，以俟相机①取用。总之不费一钱，与桌撒一同拾取，弃于彼者，复收于此。斯编一出，世间宁复有弃物乎？

【注释】

①相机：亦作"相几"。察看机会。

【译文】

　　至于香炉有底有盖，以前的都是这样。之所以有底和盖，也不是没有原因的。炉盖是用来覆盖香灰的，有风刮来的时候香灰才不至于四处飞扬；炉底就是底座，用来隔手，移动香炉时，可以当作手柄，以防止手上的汗渍沾到香炉上，使炉上沾染上痕迹。这些东西都是有用处的。然而用底座的时候多，用盖的时候少。这是为什么呢？香炉放在房里的时候，时刻在焚烧，需要用盖的时候很少，如果没有风，灰就不会自己飞起来，即使有风，也会被窗帘挡住，没有熄灭有用的香火来防止不一定能刮进来的风的道理。这样炉盖实在是个累赘，完全可以不要。然而我的看法是：炉盖有时也是有用的，只是前人制作得不够完善，让人感觉有用的东西都没有用了。炉盖原本是用来挡风的，可是没有想到如果香炉里面没有火，就不只是炉盖可以不用，连香炉也可以不要了。如果香炉中有火，盖上火就熄灭了，盖子有什么用处呢？

　　我曾经在早晨赏花傍晚赏月以及夏天夜晚乘凉，或是登上高处的楼台，或是住在极其开阔的地方的时候，常常自己随身带个炉子。风刮来的时候灰也就跟着飞了起来，让人束手无策，才觉得前人有些呆笨，设计东西的时候没有规划周到，以至于这个麻烦还留到了今天。同样是一个盖子，为什么不在顶上钻一个大孔，没风的时候收起来，有风的时候再盖上，风吹不进去，灰也扬不起来，而香气从下升上来，又不会受到任何阻挡，这办法不是很好吗？只需将原来已有的东西，稍加改变，就可将无益变成了有用。古人点铁成金，所点的不一定都是铁，所成的也不一定都是金，只要能把不值钱的变成值钱的，那可以说是神仙的妙术了。这里说的是香炉。

花瓶中瓷的是最好的。这样养花的水就不容易变浑浊，而且不会有铜腥气。但铜的瓶子有时也有它的可贵之处。例如冬天结冰，瓷瓶很容易破裂，不小心就会成为废物，因此应用铜瓶来替代。但瓷瓶如果装上个胆，那就不用担心此事了。胆要用锡制作，不要用铜，因为铜一沾水就会产生铜青，有了铜青再装水，腥气就会比没有铜青时要厉害十倍，因此应用锡来做。而且锡非常柔软容易成型，价格也比较低廉，铜很硬且难以加工。用锡的好处不止这一点。瓷瓶用胆是尽人皆知的，可是在瓶胆中安撒，却很少有人这样做。把花插在瓶中，一定要插在空处，那些富有诗情画意的枝梗，随手插入就自然适宜，否则挪动布置的功夫就多了。有一种很倔强的花枝，不肯听从人的指挥，想要把它放在左面，它偏要朝右转；想要让它向上，可它偏偏向下垂，必须用什么来制服它。这个东西就是所谓的"撒"，它是用坚硬的木头做成，形状大小也不拘一格，中间可以是扁的也可以是方的，也可以是三角形的，但外面必须是圆形的，以便和花瓶相吻合。这种东西可准备几十个，以备在各种情况下取用。总之不用花费一文钱，和桌撒一起拾取就好了，其他地方丢掉的东西，在这里再收起来。这本书一出，世上难道还会再有废弃物吗？

屏　轴

【原文】

十年之前，凡作围屏及书画卷轴者，止有巾条、斗方及横批三式。近年幻为合锦，使大小长短以至零星小幅，皆可配合用之，亦可谓善变者矣。然此制一出，天下争趋，所见皆然，转盼又觉陈腐，反不若巾条、斗方诸式，以多时不见为新矣，故体制更宜稍变。变用何法？曰：莫妙于冰裂碎纹，如前云所载糊房之式，最与屏轴相宜，施之墙壁犹觉精材粗用，未免亵视牛刀耳①。法于未书未画之先，画冰裂碎纹于全幅纸上，照纹裂开，各自成幅，征诗索画既华，然后合而成之。须于画成未裂之先，暗书小号于纸背，使知某属第一，某居第二，某横某直，某角与某角相连，其后照号配成，始无攒凑不来之患。

其相间之零星细块必不可少，若憎其琐屑而不画，则有宽无窄，不成其为冰裂纹矣。但最小者，勿用书画，止以素描间之，若尽有书画，则纹理模糊不清，反为全幅之累。此为先画纸绢，后征诗画者而言，盖立法之初，不得不为其简且易者。迨裱之既熟，随取现成书画，皆可裂作冰纹，亦犹裱合锦之法，不过变四方平正之角，为曲直纵横之角耳。此裱匠之事，我授意而使彼为之者耳。更有书画合一之法，则其权在我，授意于作书作画之人，裱匠则行其无事者也。

"诗中有画，画中有诗"，此古来成语；作画者取诗意命题，题诗者就画意作诗，此亦从来成格。然究竟诗自诗而画自画，未见有混而一之者也。混而一之，请自今始。法于画大幅山水时，每于笔墨可停之际，即留余地以待诗，如峭壁悬崖之下，长松古木之旁，亭阁之中，墙垣之隙，皆可留题作字者也。凡遇名流，即索新句，视其地之宽窄，以为字之大小，或为鹅帖行书，或作蝇头小楷。即以题画之诗，饰其所题之画，谓当日之原迹可，谓后来之题咏亦可，是"诗中有画，画中有诗"二语，昔作虚文，今成实事，亦游戏笔墨之小神通也。请质高明，定其可否。

①亵视：轻视，鄙视。牛刀：宰牛的刀。语出《论语·阳货》："子之武城，闻弦歌之声。夫子莞尔而笑曰：'割鸡焉用牛刀？'"后常比喻大材小用。

【译文】

十年前，制作围屏和书画卷轴的形式，只有巾条、斗方和横批三种。近年来变成了合锦，使大小长短以至零星小幅，都可以相互配合使用，也可以说是善于变化了。然而一种样式一出现，天下的人都争相仿效，最后到处又都一样了，转眼又令人感觉陈腐，反而不如以前的巾条、斗方等样式了，因很长时间没有看到过反而感觉新鲜了，所以样式仍需要变化。变成什么样式呢？我感觉冰裂碎纹是最妙的，像前面所提到的糊房子的式样，跟屏轴最相匹配，把它糊在墙壁上不免会觉得大材小用了。制作方法是在题字绘画之前，在整张纸上画上冰裂碎纹，按照纹路来裁剪，各自成为一幅，题诗作画以后，再将它们合起来。必须在纹路画完之后、分开之前，在纸的背面做个小记号，以便知道哪个是第一块，哪个是第二块，哪个是横着排的，哪个是竖着排的，哪个角跟哪个角是连在一起的。然后按号码连在一起，才不会有拼凑不全的麻烦。

围屏可题诗作画

中间的一些零星小块，是必不可少的，如果嫌它们的太零散而不画，那最后整幅画就只有宽的而没有窄的了，就不像是一幅冰裂纹了。但是最小的那些碎片，是不适合题字作画的，就只用白纸间隔起来，要是每一片上都有字和画，就会显得纹理不清，反而将整体效果破坏了。这是针对先画底纹，然后再题诗作画而言的。因为在实行一种新方法时，必须先从简单的做起。等将来装裱技术熟练了之后，随便用现成的字画，都可以把它裁剪成冰裂纹，只不过是将四方的角变成纵横交错的角罢了，和裱合锦的方法是一样的，这是裱匠的工作，是我告诉他们这样做的。还有一种书画合一的方法，也是我想到的，告诉给那些题诗作画的人的，就和裱匠无关了。

"诗中有画，画中有诗"，是古已有之的说法。作画的人根据诗的意境作画，题诗的人根据画的意境写诗，这也是向来的惯例。但是毕竟诗还是诗、画仍是画，不能把它们混在一起。把它们混在一起请从现在开始。办法是在画大幅山水的时候，每当可以不画时，就留下空间来做诗。例如在悬崖峭壁之下，长松古木旁边，亭阁楼台之中，墙垣的缝隙中，都可以留下空间用来题字。遇到名人，就向他们索诗，根据所留空间的大小来定字的尺寸，或是鹅帖行书，或是蝇头小楷。就是用题画的诗来装饰所题的画，说是当初的原迹可以，说是后来的题咏也可以。那么"诗中有画，画中有诗"这句话，在以前不过是空话罢了，现在就成了事实了，也可以算是游戏于笔墨之中的一个小神通。向高明的人请教，不知道是不是有可行性。

茶 具

【原文】

茗注莫妙于砂壶，砂壶之精者，又莫过于阳羡，是人而知之矣。然宝之过情，使与金银比值，无乃仲尼不为之已甚乎？置物但取其适用，何必幽渺其说，必至理穷义尽而后止哉！

凡制茗壶，其嘴务直，购者亦然，一曲便可忧，再曲则称弃物矣。盖贮茶之物与贮酒不同，酒无渣滓，一斟即出，其嘴之曲直可以不论；茶则有体之物也，星星之叶，入水即成大片，斟泻之时，纤毫入嘴，则塞而不流。啜茗快事，斟之不出，大觉闷人。直则保无是患矣，即有时闭塞，亦可疏通，不似武夷九曲之难力导也。

【译文】

砂壶是泡茶用的最好器具，而宜兴制造的砂壶又是最好的，这是尽人皆知的。但如果像金银那样太过珍视它，就违反圣人的教诲了。制作器皿重在实用，为什么一定要费尽心机地钻研，弄得异常玄妙呢？

凡定做的茶壶，嘴一定要直，买的也是如此。弯曲一点也就不好了，再弯曲些就成了废物了。因为装茶的东西和装酒的不一样。酒中没有渣滓，壶嘴是弯的或者是直的都没有什么关系，一倒就可以出来。而茶中是有东西的，小小的一片叶子，一入水就变成了很大的一片，倒茶时壶嘴堵塞一点，水就没有办法流出来了。喝茶是令人愉快的，茶水如果倒不出来可就大煞风景了，如果壶嘴是直的，就绝对不会产生这个问题了。即使有时堵住了，也很容易疏通，不像弯曲的壶嘴就跟武夷山九曲溪似的不好疏导。

【原文】

贮茗之瓶，止宜用锡。无论磁铜等器，性不相能，即以金银作供，宝之适以祟之耳。但以锡作瓶者，取其气味不泄；而制之不善，其无用更甚于磁瓶。询其所以然之故，则有二焉。一则以制成未试，漏孔繁多。凡锡工制酒壶茶注等物，于其既成，必以水试，稍有渗漏，即加补苴，以其为贮茶贮酒而设，漏即无所用之矣；一到收藏干物之器，即忽视之，犹木工造盆造桶则防漏，置斗置斛则不防漏，其情一也。乌知锡瓶有眼，其发潮泄气反倍于磁瓶，故制成之后，必加亲试，大者贮之以水，小者吹之以气，有纤毫漏隙，立督补成。试之又必须二次，一在将成未镟之时，一在已成既镟之后。何也？常有初时不漏，迨镟去锡时，打磨光滑之后，忽然露出细孔，此非屡验谛视者不知。此为浅人道也。一则以封盖不固，气味难藏。凡收藏香美之物，其加严处全在封口，封口不密，与露处同。吾笑世上茶瓶之盖必用双层，此制始于何人？可谓七窍俱蒙者矣。单层之盖，可于盖内塞纸，使刚柔互效其力，一用夹层，则止靠刚者为力，无所用其柔矣。塞满细缝，使之一线无遗，岂刚而不善屈曲者所能为乎？即靠外面糊纸，而受纸之处又在崎岖凹凸之场，势必剪碎纸条，作蓑衣样式，始能贴服。试问以蓑衣覆物，能使内外不通风乎？故锡瓶之盖，止宜厚不宜双。

藏茗之家，凡收藏不即开者，开瓶口向上处，先用绵纸二三层，实褙封固，俟其既干，然后覆之以盖，则刚柔并用，永无泄气之时矣。其时开时闭者，则

烹茶图

255

于盖内塞纸一二层，使香气闭而不泄。此贮茗之善策也。若盖用夹层，则向外者宜作两截，用纸束腰，其法稍便。然封外不如封内，究竟以前说为长。

　　存放茶叶的瓶子，只适合用锡制的。不仅瓷、铜制品和茶叶的习性不尽相同，就是金银制品也和茶叶的习性不相同，用这些材料制作的器皿存放茶叶，本来是想保护它，实际上却害了它。但用锡来做茶叶瓶，只因它不会泄露茶叶的气味，但如果制作的不好，反而比用瓷瓶会更加的糟糕。为什么这样说呢？有两个原因：一个原因是做好后如果没有检查，就可能会有许多漏孔。一般锡匠制作好酒壶茶壶等器皿后，一定会用水试一试，如果有渗漏就马上修补好，因为用来装酒和茶的，一漏水就不能用了。可锡匠制作装干货的器皿时，这一点往往就被忽略了，就像木匠制作盆和桶的时候会知道要注意防漏，做斗和斛的时候就不注意防漏，是一样的道理。如果锡瓶有洞眼，就会比瓷瓶更容易漏气发潮。所以锡瓶做好之后，一定要亲自进行检查，大件的装上水，小件的用嘴吹吹看，只要有一点漏隙，也要立即督促工匠将它修补好。检查必须做两次，一次是在做好还没有进行打磨之前，一次是在打磨好之后。为什么要做两次呢？因为经常会发生这种情况：开始时并不漏，可是等到去掉锡皮打磨之后，忽然露出了小洞。没有经过仔细观察和试过很多次的人是不会知道这一点的，这是对粗心的人说的。还有一个原因是封盖不严密，那么茶叶的气味就会难以保存。凡是贮藏有香气的东西，就要对封口之处特别注意，如果封口不严，就好像是露在外面一样。我觉得世上的茶瓶盖子用两层非常可笑。这种方法是什么人开始的？可以说这个人对存放茶叶一窍不通。单层的盖子，可以在盖子里面塞纸，这样做就会刚柔相济，一用双层，就只能靠硬盖子来用力，没办法发挥软物的功用了。将细缝全部塞满，一线缝隙也没有，硬而不能弯曲的东西能做到吗？即使是在外面糊上纸，而贴纸的地方，如果有凹凸不平，就一定得将纸条剪碎，做成蓑衣的样子，才能贴紧。请问用蓑衣来盖东西，能做到内外不通风吗？所以锡瓶的盖子只适宜于加厚而不是做成双层。

　　收藏茶叶的人，收藏后如果长时间不打开瓶子的话，就在瓶口向上的地方用两三层棉纸把它糊好，干了以后再盖上盖子，这样就会刚柔并用，永远不会有漏气了。如果经常开的话就在盖子里塞上一两层纸，以使香气闭住而不泄露，这是贮存茶叶的好方法。如果盖子是双层的，那就将外面的盖子做成两截，中间缠上纸，这样也会好些，这种方法也较方便。但封外面仍然不如封里面，还是前一种方法更好。

酒　具

　　酒具用金银，犹妆奁之用珠翠，皆不得已而为之，非宴集时所应有也。富贵之家，犀则不妨常设，以其在珍宝之列，而无炫耀之形，犹仕宦之不饰观瞻者。象与犀同类，则有光芒太露之嫌矣。且美酒入犀杯，另是一种香气。唐句云："玉碗盛来琥珀光。"玉能显色，犀能助香，二物之于酒，皆功臣也。至尚雅素之风，则磁杯当首重已。旧磁可爱，人尽知之，无如价值之昂，日甚一日，尽为大力者所有，吾侪贫士，欲见为难。然即有此物，但可作古董收藏，难充饮器。何也？酒后擎杯，不能保无坠落，十损其一，则如雁行中断，不复成群。备而不用，与不备同。贫家得以自慰者，幸有此耳。

然近日冶人，工巧百出，所制新磁，不出成、宣二窑^①下，至于体式之精异，又复过之。其不得与旧窑争值者，多寡之分耳。吾怪近时陶冶，何不自爱其力，使日作一杯，月制一盏，世人需之不得，必待善价而沽，其利与多制滥售等也，何计不也此？曰：不然。我高其技，人贱其能，徒让垄断于捷足之人耳。

富贵之家常准备犀角酒具

【注释】

①成、宣二窑：明朝成化、宣德年间江西景德镇设置的烧制瓷器的官窑。

【译文】

用金银制造酒具，就像用珍珠翡翠制造的梳妆盒一样，都是不得已才做的，没有必要在宴会之外使用。富贵人家，可以常常准备一些犀角酒具，因为犀角虽是珍宝，但是外形显得十分朴素，就好像官员不讲究排场一样。象牙跟犀角是一个等级的，但是象牙就显得太过耀眼了。而且美酒倒在犀角的杯子里，会有一种另外的香气。唐诗中说："玉碗盛来琥珀光。"玉器能增进酒的颜色使得看起来美观，犀角能增进酒的香气，它们都是酒的功臣。如果看重朴素典雅，那么最应推崇的是瓷杯。旧的瓷器非常可爱，每个人都知道，但是价格越来越贵，只有那些有钱人才买得起，像我们这些没有钱的人，想看一眼都很困难。然而即使拥有这种东西，也只能用做古董收藏，而不能用来喝酒，为什么呢？喝酒后拿着杯子，很难保证不会掉在地上，十个中损坏了一个，就好像是大雁行列中断了，就不再是完整的一群了。买了不用，就跟没有买是一样的。穷人也只能这样来自我安慰了。

而且现在的工匠，技术高超，生产出的瓷器，比起成、宣两个窑来质量一点也不差，而样式的精细特别，还要超过它们。价格之所以不如旧窑生产的贵，仅仅是因为数量不同而已。我很奇怪现在制作陶瓷的人，为什么这样不爱惜自己的力气呢？如果他们能每天只做一个杯子，每月只做一个酒杯，让世人需要的时候买不到，价格自然就会提高了，和大量制造陶器然后出售所获得的利润是一样的。为什么不这样做呢？然而并非这么简单，提高了技艺，而人们却不重视，只是让那些捷足先登的人将市场垄断了。

碗 碟

碗莫精于建窑，而苦于太厚。江右所制者，虽窃建窑之名，而美观实出其上，可谓青出于蓝者矣。其次则论花纹，然花纹太繁，亦近鄙俗，取其笔法生动，颜色鲜艳而已。碗碟中最忌用者，是有字一种，如写《前赤壁赋》《后赤壁赋》之类。此陶人造孽之事，购而用之者，获罪于天地神明不浅。请述其故。

"惜字一千，延寿一纪。"此文昌①垂训之词。虽云未必果验，然字画出于圣贤，苍颉造字而鬼夜哭，其关乎气数，为天地神明所宝惜可知也。用有字之器，不为损福，但用之不久而损坏，势必倾委作践，有不与造孽陶人中分其咎者乎？陶人但司其成，未见其败，似彼罪犹可原耳。字纸委地，遇惜福之人，则收付祝融，因其可焚而焚之也。至于有字之废碗，坚不可焚，一似入火不烬入水不濡之神物。因其坏而不坏，遂至倾而又倾，道旁见者，虽有惜福之念，亦无所施，有时抛入街衢②，遭千万人之践踏，有时倾入溷厕，受千百载之欺凌，文字之罹祸，未有甚于此者。

吾愿天下之人，尽以惜福为念，凡见有字之碗，即生造孽之虑。买者相戒不取，则卖者计穷；卖者计穷，则陶人③视为畏途而弗造矣。文字之祸，其日消乎？此犹救弊之末着。倘有惜福缙绅，当路于江右者，出严檄一纸，遍谕陶人，使不得于碗上作字，无论赤壁等赋不许书磁，即成化、宣德年造，及某斋某居等字，尽皆削去。试问有此数字，果得与成窑、宣窑比值乎？无此数

不要买带字的碗

字，较之常值增减半文乎？有此无此，其利相同，多此数笔，徒造千百年无穷之孽耳。制抚藩臬④，以及守令诸公，尽是斯文宗主，宦豫章者，急行是令，此千百年未造之福，留之以待一人。时哉时哉，乘之勿失！

①文昌：即文昌帝君，又名"梓潼帝君"。道教神名。相传名张亚子，居蜀中七曲山，仕晋战死，后人立庙祀之。唐宋时封王，元时封为帝君。掌人间功名禄位事。②街衢：四通八达的街道。③陶人：烧制陶器的匠人。④藩臬：藩台和臬台。明清两代的布政使和按察使的并称。

【译文】

建窑出产的碗碟是最好的，缺点是太厚了。江西生产的碗碟，虽然只是盗用了建窑的名义，实际上却比建窑做的要美观，可说是青出于蓝而胜于蓝了。其次谈谈花纹，花纹太繁复，就会显得非常俗气，只要做到笔法生动、颜色鲜艳就可以了。碗碟中最不应该用的，是那种有字的。比如将《前赤壁赋》《后赤壁赋》写在上面，这简直是陶匠造的孽，买来用的人也得罪了天地神明。我来说明一下原因。

"珍惜一千个字可以延寿十二年。"这是文昌帝君的告诫，虽然说不一定真的会灵验，但是字画出于圣贤之手，仓颉造字的时候夜里有鬼在哭泣，可见文字与气数相关，因而被天地神明所珍重。使用有字的器皿不会损福，但如果用了碗碟给损坏了，一定要将它丢掉，而使它受到作践，这不是和制作此陶器的人一起犯错了吗？陶匠只是把它做了出来，并没有看到它坏掉，似乎罪责还是可以原谅的。字纸扔在地上，遇到珍惜福分之人，把它捡起来可以烧的烧掉。而有字的碗，十分坚硬不能焚烧，就像入水不湿，入火不燃的神物一样。以至于它虽坏了却无法销毁，被人扔来扔去，路旁看到的人，就是有心去行善惜福，也没有办法。它们有时候被扔到街道，遭到千万只脚的践踏，有时候被倒进厕所，受千百年的污秽的侮辱。文字遭遇的灾祸，没有比这更加深重的了。

我希望天下之人，都要以行善惜福为念，看见有字的碗，就认为这是在造孽。买碗碟的人要互相劝诫不要买带字的碗碟，那么卖的人就没法卖出，卖的人卖不出去，造瓷器的人自然就不会再进行制造了。文字所遭受的灾祸，不就会慢慢地减少了吗？这还只是进行补救的下策。如果有行善惜福的人在江西做官，就颁布一个严厉的布告，告诫所有的陶瓷匠人，不允许他们在碗上写字，不管是《赤壁》还是什么，都不许写在瓷器上面，就是成化、宣德年间制作的，和某斋某居的落款，也都要去掉。请问加上这些字就可以和成窑、宣窑的瓷器比价钱了吗？少了这些字比平常的价格又会少掉半文吗？有或者没有这几个字，所获的利润都是差不多的。多了这几个字，只是白白地造千百年的孽而已。巡抚、布政使、按察使以及太守、县令等官员都是文化教育的管理者。在江西做官的，早点颁布这道命令吧。这是千百年来无人去修的福分，就等你来完成了。这是个机遇，要赶紧抓住啊！

灯 烛

灯烛辉煌，宾筵之首事也。然每见衣冠盛集，列山珍海错，倾玉醴琼浆[1]，几部鼓吹，频歌叠奏，事事皆称绝畅，而独于歌台色相，稍近模糊。令人快耳快心，而不能不快其目者，非主人吝惜兰膏，不肯多设，只以灯煤作祟，非剔之不得其法，即司之不得其人耳。吾为六字诀以授人，曰："多点不如勤剪。"勤剪之五，明于不剪之十。

原其不剪之故，或以观场念切，主仆相同，均注目于梨园，置晦明于不同；或以奔走太劳，职无专委，因顾彼以失此，致有炬而无光，所谓司之不得其人也。欲正其弊，不过专责一人，择其谨朴老成、不耽游戏者，则二患庶几可免。

然司之得人，剔之不得其法，终为难事。大约场上之灯，高悬者多，卑立者少。剔卑灯易，剔高灯难。非以人就灯而升之使高，即以灯就人而降之使

灯烛多点不如勤剪

卑，剔一次必须升降一次，是人与灯皆不胜其劳，而座客观之亦觉代为烦苦，常有畏难不剪而听其昏黑者。予创二法以节其劳，一则已试而可自信者，一则未敢遽信而待试于人者。

已试维何？长三四尺之烛剪是已。以铁为之，务为极细，粗则重而难举；然举之有法，说在后幅。有此长剪，则人不必升，灯升不必降，举手即是，与剔卑灯无异矣。

未试维何？暗提线索，用傀儡登场之法是已。法于梁上暗作长缝一条，通于屋后，纳挂灯之绳索于中，而以小小轮盘仰承其下，然后悬灯。灯之内柱外幕，分而为二，外幕系定于梁间，不使上下，内柱之索上跨轮盘。欲剪灯煤，则放内柱之索，使之卑以就人，剪毕复上，自投外幕之中，是外幕高悬不移，俨然以静待动。

①玉醴琼浆：道教谓以金和玉溶于朱草而成的仙药。比喻美酒。

【译文】

灯烛辉煌在宴请宾客时是非常重要的。但我经常看到宴会上宾客众多，都是有身份的人，桌子上陈列着珍馐美味、美酒佳酿，旁边吹拉弹唱，都称得上非产完美，只是歌台上的表演模糊不清，只能让宾客们赏心悦耳而已，却不能让他们大饱眼福。这不是主人吝惜灯油，不肯多点灯烛的缘故，而是因为灯芯的原因，不是因为剪灯芯的方法错了，就是因为没专人负责此事。我有个六字口诀可以告诉他们："多点不如勤剪。"五盏灯勤剪灯芯，比起十盏灯不剪灯芯来感觉上还要亮。

分析不剪灯芯的原因，或者是因为主人和仆人都只注意看戏了，没有注意到灯是否亮；或者是因为太繁忙了，就没有委派专人去负责剪灯芯，所以就会有灯也不感觉明亮，这就是所谓的管理的人不到位。要避免这个问题，只要让人专门负责就可以了，但要选择谨慎老成、不贪玩的人，那么就可以避免这两个麻烦了。

但是只有了适当的人专门管理，而剪灯的方法却不对，也仍是个难事。宴会场所用的灯，大都是挂在高处，很少放在低处的，剪低处的灯十分容易，可是要剪高处的灯就难了。不是让人爬到高处去靠近灯，就是要把灯放下来方便人。剪一次就需要这样爬上爬下一次，不但十分累人，而且也要频繁地移动灯，让在座的客人看了，也都替他感到辛苦。因此常常有人怕难而不去剪，结果就任它昏暗下去。我想了两个减少这种辛苦的方法，一个已经经过试验可以相信是没有问题的，一个没有进行过试验还有待别人来试验。

经过试验的方法是什么呢？就是需要一把三四尺长的烛剪。用铁制成，但一定要非常细，太粗了就会因为太重而无法举起来了。但是举这剪子也有方法，写在后面。有了这种长剪刀，就不需要人轻易爬高或将灯放低，只要举起手就可以了，跟剪低处的灯是一样的。

还没试验过的方法是什么呢？就是暗提绳索，用木偶演戏的方法。在梁上刻一条长暗缝，一直通到房子的后面，把挂灯的绳索勒在里面，用一个小轮盘承在下面，然后把灯挂上去。把灯的内柱和外罩分为两个部分，将外罩固定在梁上，不要让它活动，内柱的绳子则挂在轮盘上面。想要剪灯芯的时候，就把内柱的绳子放下来，让内柱低到人够得到的地方，剪完了再拉上去，合到外罩里面。这样外罩就会高悬不动，以静待动了。

【原文】

同一灯也，而有劳逸之分，劳所当劳，逸所当逸，较之内外俱下，而且有碍手碍脚之繁者，先踞一筹之胜矣。其不明抽以索，而必暗投梁缝之中，且贯通于屋后者，其故何居？欲埋伏抽索之人于屋后，使不露形，但见轮盘一转，其灯自下，剪毕复上，总无抽拽之形，若有神物厕于梁间者。

予创为是法，非有心炫巧，不过善藏其拙。盖场上多立一人，多生一人之障蔽。使以一人剪灯，一人抽索，了此及彼，数数往来，则座客止见人行，无复洗耳听歌之暇矣。故藏人屋后，撤去一半藩篱，耳目之前，何等清静。

藏人屋后者，亦不必定在墙垣之外，厅堂必有退步，屏障以后，即其处也。或隔绛纱，或悬翠箔，但使内见外，而外不见内，则人工不露而天巧可施矣。每灯一盏，用索一条，以蜡磨光，欲其不涩。梁间一缝，可容数索，但须预编字号，系以小牌，使抽者便于识认。剪灯者将及某号，即预放某索以待之，此号方升，彼号即降，观其术者，如入山阴道中，明知是人非鬼，亦须诧异惊神，鼓掌而观，又是一番乐事。惜予囊悭无力，未及指使匠工，悬美法以待人，即谓自留余地亦可。

【译文】

同一盏灯，就有麻烦和轻松的分别。比起外罩和内柱一起放下来碍手又碍脚，已是先胜一筹了。切忌用明线而要用暗线，而且一定要勒到梁上的缝隙中，再通到房子后面是为什么呢？这是为了将拉绳子的人藏在房子后面，不让屋里的人看见，人们只能看到轮盘的转动，灯就会自动降下来，剪完又自动升上去，看不到拉拽的痕迹，就好像是有神力相助。

发明这种方法，不是为了要炫耀，而是想将剪灯芯的笨拙掩藏起来。因为宴会上多站一个人，就多了一个人遮挡。如果一个人拉绳子另一个人剪灯，这边剪完了又去那边，来来回回的，客人只看见人在走来走去，都没有办法去专心听歌了。所以把人藏在房子后面，少了一半的遮挡，耳目也就清净了许多。

把人藏在房子后面也不一定要在墙的外面，厅堂中如果有空地，屏风后面就可以了，或是隔上绛色的纱帘或者挂上漂亮的珠帘，让里面能看到外面，外面却也看不到里面，那么就可以不露出人工痕迹而巧施天工了。每一盏灯所用的绳子，可以用蜡烛磨光，这样抽动的时候就不会太涩。这样梁上的一条缝隙就可以勒上数条绳子，但是应该预先编字号，挂上牌子，这样拉绳子的人就比较容易辨识。剪灯的人快要剪到某号灯了，就预先放某条绳索等着，这一号灯刚刚升上去，那一号灯就已经放了下来，看到的人就像走在山阴道中一样，明明知道是人不是鬼，也定会感觉惊讶，鼓掌欣赏的，也是件乐事。可惜我囊中羞涩，没有能力去雇人这样做，只好将此方法介绍给别人，说是自留余地也可以。

灯有劳逸之分

【原文】

梁上凿缝，势有不能，为悬灯细事而损伤巨料，无此理也。如置此法于造屋之先，则于梁成之后，另镶薄板二条，空洞其中而蒙蔽其下，然后升梁于柱，以俟灯索，此一法也。已成之屋，亦如此法，但先置绳索于中，而后周遭以板。此法之设，不止定为观场，即于元夕张灯，寻常宴客，皆可用之，但比长剪之法为稍费耳。

【译文】

在梁上凿出一条缝隙，是不太合适，为了吊灯这种小事，而损伤了屋梁，是没有这样的道理的。如果在盖房子之前就准备这种方法，在梁做好了之后，另外再镶上两块薄板，将中间挖空，遮住下面，然后把房梁架好，等将来挂灯索用。这是一种方法。已建好的房屋，也可用这种方法。只是要先放上绳子，再把板围上去。这种方法，不仅仅适用于看戏的场合，就是在元宵节看灯，平常宴客的时候，也都可以用到，只是比用长剪的方法，花费要多一些。

【原文】

制长剪之法，视屋之高卑以为长短，短者三尺，长者四五尺，直其身而曲其上，如鸟喙然，总以细巧坚劲为主。然用之有法，得其法则可行，不得其法则虽设而不适于用，犹弃物也。盖以铁为剪，又长数尺，是其体不能不重，只手高擎，势必摇动于上，剪动则灯亦动；灯剪俱动，则他东我西，虽欲剪之，不可得矣。法以右手持剪，左手托之，所托之处，高右手尺许。剪体虽重，不过一二斤，只手孤擎则不足，双手效力则有余；擎而剪之者一手，按之使不动摇者又有一手，其势虽高，如何虑乎？"孤掌难鸣，众擎易举。"天下事，类如是也。

【译文】

制作长剪的方法，首先要按照房子的高矮来定好长短。短的有三尺，长的有四五尺。剪刀的柄要笔直而上面则要弯曲，像鸟的嘴一样，最好要细巧坚劲。但使用时也是有一定的方法的，掌握了方法就可使用好，掌握不了方法，那么虽然有了剪刀也不能用，等于废物一样。因为剪刀是用铁做成的，并且长达数尺，一定会很重。一只手高举它的时候，在高处肯定会摇摇晃晃，剪刀如果摇晃，灯也就会跟着摇晃起来，灯和剪刀都晃动，那么灯在东而剪刀在西，即使想要剪也剪不到了。方法是用右手拿着剪刀，用左手托住它，托的地方要比右手高出一尺左右。剪刀虽然重，但也不会超过一两斤，一只手举着感觉重，两只手同时举就觉得没那么重了。一只手举剪刀去剪，另一只手则将剪刀按住使它不摇晃，灯虽高，又有什么可担心的呢？孤掌难鸣，合力就比较容易了。天下的事情都是这样。

【原文】

长剪虽佳，予终恶其体重，倘能以坚木为身，止于近灯煤处用铁，则尽美而又尽善矣。思而未制，存其说以俟解人。

【译文】

长剪虽然很好，可是我总是嫌它太重了。如果柄用木头做成，只是在接触灯芯的地方用铁做，那就可以说是尽善尽美了。方法想好了，却还没去做，我把想法写出来了，等着有心人去做。

【原文】

长剪难于概用，惟有烛无衣，与四围有衣而空洞其下者可以用之。若明角灯、珠灯，皆无隙可入，虽有长剪，何所用之？至于梁间放索，则是灯皆可。二事亦可并行，行之之法，又与前说相反：灯柱居中不动，而提起外幕以俟剪，剪毕复下。又合居重驭轻之法，听人所好而为之。

【译文】

长剪不是任何时候都能用，只有没有灯罩或者四围有灯罩而下面空着的灯才能用。像明角灯、珠灯，都没办法把长剪伸到里面去，那怎么用呢？至于在梁上放绳索，则所有灯都可以用，两种方法也可以一起使用。使用的方法，和前面的介绍的相反，灯柱在中间不要动，而将灯罩提起来等候剪刀来剪，剪完之后再把灯罩放下，这也是避重就轻，可根据个人喜好去做。

笺 简

【原文】

笺简之制，由古及今，不知几千万变。自人物器玩，以迨花鸟昆虫，无一不肖其形，无日不新其式；人心之巧，技艺之工，至此极矣。

予谓巧则诚巧，工则至工，但其构思落笔之初，未免驰高骛远，舍最近者不思，而遍索于九天之上、八极之内，遂使光灿陆离者总成赘物，与书牍之本事无干。

予所谓至近者非他，即其手中所制之笺简是也。既名笺简，则笺简二字中便有无穷本义。鱼书雁帛而外，不有竹刺之式可为乎？书本之形可肖乎？卷册便面，锦屏绣轴之上，非染翰挥毫之地乎？石壁可以留题，蕉叶曾经代纸，岂意未之前闻，而为予之臆说乎？至于苏蕙娘[①]所织之锦，又后人思之慕之，欲书一字于其上而不可复得者也。

我能肖诸物之形似为笺，则笺上所列，皆题诗作字之料也。还其固有，绝其本无，悉是眼前韵事，何用他求？已命奚奴逐款制就，售之坊间，得钱付梓人，仍备剞劂之用，是此后生生不已，其新人见闻，快人挥洒之事，正未有艾。即呼予为薛涛②幻身，予亦未尝不受，盖须眉男子之不传，有愧于知名女子者正不少也。已经制就者，有韵事笺八种，织锦笺十种。韵事者何？题石、题轴、便面、书卷、剖竹、雪蕉、卷子、册子是也。锦纹十种，则尽仿回文织锦之义，满幅皆锦，止留縠纹缺处代人作书，书成之后，与织就之回文无异。十种锦纹各别，作书之地亦不雷同。惨淡经营，事难缕述，海内名贤欲得者，情人向金陵购之。是集内种种新式，未能悉走寰中，借此一端，以陈大概。售笺之地即售书之地，凡予生平著作，皆萃于此。有嗜痂之癖者，贸此以去，如偕笠翁而归。千里神交，全赖乎此。只今知己遍天下，岂尽谋面之人哉？（金陵承恩寺中有"芥子园名笺"五字署名者，即其处也。）

【注释】

①苏蕙娘：十六国女诗人苏蕙，字若兰。其夫以罪流放，她织《回文璇玑图诗》相赠，后世称回文诗。②薛涛：唐代乐妓，工于诗词，有才名。曾制松花小笺，时称"薛涛笺"。

【译文】

笺简的设计，自古至今，不知道发生了多少次变化。无论是人物器具还是花鸟昆虫，都被模仿了，每天都在变换花样。人心的巧妙、技艺的精细到这里达到了极点。

我认为巧是极巧，精是极精，但是当构思开始的时候，就会有些好高骛远了，近处的东西置之不理，而一定要把想象思索到天地四周，把信笺做得光怪陆离，最后反而成为累赘了，和书信简牍毫无关系。

我所说的近处的东西不是别的，就是我手中要制作的笺简。既然叫作"笺简"，那么笺简两个字中就包含无穷的意义。除了鱼肚子中的信、大雁爪子上的绢书，不是还有竹刺和书本的形状可以模仿吗？卷册扇面、锦绣的屏风和卷轴上不也是可以挥毫泼墨的地方吗？石壁上面可以题字，蕉叶也可以用来代替纸，难道古代的人从没听说过，而是我编造的吗？至于苏蕙娘的回文锦，又是让后人思慕不已，而想在上面书写一个字也是不可能做到的。

我能模仿事物的形状做成笺，那么笺上的物品就都是题诗写字的素材。还原本就有的东西，而放弃本来没有的，都是眼前的雅事，还用到处搜寻吗？我已经让仆人一一做好，拿到

笺简之制，由古及今

书坊去卖，赚到的钱交给工匠，再继续印制，这样就可以辗转流传下去了。这种让人耳目一新、挥洒快意的事，正在不断地出现，即使把我说成薛涛转世，我也不会否认。本来男子因为名声小而在知名女子面前惭愧的就有不少。已做好的笺简中，有八种韵事笺、十种织锦笺。韵事笺有哪些呢？有题石、题轴、扇面、书卷、剖竹、雪蕉、卷子、册子等。十种织锦笺全都模仿回文织锦，整幅都是锦帛构成，仅仅留花纹上的缺处让人题字，写好后就好像是回文锦。十种织锦纹都各不相同，题字的位置也不相同。我惨淡经营，一一说清楚十分困难。有谁想要的，可以托人到金陵来买。这本书中的各种新式样，还没有流传到全国，就借这个机会，大致说一下。卖笺的地方就是卖书的地方，我平生的著作，都汇集在这里了。有喜欢的可以买回去，就像把我李笠翁带回了家一样。千里神交，就全凭它们了。现在，我的朋友遍布天下，难道他们都是见过面的人吗？（金陵承恩寺中有署名"芥子园名笺"的书铺，就有这本书卖。）

【原文】

是集中所载诸新式，听人效而行之；惟笺帖之体裁，则令奚奴①自制自售，以代笔耕，不许他人翻梓②。已经传札布告，诫之于初矣。倘仍有垄断之豪，或照式刊行，或增减一二，或稍变其形，即以他人之功冒为己有，食其利而抹煞其名者，此即中山狼之流亚也。当随所在之官司而控告焉，伏望主持公道。至于倚富恃强，翻刻湖上笠翁之书者，六合以内，不知凡几。我耕彼食，情何以堪？誓当决一死战，布告当事，即以是集为先声。总之天地生人，各赋以心，即宜各生其智，我未尝塞彼心胸，使之勿生智巧，彼焉能夺吾生计，使不得自食其力哉！

【注释】

①奚奴：《周礼·天官·序官》中有"奚三百人"，汉郑玄注："古者从坐男女没入县官为奴，其少才知以为奚，今之侍史官婢。或曰奚，宦女。"后因称奴仆为奚奴。②翻梓：翻刻，翻印。

【译文】

这本书中所记载的各种新设计，都可任由人仿效，只有这些笺的设计，是让仆人自制自售，以维持生活，不允许别人翻印，已经贴出布告，进行警告了。如果有人强横地照样刊行，或是增减几种，或是稍稍做些变动，就是把他人的功劳冒充是自己的，享受别人的利益而抹杀其声名，这就是山中狼一般的人了。我就要向所在地的官府控告，希望他能主持公道。至于倚恃豪强，翻刻我的书的人，天下不知道有多少人。我辛勤劳作却让别人坐享其成，这叫我怎么能够忍受呢？一定要决一死战。告诉所有相关的人，就从这本书开始。总之天下的人，各有自己的心思禀赋，就应该各自发挥自己的才智。我没有堵塞他们的心胸，使他们不能发挥自己的聪明才智，他们又怎么能夺取我的生计，让我不能自食其力呢？

◦位置第二◦

器玩未得，则讲购求；及其既得，则讲位置。位置器玩与位置人才同一理也。设官授职者，期于人地相宜；安器置物者，务在纵横得当。设以刻刻需用者，而置之高阁，时时防坏者，而列于案头，是犹理繁治剧之材，处清静无为之地，黼黻皇猷①之品，作驱驰孔道之官。有才不善用，与空国无人等也。

他如方圆曲直，齐整参差，皆有就地立局之方，因时制宜之法。能于此等处展其才略，使人入其户、登其堂，见物物皆非苟设，事事具有深情，非特泉石勋猷，于此足征全豹②，即论庙堂经济，亦可微见一斑。未闻有颠倒其家，而能整齐其国者也。

【注释】

①黼黻皇猷：犹言辅佐朝廷。黼黻：指帝王和高官所穿之服，后指辅佐。皇猷：帝王的谋略或教化。②全豹：喻事物的全貌，全体。

【译文】

没有器玩的时候，先要谈购买它；得到了器玩之后，就要想想摆放在什么位置最合适。安放器玩与安置人才道理相同。设官授职的人，需要考虑人才使用在什么地方是最合适的；安放器物的时候，器物要和周围的环境和谐。如果将常用物品放在不易拿到的高处，将易碎的物品放在桌案之上，就好像是把善于处理繁杂事物的人才安置在清静无为的地方，让善于谋划的大臣做一个传令官。有人才却不善于任用，和没有人才是一样的。

如果器玩参差不齐，有方圆曲直的差别，就应该有就地立局、因时制宜的方法。能在这些方面将他的才能施展出来，让那些来家中的客人，看出所有的东西都不是随意摆放的，处处都包含着主人深深的用心。那就不仅能体现

安放器玩与安置人才道理相同

出主人布置园林的才能，也可以看出他治理国家的本领来了。从没有听说过自己家中乱七八糟，而能把国家治理好的。

忌排偶

"胪列古玩，切忌排偶。"此陈说也。予生平耻拾唾余，何必更蹈其辙。但排偶之中，亦有分别。有似排非排，非偶是偶；又有排偶其名，而不排偶其实者。皆当疏明其说，以备讲求。如天生一日，复生一月，似乎排矣，然二曜出不同时，且有极明微明之别，是同中有异，不得竟以排比目之矣。所忌乎排偶者，谓其有意使然，如左置一物，右无一物以配之，必求一色相俱同者与之相并，是则非偶而是偶，所当急忌者矣。

若夫天生一对，地生一双，如雌雄二剑，鸳鸯二壶，本来原在一处者，而我必欲分之，以避排偶之迹，则亦矫揉执滞[①]，大失物理人情之正矣。即避排偶之迹，亦不必强使分开，或比肩其形，或连环其势，使二物合成一物，即排偶其名，而不排偶其实矣。大约摆列之法，忌作八字形，二物并列，不分前后、不爽分寸者是也；忌作四方形，每角一物，势如小菜碟者是也；忌作梅花体，中置一大物，周遭以小物是也；余可类推。

当行之法，则与时变化，就地权宜，视形体为纵横曲直，非可预设规模者也。如必欲强拈一二，若三物相俱，宜作品字格，或一前二后，或一后二前，或左一右二，或右一左二，皆谓错综；若以三者并列，则犯排矣。四物相共，宜作心字及火字格，择一或高或长者为主，余前后左右列之，但宜疏密断连，不得均匀配合，是谓参差；若左右各二，不使单行，则犯偶矣。此其大略也，若夫润泽之，则在雅人君子。

摆放古玩，切忌排偶

【注释】

①执滞：执着，固执，拘泥。

【译文】

　　"陈列古玩，切忌排偶放置。"这是过去的说法。我一向认为拾人牙慧是件羞耻的事情，为什么要重复呢？但在排偶放置的时候，也是有分别的。有的看起来像是排偶却不是，有的看上去不像是排偶恰恰却又是；还有的虽然名称叫作排偶，实际上却并非如此，都应该说清楚，以备有人要对此进行研究。就像天上有一个太阳，还有一个月亮，这好像是排偶了，可是太阳和月亮并不是同时出现的，而且还有着极亮与微亮的区别，这是同中有异，因此不能看作是排偶。真正应该忌讳的排偶，指的是那种有意造成的排偶形式。比如将一个物件放在了左边，而右边没有一个物件来与它相配，就一定要找一个颜色式样与它相同的摆放在一起，这样不是排偶，而实际上却是排偶，这是最为忌讳的。

　　如果是天生一对、地设一双的东西，比如雌雄二剑、鸳鸯二壶，原本就是一起的，而我们一定要将它们分开摆放，以避免有排偶的痕迹，那就会显得矫揉、呆板，不合物理人情了。即使要避免排偶的痕迹，也没有必要勉强将它们分开，可以将它们并排摆放，或者一个接一个地摆放，使两件东西合成一件，这就是名字叫排偶，而实际上却不是。总之，摆放的方法，忌讳摆放成八字形，就是两件东西并列放置，位置不分前后，摆起来完全一样。也忌讳摆成四方形，每个角放一件东西，好像一个小菜碟。也忌讳摆放成梅花体，即中间放一件大东西，周围放些小物件。其他可以以此类推。

　　摆放的正确方法应该是，根据具体的地点和时间而变化，要根据物品的形状，不能进行预先设定。如果一定要举例，比如要将三样东西摆放在一起，应该摆成品字形，或者是一前两后，或者是一后两前，或者是一左两右，或者是一右两左，这都是错综的方法。如果是三件东西并排放置，就犯了排的毛病了。如果是四件东西放一起，就适宜用心字形或者火字形。以一个高的或长的物件为主，其他的小物件放在它的周围。但是应该疏密不均，不要整齐划一，这就叫作参差。如果是左右各两件，不放成一列，就犯了偶的毛病。这是大概的情形，如果想将它演绎得更好，就看风雅之士的了。

贵活变

【原文】

　　幽斋陈设，妙在日异月新。若使古董生根，终年匏系一处，则因物多腐象，遂使人少生机，非善用古玩者也。居家所需之物，惟房舍不可动移，此外皆当活变。何也？眼界关乎心境，人欲活泼其心，先宜活泼其眼。即房舍不可动移，亦有起死回生之法。譬如造屋数进，取其高卑广隘之尺寸不甚相悬者，授意匠工，凡作窗棂门扇，皆同其宽窄而异其体裁，以便交相更替。同一房也，以彼处门窗挪入此处，便觉耳目一新，有如房舍皆迁者；再入彼屋，又换一番境界，是不特迁其一，且迁其二矣。房舍犹然，况器物乎？或卑者使高，或远者使近，或二物别之既久，而使一旦相亲，或数物混处多时，而使忽然隔绝，是无情之物变为有情，若有悲观离合于其间者。但须左之右之，无不宜之，则造物在手，而臻化境矣。

人谓朝东夕西，往来仆仆，何许子①之不惮烦乎？予曰：陶士行之运甓②，视此犹烦，未有笑其多事者；况古玩之可亲，犹胜于甓，乐此者不觉其疲，但不可为饱食终日，无所用心者道。

【译文】

　　幽静书房中的陈设，妙在经常变化。如果让古董像生根了一样，终年放在一个地方，就会因为古董腐朽的样子，人也就会缺少了生机，这样做就不是善于摆弄古玩

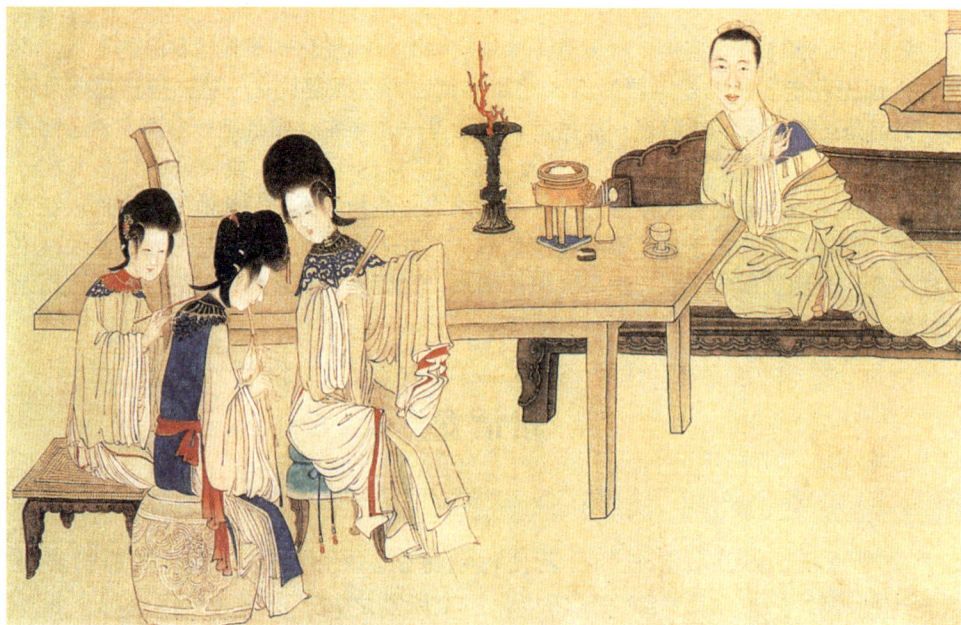

书房陈设妙在经常变化

的人了。家里用的东西，除房子不能移动之外，其他的都应经常地挪动。是什么原因呢？眼中所看到的东西和人的心境有关系，人如果想让心活泼些，应该首先让眼中所看到的东西活泼起来。房屋虽然是不动的，但是也有起死回生的方法。比如建造几间房屋，选几间高低宽窄差异不大的房间，让工匠把窗棂门扇的宽窄做成一致的，但是式样要不相同，这样就可以互相交换了。同一处房子，将那间房屋的门窗，挪到这间，便会令人感觉耳目一新，就像房屋搬迁了一般。再进入另一个房间，又换了另外一番景象，这样，改变了的不仅仅是一间房屋，而是改变了两间房屋。或是将低的放到高处，或是将远的放到近处，或是原来隔得很远的两件东西突然放在一起，或是原来放在一起的几件东西，将它们突然分开，这样就使得无情的东西也有了情致，就像其中多了悲欢离合一般。只要把东西稍加移动，并恰到好处，就可以随心所欲了，而且变得出神入化了。

有人会说，像许行那样早上放在东边傍晚放到西边，把古物搬来搬去，不嫌麻烦吗？我说：晋人陶士行每天把坛子搬来搬去，看上十分麻烦，却没有人笑话他多事；何况古玩的可爱远远胜过坛子呢？喜欢这样做的人自然不会感觉到劳累，但是这番话却不能对那些整天吃饱饭，不思考任何事情的人说。

【原文】

古玩中香炉一物，其体极静，其用又妙在极动，是当一日数迁其位，片刻不容胶柱者也。人问其故，予以风帆喻之。舟行所挂之帆，视风之斜正为斜正，风从左而帆向右，则舟不进而且退矣。位置香炉之法亦然。当由风力起见，如一室之中有南北二牖，风从南来，则宜位置于正南，风从北入，则宜位置于正北；若风从东南或从西北，则又当位置稍偏，总以不离乎风者近是。若反风所向，则风去香随，而我不沾其味矣。又须启风来路，塞风去路，如风从南来而洞开北牖，风从北至而大辟南轩，皆以风为过客，而香亦传舍视我矣。

须知器玩之中，物物皆可使静，独香炉一物，势有不能。"爱之能勿劳乎？"待人之法也，吾于香炉亦云。

【译文】

古玩中香炉这种器具，本身非常地沉静，但是用起来的妙处又在于给人以动感，应该每天多换几次地方，一刻也不要将它固定住。有人问这其中的原因，我用风帆进行比喻。船航行时挂的帆，要根据风向的变化而及时调整，如果风吹向了左帆却转向右边，那么船就会不进反退了。放香炉的方法也是这样的，要根据风向来改变放置的位置，比如在一间房子里，有南北两个窗户，如果风是从南面吹来的，香炉就适宜放在正南面，如果风是从北面吹来的，则适宜放在正北面，如果风是从东南或从西北吹来的，那么位置就应该稍微偏一点，总之是要以不离开风为好。如果和风的方向相反，那么风一吹香气也就跟着飘走了，那么我就不会沾到香气了。还必须打开风进来的路而将流出的路堵上。风如果是从南面吹进来的而打开北面的窗户，风如果是从北面吹来的而打开南面的窗户，这都是把风当作过客，而香气也会把屋子当作是旅店匆匆而过了。

应该知道器玩之中，样样都可让它静，只有香炉不可以静止。"爱之能勿劳乎"，这是一种待人的方法，我对香炉也这么说。

饮馔部

蔬食第一

　　吾观人之一身，眼耳鼻舌，手足躯骸，件件都不可少。其尽可不设而必欲赋之，遂为万古生人之累者，独是口腹二物。口腹具而生计繁矣，生计繁而诈伪奸险之事出矣，诈伪奸险之事出，而五刑不得不设。君不能施其爱育，亲不能遂其恩私，造物好生，而亦不能不逆行其志者，皆当日赋形不善，多此二物之累也。草木无口腹，未尝不生；山石土壤无饮食，未闻不长养。何事独异其形，而赋以口腹？即生口腹，亦当使如鱼虾之饮水，蜩螗①之吸露，尽可滋生气力，而为潜跃飞鸣。若是，则可与世无求，而生人之患熄矣。乃既生以口腹，又复多其嗜欲，使如溪壑之不可厌；多其嗜欲，又复洞其底里，使如江海之不可填。以致人之一生，竭五官百骸之力，供一物之所耗而不足哉！

口腹当使如鱼虾之饮水

吾反复推详，不能不于造物是咎。亦知造物于此，未尝不自悔其非，但以制定难移，只得终遂其过。

甚矣！作法慎初，不可草草定制。吾辑是编而谬及饮馔，亦是可已不已之事。其止崇俭啬，不导奢靡者，因不得已而为造物饰非，亦当虑始计终，而为庶物弭患。如逞一己之聪明，导千万人之嗜欲，则匪特禽兽昆虫无噍类，吾虑风气所开，日甚一日，焉知不有易牙②复出，烹子求荣，杀婴儿以媚权奸，如亡隋故事者哉！一误岂堪再误，吾不敢不以赋形造物视作覆车。

【注释】

①蜩螗：即蝉。②易牙：又称狄牙、雍巫。春秋时齐桓公宠臣，长于调味，善逢迎。传说曾烹其子为羹以献桓公。

【译文】

我看人的身体，眼、耳、鼻、舌、手、足、躯干，每一样都不能少，如果说尽可以不要而造物主又赋予了人，以至于成为千百年来活人累赘的，只有口腹两样东西。有了口腹为生计的操劳就多了。生计的操劳一多，欺诈奸险的事情就出现了，欺诈奸险的事情一出现，五刑就不得不设立了。君王无法施洒其仁爱，双亲不能满足对子女的宠爱，造物主爱护生命却不得不违逆自己的心意，都是当初造人时不够完善，多了这两样东西造成的。草木没有口腹，未尝见它不能生长；山、石、土壤不用饮食，未尝听说就不生长。为什么独把人类造成特别的形状，而又给予口与腹？就算生了口腹，也该使他像鱼虾饮水，知了吸露，就能滋生气力，而潜游跳跃飞翔鸣叫。如果这样，那么人就也能与世无求了，活人的忧患也能够避免了。然而造物主却让人类生了口腹，又使人类有了很多嗜好和欲望，像沟壑一样难填；有了很多嗜好和欲望，又让它变成无底洞，像江海一样不能填满。以致人的一生，竭尽全力供一样东西的消耗却还不能让它满足。

我反复琢磨，终究不能归咎于造物主，也知道造物主在这件事情上，未尝不悔恨自己的错误，只是因为规矩已经定了很难改变，只好继续纵容这种错误了。

唉！规则初创时，千万不能太草率啊。我写这一章谈到饮食，本来也是可做可不做的事情。出发点是为了提倡节俭，而非倡导奢靡，由此来替造物主文过饰非，也应当考虑到全局，而为百姓消除忧患。如果是为表现自己的聪明，而引发千万人的嗜欲，不仅禽兽昆虫将会绝灭，而且我担心这种风气一开，就一天甚过一天，又怎么会知道将来不会有人像易牙一样烹子求荣，杀婴儿来向权奸献媚，重蹈隋朝灭亡的故事呢？怎么可以一错再错？我不敢不以造物主造人的过错作为前车之鉴。

【原文】

声音之道，丝不如竹，竹不如肉，为其渐近自然。吾谓饮食之道，脍不如肉，肉不如蔬，亦以其渐近自然也。草衣木食①，上古之风，人能疏远肥腻，食蔬蕨而甘之，腹中菜园，不使羊来踏破②，是犹作羲皇③之民，鼓唐虞④之腹，与崇尚古玩同一致也。所怪于世者，弃美名不居，而故异端其说，谓佛法如是，是则谬矣。吾辑《饮馔》一卷，后肉食而首蔬菜，一以崇俭，一以复古；至重宰割而惜生命，又其念兹在兹，而不忍或忘者矣。

【注释】

①草衣木食：以草为衣，以木为食。②腹中菜园，不使羊来踏破：不使腹中蔬菜受肉腥践踏。羊，代表肉食。③羲皇：即伏羲氏。④唐虞：即唐尧、虞舜，皆为古传说中的"五帝"。

【译文】

音乐之道，弦乐不如管乐，管乐不如声乐，因为它逐渐贴近自然。我认为饮食之道，精制的肉不如普通肉，普通肉不如蔬菜，也是因为逐渐贴近自然。穿着草衣吃素食，是上古的民风，人们都能远离肥腻，而喜欢吃蔬菜。肚子里的菜园，不再让牛羊来践踏，那就跟上古的人民一样，与崇尚古玩是同样的道理。奇怪的是世人抛弃尊古的美名，非要把这种做法当作异端，说这是佛家的法则，这种观点是错误的。我编《饮馔》这一卷，先说蔬菜后说肉食，一是因为崇尚节俭，一是为了复古。至于不轻易屠宰而珍惜生命，也是我时刻记在心里，不敢忘记的。

笋

【原文】

论蔬食之美者，曰清，曰洁，曰芳馥，曰松脆而已矣。不知其至美所在，能居肉食之上者，只在一字之鲜。《记》曰："甘受和，白受采。"①鲜即甘之所从出也。此种供奉，惟山僧野老躬治园圃者，得以有之，城市之人，向卖菜佣求活者，不得与焉。然他种蔬食，不论城市山林，凡宅旁有圃者，旋摘旋烹，亦能时有其乐。至于笋之一物，则断断宜在山林，城市所产者，任尔芳鲜，终是笋之剩义。此蔬食中第一品也，肥羊嫩豕，何足比肩。但将笋肉齐烹，合盛一簋，人止食笋而遗肉，则肉为鱼而笋为熊掌可知矣。购于市者且然，况山中之旋掘者乎？

食笋之法多端，不能悉纪，请以两言概之，曰："素宜白水，荤用肥猪。"茹斋者②食笋，若

笋

以他物伴之，香油和之，则陈味夺鲜，而笋之真趣没矣。白煮俟熟，略加酱油，从来至美之物，皆利于孤行，此类是也。以之伴荤，则牛羊鸡鸭等物，皆非所宜，独宜于豕，又独宜于肥。肥非欲其腻也，肉之肥者能甘，甘味入笋，则不见其甘，但觉其鲜之至也。烹之既熟，肥肉尽当去之，即汁亦不宜多存，存其半而益以清汤。调和之物，惟醋与酒。此制荤笋之大凡也。

笋之为物，不止孤行并用各见其美，凡食物中无论荤素，皆当用作调和。菜中之笋与药中之甘草，同是必需之物，有此则诸味皆鲜，但不当用其渣滓，而用其精液。庖人之善治具者，凡有焯笋之汤，悉留不去，每作一馔，必以和之，食者但知他物之鲜，而不知有所以鲜之者在也。

《本草》中所载诸食物，益人者不尽可口，可口者未必益人，求能两擅其长者，莫过于此。东坡云："宁可食无肉，不可居无竹。无肉令人瘦，无竹令人俗。"不知能医俗者，亦能医瘦，但有已成竹未成竹之分耳。

【注释】

①甘受和，白受采：出自《礼记》，意为甘美的东西容易调味，洁白的东西便于上色。②茹斋者：吃斋饭素食的人。茹：吃。

【译文】

说到蔬菜的美味，就是清淡、干净、芳香、松脆这几样而已。人们不知素食的美味居于肉食之上，就在于一个鲜字。《礼记》上说："甘受和，白受采。"鲜就是甘美的来源。此种享受，只有山里的和尚、野外的村民这些亲自种植的人才能够得到的，城市的人向菜贩子买菜，是享受不到这种新鲜的。然而其他蔬菜，无论城市还是山林，只要自家住所旁边有菜圃的，随摘随吃，也能够时常享受这种乐趣。至于笋这种东西，就一定适合生长于山林，城市里出产的，再怎么芳香鲜美，终究是笋的次品。笋是蔬菜中最美味的，肥羊乳猪，怎么能比得上呢？只要笋与肉一起煮，盛在同一个盆里，人们都只吃笋而留下肉，就知道笋比肉更珍贵了。在市场上购买的尚且如此，何况山中刚刚挖出来的呢？

吃笋的方法有很多种，不能全都记录，请让我用两句话概括："素宜白水，荤用肥猪。"吃斋的人如果在吃笋时拌上其他东西，再加上香油，那么就会使其他东西的陈味夺走笋的鲜味，笋的真正美味就没有了。用白水煮熟，略加点酱油。从来最美好的事物都适合保持其独立，笋就是这样。和肉食一起煮时，牛羊鸡鸭等都不合适，适合的只有猪肉。还特别适宜与肥肉同煮，用肥肉不是因为其肥腻，而是肥肉味甘，甘味被笋吸入，就感觉不到甘了，只觉得鲜到了极点。快煮熟时，将肥肉全部去掉，汤也不要多留，只留下一半，再加上清汤。调味的佐料，只用醋和酒。这是烧制荤笋的基本要领。

笋这种东西，不管单吃合煮都可以表现出美味，而且食物中无论荤素，都应该用它来调和。蔬菜中的笋如同中药里的甘草，都是必需的东西，有了它就什么食物都很鲜，只是不应用它的渣滓，而用它的精华。会做菜的厨师，凡是烧笋的汤，就都留着，每做一道菜都拿来调味。吃的人只觉得很鲜美，而不知道之所以鲜美是因为什么。

《本草》中所记载的诸多食物，对人有益的不一定可口，可口的不一定对人有益，如果想两全其美，就没有比笋更好的了。苏东坡说："宁可食无肉，不可居无竹。无肉令人瘦，无竹令人俗。"却不晓得能医治俗病的东西也可以医治瘦病，只在于竹子是否已经长成。

蕈

【原文】

求至鲜至美之物，于笋之外，其惟蕈[①]乎？蕈之为物也，无根无蒂，忽然而生，盖山川草木之气，结而成形者也，然有形而无体。凡物有体者必有渣滓，既无渣滓，是无体也。无体之物，犹未离乎气也。食此物者，犹吸山川草木之气，未有无益于人者也。其有毒而能杀人者，《本草》云以蛇虫行之故。予曰：不然。蕈大几何，蛇虫能行其上？况又极弱极脆而不能载乎？盖地之下有蛇虫，蕈生其上，适为毒气所钟，故能害人。毒气所钟者能害人，则为清虚之气所钟者，其能益人可知矣。世人辨之原有法，苟非有毒，食之最宜。此物素食固佳，伴以少许荤食尤佳，盖蕈之清香有限，而汁之鲜味无穷。

蕈

【注释】

①蕈：伞菌一类植物，指蘑菇。

【译文】

要找至鲜至美的东西，除了笋之外，大概只有蘑菇了。蘑菇这种东西，没有根蒂就突然长出来，是山川草木之气聚集而成的，然而有形状却无本体。凡是有本体的事物就一定有渣滓，既然没有渣滓，那就是没有本体。没有本体的东西，还没有从气完全脱离出来。吃蘑菇就像吸食山川草木之气一样，对身体是有好处的。其中有些有毒能致命的，《本草》中说那是因为被蛇虫爬行过的缘故。我说：不是，蘑菇才多大，蛇虫能够在上面行走吗？何况又很脆弱不能负载呢？原因是地下有蛇虫，蘑菇长在上面，就吸收了毒气，所以可以害人。聚集了毒气就能够害人，那么聚集了清虚之气的，对人有利就可以类推了。世人有辨别蘑菇是否有毒的方法，如果没毒，就最适宜吃。蘑菇素吃固然很好，伴上少许荤腥味道更好。这是因为蘑菇的清香有限，而汁液的鲜味却无穷。

莼

【原文】

莼

陆之蕈，水之莼①，皆清虚妙物也。予尝以二物作羹，和以蟹之黄，鱼之肋，名曰"四美羹"。座客食而甘之，曰："今而后，无下箸处矣！"

【注释】

①莼：莼菜，亦名水葵，一种水生植物，味鲜美。

【译文】

陆上的蘑菇，水中的莼菜，都是清虚美味的好东西。我曾拿这两种东西做羹，加上蟹黄、鱼肋，起名叫"四美羹"。客人尝了以后觉得美味，说："从今以后，没有再想动筷子的地方了。"

菜

【原文】

世人制菜之法，可称百怪千奇，自新鲜以至于腌糟酱腊，无一不曲尽奇能，务求至美，独于起根发轫①之事缺焉不讲，予甚惑之。其事维何？有八字诀云："摘之务鲜，洗之务净。"务鲜之论，已悉前篇。

蔬食之最净者，曰笋，曰蕈，曰豆芽；其最秽者，则莫如家种之菜。灌肥之际，必连根带叶而浇之；随浇随摘，随摘随食，其间清浊，多有不可问者。洗菜之人，不过浸入水中，左右数漉，其事毕矣。孰知污秽之湿者可去，干者难去，日积月累之粪，岂顷刻数漉之所能尽哉？故洗菜务得其法，并须务得其人。以懒人、性急之人洗菜，犹之乎弗洗也。

洗菜之法，入水宜久，久则干者浸透而易去；洗叶用刷，刷则高低曲折处皆可到，始能涤尽无遗。若是，则菜之本质净矣。本质净而后可加作料，可尽人工，不然，是先以污秽作调和，虽有百和之香，能敌一星之臭乎？噫，富室大家食指繁盛者，欲保其不食污秽，难矣哉！

【注释】

①起根发轫：轫，车闸；发轫，拿掉支住车轮的木头，使车前进。其与"起根"同指事情刚开始。

【译文】

世人做菜的方法，可称得上千奇百怪，从新鲜到腌糟酱腊，没有一样不尽其所能，以求尽善尽美，只是开始阶段的事却不讲究。我深感困惑。开始阶段的事是什么？有八字口诀说："摘之务鲜，洗之务净。"讲究新鲜的观点，已经在前面谈过了。

蔬菜当中最干净的，是竹笋、蘑菇、豆芽；最脏的莫过于自家种的菜。施肥的时候，必定是连根带叶地浇，随浇随摘，随摘随吃，里面是否干净，就不能多问了。洗菜的人也不过是将其泡在水里，左右涮几下就算完事。不知道湿的脏东西容易去掉，干的却很难去掉，日积月累的粪便，怎么会是一下子洗几次就能去除得尽的呢？所以洗菜务必得法，也务必要适当的人。让懒人和性急的人来洗菜，跟没洗一样。

洗菜的方法，泡在水里的时间要长些，这样菜上干的脏东西浸透之后就容易洗去。洗菜叶要用刷子，这样叶子上高低曲折之处都能洗到，这样才能把菜的里外都彻底洗净。里外干净以后可以加作料，可以施展厨艺，否则就是先以污秽的东西做了调料，即使加入百种香料，能敌得了一点儿臭味吗？唉，富家大户，人丁众多的人家，想要保证吃不到污秽，很难啊！

【原文】

菜类甚多，其杰出者则数黄芽。此菜萃于京师，而产于安肃①，谓之"安肃菜"，此第一品也。每株大者可数斤，食之可忘肉味。不得已而思其次，其惟白下之水芹乎！予自移居白门，每食菜、食葡萄，辄思都门；食笋、食鸡豆，辄思武陵②。物之美者，犹令人每食不忘，况为适馆授餐之人乎？

【注释】

①安肃：古代县名，今河北徐水区。②武陵：古代县名，今之湖南常德市。

【译文】

菜的种类非常多，最好的要数黄芽。这种菜集中在京城销售，却是产于安肃，称为"安肃菜",这是最上等的菜。大的每株有数斤重,吃这种菜能让你忘掉肉味。如果没有办法吃到,不得已只好吃差一点儿的,那恐怕要数南京的水芹了。我移居南京后,每到吃菜和葡萄时,就怀念京城,每到吃笋和芡实时就怀念武陵。好吃的东西尚且令人一吃过就忘不了,何况那些殷勤招待过我的人呢?

【原文】

菜有色相最奇,而为《本草》《食物志》诸书之所不载者,则西秦所产之头发菜是也。予为秦客,传食于塞上诸侯。一日脂车将发,见炕上有物,俨然乱发一卷,谬谓婢子栉发所遗,将欲委之而去。婢子曰:"不然,群公所饷之物也。"询之土人,知为头发菜。浸以滚水,拌以姜醋,其可口倍于藕丝、鹿角[①]等菜。携归饷客[②],无不奇之,谓珍错中所未见。此物产于河西,为值甚贱,凡适秦者皆争购异物,因其贱也而忽之,故此物不至通都,见者绝少。由是观之,四方贱物之中,其可贵者不知凡几,焉得人人物色之?发菜之得至江南,亦千载一时之至幸也。

【注释】

①鹿角:藻类植物,供食用或制糊料用。②饷客:以食物款待客人。

【译文】

菜有各种奇特的形状,而《本草》《食物志》里面都没记载的,应该是陕西所产的发菜了。我到陕西做客,到当地官员家里接受招待。一天将要乘车离开时,看见床上有东西,俨然是一卷乱发,误认为是婢女梳头掉的,正想要扔掉。婢女说:"不是乱发,是各位大人们送的礼物。"询问当地人,才知道是发菜。用开水浸泡,拌上姜和醋,比藕丝、鹿角等菜还要可口数倍。我将发菜带回去招待客人,无不觉得神奇,说是从未见过的好菜。这种菜产于黄河以西,很便宜,凡是去陕西的人,都争着去买特产,却因为它很便宜而忽略掉,所以这种东西没有流传到繁华的都市,见过的人很少。由此可见,各地的廉价之物中,可贵的东西不知有多少,又怎么会人人都能找到呢?发菜能够来到江南,也算是千载难得的大幸了。

瓜、茄、瓠、芋、山药

【原文】

瓜、茄、瓠、芋[①]诸物,菜之结而为实者也。实则不止当菜,兼作饭矣。增一簋菜,可省数合粮者,诸物是也。一事两用,何俭如之?贫家购此,同于籴粟。但食之各有其法:煮冬瓜、丝瓜忌太生,煮王瓜、甜瓜忌太熟;煮茄、瓠利用酱醋，而不宜于盐；煮芋不可无物伴之，盖芋之本身无味，借他物以成其味者也；山药则孤行并用，无所不宜，并油盐酱醋不设，亦能自呈其美，乃蔬食中之通材也。

【注释】

①瓠芋：瓠，即瓠瓜，又叫"扁蒲"，俗称"葫芦"；芋，俗称"芋艿""芋头"。

【译文】

瓜、茄、瓠、芋这等物，是蔬菜中结为果实的。果实不仅可以做菜，还可以当作主食。增加一篮菜，能省数合粮食的，就是这些东西。一物两用，还有什么比这更节省的呢？穷人家买这些菜，就如同买粮食一样。但吃的时候各有各的做法，煮冬瓜、丝瓜不能太生；黄瓜、甜瓜不能太熟；茄、瓠适合用酱、醋而不适合用盐；芋不能单独煮，因为它本身没有味道，要借其他东西来产生味道；山药单吃合煮都可以，即便没有油盐酱醋，本身的味道也很美，是蔬菜当中的全才。

瓠

葱、蒜、韭

【原文】

葱、蒜、韭三物，菜味之至重者也。菜能芬人齿颊者，香椿头是也；菜能秽人齿颊及肠胃者，葱、蒜、韭是也。椿头明知其香，而食者颇少，葱、蒜、韭尽识其臭，而嗜之者众，其故何欤？以椿头之味虽香而淡，不若葱、蒜、韭之气甚而浓。浓则为时所争尚，甘受其秽而不辞；淡则为世所共遗，自荐其香而弗受。吾于饮食一道，悟善身处世之难。一生绝三物不食，亦未尝多食香椿，殆所谓"夷、惠之间"①者乎？

【注释】

①夷、惠之间：夷，伯夷；惠，柳下惠。两人都是古代的清高之士。

【译文】

葱、蒜、韭菜这三样东西，是蔬菜中气味重的。蔬菜中能使人口齿芳香的是香椿芽；污秽人的唇齿和肠胃的是葱、蒜、韭菜。明知香椿芽香，却很少有人吃，明知葱、蒜、韭菜臭，却有许多人喜欢吃。为什么？因为香椿芽的味道虽然香却比较淡，不像葱、蒜、韭菜的味道那样浓。味道浓就被世人所喜爱，甘愿忍受难闻气味；味道淡就被世人所忽视，即使香气能引起注意，也很难被接受。我从饮食当中领悟出为人处世的艰难。一生中绝对不吃葱、蒜、韭菜这三种东西，也没有多吃香椿，在伯夷和柳下惠之间，算得上是个有操守的人了吧！

蒜则永禁弗食

【原文】

予待三物有差。蒜则永禁弗食；葱虽弗食，然亦听作调和；韭则禁其终而不禁其始，芽之初发，非特不臭，且具清香，是其孩提之心之未变也。

【译文】

我对待葱、蒜、韭菜三者是有区别的：蒜是永远不吃，葱是虽然不吃，但也可以用来做调料，韭菜则是不吃老的而吃嫩的，韭菜刚发芽，非但不臭而且清香，就像小孩纯洁的心还没改变一样。

萝 卜

【原文】

生萝卜切丝作小菜，伴以醋及他物，用之下粥最宜。但恨其食后打嗳①，嗳必秽气。予尝受此厄于人，知人之厌我，亦若是也，故亦欲绝而弗食。然见此物大异葱蒜，生则臭，熟则不臭，是与初见似小人，而卒为君子者等也。虽有微过，亦当恕之，仍食勿禁。

【注释】

①打嗳：胃里的气体从口里排出，并发出声音。通称打嗝儿。

【译文】

生萝卜切丝做小菜，拌上醋和其他佐料，最适合用来喝粥。只是不喜欢吃完后会打嗝，打嗝必然有臭气。我曾经从别人那里闻到过，知道我打嗝时别人也不会喜欢，所以想不再吃。但是觉得萝卜跟葱、蒜大不一样，生吃的时候会臭，煮熟吃就不会了，就像初看觉得是小人，而后来才知是君子的道理相似。虽然有些小毛病，也应该原谅，所以仍然照吃不禁。

芥辣汁

【原文】

菜有具姜、桂之性者乎？曰：有，辣芥①是也。制辣汁之芥子，陈者绝佳，所谓愈老愈辣是也。以此拌物，无物不佳。食之者如遇正人，如闻谠论②，困者为之起倦，闷者以之豁襟，食中之爽味也。予每食必备，窃比于夫子之不撤姜也。

【注释】

①芥：芥菜类蔬菜，其茎有辛辣味，可制成芥辣粉和芥辣汁。②谠论：正直之言，直言。谠，正直。

【译文】

蔬菜当中有具有姜、桂之性的吗？回答：有，辣芥就是。制作辣汁的芥子，老的最好，所谓越老越辣。用它来做调拌物，没有不好吃的。吃起来就像遇见了正直的人，听到了正直的言论，困乏的人除去疲倦，郁闷的人开阔心胸，是食物中让人畅快的味道。我每次吃饭时必备，私下将它比作孔子不撤的姜食。

◎谷食第二◎

【原文】

食之养人，全赖五谷①。使天止生五谷而不产他物，则人身之肥而寿也，较此必有过焉，保无疾病相煎，寿夭不齐之患矣。试观鸟之啄粟，鱼之饮水，皆止靠一物为生，未闻于一物之外，又有为之肴馔酒浆、诸饮杂食者也。乃禽鱼之死，皆死于人，未闻有疾病而死，及天年自尽而死者，是止食一物，乃长生久视之道也。人则不幸而为精腆②所误，多食一物，多受一物之损伤，少静一时，少安一时之淡泊。其疾病之生，死亡之速，皆饮食太繁，嗜欲过度之所致也。此非人之自误，天误之耳。天地生物之初，亦不料其如是，原欲利人口腹，孰意利之反以害之哉！然则人欲自爱其生者，即不能止食一物，亦当稍存其意，而以一物为君。使酒肉虽多，不胜食气，即使为害，当亦不甚烈耳。

【注释】

①五谷：稻、黍、稷、麦、豆五种谷物，指粮食。②精腴：精美丰盛。腴，丰厚、美好。

【译文】

食物养人，全靠五谷。假如上天只生五谷而不生其他东西，那么人类一定会比现在更健康长寿，保证没有疾病和夭折的担忧。试观鸟吃谷、鱼饮水，都是只靠一种食物过活，没听说在一种食物之外，还做酒做菜，诸多东西杂食的。因此禽和鱼的死，都是死在人手上，没听说有因疾病而死的以及天然老死的。所以单吃一种食物，是长寿之道。人则不幸而被佳肴所误，多吃一种食物，就多受一种食物的损害，少得一刻的清静，就少享受一刻的淡泊。人之所以生病和早死都是因为饮食太繁杂，嗜欲过度所导致的。这不是人自己赔误自己，是上天赔误了他。天地在造物之初，也没料会到这样，原本是想让人口腹得益，没想到却害了他。但是如果人自己想要爱惜生命，就算不能单吃一种食物，也该保存这个用心，以一种食物为主。酒肉虽然吃了很多，但只要没超过人的消化能力，就算有损害，应当也不会太严重。

饭 粥

【原文】

粥饭二物，为家常日用之需，其中机彀，无人不晓，焉用越俎者强为致词？然有吃紧二语，巧妇知之而不能言者，不妨代为喝破，使姑传之媳，母传之女，以两言代千百言，亦简便利人之事也。

先就粗者言之。饭之大病，在内生外熟，非烂即焦；粥之大病，在上清下淀，如糊如膏。此火候不均之故，惟最拙最笨者有之，稍能炊爨者，必无是事。然亦有刚柔合道，燥湿得宜，而令人咀之嚼之，有粥饭之美形，无饮食之至味者。其病何在？曰：挹水无度，增减不常之为害也。其吃紧二语，则曰："粥水忌增，饭水忌减。"米用几何，则水用几何，宜有一定之度数。如医人用药，水一钟或钟半，煎至七分或八分，皆有定数。若以意为增减，则非药味不出，即药性不存，而服之无效矣。

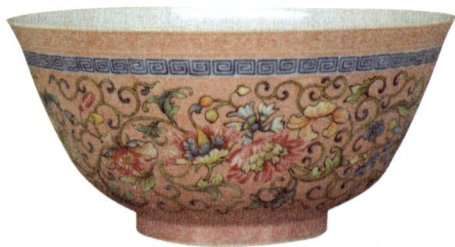

以碗盛饭，食器亦精美

不善执爨者，用水不均，煮粥常患其少，煮饭常苦其多。多则逼而去之，少则增而入之，不知米之精液全在于水，逼去饭汤者，非去饭汤，去饭之精液也。精液去则饭为渣滓，食之尚有味乎？粥之既熟，水米成交，犹米之酿而为酒矣。虑其太厚而入之以水，非入水于粥，犹入水于酒也。水入而酒成糟粕，其味尚可咀乎？故善主中馈①者，挹水时必限以数，使其勺不能增，滴无可减，再加以火候调匀，则其为粥为饭，不求异而异乎人矣。

【注释】

①中馈：《易经·家人》："无攸遂，在中馈。"指家中饮食。

【译文】

粥饭这两样食物，是家常日用所必需的，做法尽人皆知，哪里还用得着我在这里多费唇舌？但是有两句要紧的话，巧媳妇知道却说不出来，我不妨代为说破，将来婆婆教给媳妇，母亲传给女儿，以两句话代替千言万语，也是一件简便利人的好事。

先从粗略的方面来说：煮饭的大毛病是内生外熟，不是太烂就是烧焦。煮粥的大毛病，在于米沉在下面，上面只有清汤，像糨糊一样。这是火候不均匀导致的，只有最笨拙的人才会弄成这样，稍懂做饭的人，一定不会这样。但也有软硬合宜，干湿适中，然而看着好看，吃起来却没有味道的。毛病在哪里？这是因为没有节制而用了太多的水，增减没有根据规律。关键的两句话就是：粥水忌增，饭水忌减。用多少米，就相应用多少水，这有一定的规则。就像医生煎药，用一钟水还是半钟，煎到七分还是八分，都有一定的比例，如果照自己的意思增减，不是药的味道熬不出来，就是煎得太过，药性被煎得流失了，服用也就没有效果。

不擅长做饭的人，用水不均匀，煮粥就担心水太少，煮饭就担心水太多，多就去掉一些，少就多添一些。不知道米的精华都在汤里，沥掉饭汤，等于将精华也都沥掉了。精华没有了，饭就成了渣滓，吃起来还怎么会有味道？粥煮熟后，水和米混合得很好，就像米酿成了酒，如果担心太稠又加进去了水，就像在酒里掺水一样。加水后酒就成了糟粕，味道还能品尝吗？所以擅长做饭的人，加水的时候必须要限定数量，做到恰到好处，再加上火候均匀，那么做粥做饭，不求特别也会与别人不一样了。

【原文】

宴客者有时用饭，必较家常所食者稍精。精用何法？曰：使之有香而已矣。予尝授意小妇，预设花露①一盏，俟饭之初熟而浇之，浇过稍闭，拌匀而后入碗。食者归功于谷米，诧为异种而讯之，不知其为寻常五谷也。此法秘之已久，今始告人。行此法者，不必满釜浇遍，遍则费露甚多，而此法不行于世矣。止以一盏浇一隅，足供佳客所需而止。露以蔷薇、香橼、桂花三种为上，勿用玫瑰，以玫瑰之香，食者易辨，知非谷性所有。蔷薇、香橼、桂花三种，与谷性之香者相若，使人难辨，故用之。

【注释】

①花露：以花瓣入甑酝酿而成的液汁。

【译文】

　　宴请客人时用饭，一定比家常做的饭要精致一些，如何使它精致呢？回答是：让它比较香就行了。我曾经给媳妇出主意，预先准备一盏花露，等到饭刚熟的时候浇上去。浇过后再闷一会，拌匀后盛到碗里，吃的人都以为是米好，以为是奇特的品种，不知道只是寻常的粮食。这办法我保密很久，现在才告诉别人。采用这种方法时，不一定要整锅浇遍，那样浪费花露，这种方法也就难以普及了。只用一盏浇到一角，够客人吃的就可以了。花露以蔷薇、香橼、桂花三种较好，不要用玫瑰，玫瑰的香气浓，吃的人一下就能辨别出来，知道不是谷物所有的。蔷薇、香橼、桂花三种的香气与谷物香气相近，令人难以分辨，所以用它。

汤

【原文】

　　汤即羹之别名也。羹之为名，雅而近古；不曰羹而曰汤者，虑人古雅其名，而即郑重其实，似专为宴客而设者。然不知羹之为物，与饭相俱者也。有饭即应有羹，无羹则饭不能下，设羹以下饭，乃图省俭之法，非尚奢靡之法也。

　　古人饮酒，即有下酒之物；食饭，即有下饭之物。世俗改下饭为"厦饭"，谬矣。前人以读史为下酒物①，岂下酒之"下"，亦从"厦"乎？"下饭"二字，人谓指肴馔而言，予曰：不然。肴馔乃滞饭之具，非下饭之具也。食饭之人见美馔在前，匕箸迟疑而不下，非滞饭之具而何？饭犹舟出，羹犹水也；舟之在滩，非水不下，与饭之在喉，非汤不下，其势一也。且养生之法，食贵能消；饭得羹而即消，其理易见。

　　故善养生者，吃饭不可不羹；善作家者，

汤

吃饭亦不可无羹。宴客而为省馔计者，不可无羹；即宴客而欲其果腹始去，一馔不留者，亦不可无羹。何也？羹能下饭，亦能下馔故也。近来吴越②张筵，每馔必注以汤，大得此法。吾谓家常自膳，亦莫妙于此。宁可食无馔，不可饭无汤。有汤下饭，即小菜不设，亦可使哺啜如流；无汤下饭，即美味盈前，亦有时食不下咽。予以一赤贫之士，而养半百口之家，有饥时而无馑日者，遵是道也。

【注释】

①以读史为下酒物：《龙文鞭影》载，北宋诗人苏舜钦读《汉书》下酒。②吴越：春秋吴国与越国的并称，现指浙江、江苏一带。

【译文】

汤就是羹的别名，羹这名字，雅致而有古风。不称羹而称汤，是因为怕人们觉得名字古雅，好像是专门为了宴客准备的一样。却不知道羹是与饭相搭配的，有饭就应该有羹，无羹就不能下饭。做羹来下饭，是为节俭，而不是奢侈。

古人喝酒就有下酒的东西，吃饭就有下饭的东西。世俗改"下饭"为"厦饭"，错了。古人以读史书为下酒的东西，难道下酒的"下"字也能改成"厦"吗？下饭两字，一般人以为是指菜肴而言，我说：不是这样。菜肴只能让人把饭剩下，而不是用来下饭的。吃饭的人看了眼前的美味菜肴，筷子迟迟放不下，不就把饭剩下了吗？饭像船，汤像水，船在沙滩上，没有水就不能下，与饭在喉间非汤不能下一样。而且养生的方法贵在食物能够消化。吃饭时配上汤就容易消化，这是容易明了的道理。

所以善于养生的人，吃饭不可以没有汤；善于持家的人吃饭也不能没有汤；宴请客人想要省菜的话，也不能没有汤，宴请客人希望他吃饱直到一个菜也剩不下的话，也不能没有汤。为什么呢？因为汤能下饭也能下菜。近来江南设宴，每顿饭里面都有汤，就是得到了这个方法的精髓。我认为家常自己做菜，也最好是这样，宁可吃饭没有菜，也不能吃饭没有汤。有汤下饭就算不准备小菜，吃起来也很顺畅，没有汤下饭，就算眼前全是美味，有时也会食不下咽。我是个穷人，却要养活五十来口的家庭，虽然有时挨饿却不会闹饥荒，就是遵循了这个道理。

糕 饼

【原文】

谷食之有糕饼，犹肉食之有脯胲。《鲁论》云："食不厌精，胲不厌细。"制糕饼者于此二句，当兼而有之。食之精者，米麦是也；胲之细者，粉面是也。精细兼长，始可论及工拙。求工之法，坊刻所载甚详，予使拾而言之，以作制饼制糕之印板，则观者必大笑曰：笠翁不拾唾余，今于饮食之中，现增一副依样葫芦矣！冯妇下车①，请戒其始。只用二语括之，曰："糕贵乎松，饼利于薄。"

【注释】

①冯妇下车：冯妇，人名。《孟子·尽心上》："晋人有冯妇者，善搏虎，卒为善士；则之野，有众逐虎，虎负嵎，莫之敢撄；望见冯妇，趋而迎之，冯妇攘臂下车，众皆悦之，其为士者笑之。"后称重操旧业。

【译文】

粮食中有糕饼，就像肉食中有肉干和烤肉。《鲁论》中说："食不厌精，脍不厌细。"制作糕饼的人应该对这两句都加以采用。食物中最精的是米麦，最细的是粉面。精细都具备，才能谈到做工的好坏。做得精细，书本中已经有了详细的记载。我如果从书上挑选些话出来，教人制作糕饼，看到的人必定会大笑说："还说李笠翁从来不拾人牙慧，现在在饮食当中不是在依样画葫芦吗？"所以还是适可而止吧！只用两句话来概括："糕贵乎松，饼利于薄。"

糕饼

面

【原文】

南人饭米，北人饭面，常也。《本草》云："米能养脾，麦能补心。"各有所裨于人者也。然使竟日穷年，止食一物，亦何其胶柱口腹，而不肯兼爱心脾乎？予南人而北相，性之刚直似之，食之强横亦似之。一日三餐，二米一面，是酌南北之中，而善处心脾之道也。但其食面之法，小异于北，而且大异于南。北人食面多作饼，予喜条分而缕析之，南人之所谓"切面"是也。南人食切面，其油盐酱醋等作料，皆下于面汤之中，汤有味而面无味，是人之所重者不在面而在汤，与未尝食面等也。予则不然，以调和诸物，尽归于面，面具五味而汤独清，如此方是食面，非饮汤也。所制面有二种，一曰"五香面"，一曰"八珍面"。五香膳己，八珍饷客，略分丰俭于其间。

五香者何？酱也，醋也，椒末也，芝麻屑也，焯笋或煮蕈煮虾之鲜汁也。先以椒末、芝麻屑二物拌入面中，后以酱醋及鲜汁三物和为一处，即充拌面之水，勿再用水。拌宜极匀，擀宜极薄，切宜极细，然后以滚水下之，则精粹之

288

物尽在面中，尽勾咀嚼，不似寻常吃面者，面则直吞下肚，而止咀咂其汤也。

八珍者何？鸡、鱼、虾三物之内，晒使极干，与鲜笋、香蕈、芝麻、花椒四物，共成极细之末，和入面中，与鲜汁共为八种。酱醋亦用，而不列数内者，以家常日用之物，不得名之以珍也。

鸡鱼之肉，务取极精，稍带肥腻者弗用，以面性见油即散，擀不成片，切不成丝故也。但观制饼饵者，欲其松而不实，即拌以油，则面之为性可知己。鲜汁不用煮肉之汤，而用笋、蕈、虾汁者，亦以忌油故耳。所用之肉，鸡、鱼、虾三者之中，惟虾最便，屑米为面，势如反掌，多存其末，以备不时之需；即膳己之五香，亦未尝不可六也。拌面之汁，加鸡蛋青一二盏更宜，此物不列于前而附于后，以世人知用者多，列之又同剿袭耳。

南方人吃米，北方人吃面，一般如此。《本草》说："米能养脾，麦能补心。"米和面对人各有好处。但如果常年只吃一种食物，不是既亏待了口腹，又不爱惜自己心脾的表现吗？我是南方人，但却很像北方人，刚直的性格很像，饮食上的强横也像。一日三餐，两顿米饭一顿面，这是介于南北之间，而善于调理心脾的方法。然而吃面的方法，却与北方有点不同，与南方的差别更大。北方人吃面喜欢做成饼，我则做成面条，就是南方所说的切面。南方人吃切面，油盐酱醋等作料，都下在面汤里，汤有味而面无味。这就是只重汤而不重面，跟没有吃面一样。我却不是这样，各种调味品都放在面里，面很有味道而汤却很清。这才是吃面而不是喝汤。我制作的面有两种，一个叫"五香面"，一个叫"八珍面"。五香面自己吃，八珍面待客，其中有丰盛和俭约的分别。

五香是什么？酱、醋、椒末、芝麻屑、绰笋或煮蘑菇煮虾的鲜汤。先将椒末、芝麻屑二者拌到面里，再用酱醋和鲜汁三种东西，调和在一起，当作拌面的水，不要再加水。拌要拌得很均匀，擀要擀得很薄，切要切得很细，然后用开水来下面，那么精华就都在面里，值得咀嚼品味，不像平常吃面，直接就吞进肚子里，而只是慢慢品尝汤。

八珍是什么？将鸡、鱼、虾三种东西的肉晒干，与鲜笋、香菇、芝麻、花椒四种东西，一起研成很细的粉末，和到面里，再加上鲜汁共是八种东西，酱醋也用但不算在其中，因为那是常用的东西，不能称作珍。

鸡和鱼的肉，要选得很精，稍带肥腻就不能用，因为面的特点是见油就散，散了就擀不成片，切不成丝了。只要看作饼的人，想要让饼松便在面里放油就能知道。鲜汁不用煮肉的汤，而用笋、蘑菇或是虾汤，也是忌油的缘故。所用的肉，鸡、鱼、虾这三种里面，虾肉最方便，很容易擀成粉末，多准备一些虾粉，以备不时之需。就是自己吃的五香面，也未尝不可以变成六样配料。拌面的汁里，加一两盏鸡蛋清更好，这种东西之所以不写在前面而写在后面，是因为世人大多知道，写在前面又像是抄袭了。

粉

　　粉之名目甚多，其常有而适于用者，则惟藕、葛[1]、蕨[2]、绿豆四种。藕、葛二物，不用下锅，调以滚水，即能变生成熟。昔人云："有仓卒客，无仓卒主人。"欲为仓卒主人，则请多储二物。且卒急救饥，亦莫善于此。驾舟车行远路者，此是糇粮[3]中首善之物。

　　粉食之耐咀嚼者，蕨为上，绿豆次之。欲绿豆粉之耐嚼，当稍以蕨粉和之。凡物入口而不能即下，不即下而又使人咀之有味，嚼之无声者，斯为妙品。吾遍索饮食中，惟得此二物。绿豆粉为汤，蕨粉为下汤之饭，可称二耐，齿牙遇此，殆亦所谓劳而不怨者哉！

　　①葛：豆类植物，可制成葛粉，供食用和药用。②蕨：也叫"蕨菜"或"乌糯"，根状茎可制"蕨料"，可供食用和药用。③糇粮：熟食干粮。

　　粉的名目非常多，常见而又适用的，则只有藕粉、葛粉、蕨粉、绿豆粉四种。藕与葛两种，不用下锅，用开水一调就熟。古人说："有仓卒客，无仓卒主人。"想要在仓促的情况下待客，要多准备这两样东西，而且临时救饥，也没有比这两样更好的了。对于驾舟船走远路的人，这也是最好的干粮。

　　粉食中耐咀嚼的，蕨菜粉为上，绿豆粉其次。

藕

想要使绿豆粉耐于咀嚼，就要在里面掺上点儿蕨菜粉来制作。食物入口，而不能立刻吞下去，咀嚼起来有味道而没有声音。我找遍食材，只找到这两样。用绿豆粉做汤，蕨菜粉为下汤的饭，可以称得上是难得的搭配，牙齿遇到它们，可以说是劳而无怨了。

◦肉食第三◦

【原文】

　　"肉食者鄙①"，非鄙其食肉，鄙其不善谋也。食肉之人之不善谋者，以肥腻之精液，结而为脂，蔽障胸臆，犹之茅塞其心，使之不复有窍也。此非予之臆说，夫有所验之矣。诸兽食草木杂物，皆狡黠而有智。虎独食人，不得人则食诸兽之肉，是匪肉不食者，虎也；虎者，兽之至愚者也。何以知之？考诸群书则信矣。

　　"虎不食小儿"，非不食也，以其痴不惧虎，谬谓勇士而避之也。"虎不食醉人"，非不食也，因其醉势猖獗，目为劲敌而防之也。"虎不行曲路，人遇之者，引至曲路即得脱。"其不行曲路者，非若澹台灭明②之行不由径，以颈直不能回顾也。使知曲路必脱，先于周行食之矣。《虎苑》云："虎之能搏狗者，牙爪也。使失其牙爪，则反伏于狗矣。"迹是观之，其能降人降物而藉之为粮者，则专恃威猛，威猛之外，一无他能，世所谓"有勇无谋"者，虎是也。

　　予究其所以然之故，则以舍肉之外，不食他物，脂腻填胸，不能生智故。然则"肉食者鄙，未能远谋"，其说不既有征乎？吾今虽为肉食作俑，然望天下之人，多食不如少食。无虎之威猛而益其愚，与有虎之威猛而自昏其智，均非养生善后之道也。

【注释】

　　①肉食者鄙：语出《左传·庄公三十年》："肉食者鄙，未能远谋。"谓居高位、享厚禄的人眼光狭隘短浅。②澹台灭明：孔子学生，貌丑，但品行端正。史载他"行不曲径，非公事不见卿大夫"。

【译文】

　　《左传》说"肉食者鄙，未能远谋"，不是鄙视他们吃肉，而是鄙视他们不善计谋而已。食肉的人不善于谋略，是因为肥腻的东西凝结为脂肪，遮蔽胸臆，犹如堵塞了心智一样，使之不再开窍。这不是我的猜测，而是经过证实的。食草的野兽，都狡黠而聪明。只有老虎会吃人，吃不到人就吃其他野兽，是非肉不食的。老虎又是野兽中最蠢的，怎么知道的呢？参看书籍考证就能明白。

　　"虎不食小儿"，不是不吃，是因为孩子还懵懂不知道害怕老虎，老虎也以为他是勇士就躲开他。"虎不食醉人",因为喝醉的人身上有狂态,虎以为是劲敌所以防范他。"虎不行曲路,人遇之者,引至曲路即得脱",虎不走弯路,不是像澹台灭明那样不走小路,而是老虎脖子直不能够回头。老虎要是知道走到弯路上人会逃脱,就会在大路上把他吃掉了。《虎苑》上说:"虎之能搏狗者,牙爪也。使失其牙爪,则反伏于狗矣。"从这里来看,它之所以可以降伏人和动物来当作食物,全是靠着威猛,威猛之外,没有任何本领。世人所说有勇无谋的东西,老虎就是。

我考察老虎之所以愚蠢,就是因为除了肉外不再吃别的东西,脂肪填塞心胸不能产生智慧。那么"肉食者鄙,未能远谋"这个说法,不是已经有了明证了吗?我现在虽然在谈论肉食,但还是希望天下人,多吃肉不如少吃肉。没有老虎的威猛而加重了愚昧,和有老虎的威猛而让自己变得昏庸,都不是善于养生的方法。

猪

【原文】

食以人传者,"东坡肉"①是也。卒急听之,似非豕之肉,而为东坡之肉矣。噫,东坡何罪,而割其肉,以实千古馋人之腹哉?甚矣,名士不可为,而名士游戏之小术,尤不可不慎也。至数百载而下,糕、布等物,又以眉公②得名。取"眉公糕""眉公布"之名,以较"东坡肉"三字,似觉彼善于此矣。而其最不幸者,则

猪

有溷厕中之一物,俗人呼为"眉公马桶"。噫!马桶何物,而可冠以雅人高士之名乎?予非不知肉味,而于豕之一物,不敢浪措一词者,虑为东坡之续也。即溷厕中之一物,予未尝不新其制,但蓄之家,而不敢取以示人,尤不敢笔之于书者,亦虑为眉公之续也。

【注释】

①东坡肉:宋苏轼贬黄州时,曾戏作《猪肉颂》诗"净洗铛,少着水,柴头罨烟焰不起,待他自熟莫催他,火候足时他自美。黄州好猪肉,价钱如泥土。贵者不肯吃,贫者不解煮。早晨起来打两碗,饱得自家君莫管。"后肴馔中有所谓"东坡肉"。②眉公:陈继儒,号眉公,明代著名文学家、书画家、著有《陈眉公全集》。

【译文】

食物中因为人而流传的，"东坡肉"就是。乍一听，以为不是猪肉，而是苏东坡的肉。唉！苏东坡有什么罪过，要割肉来填千古馋嘴之人的肚皮呢？太过分了！名士不能这样做，而名士自娱自乐的小游戏，尤其不能不慎重。数百年后，糕饼和布这些东西，又因陈眉公而得名，叫作"眉公糕""眉公布"的，比起"东坡肉"来，感觉像是好一些。而最不幸的是，厕所里有一种东西，俗人称为"眉公马桶"。唉！马桶是什么东西，却冠以雅人高士的名字？我不是不知道肉的味道，但是对于猪肉，不敢随便说一句话，是因为害怕变成苏东坡那样。就是厕所里的那件东西，我也并非没有改进设计，只是藏在家中不敢示人，更不敢写进书里，也是担心变成陈眉公那样。

羊

【原文】

物之折耗最重者，羊肉是也。谚有之曰："羊几贯，帐难算，生折对半熟对半，百斤止剩念①余斤，缩到后来只一段。"大率羊肉百斤，宰而割之，止得五十斤，迨烹而熟之，又止得二十五斤，此一定不易之数也。但生羊易消，人则知之；熟羊易长，人则未之知也。羊肉之为物，最能饱人，初食不饱，食后渐觉其饱，此易长之验也。凡行远路及出门作事，卒急不能得食者，啖此最宜。秦之西鄙，产羊极繁，土人日食止一餐，其能不枵腹②者，羊之力也。

《本草》载羊肉，比人参、黄芪。参芪补气，羊肉补形。予谓补人者羊，害人者亦羊。凡食羊肉者，当留腹中余地，以俟其长。倘初食不节而果其腹，饭后必有胀而欲裂之形，伤脾坏腹，皆由于此，葆生者不可不知。

【注释】

①念："廿"的大写字。廿，二十。②枵腹：空腹，饥饿。比喻内中空虚无物。枵，中心空虚的树根。

【译文】

食物中损耗最多的就是羊肉了。谚语说："羊几贯，账难算，生折对半熟对半，百斤止剩廿余斤，缩到后来只一段。"一般来说，一百斤左右的羊，宰割后，只能得到五十斤肉。等到煮熟后，又只剩下二十五斤。这是一定不变的数字。然而生羊肉容易折耗人们都知道，熟羊肉容易膨胀人们就不知道了。羊肉这种食物最容易吃饱，开始吃的时候不饱，吃了以后逐渐感觉饱了，这是容易膨胀的明证。凡是走远路及出门办事，仓促之间吃不上饭的，吃羊肉最好。陕西西部，产羊极多，当地人一天只吃一顿饭，而不会饿肚子，就是因为吃羊肉的缘故。

《本草》记载羊肉时，跟人参、黄芪对比。人参和黄芪能补气，羊肉能补体。我认为羊肉能滋补人，也能够损害人。凡是吃羊肉，肚子要留出余地，以备它膨胀，如果开始吃的时候不节制，吃得太饱，饭后一定会有胀得想裂开的感觉，伤脾坏腹的事都是如此发生的，爱惜身体的人对此不可不知。

牛、犬

【原文】

猪、羊之后，当及牛、犬。以二物有功于世，方劝人戒之之不暇，尚忍为制酷刑乎？略此二物，遂及家禽，是亦以羊易牛①之遗意也。

【注释】

①以羊易牛：《孟子·梁惠王上》："王坐于堂上，有牵牛而过堂下者。王见之，曰盼之？对曰将以衅钟。王曰舍之，吾不忍其觳觫，若无罪而就死地。对曰然则废衅钟与？曰何可废也？以羊易之。"后以"以羊易牛"指用这个代替那个，意为有仁爱之心。

【译文】

猪和养之后，应该谈到牛和狗。因为这两者对人来说是有功之臣，我劝世人不要杀还来不及，难道忍心对它们施加酷刑吗？我略去这两种动物不谈，接着谈论家禽，这也就是梁惠王用羊来替代牛的心意啊！

鸡

【原文】

鸡

鸡亦有功之物，而不讳其死者，以功较牛、犬为稍杀。天之晓也，报亦明，不报亦明，不似畎亩、盗贼，非牛不耕，非犬之吠则不觉也。然较鹅、鸭二物，则淮阴羞伍绛、灌矣①。烹饪之刑，似宜稍宽于鹅鸭。卵之有雄者弗食，重不至斤外者弗食，即不能寿之，亦不当夭之耳。

【注释】

①淮阴羞伍绛、灌矣：淮阴，指淮阴侯韩信；绛，绛侯周勃；灌，灌婴。周勃与灌婴皆汉初名将，而韩信耻与他们同列。

【译文】

鸡也是对人有功的动物，而不避讳宰杀，是因为其功劳相比牛和狗要小一些。天亮时，报晓也亮，不报晓也亮，不像耕田和防贼，没有牛不能耕，没有狗盗贼来了就没办法察觉。然而鸡比起鸭和鹅来，就又高出一等，就像韩信羞于与周勃、灌婴为伍一样。鸡所遭受的烹饪酷刑，似乎应该比对鸭和鹅更轻一些。正下蛋的鸡不要吃，重量不足一斤的不吃，就算不能让它颐养天年，也不该让它太早夭亡。

鹅

【原文】

鹅之肉无他长，取其肥且甘而已矣。肥始能甘，不肥则同于嚼蜡。鹅以固始为最，讯其土人，则曰："豢之之物，亦同于人。食人之食，斯其肉之肥腻，亦同于人也。"犹之豕肉以金华为最，婺人豢豕，非饭即粥，故其为肉也甜而腻。然则固始之鹅，金华之豕，均非鹅豕之美，食美之也。食能美物，奚俟人言？归而求之，有余师矣。但授家人以法，彼虽饲以美食，终觉饥饱不时，不似固始、金华之有节，故其为肉也，犹有一间之殊。盖终以禽兽畜之，未尝稍同于人耳。"继子得食，肥而不泽。"其斯之谓软？

【译文】

鹅的肉没有其他优点，只是既肥又甘美而已。肉肥才能够甘美，不肥就味同嚼蜡了。最好的鹅产自固始，询问当地人，说："用来喂鹅的东西，跟人吃的相同，吃人所吃的食物，这样鹅肉的肥腻也就跟人一样了。"就像猪肉以金华产的最好。金华人养猪，不是饭就是粥，所以金华猪肉既甜美又肥腻。固始的鹅、金华的猪，都不是猪和鹅的品种好，而是喂养方法使得它们可贵。食物能使动物长得好，有什么可说的吗？回头细细思量，其中有些做法值得学习。但是将这种方法教给家人，他们虽然也用好的食物来喂养，还是觉得喂养的时候饥饱不一，不像固始、金华那样有规律，所以如此喂养出来的鹅肉猪肉，比起这两个地方，还是有一定悬殊。因为终究还是将它当畜生养，没有像人那样看待。"继子得食，肥而不泽。"说的就是这个道理吧？

【原文】

有告予食鹅之法者，曰：昔有一人，善制鹅掌。每豢肥鹅将杀，先熬沸油

鹅

一盂，投以鹅足，鹅痛欲绝，则纵之池中，任其跳跃。已而复禽复纵，炮瀹如初。若是者数四，则其为掌也，丰美甘甜，厚可径寸，是食中异品也。予曰：惨哉斯言！予不愿听之矣。物不幸而为人所畜，食人之食，死人之事。偿之以死亦足矣，奈何未死之先，又加若是之惨刑乎？二掌虽美，入口即消，其受痛楚之时，则有百倍于此者。以生物多时之痛楚，易我片刻之甘甜，忍人不为，况稍具婆心者乎？地狱之设，正为此人，其死后炮烙之刑①，必有过于此者。

【注释】

①炮烙之刑：相传是殷纣王所用的一种酷刑。用炭烧热铜柱，令受刑者爬行其上，人堕入火炭中被烧死。

【译文】

　　有人介绍给我一种食鹅的方法：过去有个擅长做鹅掌的人，每次将肥鹅养到要杀的时候，先煮一锅滚油，把鹅脚放进去，鹅疼痛欲绝就跳进水塘里，任它跳跃。然后再捉再放，像那样烫了又放它到水里，如此几次之后，鹅掌就丰美甘甜，厚达一寸，这是食物当中的异品。我说：这样太让人觉得悲惨了。我不想再听。动物不幸被人蓄养，吃人的食物，就该为人的需要而死，它用死来偿还已经够了，为何死之前，还要让它受到如此的酷刑？两块鹅掌虽然美味，但入口就没了，而鹅当时遭受的痛苦比这要强烈百倍。以活物多时的痛苦，换来我口中片刻的甘甜，残忍的人都不会这样做，何况稍微有点善心的呢？地狱正是为这种人准备的，他死后要受炮烙的酷刑，必定比这还要残酷。

鸭

【原文】

　　禽属之善养生者，雄鸭是也。何以知之，知之于人之好尚。诸禽尚雌，而鸭独尚雄；诸禽贵幼，而鸭独贵长。故养生家有言："烂蒸老雄鸭，功效比参芪。"使物不善养生，则精气必为雌者所夺，诸禽尚雌者，以为精气之所聚也。使物不善养生，则情窍①一开，日长而日瘠矣，诸禽贵幼者，以其泄少而存多也。雄鸭能愈长愈肥，皮肉至老不变，且食之与参芪比功，则雄鸭之善于养生，不待考核而知之矣。然必俟考核，则前此未之闻也。

【注释】

①情窍：情窦。

【译文】

　　禽类当中善于养生的，要算雄鸭。何以见得？从人们的嗜好能够看出来。人们挑家禽的时候，其他禽类喜欢用母的，只有鸭子喜欢用公的，其他家禽喜欢挑幼小的，只有鸭子喜欢用老的。所以养生家说："烂蒸老雄鸭，功效比参芪。"如果动物不善于养生，精气会被雌性夺走，其他家禽挑母的，就是因为认为它身上聚集了精气。如果动物不善养生，发情以后就会越来越瘦，各种家禽当中以幼小为贵，是因为其精气还未泄漏。公鸭却能越长越肥，皮肉到老不变，而且功效能跟参芪媲美，可见雄鸭善于养生，不用去考察就能知道。如果一定要考察，那么以前没人说起过。

野禽、野兽

【原文】

　　野味之逊于家味者，以其不能尽肥；家味之逊于野味者，以其不能有香也。家味之肥，肥于不自觅食而安享其成；野味之香，香于草木为家而行止自若。是知丰衣美食，逸处安居，肥人之事也；流水高山，奇花异木，香人之物也。肥则必供刀俎，靡有孑遗①；香亦为人朵颐②，然或有时而免。二者不欲其兼，舍肥从香而已矣。

野禽

【注释】

　　①靡有孑遗：本谓没任何一个人能逃脱旱灾的侵害。《诗·大雅·云汉》："周余黎民，靡有孑遗。"后则指荡然无存，毫无遗留。②朵颐：指鼓动腮颊嚼东西的样子。

【译文】

　　野味之所以逊色于家养动物，是因为不够肥，家养动物之所以逊色于野味，是因为它们不香。家养动物之所以肥，是因为不用自己觅食，等人喂养。野味之所以香，是因为以草木为家，行动自由。所以可以看出，丰衣美食，安居闲处，是让人变肥的事。流水高山，奇花异木，是使人香的东西。被养肥的就必定会被拿来屠宰，不能避免，香的东西也会被人吃掉，但又或许偶尔能够避免，二者不能兼有，舍肥而取香罢了。

【原文】

野禽可以时食，野兽则偶一尝之。野禽如雉、雁、鸠、鸽、黄雀、鹌鹑之属，虽生于野，若畜于家，为可取之如寄也。野兽之可得者惟兔、獐、鹿、熊、虎诸兽，岁不数得，是野味之中又分难易。难得者何？以其久住深山，不入人境，槛阱①之入，是人往觅兽，非兽来挑人也。禽则不然，知人欲弋②而往投入，以觅食也，食得而祸随之矣。是兽之死也，死于人；禽之毙也，毙于己。食野味者，当作如是观。惜禽而更当惜兽，以其取死之道为可原也。

【注释】

①槛阱：槛，捕捉野兽的笼子；阱，捕捉野兽的陷阱。②弋：系着绳子的箭，这里指人们想捕捉禽鸟的各种设置。

【译文】

野禽能够经常吃到，野兽则是偶尔才能尝到。野禽像野鸡、大雁、斑鸠、鸽子、黄雀、鹌鹑之类，虽然生在野外，然而就像养在家里，因为很容易得到，就像是寄放的一样。野兽中能打到的只有兔、獐、鹿、熊、虎等野兽，每年很难猎到几次。野味从捕猎的角度而言，又有难易的区别。为什么难以得到呢？因为它们长时间住在深山，很少到人住的地方，掉到人的陷阱机关中，也是人去找野兽，并非野兽自己送上门来。家禽则不同，知道人想用网抓捕还要去投网，是为了觅食，食物得到了灾祸也跟着来了。如此看来，野兽是死在人手里的，而野禽是死于自己手中。吃野味的人，应该这样想，珍惜野禽而更应当珍惜野兽，因为它们死去的原因是可以原谅的。

鱼

【原文】

鱼藏水底，各自为天，自谓与世无求，可保戈矛之不及矣。乌知细罟之奏功①，较弓矢罝罘为更捷②。无事竭泽而渔，自有吞舟不漏之法。然鱼与禽兽之生死，同是一命，觉鱼之供人刀俎，似较他物为稍宜。何也？水族难竭而易繁。胎生卵生之物，少则一母数子，多亦数十子而止矣。鱼之为种也似粟，千斯仓而万斯箱，皆于一腹焉寄之。苟无沙汰之人，则此千斯仓而万斯箱者生生不已，又变而为恒河沙数③。至恒河沙数之一变再变，以至千百变，竟无一物可以喻之，不几充塞江河而为陆地，舟楫之往来能无恙乎？故渔人之取鱼虾，与樵人之伐草木，皆取所当取，伐所不得不伐者也。我辈食鱼虾之罪，较食他物为稍轻。兹为约法数章，虽难比乎祥刑④，亦稍差于酷吏。

【注释】

【译文】

鱼藏在水底，各自为天，自认为与世无争，可以保证不会受到人类刀枪的伤害。哪知道渔网的效果比起弓箭更厉害。不需要涸泽而渔，自然有不会漏网的办法。然而鱼和禽兽的生死，同样是一条性命，却觉得杀鱼要比杀其他动物容易接受些。为什么？因为水中的生物很难灭绝而容易繁殖。胎生卵生的动物，少的一次几个后代，多的一次几十个而已。而鱼的繁殖，一次产的卵就像

鱼

稻米一样难以计数，如果没有捕杀的人，又将繁衍得无穷无尽，都没有什么可以拿来比喻，不久就将江河充塞变成陆地，过往船只还能平安无事吗？所以渔民捕鱼虾，就像樵夫砍伐草木，都是捕应该捕的，伐应该伐的。吃鱼虾的罪过，比吃其他东西稍微轻一些，所以我在这里定几个规矩，虽然比不上善用刑罚的人，也比酷吏要好。

【原文】

食鱼者首重在鲜，次则及肥，肥而且鲜，鱼之能事毕矣。然二美虽兼，又有所重在一者。如鲟、如鯚、如鲫、如鲤，皆以鲜胜者也，鲜宜清煮作汤；如鳊、如白、如鲥、如鲢，皆以肥胜者也，肥宜厚烹作脍。

烹煮之法，全在火候得宜。先期而食者肉生，生则不松；过期而食者肉死，死则无味。迟客之家，他馔或可先设以待，鱼则必须活养，候客至旋烹。鱼之至味在鲜，而鲜之至味又只在初熟离釜之片刻，若先烹以待，是使鱼之至美，发泄于空虚无人之境；待客至而再经火气，犹冷饭之复炊，残酒之再热，有其形而无其质矣。

煮鱼之水忌多，仅足伴鱼而止，水多一口，则鱼淡一分。司厨婢子，所利在汤，常有增而复增，以致鲜味减而又减者，志在厚客，不能不薄待庖人①耳。

更有制鱼良法，能使鲜肥迸出，不失天真，迟速咸宜，不虞火候者，则莫妙于蒸。置之镟内，入陈酒、酱油各数盏，覆以瓜姜及蕈笋诸鲜物，紧火蒸之

极熟。此则随时早暮，供客咸宜，以鲜味尽在鱼中，并无一物能侵，亦无一气可泄，真上着也。

【注释】

①庖人：厨师。

【译文】

吃鱼首先讲究的是新鲜，其次是肥，又肥又鲜，鱼的优点就全了。然而两个优点兼具，又有所侧重。比如鲟鱼、鲦鱼、鲫鱼、鲤鱼等，都是突出在鲜。鲜鱼适合清煮做汤；像鳊鱼、白鱼、鲥鱼、鲢鱼等，都突出在肥，肥的适合炖。

烹煮的方法全在于火候合适，火候不到时吃，鱼肉生，生就不松，火候太过再吃，肉就老，老就没有味道。请客的时候，其他食物可以预先做好，但鱼必须是活的，等客人来了再做。鱼的味道在于鲜，而鲜又在于刚刚煮熟离锅的时候，要是煮好放着，就会使鱼的美味发散掉了。等客人到了再热，就像炒冷饭、烫冷酒一样，样子还在而味道却没了。

鲤鱼

煮鱼的水忌多，能没过鱼身就可以了。水多一点，鱼的味道就会淡一点。负责做饭的婢女，想要得到鱼汤，就把水加了再加，以至于鲜味一再减淡。为了厚待客人，就不能不薄待婢女。

还有一种烧鱼的方法，可以使鱼又鲜又肥，保持天然的味道，而且快慢皆宜，不用担心火候，蒸是最妙的。把鱼放在盘子里，放几盏陈酒和酱油，盖上瓜片、姜片和蘑菇、笋等鲜的食物，猛火蒸到熟透。这是随时都能做的，用来款待客人也很好，因为鲜味都保留在鱼里面，别的味道进不去，鱼的味道流失不掉，真是高招了。

虾

【原文】

笋为蔬食之必需，虾为荤食之必需，皆犹甘草之于药也。善治荤食者，以焯虾之汤，和入诸品，则物物皆鲜，亦犹笋汤之利于群蔬。笋可孤行，亦可并用；虾则不能自主，必借他物为君。若以煮熟之虾单盛一簋，非特华筵必无是事，亦且令食者索然。惟醉者糟者，可供匕箸。是虾也者，因人成事之物，然又必不可无之物也。"治国若烹小鲜"①，此小鲜之有裨于国者。

【注释】

①治国若烹小鲜：语出《老子》："治大国若烹小鲜。"

【译文】

笋是蔬菜当中必需的，而虾则是荤菜中必需的，都相当于甘草在药物中的作用。善于做荤菜的人，用煮虾的汤，掺进各种食物中，就什么都很鲜，与笋汤对于蔬菜的作用相同。笋可以单吃，也可以混煮，虾不能单吃，一定要为其他食物做陪衬。将虾单独做一个菜，不只高级的宴会不会这样，吃的人也会觉得索然无味。只有醉虾或者糟虾，可以单独吃。所以虾要靠别的东西才能成事，然而又是必不可少的东西。老子说"治国若烹小鲜"，这就是小鲜有利于国家之处。

鳖

【原文】

"新粟米炊鱼子饭，嫩芦笋煮鳖裙羹。"林居之人述此以鸣得意，其味之鲜美可知矣。予性于水族无一不嗜，独与鳖不相能，食多则觉口燥，殊不可解。一日，邻人网得巨鳖，召众食之，死者接踵，染指其汁者，亦病数月始瘥。予以不喜食此，得免于召，遂得免于死。岂性之所在，即命之所在耶？

予一生侥幸之事难更仆数。乙未居武林①，邻家失火，三面皆焚，而予居无恙。己卯之夏，遇大盗于虎爪山，贿以重资者得免，不则立毙。予囊无一钱，自分必死，延颈受诛，而盗不杀。至于甲申、乙酉之变②，予虽避兵山中，然亦有时入郭，其至幸者，才徙家而家焚，甫出城而城陷，其出生于死，皆在斯须倏忽之间。噫！予何修而得此于天哉？报施无地，有强为善而已矣。

鳖

【注释】

①武林：旧时杭州的别称，以武林山得名。②甲申、乙酉之变：甲申，公元 1644 年；乙酉，公元 1645 年。指明亡于清。

【译文】

"新粟米炊鱼子饭，嫩芦笋煮鳖裙羹。"在山林隐居的人这么自鸣得意地描述，可见其中食物的美味。我对于水产没有一样不爱好的，只有鳖不能吃，多吃就会口燥，这真是难以理解。一天邻居网到一只大鳖，请大家去吃，接连有人死掉，只是喝了汤的人，也要病上几个月。我因为不喜欢吃这个，所以幸免被请去，于是就免于一死。难道性情所在，也就是命理所在吗？

我一生中以为侥幸的事，更是不知道有多少。乙未年住在杭州，邻居家失火，相邻三面的房子都被烧着了，只有我的房子没事。己卯年夏天在虎爪山遇到强盗，只有交出重金才能免一死，否则立刻杀死。我一文钱也没有，自以为必死无疑，就伸着脖子等死，然而强盗却没有杀我。至于甲申、乙酉的变乱，我虽然到山里躲避兵灾，但也有时候会到城里来。最幸运的是，才刚搬家家就被烧，刚出城城就被攻陷，死里逃生，都在片刻之间。唉！我有什么善行能得到上天如此的保佑呢？不知道如何回报，只有努力行善而已。

蟹

【原文】

予于饮食之美，无一物不能言之，且无一物不穷其想象，竭其幽渺而言之；独于蟹螯一物，心能嗜之，口能甘之，无论终身一日皆不能忘之，至其可嗜可甘与不可忘之故，则绝口不能形容之。此一事一物也者，在我则为饮食中痴情，在彼则为天地间之怪物矣。

蟹

予嗜此一生。每岁于蟹之未出时，即储钱以待，因家人笑予以蟹为命，即自呼其钱为"买命钱"。自初出之日始，至告竣之日止，未尝虚负一夕，缺陷一时。同人知予癖蟹，召者饷者，皆于此日，予因呼九月、十月为"蟹秋"。虑其易尽而难继，又命家人涤瓮酿酒，以备糟之醉之之用。糟名"蟹糟"，酒名"蟹酿"，瓮名"蟹瓮"。向有一婢，勤于事蟹，即易其名为"蟹奴"，今亡之矣。

蟹乎！蟹乎！汝于吾之一生，殆相终始者乎！所不能为汝生色者，未尝于有螃蟹无监州①处作郡，出俸钱以供大嚼，仅以悭囊②易汝。即使日购百筐，除供客外，与五十口家人分食，然则入予腹者有几何哉？蟹乎！蟹乎！吾终有愧于汝矣。

【注释】

①监州：指监察州县之官。②悭囊：喻悭吝者的钱袋。

【译文】

我对于饮食的美，没有一样不能说的，没有一样谈起来不是穷尽想象、淋漓尽致的，只有蟹，心里很喜欢，吃起来也好吃，而且终身不忘，至于它之所以好吃和不能忘却的缘故，可就无法形容了。此一事，此一物，对我来说是对饮食太痴情，而对它而言则是天地间的一大怪物。

我一生都喜欢吃蟹，每年螃蟹还没上市时就攒钱等着，家人笑我是拿螃蟹当命，于是就把买螃蟹的钱叫作"买命钱"。从刚上市到不再上市，我没有一天不吃的。朋友知道我爱吃螃蟹，所以都在这个时候请我去吃。我就将九月、十月称为"蟹秋"。担心吃完后接不上，就让家人洗瓮酿酒，以便用来腌制。所以用的糟称为蟹糟，酒称为蟹酒，而瓮就称为蟹瓮。以前有个丫鬟，勤于做螃蟹，我就给她改名为蟹奴，如今已经不在了。

螃蟹啊！你跟我是要相伴到老吗？不能为你增光的是，我没能在出产螃蟹的地方做官，用俸禄买来大吃，只能用口袋那点钱来买你，就算一天买上百筐，除了请客外，跟五十口的家人分食，那么到我肚子里的又能有多少？螃蟹啊！我终究是有愧于你！

【原文】

蟹之为物至美，而其味坏于食之之人。以之为羹者，鲜则鲜矣，而蟹之美质何在？以之为脍者，腻则腻矣，而蟹之真味不存。更可厌者，断为两截，和以油、盐、豆粉而煎之，使蟹之色、蟹之香与蟹之真味全失。此皆似嫉蟹之多味，忌蟹之美观，而多方蹂躏，使之泄气而变形者也。

世间好物，利在孤行。蟹之鲜而肥，甘而腻，白似玉而黄似金，已造色香味三者之至极，更无一物可以上之。和以他味者，犹之以爝火助日，掬水益河，冀其有裨也，不亦难乎？

凡食蟹者，只合全其故体，蒸而熟之，贮以冰盘，列之几上，听客自取自食。剖一筐，食一筐，断一螯，食一螯，则气与味纤毫不漏。出于蟹之躯壳者，即入于人之口腹，饮食之三昧，再有深入于此者哉？

凡治他具，皆可人任其劳，我享其逸，独蟹与瓜子、菱角三种，必须自任其劳。旋剥旋食则有味，人剥而我食之，不特味同嚼蜡，且似不成其为蟹与瓜子、菱角，而别是一物者。此与好香必须自焚，好茶必须自斟，僮仆虽多，不能任其力者，同出一理。讲饮食清供之道者，皆不可不知也。

【译文】

螃蟹的味道极好，然而味道却往往被吃的人破坏。用来做汤，鲜是很鲜，而蟹的美质体现在哪里？拿来炖，肥是很肥，蟹真正的味道却失掉了。更可气的是剁成两块，加上油盐豆粉来煎，使得蟹的颜色、香味和蟹的美味都失去了。这都好像是妒忌螃蟹的美味和美观，而想出许多办法来糟蹋使它变形一样。

世界上的好东西，都适合单吃。螃蟹鲜而肥、甘而腻，白如玉黄如金，已经到了色香味的极致，再没有什么可以超过，和其他东西和在一起，来加重螃蟹的味道，就像用篝火来为阳光增色，捧一掬水让河流上涨一样，那不是太难了吗？

凡是吃螃蟹，只能保持完整，蒸熟以后盛到白色盘子里，放到桌上，让客人自己去取，剖一只吃一只，掰一条腿吃一条腿，那么气味才不会泄漏掉。从蟹壳里出来，就进入人的肚子里，饮食的道理，还有比这更深刻的吗？

凡是吃其他东西，都可以让别人代劳，只有螃蟹和瓜子、菱角三种必须亲自动手，即剥即吃才有味道，等别人剥好才吃，不仅味同嚼蜡，而且也觉得不成其为螃蟹、瓜子和菱角，而是另一种东西了，这与好香必须自己点，好茶必须自己斟，仆人虽多却不能靠他们是同样的道理。讲究饮食之道的人，对此都不可不知。

螃蟹

宴上客者势难全体，不得已而羹之，亦不当和以他物，惟以煮鸡鹅之汁为汤，去其油腻可也。

宴请贵宾时，不好用整只螃蟹，不得已做成汤，也不能掺上其他东西，只用煮鸡鸭的汤汁做汤，去掉油腻就行了。

瓮中取醉蟹①，最忌用灯，灯光一照，则满瓮俱沙，此人人知忌者也。有法处之，则可任照不忌。初醉之时，不论昼夜，俱点油灯一盏，照之入瓮，则与灯光相习，不相忌而相能，任凭照取，永无变沙之患矣。此法都门有用之者。

①醉蟹：用酒浸渍的蟹。

从瓮里拿出醉蟹，最忌讳用灯，灯光一照，螃蟹钻到沙子里，就只看到满瓮的沙子，这是人人都知道的。有办法对付，可以任意照而不需忌讳。螃蟹刚醉时，不论是白天黑夜，都点一盏油灯照到瓮里面，让螃蟹对灯光习惯，任意拿灯来照，永远不会有钻进沙子的担心了。这种办法京城有人使用。

零星水族

【原文】

予担簦①二十年，履迹几遍天下。四海历其三,三江五湖则俱未尝遗一，惟九河未能环绕，以其迂僻者多，不尽在舟车可抵之境也。历水既多，则水族之经食者，自必不少，因知天下万物之繁，未有繁于水族者，载籍所列诸鱼名，不过十之六七耳。常有奇形异状，味亦不群，渔人竟日取之，土人终年食之，咨询其名，皆不知为何物也。无论其他，即吴门、京口②诸地所产水族之中，有一种似鱼非鱼，状类河豚而极小者，俗名"斑子鱼"，味之甘美，几同乳酪，又柔滑无骨，真至味也，而《本草》《食物》诸书，皆所不载。近地且然，况寥廓而迂僻③者乎？

海错之至美，人所艳羡而不得食者，为闽之"西施舌""江瑶柱"二种。"西施舌"予既食之，独"江瑶柱"未获一尝，为入闽恨事。

所谓"西施舌"者，状其形也。白而洁，光而滑，入口咂之，俨然美妇之舌，但少朱唇皓齿牵制其根，使之不留而即下耳。此所谓状其形也。若论鲜味，则海错中尽有过之者，未甚奇特，朵颐此味之人，但索美舌而咂之，即当屠门大嚼矣。

其不甚著名而有异味者，则北海之鲜鳞，味并鲥鱼，其腹中有肋，甘美绝伦。世人以在鲟鳇腹中者为"西施乳"，若与此肋较短长，恐又有东家西家之别耳。

【注释】

①担簦：背着伞。谓奔走，跋涉。②京口：古地名。即今江苏镇江。③迂僻：偏僻。

【译文】

我奔波了二十年，几乎走遍天下。四海游历其三,三江五湖则都未曾遗漏一个，只有九河没能走全，因为它们大多迂回盘绕，车船不能全部到达。走的水路多，吃过的水产自然也多，所以知道天下生物的繁多，没有能比水产更繁多的，书上有名称记载的不过是其中的六七成而已。经常有些奇形怪状，味道也与众不同，渔民或当地人天天在吃却没有名字的水产。不讲别的，就是苏州、镇江这些地方所产的水产中，有一种似鱼不是鱼，样子很像河豚却又很小的水产，俗称"斑子鱼"，味道的甘美如同奶酪，又柔滑无骨，真是食物中的极品。而《本草》《食物志》等都没有记载。近的地方尚且如此，何况是遥远偏僻的地方呢？

海味中味道最美而人们只能羡慕却不容易吃到的，是产自福建的"西施舌"和"江瑶柱"。"西施舌"我吃过，只有"江瑶柱"没尝过，这是福建之游的遗憾。

水族

所谓"西施舌"，是形容其形状与舌相似，白而干净光滑，入口品尝，就像美女的舌头一样，只是少了红唇皓齿牵住根部，使得可以留在口中而不咽下去。要讲鲜味，海味中比这好的多得是，不算奇特。想尝这种味道的人，找个美女的舌头咂一下，就跟大吃这种食物相同了。

有一种不很出名，但味道却特别好的，是北海的鲜鳓，味道比得上鲥鱼，鱼腹中有肋，甘美绝伦。世人把鲟鱼鳇鱼腹中的肋称作"西施乳"，如果跟这种鱼肋相比，那真是西施与东施的区别。

不载果食茶酒说

【原文】

果者酒之仇，茶者酒之敌，嗜酒之人必不嗜茶与果，此定数也。凡有新客入座，平时未经共饮，不知其酒量浅深者，但以果饼及糖食验之。取到即食，食而似有踊跃之情者，此即茗客，非酒客也；取而不食，及食不数四而即有倦色者，此必巨量之客，以酒为生者也。以此法验嘉宾，百不失一。

予系茗客而非酒人，性似猿猴，以果代食，天下皆知之矣。讯以酒味则茫然，与谈食果饮茶之，则觉井井有条，滋滋多味。兹既备述饮馔之事，则当于二者加详，胡以缺而不备？曰：惧其略也。性既嗜此，则必大收特书，而且为罄竹之书，若以寥寥数纸终其崖略，则恐笔欲停而心未许，不觉其言之汗漫而难收也。

且果可略而茶不可略，茗战之兵法，富于《三略》《六韬》，岂《孙子》十三篇所能尽其灵秘者哉？是用专辑一编，名为《茶果志》，孤行可，尾于是集之后亦可。

至于曲糵①一事，予既自谓茫然，如复强为置吻，则假口他人乎？抑强不知为知，以欺天下乎？假口则仍犯剿袭之戒；将欲欺人，则茗客可欺，酒人不可欺也。倘执其所短而兴问罪之师，吾能以茗战战之乎？不若绝口不谈之为愈耳。

【注释】

①曲蘖：酒母，用于酒的发酵。这里指酒。

【译文】

　　水果和茶是酒的仇敌，喜欢喝酒的人必定不喜欢茶与水果，这是肯定的。凡是有新的客人在席间，平常没有一起喝过酒，不知道他的酒量大小，只要用水果和糖食来检验就可以。拿起来就吃，而且吃得很高兴的，就是茶客，而不是酒客；拿来却不吃，吃不了多少就有厌倦之色的，必定是海量，是以酒为生的人。用这种方法验证宾客，屡试不爽。

　　我是茶客而不是酒客，生性如同猿猴，用水果代替食物，天下人都知道。问到酒味就会茫然，谈到果茶，就觉得井井有条，津津有味。现在既然已经把饮食叙述得很详细了，就应当将水果和茶说得更详细一些，为什么空缺不写呢？回答是：害怕写得粗略。生性既然爱好这些，那么必定会大写特写，而且要写尽说透，如果用几张纸来概括大概，则恐怕笔想停而心不允许停，不自觉就会难以收笔了。

水果与茶

而且水果可以简略而茶却不能简略，用茶作战的兵法，比《三略》《六韬》更丰富，岂是十三篇《孙子兵法》就能完全写尽其奥秘的。因此要专门写一篇，名为《茶果志》，可以单独刊行，也可以放在集子末尾。

至于说到酒这件事，我就自认为很茫然，如果再勉强写出来，不是要假他人之口了吗？不是不懂装懂来欺骗天下人吗？说别人说过的话就会仍有抄袭之嫌，想要欺骗别人，那么骗得了茶客，却骗不了酒客。倘若拿着我的短处来兴师问罪，我能用斗茶的战术来迎战吗？不如绝口不谈更好。

种植部

◎木本第一◎

已载群书者，片言不赘。非补未逮之论，即传自念之方。欲睹陈言，请翻诸集。草木之种类极杂，而别其大较有三，木本、藤本、草本是也。木本坚而难瘪，其岁较长者，根深故也。藤本之为根略浅，故弱而待扶，其岁犹以年纪。草本之根愈浅，故经霜辄坏，为寿止能及岁。是根也者，万物短长之数也，欲丰其得，先固其根，吾于老农老圃之事，而得养生处世之方焉。人能虑后计长，事事求为木本，则见雨露不喜，而睹霜雪不惊；其为身也，挺然独立，至于斧斤之来，则天数也，岂灵椿古柏之所能避哉？如其植德①不力，而务为苟延②，则是藤本其身，止可因人成事，人立而我立，人仆而我亦仆矣。至于木槿其生，不为明日计者，彼且不知根为何物，遑计入土之浅深，藏荄之厚薄哉？是即草木之流亚也。噫，世岂乏草木之行，而反木其天年，藤其后裔者哉？此造物偶然之失，非天地处人待物之常也。

【注释】

①植德：立德。②苟延：谓勉强延续生命。

【译文】

草木的种类非常繁多复杂，但区分起来大概有三种：木本、藤本和草本。木本植物坚实而且不容易枯萎，寿命比较长的原因，是它的根扎得很深。藤本植物的根比较浅，瘦弱得需要扶持，寿命的长度只有一年左右。草本植物的根更浅，一经风霜吹打就容易枯萎，寿命最长也就一年。所以说，根部是决定万物寿命长短的主要因素，要想收获更多的植物，先要稳固它的根部。我从农耕和园艺的劳动中，感悟到了养生和处世的方法。如果凡事人都能在考虑以后计划周全，处理每件事情都像木本一样，就会看见雨露而不欣喜，看见霜雪而不被吓倒。作为树木本身要挺拔独立，至于被斧头砍，就是天意了。这样的灾难难道充满灵气的椿树和千年松柏就能躲得过去吗？如果一个人不努力培养自己的品德，只是苟延残喘，这样的人和藤本植物一样，只能依靠别人做事，别人办成事了，我就跟着办成了，别人失败了，我也就跟着失败。至于像木槿一样生存的人，从来不为明天打算，他们甚至不知道根是什么，哪里会考虑根入土的深浅，土埋藏的厚薄呢？这种人就像差一些的草木。唉，难道世上缺乏像草木一样处事，反倒像木本一样以享天年，又有像藤本植物一样后代赖人扶持的人吗？这是造物主的偶然失误，并不是天地间待人处世的一般道理。

牡 丹

【原文】

牡丹

牡丹得王于群花，予初不服是论，谓其色其香，去芍药有几？择其绝胜者与角雌雄，正未知鹿死谁手。及睹《事物纪原》，谓武后冬月游后苑，花俱开而牡丹独迟，遂贬洛阳，因大悟曰："强项若此，得贬固宜，然不加九五之尊，奚洗八千之辱乎？"（韩诗"夕贬潮阳路八千"。）物生有候，葭动以时，苟非其时，虽十尧不能冬生一穗；后系人主，可强鸡人使昼鸣乎？如其有识，当尽贬诸卉而独崇牡丹。花王之封，允宜①肇于此日，惜其所见不逮，而且倒行逆施。诚哉！其为武后也。

予自秦之巩昌，载牡丹十数本而归，同人嘲予以诗，有"群芳应怪人情热，千里趋迎富贵花"之句。予曰："彼以守拙得贬，予载之归，是趋冷非趋热也。"兹得此论，更发明矣。

艺植②之法，载于名人谱帙③者，纤发无

遗，予倘及之，又是拾人牙后矣。但有吃紧一着，花谱偶载而未之悉者，请畅言之。是花皆有正面，有反面，有侧面。正面宜向阳，此种花通义也。然他种犹能委曲，独牡丹不肯通融，处以南面即生，俾之他向则死，此其肮脏不回之本性，人主不能屈之，谁能屈之？

予尝执此语同人，有迂其说者。予曰："匪特士民之家，即以帝王之尊，欲植此花，亦不能不循此例。"同人诘予曰："有所本乎？"予曰："有本。吾家太白诗云：'名花倾国两相欢，常得君王带笑看。解释春风无限恨，沉香亭北倚栏杆。'倚栏杆者向北，则花非南面而何？"同人笑而是之。斯言得无定论？

【译文】

牡丹在群花中称王，开始的时候我并不赞同这种观点，牡丹的颜色和香味比芍药强得了多少吗？选择牡丹与芍药来决一雌雄，不知道会鹿死谁手！直到我看了《事物纪原》一书，说武则天在冬天的时候游后花园，看到所有的花都竞相开放，牡丹却迟迟未开，于是将牡丹贬到洛阳，我才恍然大悟说："原来牡丹花就是在这里比别的花要强，它的被贬也是注定的。当然如果不给它加以花王的荣耀，又怎么能洗去被贬八千里的耻辱呢？"（韩愈诗：夕贬潮阳路八千）植物的生长有一定的时令节气，如果违反时节，那么就算有十个像尧那样的圣贤君主，冬天也长不出一根麦穗来。武则天虽为人主，但是她能强制公鸡白天打鸣吗？如果她有一定的见识，就应当把其他所有的花都贬到别的地方，而只独崇牡丹。花王的封号，本应该从武则天赏花的这一天就开始有的。可惜她的见识太过肤浅，而且倒行逆施。是啊，这就是武则天。

我从甘肃的巩昌带回十几棵牡丹，朋友嘲笑我说："群芳应怪人情热，千里趋迎富贵花。"我说："牡丹是因为坚守自己的节操而被贬，我把带它们回来，这是趋冷而不是趋热。"现在我对于得出的这个结论，更加明确了。

种植牡丹的方法，在名人的书稿当中已经将各方面记载得非常全面了。如果我再谈及这些事情，就是拾人牙慧了。但是有重要的一点，就是花谱中偶尔有记载，但是讲述得不是很全面的，请让我把它说完全！所有的花都有正面、反面、侧面。正面应当向阳，这是种植花卉的通用原理。其他的花还可以受点委屈，只有牡丹花是不能通融的，朝南它就会生长，如果朝其他方向它就会枯死，这是牡丹改不了的坏脾气，武则天都不能制服它，又有谁能让它屈服呢？

我曾将这些话对朋友说，有人认为我的说法太迂腐。我说："不只是普通百姓，即使是尊贵的帝王，想要种植这种花，也必须要尊重它的习性。"朋友反问我说："这话有根据吗？"我说："有根据。我的同宗李白有诗说：'名花倾国两相欢，常得君王带笑看。解释春风无限恨，沉香亭北倚栏杆。'倚栏杆的人朝向北，那么花的方向不是朝南是朝哪个呢？"朋友笑着说是。这些话难道不是定论吗？

梅

【原文】

花之最先者梅，果之最先者樱桃。若以次序定尊卑，则梅当王于花，樱桃王于果，犹瓜之最先者曰王瓜，于义理未尝不合，奈何别置品题，使后来居上。首出者不得为圣人，则辟草昧致文明者，谁之力欤？虽然，以梅冠群芳，料舆情必协；但以樱桃冠群果，吾恐主持公道者，又不免为荔枝号屈矣。姑仍旧贯，以免抵牾①。

种梅之法，亦备群书，无庸置吻，但言领略之法而已。花时苦寒，既有妻梅之心，当筹寝处之法。否则衾枕不备，露宿为难，乘兴而来者，无不败兴而返，即求为驴背浩然，不数得也。

观梅之具有二：山游者必带帐房，实三面而虚其前，制同汤网②，其中多设炉炭，既可致温，复备暖酒之用。此一法也。园居者设纸屏数扇，覆以平顶，四面设窗，尽可开闭，随花所在，撑而就之。此屏不止观梅，是花皆然，可备终岁之用。立一小匾，名曰"就花居"。花间竖一旗帜，不论何花，概以总名曰"缩地花"。此一法也。若家居种植者，近在身畔，远亦不出眼前，是花能就人，无俟人为蜂蝶矣。

然而爱梅之人，缺陷有二：凡到梅开之时，人之好恶不齐，天之功过亦不等，风送香来，香来而寒亦至，令人开户不得，闭户不得，是可爱者风，而可憎者亦风也。雪助花妍，雪冻而花亦冻，令人去之不可，留之不可，是有功者雪，有过者亦雪也。

其有功无过，可爱而不可憎者惟日，既可养花，又堪曝背③，是诚天之循吏也。使止有日而无风雪，则无时无日不在花间，布帐纸屏皆可不设，岂非梅花之至幸，而生人之极乐也哉！然而为之天者，则甚难矣。

【注释】

①抵牾：矛盾，冲突。也作抵忤、抵梧。②汤网：《史记·殷本纪》："汤出，见野张网四面，祝曰'自天下四方，皆入吾网。'汤曰'嘻，尽之矣！'乃去其三面。"后因以"汤网"泛言刑政宽大。③曝背：以背向日取暖。

【译文】

世上梅花最先开花，樱桃最先结果。如果以开花结果的先后顺序来为花定尊卑的话，那么梅花应当是花王，樱桃则应当被称为是果王，就像瓜中最先成熟的被称作瓜王一样，这不是不合情理，无奈的是又有了别的标准，于是使得后来者居上。最先来到世上的人不能被称为圣人，那么消除愚昧给人类带来文明的人，又是谁的力量呢？虽然把梅花称作群花之首，应该不会有什么异议，但是要把樱桃当作果中之王，我害怕主持公道的人不免会为荔枝叫屈。暂且就先依照旧的惯例吧，以免发生争执。

梅花

关于种梅的方法，有许多书都记载得很完备了，就用不着我在这里多说了，那么我只说说欣赏的方法吧。寒冷的冬季里，既然想把梅花作为伴侣相守，就应当统筹计划与梅花同床共眠的方法。否则被子枕头都没有准备好，露宿在外就不好了，那些乘兴而来的人，也只有败兴而归了，就算只想像孟浩然一样骑在驴背上与山水相依，也没有几个人可以做得到的。

观赏梅花的用具有两种：去山上游玩的人必须要带帐篷，将除了帐篷前面的其他三面围起来，就像汤网一样。此外帐篷中还要多准备一些炉炭，既可以生火取暖，又可以温酒用。这是一种方法。在花园里赏花的人，要准备几扇纸屏风，将上面盖上，屏风的四面要设有窗户，可以随时开关，花在哪边，就把哪边的窗户打开。这种屏风的设计不只可以观赏梅花，所有的花都能这样观赏，一年四季都可以这么用。在上面挂一块小匾，写上"就花居"。并且在花中间树一杆旗帜，不论是什么花，都统称为"缩地花"。这又是一种方法。如果是自己家里种的，近在身边，在远处也可以随时看到，这样的花是靠近人的，人也就不用像蜜蜂、蝴蝶一样围着花转了。

然而喜爱梅花的人，有两个遗憾：凡是到梅花开的时候，人的喜好和厌恶就不一样了，老天的功和过也不相等。风吹飘香，花香来了也带来了寒气，让人开窗不行，关窗也不行，这样，风既可爱又可恨；雪能使梅花变得更加娇艳，雪到时花也被冻坏了，让人去也不是，留也不是，这样有功的是雪，有过的也是雪。

有功无过，可爱不可憎的，就只有太阳了，它既可以滋养花朵，又能给人晒暖，是上天派来巡视的官吏。如果只有太阳存在，没有风也没有雪，就能每时每刻都在花的中间，布帐篷纸屏风也不需要摆了，难道不是梅花的福分，人生的极乐吗！但是作为老天爷，就很为难了。

【原文】

蜡梅者，梅之别种，殆亦共姓而通谱者欤？然而有此令德，亦乐与联宗。吾又谓别有一花，当为蜡梅之异姓兄弟，玫瑰是也。气味相孚①，皆造浓艳之极致，殆不留余地待人者矣。人谓过犹不及，当务适中，然资性②所在，一往而深，求为适中，不可得也。

【注释】

①相孚：相符。②资性：资质，天性。

【译文】

　　蜡梅又是梅花的另外一种，大概是因为叫梅才被列入同一种类中的吧？然而有这样的品德，梅花也会很高兴同它同宗共祖的。我认为另外还有一种花，应当可以同蜡梅成为异姓兄弟的，这就是玫瑰。它们的气味相同，都是浓艳达到了极致的，又没有任何保留地让人欣赏它。有人说它"过犹不及"，应当要适中。但是这就是它们的天性使然，对人一往情深，如果非要让它们适中的话，则是不可能的了。

桃

【原文】

　　凡言草木之花，矢口即称桃李，是桃李二物，领袖群芳者也。其所以领袖群芳者，以色之大都不出红白二种，桃色为红之极纯，李色为白之至洁，"桃花能红李能白"一语，足尽二物之能事。然今人所重之桃，非古人所爱之桃；今人所重者为口腹计，未尝究及观览。大率桃之为物，可目者未尝可口，不能执两端事人。凡欲桃实之佳者，必以他树接之，不知桃实之佳，佳于接，桃色之坏，亦坏于接。

桃子

　　桃之未经接者，其色极娇，酷似美人之面，所谓"桃腮"①、"桃靥"者，皆指天然未接之桃，非今时所谓碧桃、绛桃、金桃、银桃之类也。即今诗人所咏，画图所绘者，亦是此种。此种不得于名园，不得于胜地，惟乡村篱落之间，牧童樵叟所居之地，能富有之。欲看桃花者，必策蹇②郊行，听其所至，如武陵人之偶入桃源，始能复有其乐。如仅载酒园亭，携姬院落，为当春行乐计者，谓赏他卉则可，谓看桃花而能得其真趣，吾不信也。

　　噫，色之极媚者莫过于桃，而寿之极短者亦莫过于桃，"红颜薄命"之说，单为此种。凡见妇人面与相似而色泽不分者，即当以花魂视之，谓别形体不久也。然勿明言，至生涕泣。

①桃腮：形容女子粉红色的脸颊。②策蹇：乘跛足驴。喻工具不利，行动迟慢。

【译文】

　　人们只要谈到草木的花，开口就会说到桃李的花，桃李这两种植物的花可以称得上是群花之首了。桃李之所以能够领导众花，是因为花的颜色大都不会超出红白两种，桃花的颜色是红色当中最纯粹的，李花的颜色则是白色当中最洁白的。"桃花能红李能白"这句话，足以概括出桃李两种花的特点。但是现在被人们所看重的桃，并不是古人所喜爱的桃了。现在人们看重的是入口之后好不好吃，没有考虑到它的观赏性。总的来说，桃这种东西，看起来好看的不一定好吃，不可能两方面都像我们所想得那样的。凡是想要让桃子好吃，一定要把它嫁接到其他的树上，但是却不知道桃子好吃，是因为进行了嫁接，桃花的颜色不好看，也是因为嫁接了。

　　桃树没有经过嫁接，颜色非常娇艳，就像美人的脸。所谓的"桃腮""桃靥"，都是指天然的没有经过嫁接的桃树，而不是指现在的这些碧桃、绛桃、金桃、银桃等一类桃树。就是现在诗人口中吟咏的、画家笔下描绘的，也是这种天然的桃树。这种桃树名园里找不到，名胜古迹中也见不到，只是能在乡村篱笆间、牧童樵夫居住的地方，才有很多。想看桃花的人，一定要骑着驴到郊外去，听任毛驴到处走，就像武陵人偶入桃花源一样，才能再找到那种乐趣。如果只是备好酒菜，携带美人姬妾，到园庭院落里，只能说是当春行乐，观赏其他的花卉还行，如果说看桃花而且能得到其中真趣，我就不相信了。

　　唉，颜色最娇艳的花莫过于桃花了，而寿命最短的也莫过于桃花。"红颜薄命"的说法，就是针对桃花而言的。只要看见女子的脸同桃花的颜色相近，就应当把她当成花魂来看待，说明不久之后她就要魂体相离了。但是不要讲明，以免她伤心流泪。

李

【原文】

　　李是吾家果，花亦吾家花，当以私爱嬖之，然不敢也。唐有天下，此树未闻得封。天子未尝私庇，况庶人乎？以公道论之可已。与桃齐名，同作花中领袖，然而桃色可变，李色不可变也。"邦有道，不变塞焉，强哉矫！邦无道，至死不变，强哉矫！"自有此花以来，未闻稍易其色，始终一操，涅而不淄，是诚吾家物也。至有稍变其色，冒为一宗，而此类不收，仍加一字以示别者，则郁李是也。

　　李树较桃为耐久，逾三十年始老，枝虽枯而子仍不细，以得于天者独厚，又能甘淡守素，未尝以色媚人也。若仙李之盘根，则又与灵椿比寿。我欲绳武而不能，以著述永年而已矣。

【译文】

李子是我们本家的果子，李花也是本家的花，本应该对它有所偏爱，但是我不敢有这样的想法。李唐王朝统治天下的时候，也没有听说这种树得到什么封号。连君王都没有对它这么庇护，何况我这样一个普通的老百姓呢？只要可以站在公正的立场上评论它就可以了。李花和桃花齐名，都是花中的领导者，但不同的是桃花的颜色可以变，李花的颜色却不能变。"天下有道，不改变自己的操守，这是真正的坚强；天下无道，到死也不改变操守，这是真正的坚强。"自从有了这种花，就没听说花的颜色有一点点的变化，始终是一样的，受到污染也不会变黑，这真是我们李家的东西啊！至于颜色稍有一点变化，冒充是同一宗族，也没有被这一家族接受，仍然给它加上一个字加以区别的，那就是郁李。

李树比桃树更能耐久，年过三十才开始变化，树枝虽然枯了，果实却仍然很厚实。这是因为它得天独厚的条件，又能够甘于淡泊坚守朴素，没有用姿色取悦于人。如果李树可以像仙境中的李树一样盘根错节的话，就可以同有灵性的椿树的寿命相比了。我想继承它的这些优秀的品质却不能，只有通过写文章使这些品质永久流传。

杏

【原文】

种杏不实者，以处子常系之裙系树上，便结子累累。予初不信，而试之果然。是树性喜淫者，莫过于杏，予尝名为"风流树"。噫，树木何取于人，人何亲于树木，而契爱[1]若此，动乎情也？情能动物，况于人乎！其必宜于处子之裙者，以情贵乎专；已字人者，情有所分而不聚也。予谓此法既验于杏，亦可推而广之。凡树木之不实者，皆当系以美女之裳；即男子之不能诞育者，亦当衣以佳人之裤。盖世间慕女色而爱处子，可以情感而使之动者，岂止一杏而已哉！

杏

【注释】

①契爱：友好，亲爱。

【译文】

杏树如果不结果实，将处女常穿的裙子系在上边就可以结出累累果实。开始时我不相信这些说法，试了试结果就是这样。可见，树中最好色的，要数杏树了。我曾命名它为"风流树"。唉，树木将会从人身上得到什么，人又为什么同树木这么亲近，对它这样怜爱，是出于一种感情吗？感情都可以打动植物，何况是人呢？杏树要结出果实一定要系上处女的裙子才可以，这是因为感情专一，已经嫁人的女子，感情就会分散不集中。我认为这种方法既然可以在杏树上检验出来，那么就可以推广了。凡是不结果实的树木，都应当给它系上美人的衣裳。不能生育的男人，也应该穿上美人的裤子。因为世界上爱慕女色，而爱处女的，可以用情感来打动的，岂止是杏树这一种啊！

梨

【原文】

予播迁四方，所止之地，惟荔枝、龙眼、佛手诸卉，为吴越诸邦不产者，未经种植，其余一切花果竹木，无一不经葺理；独梨花一本，为眼前易得之物，独不能身有其树为植梨主人，可与少陵不咏海棠，同作一等欠事。然性爱此花，甚于爱食其果。果之种类不一，中食者少，而花之耐看，则无一不然。雪为天上之雪，此是人间之雪；雪之所少者香，此能兼擅其美。唐人诗云："梅虽逊雪三分白，雪却输梅一段香。"此言天上之雪。料其输赢不决，请以人间之雪，为天上解围。

梨

【译文】

我四海为家，所到之处，除了荔枝、龙眼、佛手这些吴越地区不能生长的果木，没有种植外，其余的花果竹木都亲自种过。唯独梨树是眼前易得的东西，自己却没有种过一棵，这件事与杜甫没有咏过海棠一样，都是十分遗憾的事。然而我生性喜爱梨花，超过爱吃梨。梨的品种很多，好吃的不多，然而所有品种的梨花都好看。雪花是天上的雪，梨花是人间的雪，雪花没有香气，梨花却兼有香气。唐诗中说："梅虽逊雪三分白，雪却输梅一段香。"这句诗是说天上的雪与梅花相比，必定难以决出输赢，那就请用梨花这种人间的雪，来为天上的雪解围吧。

海 棠

"海棠有色而无香"，此《春秋》责备贤者之法。否则无香者众，胡尽恕之，而独于海棠是咎？然吾又谓海棠不尽无香，香在隐跃之间，又不幸而为色掩。如人生有二技，一技稍粗，则为精者所隐；一术太长，则六艺皆通，悉为人所不道。王羲之善书，吴道子善画，此二人者，岂仅工书善画者哉？苏长公不善棋酒，岂遂一子不拈，一卮不设者哉？诗文过高，棋酒不足称耳。

海棠

吾欲证前人有色无香之说，执海棠之初放者嗅之，另有一种清芬，利于缓咀，而不宜于猛嗅。使尽无香，则蜂蝶过门不入矣，何以郑谷《咏海棠》诗云："朝醉暮吟看不足，羡他蝴蝶宿深枝"？有香无香，当以蝶之去留为证。且香之与臭，敌国也。《花谱》云："海棠无香而畏臭，不宜灌粪。"去此者必即彼，若是，则海棠无香之说，亦可备证于前，而稍白于后矣。噫，"大音希声"，"大羹不和"，奚必如兰如麝，扑鼻薰人，而后谓之有香气乎？

"海棠有色而无香"，这是《春秋》中责备贤人的方法。否则没有香气的花那么多，都可以宽恕，为何只向海棠问罪呢？然而，我认为海棠并非完全没有香气，它的香气是在隐约之间，又不幸被艳丽的颜色掩盖了。就像一个人有两种技艺，稍差一点的技艺就会被十分精湛的掩盖住。一种技艺太精湛，即使六艺都精通，也不会全被人们称道。王羲之擅长书法，吴道子擅长绘画，难道这两个人就只会写字画画吗？苏东坡不擅长下棋、喝酒，难道他就连棋子和酒杯都不碰吗？正是因为他诗文名气太大，下棋、喝酒这些事就不值一提了。

我想证实一下前人海棠有色无香的说法，就去闻刚开放的海棠，有一种清淡的芳香，最好慢慢闻，而不要使劲闻。如果海棠完全没有香气，那蜜蜂蝴蝶就会过其门而不入了，为何郑谷的《咏海棠》诗中还要说"朝醉暮吟看不足，羡他蝴蝶宿深枝"？海棠有没有香味，应当以蝴蝶去留来证明。而且香与臭相对立。《花谱》中说："海棠虽没有香气却害怕臭气，不宜浇粪。"非此即彼，如果这样，那么海棠没有香气的说法，也可以在前面的说法中得到验证，在后面的说法中得到补充。唉！"大音希声"，"大羹不和"，为什么一定要像兰花、麝香那样，扑鼻熏人，才说是有香气呢？

【原文】

王禹偁《诗话》云："杜子美避地蜀中，未尝有一诗及海棠，以其生母名海棠也。"生母名海棠，予空疏未得其考，然恐子美即善吟，亦不能物物咏到。一诗偶遗，即使后人议及父母。甚矣，才子之难为也。鼎革以前，吾乡杜姓者，其家海棠绝胜，予岁岁纵览，未尝或遗。尝赠以诗云："此花不比别花来，题破东君着意培。不怪少陵无赠句，多情偏向杜家开。"似可为少陵解嘲。

【译文】

王禹偁的《诗话》中说："杜甫在四川避乱时，没有一首诗提到海棠，因为其生母名叫海棠。"杜甫母亲是不是名叫海棠，我没时间去考证。然而恐怕杜甫即使擅长吟诗，也不可能把什么都咏到。只是偶然没写到海棠，就使后人议论起他的父母，做才子真是太难了。还是在明朝时，我家乡有户杜姓人家，家里海棠长得非常繁盛，我每年都要去观赏，没有错过一次。我曾送过他一首诗："此花不比别花来，题破东君着意培，不怪少陵无赠句，多情偏向杜家开。"似乎可以为杜甫解嘲。

【原文】

秋海棠一种，较春花更媚。春花肖美人，秋花更肖美人；春花肖美人之已嫁者，秋花肖美人之待年者；春花肖美人之绰约可爱者，秋花肖美人之纤弱可怜者。处子之可怜，少妇之可爱，二者不可得兼，必将娶怜而割爱矣。相传秋海棠初无是花，因女子怀人不至，涕泣洒地，遂生此花，名为"断肠花"。噫，同一泪也，洒之林中，即成斑竹，洒之地上，即生海棠，泪之为物神矣哉！

【译文】

秋海棠相比春海棠更加妩媚。春海棠像美人，秋海棠更像美人；春海棠像已嫁的美人，秋海棠像待嫁的美人；春海棠像美人中绰约可爱的，秋海棠像美人中纤弱可怜的。少女的可怜，少妇的可爱，二者不能兼得，必将选择可怜的少女而割舍可爱的少妇。相传起初是没有秋海棠的，因为女子思念的心上人没有来，涕泪洒地，就生出此花，名叫"断肠花"。唉！同样是泪水，洒在林中，就长出斑竹，洒在地上，就生出海棠。眼泪这种东西真是神奇啊！

【原文】

春海棠颜色极佳，凡有园亭者不可不备，然贫士之家不能必有，当以秋海

319

棠补之。此花便于贫士者有二：移根即是，不须钱买，一也；为地不多，墙间壁上，皆可植之。性复喜阴，秋海棠所取之地，皆群花所弃之地也。

【译文】

春海棠颜色极美，凡是有园亭的人家就不能不备。然而贫穷人家不是非种不可，可以用秋海棠来弥补。秋海棠对于贫穷的人而言有两种便利之处：将根移栽过来就可以，不需要用钱买，这是其一；二是占地不多，墙头屋角，都可以种。因为秋海棠喜欢阴凉，它占用的地，都是其他花不用的地方。

玉 兰

【原文】

玉兰花

世无玉树，请以此花当之。花之白者尽多，皆有叶色相乱，此则不叶而花，与梅同致。千干万蕊，尽放一时，殊盛事也。但绝盛之事，有时变为恨事。众花之开，无不忌雨，而此花尤甚。一树好花，止须一宿微雨，尽皆变色，又觉腐烂可憎，较之无花，更为乏趣。群花开谢以时，谢者既谢，开者犹开，此则一败俱败，半瓣不留。

语云："弄花一年，看花十日。"为玉兰主人者，常有延伫经年，不得一朝盼望者，讵非香国中绝大恨事？故值此花一开，便宜急急玩赏，玩得一日是一日，赏得一时是一时。若初开不玩而俟全开，全开不玩而俟盛开，则恐好事未行，而杀风景者至矣。噫，天何仇于玉兰，而往往三岁之中，定有一二岁与之为难哉！

【译文】

世上没有玉树，就请用玉兰花充当。白色的花虽然很多，但都与叶子的颜色相混，玉兰则是在叶子还没长出来时就开花，与梅花有相同的韵致。所有的玉兰一起开放时，简直就是盛世。但是再盛大的事，有时也会变成遗憾的事。花开放时都害怕下雨，玉兰花更是如此。只要晚上下一点小雨，满树花就全都会变色，又让人觉得腐烂可憎，比没有花更乏味。别的花从开放到凋谢都有一定时间顺序，该凋谢的凋谢，该开放的开放，玉兰花却一时全部凋谢，半片花瓣也不留。

俗话说:"弄花一年,看花十日。"作为玉兰的主人,常常苦等一年,却一天都不能实现自己的期盼,这难道不是香花王国中的一件非常大的憾事吗?所以玉兰一开,就要立刻玩赏,能玩一天是一天,能赏一时是一时。如果刚开放时不去玩赏而要等到全开,全开了还不去而要等到盛开,只怕还没有成行,煞风景的事就来了。唉!老天爷与玉兰有什么仇恨,往往在三年当中,必定有一两年与它为难呢?

辛 夷

【原文】

辛夷,木笔,望春花,一卉而数异其名,又无甚新奇可取,名有余而实不足者,此类是也。园亭极广,无一不备者方可植之,不则当为此花藏拙。

【译文】

辛夷又叫"木笔""望春花",一种花有好几个名字,又没有特别新奇可取之处,名不符实的花,辛夷就是其一。只有花园极大,所有的花卉都齐备了才能种植,不然的话就得为它遮丑了。

山 茶

【原文】

花之最不耐开,一开辄尽者,桂与玉兰是也;花之最能持久,愈开愈盛者,山茶、石榴是也。然石榴之久,犹不及山茶;榴叶经霜即脱,山茶戴雪而荣。则是此花也者,具松柏之骨,挟桃李之姿,历春夏秋冬如一日,殆草木而神仙者乎?又况种类极多,由浅红以至深红,无一不备。其浅也,如粉如脂,如美人之腮,如酒客之面;其深也,如朱如火,如猩猩之血,如鹤顶之珠。可谓极浅深浓淡之致,而无一毫遗憾者矣。得此花一二本,可抵群花数十本。

惜乎予园仅同芥子,诸卉种就,不能再纳须弥,仅取盆中小树,植于怪石之旁。噫,善善而不能用,恶恶而不能去,予其郭公①也夫!

【注释】

①郭公:布谷鸟的别称。布谷鸣声如呼"郭公",故称。此处指傀儡。

【译文】

开花时间最短,一开就谢的是桂花和玉兰;开花时间最长、越开越旺盛的是山茶花和石榴花。石榴虽然开的时间长，却比不上山茶。石榴一经霜打就凋落了，山茶却顶着霜雪越开越盛。如此看来，山茶既有松柏的骨气，又有桃李的风姿，经过春夏秋冬却始终如一，难道它是草木中的神仙吗？山茶花的种类繁多，从浅红到深红，各种红色都有。颜色浅的，如同脂粉、胭脂、美人的腮、酒客的脸；颜色深的，就像朱砂、火焰、鲜血、鹤顶红。真是深浅浓淡各种颜色都具备，让人没有一丝一毫的遗憾。得到一两棵山茶树，能抵得上几十种花。

可惜我的花园像芥子一样小，已经种满了花卉，不能再种别的植物了，只拿了一棵盆栽的小山茶树，种在怪石旁边。唉！喜欢的好东西却不能用，讨厌的坏东西却不能丢，我岂不成傀儡了吗？

紫 薇

【原文】

人谓禽兽有知，草木无知。予曰：不然。禽兽草木尽是有知之物，但禽兽之知，稍异于人，草木之知，又稍异于禽兽，渐蠢则渐愚耳。何以知之？知之于紫薇树之怕痒。知痒则知痛，知痛痒则知荣辱利害，是去禽兽不远，犹禽兽之去人不远也。

人谓树之怕痒者，只有紫薇一种，余则不然。予曰：草木同性，但观此树怕痒，即知无草无木不知痛痒，但紫薇能动，他树不能动耳。人又问：既然不动，何以知其识痛痒？予曰：就人喻之，怕痒之人，搔之即动，亦有不怕痒之人，听人搔扒而不动者，岂人亦不知痛痒乎？由是观之，草木之受诛锄，犹禽兽之被宰杀，其苦其痛，俱有不忍言者。人能以待紫薇者待一切草木，待一切草木者待禽兽与人，则斩伐不敢妄施，而有疾痛相关之义矣。

【译文】

人们说禽兽有知觉，草木没知觉。我说：不是这样。禽兽与草木，都是有知觉的东西，只是禽兽的知觉比人差一些；草木的感觉又比禽兽差一些，只是一个比一个蠢笨、一个比一个愚昧而已。如何知道的呢？是从紫薇树怕痒知道的。知道痒就知道痛，知道痛痒就知道荣辱利害，就距离禽兽不远了，就像禽兽距离人不远相同。

人们认为树当中怕痒的只有紫薇一种，其他树则不是这样。我说：草木是同性的，只要看到这种树怕痒，就知道没有一种草木是不怕痛痒的，只是紫薇能动，其他树不能动罢了。别人又问："既然不动，如何知道它能感觉到痛痒呢？"我说："可以用人来做比喻，怕痒的人，一搔就动，也有不怕痒的人，任别人去搔去挠，都不会动，难道人也不知道痛痒吗？"这样看来，草木被诛锄，就像禽兽被宰杀一样，所受的痛苦，都不忍心说出来。如果人们像对待紫薇那样对待所有草木，像对待所有草木那样对待禽兽和人，那就不会乱杀乱砍，而且能体会病痛相关的意义了。

绣 球

【原文】

天工之巧，至开绣球一花而止矣。他种之巧，纯用天工，此则诈施人力，似肖尘世所为而为者。剪春罗、剪秋罗诸花亦然。天工于此，似非无意，盖曰："汝所能者，我亦能之；我所能者，汝实不能为也。"若是，则当再生一二蹴球①之人，立于树上，则天工之斗巧者全矣。其不屑为此者，岂以物可肖，而人不足肖乎？

【注释】

①蹴球：唐代以来的一种类似足球的运动。

【译文】

天工的巧妙到绣球花开达到了顶点。其他种类的巧妙，纯粹靠天工，绣球花却假装靠人力，就像是模仿人间的做法做出来的。剪春罗、剪秋罗这些花也是这样。上天创造这种花时，似乎并非无意，好像在说："你们人间能做的，我也能做；我能做的，你们却做不了。"如果这样，那么就应该再造出一两个踢球的人，站在树上，那么上天造出来的要进行技巧比试的就齐全了。上天不屑于这样做，难道是因为东西可以模仿而人却不值得模仿吗？

紫 荆

【原文】

紫荆一种，花之可已者也。但春季所开，多红少紫，欲备其色，故间植之。然少枝无叶，贴树生花，虽若紫衣少年，亭亭独立，但觉窄袍紧袂，衣瘦身肥，立于翩翩舞袖之中，不免代为踧踖①。

【注释】

①踧踖：恭敬而不安的样子。

【译文】

紫荆是一种可有可无的花。只是春天所开

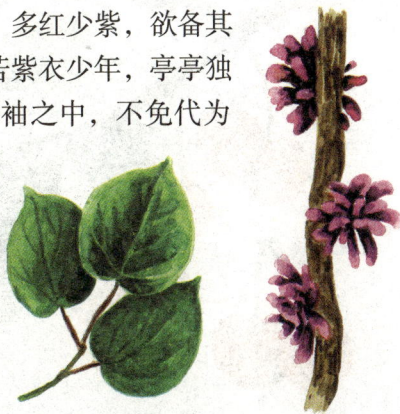

紫荆

的花，多为红色少有紫色，人们想要它的颜色，所以将它种植在其他花中间。然而紫荆花枝干稀少，没有叶子，贴着树干开花，虽像紫衣少年，亭亭玉立，但是总让人觉得袍子太窄、衣袖太紧，衣瘦身肥，站在翩翩起舞的美人中间，不免让人替它感到局促不安。

栀 子

【原文】

栀子花无甚奇特，予取其仿佛玉兰。玉兰忌雨，而此不忌；玉兰齐放齐凋，而此则开以次第。惜其树小而不能出檐，如能出檐，即以之权当玉兰，而补三春恨事，谁曰不可？

【译文】

栀子花没有什么奇特之处，我只是欣赏它像玉兰。玉兰忌讳下雨，而栀子花却不忌讳；玉兰花一齐开放一齐凋落，而栀子花却是次第开放。可惜的是栀子树非常矮小而不能长出屋檐，如果能长出屋檐，就权且以它充当玉兰花，来弥补春天的遗憾，谁能说不可以呢？

杜鹃、樱桃

【原文】

杜鹃、樱桃二种，花之可有可无者也。所重于樱桃者，在实不在花；所重于杜鹃者，在西蜀之异种，不在四方之恒种。如名花俱备，则二种开时，尽有快心而夺目者，欲览余芳，亦愁少暇。

樱桃

【译文】

杜鹃和樱桃，是花当中可有可无的。之所以看重樱桃，是因为它们果实而不是花；之所以看重杜鹃，是因为它是西蜀的奇异品种，而不是天下皆有的寻常之物。如果名花全都齐全，那么这两者开花时，到处都是让人赏心悦目的名花，想观赏这两种花，也要愁没有时间。

石　榴

【原文】

芥子园之地不及三亩，而屋居其一，石居其一，乃榴之大者，复有四五株。是点缀吾居，使不落寞者，榴也；盘踞吾地，使不得尽栽他卉者，亦榴也。榴之功罪，不几半乎？然赖主人善用，榴虽多，不为赘也。榴性喜压，就其根之宜石者，从而山之，是榴之根即山之麓也；榴性喜日，就其阴之可庇者，从而屋之，是榴之地即屋之天也；榴之性又复喜高而直上，就其枝柯①之可傍，而又借为天际真人者，从而楼之，是榴之花即吾倚栏守户之人也。此芥子园主人区处石榴之法，请以公之树木者。

【注释】

①枝柯：枝条。

【译文】

芥子园这块地不到三亩，房屋占一部分，假山占一部分，还有四五棵大石榴树。点缀我的宅院使之不落寞的，是石榴；盘踞在我的院子中，让我不能尽情栽种其他花卉的也是石榴。石榴的功过，不就是各占一半了吗？然而这全靠主人善于利用，石榴虽多，才没有成为累赘。石榴喜欢重压，我就在树根适合放石头的地方，造了座假山，石榴树的根就成了山脚；石榴喜欢太阳，我就在它的树荫下盖房子，石榴树的地就成了房屋的天；石榴还喜欢长得又高又直，它的树枝树干能够当栏杆，借助它可以当上天当仙人了，在旁边盖上楼阁，石榴花就成了我的守门人。这就是芥子园主人安置石榴的方法，将它告诉种树的人。

木　槿

【原文】

木槿朝开而暮落，其为生也良苦。与其易落，何如弗开？造物生此，亦可谓不惮烦矣。

有人曰：不然。木槿者，花之现身说法以儆愚蒙者也。花之一日，犹人之百年。人视人之百年，则自觉其久，视花之一日，则谓极少而极暂矣。不知人之视人，犹花之视花，人以百年为久，花岂不以一日为久乎？无一日不落之花，则无百年不死之人可知矣。此人之似花者也。乃花开花落之期虽少而暂，犹有一定不移之数，朝开暮落者，必不幻而为朝开午落，午开暮落；乃人之生死，则无一定不移之数，有不及百年而死者，有不及百年之半与百年之二三而死者；则是花之落也必焉，人之死也忽焉。使人亦知木槿之为生，至暮必落，则生前死后之事，皆可自为政矣，无如其不能也。此人之不能似花者也。

人能作如是观，则木槿一花，当与萱草并树。睹萱草则能忘忧，睹木槿则能知戒。

【译文】

木槿花早上开晚上落，它一生也太辛苦了。与其轻易凋落，还不如不开？造物主创造出木槿，也可以说是不怕麻烦了。

有人说：不是这样。木槿花现身说法是为了警告那些愚蠢蒙昧的人。花开一天，就像人活百年。人自己看人的一百年，会觉得漫长，而看花的一天，则会觉得短暂。不知道人看人，如同花看花。人认为一百年漫长，难道花不是也将一天看得很漫长吗？可见没有一天不落的花，就没有百年不死的人！这是人与花相同的地方。花开花落，时间虽然很短，但仍有一定不变的规律。早上开晚上凋落的花，就不可能早上开中午凋落或者中午开晚上凋落。而人的生死，就没有固定不变的规律。有的人活不到一百岁就死了，有的人不到五十岁，甚至只有二三十岁就死了。如此看来花的凋落是必然的，人的死却是偶然的。假使人也像木槿那样，能预知自己的生死，那么生前死后的事情，都可以自己安排好了，无奈人做不到这一点。这就是人不如花的地方。

如果人能够这么看，那么木槿就应当与萱草一起种。看到萱草就能使人忘掉忧愁，看到木槿就能使人爱惜生命。

木槿花

桂

【原文】

秋花之香者，莫能如桂。树乃月中之树，香亦天上之香也。但其缺陷处，则在满树齐开，不留余地。予有《惜桂》诗云："万斛黄金碾作灰，西风一阵总吹来。早知三日都狼藉，何不留将次第开？"盛极必衰，乃盈虚一定之理，凡有富贵荣华一蹴而至者，皆玉兰之为春光，丹桂之为秋色。

【译文】

秋天最香的花莫过于桂花。桂树是月亮中的树，香气也是天上的香气。只是桂花也有缺陷，就是满树的花一齐开放，没有余地。我有一首《惜桂》诗："万斛黄金碾作灰，西风一阵总吹来。早知三日都狼藉，何不留将次第开？"盛极必衰，这是盈虚相生的自然规律，凡是轻而易举就得到荣华富贵的人，都是玉兰造就的春光，桂花造就的秋色，转瞬即逝。

合 欢

【原文】

"合欢蠲忿"，"萱草忘忧"①，皆益人情性之物，无地不宜种之。然睹萱草而忘忧，吾闻其语矣，未见其人也。对合欢而蠲忿，则不必讯之他人，凡见此花者，无不解愠成欢，破涕为笑。是萱草可以不树，而合欢则不可不栽。栽之之法，《花谱》不详，非不详也，以作谱之人，非真能合欢之人也。渔人谈稼事，农父著樵经，有约略其词而已。

凡植此树，不宜出之庭外，深闺曲房②是其所也。此树朝开暮合，每至昏黄，枝叶互相交结，是名"合欢"。植之闺房者，合欢之花宜置合欢之地，如椿萱宜在承欢之所，荆棣宜在友于之场，欲其称也。此树栽于内室，则人开而树亦开，树合而人亦合。人既为之增愉，树亦因而加茂，所谓人地相宜者也。使居寂寞之境，不亦虚负此花哉？

灌勿太肥，常以男女同浴之水，隔一宿而浇其根，则花之芳妍，较常加倍。此予既验之法，以无心偶试而得之。如其不信，请同觅二本，一植庭外，一植闺中，一浇肥水，一浇浴汤，验其孰盛孰衰，即知予言谬不谬矣。

【注释】

①合欢蠲忿，萱草忘忧：语出《文选》中嵇康《养生论》："合欢蠲忿，萱草忘忧，愚智所共知也。"蠲忿：使人消除愤怒。②曲房：内室，密室。

【译文】

"合欢蠲忿"，"萱草忘忧"，它们都是陶冶性情之物，而且任何地方都可以栽种。看见萱草能够忘记忧愁，我只是听人说过，没有见过这样的人。至于合欢可以消除人的愤怒，就没有必要去问别人，凡是见到这种花的人，都会怒气全消、破涕为笑。所以萱草可以不种，合欢则不能不栽。合欢的种植方法，《花谱》中没有详细介绍。不是不想写详细，而是因为《花谱》的作者，并非真正懂得合欢的人。就像让花匠谈论如何种庄稼，让农夫谈论如何砍柴，他们只能泛泛而谈。

合欢不适合种在庭院外，最适合栽种在闺房中。合欢早上张开花，晚上合拢，每到黄昏，枝叶互相交结，所以叫作"合欢"。将它种在闺房，是因为合欢这种花应当放在合欢之处，就像椿树和萱草应当种在父母居处，荆和棣应当种在接待友人之所，要让它们与环境相称。将合欢种在闺房，人分开树也分开，树交合人也交合。人能因为树而更加欢愉，树也会因为人而更加茂盛，这就是所说的人地两相宜。如果把合欢树种在寂寞冷清之处，不是太辜负这种花了吗？

浇灌合欢的水不要加肥料，要用男女同浴之水，隔一晚浇一次它的根，如此合欢花的芳香娇妍就会比平常加倍。这是我验证过的方法，是无心试验得到的。如果不信，就请同时找来两棵合欢，一棵种在庭外，一棵种在内室，一棵浇肥料水，一棵浇洗澡水，看看谁盛谁衰，就知道我的话是否正确了。

木芙蓉

【原文】

水芙蓉之于夏，木芙蓉之于秋，可谓二季功臣矣。然水芙蓉必须池沼，"所谓伊人，在水一方"者，不可数得。茂叔之好①，徒有其心而已。木则随地可植。况二花之艳，相距不远。虽居岸上，如在水中，谓之秋莲可，谓之夏莲亦可，即自认为三春之花，东皇②未去也亦可。凡有篱落之家，此种必不可少。如或傍水而居，隔岸不见此花者，非至俗之人，即薄福不能消受之人也。

【注释】

①茂叔之好：茂叔指周敦颐，字茂叔。北宋著名哲学家、理学家。著《爱莲说》，以赞美莲花。②东皇：指司春之神。

【译文】

木芙蓉

水芙蓉对于夏天，木芙蓉对于秋天，可称得上两季功臣。然而水芙蓉只能生长在池沼中，"所谓伊人，在水一方"，不能得到。周敦颐喜爱莲花，也徒有爱莲之心而已。木芙蓉则随处能种。何况两种花的艳丽相差无几。虽然种在岸上，却像长在水中，可以说它是秋莲，也可以说它是夏莲，就是自认是春花，在春天没完时开放也可以。凡是有篱笆院落的人家，这种花就必不可少。如果居住在岸边，隔岸没有看到此花，那么这户人家不是极俗的人，就是福浅不能享受的人。

夹竹桃

【原文】

　　夹竹桃一种，花则可取，而命名不善。以竹乃有道之士，桃则佳丽之人，道不同不相为谋，合而一之，殊觉矛盾。请易其名为"生花竹"，去一桃字，便觉相安。且松、竹、梅素称三友，松有花，梅有花，惟竹无花，可称缺典①。得此补之，岂不天然凑合？亦女娲氏之五色石也。

【注释】

　　①缺典：指仪制、典礼等有所欠缺。引申为憾事。

【译文】

　　夹竹桃这种植物，花还好，然而名字没有起好。因为竹子是有德贤士，桃却是艳丽佳人，道不同，不相为谋，而把它们合而为一，总感觉十分矛盾。请允许我将它的名字改为"生花竹"，去掉"桃"字，就觉得相安无事了。况且松、竹、梅一向被称为"岁寒三友"，松有花，梅有花，唯独竹没有花，可称得上缺陷了。用这种花来弥补，难道不是天然巧合吗？也就像是女娲用来补天的五色石。

瑞　香

【原文】

　　茂叔以莲为花之君子，予为增一敌国，曰：瑞香乃花之小人。何也？《谱》载此花"一名麝囊，能损花，宜另植"。予初不信，取而嗅之，果带麝味，麝则未有不损群花者也。同列众芳之中，即有朋侪之义，不能相资相益，而反祟之，非小人而何？

　　幸造物处之得宜，予以不能为患之势。其开也，必于冬春之交，是时群花摇落，诸卉未荣，及见此花者，仅有梅花、水仙二种，又在成功将退之候，当其锋也未久，故罹其毒也亦不深，此造物之善用小人也。使易冬春之交而为春夏之交，则花王亦几被篡，矧下此者乎？

　　唐宋诸名流，无不怜香嗜色，赞以诗词者，皆以早春无花，得此可搔目痒，又但见其佳，而未逢其虐耳。予僭为香国平章①，焉得不秉公持正？宁使一小人怒而欲杀，不敢不为众君子密提防也。

【注释】

①平章：古代官名，位在宰相之上，唐、宋、元、明皆设此官。

【译文】

周敦颐将莲花当作花中君子，我为它增加一个敌人，我说：瑞香花是花中的小人。为什么呢？《花谱》中记载，这种花又叫作"麝囊"，会损害其他花，应当分开种植。起初我不相信，拿来瑞香一闻，果然带有麝香气味，有麝香就不可能不损伤其他花。瑞香既然也是鲜花，就应该讲朋友义气，然而它不仅不能相互帮助，反而要从中作祟，不是小人又是什么？

幸而造物主安排合理，让它没有为非作歹的机会。瑞香开花的时候，必定是冬春之交，这时群花有的已经凋落，有的还没开放。能够遇见瑞香的只有梅花和水仙，又是在即将凋谢时，同瑞香花交会的时间不会太长，所以遭到的毒害也不深。这正是造物主善于利用小人之处。如果将瑞香开放的时节从冬春之交改到春夏之交，那么花王的位置都会让它篡夺，何况其他的花呢？

唐宋的名流无不怜花爱花，他们写诗词赞美瑞香，是因为别的早春没有花，见到瑞香就能饱眼福了，而且只看到瑞香美丽的一面，没有看到其暴虐的一面。我既然自诩为鲜王花国的保护神，怎么能不秉公执法？宁让一个小人怨恨我想杀我，也不敢不为众君子严加设防。

茉 莉

【原文】

茉莉

茉莉一花，单为助妆而设，其天生以媚妇人者乎？是花皆晓开，此独暮开。暮开者，使人不得把玩，秘之以待晓妆也。是花蒂上皆无孔，此独有孔。有孔者，非此不能受簪，天生以为立脚之地也。若是，则妇人之妆，乃天造地设之事耳。植他树皆为男子，种此花独为妇人。既为妇人，则当眷属视之矣。妻梅者，止一林逋，妻茉莉者，当遍天下而是也。

【译文】

茉莉这种花，是专门为化妆而设置，天生就是为了取媚女子的吗？所有的花都是早上开，唯独它是晚上开。晚上开花，是为了让人无法拿来把玩，只能藏起来等到早上梳妆时用。其他花的花蒂上都没有孔，只有茉莉花有。有了这个孔，簪子才能插进去，这个孔天生就是为簪子立足的。如此女子的梳妆打扮，就是天造地设的事情。种植其他花都是为了男子，种这种花却只是为了女子。既然是为了女子，就应该将其当成自己的眷属来看待。以梅花为妻的只有林逋，而将茉莉花当作妻子的，应当遍天下都是了。

【原文】

欲艺此花，必求木本。藤本一样着花，但苦经年即死，视其死而莫之救，亦仁人君子所不乐为也。木本最难过冬，予尝历验收藏之法。此花痿于寒者什一，毙于干者什九，人皆畏冻而滴水不浇，是以枯死。此见噎废食之法，有避呕逆而经时绝粒，其人尚存者乎？稍暖微浇，大寒即止，此不易之法。但收藏必于暖处，箑罩必不可无，浇不用水而用冷茶，如斯而已。予艺此花三十年，皆为燥误，如今识花，以告世人，亦其否极泰来之会也。

【译文】

想种这种花，必须要找木本茉莉。藤本茉莉一样开花，但可惜一年就死了，眼睁睁地看着它死去却无法救治，这是仁人君子所不愿做的。木本茉莉最难的是过冬，我曾多次试验收藏的方法。这种花因为寒冷而枯萎的有十分之一，死于缺水的占十分之九，人们都怕冻坏茉莉而不浇一滴水，所以才会枯死。这是因噎废食的方法，为了避免被噎就长时间不吃东西，这样人还能活吗？天气稍暖时，稍微浇一点水，太冷时就不要浇，这是不变的方法。只是应该把它放在暖和的地方，箑罩是不能少的，浇不要用水而要用冷茶，像这样就行了。我种茉莉花已经三十年了，都是干死的，现在弄清了种茉莉花的方法，将它告诉世人，也算是茉莉花否极泰来了。

◎藤本第二◎

【原文】

藤本之花，必须扶植。扶植之具，莫妙于从前成法之用竹屏。或方其眼，或斜其槅，因作葳蕤①柱石，遂成锦绣墙垣，使内外之人，隔花阻叶，碍紫间红，可望而不可亲，此善制也。无奈近日茶坊酒肆，无一不然，有花即以植花，无花则以代壁。此习始于维扬，今日渐近他处矣。市井若此，高人韵士之居，断断不应若此。避市井者，非避市井，避其劳劳攘攘之情，锱铢必较之陋习也。见市井所有之物，如在市井之中，居处习见，能移性情，此其所以当避也。即如前人之取别号，每用川、泉、湖、宇等字，其初未尝不新，未尝不雅，迨后商贾者流，家效而户则之，以致市肆标榜之上，所书姓名非川即泉，非湖即宇，是以避俗之人，不得不去之若浼。

迩来缙绅先生悉用斋、庵二字，极宜；但恐用者过多，则而效之者，又入从前标榜，是今日之斋、庵，未必不是前日之川、泉、湖、宇。虽曰名以人重，人不以名重，然亦实之宾也。已噪寰中者仍之继起，诸公似应稍变。

人问植花既不用屏，岂遂听其滋蔓于地乎？曰：不然。屏仍其故，制略新之。虽不能保后日之市廛②，不又变为今日之园圃，然新得一日是一日，异得一时是一时，但愿贸易之人，并性情风俗而变之。变亦不求尽变，市井之念不可无，垄断之心不可有。觅应得之利，谋有道之生，即是人间大隐。若是，则高人韵士，皆乐得与之游矣，复何劳扰锱铢足避哉？花屏之制有三，列于《藤本》之末。

【注释】

①葳蕤：形容枝叶繁盛。②市廛：店铺集中之处。

【译文】

藤本植物的花，必须扶植。扶植的工具，最妙的莫过于以前常用的竹篱笆。可以排成方眼，也可以编成斜格，这样把竹篱笆当作柱石，成了锦绣的墙垣，使院子里外的人被竹篱笆和姹紫嫣红的花和叶隔开，那些花可以远望却不能亲近，这真是个好办法。无奈这几天，茶坊酒馆，都这样用竹篱笆，有花就用它来扶植花，没花也用来代替墙壁。这种风气从扬州开始，现在逐渐影响到了其他地方。市井是这样，高人雅士的居所就千万不能这样。躲避市井的人，并不是躲避市井，而是躲避城市里熙攘忙碌的事情和锱铢必较的陋习。看见市井当中有的东西，就像身处市井中，在住的地方见得多了性情就会改变，这是应该避免的原因。就像前人取别号，常用"川""泉""湖""宇"等字，开始的时候当然新奇、雅致，后来商人也家家户户都模仿，以至于市井的招牌上所写的姓名，不是"川"，就是"泉"，不是"湖"，便是"宇"，因此避俗的人必须要去掉它，如同必须清除污染一样。

最近士大夫们，都用"斋""庵"二字，非常合适，只是担心用的人太多又会落入俗套，这样现在的"斋""庵"未必不变成前日的"川""泉""湖""宇"。虽说名字是因为人而变得重要，人不会因为名字变得重要，但也有主从关系。已经名噪天下的人能够继续这样做，但各位好像应该做些变化。

有人问：既然种花不能用篱笆，难道任凭它在地上滋长吗？我说：不是这样，篱笆仍然要用，只是要把式样改变一下。即使不能保证以后的市井是否会变成今天的园圃，然而新一天是一天，异一时是一时。但愿那些商人的性情会因为风俗的改变而改变。变也不必全变，市井的观念不能没有，垄断的念头也不能有。寻找应得的利益，谋求有意义的人生，这才是真正的人间隐士。如果这样，那么高人雅士就都乐意与他们交游，又何必想方设法逃避市井的生活呢？花篱笆的格式有三种，列在《藤本》的后面。

蔷 薇

【原文】

结屏之花，蔷薇居首。其可爱者，则在富于种而不一其色。大约屏间之花，贵在五彩缤纷，若上下四旁皆一其色，则是佳人忌作之绣，庸工不绘之图，列于亭斋，有何意致？他种屏花，若木香、酴醾、月月红诸本，族类有限，为色不多，欲其相间，势必旁求他种。

蔷薇之苗裔极繁，其色有赤，有红，有黄，有紫，甚至有黑；即红之一色，又判数等，有大红、深红、浅红、肉红、粉红之异。屏之宽者，尽其种类所有而

蔷薇

植之，使条梗蔓延相错，花时斗丽，可傲步障①于石崇。然征名考实，则皆蔷薇也。是屏花之富者，莫过于蔷薇。他种衣色虽妍，终不免于捉襟露肘②。

【注释】

①步障：用以遮蔽风尘或视线的一种屏幕。②捉襟露肘：语出《庄子·让王》："曾子居卫……十年不制衣，正冠而缨绝，捉衿而见肘。"衿，同"襟"，衣襟。原意是拉一下衣襟就露出了胳膊肘。形容衣衫破烂，生活困难。常喻事情多而难，而力量不足，顾此失彼，应付不过来。

【译文】

结在篱笆上的花，蔷薇最合适。蔷薇的可爱之处在于其品种丰富，而且颜色各不相同。大概装点篱笆的花贵于五彩缤纷，如果上下四边都是相同的颜色，就成了美人忌讳的刺绣、平庸画匠都不愿描绘的图案，将它放在亭子书房，会有什么情趣韵致？其他装点篱笆的花，像木香、酴醾、月月红等，种类有限，颜色不多，想让各种颜色相间，必须要找其他品种。

蔷薇的品种极多，有赤色、红色、黄色、紫色，甚至还有黑色。即使是红色一种颜色，也能分成好几等，有大红、深红、浅红、肉红、粉红的差别。篱笆较宽的，能将蔷薇所有的品种都种上，使枝条蔓延相错，花开时争奇斗艳，可以与石崇的锦幛媲

美。然而一考察起来，却全都是蔷薇。因此装点篱笆最丰富的，莫过于蔷薇了。其他花的颜色虽然娇艳，终究难免捉襟见肘。

木 香

【原文】

木香花密而香浓，此其稍胜蔷薇者也。然结屏单靠此种，未免冷落，势必依傍蔷薇。蔷薇宜架，木香宜棚者，以蔷薇条干之所及，不及木香之远也。木香作屋，蔷薇作垣，二者各尽其长，主人亦均收其利矣。

【译文】

木香花开得稠密而且香味浓郁，这是木香稍胜蔷薇一筹之处。但是仅靠木香装点篱笆，未免显得冷落，势必还要依靠蔷薇。蔷薇适合架植，木香适合做棚，原因是蔷薇的枝条枝干没有木香那么长。木香做屋，蔷薇做墙，两种植物都发挥各自的优点，主人也能同时得到两种花的好处。

酴 醾

【原文】

酴醾之品，亚于蔷薇、木香，然亦屏间必须之物，以其花候稍迟，可续二种之不继也。"开到酴醾花事了"，每忆此句，情兴为之索然。

【译文】

酴醾的品位，要亚于蔷薇与木香，然而也是篱笆间必需的花，因为它开花的时间稍晚，可以接在蔷薇、木香花期之后开花。"开到酴醾花事了"，每当想到这句诗，兴致就会索然无味。

月月红

【原文】

俗云："人无千日好，花难四季红。"四季能红者，现有此花，是欲矫俗言之失也。花能矫俗言之失，何人情反听其验乎？缀屏之花，此为第一。所苦者树不能高，故此花一名"瘦客"。然予复有用短之法，乃为市井之人强迫而成者也。法在屏制之第三幅。此花有红、白及淡红三本，结屏必须同植。

【译文】

俗话说："人无千日好，花难四季红。"四季能红的，这里就有，是为矫正俗话的错误而生的。花都可以纠正俗语的错误，为何人的所作所为却应验这句话呢？点缀篱笆的花，这种花数第一。可惜的是它长不高，所以这种花别名叫"瘦客"。但是我又有一个利用它短处的方法，这是生活在市井中的人强迫我想出来的。办法在篱笆式样的第三幅。这种花有红、白和淡红三种，建篱笆时必须一同种植。

月月红

【原文】

此花又名"长春"，又名"斗雪"，又名"胜春"，又名"月季"。予于种种之外，复增一名，曰"断续花"。花之断而能续，续而复能断者，只有此种。因其所开不繁，留为可继，故能绵邈若此；其余一切之不能续者，非不能续，正以其不能断耳。

【译文】

这种花又名"长春"，又叫"斗雪"，又叫"胜春"，又叫"月季"。我在这些名字之外，又为它增加了一个名字，叫"断续花"。花开到断了还能续，续上又再断的，只有这一种。因为它开的花并不繁盛，留有余地，所以能够这样连续开放。其他所有不能连续开的花，不是不能连续，正是因为它不能断罢了。

姊妹花

【原文】

花之命名，莫善于此。一蓓七花者曰"七姊妹"，一蓓十花者曰"十姊妹"。观其浅深红白，确有兄长娣幼之分，殆杨家姊妹①现身乎？余极喜此花，二种并植，汇其名为"十七姊妹"。但怪其蔓延太甚，溢出屏外，虽日刈月除，其势犹不可遏。岂党与过多，酿成不戢之势欤？此无他，皆同心不妒之过也，妒则必无是患矣。故善御女戎者，妙在使之能妒。

【注释】

①杨家姊妹：杨贵妃姐妹。

【译文】

　　为花取的名字，没有比这更好的了。一个蓓蕾开七朵的叫"七姊妹"，一个蓓蕾开十朵的叫"十姊妹"。观察它的深浅红白，便能发现它的确有年长年幼之分，难道是杨家姊妹现身吗？我极其喜爱这种花，把两个品种种在一起，名字合起来叫"十七姊妹"。只是怪她们蔓延得太厉害，长到篱笆外面去了，即使每天进行修剪，还是不能遏止其长势。难道是因为其党羽太多，造成了不能控制的态势吗？不是其他原因，都是因为她们同心一致，不互相嫉妒的缘故。相互嫉妒就必定不会有这种麻烦了。所以擅长驾驭女子的人，最妙的地方在于使她们互相嫉妒。

玫 瑰

【原文】

玫瑰

　　花之有利于人，而无一不为我用者，芰荷[1]是也；花之有利于人，而我无一不为所奉者，玫瑰是也。芰荷利人之说，见于本传。玫瑰之利，同于芰荷，而令人可亲可溺，不忍暂离，则又过之。群花止能娱目，此则口眼鼻舌以至肌体毛发，无一不在所奉之中。可囊可食，可嗅可观，可插可戴，是能忠臣其身，而又能媚子其术者也。花之能事，毕于此矣。

【注释】

　　[1]芰荷：指菱叶与荷叶。

【译文】

　　花当中有利于人，而且全都能被我使用的，是荷花；花当中有利于人，而且我愿意接受它一切侍奉的是玫瑰。荷花对人有利，本书中已经说过。玫瑰的好处同荷花一样，而让人觉得可亲可爱，不忍心同它分离一会儿，这一点玫瑰超过了荷花。群花只能愉悦人的眼睛，玫瑰则使人的口眼鼻舌，以至肌体毛发，无一不受到她的侍奉。玫瑰可带可吃，可闻可看，可插可戴，既能做忠臣，又能施展媚人妙术。花的本领，全都集中在它身上了。

素 馨

【原文】

素馨一种，花之最弱者也，无一枝一茎不需扶植，予尝谓之"可怜花"。

【译文】

素馨这种花，是花当中最柔弱的，没有一枝一茎不需要扶植。我曾将它称为"可怜花"。

凌 霄

【原文】

藤花之可敬者，莫若凌霄。然望之如天际真人，卒急不能招致，是可敬亦可恨也。欲得此花，必先蓄奇石古木以待，不则无所依附而不生，生亦不大。予年有几，能为奇石古木之先辈而蓄之乎？欲有此花，非入深山不可。行当即之，以舒此恨。

【译文】

藤本花中最可敬的莫过于凌霄花。然而望上去就像天上的神仙，不能立即将它招致身边，真是可敬又可恨。想得到这种花，一定要先准备奇石古木，否则它就会因为无可依附而不能生长，即使长出来也长不大。我的年龄能有多大，能够预先准备好奇石古木吗？想要得到这种花，非得进入深山不可。说走就走，可以平复心中的遗憾。

真珠兰

【原文】

此花与叶，并不似兰，而以兰名者，肖其香也。即香味亦稍别，独有一节似之：兰花之香，与之习处者不觉，骤遇始闻之，疏而复亲始闻之，是花亦然。此其所以名兰也。

闽、粤有木兰，树大如桂，花亦似之，名不附桂而附兰者，亦以其香隐而不露，耐久闻而不耐急嗅故耳。凡人骤见而即觉其可亲者，乃人中之玫瑰，非友中之芝兰也。

【译文】

　　真珠兰的花和叶并不像兰花，将它命名为"兰"，是因为香气像兰。即便是香气也会稍有差别，只有一点相似：兰花的香气，与它经常相处的人感觉不到，只有突然碰到时才能闻出来，或者放到远处再走近时才能闻到。真珠兰也是如此，这就是将它称为"兰"的原因。

　　福建、广东一带有一种木兰，树长得像桂树一样大，花也像桂花，然而名字不从桂而从兰，也是因为其香气隐而不露，耐得住久闻而经不得急嗅。凡是一见就觉得可亲的人，是人中的玫瑰，而不是朋友中的芝兰。

草本第三

【原文】

　　草本之花，经霜必死；其能死而不死，交春复发者，根在故也。常闻有花不待时，先期使开之法，或用沸水浇根，或以硫磺代土，开则开矣，花一败而树随之，根亡故也。然则人之荣枯显晦，成败利钝，皆不足据，但询其根之无恙否耳。根在，则虽处厄运，犹如霜后之花，其复发也，可坐而待也，如其根之或亡，则虽处荣盹显耀之境，犹之奇葩①烂目，总非自开之花，其复发也，恐不能坐而待矣。予谈草木，辄以人喻。岂好为是哓哓者哉？世间万物，皆为人设。观感一理，备人观者，即备人感。天之生此，岂仅供耳目之玩、情性之适而已哉？

【注释】

　　①奇葩：珍奇的花。

【译文】

　　草本的花，霜一打就会死。然而看着是死了实际上却没有死，春天一到又会重新开放，这是因为它的根还在。经常听人说可以让花在花期之前开放，方法是用开水浇它的根，或者用硫黄来代替土。这样花是会开，但是花落后树也就死了，因为它的根死了。如此说来，人的荣枯显晦，成败利钝，都不能成为依据，只能去问他的根基是否安然无恙。根基还在，那么虽身处厄运，也像经过霜打的花，重新开花的日子是可以期待的；如果根基不在了，即使处于荣盛显赫的境地，像奇葩般绚烂夺目，总不是自然开出，要想重新开花，恐怕就不能期待了。我一谈到草本，就用人来比喻，岂不是很饶舌吗？世间万物，都是为人设立的，观看和感受是相同的道理，供人观看就能让人感受。上天生出这些东西，难道仅仅是供人愉悦耳目与性情的吗？

芍 药

芍药与牡丹媲美，前人署牡丹以"花王"，署芍药以"花相"，冤哉！予以公道论之。天无二日，民无二王，牡丹正位于香国，芍药自难并驱。虽别尊卑，亦当在五等诸侯之列，岂王之下，相之上，遂无一位一座，可备酬功之用者哉？

历翻种植之书，非云"花似牡丹而狭"，则曰"子似牡丹而小"。由是观之，前人评品之法，或由皮相而得之。噫，人之贵贱美恶，可以长短肥瘦论乎？每于花时奠酒①，必作温言慰之曰："汝非相材也，前人无识，谬署此名，花神有灵，付之勿较，呼牛呼马，听之而已。"

芍药

予于秦之巩昌，携牡丹、芍药各数十种而归，牡丹活者颇少，幸此花无恙，不虚负载之劳。岂人为知己死者，花反为知己生乎？

【注释】

①奠酒：祭祀时的一种仪式，把酒洒在地上。

【译文】

芍药可以与牡丹媲美，前人称牡丹为"花王"，称芍药为"花相"，太冤枉了！我要公平地谈论它们。天上没有两个太阳，百姓没有两个君王，牡丹在香花国中处于至尊地位，芍药自然很难与它并驾齐驱。虽然尊卑有别，芍药也应该被列于五等诸侯之中，难道在君王之下、相国之上，就没有一个位置可以奖励有功之臣吗？

我翻遍了种植的书，不是说"花像牡丹而比牡丹狭窄"，就是说"籽像牡丹而比牡丹小"。如此看来，前人评价的方法，也许是只看表面现象。唉！人的贵贱善恶，能够用长短肥瘦来衡量吗？每当芍药花开准备奠酒时，我总要说些温暖的话劝慰它："你不是当相国的材料，以前的人不知道，给你起错了名字，花神如果有灵，不要去计较，无论称呼你是牛还是马，随便他算了。"

我从甘肃的巩昌带回来几十棵牡丹和芍药，牡丹存活的很少，值得庆幸的是芍药安然无恙，没有辜负我搬运的辛劳。难道是人为知己者死，而花却为知己者生吗？

兰

【原文】

"兰生幽谷，无人自芳"，是已。然使幽谷无人，兰之芳也，谁得而知之？谁得而传之？其为兰也，亦与萧艾同腐而已矣。"如入芝兰之室，久而不闻其香"，是已。然既不闻其香，与无兰之室何异？虽有若无，非兰之所以自处，亦非人之所以处兰也。

吾谓芝兰之性，毕竟喜人相俱，毕竟以人闻香气为乐。文人之言，只顾赞扬其美，而不顾其性之所安，强半皆若是也。

然相俱贵乎有情，有情务在得法；有情而得法，则坐芝兰[①]之室，久而愈闻其香。兰生幽谷与处曲房，其幸不幸相去远矣。兰之初着花时，自应易其座位，外者内之，远者近之，卑者尊之；非前倨而后恭，人之重兰非重兰也，重其花也，叶则花之舆从而已矣。

居处一定，则当美其供设，书画炉瓶，种种器玩，皆宜森列[②]其旁。但勿焚香，香薰即谢，匪炉也，此花性类神仙，怕亲烟火，非忌香也，忌烟火耳。若是，则位置提防之道得矣。然皆情也，非法也，法则专为闻香。"如入芝兰之室，久而不闻其香"者，以其知入而不知出也，出而再入，则后来之香，倍乎前矣。

故有兰之室不应久坐，另设无兰者一间，以作退步，时退时进，进多退少，则刻刻有香，虽坐无兰之室，若依倩女之魂。是法也，而情在其中矣。如

兰花

止有此室，则以门外作退步，或往行他事，事毕而入，以无意得之者，其香更甚。此予消受兰香之诀，秘之终身，而泄于一旦，殊可惜也。

【注释】

①芝兰：芷和兰，两种香草。②森列：纷然罗列。

【译文】

"兰生幽谷，无人自芳"，的确如此。但是如果幽谷中没有人，兰花的芳香，谁会知晓？谁将它传播出去？这样兰花也只好与野蒿臭草一起腐烂了。"如入芝兰之室，久而不闻其香"，的确如此。然而，既然闻不到它的香气，那与没有兰花的屋子还有差别吗？虽然存在却好像不存在，这并非兰花自己独处的原因，也不是人们对待兰花的方法。

我认为兰花生性喜欢与人相处，会因人能闻到它的香气而高兴。文人的言论，多半是只顾赞美兰花的美，却看不到它的天性。

人与兰花相处贵在有情，要有情必须知道方法。既有情又知道方法，就可以坐在兰花室之中，时间越久越能闻到兰花的芳香。兰花生长在偏远的山谷和曲静的房间，它的幸与不幸相差很远。兰花刚长出蓓蕾时，就应当改变它的位置，放在室外的要移到室内，放在远处的要移到近处，放在低处的要移到高处。这并非对它开始冷淡后来恭敬，而是因为人们看重兰，并不是看重兰本身，而是看重它的花，叶子只是花的陪衬。

在一个房间居住，就应当美化其四周的摆设，书画、香炉、瓶子等器物，都应当有序地摆放在旁边。但是不要烧香，兰花被香一熏就会凋谢。并非出于忌妒，而是兰花的生性如同神仙，害怕接近烟火，并非忌讳香，而是忌讳火。像这样的摆放位置和该提防的东西都应该安排好。然而这里所说的都是情，而不是方法，方法是专门为了闻香气准备的。"如入芝兰之室，久而不闻其香。"原因在于，人们只知道进，不知道出，出来再进去，那么后闻到的香气，就比先前闻到的加倍浓郁。

所以，不应该在有兰花的房间坐太久，要另外准备一间没有兰花的屋子，作为退避的地方。时出时进，进去的时间长，退出的时间短，就能够时刻闻到香味了。即使坐在没有兰花的房间里，香味也会像侍女的游魂一般伴随在身边。这是一种欣赏兰花的方法，而情趣也在方法当中了。如果只有摆放兰花的房子，就应该在门外就往后退，或者离开办别的事情，事情办完了再进来，因为无意之中闻到的，香味会更浓。这是我享受兰花香味的秘诀，我终生保守这个秘密，今天却泄露出来，太可惜了。

【原文】

此法不止消受兰香，凡属有花房舍，皆应若是。即焚香之室亦然，久坐其间，与未尝焚香者等也。门上布帘，必不可少，护持香气，全赖乎此。若止靠门扇开闭，则门开尽泄，无复一线之留矣。

【译文】

这种方法不仅可以用来享受兰花，凡是有花的房子，都应该这样做。即使在焚香的房间里也可以这么做，在焚香的房间里坐久了，与没有焚香是一样的。门上的布帘是必不可少的，保持香气全靠它。如果只是靠门扇来开关，那么门一开，香气全都跑了，不会有一丝香气保留下来。

蕙

【原文】

蕙之与兰，犹芍药之与牡丹，相去皆止一间耳。而世之贵兰者必贱蕙，皆执成见、泥成心也。

人谓蕙之花不如兰，其香亦逊。吾谓蕙诚逊兰，但其所以逊兰者，不在花与香而在叶，犹芍药之逊牡丹者，亦不在花与香而在梗。

牡丹系木本之花，其开也，高悬枝梗之上，得其势，则能壮其威仪，是花王之尊，尊于势也。芍药出于草本，仅有叶而无枝，不得一物相扶，则委而仆于地矣，官无舆从，能自壮其威乎？

蕙兰之不相敌也反是。芍药之叶苦其短，蕙之叶偏苦其长；芍药之叶病其太瘦，蕙之叶翻病其太肥。当强者弱，而当弱者强，此其所以不相称，而大逊于兰也。

兰蕙之开，时分先后。兰终蕙继，犹芍药之嗣牡丹，皆所谓兄终弟及，欲废不能者也。善用蕙者，全在留花去叶，痛加剪除，择其稍狭而近弱者，十存二三；又皆截之使短，去两角而尖之，使与兰叶相若，则是变蕙成兰，而与"强干弱枝"①之道合矣。

【注释】

①强干弱枝：加强本干，削弱枝叶。语出《史记·汉兴以来诸王年表序》："而汉郡八九十，形错诸侯间，犬牙相临，秉其阨塞地利、强本干、弱枝叶之势，尊卑明而万事各得其所矣。"

【译文】

蕙之于兰，就像芍药之于牡丹，只有些许的差距。然而世上看重兰花的人一定轻视蕙，这些都是抱有成见的人。

人们认为蕙的花不如兰花，香气也不如兰花。我认为蕙花虽然稍逊兰花，但是原因不在花和香气，而在于叶，就像芍药不如牡丹，原因也不在于花和香气，而在枝梗。

牡丹属木本花卉，花开时高高地悬在枝梗之上，便有了气势，就能够显示出一种威仪。牡丹花之所以尊贵，就贵在它的气势上。芍药是草本植物，只有叶子没有枝干，如果没有东西扶持，便只能倒在地上。当官的人如果没有车马随从，能够自己显示威仪吗？

蕙比不上兰的情况却恰好相反。芍药的叶子苦于太短，蕙的叶子偏苦于太长；芍药的叶子太瘦窄，蕙的叶子太肥宽。该强的弱了，该弱的强了，所以看起来不相称，这也是蕙逊色于兰的原因。

兰花与蕙开花的时间有先后之分。兰花谢了蕙花才开，就像芍药接替牡丹一样，都是所谓兄长死了，弟弟替代，想废也不行。善于种植蕙的人，技巧全在于保留花，去掉叶子，忍痛进行剪除，选择那些稍微细长的小叶，十片只留两三片，把它们剪得很短，去掉两个角使它变尖，与兰的叶子相似，这样就将蕙变成了兰，与"强干弱枝"的道理吻合了。

水 仙

【原文】

水仙一花，予之命也。予有四命，各司一时：春以水仙、兰花为命，夏以莲为命，秋以秋海棠为命，冬以蜡梅为命。无此四花，是无命也；一季缺予一花，是夺予一季之命也。

水仙以秣陵为最，予之家于秣陵，非家秣陵，家于水仙之乡也。记丙午之春，先以度岁无资，衣囊质尽，迨水仙开时，则为强弩之末①，索一钱不得矣。欲购无资，家人曰："请已之。一年不看此花，亦非怪事。"予曰："汝欲夺吾命乎？宁短一岁之寿，勿减一岁之花。且予自他乡冒雪而归，就水仙也，不看水仙，是何异于不返金陵，仍在他乡卒岁乎？"家人不能止，听予质簪珥②购之。

予之钟爱此花，非痂癖也。其色其香，其茎其叶，无一不异群葩，而予更取其善媚。妇人中之面似桃，腰似柳，丰如牡丹、芍药，而瘦比秋菊、海棠者，在在有之；若如水仙之淡而多姿，不动不摇，而能作态者，吾实未之见也。以"水仙"二字呼之，可谓摹写殆尽。使吾得见命名者，必颓然下拜。

宋人所绘水仙

【注释】

①强弩之末：强弓所发射的箭临到末了，已经没有什么穿透力了。比喻强大的势力已经衰竭，起不了什么作用。②簪珥：发簪和耳饰。古代多为高贵妇女的首饰。

【译文】

水仙花是我的命。我有四条命，它们各自掌管一个季节：春天以水仙、兰花为命，夏天以莲花为命，秋天以秋海棠为命，冬天以蜡梅为命。没有这四种花，我等于没有命。如果一个季节少给我一种花，就等于夺走了我一个季节的生命。

秣陵的水仙最好。我安家于秣陵，并不是为了安家于秣陵，而是为了安家于水仙之乡。记得丙午年春天，我因为没钱度日，就衣物全都典当了，等到水仙花开时，已经贫困至极，再也找不出一个钱了。想去购买水仙又没钱，家人说："别买了，一年不看这种花，也不是什么怪事。"我说："你是想要我的命吗？宁可短一岁的寿命，也不能一年看不到水仙花。况且我从他乡冒雪赶回来，就是想来看水仙的，不看水仙，与不回金陵在他乡过年有什么差别？"家人劝不了我，只能任凭我将典当簪子和耳环的钱拿去买水仙。

我钟爱水仙，并非怪癖，因为水仙的颜色和香味，水仙的茎和叶，都同其他花卉不同，而我更喜欢水仙的妩媚。女子中面似桃、腰似柳，丰满如牡丹、像芍药，苗条如秋菊、像海棠的，到处都有，但是像水仙一样淡雅多姿、不动不摇而且能作态的，我实在没有见过。用"水仙"二字来称呼它，真是形象到了极点。如果我能见到给水仙命名的人，一定甘愿给他下拜。

【原文】

不特金陵水仙为天下第一，其植此花而售于人者，亦能司造物之权，欲其早则早，命之迟则迟，购者欲于某日开，则某日必开，未尝先后一日。及此花将谢，又以迟者继之，盖以下种之先后为先后也。至买就之时，给盆与石而使之种，又能随手布置，即成画图，皆风雅文人所不及也。岂此等末技，亦由天授，非人力邪？

【译文】

不仅金陵的水仙是天下第一，就是那些种植水仙出售的人，也能行使造物主的职权，想让它早开就早开，命令它晚开就晚开，购买的人想让花在某天开，到某天就一定会开，不会提前或推迟一天。这些花谢了，又用迟开的花接上，这是以下种先后作为花开的顺序。当人买花的时候，卖花人会将花盆和石头给人去种，种花时又可以随手布置，就成了图画，这是风雅文人也无法做到的。难道这种雕虫小技也是上天赐予，而非人力吗？

芙 蕖

【原文】

芙蕖与草本诸花，似觉稍异；然有根无树，一岁一生，其性同也。《谱》云："产于水者曰草芙蓉，产于陆者曰草莲。"则谓非草本不得矣。予夏季倚此为命者，非故效颦于茂叔，而袭成说于前人也。以芙蕖之可人，其事不一而足，请备述之。

群葩当令时，只在花开之数日，前此后此，皆属过而不问之秋矣，芙蕖则不然。自荷钱出水之日，便为点缀绿波，及其劲叶既生，则又日高一日，日上日妍，有风既作飘摇之态，无风亦呈袅娜之姿，是我于花之未开，先享无穷逸致矣。

迨至菡萏成花，娇姿欲滴，后先相继，自夏徂秋，此时在花为分内之事，在人为应得之资者也。及花之既谢，亦可告无罪于主人矣，乃复蒂下生蓬，蓬中结实，亭亭独立，犹似未开之花，与翠叶并擎，不至白露为霜，而能事不已。

芙蕖

此皆言其可目者也。可鼻则有荷叶之清香，荷花之异馥，避暑而暑为之退，纳凉而凉逐之生。至其可人之口者，则莲实与藕，皆并列盘餐，而互芬齿颊者也。只有霜中败叶，零落难堪，似成弃物矣，乃摘而藏之，又备经年裹物之用。

是芙蕖也者，无一时一刻，不适耳目之观；无一物一丝，不备家常之用者也。有五谷之实，而不有其名；兼百花之长，而各去其短。种植之利，有大于此者乎？予四命之中，此命为最。无如酷好一生，竟不得半亩方塘，为安身立命之地；仅凿斗大一池，植数茎以塞责，又时病其漏，望天乞水以救之。殆所谓不善养生，而草菅①其命者哉。

【注释】

① 草菅：草茅，比喻微贱。

【译文】

芙蕖同其他草木花卉似乎有一些差异，但是它只有根没有枝干，一年一生，这些习性又是相同的。《花谱》上说："长在水中的叫'草芙蓉'，长在陆地上的叫'草莲'。"这样就必定要将它归到草本当中了。我在夏季以它为命，并不是有意要模仿周敦颐，沿用前人已有的观点，而是因为芙蕖的可爱之处一言难尽，请让我细细道来。

各种花卉合时令的时候，只在花开那几天引人注目，开花前和开花后，都不会有人注意。芙蕖则非如此。从荷芽出水的那天起，就能点缀绿波，等到它的叶子长出来，就一天娇似一天，有风便随风摇曳，没有风也袅娜多姿。花还没开，我已经享受到无穷乐趣了。

等到花苞盛开，娇姿欲滴，并且前后相继而不间断，从夏天到秋天，对荷花来说是分内的事，对人来说也是应得的享受。到了荷花凋零时，也能对得起主人了，就又在花蒂下面长出莲蓬，莲蓬中结满果实，亭亭玉立，又像含苞欲放的花朵。莲蓬与翠绿的叶子一起，不到白露打霜，就不停止贡献。

上面说的都是眼睛能够看见的。鼻子能闻得到，有荷叶的清香、荷花的异香，靠它们解暑，暑热便即刻消退；以它们纳凉，凉气会即刻产生。至于能让人可口的，则是莲子与藕，摆在餐桌上，可以唇齿留香。只有经过霜打的枯叶，零落难堪，好像成了废弃之物，但是把它摘下来藏好，又能够用来常年包裹东西。

这样，芙蕖无时无刻不让人赏心悦目；没有一物一丝不能供给家庭日常使用。它就像五谷一样实用，却没有五谷之名；兼有百花的长处，却没有百花的缺点。种植植物得到的利益，还有比这更大的吗？我的四条命当中这条命最重要。只是我一生酷爱荷花，却得不到半亩方塘来种植它，仅仅凿了一个斗大的水塘，种了几株来敷衍，水池又常常漏水，只能祈祷老天下雨来救它。这大概是所谓的不善养荷，而草菅其命了。

罂　粟

【原文】

花之善变者，莫如罂粟，次则数葵，余皆守故不迁者矣。艺此花如蓄豹，观其变也。牡丹谢而芍药继之，芍药谢而罂粟继之，皆繁之极、盛之至者也。欲续三葩，难乎其为继矣。

【译文】

花中最善变的莫过于罂粟。其次则是葵花，其他都是守旧不变的了。种植这种花像养豹子，要观察它的变化。牡丹凋谢了芍药接着开，芍药凋谢了罂粟接着开，这三种花都是繁茂到极点的花。这三种花开过以后，就难以后继了。

葵

花之易栽易盛，而又能变化不穷者，止有一葵。是事半于罂粟，而数倍其功者也。但叶之肥大可憎，更甚于蕙。俗云："牡丹虽好，绿叶扶持。"人谓树之难好者在花，而不知难者反易。古今来不乏明君，所不可必得者，忠良之佐耳。

花当中容易栽种和茂盛，又能变化无穷的，只有葵花。种葵花比起种罂粟是事半功倍的。只是它叶子肥大可憎，更甚于蕙。俗话说："牡丹虽好，绿叶扶持。"人们认为种植最难的是花，却不知道看起来难的反而容易得到。古往今来不缺少贤明君主，所难得到的是忠臣的辅佐。

萱

萱花一无可取，植此同于种菜，为口腹计则可耳。至云对此可以忘忧，佩此可以宜男，则千万人试之，无一验者。书之不可尽信，类如此矣。

萱花没有任何可取之处，种它就像种菜，当菜果腹还可以。至于说面对它可以忘掉忧伤，佩带它可以生男孩，那千万人都试验过，没有一个应验的。书上说的不可全信，萱草就是如此。

萱花

鸡 冠

予有《收鸡冠花子》一绝云："指甲搔花碎紫雯，虽非异卉也芳芬。时防撒却还珍惜，一粒明年一朵云。"

此非溢美之词，道其实也。花之肖形者尽多，如绣球、玉簪、金钱、蝴蝶、剪春罗之属，皆能酷似，然皆尘世中物也；能肖天上之形者，独有鸡冠花一种。氤氲其象而叆叇其文[1]，就上观之，俨然庆云一朵。乃当日命名者，舍天上极美之物，而搜索人间。鸡冠虽肖，然而贱视花容矣，请易其字，曰"一朵云"。

此花有红、紫、黄、白四色，红者为红云，紫者为紫云，黄者为黄云，白者为白云。又有一种五色者，即名为"五色云"。以上数者，较之"鸡冠"，谁荣谁辱？花如有知，必将德我。

【注释】

[1]氤氲：古代指阴阳二气互相作用的状态。叆叇：云霞飘拂缭绕的样子。

【译文】

鸡冠花

我有一首《收鸡冠花子》的绝句："指甲搔花碎紫雯，虽非异卉也芳芬。时防撒却还珍惜，一粒明年一朵云。"

这不是赞美的话，而是实情。花中象形的有很多，比如绣球、玉簪、金钱、蝴蝶、剪春罗这些，都能酷似，然而它们都是尘世中的东西。形状能像天上的形状的，只有鸡冠花一种。它有氤氲的气象，像云烟一样的花纹，走近去看，就如同一朵祥云。当初为花命名的人，舍弃天上极美的东西，却在人间寻找。鸡冠虽然很像，却轻看了花的美妙姿态。请让我来为它换一个名字，就叫"一朵云"。

这种花有红、紫、黄、白四种颜色，红的叫"红云"，紫的叫"紫云"，黄的叫"黄云"，白的叫"白云"。还有一种五色花，就叫作"五色云"。以上这几个名字，相比"鸡冠花"，谁荣谁辱？花如果有知觉，必定会对我感恩戴德。

玉 簪

【原文】

花之极贱而可贵者，玉簪是也。插入妇人髻中，孰真孰假，几不能辨，乃闺阁中必需之物。然留之弗摘，点缀篱间，亦似美人之遗。呼作"江皋玉佩"[1]，谁曰不可？

【注释】

①江皋玉佩：汉代刘向《列仙传》中讲了一个江妃二女与战国人郑交甫在汉水相遇，并赠予玉佩的神话："江滨二女者，不知何许人，步汉江滨，逢郑交甫，挑之，不知神人也。女遂解佩与之。交甫悦，受佩而去。数十步，空怀无佩，女亦不见。"

【译文】

花当中低贱而可贵的，就是玉簪了。将它插进女子的发髻中，是真是假，几乎分辨不出。它是闺阁中的必需之物。然而留着不摘，让它点缀在篱笆中间，也像美人遗失的发髻。称之为"江皋玉佩"，谁说不可以呢？

凤 仙

【原文】

凤仙，极贱之花，此宜点缀篱落，若云备染指甲之用，则大谬矣。纤纤玉指，妙在无瑕，一染猩红，便称俗物。况所染之红，又不能尽在指甲，势必连肌带肉而丹之。迨肌肉退清之后，指甲又不能全红，渐长渐退，而成欲谢之花矣。始作俑者，其俗物乎？

【译文】

凤仙是非常低贱的花，只适合点缀篱笆角落，如果说用它来染指甲，就大错特错了。纤纤玉指，妙在洁白无瑕，一染上猩红色，便是俗物。何况所染的红色，又不全都在指甲上，一定会连带周围的皮肤也染红了。等到皮肤上的红色褪掉，指甲上又不会全是红色，指甲渐长颜色渐褪，就成了即将凋谢的花。这种方法的始作俑者，难道不是个俗人吗？

金 钱

【原文】

金钱、金盏、剪春罗、剪秋罗诸种，皆化工所作之小巧文字。因牡丹、芍药一开，造物之精华已竭，欲续不能，欲断不可，故作轻描淡写之文，以延其脉。吾观于此，而识造物纵横之才力亦有穷时，不能似源泉混混，愈涌而愈出也。

合一岁所开之花，可作天工一部全稿。梅花、水仙，试笔之文也，其气虽雄，其机尚涩，故花不甚大，而色亦不甚浓。开至桃、李、棠、杏等花，则文心怒发，兴致淋漓，似有不可阻遏之势矣；然其花之大犹未甚，浓犹未至者，以其思路纷驰而不聚，笔机过纵而难收，其势之不可阻遏者，横肆也，非纯熟也。迨牡丹、芍药一开，则文心笔致俱臻化境，收横肆而归纯熟，舒蓄积而罄光华，造物于此，可谓使才务尽，不留丝发之余矣。

然自识者观之，不待终篇而知其难继。何也？世岂有开至树不能载、叶不能覆之花，而尚有一物焉高出其上、大出其外者乎？有开至众彩俱齐、一色不漏之花，而尚有一物焉红过于朱、白过于雪者乎？斯时也，使我为造物，则必善刀而藏矣。

乃天则未肯告乏也，夏欲试其技，则从而荷之；秋欲试其技，则从而菊之；冬则计穷力竭，尽可不花，而犹作蜡梅一种以塞责之。数卉者，可不谓之芳妍尽致，足殿群芳者乎？然较之春末夏初，则皆强弩之末矣。

至于金钱、金盏、剪春罗、剪秋罗、滴滴金、石竹诸花，则明知精力不继，篇帙寥寥，作此以塞纸尾，犹人诗文既尽，附以零星杂著者是也。

由是观之，造物者极欲骋才，不肯自惜其力之人也；造物之才，不可竭而可竭，可竭而终不可竟竭者也。究竟一部全文，终病其后来稍弱。其不能弱始劲终者，气使之然，作者欲留余地而不得也。

吾谓人才著书，不应取法于造物，当秋冬其始，而春夏其终，则是能以蔗境行文，而免于江淹才尽①之诮矣。

①江淹才尽：南朝梁江淹，少有文名，世称江郎。晚年诗文无佳句，时人谓之才尽。比喻才思衰退。

【译文】

金钱、金盏、剪春罗、剪秋罗这几种花，都是造物主创作的小巧文章。因为牡丹、芍药一开花，造物主的精华就已经耗尽，想要继续下去却不能，想就此罢手也不能，所以才写出这种轻描淡写的文章，用来延续它的创作之路。我看到这些，才知道造物主纵横洋溢的才华也有穷尽之时，不会像泉水的源头那样滚滚不息，越涌越出。

将一年当中开的花合起来，可以看作是造物主的一部完整书稿。梅花与水仙是试笔的文字，气势虽然雄浑，然而技巧还比较生涩，所以花开得不大，颜色也不浓艳。等到桃、李、海棠、杏这些开花时，就文思奔放，淋漓尽致，好像有一种不可遏止的势头。然而这些花还是不十分大，颜色也不太浓，这是因为造物主的思路纷繁而不集中，笔力纵横驰骋却很难收拢。这种势头无法遏止，是由于这只是纵横恣肆，而技巧并不是非常纯熟。等到牡丹、芍药花一开，文笔就到了出神入化的境界，收敛纵横恣肆，技巧非常纯熟，将所积蓄的才华都发挥出来，可以说造物主在这里把才气全都用尽了，没有留下丝毫余地。

　　然而明眼人一看就知道，不需等到文章写完，就已经难以继续写下去了。为什么？难道世上有一种花能开到树不能栽、叶不能盖，而且还有另有一种东西比它高大的吗？难道有一种花色彩齐全、一色不漏，而且还有另有一种东西比它更朱红、更雪白的吗？此时，如果我是造物主，就一定会把造物工具藏起来不再做。

　　然而上天不肯自认才乏，夏天要试他的技艺，就造出荷花；秋天试他的技艺，就造出菊花；冬天已经技穷才竭，完全可以不去造花了，但还是造出蜡梅来应付。这几种花，难道不说是芳香艳丽到了极致，完全可以成为群花中的皇后吗？然而相比春末夏初，却都是强弩之末。

　　至于金钱、金盏、剪春罗、剪秋罗、滴滴金、石竹这些花，造物主明知精力不济，篇幅也所剩不多，才写了这些东西来充塞纸尾，就像文人的诗文已经枯竭，就附上一些零星杂著一样。

　　如此看来，造物主是一个极想逞能、却不肯爱惜自己才气的人。造物主的才能，不可枯竭，但是又可耗尽；可以枯竭，但不可以一下子全都耗尽。毕竟这一本书，毛病是后面稍弱。不能开始弱结尾强，是意气造成的，他想留些余地也不可能了。

　　我认为有才华的人写书，不要仿效造物，应当把秋冬两季当作开始，把春夏两季作为结尾，这样就能渐入佳境，避免被人讥诮为江郎才尽了。

蝴蝶花

【原文】

　　此花巧甚。蝴蝶，花间物也，此即以蝴蝶为花。是一是二，不知周之梦为蝴蝶欤？蝴蝶之梦为周欤？非蝶非花，恰合庄周梦境。

【译文】

　　这种花非常巧妙。蝴蝶是在花间的事物。所以就把蝴蝶当成了花。是蝴蝶还是花，不知道是庄周在梦中变成了蝴蝶，还是蝴蝶在梦中变成了庄周？既非蝶又非花，刚好吻合庄周的梦境。

菊

【原文】

　　菊花者，秋季之牡丹、芍药也。种类之繁衍同，花色之全备同，而性能持久复过之。从来种植之书，是花皆略，而叙牡丹、芍药与菊者独详。

　　人皆谓三种奇葩，可以齐观等视，而予独判为两截，谓有天工人力之分。何也？牡丹、芍药之美，全仗天工，非由人力。植此二花者，不过冬溉以肥，

菊花图

夏浇为湿，如是焉止矣。其开也，烂漫芬芳，未尝以人力不勤，略减其姿而稍俭其色。

菊花之美，则全仗人力，微假天工。艺菊之家，当其未入土也，则有治地酿土之苏，既入土也，则有插标记种之事。是萌芽未发之先，已费人力几许矣。迨分秧植定之后，劳瘁万端，复从此始。防燥也，虑湿也，摘头也，掐叶也，芟蕊也，接枝也，捕虫掘蚓以防害也，此皆花事未成之日，竭尽人力以俟天工者也。即花之既开，亦有防雨避霜之患，缚枝系蕊之勤，置盏引水之烦，染色变容之苦，又皆以人力之有余，补天工之不足者也。

为此一花，自春徂秋，自朝迄暮，总无一刻之暇。必如是，其为花也，始能丰丽而美观，否则同于婆娑野菊，仅堪点缀疏篱而已。

若是，则菊花之美，非天美之，人美之也。人美之而归功于天，使与不费辛勤之牡丹、芍药齐观等视，不几恩怨不分，而公私少辨乎？吾知敛翠凝红而为沙中偶语者，必花神也。

【译文】

菊花是秋天的牡丹和芍药。种类同样繁多，花色同样齐全，但是菊花的花期要比牡丹和芍药长。历来那些关于种植的书，将其他的花都写得非常简略，只有讲到牡丹、芍药和菊花时记录得很详尽。

人们都认为这三种花可以同等看待，只有我认为它们截然不同，有天工和人力的差别。为什么？牡丹和芍药的美，完全靠天工，而不是靠人力。种植这两种花，不过是冬天施肥，夏天浇水，就可以了。开花时，色彩烂漫，气味芬芳，不会因为人不够勤劳就缺少优美的姿态和艳丽的色彩。

菊花的美，则全靠人力，只稍借一点天工。种植菊花的人家，在种之前，就要整理出地方，找肥沃的土壤种下，之后就有插标记种的事。这样，在菊花还没有萌芽，就已经花费了不少人力。分秧栽种后，各种辛劳的事才真正开始：抗旱、防涝、摘头、掐叶、去蕊、接枝，还要捉虫、挖蚯蚓，以防止菊花受损。这都是花开以前，竭尽人力而等待老天爷的恩赐。等到花开后，又要防雨避霜，缚枝系蕊，置盎引水，染色变容，这一切辛勤劳苦的事情，都是用人力来弥补天工的不足。

为了这一种花，从春到秋，从早到晚，没有一刻闲暇。只有这样，菊花才能开得丰满、艳丽、美观。否则就会和萎萎缩缩的野菊花一样，只能用来点缀稀疏的篱笆了。

如果这样，就能知道菊花的美，不是上天赐予的，而是人将它变美的。是人将其变美却将功劳归于老天，把它与不费人力辛劳的牡丹、芍药同等看待，这难道不是恩怨不分、公私不辨吗？我知道神态凝重在那里发牢骚的，一定是花神。

【原文】

自有菊以来，高人逸士无不尽吻揄扬，而予独反其说者，非与渊明作敌国。艺菊之人终岁勤动，而不以胜天之力予之，是但知花好，而昧所从来。饮水忘源，并置汲者于不问，其心安乎？从前题咏诸公，皆若是也。予创是说，为秋花报本，乃深于爱菊，非薄之也。

【译文】

自从有菊花以来，高人逸士都对它尽力赞扬，只有我的看法与他们相反，这并不是要与陶渊明为敌。种植菊花的人一年到头辛勤劳作，而不赞美他们巧夺天工的能力，只知道花好，而不去看美丽从哪里来。喝水忘了源头，并对收集水的人不闻不问，能心安理得吗？从前题咏菊花的人都是这样。我提出了这种观点，是替菊花报恩，是对菊花的深爱，并不是轻视它。

【原文】

予尝观老圃之种菊，而慨然于修士之立身与儒者之治业。使能以种菊之无逸者砺其身心，则焉往而不为圣贤？使能以种菊之有恒者攻吾举业，则何虑其不掇青紫①？乃士人爱身爱名之心，终不能如老圃之爱菊，奈何！

【注释】

①青紫：本为古时公卿绶带之色，因借指高官显爵。

【译文】

我曾见过老园丁种植菊花，而感慨于那些修身治学的人。如果他们能够用种菊的不知安逸的心思来磨砺自己的身心，怎么能不成为圣贤？如果能用种菊人的恒心来攻读学业，哪里还用担心不能功成名就呢？读书人的那种爱身爱名的心思，始终不能像老园丁爱菊，有什么法子呢？

菜

【原文】

菜为至贱之物，又非众花之等伦，乃《草本》《藤本》中反有缺遗，而独取此花殿后，无乃贱群芳而轻花事乎？曰：不然。菜果至贱之物，花亦卑卑不数之花，无如积至贱至卑者而至盈千累万，则贱者贵而卑者尊矣。"民为贵，社稷次之，君为轻"者，非民之果贵，民之至多至盛为可贵也。

园圃种植之花，自数朵以至数十百朵而止矣，有至盈阡溢亩，令人一望无际者哉？曰：无之。无则当推菜花为盛矣。一气初盈，万花齐发，青畴白壤，悉变黄金，不诚洋洋乎大观也哉！当是时也，呼朋拉友，散步芳塍，香风导酒客寻帘，锦蝶与游人争路，郊畦之乐，什佰园亭，惟菜花之开，是其候也。

【译文】

菜是最贱的东西，又不是花的同类，在《草木》《藤本》中反而有所缺漏，而偏偏取这种花来殿后，难道不是贬低群花、轻视种花技艺吗？我说：不是。菜的确是最贱的东西，菜花也微不足道，但是把最低微的东西积聚到成千上万，卑贱的也会变成尊贵。"民为贵，社稷次之，君为轻"这句话，并非说老百姓真的那样尊贵，而是因为老百姓人数多才变得可贵。

园圃中种植的花，从几朵到几十上百朵就完了，有遍布田野，让人一望无际的吗？回答是：没有。既然没有，那么菜花就算是最繁盛的了。春天刚到，万花齐放，漫天遍野，都变成一片金黄，难道不是洋洋大观吗？这时候，呼朋唤友，在弥漫着芳香的田埂上散步，真是"香风导酒客寻帘"，"锦蝶与游人争路"。郊游的乐趣胜过园亭的十倍百倍，只有在菜花开的时候，才是最好的时机。

◎众卉第四◎

【原文】

草木之类，各有所长，有以花胜者，有以叶胜者。花胜则叶无足取，且若赘疣，如葵花、蕙草之属是也。叶胜则可以无花，非无花也，叶即花也，天以花之丰神色泽归并于叶而生之者也。不然，绿者叶之本色，如其叶之，则亦绿之而已矣，胡以为红，为紫，为黄，为碧，如老少年、美人蕉、天竹、翠云草诸种，备五色之陆离，以娱观者之目乎？即有青之绿之，亦不同于有花之叶，另具一种芳姿。

是知树木之美，不定在花，犹之丈夫之美者，不专主于有才，而妇人之丑者，亦不尽在无色也。观群花令人修容，观诸卉则所饰者不仅在貌。

【译文】

植物当中，各有所长，有的以花取胜，有的以叶取胜。以花取胜的，叶子就没有可取之处，像多余的，比如葵花、蕙草这些就是；以叶取胜的植物就可以没有花，不是没有花，叶子就是花，是自然将花的丰神色泽，都归到叶子之上。否则叶子的本色是绿色，如果只当成是叶子，长成绿色就行了，为什么还要长成红色、紫色、黄色和绿色呢？像老少年、美人蕉、天竹、翠云草这几种，五颜六色的，难道是用来愉悦观赏者的眼睛吗？就算长成青色绿色的叶子，也不像有花草木的叶子，而是别具一番风姿。

由此可知树木的美，不一定在花，就像男子的美，不仅仅在于有才，而女子的丑，也不一定是因为没有姿色。看花让人懂得修饰容貌，而看草那么人所要修饰的就不仅仅是容貌了。

芭 蕉

【原文】

幽斋但有隙地，即宜种蕉。蕉能韵人而免于俗，与竹同功，王子猷偏厚此君，未免挂一漏一。蕉之易栽，十倍于竹，一二月即可成荫。坐其下者，男女皆入画图，且能使台榭轩窗尽染碧色，"绿天"之号，洵不诬也。

竹可镌诗，蕉可作字，皆文士近身之简牍。乃竹上止可一书，不能削去再刻；蕉叶则随书随换，可以日变数题，尚有时不烦自洗，雨师代拭者，此天授名笺，不当供怀素一人之用。予有题蕉绝句云："万花题遍示无私，费尽春来笔墨资。独喜芭蕉容我俭，自舒晴叶待题诗。"此芭蕉实录也。

芭蕉

【译文】

房子旁边只要有空地，就应该种芭蕉。芭蕉能使人雅韵而不落俗套，跟竹子的效果相同。王子猷偏爱竹子，未免遗漏了芭蕉。芭蕉容易成活，相比竹子高十倍，一两个月就能成荫。坐在下面的人，男女都可以进入画中，而且能使亭台楼阁，都染上绿色。"绿天"的称号，不是随便得的。

竹子可以刻诗，芭蕉叶可以写字，都是文人手边的纸张。竹子上只能刻一次字，不能削掉再刻，而芭蕉叶就可以随时写随时换，可以一天变换几个题目。有时还不用自己去洗，老天便会用雨来代劳，这叫作天授笺，不该只给怀素一人。我有一首关于芭蕉的绝句："万花题遍示无私，费尽春来笔墨资。独喜芭蕉容我俭，自舒晴叶待题诗。"这是对芭蕉的真实写照。

翠 云

【原文】

草色之最茜者，至翠云而止。非特草木为然，尽世间苍翠之色，总无一物可以喻之，惟天上彩云，偶一幻此。是知善着色者惟有化工，即与倾国佳人眉上之色并较浅深，觉彼犹是画工之笔，非化工之笔也。

【译文】

草中颜色最深的是翠云。不仅草木如此，就算是世上所有的苍翠之色都说尽，也没有一样可以比喻它，只有天上的彩云，偶尔会幻化出这种颜色。于是知道，善于着色的只有自然。即使与倾国美人眉毛上的黛色比较深浅，都觉得那是画工的手笔，而不是自然的创造。

虞美人

【原文】

虞美人

虞美人花叶并娇，且动而善舞，故又名"舞草"。《谱》云："人或抵掌歌《虞美人》曲，即叶动如舞。"予曰：舞则有之，必歌《虞美人》曲，恐未必尽然。盖歌舞并行之事，一姬试舞，从姬必歌以助之，闻歌即舞，势使然也。若谓必歌《虞美人》曲，则此曲能歌者几？歌稀则和寡，此草亦得借口藏其拙矣。

【译文】

虞美人的花叶都很娇美，而且灵活善舞，

所以又叫"舞草"。《花谱》上说："人如果拍手唱《虞美人》之曲，那么其叶就会动起来像跳舞一样。"我说：舞蹈是有，但必定唱《虞美人》之曲，恐怕不尽然。因为歌舞是一起进行的，一个舞姬开始跳舞，其他舞姬必然会唱歌应和，听到唱歌就起舞，那是自然的事。如果说必定要唱《虞美人》，那么这首歌会唱的有几个人？会唱的少，起舞应和的就更少，这种草就可以以此为借口来掩盖它的缺点了。

书带草

【原文】

书带草①其名极佳，苦不得见。《谱》载出淄川城北郑康成②读书处，名"康成书带草"。噫，康成雅人，岂作王戎钻核③故事，不使种传别地耶？康成婢子知书④，使天下婢子皆不知书，则此草不可移，否则处处堪栽也。

【注释】

①书带草：草名。叶长而极其坚韧，相传汉郑玄门下取以束书，故名。②郑康成：汉代郑玄，字康成。③王戎钻核：语出《晋书·王戎传》："（王戎）家有好李，常出货之，恐人得种，恒钻其核。以此获讥于世。"钻核，钻通李核，形容吝啬。④康成婢子知书：南朝宋刘义庆《世说新语·文学》："郑玄家奴婢皆读书。尝使一婢，不称旨，将挞之，方自陈说，玄怒，使人曳着泥中。须臾，复有一婢来，问曰：'胡为乎泥中？'答曰：'薄言往诉，逢彼之怒。'"后以"郑玄家婢"指知书的婢仆。

【译文】

书带草，名字非常好，苦于没有见过。《花谱》上说这种草出自临淄城北郑康成读书的地方，名字叫"康成书带草"。唉，郑康成是高雅之人，怎么会做王戎卖李子先钻核这种事，而不能使得这种草不能播种到其他地方呢？郑康成的婢女知书达理，假如天下的婢女都不知书达理，那么这种草就不会移栽到别处了。不然的话，到处都可以栽种了。

老少年

【原文】

此草一名"雁来红"，一名"秋色"，一名"老少年"，皆欠妥切。雁来红者，尚有蓼花一种，经秋弄色者又不一而足，皆属泛称；惟"老少年"三字相宜，而又病其俗。予尝易其名曰"还童草"，似觉差胜。

此草中仙品也，秋阶得此，群花可废。此草植之者繁，观之者众，然但知其一，未知其二，予尝细玩而得之。盖此草不特于一岁之中，经秋更媚，即一日之中，亦到晚更媚，总之后胜于前，是其性也。

此意向矜独得，及阅徐竹隐诗，有"叶从秋后变，色向晚来红"一联，不知确有所见如予，知其晚来更媚乎？抑下句仍同上句，其晚亦指秋乎？难起九原而问之，即谓先予一着可也。

【译文】

这种草名叫"雁来红"，也叫"秋色"或"老少年"，我觉得都不十分贴切。在大雁飞来时变红的还有蓼花，秋天时就表现出特别颜色的花草也很多，所以"雁来红""秋色"都是泛称。只有"老少年"三个字最合适，又嫌太过庸俗。我曾给它改名为"还童草"，觉得似乎好些。

这是草中的仙品，秋天时有了它，其他的花就都不需要了。这种草种的人多，看的人也多，但都只知其一，不知其二。我细细赏玩终于得到了。这种草不仅是一年当中经过秋天更妩媚，就是一天当中也是到晚上更妩媚，这是其本性。

这个发现我一直认为是自己独有的，读了徐竹隐的诗中"叶从秋后变，色向晚来红"一句，不知是否像我一样亲眼见过，知道它到晚上更妩媚，还是下句跟上句同样都是指秋天呢？难以使他复生来询问，就当他比我先发现好了。

天 竹

【原文】

竹无花而以夹竹桃代之，竹不实而以天竹补之，皆是可以不必然而强为蛇足之事。然蛇足之形自天生之，人亦不尽任咎也。

天竹

【译文】

竹子不开花就用夹竹桃代替它，竹子不结实就用天竹来弥补，都是不必要而画蛇添足的事情。然而它们画蛇添足的形态是天生的，也不都是人的错。

虎刺

【原文】

"长盆栽虎刺，宣石作峰峦。"布置得宜，是一幅案头山水。此虎丘卖花人长技也，不可谓非化工手笔。然购者于此，必熟视其为原盆与否。是卉皆可新移，独虎刺必须久植，新移旋踵者百无一活，不可不知。

【译文】

"长盆栽虎刺，宣石作峰峦。"布置得当，就是一幅放在案头的山水。这是虎丘卖花人的特长，不能不说是天工的手笔。但是买花人一定要注意它的盆是否是原盆。别的草刚栽下来就能换盆，只有虎刺必须长期种在一个地方。刚种下就移走的虎刺没有能成活的，这一点不能不知道。

苔

【原文】

苔者，至贱易生之物，然亦有时作难：遇阶砌新筑，冀其速生者，彼必故意迟之，以示难得。予有《养苔》诗云："汲水培苔浅却池，邻翁尽日笑人痴。未成斑藓浑难待，绕砌频呼绿拗儿。"然一生之后，又令人无可奈何矣。

【译文】

苔藓是低贱的容易生长的东西，然而有时也会为难人：新砌完台阶，希望它快点长出来，它就必定故意晚长来显示自己的难得。我有《养苔诗》："汲水培苔浅却池，邻翁尽日笑人痴。未成斑藓浑难待，绕砌频呼绿拗儿。"但一长起来，又令人无可奈何了。

萍

【原文】

杨入水为萍，是花中第一怪事。花已谢而辞树，其命绝矣，乃又变为一物，其生方始，殆一物而两现其身者乎？人以杨花喻命薄之人，不知其命之厚也，较天下万物为独甚。吾安能身作杨花，而居水陆二地之胜乎？

【译文】

　　杨花落入水中变成萍，这是花中第一大怪事。花凋谢后脱离树干，生命已经终结，却又成为另一种东西，生命重新开始，这是一种事物有两种化身吗？人们用杨花比喻薄命之人，却不知它比天下万物的命都厚。我如何才能变作杨花，成为水中陆上的胜景呢？

【原文】

　　水上生萍，极多雅趣；但怪其弥漫太甚，充塞池沼，使水居有如陆地，亦恨事也。有功者不能无过，天下事其尽然哉？

【译文】

　　水上生萍，极有雅趣，只是怪它蔓延得太过分，充塞池塘沼泽，使水面与陆地看起来一样，也是件遗憾的事。有功者不会没有过错，天下的事都一样吧？

◎竹木第五◎

【原文】

　　竹木者何？树之不花者也。非尽不花，其见用于世者，在此不在彼，虽花而犹之弗花也。花者，媚人之物，媚人者损己，故善花之树多不永年，不若椅桐梓漆之朴而能久。然则树即树耳，焉如花为？善花者曰：“彼能无求于世则可耳，我则不然。雨露所同也，灌溉所独也；土壤所同也，肥泽所独也。子不见尧之水、汤之旱乎？如其雨露或竭，而土不能滋，则奈何？盍舍汝所行而就我？”不花者曰：“是则不能，甘为竹木而已矣。”

【译文】

　　竹木是什么？是树中不开花的。不是都不开花，只是它对世人的作用，不在于花而在别处，虽然开花也与没开相同。花是取媚人的东西，取媚人会对自己有害，所以善于开花的树大多寿命不长，不像椅、桐、梓、漆的朴实而能活得长久。然而树就是树，为什么要跟花学呢？善于开花的树说：“你能对世人没什么需求，不开花也行，但是我却不同。得到的雨露都是相同的，我却因为开花而能得到灌溉，大家的土壤是相同的，我却可以得到肥料。你不知道尧时水灾和汤时的旱灾吗？如果碰到雨露枯竭、土壤贫瘠的情况，该怎么办呢？为什么不改变你的做法而学习我呢？"不开花的树说："这些我做不到，我甘心做竹木。"

竹

俗云："早间种树，晚上乘凉。"喻词也。予于树木中求一物以实之，其惟竹乎！种树欲其成荫，非十年不可，最易活者莫如杨柳，求其荫可蔽日，亦须数年。惟竹不然，移入庭中，即成高树，能令俗人不舍，不转盼而成高士之庐。神哉此君，真医国手也！种竹之方，旧传有诀云："种竹无时，雨过便移，多留宿土，记取南枝。"予悉试之，乃不可尽信之书也。三者之内，惟一可遵，"多留宿土"是也。移树最忌伤根，土多则根之盘曲如故，是移地而未尝移土，犹迁人者并其卧榻而迁之，其人醒后尚不自知其迁也。

若俟雨过方移，则沾泥带水，有几许未便。泥湿则松，水沾则濡，我欲留土，其如土湿而苏，随锄随散之，不可留何？且雨过必晴，新移之竹，晒则叶卷，一卷即非活兆矣。予易其词曰："未雨先移。"天

竹

甫阴而雨犹未下，乘此急移，则宿土未湿，又复带潮，有如胶似漆之势，我欲多留，而土能随我，先据一筹之胜矣。且栽移甫定而雨至，是雨为我下，坐而受之，枝叶根本，无一不沾滋润之利。最忌者日，而日不至；最喜者雨，而雨即来；无所忌而投以喜，未有不欣欣向荣者。此法不止种竹，是花是木皆然。至于"记取南枝"一语，尤难遵奉。移竹移花，不易其向，向南者仍使向南，自是草木之幸。然移草木就人，当随人便，不能尽随草木之便。无论是花是竹，皆有正面，有反面，正面向人，反面向空隙，理也。使记南枝而与人相左，犹娶新妇进门，而听其终年背立，有是理乎？故此语只当不说，切勿泥之。

总之，移花种竹只有四字当记："宜阴忌日"是也。琐琐繁言，徒滋疑扰。

有句俗语说："早上种树，晚上乘凉。"这是个比喻。要在树木中找个实例，那就

只有竹了。人们种树想要成荫，必定要等十年。最容易成活的要算是杨柳，但是要想它们成荫也得几年时间。只有竹子不是这样，移栽到院子中很快就长得很高，能让俗人的庭院转眼变成贵人的住宅。真是神奇啊！种竹子的方法，以前流传说："种竹不用挑选时间，下过雨就栽，多保留原来的土，要选朝南的竹枝。"我都试过，觉得这些话不能全信。三点当中只有一点可信，就是多保留原来的土。移植树木最怕伤根，土多树根的盘曲情形就会同原来相同，只是移动了地点，没有移换它的土，就像移动一个睡着的人，连他的床一起搬走，醒后也不会知道被人移动了。

如果雨后移动，拖泥带水，就会有些不便。根上的泥土湿后就会松，沾到水就会湿。我想要保留原来的土，土却又湿又松，锄下去就散开，有什么办法呢？而且雨过天晴，新移的竹子被太阳晒到叶子就会卷起来，一卷起来就是活不了的征兆。我改了个说法："未雨先移。"在刚阴天还没下雨时赶紧移栽，那么旧土没湿又带着潮气，泥土就会抱得很紧。我想多留土，土也能跟着过来，这就先胜了一筹。刚移栽完就开始下雨，这样雨就像为我而下，我就能够坐享其成，枝叶和根都得以浇灌。刚移的竹子最怕太阳，而此时太阳不会出来；最喜欢的是雨，而雨立刻下了起来。避开所怕的而给竹子喜欢的，竹子一定会长得欣欣向荣。这办法不仅适合种竹子，但凡花木都适合。

至于"记取南枝"是最难照办的。移栽竹子或花，不改变其朝向，朝南的依旧朝南，这对植物当然好。但是移栽草木到人需要的地方，应该看人的方便，而不能都根据草木的情况。不论花还是竹，都有正反两面，正面向人，反面向空地，这是常理。但如果选取朝南的枝条，却跟人要种的朝向相反，就像娶新媳妇进门，任凭她终年背着脸，有这种道理吗？所以这句话就当没人说过，千万不要被它束缚。

总之，移栽花竹，只有四字应该记住："宜阴忌日"。我这么啰唆，只会增加人们的疑惑和麻烦。

松 柏

【原文】

"苍松古柏"，美其老也。一切花竹，皆贵少年，独松、柏与梅三物，则贵老而贱幼。欲受三老之益者，必买旧宅而居。若俟手栽，为儿孙计则可，身则不能观其成也。求其可移而能就我者，纵使极大，亦是五更，非三老矣①。

予尝戏谓诸后生曰："欲作画图中人，非老不可。三五少年，皆贱物也。"后生询其故。予曰："不见画山水者，每及人物，必作扶筇②曳杖之形，即坐而观山临水，亦是老人矍铄之状。从来未有俊美少年厕于其间者。少年亦有，非携琴捧画之流，即挈盒持樽之辈，皆奴隶于画中者也。"后生辈欲反证予言，卒无其据。引此以喻松柏，可谓合伦。如一座园亭，所有者皆时花弱卉，无十数本老成树木主宰其间，是终日与儿女子习处，无从师会友时矣。名流作画，肯若是乎？

噫，予持此说一生，终不得与老成为伍，乃今年已入画，犹日坐儿女丛中。殆以花木为我，而我为松柏者乎？

【注释】

①五更、三老：对德高望重的老人的尊称，古代设三老五更之位，天子以父兄之礼养之。五更的地位低于三老。②筇：古书上说的一种竹子，可以做手杖。

【译文】

对于苍松古柏，人们赞美的是它的苍老。所有的花竹，都是年龄小时最珍贵，只有松、柏和梅三者，是以老为贵，以幼为劣。想要享受这三种老树带来的好处，就一定要买旧房子来住，如果自己动手栽种，为子孙打算可以，只是不可能亲眼看到它长到苍老。找到可以移栽到自己院子里的，即使树很大，也只是五更而非三老了。

我曾跟年轻人开玩笑："能够成为画中人的只能是老人，十五六岁的少年都是低贱之人。"年轻人询问原因，我说："你没看见画山水的人，一画到人物，不是挟着拐杖就是坐着看山水，都是老人的样子。从没见过俊美少年在里面。少年也有，不是捧书拿琴，就是端盒持杯，都是画里的仆从。"年轻人想反驳我的话，最终也没有根据。以此来比喻松柏，可以说很恰当。如果一所园林，只有一些柔弱的花草，没有几十株老成的树木做主宰，这就如同整天跟后辈小儿相处，而没有跟老师朋友交流的时候了。名流作画，会这样吗？

松

唉！我一生都持这种观点，始终不能跟年长者成为伙伴，到今天年龄都能入画了，还整天坐在后辈之中。这样用花木比喻的话，我不是就成了其中的松柏了吗？

梧桐

【原文】

梧桐一树，是草木中一部编年史也，举世习焉不察，予特表而出之。花木种自何年？为寿几何岁？询之主人，主人不知，询之花木，花木不答。谓之"忘年交"则可，予以"知时达务"，则不可也。

梧桐不然，有节可纪，生一年，纪一年。树有树之年，人即纪人之年，树小而人与之小，树大而人随之大，观树即所以现身。《易》曰："观我生进退"。

欲观我生，此其资也。予垂髫①种此，即于树上刻诗以纪年，每岁一节，即刻一诗，惜为兵燹所坏，不克有终。犹记十五岁刻桐诗云："小时种梧桐，桐叶小于艾。簪头刻小诗，字瘦皮不坏。刹那三五年，桐大字亦大。桐字已如许，人大复何怪。还将感叹词，刻向前诗外。新字日相催，旧字不相待。顾此新旧痕，而为悠忽戒。"

此予婴年著作，因说梧桐，偶尔记及，不则竟忘之矣。即此一事，便受梧桐之益。然则编年之说，岂欺人语乎？

①垂髫：指童年或儿童。古代儿童未冠，头发下垂，故称。

【译文】

梧桐树是草木中的一部编年史。天下人都无视它的存在，我却将它写出来。花木是什么时候种的，有多少岁，问主人主人不知道，问花木，花木回答不了。可以称它为"忘年交"，却不能称为"知时达务"。

梧桐却不是这样，它用树节进行记录，生长一年记录一年。树记录树的岁数，人记录人的岁数，树小的时候人跟它一样小，树长大人也跟着长大，观察树就是观察自己。《易经》说："观我生进退。"想要观察自己的人生，这就是根据。我小时候种梧桐，就在上面刻诗，这样可以记录年份，每年长一节，就刻上一首诗，可惜后来那棵树在战乱中被毁，不能够再继续刻下去。我还记得十五岁时刻在梧桐上的诗："小时种梧桐，桐叶小于艾。簪头刻小诗，字瘦皮不坏。刹那三五年，桐大字亦大。桐字已如许，人大复何怪。还将感叹词，刻向前诗外。新字日相催，旧字不相待。顾此新旧痕，而为悠忽戒。"

这是我年少时的作品，因为说到梧桐，偶尔会想起，不然最后就会忘记。就是这一件事，便得益于梧桐。那么编年史这种说法难道是骗人的吗？

槐 榆

【原文】

树之能为荫者，非槐即榆。《诗》云："于我乎，夏屋渠渠"。此二树者，可以呼为"夏屋"，植于宅旁，与肯堂肯构①无别。

人谓夏者，大也，非时之所谓夏也。予曰：古人以厦为大者，非无取义。

夏日之屋，非大不凉，与三时有别，故名厦为屋。训夏以大，予特未之详耳。

【注释】

①肯堂肯构：指营缮房屋。

【译文】

树中能够成荫的，不是槐树就是榆树。《诗经》说："于我乎，夏屋渠渠。"这两种树，可以称为"夏屋"，种在房子旁边，这跟建造了房子没有两样。

说"夏"的意思是大，不是现在所说的夏天。我说：在古人的用语中，以厦为大，不是没有根据的。

夏天的房子，不大就不凉快，有别于其他三个季节，所以将房子起名为厦。把夏解释成大，我就不知道原因了。

柳

【原文】

柳贵于垂，不垂则可无柳。柳条贵长，不长则无袅娜之致，徒垂无益也。此树为纳蝉之所，诸鸟亦集。

长夏不寂寞，得时闻鼓吹者，是树皆有功，而高柳为最。

总之，种树非止娱目，兼为悦耳。目有时而不娱，以在卧榻之上也；耳则无时不悦。

鸟声之最可爱者，不在人之坐时，而偏在睡时。鸟音宜晓听，人皆知之；而其独宜于晓之故，人则未之察也。鸟之防弋，无时不然。卯辰以后，是人皆起，人起而鸟不自安矣。虑患之念一生，虽欲鸣而不得，鸣亦必无好音，此其不宜于昼也。晓则是人未起，即有起者，数亦寥寥，鸟无防患之心，自能毕其能事，且扪舌一夜，技痒①于心，至此皆思调弄，所谓"不鸣则已，一鸣惊人"者是也，此其独宜于晓也。

庄子非鱼，能知鱼之乐；笠翁非鸟，能识鸟之情。凡属鸣禽，皆当呼予为知己。

柳

种树之乐多端，而其不便于雅人者亦有一节；枝叶繁冗，不漏月光。隔婵娟②而不使见者，此其无心之过，不足责也。然匪树木无心，人无心耳。使于种植之初，预防及此，留一线之余天，以待月轮出没，则昼夜均受其利矣。

【注释】

①技痒：有某种技能的人遇到机会时极想施展。②婵娟：指月光。

【译文】

柳树贵在枝能够下垂，枝不下垂的柳就不必种了。柳条贵在长，不长就没有袅娜的风姿，单是枝垂也没用。柳树是容纳蝉的地方，鸟也喜欢聚集到那里。

长长的夏天不会寂寞，正是因为能时时听到这些虫鸟齐鸣，凡是树都有功劳，而高大的柳树的功劳是最大的。

总之种树不只可以愉悦眼睛，也为了愉悦耳朵。眼睛有时候无法得到愉悦，因为要上床睡觉，而耳朵却能时刻得到愉悦。

鸟鸣最可爱的地方，不是在人坐着的时候，而偏偏是在入睡时。鸟叫适合在清晨时听，人们都知道，但适宜在清晨听的原因，人们就不清楚了。鸟随时都要防备有人用弹弓打它，早晨卯时以后，人都起床了，人起来鸟就会不安。担心害怕的念头一产生，就会想叫也没法叫，叫起来也不好听。这是鸟叫不适宜在白天听的原因。清晨的时候人还没起，起来的人也很少。鸟没有防备的心，自然能拿出全副本领，而且憋了一夜，心中技痒，到这时候都想卖弄展示，所谓"不鸣则已，一鸣惊人"。这是适合清晨听的原因。

庄子不是鱼，却能知道鱼的快乐，我不是鸟，却能体察鸟的天性，凡是会叫的鸟，都应该将我当成知音。

种树的快乐有很多种，但是对于高雅的人也有一个不便之处，就是枝叶茂密，不透月光。将月亮隔开让人无法看到，这是它的无心之过，不能责怪它。但这不是树木无心，而是人没留意。如果在刚种时，就能预知这点，留下一个空隙，能露出天空，等月亮出来，那么不管白天黑夜就都能享受到它带来的好处了。

黄 杨

【原文】

黄杨每岁长一寸，不溢分毫，至闰年反缩一寸，是天限之木也。植此宜生怜悯之心。予新授一名曰"知命树"。天不使高，强争无益，故守困厄为当然。冬不改柯，夏不易叶，其素行原如是也。使以他木处此，即不能高，亦将横生而至大矣；再不然，则以才不得展而至瘁，弗复自永其年矣。困于天而能自全其天，非知命君子能若是哉？最可悯者，岁长一寸是已；至闰年反缩一寸，其义何居？岁闰而我不闰，人闰而已不闰，已见天地之私；乃非止不闰，又复从而刻之，是天地之待黄杨，可谓不仁之至，不义之甚者矣。乃黄杨不憾天地，枝叶较他木加荣，反似德之者，是知命之中又知命焉。莲为花之君子，此树当为木之君子。莲为

黄杨

花之君子，茂叔知之；黄杨为木之君子，非稍能格物之笠翁，孰知之哉？

【译文】

　　黄杨每年长一寸，不会多长一点，到了闰年反而会缩短一寸。这是受到天命限制的树，种植这种树应该有怜悯之心。我新给它起名字叫"知命树"。天不让它长高，勉强去争也没有用，所以将安守困境看作理所当然。冬天不改变枝条，夏天不改变枝叶，它一向都是如此。若是别的树处于这种位置，即使不能长高，也一定要横生得很粗壮，再不然就因为才力无法施展而变得憔悴，不能终其天年。受到天命限制，又能自我保全，这不是知命的君子才能做到吗？最可怜的是，一年长一寸也就算了，到闰年为什么反而缩一寸呢？闰年虽然多了一月，而黄杨却不能增长，别人都增长只有黄杨不长，已经显得天地不公了，甚至非但不能多得，还要克扣，这样看来天地对待黄杨，可算是不仁不义至极了。而黄杨却并不因此怨恨上天，枝叶比别的树更茂盛，反倒像是在感激老天，这是知命之中更知命的了。莲是花中君子，黄杨就是树中君子。莲是花中君子，周敦颐知道，黄杨是树中君子，除了喜欢寻根究底的李渔，还有谁知道呢？

枫、柏

【原文】

　　草之以叶为花者，翠云、老少年是也；木之以叶为花者，枫与柏是也。枫之丹，柏之赤，皆为秋色之最浓。而其所以得此者，则非雨露之功，霜之力也。霜于草木，亦有有功之时，其不肯数数见者，虑人之狎之也。枯众木独荣二木，欲示德威①之一斑耳。

【注释】

　　①德威：恩德与威权。

草中将叶子当成花的是翠云和老少年，树中将叶子当成花的是枫树和柏树。枫的丹，柏的赤，都是秋天最浓的颜色。至于颜色深的原因，不是雨露的功劳，而是秋霜的力量。秋霜对于草木也有有功的时候，只是不经常表现出来，是担心人们去亲近它。让其他的树枯萎而只让这两种树繁盛，也是树立威德的表现之一。

冬 青

【原文】

冬青

冬青一树，有松柏之实而不居其名，有梅竹之风而不矜其节，殆"身隐焉文"之流亚欤？然谈傲霜砺雪之姿者，从未闻一人齿及。是之推不言禄，而禄亦不及。予窃忿之，当易其名为"不求人知树"。

【译文】

冬青这种树，有松柏的实质却没有松柏的名号，有梅和竹的风骨却没有它们的清高，难道它是花草中的隐士吗？然而从来没有人谈到它傲霜顶雪的风姿，这就像介之推不谈俸禄，俸禄也没有到他身上一样。我私下为它抱不平，应当给它改名为"不求人知树"。

颐养部

·行乐第一·

【原文】

伤哉！造物生人一场，为时不满百岁。彼夭折之辈无论矣，姑就永年者道之，即使三万六千日尽是追欢取乐时，亦非无限光阴，终有报罢之日。况此百年以内，有无数忧愁困苦、疾病颠连、名缰利锁、惊风骇浪，阻人燕游，使徒有百岁之虚名，并无一岁二岁享生人应有之福之实际乎！又况此百年以内，日日死亡相告，谓先我而生者死矣，后我而生者亦死矣，与我同庚比算、互称弟兄者又死矣。噫！死是何物，而可知凶不讳，日令不能无死者，惊见于目，而怛闻于耳乎？是千古不仁，未有甚于造物者矣。虽然，殆有说焉。不仁者，仁之至也。知我不能无死，而日以死亡相告，是恐我也。恐我者，欲使及时为乐，当视此辈为前车也。康对山①构一园亭，其地在北邙山②麓，所见无非丘陇。客讯之曰："日对此景，令人何以为乐？"对山曰："日对此景，乃令人不敢不乐。"达哉斯言！予尝以铭座右。兹论养生之法，而以行乐先之；劝人行乐，而以死亡怵之，即祖是意。欲体天地至仁之心，不能不蹈造物不仁之迹。

【注释】

①康对山：康海，字德涵，号对山。明代陕西武功人，弘治十五年状元。②北邙山：在今河南洛阳市东北。汉魏以来，王侯公卿的墓地多在于此，后以此泛称墓地。

【译文】

　　伤心啊！造物主造就一个人，可是人在这个世界上存活的时间还不到一百年。那些在很小的时候就夭折的人就先不说了，就说那些能够延年益寿的人，即使在这一百年中天天都可以寻欢作乐，时光也不是没有尽头的，终究会有结束的那一天。何况在这一百年里，有无数的忧愁困苦、疾病颠连、名利缰锁、惊风骇浪，阻止人快乐地享受生活，使人徒有活到一百岁的虚名，实际上并没有一两年的时间可以享有人生中应该有的乐趣！又何况在这一百年里，每天都有死亡的讯息传来，出生比我早的人死了，出生比我晚的人也死了，算起来和我同年出生、相互间可以称兄道弟的人也死了。唉！死亡到底是什么东西，知道这是不好的事情却不能避讳，虽然不是天天都有死亡的现象在眼前出现，却不可避免地会知道这种使人悲伤的消息。千百年来估计没有比造物主再不仁慈的了。虽然这样，还有一种说法：不仁慈就是仁慈的极致。造物主知道我不能逃脱死亡，所以每天都通过告知别人的死亡的消息，来恐吓我。恐吓我，是想让我及时行乐，将死去的那些人的行为作为自己的前车之鉴。康海建了一座园亭，建造的位置选在北邙山的山脚下，可以看见的无非就是丘陵山陇。客人询问说："每天对着同样的景色，使人以什么为快乐呢？"康海对着山说："天天对着这样的景色，所以令人不敢不快乐。"他的话是多么地豁达！我常常把它的这句话当作我的座右铭。现在一谈到养生的方法，首先要讲到的就是行乐；用死亡的恐惧来劝人及时行乐，可能这就是祖先的意思。要想体会天地的仁慈用心，就不能不像造物主一样，做一些不仁慈的事情。

【原文】

　　养生家授受之方，外藉药石，内凭导引，其借口颐生①而流为放辟邪侈者，则曰"比家"。三者无论邪正，皆术士之言也。予系儒生，并非术士。术士所言者术，儒家所凭者理。《鲁论·乡党》一篇，半属养生之法。予虽不敏，窃附于圣人之徒，不敢为诞妄不经之言以误世。

养生内在要靠自身的导引

有怪此卷以颐养命名，而觅一丹方不得者，予以空疏谢之。又有怪予著《饮馔》一篇，而未及烹饪之法，不知酱用几何，醋用几何，醯椒香辣用几何者。予曰："果若是，是一庖人而已矣，乌足重哉！"人曰："若是，则《食物志》《尊生笺》《卫生录》等书，何以备载此等？"予曰："是诚庖人之书也。士各明志，人有弗为。"

①颐生：养生。

【译文】

养生家教授给人的养生方法，外在的要凭借药石的力量，内在的要靠自身的导引，那些以养生为借口而生活放荡的人，则被称为"比家"。以上三种说法无论是邪是正，都是术士所说。我是一介儒生，并不是江湖术士。术士所说的是术数，儒家的说教则是凭借道理。《鲁论·乡党》这篇文章，文章中一半的内容写的是关于养生的方法。我虽然不聪慧灵敏，私底下却把自己当作圣人的学生，从来不敢说出任何荒诞狂妄的言语来误导世人。

有人奇怪这一卷为什么以"颐养"命名，而文中却找不到一个丹方，我只能为自己的知识贫乏道歉。又有人责怪我写的《饮馔》这篇，文中没有谈到任何的烹饪方法，看过的人不知道酱应该用多少，醋应该用多少，盐、花椒、香料、辣椒应该用多少。我说："如果这样的话，我就仅仅只是一个厨师，有什么值得重视的呢！"有人说："如果是这样，那么《食物志》《尊生笺》《卫生录》等此类书籍，为什么将这些记载得如此详细？"我说："那些是真正的烹调书。人都有自己的志向，也有他们不想做的事。"

贵人行乐之法

【原文】

人间至乐之境，惟帝王得以有之；下此则公卿将相，以及群辅百僚，皆可以行乐之人也。然有万几在念，百务萦心，一日之内，除视朝听政、放衙理事、治人事神、反躬修己之外，其为行乐之时有几？

曰：不然。乐不在外而在心。心以为乐，则是境皆乐，心以为苦，则无境不苦。身为帝王，则当以帝王之境为乐境；身为公卿，则当以公卿之境为乐境。凡我分所当行，推诿不去者，即当摈弃一切，悉视为苦，而专以此事为乐。谓我为帝王，日有万几之冗，其心则诚劳矣，然世之艳慕帝王者，求为片刻而不能，我之至劳，人之所谓至逸也。为公卿将相、群辅百僚者，居心亦复如是，则不必于视朝听政、放衙理事、治人事神、反躬修己之外，别寻乐境，即此得为之地，便是行乐之场。一举笔而安天下，一矢口而遂群生，以天下群生之乐为乐，何快如之？若于此外稍得清闲，再享一切应有之福，则人皇可比玉皇，俗吏竟成仙吏，何蓬莱三岛之足羡哉！

此术非他，盖用吾家老子"退一步"法。以不如己者视己，则日见可乐；以胜于己者视己，则时觉可忧。

从来人君之善行乐者，莫过于汉之文、景；其不善行乐者，莫过于武帝。以文、景于帝王应行之外，不多一事，故觉其逸；武帝则好大喜功，且薄帝王而慕神仙，是以徒见其劳。

人臣之善行乐者，莫过于唐之郭子仪；而不善行乐者，则莫如李广。子仪既拜汾阳王，志愿已足，不复他求，故能极欲穷奢，备享人臣之福；李广则耻不如人，必欲封侯而后已，是以独当单于，卒致失道后期而自刭。故善行乐者，必先知足。二疏①云："知足不辱，知止不殆。"不辱不殆，至乐在其中矣。

【注释】

① 二疏：指汉宣帝时名臣疏广与兄子受。广为太傅，受为少傅，同时以年老乞致仕，时人贤之。归日，送者车数百辆，设祖道，供张东都门外。每日以与宾客行乐为事。

【译文】

人世间最快乐的境界，只有皇帝才能得到；下面的公卿将相，以及众多辅臣官僚，都是可以行乐的人。然而他们日理万机，公务缠身，一天之内，除了上朝听政、放衙理事、治人事神、反躬修己之外，又有多少闲余的时间可以行乐呢？

我说：不是这样。快乐不表现在外面而在于内心。内心快乐，则身处在什么样的环境都会觉得快乐，内心悲苦，那么没有任何环境不觉得悲苦的。身处帝王之位，就应当以帝王所处的环境作为快乐的境地；身为公卿，就应当以公卿的身份作为快乐之境。凡是我分内应当承担的任务，不能推诿出去的，应当把除此之外的其他的事情都摈弃掉，将无关的事看作苦事，而专门把这些事情作为乐趣。假如我是帝王，每天都想着要处理一堆冗繁复杂的事务，心就真的很劳

人间至乐之境，惟帝王得以有之

累，然而世上那些羡慕帝王生活的人，他们可能连一时的帝王都做不了，所以我认为最劳苦的事情，就是众人眼中认为最安逸的事情。同样，身为公卿将相、群辅百僚的人，也应该这么想，这样的话就不必在视朝听政、放衙理事、治人事神、反躬修己以外，再寻找新的快乐境界了，这属于自己的地方，就是最好的快乐境界。天下得到太平就在一挥笔之间，使天下众生都实现心愿就在一开口的那一瞬间，视天下苍生的快乐为自己最快乐的事，还有什么快乐可以和这个快乐相比呢？如果在这之外稍微有一些清闲的时间，再来享受应该享受的快乐，那么人间的皇帝就可以和天上的玉皇大帝相比了，尘世中的官吏也就成了天上的神仙官吏了，这是让蓬莱三岛的神仙都要羡慕的生活！

这种方法并不是其他方法，而是运用道家老子的"退一步"法。同那些不如自己的人比较，那么天天都会快乐；同那些胜过自己的人来与自己相比较，那么时时都会觉得忧虑。

自古以来的君主帝王善于行乐的，非汉代的文帝和景帝莫属了；其中不善于行乐的，没有比得过汉武帝。因为汉文帝和汉景帝在除了他们应该做的事情以外，不多做任何一件事情，所以觉得安逸；汉武帝则好大喜功，而且看不起帝王的身份羡慕神仙，所以我们只看见了他的劳苦。

在人臣中善于行乐的，要算是唐代的郭子仪；不善于行乐的人，要算是汉代的李广。郭子仪做了汾阳王之后，他的愿望得到了满足，也没有其他的要求，所以能够穷尽欲望和奢侈，享受人臣的幸福；李广则总羞耻于自己不如别人，想要被封侯才满足，所以他单独抵挡单于的进攻，最后由于行军误期而自杀身亡。所以善于行乐的人，必须先要知道满足。疏广、疏受说："知道满足就不会受到侮辱，知道停下来就不会感觉疲劳。"不受辱不疲劳，自然就会快乐。

富人行乐之法

【原文】

劝贵人行乐易，劝富人行乐难。何也？则为行乐之资，然势不宜多，多则反为累人之具。华封人祝帝尧富寿多男，尧曰："富则多事。"华封人曰："富而使人分之，何事之有？"

由是观之，财多不分，即以唐尧之圣、帝王之尊，犹不能免多事之累，况德非圣人而位非帝王者乎？陶朱公屡致千金，屡散千金，其致而必散，散而复致者，亦学帝尧之防多事也。

兹欲劝富人行乐，必先劝之分财；劝富人分财，其势同于拔山超海，此必不得之数也。

财多则思运，不运则生息不繁。然不运则已，一运则经营惨淡，坐起不宁，其累有不可胜言者。财多必善防，不防则为盗贼所有，而且以身殉之。然

富人行乐要散财

不防则已，一防则惊魂四绕，风鹤皆兵，其恐惧戚棘之状，有不堪目睹者。且财多必招忌。语云："温饱之家，众怨所归。"以一身而为众射之的，方且忧伤虑死之不暇，尚可与言行乐乎哉？甚矣，财不可多，多之为累，亦至此也。

然则富人行乐，其终不可冀乎？曰：不然。多分则难，少敛则易。处比户可封之世，难于售恩；当民穷财尽之秋，易于见德。少课锱铢之利，穷民即起颂扬；略蠲升斗之租，贫佃即生歌舞。本偿而子息未偿，因其贫也而贳之，一券才焚，即噪冯谖弹铗之令誉；赋足而国用不足，因其匮也而助之，急公偶试，即来卜式①之美名。果如是，则大异于今日之富民，而又无损于本来之故我。觊觎者息而仇怨者稀，是则可言行乐矣。

其为乐也，亦同贵人，可不必于持筹握算之外，别寻乐境，即此宽租减息、仗义急公之日，听贫民之欢欣赞颂，即当两部鼓吹；受官司之奖励称扬，便是百年华衮②。荣莫荣于此，乐亦莫乐于此矣。至于悦色娱声、眠花藉柳、构堂建厦、啸月嘲风诸乐事，他人欲得，所患无资，业有其资，何求弗遂？是同一富也，昔为最难行乐之人，今为最易行乐之人。即使帝尧不死，陶朱③现在，彼丈夫也，我丈夫也，吾何畏彼哉？去其一念之刻而已矣。

【注释】

①卜式：以畜牧致大富，汉武帝与匈奴开战，国用不足之时，他多次捐款，被任为中郎，后升至御史大夫。②华衮：古代王公贵族的多彩的礼服。常用以表示极高的荣宠。③陶朱：春秋时越国大夫范蠡的别称。蠡既佐越王勾践灭吴，以越王不可共安乐，弃官远去，居于陶，称朱公。以经商致巨富。

【译文】

劝说地位高贵的人行乐容易，劝说有钱的富人行乐难。为什么呢？因为钱财是行乐的资本，但又不应当过多，多了的话就会成为累赘。华封人祝福尧帝富寿安康而且多生男孩，尧说："太富了就会生出许多事端。"华封人说："富了就把钱财平分了，怎么会生出事端来呢？"

这样看来，钱财多却不分，像尧这样有圣人的品德、帝王的尊荣的人，都不能避免生出更好的事端，何况没有圣人才德又没有帝王身份的普通人呢？陶朱公有多次已经赚得千金财富，并且多次将千金财富分给众人，他能赚来了就一定会分出去，分完之后再去赚，也是学习尧帝防止多生事端的一种方法。

所以想要劝说富人行乐，首先要劝他们将手中的财物分散掉，而劝富人分散财物，就像移动高山跨越大海，这是肯定做不到的方法。

钱财多了就想着把他们运用到什么地方，不运用的话就会觉得不景气。然而不运用还好，一运用的话就要耐心地经营，让人坐立得不到安宁，那种劳累不是言语可以说得清的。钱财多了必须要善于防备别人，如果不防备就有可能被盗贼盗去，甚至有可能连性命都丢掉。然而不防备还好，一旦开始防备就会把人弄得战战兢兢，风声鹤唳，那种恐惧，让人不忍心看见。况且钱财太多一定会招来忌妒。论语说："温饱之家，众怨所归。"如果一个人被很多人指责和嫌弃，忧伤焦虑还不够，哪里还有时间去行乐呢？所以说，钱财不能太多，多了就成了累赘，原因就是这样的。

难道富人想要行乐，就终究没有任何希望了吗？我说：不是。将太多的钱财分散给别人很难，少聚敛一些钱财是很容易的。在一个时代如果每一户人家都能受到封赏，就很难显出自己对别人的恩惠；当人民都很穷困的时代，就很容易显示出德行。少征收一些利息，穷困的人民随即就会颂扬你；略微减少一些租金，贫穷的佃户随即就会高兴得载歌载舞。对那些偿还了本金却没有偿还利息的人，如果你因为看到他们很贫穷而赦免，并把契约烧掉，就会像冯谖一样赢得美名；自己的收入赋税充足而国家的财力不足，在国家财力匮乏的时候捐助一下，急公好义地偶然做一次，就可以得到像卜式那样的美名。如果真的像这样的话，就完全不同于今天的富人了，而对我原来的状况又不会有丝毫的损害。觊觎我的人都平息了，怨恨我的人也变少了，这时候就可以行乐了。

行乐的方式和贵人一样，就不必在拿着算盘算账之后，另去寻找快乐的境界了。在减租减息、仗义奉公的时候，听听贫困的人们对自己的赞扬和称颂，就当是乐班奏乐的声音；受到政府的奖励和表扬的时候，也就像得到了百年的华丽的衣装。再大的荣耀也比不过这些，再大的快乐也不过如此。至于娱悦声色、眠花宿柳、构建高堂大厦、吟嘲风月这一类的乐事，别人想得到，却担心没有钱财，如果已经有了钱财，还有什么做不到的呢？同样是富人，以前是最难享受到快乐的人，现在是最容易得到快乐的人了。即使尧帝没有死，陶朱现在还活着，他们是大丈夫，我也是大丈夫，我在他们面前有什么好畏惧呢？只不过是去掉自己苛刻的念头而已。

贫贱行乐之法

穷人行乐之方，无他秘巧，亦止有"退一步"法。我以为贫，更有贫于我者；我以为贱，更有贱于我者；我以妻子为累，尚有鳏寡孤独①之民，求为妻子之累而不能者；我以胼胝②为劳，尚有身系狱廷，荒芜田地，求安耕凿之生而不可得者。以此居心，则苦海尽成乐地。如或向前一算，以胜己者相衡，则片刻难安，种种桎梏幽囚之境出矣。

一显者旅宿邮亭，时方溽暑，帐内多蚊，驱之不出，因忆家居时堂宽似宇，簟冷如冰，又有群姬握扇而挥，不复知其为夏，何遽困厄至此！因怀至乐，愈觉心烦，遂致终夕不寐。一亭长露宿阶下，为众蚊所啮，几至露筋，不得已而奔走庭中，俾四体动而弗停，则啮人者无由厕足；乃形则往来仆仆，口则赞叹嚣嚣，一似苦中有乐者。显者不解，呼而讯之，谓："汝之受困，什佰于我，我以为苦，而汝以为乐，其故维何？"亭长曰："偶忆某年，为仇家所陷，身系狱中。维时亦当暑月，狱卒防予私逸，每夜拘挛手足，使不得动摇，时蚊蚋③之繁，倍于今夕，听其自啮，欲稍稍规避而不能，以视今夕之奔走不息，四体得以自如者，奚啻仙凡人鬼之别乎！以昔较今，是以但见其乐，不知其苦。"显者听之，不觉爽然自失。此即穷人行乐之秘诀也。

不独居心为然，即铸体炼形，亦当如是。譬如夏月苦炎，明知为室庐卑小所致，偏向骄阳之下来往片时，然后步入室中，则觉暑气渐消，不似从前酷烈；若畏其湫隘而投宽处纳凉，及至归来，炎蒸又加十倍矣。冬月苦冷，明知为墙垣单薄所致，故向风雪之中行走一次，然后归庐返舍，则觉寒威顿减，不复凛冽如初；若避此荒凉而向深居就燠，及其再入，战栗又作何状矣。由此类推，则所谓退步者，无地不有，无人不有，想至退步，乐境自生。予为两间第一困人，其能免死于忧，不枯槁于迍邅④蹭蹬者，皆用此法。又得管城一物，相伴终身，以扫千军则不足，以除万虑则有余。然非善作退步，即楮墨亦能困人。想虞卿⑤著书，亦用此法，我能公世，彼特秘而未传耳。

①鳏寡孤独：泛指没有劳动力而又没有亲属供养的人。《孟子·梁惠王下》："老而无妻曰鳏，老而无夫曰寡，老而无子曰独，幼而无父曰孤；此四者，天下之穷民而无告者。"②胼胝：俗称老茧。手掌或脚底因长期摩擦而生的厚皮。③蚊蚋：蚊子。④迍邅：处境不利，困顿。蹭蹬：困顿；失意。⑤虞卿：战国时人，赵国的上卿。主张连横抗秦，后来困顿于梁，在愁苦中著书。

【译文】

穷人使自己快乐的方法，没别的秘诀和窍门，也就只有"退一步"这种方法。我以为自己穷，还有比我更穷的人存在；我以为自己低贱，还有比我更低贱的人；我把妻子儿女当作累赘，还有失去妻子无依无靠、没有妻儿相伴，求着能让妻儿所累而却得不到的人；我为自己因为劳动使得手脚都生老茧而感觉到劳苦，还有人被关在监狱，田地荒芜了，但却想要安心耕作却都做不到的人。这样想来，那么苦海都变成乐土了。如果向前算，和胜过自己的人相比，那么就难以得到片刻的安宁，就会被忧郁的心境所束缚。

有一个显贵之人在旅途中住在驿站，当时正是盛夏酷暑，蚊帐里有很多蚊子，驱赶也不出去，因此想起在家里时厅堂宽敞，枕席凉如冰，又有许多姬妾手拿着扇子为他扇风纳凉，根本都感觉不出是夏天，为什么现在困苦到这地步呢？因为想着非常快乐的事情，更加心烦，于是整个晚上都睡不着。有一个亭长露宿在台阶下，被许多蚊子叮咬，筋都几乎被咬出来了，迫不得已只能在院子里来回走动，让四肢保持不停运动，使蚊子没办法落脚。他的身子虽然奔跑得很辛苦，口中却很大声地赞叹，好像是在苦中有乐。显贵之人大为不解，就把他叫来询问："你受的苦，比我多百倍，我觉得非常痛苦，而你却觉得快乐，这是为什么？"亭长说："我想起曾经有一年，被仇家陷害，关押在监狱里。那时也正是夏天，狱卒为防备我逃走，每天晚上都捆住我的手脚，让我动弹不得，那时也是蚊子繁多，比今晚多上一倍，只能由它们叮咬，想要躲一下也不行，比起今晚可以跑个不停，而且四肢能够自由，那真是神仙和凡人、人和鬼的区别啊！以往日来比今天，所以只觉得快乐，不觉得苦。"显贵的人听后，顿时醒悟。这就是穷人快乐的秘诀。

不仅心里应该这样想，就算锻炼身体，也应该这样想。比如夏天炎热，明知道是因为房子矮小导致的，偏偏在骄阳下走上片刻时间，然后再回到屋里，就会觉得暑气渐渐消散，不像原来热得那么严重了。如果害怕房子狭小而到宽敞的地方纳凉，等到回来以后，炎热就会比先前加重十倍。冬天寒冷，明知道是因为墙壁单薄导致的，有意跑到风雪中行走一次，之后再回到房子里，就会觉得寒气顿时减弱，不像先前那么凛冽寒冷了；如果要是躲避原来房子的寒冷就去深宅大院里取暖，回来进屋之后，不知道要冷成什么样子了。由此类推，所说的退步，到处都有，人人都有，想到退步，自然就会产生快乐的心情。我是天地间受到困苦最多的人，既能免死于忧愁困苦，也没有在困苦颠沛流离的生活中变得憔悴，就是用了这种方法。我还有毛笔这件东西，终身相伴，用它虽然不能横扫千军，却能扫除诸多忧虑并且绰绰有余。但是如果不善于退步，就是纸墨也能困死人。想想虞卿著书，也是用的这个方法，我能够将此种方法公之于世，他却秘而不传。

贫贱行乐亦有法

【原文】

由亭长之说推之，则凡行乐者，不必远引他人为退步，即此一身，谁无过来之逆境？大则灾凶祸患，小则疾病忧伤。"执柯伐柯，其则不远。"取而较之，更为亲切。

凡人一生，奇祸大难非特不可遗忘，还宜大书特书，高悬座右。其裨益于身者有三：孽由己作，则可知非痛改，视作前车；祸自天来，则可止怨释尤，以弭后患；至于忆苦追烦，引出无穷乐境，则又警心惕目之余事矣。如曰省躬罪己，原属隐情，难使他人共睹，若是则有包含韫藉之法；或止书罹患之年月，而不及其事；或别书隐射之数语，而不露其详；或撰作一联一诗，悬挂起居亲密之处，微寓己意，不使人知，亦淑慎①其身之妙法也。

此皆湖上笠翁瞒人独做之事，笔机所到，欲讳不能，俗语所谓"不打自招"者，非乎?

【注释】

①淑慎：婉转恭慎，贤良谨慎。

【译文】

由亭长这个例子推出，凡是行乐的人，不必引用别人的故事或是例子作为自己的退步，就是自己本身，有谁没有经历过逆境吗？大的可以说到灾祸凶患，小的可以说到疾病忧伤，"执柯伐柯，其则不远"，拿出来进行比较，更加亲切。

人的一生中，奇祸大难不但不能被遗忘，还应该大书特书，高悬在座位右边以提醒自己。对于人的好处有三点：如果罪孽是自己种下的，就可以知错痛改，看作前车之鉴；若是祸从天降，就可以停止怨恨消释忧愁，以消除后患；至于要追忆过去的困苦和烦恼的事情，从而引出无穷的快乐，则是警惕之余的事情了。如果说省自身归罪自身，这些原属隐情，不能让别人看到，如果是则可以采取掩饰的方法；或是可以只写遭遇灾祸的时间，不提具体事情，或是另外写几条隐射之语，不显示出详细情况；或写一副对联或一首诗，挂在起居室常见的地方，在暗中微微寄寓自己的心意，可以不让人知道，也是"淑慎其身"的最好方法。

这是西湖李笠翁瞒着别人独自做的事情，笔触写到，想要避讳却也不能了，这就是俗话说的不打自招吧，不是吗？

家庭行乐之法

【原文】

世间第一乐地，无过家庭。"父母俱存，兄弟无故，一乐也。"是圣贤行乐之方，不过如此。而后世人情之好尚，往往与圣贤相左。圣贤所乐者，彼则苦之；圣贤所苦者，彼反视为至乐而沉溺其中。如弃现在之天亲而拜他人为父，撇同胞之手足而与陌路结盟，避女色而就娈童①，舍家鸡而寻野鹜，是皆情理之至悖，而举世习而安之。其故无他，总由一念之恶旧喜新，厌常趋异所致。

若是，则生而所有之形骸，亦觉陈腐可厌，胡不并易而新之，使今日魂附一体，明日又附一体，觉愈变愈新之可爱乎？其不能变而新之者，以生定故也。然欲变而新之，亦自有法。时易冠裳，迭更帏座，而照之以镜，则似换一规模矣。

即以此法而施之父母兄弟、骨肉妻孥，以结交滥费之资，而鲜其衣饰，美其供奉，则居移气，养移体，一岁而数变其形，岂不忧之谓他人父，谓他人母，而与同学少年互称兄弟，各家美丽共缔姻盟者哉？

有好游狭斜者，荡尽家资而不顾，其妻迫于饥寒而求去。临去之日，别换新衣而佐以美饰，居然绝世佳人。其夫抱而泣曰："吾走尽章台，未尝遇此娇丽。由是观之，匪人之美，衣饰美之也。倘能复留，当为勤俭克家，而置汝金屋。"妻善其言而止。后改荡从善，卒如所云。

又有人子不孝而为亲所逐者，鞠于他人，越数年而复返，定省承欢，大异畴昔。其父讯之，则曰："非予不爱其亲，习久而生厌也。兹复厌所习见，而以久不睹者为可亲矣。"众人笑之，而有识者怜之。何也？习久而厌其亲者，天下皆然，而不能自明其故。此人知之，又能直言无讳，盖可以为善人也。

世间第一乐地在家里

此等罕譬曲喻，皆为劝导愚蒙。谁无至性，谁乏良知，而俟予为木铎？但观孺子离家，即生哭泣，岂无至乐之境十倍其家者哉？性在此而不在彼也。人能以孩提之乐境为乐境，则去圣人不远矣。

他们反而看成是好事而沉溺在其中。就像舍弃自己的亲生父母而拜别人为父，撇下同胞手足而与陌路的人结为盟友，避开女色而去亲近娈童，放弃家鸡而去追寻野鸭，这些都是违背人世间情理的事情，但是好像全世界的人对这种事情都已经习以为常了。没有其他什么原因，都是因为喜新厌旧、追求与众不同这样的念头造成的。如果是这样，生下来就具备的身体，也该觉得陈腐可厌了吧，为什么不一起扔掉换个新的，使魂魄今天附在一个身体上，明天又附在另一个身体上，越变越新就会更加可爱了。不能改变和更新，是因为生来就已经确定好了。然而想要改变更新，也是有办法的。时时更换衣裳，变换家居物品的位置，用镜子照照看，就像换了一副模样。

用这个方法对待父母兄弟，骨肉妻子，把结交朋友随便浪费的钱财，用来给他们买新衣服和首饰，那么"居移气，养移体"，一年就可以多次变换不同的形象，这不等于拜别人的父母为父母，跟年少的同学称兄道弟，跟各家的美丽女子缔结婚姻一样吗？

曾经有个喜欢游荡花街柳巷的人，花光了家中所有的积蓄也不管，他的妻子饥寒交迫想要离开。临去的那天，更换上了新衣并且佩戴了漂亮的首饰，居然瞬间变成了一位绝世佳人。她丈夫抱着她痛哭说："我走遍了青楼，没见过像你这样娇艳美丽的女子。由此可以看出，妓院里的女人长得美是因为衣服让她美。如果你能够留下，我会为你勤俭持家，把你供奉在金屋里。"妻子相信了他说的话就留了下来。后来那人果然改变浪荡的习惯走上了正途，结果真的像他说的一样。

又有一个不孝子被父母驱逐，被别人收养，过了数年之后回到自己家中，十分讨父母的欢心，跟以前大不一样了。他父亲询问原因，他说："不是我不爱父母，相处久了就会感觉厌烦。现在厌烦了每日必见的养父母，而且和长时间不见面的亲生父母亲了。"众人笑话他，而有见识的人却同情他。为什么呢？和父母相处久了就会觉得厌烦，天下的人都是这样，但是自己不能了解到其中的原因。这个人知道，又能够直言不讳，是个可以向善的人。

这样少见、精辟、婉转的比喻，都是为了劝导愚痴蒙昧的人。谁没有天性，谁缺乏良知，还要等我去唤醒人们吗？只要看小孩子离开家就会哭泣，难道没有比他在家生活得更快乐十倍的地方吗？兴趣在这里而不在那里。如果人们能把孩子的快乐看作成真正的快乐，这样的人离圣人也就不远了。

道途行乐之法

【原文】

"逆旅"二字，足概远行，旅境皆逆境也。然不受行路之苦，不知居家之乐，此等况味，正须一一尝之。予游绝塞而归，乡人讯曰："边陲之游乐乎？"曰："乐。"有经其地而惮焉者曰："地则不毛，人皆异类，睹沙场而气索，闻钲鼓而魂摇，何乐之有？"予曰："向未离家，谬谓四方一致，其饮馔服饰皆同于我，及历四方，知有大谬不然者。然止游通邑大都，未至穷边极塞，又谓远近一理，不过稍变其制而已矣。及抵边陲，始知地狱即在人间，罗刹原非异物，而今而后，方知人之异于禽兽者几希，而近地之民，其去绝塞之民者，反有霄壤幽明之大异也。不入其地，不睹其情，乌知生于东南，游于都会，衣轻席暖，饭稻羹鱼之足乐哉！"

此言出路之人，视居家之乐为乐也；然未至还家，则终觉其苦。又有视家为苦，借道途行乐之法，可以暂娱目前，不为风霜车马所困者，又一方

游历途中也可行乐

便法门也。向平①欲俟婚嫁既毕，遨游五岳；李固②与弟书，谓周观天下，独未见益州，似有遗憾；太史公因游名山大川，得以史笔妙千古。

是游也者，男子生而欲得，不得即以为恨者也。有道之士，尚欲挟资裹粮，专行其志，而我以糊口资生之便，为益闻广见之资，过一地，即览一地之人情，经一方，则睹一方之胜概，而且食所未食，尝所欲尝，蓄所余者而归遗细君，似得五侯之鲭③，以果一家之腹，是人生最乐之事也，奚事哭泣阮途，而为乘槎驭骏者所窃笑哉？

【注释】

①向平：东汉高士，名长，字子平，隐居不仕，子女婚嫁既毕，遂漫游五岳名山，后不知所终。②李固：东汉时人。字子坚，博学耿直，冲帝时任太尉，后来受诬被害。③五侯之鲭：西汉成帝时，娄护曾把王氏五侯所馈赠的珍贵膳食合制为鲭，世称"五侯鲭"。鲭：肉和鱼同烧的杂烩。

【译文】

"逆旅"两个字，意思是只要远行，旅途的环境全都是逆境了。然而不经受行路的苦难，就不知道在家有多么安乐，这种境况的心情，应该一一品尝体会一下。我游历塞北回来，同乡询问我说："边疆的这一趟旅行快乐吗？"我说："快乐！"有曾经到过塞北而心生畏惧的人说："那里土地是不毛之地，人都是不同民族的人，看见沙漠就让人丧气，听到战鼓响起就觉得心惊胆战，有什么好快乐的？"我说："向来没有离开过家的人，错误地以为所有的地方都是一样的，他们的饮食衣饰都跟我们一样，等到游历四方回来之后，才知道大错特错了。对于只游历过繁华的大城市，边疆塞外没有到过的人，又会认为远近是一个道理，不过是形式稍微变换了一下而已。及至到达边塞，才开始知道地狱就在人间，罗刹原来不是什么特别的东西，从今往后，才知道人跟禽兽并没有多

大的差别，然而中原内地的人们，拿出来与边塞的人民相比的话，真有天壤之别。不去他们居住的土地上，不见他们的经历，又怎么能知道生在东南，生活在繁华大都市，身着轻便服装，睡在温暖的席子和被褥上，可以随手用稻做饭，拿鱼做汤的乐趣呢？"

这话是说出去远行的人，把在家里的快乐当作乐趣；然而在还没回到家之前，则终究觉得辛苦。还有在家嫌苦，借外出旅游行乐的方法，可以暂时感到愉快的，没有被风霜车马困住，又是一个方便的办法。向平想要等儿女婚嫁的事完了之后，开始遨游五岳；李固给弟弟写信，说游遍天下山水，却就是没去过益州，似乎有遗憾；太史公因为游历名山大川，记下历史可以妙绝千古。

所以说游历是男子生来便想做的事，不能游历就会觉得有遗憾。有道的人，还想要带上钱财衣食，以便专心实现这个志向，而我以糊口谋生的便利条件，作为增长见闻的资本，路过一个地方，就游览并考察一个地方的风土人情，经过一个地方，就参观一个地方的名胜，而且可以吃没吃过的东西，品尝想品尝的食物，将剩下的东西带回来给老婆孩子，像得到了"五侯鲭"，足可以让一家人饱餐一顿，这就是人生最快乐的事。为什么要像阮籍一样在道路上哭泣，而被那些乘木筏骑骏马的人所耻笑呢？

春季行乐之法

【原文】

人有喜怒哀乐，天有春夏秋冬。春之为令，即天地交欢之候，阴阳肆乐之时也。人心至此，不求畅而自畅，犹父母相亲相爱，则儿女嬉笑自如，睹满堂之欢欣，即欲向隅而泣，泣不出也。

然当春行乐，每易过情，必留一线之余春，以度将来之酷夏。盖一岁难过之关，惟有三伏，精神之耗，疾病之生，死亡之至，皆由于此。故俗话云："过得七月半，便是铁罗汉"，非虚语也。

思患预防，当在三春行乐之时，不得纵欲过度，而先埋伏病根。花可熟观，鸟可倾听，山川云物之胜可以纵游，而独于房欲之事略存余地。盖人当此际，满体皆春。春者，泄尽无遗之谓也。草木之春，泄尽无遗而不坏者，以三时皆蓄，而止候泄于一春，过此一春，又皆蓄精养神之候矣。人之一身，能保一时尽泄而三时皆不泄乎？尽泄于春，而又不能不泄于夏，虽草木不能不枯，况人身之浮脆①者乎？欲留枕席之余欢，当使游观之尽致。何也？分心花鸟，便觉体有余闲；并力闺帏，易致身无宁刻。然予所言，皆防已甚之词也。若使杜情而绝欲，是天地皆春而我独秋，焉用此不情之物，而作人中灾异乎？

【注释】

①浮脆：空虚脆弱。

【译文】

　　人有喜怒哀乐，天有春夏秋冬四个季节。春天这个季节，就是天地冷暖交流、自然界阴阳会合的时候。到了这个时候，人心不想舒畅也会舒畅起来，犹如父母相亲相爱，儿女才会笑逐颜开，看到家人满堂的欢乐气氛，即使想独自面向墙壁哭泣，也哭不出来。

　　然而在春季行乐，每每容易用情过度，所以必须要留一点精力，好度过将来的酷热难耐的夏天。因为一年中最难挨的关卡是在三伏天，精神耗损、疾病丛生，以至于死亡都是在这个时候。所以俗话说："过得七月半，便是铁罗汉。"并不是虚言。

　　在春天行乐的时候，要先考虑预防疾患，这时不得过度放纵自己的欲望，从而先埋下了病根。花可以经常看，鸟鸣可以随心地听，山川云物的美景可以任意游览，只是对于房事要有节制，不要纵欲过度。因为人在这个时候，往往全身都是"春"。"春"，指的是泄尽无遗。草木的"春"，发泄殆尽不会有什么损伤，因为其他三个季节它都在积蓄，只有在春天这一个季节宣泄，过了春季，全都是养精蓄锐的季节了。人的身体，能保证一个季节泄尽，而其他三个季节再也不宣泄吗？春天时已经泄尽，在夏天又不能不泄，如果是草木也会干枯，何况是非常虚弱的人的身体呢？想要留住枕席的余欢，就应该在游览时尽兴。为什么？把心思分一部分用到花鸟上，就会觉得身体有空闲；把心思都用在闺阁内，会让身体得不到片刻的休息。然而我所说的，都是一些过度防备的话。要是摒弃感情杜绝欲念，那么，这就像天地都是春就我一人是秋，何必要成为这样一个无情的人，成为人们中的灾异呢？

夏季行乐之法

【原文】

　　酷夏之可畏，前幅虽露其端，然未尽暑毒之什一也。使天只有三时而无夏，则人之死也必稀，巫医僧道之流皆苦饥寒而莫救矣。止因多此一时，遂觉人身叵测，常有朝人而夕鬼者。《戴记》云："是月也，日长至，阴阳争，死生分。"危哉斯言！令人不寒而栗矣。

　　凡人身处此候，皆当时时防病，日日忧死。防病忧死，则当刻刻偷闲以行乐。从来行乐之事，人皆选暇于三春，予独息机①于九夏。以三

酷夏清暑图

春神旺，即使不乐，无损于身；九夏则神耗气索，力难支体，如其不乐，则劳神役形，如火益热，是与性命为仇矣。

《月令》以仲冬为闭藏；予谓天地之气闭藏于冬，人身之气当令闭藏于夏。试观隆冬之月，人之精神愈寒愈健，较之暑气铄人，有不可同年而语者。

凡人苟非民社系身，饥寒迫体，稍堪自逸者，则当以三时行事，一夏养生。过此危关，然后出而应酬世故，未为晚也。

追忆明朝失政以后，大清革命之先，予绝意浮名，不干寸禄，山居避乱，反以无事为荣。夏不谒客，亦无客至，匪止头巾不设，并衫履而废之。或裸处乱之中，妻孥觅之不得；或偃卧长松之下，猿鹤过而不知。洗砚石于飞泉，试茗奴以积雪；欲食瓜而瓜生户外，思啖果而果落树头，可谓极人世之奇闲，擅有生之至乐者矣。后此则徙居城市，酬应日纷，虽无利欲熏人，亦觉浮名致累。

计我一生，得享列仙之福者，仅有三年。今欲续之，求为闰余②而不可得矣。伤哉！人非铁石，奚堪磨杵作针；寿岂泥沙，不禁委尘入土。予以劝人行乐，而深悔自役其形。噫！天何惜于一闲，以补富贵荣肵③之不足哉！

【注释】

①息机：息灭机心，休息。②闰余：闰月。③荣肵：犹富贵荣华。

【译文】

酷热夏天的可怕，前面虽然已经涉及了一点儿，但是并没有说出酷暑害处的十分之一。假使每年只有三个季节而没有夏季，那么人死亡的数量就会减少了，巫医僧道这些人，都会饥寒交迫而没有人能救他们。只是因为多了这个季节，常常让人感觉生死难料，往往会有早上还是人晚上就成了鬼的事情发生。戴氏《礼记》中说："这个月，白天最长，阴阳相争，死生分离。"这句话真是吓人啊，让人不寒而栗。

凡是身处在这个时候的人，都会时时防备生病，天天担心会死亡。防备生病担心死亡，就应当时刻忙里偷闲及时行乐。自古以来人们对于行乐的时间，都会选在春天的空闲时间，我却特别选在夏天。因为春天人们精神旺盛，即使不行乐，对身体也不会有损伤；夏天就会耗尽精神，体力难支，如果不行乐，就会让身体和精神都劳累不堪，就像给火加热一样，这就像是跟自己的性命有仇一样。

《月令》认为仲冬是闭藏的时节，我认为天地之气应该闭藏于冬天，人身之气应该闭藏于夏天。试看隆冬时节，天气越冷人就越有精神，比起炎热削弱人的体力，不可同日而语。

人如果不是公事缠身、饥寒交迫，稍有些条件可以轻闲的，就该在另外三个季节做事情，在夏天休养身体，度过这个危险的关头，然后再出来应酬，也不迟。

我曾想到明朝灭亡之后，清朝革命之前，我对浮名没有兴趣，不求官职，还躲到山中避乱，还以没有事做为荣。夏天不拜见客人，也没有客人来，不只不用戴头巾，就连衣服和鞋子都不用穿。或是裸体躺在杂乱的荷叶之中，妻子儿女找都找不到，或是躺卧在松树的下边，就连猿猴和仙鹤飞过也看不到。用飞泉水洗砚台，用积雪煮茶喝，想吃瓜就可以往户外摘取，想吃果子果子就会从树上落下来，真可以说是享尽了人世间的清闲，而且享受到了人生的最大的乐趣。后来移居到城中，应酬繁多，虽然不是利欲熏心，也觉得为浮名所累。

总计我的一生，享受到神仙之福的，仅仅三年。现在想要继续那样的生活，哪怕闰余之月也不可能了。伤心啊！人不是铁石，怎么能经受得住磨杵成针那样的损耗？寿命不是泥沙，不能像泥沙那样轻易丢弃入土。我劝人行乐，却非常后悔让自己的身体劳累，唉！上天为什么吝惜些微清闲，为什么不用它来弥补我没有富贵荣华的缺憾呢？

秋季行乐之法

【原文】

过夏徂秋，此身无恙，是当与妻孥庆贺重生，交相为寿者矣。又值炎蒸初退，秋爽媚人，四体得以自如，衣衫不为桎梏，此时不乐，将待何时？况有阻人行乐之二物，非久即至。

二物维何？霜也，雪也。霜雪一至，则诸物变形，非特无花，亦且少叶；亦时有月，难保无风。若谓"春宵一刻值千金"，则秋价之昂，宜增十倍。有山水之胜者，乘此时蜡屐①而游，不则当面错过。何也？前此欲登而不可，后此欲眺而不能，则是又有一年之别矣。有金石之交者，及此时朝夕过从，不则交臂而失。何也？襁褓②阻人于前，咫尺有同千里；风雪欺人于后，访戴何异登天？则是又负一年之约矣。

至于姬妾之在家，一到此时，有如久别乍逢，为欢特异。何也？暑月汗流，求为盛妆而不得，十分娇艳，惟四五之仅存；此则全副精神，皆可用于青鬓翠黛之上。久不睹而今忽睹，有不与远归新娶同其燕好者哉？

秋爽怡人，及时行乐

为欢即欲，视其精力短长，总留一线之余地。能行百里者，至九十而思休；善登浮屠者，至六级而即下。此房中秘术，请为少年场授之。

①蜡屐：以蜡涂木屐。语出南朝宋刘义庆《世说新语·雅量》："或有诣阮（阮孚），见自吹火蜡屐，因叹曰'未知一生当着几量屐！'神色闲畅。"后因以"蜡屐"指悠闲、无所作为的生活。②褦襶：夏天遮阳的凉笠，谓炎暑戴笠。

【译文】

经过夏天到了秋天，身体没有异常，就该和妻子儿女庆贺又一次获得重生，互相祝寿了。又到了暑气开始消退的时候，这时秋爽怡人，四肢可以自由活动，不会被衣衫所束缚，此时不行乐，还要等到什么时候呢？何况还有阻碍人行乐的两种事物不久就要来了。

这两种事物是什么？霜和雪。霜雪一来，万物都会变形，不只没有花朵，连叶子也变得少了；也时常有月亮，却不能保证不起风。如果说"春宵一刻值十金"，那秋天的价值，应该比春天高出十倍。要是居住的地方临近山水胜景的，这时就应该穿上涂好蜡的鞋去游览，不然就白白错过了。为什么？因为之前想登临却不能，之后想要观赏也不能，再观赏就又有一年的不一样了。有金石之交的好朋友，应在这时朝夕相处，不然就失之交臂了。为什么？因为之前暑气阻碍人，近在咫尺的距离却像远隔千里之外，之后风雪逼人，想要拜访朋友犹如登天。这就又负了一年的约定。

至于家中的姬妾，到了这个时候，就像久别重逢的人，相处得特别愉快。为什么？因为夏天容易出汗，想要盛装打扮也不行，即使打扮得十分娇艳，也只剩下四五分的妆容，秋天可以把全部的精神，全都用在梳妆打扮上。长时间不见她们盛装打扮，今天忽然看见，能不像久别重逢或是新婚宴尔一样，感情融洽吗？

这时候行乐和欲望的节制，要根据个人的情况而定，总要留下一些余地，能走百里的走九十里就要考虑休息，有善于登塔的到第六级就得下来。这是房中秘术，请让我教给年轻人。

冬季行乐之法

【原文】

冬天行乐，必须设身处地，幻为路上行人，备受风雪之苦，然后回想在家，则无论寒燠晦明，皆有胜人百倍之乐矣。

尝有画雪景山水，人持破伞，或策蹇驴，独行古道之中，经过悬崖之下，石作狰狞之状，人有颠蹶之形者。此等险画，隆冬之月，正宜县挂中堂。主人对之，即是御风障雪之屏，暖胃和衷之药。若杨国忠之肉屏①，党太尉之羊羔美酒②，初试或温，稍停则奇寒至矣。

善行乐者，必先作如是观，而后继之以乐，则一分乐境，可抵二三分，五七分乐境，便可抵十分十二分矣。然一到乐极忘忧之际，其乐自能渐减，十分乐境，只作得五七分，二三分乐境，又只作得一分矣。须将一切苦境，又复从头想起，其乐之渐增不减，又复如初。此善讨便宜之第一法也。譬之行路之人，计程共有百里，行过七八十里，所剩无多，然无奈望到心坚，急切难待，种种畏难怨苦之心出矣。但一回头，计其行过之路数，则七八十里之远者可到，况其少而近者乎？譬如此际止

冬天山路最难行

行二三十里，尚余七八十里，则苦多乐少，其境又当何如？此种想念，非但可为行乐之方，凡居官者之理繁治剧，学道者之读书穷理，农工商贾之任劳即勤，无一不可倚之为法。噫！人之行乐，何与于我，而我为之嗓敝舌焦，手腕几脱。是殆有媚人之癖，而以楮墨代脂韦③者乎？

【译文】

冬季想要行乐，必须设身处地地把自己幻想成行路的人，受尽了风雪冰冻的痛苦，然后想想自己在家里，无论天气寒暖阴晴，都能感觉比别人幸福百倍。

曾经有画有山水雪景的一幅画，画中的人手持破伞，或者骑着瘸驴，独自行走在古道中，经过悬崖下面，石头都出现狰狞的表情，人好像要摔倒的样子。这样险要的画面，在隆冬的时候，正适合悬挂在大厅之中。主人看见它，就像是挡风雪的屏风，暖肠胃的药物。如果像杨国忠的肉屏，党太尉的羊羔美酒，刚开始品尝的时候觉得很温和，稍停一会儿之后就觉得特别寒冷。

善于行乐的人，必须先要这样想，然后再继续行乐，那么一分的快乐，可以抵得上两三分的效果，五七分的快乐，就能抵得上十分十二分的效果了。然而一到了极致的快乐将烦恼忧愁统统忘记的时候，这种快乐又会自然地逐渐减少，十分的快乐，只可以算得上五七分，二三分的快乐，只能抵一分了。必须将一切的痛苦情形，重新再

从头想，那么快乐才会逐渐增加不会减少，又会像当初一样了。这是讨便宜的最好方法。譬如行路的人，计划要走的路程是一百里，走过七八十里，之后所剩不多了，但是很想尽快到达终点，心里非常急切，种种害怕困难怨恨辛劳的念头就会产生了。但是回头计算一下走过的路程，七八十里都能够走到，何况剩下的这又少又近的一段路程呢？想想如果这时只走了二三十里路，并且还有七八十里没走，那是苦多乐少，这种情况又该怎么办呢？这种想法，不仅可以作为行乐的方法，凡是做官要处理烦琐的事务，做学问的人读书研究理论，农工商贾的勤苦劳累，没有不能用这种方法获得快乐的！唉！别人行乐，跟我有什么关系，我却说得口干舌燥，手腕都快要脱臼了。也许是我有取悦别人的癖好，只能以笔墨来讨好人。

随时即景就事行乐之法

【原文】

行乐之事多端，未可执一而论。如睡有睡之乐，坐有坐之乐，行有行之乐，立有立之乐，饮食有饮食之乐，盥栉有盥栉之乐，即袒裼裸裎、如厕便溺，种种秽亵之事，处之得宜，亦各有其乐。苟能见景生情，逢场作戏，即可悲可涕之事，亦变欢娱。如其应事寡才，养生无术，即征歌选舞之场，亦生悲戚。兹以家常受用，起居安乐之事，因便制宜，各存其说于左。

【译文】

行乐的事情有多种说法，不能一概而论。比如睡有睡的快乐，坐有坐的快乐，行有行的快乐，站有站的快乐，饮食有饮食的快乐，梳洗有梳洗的快乐，即便是袒胸裸体、上厕所大小便这些污秽猥亵的事，处理得当，也有值得快乐的地方。假如能触景生情，逢场作戏，即使是可悲可泣的事，也可以变成愉快的事。要是缺乏处理事情的能力，没有养生的方法，即使是在观赏歌舞的场所，也会感到悲伤。现在就把家里日常生活中经常用到的，有关起居安乐的事，根据不同的情况，分别介绍如下。

睡

【原文】

有专言法术之人，遍授养生之诀，欲予北面事之。予讯益寿之功，何物称最？颐生之地，谁处居多？如其不谋而合，则奉为师，不则友之可耳。

其人曰："益寿之方，全凭导引；安生之计，惟赖坐功。"予曰："若是，则汝法最苦，惟修苦行者能之。予懒而好动，且事事求乐，未可以语此也。"其人曰："然则汝意云何？试言之，不妨互为印证。"予曰："天地生人以时，动之者半，息之者半。动则旦，而息则暮也。苟劳之以日，而不息之以夜，则旦旦而伐之，其死也，可立而待矣。吾人养生亦以时，扰之以半，静之以半，扰则行起坐立，而静则睡也。如其劳我以经营，而不逸我以寝处，则岌岌乎殆哉！其年也，不堪指屈矣。若是，则养生之诀，当以善睡居先。睡

先睡心，后睡眼

能还精，睡能养气，睡能健脾益胃，睡能坚骨壮筋。如其不信，试以无疾之人与有疾之人，合而验之。人本无疾，而劳之以夜，使累夕不得安眠，则眼眶渐落而精气日颓，虽未即病，而病之情形出矣。患疾之人，久而不寐，则病势日增；偶一沉酣，则其醒也，必有油然勃然之势。是睡，非睡也，药也；非疗一疾之药，乃治百病，救万民，无试不验之神药也。兹欲从事导引，并力坐功，势必先遣睡魔，使无倦态而后可。予忍弃生平最效之药，而试未必果难之方哉？"

其人艴然而去，以予不足教也。予诚不足教哉！但自陈所得，实为有见而然，与强辩饰非者稍别。前人睡诗云："花竹幽窗午梦长，此中与世暂相忘。华山处士如容见，不觅仙方觅睡方。"近人睡诀云："先睡心，后睡眼。"此皆书本唾余，请置弗道，道其未经发明者而已。

睡有睡之时，睡有睡之地，睡又有可睡可不睡之人，请条晰言之。由戌至卯，睡之时也。未戌而睡，谓之先时，先时者不祥，谓与疾作思卧者无异也；过卯而睡，谓之后时，后时者犯忌，谓与长夜不醒者无异也。且人生百年，夜居其半，穷日行乐，犹苦不多，况以睡梦之有余，而损宴游之不足乎？

有一名士善睡，起必过午，先时而访，未有能晤之者。予每过其居，必俟良久而后见。一日闷坐无聊，笔墨具在，乃取旧诗一首，更易数字而嘲之曰："吾在此静睡，起来常过午；便活七十年，止当三十五。"同人见之，无不绝倒。此虽谑浪，颇关至理。

【译文】

有个专门研究法术的人，到处传授养生的方法，想让我拜他为师。我向他询问他延年益寿的最有效的方法，最适合养生的地方在哪儿？如果两人的意见不谋而合，我就奉他为师，如果两人意见不同就把他当作朋友。

这个人说："延年益寿的方法，全靠导引；安生养命，只有靠打坐的功夫。"我说：

花竹出窗午梦长

"如果是这样，那么你的方法是最苦的一种，只有善修苦行的人才能做到。我既懒惰又好动，而且事事求快乐，我们不能说到一块儿的。"他说："那么你的意思又是什么呢，试着说说看，我们不妨互相印证。"我说："天地根据时间来安排人的作息时间，活动要一半时间，休息要一半时间。白天活动，夜间休息。如果白天劳作，晚上不能休息，天天这样劳累，离死也就不远了。我们养生也是依照时间，喧闹占一半的时间，安心静养占一半的时间，纷扰是行立坐卧的动作，静养就是指睡眠。如果只让我劳累干活，不让我回住处躺下休息，那就危险了。那么我的寿命也就屈指可数了。这样说来，养生的秘诀，首先是以睡好为前提。睡眠能恢复精力，睡能养精蓄锐，睡能健脾益胃，睡能强健筋骨。如果不信，对比一下没病的人和有病的人然后进行验证。人本来没有病，但是在夜里让他疲惫，每夜都不能安心休息，眼眶就会渐渐陷落，精气神也会一天天衰颓，虽然没有立刻就病倒，但是生病的前兆已经表现出来了。生病的人长时间不睡觉，病情就会一天天加重，偶尔沉睡一次，醒来后定会精神旺盛。这种睡眠就不单纯是睡眠了，还是药。不是治一种病的药，而是治百病，救万民，没有一次试着不灵验的神药。现在想要用导引的方法，用功打坐，那就一定要先驱赶睡魔让人不再疲倦才可以。我怎么忍心放弃生平最灵验的药物，而去尝试未必奏效的药方呢？"

那个人生气地离开了，认为我不值得教。我的确是不值得教啊！但是我只是说出自己的心得，实在是因为有所发现才这样讲，跟强词夺理掩饰错误的人不同。古人睡诗说："花竹幽窗午梦长，此中与世暂相忘。华山处士如容见，不宽仙方觅睡方。"近代的人的睡诀说："先睡心，后睡眼。"这些都是别人书本上说过的，先放着不提这些罢了，说些没有被人发明出来的吧。

睡觉有睡觉的时间，睡觉有睡觉的地方，睡觉又分为可睡和可不睡的人，让我来条理清晰地讲明。从戌时到卯时，是睡觉的时间。晚上没到戌时就睡，称为提前，提前睡不好，这跟有病而想要睡卧的人没有什么差别；过了卯时才睡，称为过了时间，过了时间犯忌，这跟长睡不醒的人没有差别。而且人的一生不过百年，夜晚就占了一半的时间，整天作乐，还苦恼嫌时间不够多，何况还要让多余的睡眠占用本来就不够的玩乐时间呢？

有一个名士喜欢睡觉，起床时间一定要过了中午，中午之前这段时间去拜访他，没有人能见到他的面。我每次去拜访，必定要等上很长时间才能见到他。一天我闷坐无聊，桌上笔墨俱全，就想起一首旧诗，改动几个字来嘲弄他："吾在此静睡，起来常过午。便活七十年，止当三十五。"朋友们见了，无不为之称绝笑倒。这虽然是玩笑，却颇有道理。

【原文】

是当睡之时，止有黑夜，舍此皆非其候矣。然而午睡之乐，倍于黄昏，三时皆所不宜，而独宜于长夏。非私之也，长夏之一日，可抵残冬之二日；长夏之一夜，不敌残冬之半夜，使止息于夜，而不息于昼，是以一分之逸，敌四分之劳，精力几何，其能堪此？况暑气铄金，当之未有不倦者。倦极而眠，犹饥之得食，渴之得饮，养生之计，未有善于此者。午餐之后，略逾寸晷，俟所食既消，而后徘徊近榻。又勿有心觅睡，觅睡得睡，其为睡也不甜。必先处于有事，事未毕而忽倦，睡乡之民自来招我。桃源、天台诸妙境，原非有意造之，皆莫知其然而然者。予最爱旧诗中有"手倦抛书午梦长"一句。手书而眠，意不在睡；抛书而寝，则又意不在书，所谓莫知其然而然也。睡中三昧，惟此得之。此论睡之时也。

睡又必先择地。地之善者有二：曰静，曰凉。不静之地，止能睡目，不能睡耳，耳目两岐，岂安身之善策乎？不凉之地，止能睡魂，不能睡身，身魂不附，乃养生之至忌也。

至于可睡可不睡之人，则分别于"忙闲"二字。就常理而论之，则忙人宜睡，闲人可以不必睡。然使忙人假寐，止能睡眼，不能睡心，心不睡而眼睡，犹之未尝睡也。其最不受用者，在将觉未觉之一时，忽然想起某事未行，某人未见，皆万万不可已者，睡此一觉，未免失事妨时，想到此处，便觉魂趋梦绕，胆怯心惊，较之未睡之前，更加烦躁，此忙人之不宜睡也。

闲则眼未阖而心先阖，心已开而眼未开；已睡较未睡为乐，已醒较未醒更乐，此闲人之宜睡也。然天地之间，能有几个闲人？必欲闲而始睡，是无可睡之时矣。

有暂逸其心以妥梦魂之法：凡一日之中，急切当行之事，俱当于上半日告竣，有未竣者，则分遣家人代之，使事事皆有着落，然后寻床觅枕以赴黑甜①，则与闲人无别矣。此言可睡之人也。而尤有吃紧一关未经道破者，则在莫行歹事。"半夜敲门不吃惊"，始可于日间睡觉，不则一闻剥啄②，即是逻卒③到门矣。

【注释】

①黑甜：酣睡。②剥啄：象声词。敲门或下棋声。③逻卒：巡逻的士兵。

【译文】

这样看来，适合睡觉的时间只有夜晚，除此之外都不是睡觉的时间。然而中午睡觉要比黄昏时睡觉快乐得多，三个季节都不适宜睡午觉，只有夏季最合适。不是对夏天偏爱，而是因为盛夏的白天时间长，可以抵得上深冬的两个白天了，夏天的一个夜晚，不到深冬的半个夜晚，如果只是选择在晚上休息，而白天不休息，就是用一分的休息抵挡四分的劳累，人能有多少精力忍受这样的劳苦呢？而且炎热的暑气可以熔化金属，这时人们没有不感觉困倦的。困倦极了就得休息，就像饥饿时得到食物，口渴了得到了水，养生的办法没有比这更好的了。午餐后，稍微过一小段时间，等食物消化了，之后再慢慢上床休息。也不要刻意去睡，这样即使睡着了，也睡得不香甜。一定得先做事，事情还没有做完忽然感到疲倦，自然很快就会进入梦乡。桃花源和天台山这些美妙的境界，都不是有意进入的，而是在不知不觉中就进去了的。我最喜欢旧诗中"手倦抛书午梦长"一句。手拿着书就睡着了，心思不在睡觉上面；把书抛开就睡着了，心思又不在书上，就是所谓的自然而然的境界。睡觉的真谛，只能这样得到。这里讲的是睡觉的时间。

睡觉又必须选择地点。好的地点有两个条件，一个是安静一个是凉快。不安静的地方，只能让眼睛休息，不能让耳朵休息，眼睛和耳朵不能合二为一，又怎么是安身的最好方法呢？不凉快的地方，只能使精神得到休息，不能使身体得到休息，身体和精神不能融合，这是养生的大忌。

至于可睡可不睡的人，则主要区别于忙和闲两个字。就常理来说，忙碌的人应该睡，而悠闲的人可以不睡。然而让忙碌的人小睡一会儿，只能使眼睛得到片刻的休息，不能使心得到休息，心不休息只有眼睛休息，就跟没休息一样。最不好的是，在将睡未睡着的时候，忽然想起某件事还没有做，某个人还没有见到，这都是万万不可的，睡这一觉，可能就会错失时机，妨碍办事，想到这里，就觉得魂牵梦绕，心惊胆战，比没睡之前，更加烦躁，这是忙人不适宜睡觉的原因。

清闲的人眼睛没闭上心就先休息了，心已经醒了眼睛还没有睁开；睡着了比没睡时更快乐，醒来比没醒时更高兴，这是闲人应该睡觉的原因。但天地间能有几个清闲的人呢？如果一定要等到空闲了才能睡，那就没有能睡觉的时间了。

有个让人暂时放松精神可以睡个好觉的方法：一天里，把着急必须要做的事情都在上午处理，没有完成的，就让家人代劳，让每件事都有着落，然后再选择上床睡觉，就跟闲人没有什么差别了。这是指的可以睡觉的人。还有一件要紧的事没有说出来，就是不要做坏事。"半夜敲门不吃惊"，才可以在白日里睡觉，否则一听到有人敲门，就以为是公差上门了。

坐

【原文】

从来善养生者，莫过于孔子。何以知之？知之于"寝不尸，居不容"二语。使其好饰观瞻，务修边幅，时时求肖君子，处处欲为圣人，则其寝也，居也，不求尸而自尸，不求容而自容；则五官四体，不复有舒展之刻。岂有泥塑木雕其形，而能久长于世者哉？"不尸不容"四字，绘出一幅时哉圣人，宜乎崇祀千秋，而为风雅斯文之鼻祖也。

吾人燕居坐法，当以孔子为师，勿务端庄而必正襟危坐，勿同束缚而为胶柱难移。抱膝长吟，虽坐也，而不妨同于箕踞①；支颐②丧我，行乐也，而何必名为坐忘？但见面与身齐，久而不动者，其人必死。此图画真容之先兆也。

寝不尸，居不容

【注释】

①箕踞：古人席地而坐，随意伸开两腿，像个簸箕，是一种不拘礼节、傲慢不敬的坐法。
②支颐：以手托下巴。

【译文】

自古以来，善于养生的人，非孔子莫属。怎么知道的呢？从"寝不尸，居不容"这两句话知道的。如果孔子喜欢修饰外表，讲究穿着，时时处处要把自己打扮成圣人君子模样，在睡觉时，不想躺着像尸体，身体也会僵直得像尸体一样，不想修饰也会把自己修饰得整整齐齐；五官四肢，就不再有舒展的时候了。哪里有身体像泥雕木塑的人那样挺直，还能在世间活得很长久的呢？"不尸不容"四字，画出一幅圣人因时而变的图画来，几千年来被人尊敬祭祀，从而成为风雅斯文的鼻祖也是应该的。

我们日常生活中的坐法，应当把孔子当作老师，不要为了端庄就必须正襟危坐，不要把这当成了束缚而使自己像用胶粘住的柱子一样不能移动。抱着膝盖吟诵诗文，虽然是一种坐姿，不如像簸箕一样叉开腿坐，或者手托下巴忘记自己，这是在寻找快乐，为什么一定要叫作坐忘？如果看见到脸跟身体一般齐的人，很久都不动，一定是要死了。这样的场景正是画遗像的先兆。

行

【原文】

贵人之出，必乘车马。逸则逸矣，然于造物赋形之义，略欠周全。有足而不用，与无足等耳，反不若安步当车之人，五官四体皆能适用。此贫士骄人语。乘车策马，曳履寋裳①，一般同是行人，止有动静之别。使乘车策马之人，能以步趋为乐，或经山水之胜，或逢花柳之妍，或遇戴笠之贫交，或见负薪之高士，欣然止驭，徒步为欢，有时安车而代步，有时安步以当车，其能用足也，又胜贫士一筹矣。

至于贫士骄人。不在有足能行，而在缓急出门之可恃。事属可缓，则以安步当车；如其急也，则以疾行当马。有人亦出，无人亦出；结伴可行，无伴亦可行。不似富贵者假足于人，人或不来，则我不能即出，此则有足若无，大悖谬于造物赋形之义耳。兴言及此，行殊可乐！

【注释】

①曳履：拖着鞋子。形容闲暇、从容。搴裳：褰裳。提起衣裳。

【译文】

贵人出行的时候，一定乘车骑马。轻松是轻松，但从造物主创造人类形体的本意来说，就略微显得不周全了。有脚而不用，这跟没有脚是一样的道理，反而不如安步当车的人，五官四肢都能起作用。这是穷人自满的说法。乘车骑马和穿鞋搋起衣服走路的人，一般都是行人，只是动静有一些差别。如果乘车骑马的人，能把走路当成一种乐趣，经过山水如画的胜地，或是遇见漂亮的风尘女子，或是遇上头戴斗笠的穷朋友，或遇见背着柴的隐士，可以欣然下马，享受徒步的乐趣，有时安车代步，有时安步当车，这样用自己的脚，又比穷人高出一筹了。

至于贫寒之士感到自满，不是因为有脚能走，而是轻重缓急的时候出门都可以应付。事情如果可以延缓，就以安步当车；如果事情非常紧急，就像骑马一样快走。有仆人能出行，没有仆人也能出行；结伴可以出行，不结伴也可以出行。不像富贵的人要借着别人的脚，仆人不来，就不能即刻出去，这样有脚跟没有脚是一样的，大大违背了造物主创造人类赋予人形体的本意了。一时兴起讲到这里，徒步行走是件快乐的事情。

立

【原文】

立分久暂，暂可无依，久当思傍。亭亭独立之事，但可偶一为之，旦旦如是，则筋骨皆悬，而脚跟如砥，有血脉胶凝之患矣。或倚长松，或凭怪石，或靠危栏作轼，或扶瘦竹为筇；既作羲皇上人，又作画图中物，何乐如之！但不可以美人作柱，虑其础石太纤，而致栋梁皆仆也。

【译文】

站立要分时间长和时间短。短暂的站立可以什么也不依靠，长久的站立就要找个依靠的地方。笔直站立这样的事，只可以偶尔做一次，如果天天这样，那么筋骨全都会悬立起来，而且脚跟像磨刀石，就有可能产生血脉凝固的疾病。或是倚靠在高大的松树上，或是靠在怪石上，或是斜靠着危栏上作为手扶的横木，或是扶着瘦竹作为拐杖，既可做伏羲时代的人，又可以做画图中的人物，还有什么比这更快乐的？只是不能以美人做依靠，因为考虑到她太过单薄了，可能会让人摔倒。

饮

【原文】

　　宴集之事，其可贵者有五：饮量无论宽窄，贵在能好；饮伴无论多寡，贵在善谈；饮具无论丰啬，贵在可继；饮政无论宽猛，贵在可行；饮候无论短长，贵在能止。备此五贵，始可与言饮酒之乐；不则曲糵宾朋，皆凿性斧身之具也。

　　予生平有五好，又有五不好，事则相反，乃其势又可并行而不悖。五好、五不好维何？不好酒而好客；不好食而好谈；不好长夜之欢，而好与明月相随而不忍别；不好为苛刻之令，而好受罚者欲辩无辞；不好使酒骂坐之人，而好其于酒后尽露肝膈。坐此五好、五不好，是以饮量不胜蕉叶，而日与酒人为徒。

　　近日又增一种癖好、癖恶：癖好音乐，每听必至忘归；而又癖恶座客多言，与竹肉之音相乱。

　　饮酒之乐，备于五贵、五好之中，此皆为宴集宾朋而设。若夫家庭小饮与燕闲独酌，其为乐也，全在天机逗露之中，形迹消忘之内。有饮宴之实事，无酬酢之虚文。睹儿女笑啼，认作斑斓之舞；听妻孥劝诫，若闻金缕之歌。苟能作如是观，则虽谓朝朝岁旦，夜夜无宵可也。又何必座客常满，樽酒不空，日藉豪举以为乐哉？

【译文】

　　宴会上的事，有五点最可贵：不论酒量大小，贵在能喝好；不论饮酒的人有多少，贵在善于交谈；不在酒菜丰盛与否，贵在能连续不断；不论行酒令宽严如何，贵在可

宴集之事，其可贵者有五

行；不论喝酒的时间长短，贵在能停止。具备了这五种可贵的地方，才能谈饮酒的快乐，不然酒和朋友就会成为伤害身体和心性的东西。

我生平有五种爱好的事，又有五种不爱好的事，事情虽然是相反的，但又并行不悖。五种爱好和五种不爱好的事是什么呢？不好酒却好客；不好吃却好交谈；不喜欢漫漫长夜的欢乐，却爱好赏月不忍离去；不喜欢行苛刻的酒令，却喜欢让受罚的人没办法反驳；不好借酒使性乱骂的人，却好在酒后吐露真言的人。因为有这五种爱好和五种不爱好的事情，所以不胜酒力却整天跟酒鬼在一起。

最近又增加了一种癖好、一种癖恶：癖好音乐，经常听到忘记回家；而癖恶的是酒席上客人多话，扰乱音乐美好的声音。

饮酒的快乐，在五贵、五好中，这都是针对宴请朋友而讲的。若是在家中小酌数杯或是闲居独饮，这种快乐都在天机显露之中和纵情忘形之内。有饮宴的实事，而没有应酬的虚假言语。看到儿女们笑和哭，就当作斑斓绚丽的舞蹈，听妻子儿女的劝诫，像听到金属乐器和丝竹的音乐一样动听。如果能这样看，就可以说天天都是新年，夜夜都是元宵节了。为什么还要时常宾朋满座，酒杯不空，每天借着豪放的行为来取乐呢？

谈

与君一夕话，胜读十年书

读书，最乐之事，而懒人常以为苦；清闲，最乐之事，而有人病其寂寞。就乐去苦，避寂寞而享安闲，莫若与高士盘桓，文人讲论。何也？"与君一夕话，胜读十年书。"既受一夕之乐，又省十年之苦，便宜不亦多乎？"因过竹院逢僧话，又得浮生半日闲。"既得半日之闲，又免多时之寂，快乐可胜道乎？善养生者，不可不交有道之士；而有道之士，多有不善谈者。有道而善谈者，人生希觏[1]，是当时就日招，以备开聋启聩之用者也。即云我能挥麈，无假于人，亦须借朋侪起发，岂能若西域之钟虡[2]，不叩自鸣者哉？

①希觏：罕见。②钟虡：一种悬钟的格架。上有猛兽为饰。

【译文】

　　读书是最快乐的事，然而懒人却常常觉得辛苦；清闲也是最快乐的事，有人却认为寂寞。选择快乐远离痛苦，逃避寂寞而享受清闲，这些事情都不如与隐士文人交往谈论，为什么呢？"与君一夕话，胜读十年书。"既能享受一天的快乐，又省去十年的辛苦，这不是太便宜了吗？"因过竹院逢僧话，又得浮生半日闲。"既能得到半日的清闲，又能免去长时间的寂寞，这种快乐可以讲得完吗？善于养生的人，不能不结交有道德修养的人，这些人，大都不善言谈。有道德修养又善于交谈的人，生活中很难遇到，对于这种人应该经常接近他们，通过他们启发自己的聪明才智。即使我也能讲玄妙的道理，不需要凭借别人的帮助，也必须通过朋友的启发。难道能像西域的自鸣钟，不敲就自己响起来吗？

沐　浴

【原文】

　　盛暑之月，求乐事于黑甜之外，其惟沐浴乎？潮垢非此不除，浊污非此不净，炎蒸暑毒之气亦非此不解。此事非独宜于盛夏，自严冬避冷，不宜频浴外，凡遇春温秋爽，皆可借此为乐。而养生之家则往往忌之，谓其损耗元神也。

　　吾谓沐浴既能损身，则雨露亦当损物，岂人与草木有二性乎？然沐浴损身之说，亦非无据而云然。予尝试之。试于初下浴盆时，以未经浇灌之身，忽遇澎湃奔腾之势，以热投冷，以湿犯燥，几类水攻。此一激也，实足以冲散元神，耗除精气。而我有法以处之：虑其太激，则势在尚缓；避其太热，则利于用温。解衣磅礴之秋，先调水性，使之略带温和，由腹及胸，由胸及背，惟其温而缓也，则有水似乎无水，已浴同于未浴。俟与水性相习之后，始以热者投之，频浴频投，频投频搅，使水乳交融而不觉，渐入佳境而莫知，然后纵横其势，反侧其身，逆灌顺浇，必至痛快其身而后已。

　　此盆中取乐之法也。至于富室大家，扩盆为屋，注水于池者，冷则加薪，热则去火，自有以逸待劳之法，想无俟贫人置喙也。

【译文】

　　盛夏的时候，酣睡以外最快乐的事情，就只有沐浴了。只有沐浴，才能除去汗垢，才能清洗干净污垢，炎热酷毒的暑气才能消除。沐浴不仅仅只适合在盛夏，除了严冬季节为了预防寒冷，不适合经常洗澡以外，凡是在春暖秋爽的时候，都可以通过沐浴得到快乐。但是养生家往往忌讳这个，认为沐浴损耗元气。

　　我认为如果沐浴对人的身体有损害，那么雨露也应该是会损害万物的东西，难道人和草木有本质上的不同吗？但是沐浴对身体有损害的说法，也不是没有根据的。我曾经试过。试着刚下浴盆的时候，还没被淋湿的身体像突然遇见奔腾的河水一样，把热的东西放到冷水中，让湿的东西去侵犯干燥的东西，身体就像面对水攻一样。这样用冷水一激，足以冲散元神，耗损精气。我有个解决的办法：如果怕水太冷，就慢慢进入；避免水温太高，适宜用温水。在脱衣服之前，要先调好水温使其比较温和，由腹到胸，从胸到背，只有用温和的水慢慢地洗，有水像没有水一样，已在开始洗就像还没洗。等到身体适应水温之后，再加热水，边洗边加水，边加水边搅动，让温水和热水交融人却感觉不到，这样渐入佳境但是察觉不到。然后随意变换身体的姿势，横竖随意，顺浇或逆浇，直到身体感到很痛快为止。

这是浴盆中取乐的方法。像富有的大户人家，把浴盆弄成房间那么大，先往池子里注水，冷了就加柴火，热了就将火熄掉，自然有以逸待劳的方法，想来不需要穷人来指导。

听琴观棋

【原文】

弈棋尽可消闲，似难借以行乐；弹琴实堪养性，未易执此求欢。以琴必正襟危坐而弹，棋必整槊横戈以待。百骸尽放之时，何必再期整肃？万念俱忘之际，岂宜复较输赢？常有贵禄荣名付之一掷，而与人围棋赌胜，不肯以一着相饶者，是与让千乘之国，而争箪食豆羹者何异哉？故喜弹不若喜听，善弈不如善观。人胜而我为之喜，人败而我不必为之忧，则是常居胜地也；人弹和缓之音而我为之吉，人弹噍杀①之音而我不必为之凶，则是长为吉人也。或观听之余，不无技痒，何妨偶一为之，但不寝食其中而莫之或出，则为善弹善弈者耳。

【注释】

①噍杀：声音急促，不舒缓。

【译文】

下棋完全可以用来消磨空闲，似乎很难借下棋行乐；弹琴确实可以颐养性情，却很难靠弹琴寻得欢乐。弹琴时必须正襟危坐，下棋一定要严阵以待。身体完全得到放松的时候，何必再求端正严肃？万念俱灰的时候，怎么能适宜再计较输赢？常有人功名利禄都可以轻易放弃，但是跟人下棋求胜时，却不肯让一着棋给对方，这跟出让千乘的大国，却争夺一碗豆羹有什么区别吗？所以喜欢弹琴不如喜欢听，善于下棋不如善于观棋。人家赢了我为他感到高兴，人家输了我也不必为他感到伤心，这样就会永远在胜利之中。人家弹和缓的音乐我认为是吉利的，人家弹肃杀的音乐我也不必将它认为是凶兆，这就是总能做一个处在吉祥中的人。有时在看棋听琴之余，不免有技痒的时候，也可以偶尔一次下下棋弹弹琴，只要别沉浸其中废寝忘食，流连忘返，就是善于对待弹琴和下棋的人了。

看花听鸟

【原文】

　　花鸟二物，造物生之以媚人者也。既产娇花嫩蕊以代美人，又病其不能解语，复生群鸟以佐之。此段心机，竟与购觅红妆，习成歌舞，饮之食之，教之诲之以媚人者，同一周旋之至也。而世人不知，目为蠢然一物，常有奇花过目而莫之睹，鸣禽悦耳而莫之闻者。至其捐资所购之姬妾，色不及花之万一，声仅窃鸟之绪余，然而睹貌即惊，闻歌辄喜，为其貌似花而声似鸟也。噫！贵似贱真，与叶公之好龙何异？予则不然。每值花柳争妍之日，飞鸣斗巧之时，必致谢洪钧，归功造物，无饮不奠，有食必陈，若善士信妪之佞佛者。夜则后花而眠，朝则先鸟而起，惟恐一声一色之偶遗也。及至莺老花残，辄怏怏如有所失。是我之一生，可谓不负花鸟；而花鸟得予，亦所称"一人知己，死可无恨"者乎！

花鸟二物，造物生之以媚人

【译文】

　　花、鸟这两种东西，是造物主用来讨好世人的。既可以用娇嫩的花朵代替美人，又嫌弃它不解人语，就又出现了各种鸟类辅助它。这种心机，跟购得佳人，并教她们歌舞，抚养调教让她们取悦于别人，是同样婉转的道理。然而世人不能了解，把花鸟看成愚蠢的东西，经常有人遇到奇花却不认识，鸟鸣悦耳却听不到。至于花钱购买的姬妾，姣美程度还不及花的万分之一，声音只能算鸟鸣声中的最难听的，但是人们看到她的容貌就惊叹，听到她唱歌就欢喜，因为她容貌像花而歌声像鸟。唉！轻视真的事物却重视同它相似的，这跟叶公好龙有什么区别？我就不认为这样。每到花柳争奇斗艳、飞禽争奇斗巧的时候，一定会感谢造物主，将功劳归于造物主，喝酒时就祭奠，有了食物必定会摆列出来祭祀，就像善男信女拜佛一样。晚上比花睡得还晚，早上比鸟起得还早，就怕遗漏了任何一种鸟的叫声或花的美丽。到了黄莺老去百花凋谢的时候，就会若有所失。我这一生，可以算是对得起花鸟，而花鸟得到我，也可以算是"一人知己，死可无恨"了吧！

蓄养禽鱼

【原文】

鸟之悦人以声者，画眉、鹦鹉二种。而鹦鹉之声价，高出画眉上，人多癖之，以其能作人言耳。予则大违是论，谓鹦鹉所长止在羽毛，其声则一无可取。鸟声之可听者，以其异于人声也。鸟声异于人声之可听者，以出于人者为人籁，出于鸟者为天籁也。使我欲听人言，则盈耳皆是，何必假口笼中？况最善说话之鹦鹉，其舌本之强，犹甚于不善说话之人，而所言者，又不过口头数语。是鹦鹉之见重于人，与人之所以重鹦鹉者，皆不可诠解之事。

至于画眉之巧，以一口而代众舌，每效一种，无不酷似，而复纤婉过之，诚鸟中慧物也。予好与此物作缘，而独怪其易死。既善病而复招尤，非殁于己，即伤于物，总无三年不坏者。殆亦多技多能所致欤？

【译文】

鸟之悦人以声音

鸟类中靠声音取悦人的，有鹦鹉、画眉两种。而鹦鹉的价格在画眉之上，人们大多喜欢它，因为它能学人说话。我就不大认同这种观点，我觉得鹦鹉的长处只在于羽毛，而它的声音没有一点可取的地方。鸟的声音之所以好听，是因为它不同于人的声音。鸟的声音跟人的声音不一样才更动听，因为人发出的声音就是人的声音，但是鸟发出的声音就是天籁。假使我要想听人说话，满耳全部都是，为什么还要通过笼中的鸟呢？况且即使是最善于说话的鹦鹉，它的舌头也要比不善于说话的人僵硬，它所说的又不过是人们口头上经常说的几句话。像鹦鹉受人重视和人重视鹦鹉，这两者都是不能理解的事情。

至于画眉的灵巧，用一张嘴可以代替众多种鸟的鸣叫，每效仿一种鸟叫，都非常像，而且也更加婉转，真是最聪慧的一种鸟。我喜欢和画眉结缘，却很奇怪它为什么那么容易死。画眉既容易生病又容易受伤害，不是自己病死，就是被别的东西害死，总是没有活过三年的。可能是因为它有太多技能导致的吧？

【原文】

鹤、鹿二种之当蓄，以其有仙风道骨也。然所耗不赀，而所居必广，无其资与地者，皆不能蓄。且种鱼养鹤，二事不可兼行，利此则害彼也。然鹤之善唳善舞，与鹿之难扰易驯，皆品之极高贵者，麟凤龟龙而外，不得不推二物居先矣。乃世人好此二物，又分轻重于其间，二者不可得兼，必将舍鹿而求鹤矣。显贵之家，匪特深藏苑囿，近置衙斋，即倩人写真绘像，必以此物相随。予尝推原其故，皆自一人始之，赵清献公①是也。琴之与鹤，声价倍增，讵非贤相提携之力欤？

【注释】

①赵清献公：北宋大臣赵抃，谥号清献。他政务简易，曾匹马入蜀，仅以一琴一鹤自随。

【译文】

鹤和鹿这两种动物都应该畜养，因为它们有仙风道骨。但是花费却不小，而且它们一定要居住在宽敞的地方，没有这样的财力和场所，都蓄养不起的。而且鱼和鹤不能一起养，因为对这个动物有利的条件就会对另一种动物有害。但鹤善鸣善舞和鹿难扰易驯，都是动物中非常高贵的品性，麒麟、凤凰、灵龟和龙之外，就要数这两种动物了。但是世人对两者的喜好，又有轻重之分，两种不能同时兼得，于是必须舍弃鹿而选择鹤了。显贵的人家，不仅把鹤深藏在园囿中，畜养在官邸里，就算是请人为自己画像，也一定要让鹤相伴。我曾经推究其中的缘由，都是从一个人开始的，就是赵清献先生。琴和鹤身价倍增，难道不是这位宰相提携的功劳吗？

【原文】

家常所蓄之物，鸡犬而外，又复有猫。鸡司晨，犬守夜，猫捕鼠，皆有功于人而自食其力者也。乃猫为主人所亲昵，每食与俱，尚有听其搴帷入室，伴寝随眠者。鸡栖于埘，犬宿于外，居处饮食皆不及焉。而从来叙禽兽之功，谈治平之象者，则止言鸡犬而并不及猫。亲之者是，则略之者非；亲之者非，则略之者是；不能不惑于二者之间矣。曰：有说焉。昵猫而贱鸡犬者，犹癖谐臣媚子，以其不呼能来，闻叱不去；因其亲而亲之，非有可亲之道也。鸡犬二物，则以职业为心，一到司晨守夜之时，则各司其事，虽养以美食，处以曲房，使不即彼而就此，二物亦守死弗至；人之处此，亦因其远而远之，非有可远之道也。即其司晨守夜之功，与捕鼠之功亦有间焉。鸡之司晨，犬之守夜，忍饥寒而尽瘁，无所利而为之，纯公无私者也；猫之捕鼠，因去害而得食，有所利而为之，公私相半者也。清勤自处，不屑媚人者，远身之道；假公自为，密迩其君者，固宠之方。是三物之亲疏，皆自取之也。然以我司职业于人间，亦必效鸡犬之行，而以猫之举动为戒。

噫！亲疏可言也，祸福不可言也。猫得自终其天年，而鸡犬之死，皆不免于刀锯鼎镬之罚。观于三者之得失，而悟居官守职之难。其不冠进贤^①，而脱然于宦海浮沉之累者，幸也。

【注释】

①进贤：进贤冠，古冠名，古时朝见皇帝的一种礼帽。原为儒者所戴，唐时百官皆戴用。

【译文】

　　家中日常蓄养的动物，除了鸡和狗之外，还有猫。鸡早上报晓，狗夜晚守家，猫捕老鼠，都是对人类有功并且能自食其力的动物。猫却总是受到主人的特别宠爱，每餐和它一起吃饭，还有些人听任猫掀开帐子到床上，与人一起睡觉。鸡栖息在土墙上，狗睡在屋外，住所和饮食都比不上猫。然而人们谈到兽类的功劳时，谈到家居安宁的景象时，则只说鸡狗而不提及猫。如果说跟猫亲近是对的，那谈功劳时将它省略掉就不对了，如果说跟猫亲近是错的，那么谈功劳时就应该忽略它。在这两种说法之间不能不让人感到疑惑不解。我认为这其中一定是有说法的。亲近猫而轻贱鸡狗的人，就像君王对待奸臣和谄媚的女子，因为猫不用叫自己也会来，即使责骂也不会离去。因为它跟人亲近，人才会亲近它，并不是它真的有什么值得亲近的地方。鸡和狗这两种动物，则一心想着自己的职责，一到早晨报晓夜晚守夜的时候，就各司其职，即使给它美食和好的处所，让它放弃职责来享受，它们也是宁死不会来的。人们在这种情况下，也因为它们跟人的疏远而远离它们，不是它们有什么该被疏远的原因。就算是它们有司晨和守夜的功劳，跟猫捕鼠的功劳也是有差距的。鸡司晨，狗守夜，忍受饥寒尽职尽责，不是为了利益，完全是大公无私的表现，而猫捕老鼠，是在去除祸害的同时又得到了食物，是在有利于自己的情况下这么做的，是公私参半。以清廉勤劳自居的人，不屑取悦别人，是一种让人疏远的方法；而假公济私，与主人亲近的，是巩固自己受到的宠爱的方法，所以这三种动物跟人的亲近疏远，都是自己的习性造成的。然而我要在社会上从事职业，也会效仿鸡和狗，而以猫的行为为戒。

　　唉！亲近和疏远是可以说的，而祸福却说不清。猫能够终其天年，而鸡和狗的死，都免不了刀宰和烹煮。看到这三种动物的得失，可以悟得做官守职的难处。我能够弃官不做，而不被官场沉浮所累，真是幸运啊。

浇灌竹木

【原文】

　　"筑成小圃近方塘，果易生成菜易长。抱瓮太痴机大巧，从中酌取灌园方。"此予山居行乐之诗也。能以草木之生死为生死，始可与言灌园之乐，不则一灌再灌之后，无不畏途视之矣。殊不知草木欣欣向荣，非止耳目堪娱，亦可为艺草植木之家，助祥光而生瑞气。不见生财之地，万物皆荣，退运之家群生不遂？气之旺与不旺，皆于动植验之。若是，则汲水浇花，与听信堪舆、修门改向者无异也。不视为苦，则乐在其中。督率家人灌溉，而以身任微勤，节其劳逸，亦颐养性情之一助也。

【译文】

"筑成小圃近方塘，果易生成菜易长。抱瓮太痴机太巧，从中酌取灌园方。"这是我在山中居住时的行乐诗。能把草木的生死当成自己的生死，才可以说出浇灌田园的快乐，不然浇灌一两次之后，只会当成可怕的事情。却不知草木欣欣向荣，不仅可以使耳目得到愉悦，也可以为种植草木的人家增添祥瑞之气。看不见生财的地方，万物都尽显一片繁荣，而运气不好的人家各种生物都不茂盛吗？运气的旺盛与否，都可以从动植物身上看出来。如果是这样，汲水浇花与听信风水、修改门窗没有什么不同。不把它看成辛苦的事，而且还乐在其中。督促率领家人灌溉，自己也劳动，这样可以调节作息，对颐养性情也是一大帮助。

气之旺与不旺，皆于动植验之

◎止忧第二◎

【原文】

忧可忘乎？不可忘乎？曰：可忘者非忧，忧实不可忘也。然则忧之未忘，其何能乐？曰：忧不可忘而可止，止即所以忘之也。如人忧贫而劝之使忘，彼非不欲忘也，啼饥号寒者迫于内，课赋索逋者攻于外，忧能忘乎？

欲使贫者忘忧，必先使饥者忘啼，寒者忘号，征且索者忘其逋赋而后可，此必不得之数也。若是，则"忘忧"二字徒虚语耳。犹慰下第者以来科必发，慰老而无嗣者以日后必生，迨其不发不生，亦止听之而已，能归咎慰我者而责之使偿乎？

语云："临渊羡鱼，不如退而结网。"慰人忧贫者，必当授以生财之法；慰人下第者，必先予以必售之方；慰人老而无嗣者，当令蓄姬买妾，止妒息争，以为多男从出之地。若是，则为有裨之言，不负一番劝谕。止忧之法，亦若是也。忧之途径虽繁，总不出可备、难防之二种，姑为汗竹，以代树萱。

【译文】

忧愁能忘记吗？忧愁不可以忘记吗？我说，可以忘记的不是真正的忧愁，真正的忧愁其实是不能忘记的。然而不能忘记忧愁，又怎么能快乐呢？我说忧愁不能忘记却可以停止，停止就是忘记的方法。像有人为贫穷烦恼而劝他忘记，他不是不想忘记，饥寒交迫的孩子在家里哭号，催租讨债的人在屋外逼迫，忧愁怎么能忘记呢？

忧实不可忘

要想让穷人忘记忧愁，一定要先让饥寒交迫的人忘记哭号，征租讨债的人忘记索取才行，可是这又是不可能的。如果这样，"忘忧"这两个字就只是空话。就像安慰落榜的人下次科考一定会中举一样，安慰到老还没有后代的人将来一定会有孩子一样，最终没有中榜也没有生孩子，这些话只不过听听而已，又怎能怪罪于安慰的人而让他赔偿呢？

古人说："临渊羡鱼，不如退而结网。"安慰忧虑贫穷的人，一定要教他发财的方法；安慰落榜的应试者，一定要先教他中举的方法；安慰没有后代的老人，应该让他蓄养姬妾，禁止争风吃醋，为生养子女做准备。这样，就是有益的话，也不枉费一番安慰之意。停止忧愁的方法，也就是这样了。忧愁的形式有很多，总超不出可以防备和难以防备两种，我姑且做些记录，来为人们解忧愁。

止眼前可备之忧

【原文】

拂意之境，无人不有，但问其易处不易处，可防不可防。如易处而可防，则于未至之先，筹一计以待之。此计一得，即委其事于度外，不必再筹，再筹则惑我者至矣。贼攻于外而民扰于中，其可防乎？俟其既至，则以前画之策，取而予之，切勿自动声色。声色动于外，则气馁于中。此以静待动之法，易知亦易行也。

【译文】

不顺心的事，没有谁会没有，要看它是否容易处理，是否可以预防。如果容易处理并且可以防止，那就在发生之前，先准备一个应对的对策等待发生。这个对策想好之后，就可以把忧愁的事放在一边，不必再考虑，再考虑疑惑就会产生了。就像一个国家，匪徒在城外攻打，人民在城中发生内乱，这能够预防吗？等到事情发生，就用先前计划的对策应付，千万不可以自己露出任何破绽，破绽露出来，心里就会气馁。这是以静待动的方法，容易明白也容易运用。

止身外不测之忧

【原文】

不测之忧，其未发也，必先有兆。现乎蓍龟，动乎四体者，犹未必果验。其必验之兆，不在凶信之频来，而反在吉祥之事之太过。乐极悲生，否伏于泰，此一定不移之数也。命薄之人，有奇福，便有奇祸；即厚德载福之人，极祥之内，亦必酿出小灾。盖天道好还，不敢尽私其人，微示公道于一线耳。达者处此，无不思患预防，谓此非善境，乃造化必忌之数，而鬼神必觇之秋也。萧墙①之变，其在是乎？

止忧之法有五：一曰谦以省过，二曰勤以砺身，三曰俭以储费，四曰恕以息争，五曰宽以弥谤。率此而行，则忧之大者可小，小者可无；非循环之数，可以窃逃而幸免也。只因造物予夺之权，不肯为人所测识，料其如此，彼反未必如此，亦造物者颠倒英雄之惯技耳。

【注释】

①萧墙：即照壁，当门而立的小墙，比喻内部。

【译文】

不可预料的忧患，在没有发生的时候，一定会有征兆。在占卜中表现出来的，表现在身体上的征兆，也不一定应验。一定灵验的征兆，不在于不好的消息频繁传来，而在于吉祥的事情频频发生。乐极生悲，不幸埋藏在幸运之中，这是一定不会改变的道理。命薄的人有奇福，就会有奇祸发生；就是德厚有福的人，在吉祥频出之下，也会出现一些小灾。因为上天公正，不会对任何一个人完全偏爱，也会在他身上降下小小的灾祸以显示公道。睿智的人对这种事都会考虑到不幸而且进行预防，认为这不是好事，认为造物主一定会忌妒、鬼神一定会窥视。身边的灾祸，就是从这里引起的吧？防止忧愁的方法有五种：一是虚心检讨自己的过失，二是勤奋锻炼自己，三是节俭要有积蓄，四是要宽恕别人避免争斗，五是要宽厚待人消除诽谤。照这样做，那么，大的忧愁可以化小，小可以化无，这不是天道循环的定数，是可以逃脱和幸免的。只是造物主生杀予夺的大权，不肯让人识破，预料它会这样，它不一定这样，这是造物戏弄英雄惯用的伎俩。

◎调饮啜第三◎

《食物本草》一书，养生家必需之物。然翻阅一过，即当置之。若留匕箸之旁，日备考核，宜食之物则食之，否则相戒勿用，吾恐所好非所食，所食非所好，曾皙睹羊枣①而不得咽，曹刿鄙肉食而偏与谋，则饮食之事亦太苦矣。尝有性不宜食而口偏嗜之，因惑《本草》之言，遂以疑虑致疾者。弓蛇之为祟，岂仅在形似之间哉？"食色，性也。"欲藉饮食养生，则以不离乎性者近是。

【注释】

①羊枣：果名，君迁子之实，长椭圆形，初生色黄，熟则黑，似羊矢，俗称"羊矢枣"。

【译文】

《食物本草》一书，是养生家必备的读物。但是人们翻阅一遍之后，就放到一边了。如果是放在饭桌上，每天进行核对，适宜吃的东西才吃，不适宜吃的就互相告诫不要吃，我恐怕所喜欢的不是能吃的，所吃的不是喜欢的，就像曾皙看到羊枣而不能吃，曹刿不喜欢肉食却偏偏让他吃，那么关于饮食这件事就太苦了。有人身体不适宜吃某种东西但心里却偏偏喜欢，又害怕《本草》上的话，结果因为心生疑虑而病倒了。杯弓蛇影会给人带来困扰，难道就只是因为两者外形相似吗？"食色，性也。"想要借饮食养生，就应该不违背人的本性。

欲借饮食养生，就应不违背本性

爱食者多食

【原文】

生平爱食之物，即可养身，不必再查《本草》。春秋之时，并无《本草》，孔子性嗜姜，即不撤姜食，性嗜酱，即不得其酱不食，皆随性之所好，非有考据而然。孔子于姜、酱二物，每食不离，未闻以多致疾。可见性好之物，多食不为祟也。但亦有调剂君臣之法，不可不知。"肉虽多，不使胜食气。"此即调剂君臣之法。肉与食较，则食为君而肉为臣；姜、酱与肉较，则又肉为君而姜、酱为臣矣。虽有好不好之分，然君臣之位不可乱也。他物类是。

【译文】

天生爱吃的东西，就可以养身，不必再查《本草》了。春秋时期，并没有《本草》，孔子生性喜欢吃姜，离不开有姜的食物，喜欢吃酱，没有酱就不吃饭，都是根据性情的喜好而吃的，不是经过考证之后才这么做的。孔子对于姜、酱这两种东西，每次吃饭都离不开，没听说因为吃得多而生病的。可见生性喜欢吃的东西，多吃也不会有影响。但是也要有调配主次的方法，这个事情不能不知道。"肉虽多，不使胜食气。"这就是调配主次配料的方法。肉跟主食相比，那么主食就是主要的，肉是次要的；姜、酱和肉相比，那么肉是主要的，姜、酱则是次要的。虽然有喜爱不喜爱的差别，但是主次的位置不能乱。其他的大概都是这样。

怕食者少食

【原文】

凡食一物而凝滞胸膛，不能克化者，即是病根，急宜消导。世间只有瞑眩之药①，岂有瞑眩之食乎？喜食之物，必无是患，强半皆所恶也。故性恶之物即当少食，不食更宜。

【注释】

①瞑眩之药：语出《尚书·说命上》："若药弗瞑眩，厥疾弗瘳。"后指服后反应强烈的药。

【译文】

只要吃完一种东西堵在胸口不能消化，就是落下病根了，应该赶快疏导消化。世间只有让人糊涂昏聩的药，哪有让人糊涂昏聩的食物？喜欢吃的东西，一定不会出现这个情况，多半是吃到厌恶的食物。所以生性厌恶的东西，一定要少吃，最好不吃。

太饥勿饱

【原文】

　　欲调饮食，先匀饥饱。大约饥至七分而得食，斯为酌中之度，先时则早，过时则迟。然七分之饥，亦当予以七分之饱，如田畴①之水，务与禾苗相称，所需几何，则灌注几何，太多反能伤稼，此平时养生之火候也。有时迫于繁冗，饥过七分而不得食，遂至九分十分者，是谓太饥。其为食也，宁失之少，勿犯于多。多则饥饱相搏而脾气受伤，数月之调和，不敌一朝之紊乱矣。

【注释】

　　①田畴：围有界限的耕地。

【译文】

　　要调节饮食，先调整饥饱。大概饿到七分就应该吃东西，这是最合适的时候，之前太早，之后又太迟。但是七分饿，也应该吃到七分饱。像田畴里的水，一定要跟禾苗相匀称，需要多少，就浇灌多少，太多反而会伤害到庄稼。这是平时养生的火候。有时因为繁忙的工作，饿过了七分还不能吃饭，以至于饿到了九分十分时，就是饿过头了。这时吃东西，宁可吃少点，也不能吃得太多。太多了则饥饱相交容易使脾胃受伤，几个月的调节也比不过这一日的紊乱。

太饱勿饥

【原文】

　　饥饱之度，不得过于七分，是已。然又岂无饕餮①太甚，其腹果然之时？是则失之太饱。其调饥之法，亦复如前，宁丰勿啬。若谓逾时不久，积食难消，以养鹰之法处之，故使饥肠欲绝，则似大熟之后，忽遇奇荒。贫民之饥可耐也，富民之饥不可耐也，疾病之生，多由于此。从来善养生者，必不以身为戏。

【注释】

　　①饕餮：传说中的一种贪残的怪物，为尧舜时的四凶之一。古代钟鼎彝器上多刻其头部形状以为装饰。比喻贪得无厌者，这里指贪婪地吞食。

【译文】

　　饥饱的程度，是不能超过七分的。但是难道就没有过分贪吃，将肚子撑得饱饱的时候吗？这样就是吃得太饱了。调节的方法也跟前面说的一样，宁可吃得多一点，不能吃得太少。要是觉得过的时间不长，积食不能消化，就用养老鹰的方法处理，故意让自己饿到饥肠辘辘，就像一次大丰收后突然遇到严重的荒年。穷人的饥饿可以忍耐，富人的饥饿就不能忍耐了，疾病的产生，大多是因为这个原因。擅长养生的人从来不会拿自己的身体当儿戏。

怒时哀时勿食

【原文】

　　喜怒哀乐之始发，均非进食之时。然在喜乐犹可，在哀怒则必不可。怒时食物易下而难消，哀时食物难消亦难下，俱宜暂过一时，候其势之稍杀。饮食无论迟早，总以入肠消化之时为度。早食而不消，不若迟食而即消。不消即为患，消则可免一餐之忧矣。

【译文】

　　喜怒哀乐刚刚开始的时候，都不适合进食，但是喜乐的时候还可以，在悲伤和愤怒的时候一定不能进食。发怒时吃东西，容易咽下却很难消化，悲伤时吃东西，难消化也难下咽。都应该先等一段时间，等到悲伤或愤怒的情绪稍微平静些。饮食不论早还是晚，总是以进入肠道消化的时间为尺度。早吃不消化，不如晚吃马上消化。不消化是个问题，消化了就不用担心这一顿出问题了。

倦时闷时勿食

【原文】

　　倦时勿食，防瞌睡也。瞌睡则食停于中，而不得下。烦闷时勿食，避恶心也。恶心则非特不下，而呕逆随之。食一物，务得一物之用。得其用则受益，不得其用，岂止不受益而已哉！

【译文】

　　疲倦时不要进食，是为了预防瞌睡。睡着了食物就会停在胃里不下去。烦闷时不要进食，是为了避免恶心，恶心时食物不但不能咽下而且还会呕吐出来。吃一种东西，一定要发挥它的作用，发挥作用人才会受益，发挥不了作用，人不但不受益，还会受害。

节色欲第四

【原文】

　　行乐之地，首数房中。而世人不善处之，往往启妒酿争，翻为祸人之具。即有善御者，又未免溺之过度，因以伤身，精耗血枯，命随之绝。是善处不善处，其为无益于人者一也。

　　至于养生之家，又有近姹远色之二种，各持一见，水火其词。噫！天既生男，何复生女，使人远之不得，近之不得，功罪难予，竟作千古不决之疑案哉！予请为息争止谤，立一公评，则谓阴阳之不可相无，犹天地之不可使半也。天苟去地，非止无地，亦并无天。江河湖海之不存，则日月奚自而藏？雨露凭何而泄？人但知藏日月者地也，不知生日月者亦地也；人但知泄雨露者地也，不知生雨露者亦地也。

　　地能藏天之精，泄天之液，而不为天之害，反为天之助者，其故何居？则以天能用地，而不为地所用耳。天使地晦，则地不敢不晦；迨欲其明，则又不敢不明。水藏于地，而不假天之风，则波涛无据而起；土附于地，而不逢天之候，则草木何自而生？

　　是天也者，用地之物也；犹男为一家之主，司出纳吐茹①之权者也。地也者，听天之物也；犹女备一人之用，执饮食寝处之劳者也。果若是，则房中之乐，何可一日无之？但顾其人之能用与否，我能用彼，则利莫大焉。参苓芪术皆死药也，以死药疗生人，犹以枯木接活树，求其气脉之贯，未易得也。黄婆姹女皆活药也②，以活药治活人，犹以雌鸡抱雄卵，冀其血脉之通，不更易乎？

　　凡借女色养身而反受其害者，皆是男为女用，反地为天者

不见可欲，使心不乱

耳。倒持干戈，授人以柄，是被戮之人之过，与杀人者何尤？人问：执子之见，则老氏"不见可欲，使心不乱"之说，不几谬乎？予曰：正从此说参来，但为下一转语：不见可欲，使心不乱，常见可欲，亦能使心不乱。何也？人能摒绝嗜欲，使声色货利不至于前，则诱我者不至，我自不为人诱，苟非入山逃俗，能若是乎？使终日不见可欲而遇之一旦，其心之乱也，十倍于常见可欲之人。不如日在可欲之中，与若辈习处，则是"司空见惯浑闲事"矣，心之不乱，不大异于不见可欲而忽见可欲之人哉？

老子之学，避世无为之学也；笠翁之学，家居有事之学也。二说并存，则游于方之内外，无适不可。

【注释】

①吐茹：比喻钱财的出入。②黄婆：道教炼丹的术语。认为脾内涎能养其他脏腑，所以叫黄婆。姹女：道家炼丹，称水银为姹女。

【译文】

行乐的地方，首推房中，但世人往往处理不好，引起嫉妒酿成纷争，反而成为害人的事。即使有处理得当的人，又不可避免地过度沉溺其中，因此伤害了身体，消耗精血，命也跟着断送了。这时，不论处理得适当与不适当，对人都是没有好处的。

而养生家们又分亲近美色和远离美色两种，他们各持己见，水火不容。唉！造物主既然造就了男人，为什么又生出了女人，使人远离她们不是，亲近她们也不是，功过很难确定，这竟成为千古未决的疑案了。我来为平息这场争论公道地评价一下，我认为阴阳相互不能没有对方，就像天地不能只有一半一样。如果天离开了地，那么不仅没有地，天也就不存在了。江河湖海不存在了，那么日月又要藏在哪里呢？雨露又凭什么流泄？人们只知道掩藏日月的是地，不知道产生日月的也是地。人们只知道流泄雨露的是地，不知道滋生雨露的也是地。

地能蕴藏天的精华，也能流泻天的雨露，而不会成为天的祸害，反而成为天的助手，这是什么原因？就是因为天能利用地，而不被地所利用。天让地晦暗，地不敢不晦暗，天让地光明，地又不敢不明亮。水藏在地上，不通过风，平静的水面就没有办法生波浪。土附在地上，但如果没有适宜的气候，草木又从哪里长出来呢？

这样看来，天是地的利用者，就像男人是一家之主，要行使收入支出的权力一样。地服从天，就像女子准备家用，操持饮食住处等家务一样。如果真是这样，那么房中的欢乐，怎么能一天没有呢？只看这人懂不懂得利用，要是能够利用它，就没有什么利益比得上了。人参、茯苓、黄芪、白术，都是死药，用死药治活人，就像将枯木嫁接到活树上，想让它们贯通气脉，很不容易。妇女都是活的药，用活药治活人，就像雌鸡抱雄卵，想要它们血脉相通，不是更容易吗？

凡是借女色养身反而受到祸害的，都是男人被女人利用了，将天地的位置颠倒了。

倒拿刀剑，把柄交给别人，这是被杀的人的过错，杀人的人有什么过错吗？有人问我："照你的意思，则老子的'不见可欲，使心无乱'的说法，不就错了吗？"我说："我正是从他的说法中参悟出来的，我把它的说法变了一下：不见可欲，使心不乱，常见可欲，也能使心不乱。"为什么？人能摒绝嗜好和欲望，使自己不见到声色财物，那么诱惑我的东西不来，我自然不会受到诱惑。如果不是躲进山里逃避世俗，能做到吗？如果整天遇不到可以产生欲望的东西，有一天突然遇见了，那么心里烦乱的程度，比经常见到的人要严重十倍。倒不如天天生活在可以产生欲望的环境里，跟这些东西朝夕相处，就会司空见惯。心中不乱的程度，比起平时见不到让人产生欲望东西的人突然让他见到，没有太大的不相同吗？

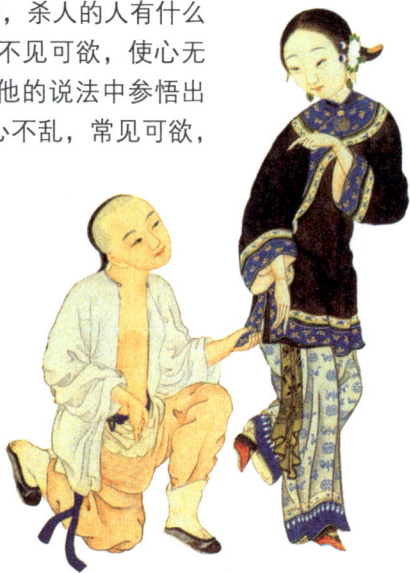

借女色养身反受其害

老子的学说是避世无为的学说；笠翁的学说，是家居做事的学说。两种学说并存，就能游刃有余，里里外外都会方便了。

节快乐过情之欲

【原文】

乐中行乐，乐莫大焉。使男子至乐，而为妇人者尚有他事萦心，则其为乐也，可无过情之虑。使男妇并处极乐之境，其为地也，又无一人一物搅挫其欢，此危道也。决尽堤防之患，当刻刻虑之。然而但能行乐之人，即非能虑患之人；但能虑患之人，即是可以不必行乐之人。此论徒虚设耳。必须此等忧虑历过一遭，亲尝其苦，然后能行此乐。噫！求为三折肱之良医，则囊中妙药存者鲜矣，不若早留余地之为善。

【译文】

乐中行乐，没有比这更快乐的了。如果男子很快乐，而女子心里还有其他的事烦恼于心，那么这种行乐就不用担心会有过度的情况出现了。要是男人女人同处极乐的境地，而且所处的环境里又没有什么事可以打搅影响这种欢乐，这就很危险了。堤防崩溃的事，要时时警惕着。但只要是行乐的人，就不是考虑忧患的人，只要能考虑忧患的人，就是可以不要行乐的人。这种话说了等于白说。必须是亲身经历过这种忧患，亲身尝过这些痛苦的人，才能懂得这样行乐。唉！想要做一个良医，囊中的妙药已经不多了，不如早留余地为好。

节忧患伤情之欲

【原文】

忧愁困苦之际，无事娱情，即念房中之乐。此非自好，时势迫之使然也。然忧中行乐，较之平时，其耗精损神也加倍。何也？体虽交而心不交，精未泄而气已泄。试强愁人以欢笑，其欢笑之苦更甚于愁，则知忧中行乐之可已。虽然，我能言之，不能行之，但较平时稍节则可耳。

【译文】

忧愁困苦的时候，没有别的事可以使自己高兴，就想起房中乐事。这不是自然喜欢的，是时势逼迫这样的。然而在忧愁中行乐，比平时损耗精神更厉害。为什么呢？身体虽然在交合，精神却没有交合，精液还没有泄露，气已经泄露了。勉强让愁苦的人欢笑，他笑的时候酸苦比忧愁更忧愁，这样就知道忧愁中不可以行乐。虽然这样，我却是能说到不能做到，只是比平时稍微节制一些就可以了。

节饥饱方殷之欲

【原文】

饥、寒、醉、饱四时，皆非取乐之候。然使情不能禁，必欲遂之，则寒可为也，饥不可为也；醉可为也，饱不可为也。以寒之为苦在外，饥之为苦在中，醉有酒力之可凭，饱无轻身之足据。总之，交媾①者，战也，枵腹者②不可使战；并处者，眠也，果腹者不可与眠。饥不在肠而饱不在腹，是为行乐之时矣。

【注释】

①交媾：性交。②枵腹者：空腹，谓饥饿。指饥饿的人。

【译文】

饥、寒、醉、饱这四种情况，都不是取乐的最佳时刻。但如果情感不能克制，一定要满足才行，那么寒冷的时候可以，饥饿的时候不可以；酒醉的时候可以，吃得太饱的时候不可以。因为寒冷的苦在体外，饥饿的苦在体内，醉了可以凭借酒力，太饱了身子就不轻便。总之交媾的事，就像战斗，不能让空腹的人去打仗，男女同床就像是睡觉，不能和吃得太饱的人一起睡。既不太饿，又不太饱，才是可以行乐的时候。

节劳苦初停之欲

【原文】

劳极思逸，人之情也，而非所论于耽酒嗜色之人。世有喘息未定，即赴温柔乡者，是欲使五官百骸、精神气血，以及骨中之髓、肾内之精，无一不劳而后已。此杀身之道也。疾发之迟缓虽不可知，总无不胎病于内者。节之之法有缓急二种：能缓者，必过一夕二夕；不能缓者，则酣眠一觉以代一夕，酣眠二觉以代二夕。惟睡可以息劳，饮食居处皆不若也。

【译文】

劳累过度就想休息，这是人之常情，但是沉湎于酒色的人却不这样认为。有人喘息未定就上床行事，这样做是想让五官四肢、精神气血以及骨头里的骨髓、肾中的精液都劳累了才罢休。这是自杀的做法。发病早晚虽然不能预测，但是总会因此种下病根。节制的方法有缓和急两种：能缓的，一定要过上一夜两夜；不能缓的，就用睡觉代替，睡一觉代替一晚上，睡两觉代替两个晚上。只有睡可以解除疲劳，吃和休息都比不上睡觉。

节新婚乍御之欲

【原文】

新婚宴尔，不必定在初娶，凡妇人未经御而乍御者，即是新婚。无论是妻是妾，是婢是妓，其为燕尔之情则一也。乐莫乐于新相知，但观此一夕之为欢，可抵寻常之数夕，即知此一夕之所耗，亦可抵寻常之数夕。能保此夕不受燕尔之伤，始可以道新婚之乐。不则开荒辟昧，既以身任奇劳，献媚要功，又复躬承异瘁。终身不二色者，何难作背城一战；后宫多嬖侍者，岂能为不败孤军？危哉！危哉！当筹所以善此矣。

善此当用何法？曰：静之以心，虽曰燕尔新婚，只当行其故事。"说大人，则藐之"，御新人，则旧之。仍以寻常女子相视，而不致大动其心。过此一夕二夕之后，反以新人视之，则可谓驾驭有方，而张弛合道者矣。

【译文】

新婚宴尔，不一定是在刚刚娶亲的时候，只要是妇女初次交媾的情况，都是新婚。无论是妻还是妾，是婢还是妓，新婚的欢乐都是一样的。最高兴的事也比不过遇到新的知己，只要看到这一个晚上快乐可以抵得上平时的好几个晚上，就能知道这一晚上消耗的体力，也抵得上平时的好几晚上。能保证这个晚上不受新婚宴尔的伤害，才谈得上是新婚的快乐，不然与初次交合的妇女交欢，就让身体过度劳累，献媚邀功，自己承受过多的劳苦。终身只和一个女子同房的，不必在这一天竭尽全力，如果家中有许多侍妾，那么要一个人承受下来怎能不损害身体？危险，危险！该想个好办法应付才行啊。

对待这件事情应该用什么办法呢？应该让心安静下来，虽然是新婚宴尔，只当是做旧事。"跟权贵说话，先藐视他们。"跟新人同房，把她当旧人看待，看作平常的女子，就不会太动心。过了这一晚两晚以后，再把她看作新人，就可以说是驾驭有方，张弛有度了。

节隆冬盛暑之欲

【原文】

最宜节欲者隆冬，而最难节欲者亦是隆冬；最忌行乐者盛暑，而最便行乐者又是盛暑。何也？冬夜非人不暖，贴身惟恐不密，倚翠偎红之际，欲念所由生也。三时苦于襦襺，九夏独喜轻便，袒裼裸裎之时，春心所由荡也。当此二时，劝人节欲，似乎不情，然反此即非保身之道。节之为言，明有度也；有度则寒暑不为灾，无度则温和亦致戾。节之为言，示能守也；能守则日与周旋而神旺，无守则略经点缀而魂摇。由有度而驯至能守，由能守而驯至自然，则无时不堪昵玉，有暇即可怜香。将鄙是集为可焚，而怪湖上笠翁之多事矣。

【译文】

最适宜节制欲念的季节是隆冬季节，而最难节制的季节也是这个季节。最忌行乐的季节是盛夏，而最便于行乐的季节也是盛夏。为什么？冬天的夜晚没有人睡在一起就觉得不暖和，就害怕身子贴得不够紧，依红偎翠的时候，欲念就产生了。其他三个季节苦于穿衣服多，只有夏天可以穿得很轻便，

最忌行乐者盛暑

在裸露的时候，春心荡漾。在这两个季节，劝人节欲，似乎不合人情，但是如果不这样做不符合养生之道了。节制的说法，是要做到有度，做到有度，寒暑季节也不是身体受伤害的时候，无度就是在温和的天气下也会受到伤害。节制的说法，是要能自我守护，能自我守护就算是每天跟她在一起，精神也会很旺盛，不能自我守护，稍微接触一下精神就动荡。由有度渐渐熟练到能自我守护，由自我守护又逐渐熟练到能自然而然，就随时可以跟女子亲近而不会有任何影响。那时就看不起我这本书并且拿去烧了，而且会怪我湖上李笠翁多事。

◎却病第五◎

【原文】

病之起也有因，病之伏也有在，绝其因而破其在，只在一字之和。俗云："家不和，被邻欺。"病有病魔，魔非善物，犹之穿窬之盗，起讼构难之人也。我之家室有备，怨谤不生，则彼无所施其狡猾，一有可乘之隙，则环肆奸欺而祟我矣。然物必先朽而后虫生之，苟能固其根本，荣其枝叶，虫虽多，其奈树何？

人身所当和者，有气血、脏腑、脾胃、筋骨之种种，使必逐节调和，则头绪纷然，顾此失彼，穷终日之力，不能防一隙之疏。防病而病生，反为病魔窃笑耳。

有务本之法，止在善和其心。心和则百体皆和。即有不和，心能居重驭轻，运筹帷幄，而治之以法矣。否则内之不宁，外将奚视？

然而和心之法，则难言之。哀不至伤，乐不至淫，怒不至于欲触，忧不至于欲绝。"略带三分拙，兼存一线痴；微聋与暂哑，均是寿身资。"此和心诀也。三复斯言，病其可却。

【译文】

疾病的引起是有原因的，它的潜伏也是有特定位置的。消除疾病就要在它潜伏的地方将它除去，这都在一个"和"字上。俗话说："家不和，被邻欺。"病有病魔，魔不是善类，就像钻洞入户的贼，挑起官司事端的小人。我们有了防备，就不会产生矛盾和怨恨，那么坏人再狡猾也没法得逞，就像身体和病魔一样。如果病魔一有可乘之机，它就要环绕在我们的周围寻找机会欺负我们。树木一定是先腐朽坏了之后才生虫子，如果根部坚固，而且枝叶繁盛，虫子虽然多，又能把树怎么样呢？

人身体中可以调节的，有气血、脏腑、脾胃、筋骨等等，如果一样一样地调和，就会头绪纷繁，顾此失彼，花费一整天的力气，却不能防备一个小小的疏忽。为了防病而生病，那就要被病魔偷笑了。

有一个根本解决的方法，就是要善于调整心理，心理调节好全身就会都调节好，即使身体有些不和谐，也一定能够处重驾轻，运筹帷幄，想出办法来应对它。不然内心都不安宁，又怎么能照顾到外在的呢？

但是调整心理的方法，又不容易说清楚。悲哀不至于伤身，快乐不能过度，愤怒不能发作，忧愁不会到想死。"略带三分拙，兼存一线痴，微聋与暂哑，均是寿身资。"这是调和心理的口诀，反复体会几遍，就可以抵挡疾病了。

病未至而防之

【原文】

病未至而防之者，病虽未作，而有可病之机与必病之势，先以药物投之，使其欲发不得，犹敌欲攻我，而我兵先之，预发制人者也。如偶以衣薄而致寒，略为食多而伤饱，寒起畏风之渐，饱生悔食之心，此即病之机与势也。急饮散风之物而使之汗，随投化积之剂而速之消。在病之自视如人事，机才动而势未成，原在可行可止之界，人或止之，则竟止矣。较之戈矛已发，而兵行在途者，其势不大相径庭哉？

【译文】

在没有生病时候就要进行预防，疾病虽然没有发作，但是有生病的可能和一定要生病的态势，先用药物控制，使其想要发作却不能，就像敌人想要攻打我，我的队伍却先发制人，比他先动手一样。比如因为衣服穿少了而着凉，因为稍微多吃了点而不舒服，有点着凉慢慢就会变成怕风的疾病，吃得太饱以后就会不想吃东西，这是产生疾病的可能性和趋势。赶紧喝散风的药让身体发汗，吃化除积食的药物让食物快点消化。对待疾病就像对待人和事一样，才刚开始有些发动还没有形成较大的趋势，还在可以控制的范围之内，人们加以制止，那样疾病才会最终消除。这和敌人的攻击已经发动，而我方的军队刚行进在路上相比，情况不是差很多吗？

病将至而止之

【原文】

病将至而止之者，病形将见而未见，病态欲支而难支，与久疾乍愈之人，同一意况。此时所患者切忌猜疑。猜疑者，问其是病与否也。一作两歧之念，则治之不力，转盼而疾成矣。即使非疾，我以是疾处之，寝食戒严，务作深沟

417

高垒之计；刀圭毕备，时为出奇制胜之谋。以全副精神，料理奸谋未遂之贼，使不得揭竿而起者，岂难行不得之数哉？

所谓在疾病将要发生的时候制止它，是说疾病将要出现但却还没出现，生病的态势出来想让人支撑却难以支撑，跟久病初愈的人，情况是相同的。这时要注意的是不要猜疑。猜疑的人，就是怀疑自己是不是真的生病了。一旦有这种不确定的想法，治疗起来就不会积极，疾病很快就会真的发作。即使不是病，我也把它当成病来对待。吃饭睡觉都加以防范，一定准备充分，将药物准备齐全，及时筹划出奇制胜的策略，用全副的精神，对付还没有得逞的奸贼，让它不能揭竿而起，难道是很难做到的事情吗？

病已至而退之

【原文】

病已至而退之，其法维何？曰：止在一字之静。敌已至矣，恐怖何益？"剪灭此而后朝食"，谁不欲为？无如不可猝得。宽则或可渐除，急则疾上又生疾矣。此际主持之力，不在卢医、扁鹊，而全在病人。何也？召疾使来者，我也，非医也。我由寒得，则当使之并力去寒；我自欲来，则当使之一心治欲。最不解者，病人延医，不肯自述病源，而只使医人按脉。药性易识，脉理难精，善用药者时有，能悉脉理而所言必中者，今世能有几人哉？徒使按脉定方，是以性命试医，而观其中用否也。所谓主持之力不在卢医、扁鹊，而全在病人者，病人之心专一，则医人之心亦专一，病者二三其词，则医人什佰其径，径愈宽则药愈杂，药愈杂则病愈繁矣。

昔许胤宗谓人曰："古之上医，病与脉值，惟用一物攻之。今人不谙脉理，以情度病，多其药物以幸有功，譬之猎人，不知兔之所在，广络原野以冀其获，术亦昧矣。"此言多药无功，而未及其害。以予论之，药味多者不能愈疾，而反能害之。如一方十药，治风者有之，治食者有之，治痨伤①虚损者亦有之。此合则彼离，彼顺则此逆，合者顺者即使相投，而离者逆者又复于中为祟矣。利害相攻，利卒不能胜害，况其多离少合，有逆无顺者哉？故延医服药，危道也。不自为政，而听命于人，又危道中之危道也。慎而又慎，其庶几乎！

【注释】

①痨伤：犹劳伤，中医有五劳七伤之说。

【译文】

疾病已经发生要使它退去，用什么方法呢？只在一个字"静"。就像敌人已经到了，恐惧还有什么用？将敌人歼灭后再吃早饭，谁不想这样？只是不能马上就做到。将心放宽也许可以慢慢消除，如果一着急就可能病上又增新病。这时起决定作用的，不是卢医、扁鹊等名医高手，而是在病人自己。为什么呢？使疾病到来的，是病人自己，不是医生。自己因为受寒而生病，就应该全力把寒气去掉；自己因为纵欲得病，就应该一心控制欲望。最不能理解的，是病人请医生来，但是却不肯讲出自己生病的原因，只让医生把脉。药性容易识别，脉理却不容易掌握。善于用药的医生有，但是能精通脉理一说就中的，现在世上能有几个人？只让医生靠把脉开药，是在用自己的性命检验医生的水平，看他中不中用。所谓起决定作用的不是像卢医、扁鹊等名医而是病人自己，是因为病人用心专一，医生也会用心专一，病人含糊其词对病说不清楚，医生考虑的治疗方法就会很繁杂，开的药也会很杂，药越杂，病也就越重。

过去许胤宗对人说："古代高明的医生，可以从脉理看出病情，只用一种药物治疗。现在的人不精通脉理，是用自己的心思猜测病情，多用药物希望侥幸成功，就像猎人不知道兔子在哪里，在原野上广泛搜寻希望能够找到，这样的方法太笨拙愚昧了。"这是说多用药物不一定有用，而没有谈及用药的害处。依我来看，药的种类多了，不但不能治病反而会伤害身体。比如一个药方有十种药，有治风寒的，有治积食的，还有治劳伤虚损的。这样的药跟病症相符，那样的药就跟病症不符了，那样的药顺应了病症，这样的药就可能跟病症相抵触，符合、顺应病症的药即使对病症起作用，可是跟病症不相投的药又会出现新的问题。利害相冲突，而有益处终究胜不过坏处，何况治疗疾病的药少，同疾病有冲突的药多的时候呢？所以请医服药，是件危险的事情。自己不拿主意，听信于他人，是危险中的危险。谨慎又谨慎，这样才可以吧！

◎疗病第六◎

【原文】

"病不服药，如得中医。"此八字金丹，救出世间几许危命！进此说于初得病时，未有不怪其迂者，必俟刀圭①药石无所不投，人力既穷，而沉疴如故，不得已而从事斯语，是可谓天人交迫，而使就"中医"者也。乃不攻不疗，反致霍然，始信八字金丹，信乎非谬。

以予论之，天地之间只有贪生怕死之人，并无起死回生之药。"药医不死病，佛度有缘人。"旨哉斯言！不得以谚语目之矣。然病之不能废医，犹旱之不能废祷。明知雨泽在天，匪求能致，然岂有晏然坐视，听禾苗稼穑②之焦枯者乎？自尽其心而已矣。

予善病一生，老而勿药。百草尽经尝试，几作神农后身，然于大黄解结③之外，未见有呼应极灵，若此物之随试随验者也。生平著书立言，无一不由杜撰，其于疗病之法亦然。每患一症，辄自考其致此之由，得其所由，然后治之以方，疗之以药。所谓方者，非方书所载之方，乃触景生情，就事论事之方也；所谓药者，非《本草》必载之药，乃随心所喜，信手拈来之药也。明知无本之言不可训世，然不妨姑妄言之，以备世人之妄听。凡阅是编者，理有可信则存之，事有可疑则阙之，不以文害辞，不以辞害志，是所望于读笠翁之书者。

【注释】

①刀圭：中药的量器名。指药物。②稼穑：指农事。稼，耕种、种植。穑，收割庄稼。③大黄：多年生草本植物，其根状茎为中药。有泻热毒、破积滞、行瘀血的功用。解结：消除郁结，解开疙瘩。

【译文】

"病不服药，如得中医。"这八个字就像金丹一样，挽救了世间多少濒危的生命。这种说法要是在病人刚得病的时候提出，没有人不会觉得迂腐，一定要等到所有的药物和针灸方法一一用过之后，人们办法用尽的时候，而病情还是那样重，不得已才照这句话去做。可以说是被逼迫的走投无路的时候，才会使用的方法。到了不治疗，病反而突然痊愈了，才相信这八字金丹，确实没错。

在我看来，天地之间只有贪生怕死之人，没有起死回生之药。"药医不死病，佛度有缘人。"这句话太对了。不能只把它当成谚语看。但生病了不能不治疗，就像干旱时不能不祈祷一样，明知下雨是上天的事情，不会靠祈求得到，但谁又能坐视不理，听任禾苗变焦枯而死呢？就是尽自己的心力而已。

我一辈子多病，老了就不吃药了，尝遍了百草，都能做神农的后身了，但除了大黄能够解毒清火外，再没见到别的药有这么灵验的，一试就有效。我一生著书立说，没有一个不是靠自己的能力创造的，在治病的

只有贪生怕死之人，并无起死回生之药

方法上也是这样。我每得一种病，都会自己推究生病的根源，寻找病因，再开方用药治疗。我所说的药方，不是医书上记载的药方，而是触景生情，就事论事的药方，所说的药，不是《本草》上一定有记载的药，而是随自己喜欢、信手拈来的药。我明知道是没有根据的话，不能给世人作标准，但不妨说说，让人们听听。凡是看过这部书的人，觉得道理可信的就记录下来，觉得怀疑的就放到一边。希望读我书的人，不要因为内容忽视文采，不要因为文采而忽略主题。

【原文】

药笼应有之物，备载方书；凡天地间一切所有，如草木金石，昆虫鱼鸟，以及人身之便溺，牛马之溲渤①，无一或遗，是可谓两者至备之书，百代不刊之典。今试以《本草》一书高悬国门，谓有能增一疗病之物，及正一药性之讹者，予以千金。吾知轩、岐复出，卢、扁再生，亦惟有屏息而退，莫能觊觎者矣。然使不幸而遇笠翁，则千金必为所攫。何也？药不执方，医无定格。同一病也，同一药也，尽有治彼不效，治此忽效者；彼是则此非，彼非则此是，必居一于此矣。又有病是此病，药非此药，万无可用之理，或被庸医误投，或为臧获谬取，食之不死，反以回生者。迹是而观，则《本草》所载诸药性，不几大谬不然乎？更有奇于此者，常见有人病入膏肓，危在旦夕，药饵攻之不效，刀圭试之不灵，忽于无心中瞥遇一事，猛见一物，其物并非药饵，其事绝异刀圭，或为喜乐而病消，或为惊慌而疾退。

"救得命活，即是良医；医得病痊，便称良药。"由是观之，则此一物与此一事者，即为《本草》所遗，岂得谓之全备乎？虽然，彼所载者，物性之常；我所言者，事理之变。彼之所师者人，人言如是，彼言亦如是，求其不谬则幸矣；我之所师者心，心觉其然，口亦信其然，依傍于世何为乎？究竟予言似创，实非创也，原本于方书之一言："医者，意也。"以意为医，十验八九，但非其人不行。吾愿以拆字射覆者改卜为医，庶几此法可行，而不为一定不移之方书所误耳。

【注释】

①溲渤：指尿，小便。

【译文】

药房应该有的东西，都记载在医书上了，凡是天地间所有的东西，比如草木金石、昆虫鱼鸟，甚至人的大小便，牛马的尿，没有一样遗漏的，可以说是最完备的药书，也是千年不能更改的经典。现在试着把《本草》这本书悬挂在京城的大门上，说谁能增加一样可以治病的药，或改正一种药物的错误的，就给他一千两银子。我想就是黄帝和岐伯重生，扁鹊复出，也只有悄悄退在一旁，不敢奢望了。但如果不幸遇见了我，这一千两银子一定会被我得到。为什么？用药不必拘泥于某个药方，治病也没有固定的方法，即使是同一种病，同一副药，也会有治那种病无效，治这种病有效的可能。用这种方法治疗那个人是对的，治疗这个人却是错的，或是治疗那个人是错的，治疗这个人却是对的，一定是这两种情况中的一种。又有一种情况，得的是这种病，用的药不是治这种病的药，完全没有用，但或是庸医用错，或是让仆人误取，病人吃了以后没有死，反而治好了病。从这里来看，《本草》里记载的各种药性，不是也有很多大错特错吗？还有更离奇的事情，经常见到有人病入膏肓，危在旦夕，用药治疗根本就没有效果，针灸也不见效，忽然无意中遇到一件事，或是看见一件东西，这些不是做药用的东西，这不是用来治病的事情，却因为病人的情绪变化欢喜或是惊慌，病马上就好了。

"能救活性命的，就是良医；能把病治好的，就是好药。"从这里来看，能救人性命的事情和东西，就是《本草》中遗漏的，那么还能称得上是齐备的书吗？虽然是这样，书上记载的，是药物的一般性能，我所说的，是事理上的变化。书上的依据是人，别人怎么说他就怎么记载，只要没有差错，就是万幸，我所遵从的是心，心里觉得是这样，嘴上就这么说，为什么要听从世人的其他说法呢？听起来我的话像是一种创见，实际上不是首创，原是根据医书上的一句话："医者意也。"按照自己的感觉行医，十次有八九次能灵验，但不是每个人都行。我希望那些拆字算卦的人改行当医生，也许这种方法就可以行得通，病人也不会被固定不变的医书所耽误了。

本性酷好之药

【原文】

本性酷好之物，可以当药

一曰本性酷好之物，可以当药。凡人一生，必有偏嗜偏好之一物，如文王之嗜菖蒲菹，曾晳之嗜羊枣，刘伶之嗜酒，卢仝之嗜茶，权长孺之嗜瓜，皆癖嗜也。癖之所在，性命与通，剧病得此，皆称良药。医士不明此理，必按《本草》而稽查药性，稍与症左，即鸩毒视之。此异疾之不能遽瘳也。予尝以身试之。

庚午之岁，疫疠盛行，一门之内，无不呻吟，而惟予独甚。时当夏五，应荐杨梅，而予之嗜此，较前人之癖菖蒲、羊枣诸物，殆有甚焉，每食必过一斗。因讯妻孥曰："此果曾入市否？"妻孥知其既有而未敢遽进，使人密讯于医。医者曰："其性极热，适与症反。无论多食，即一二枚亦可丧命。"家人识其不可，而恐予固索，遂诡词以应，谓此时未得，越数日或可致之。

讵料予宅邻街，卖花售果之声时时达于户内，忽有大声疾呼而过予门者，知其为杨家果也。予始穷诘家人，彼以医士之言对。予曰："碌碌巫咸，彼乌知此？急为购之！"及其既得，才一沁齿而满胸之郁结俱开，咽入腹中，则五脏皆和，四体尽适，不知前病为何物矣。

家人睹此，知医言不验，亦听其食而不禁，病遂以此得痊。由是观之，无病不可自医，无物不可当药。但须以渐尝试，由少而多，视其可进而进之，始不以身为孤注。又有因嗜此物，食之过多因而成疾者，又当别论。不得尽执以酒解酲[1]之说，遂其势而益之。然食之既厌而成疾者，一见此物，即避之如仇。不相忌而相能，即为对症之药可知已。

①解酲：醒酒，消除酒病。谓大量饮酒才能解除酒病。

【译文】

第一种是本性喜好的东西，可以当药。凡是人的一生，必定会有一种偏嗜偏爱的东西，就像文王偏爱菖蒲酱，曾皙偏爱羊枣，刘伶好喝酒，卢仝喜欢饮茶，权长孺喜欢瓜，都是一种嗜好。癖嗜的东西，跟他性命相关，如果重病时能得到，都可以称为良药。医生不明白这个道理，一定要按《本草》来检查它们的药性，跟病情稍有些不符，就把它看成毒药，这是特殊的病不能很快治愈的原因。我本人曾经亲自尝试过。

庚午那年，瘟疫盛行，全家人都得了病，我是病得最重的一个。当时正是夏天五月份的时候，是吃杨梅的时节，我对杨梅的喜爱，可以和前人对菖蒲酱和羊枣相比，每次吃都要超过一斗。于是询问妻子儿女们："杨梅上市了没有？"他们知道已经上市却不敢马上给我买来，遣人偷偷地询问医生。医生说："杨梅性很热，跟病症冲突，不要说吃多，就是吃一两颗也会丧命。"家人认为不能吃，但怕我坚持想要，随后就编造谎话骗我，说现在还没有，也许过几天能买到。

谁知我家临街，卖花卖果的叫卖声时时传到屋子里。突然有人大声叫卖着从我家门前经过，我知道是卖杨梅的。我开始追问家人，他们才把医生的话告诉我。我说："平庸的医生，哪能知道这个道理？赶快为我买来。"买到之后，牙齿刚咬下去，满胸的郁结都舒展了，咽到肚子里，全身都觉得舒服了，已经不知道刚才的病是怎么回事了。

家人看到这一幕，知道医生的话不灵，也就任凭我吃不再禁止了，我的病也痊愈了。从这里看，没有任何病不可以自己医治，没有任何一样东西不能当成药。只是需要逐渐尝试，由少到多，确定可以用然后再用，这才不会拿身体做赌注。也有人因为嗜好某种东西，吃得太多导致疾病的产生，又另当别论了。不能抓住以酒解酒的论调，就趁机会多喝。因为吃多了某种食物而生病的人，一见到那种食物，就像避仇人一样避开它。由此可知，如果不避忌而能喜欢，那这种东西就是对症的药了。

其人急需之药

【原文】

二曰其人急需之物，可以当药。人无贵贱穷通，皆有激切所需之物。如穷人所需者财，富人所需者官，贵人所需者升擢，老人所需者寿，皆卒急欲致之物也。惟其需之甚急，故一投辄喜，喜即病痊。如人病入膏肓，匪医可救，则当疗之以此。力能致者致之，力不能致，不妨绐之以术。

家贫不能致财者，或向富人称贷，伪称亲友馈遗，安置床头，予以可喜，此救贫病之第一着也。未得官者，或急为纳粟①，或谬称荐举；已得官者，或真谋铨补②，或假报量移。至于老人欲得之遐年，则出在星相巫医之口，予千予百，何足吝哉！是皆"即以其人之道，反治其人之身"者也。虽然，疗诸病易，疗贫病难。世人忧贫而致疾，疾而不可救药者，几与恒河沙比数。焉能假太仓③之粟，贷郭况之金④，是人皆予以可喜，而使之霍然尽愈哉？

【注释】

①纳粟：古代富人捐粟以取得官爵或赎罪。②铨补：选补官职。③太仓：古代京师储谷的大仓。④郭况之金：《后汉书·光武郭皇后传》："况（郭后弟况）迁大鸿胪，帝数幸其第，会公卿诸侯亲家饮燕，赏赐金钱缣帛，丰盛莫比，京师号况家为金穴。"比喻豪富。

【译文】

第二种是人急需的东西，可以当成药。人不论穷困还是显贵，都有急切需要的东西，比如穷人需要钱，富人需要官职，贵人需要提升，老人需要长寿，都是紧急想要的东西。因为需要得很迫切，所以一给他。他就会很高兴，高兴病就可能痊愈。如果有人病入膏肓，医生也救不了，就应该用这种方法治疗。有能力办到就去办，如果能力达不到，可以想办法骗他。

家里贫穷没有钱的，或者可以向富人借，谎称是亲戚朋友赠送的，把钱放在床头，让他高兴，这是救穷病最好的方法。还没得到官职的人，就必须赶紧捐粮为他买个官，或是谎称有人荐举。已经得到官职在身的人，或者真的找个补缺升官的机会，或者骗他已经升职。至于老人想要获得长寿，可以从看相占卜的人的口中说出，给他上百上千的寿命，又有什么可吝惜的呢？这都是"即以其人之道，反治其人之身"的做法。

虽然这样，治别的病容易，治穷病难。因为担忧贫穷而得病，得了病又不能医治的人，就跟恒河的沙一样多，怎么能借国库的粮，借郭况家的钱，让每个人都得到可喜的馈赠，使他们的病一下子全好了呢？

一心钟爱之药

【原文】

三曰一心钟爱之人，可以当药。人心私爱，必有所钟。常有君不得之于臣，父不得之于子，而极疏极远极不足爱之人，反为精神所注，性命以之者，即是钟情之物也。或是娇妻美妾，或为狎客娈童，或系至亲密友，思之弗得，与得而弗亲，皆可以致疾。

即使致疾之由，非关于此，一到疾痛无聊之际，势必念及私爱之人。忽使相亲，如鱼得水，未有不耳清目明，精神陡健，若病魔之辞去者。

此数类之中，惟色为甚，少年之疾，强半犯此。父母不知，谬听医士之言，以色为戒，不知色能害人，言其常也，情堪愈疾，处其变也。

一心钟爱之人，可以当药

人为情死，而不以情药之，岂人为饥死，而仍戒令勿食，以成首阳之志乎？

凡有少年子女，情窦已开，未经婚嫁而至疾，疾而不能遽瘳者，惟此一物可以药之。即使病躯赢弱①，难使相亲，但令往来其前，使知业为我有，亦可慰情思之大半。犹之得药弗食，但嗅其味，亦可内通腠理②，外壮筋骨，同一例也。至若闺门以外之人，致之不难，处之更易。使近卧榻，相昵相亲，非招人与共，乃赎药使尝也。仁人孝子之养亲，严父慈母之爱子，俱不可不预蓄是方，以防其疾。

【注释】

①赢弱：瘦弱。②腠理：皮肤、肌肉的纹理，是气血流通之处。

【译文】

第三种是一心钟爱的人，可以当成药。人一定有自己私下钟爱的人。常有君主得不到臣子的钟爱，父母得不到子女的钟爱，但对于那些极其疏远不值得爱的人，精神反而投入的更专注，甚至献出生命，这就是钟情的事物。或是娇妻美妻，或是狎客娈童，或是至亲密友，十分思念却见不到，或是见到却不能与他亲近，都会导致疾病。

即使致病的原因不一定和这些有关系，但是一到病痛感到郁闷的时候，一定会想到心爱的人。忽然让他们有时间亲近，就像如鱼得水，一定会耳清目明，精神振奋，就像病魔逃走了一样。

这几种情况中，只有美色最厉害，年轻人得的病，多数是因为它。父母不知道，错误地听信医生的话，戒掉美色。他们不知道美色能害人，说的是通常的情况，爱情能治疗疾病，是从变化的角度来看的。人为情死，却不用情来治疗，岂不是对于快饿死的人，还告诫不能吃东西，想让他像伯夷一样饿死吗？

凡是年轻的子女，情窦初开，还没有婚嫁就生病了，病情又不能一下子治好，只有这样能够治好他们。即使病体虚弱，不能让他们很亲近，只要让心上人在病人面前活动往来，让病人知道这个人已经属于自己，也可以慰藉大半的情思。就好像得到药物还没吃的时候，闻一闻味道，都可以疏通脾胃，强壮筋骨，这是一个道理。至于女子闺房以外的人，想要让他来不难，想要让他们相处更容易，让人靠近病床，相亲相近，这不是叫人来陪床，而是买药来让病人吃！仁人孝子奉养双亲，严父慈母疼爱子女，都不能不事先准备这个药方，预防此病。

一生未见之药

【原文】

四曰一生未见之物，可以当药。欲得未得之物，是人皆有，如文士之于异书，武人之于宝剑，醉翁之于名酒，佳人之于美饰，是皆一往情深，不辞困顿，而欲与相俱者也。多方觅得而使之一见，又复艰难其势而后出之，此驾驭病人之术也。然必既得而后留难之，许而不能卒与，是益其疾矣。

所谓异书者，不必微言秘籍，搜藏破壁而后得之。凡属新编，未经目睹者，即是异书，如陈琳之檄，枚乘之文，皆前人已试之药也。须知奇文通神，鬼魅遇之，无有不辟者。而予所谓文人，亦不必定指才士，凡系识字之人，即可以书当药。传奇野史，最怯病魔，倩人读之，与诵咒辟邪无异也。他可类推，勿拘一辙。

富人以珍宝为异物，贫家以罗绮为异物，猎山之民见海错①而称奇，穴处之家入巢居②而赞异。物无美恶，希觏为珍；妇少妍媸，乍亲必美。昔未睹而今始睹，一钱所购，足抵千金。如必俟希世之珍，是索此辈于枯鱼之肆矣。

【注释】

①海错：各种海味。②巢居：谓上古或边远之民于树上筑巢而居。

【译文】

第四种是一生都没有见过的东西，可以当作药用。想要而不能得到的东西每个人都有，像文人对于奇书的渴望，武士对于宝剑的奢求，酒鬼对于美酒，美人对于漂亮首饰，都会一往情深，不顾辛劳地想要得到。用多种方法找到这些东西，让病人先看一眼，但一定要做出很艰难的样子再拿回来，这是驾驭病人的最好方法。但一定要在得到以后表示很难留住它的样子，否则如果答应了又最终不能给予他，会使病人的病情加重的。

所谓的奇书，不一定是从破墙壁中翻出来的什么秘籍，只要是新出的书，病人没见过的，就是奇书，像陈琳的檄文，枚乘的文章，这些都是前人已经试过的。要知道奇文是可以通神的，就连鬼怪见了，也没有不躲避的。我所说的这些文人，不一定是才子，只要是识字的人，都可以拿书当作药来用。传奇野史，也能祛除病魔，请人朗读，跟诵咒辟邪没有什么区别。其他的可以以此类推，不必只拘泥于某一种形式。

武士对宝剑的奢求也是药

富贵的人把奇珍异宝当作奇物，贫困的人把绫罗绸缎当作奇物，狩猎的人把生猛海鲜当作奇物，住窑洞的人当走进人家建造的房子时感觉到奇妙。事物不管好坏，比较少见的就是珍贵的东西。女人不管是美是丑，刚开始看见的时候一定觉得很美。以前没见过今天才见到的东西，即使是花一文钱买来的，也可以抵得上花一千两银子原来买的东西。如果一定要真的稀世珍宝，找到的时候病人也就没救了。

平时契慕之药

【原文】

五曰平时契慕之人，可以当药。凡人有生平向往，未经谋面者，如其惠然肯来，以此当药，其为效也更捷。昔人传韩非书至秦，秦王见之曰："寡人得见此人与之游，死不恨矣！"汉武帝读相如《子虚赋》而善之，曰："朕独不得与此人同时哉！"晋时宋纤有远操，沉静不与世交，隐居酒泉，不应辟命①。太守杨宣慕之，画其像于阁上，出入视之。是秦王之于韩非，武帝之于相如，杨宣之于宋纤，可谓心神毕射，梦寐相求者矣。使当秦王、汉帝、杨宣卧疾之日，忽致三人于榻前，则其霍然起舞，执手为欢，不知疾之所从去者，有不待事毕而知之矣。凡此皆言秉彝至好出自中心，故能愉快若此。其因人赞美而随声附和者不与焉。

【注释】

①辟命：征召，任命。

【译文】

　　第五种是平时最敬仰钦慕的人，可以当作药用。只要是病人平时想见却没有见过面的人，如果这个人愿意去见病人，就可以作为治病的良药，病就会好得更快。古人传说韩非的书传到秦国，秦王看见以后说："我如果能见到这个人并且可以与他交往，就死而无憾了！"汉武帝看到司马相如的《子虚赋》之后非常欣赏他，说："遗憾的是不能跟这个人生活在同一时代！"晋代的宋纤有远大的理想和抱负，但性格沉静不愿意跟世人交往，隐居在酒泉之中，也不听从朝廷的征召。太守杨宣非常仰慕他，画了他的像挂在楼上，出入的时候都要看一下。这样看来秦王对于韩非，武帝对于相如，杨宣对于宋纤，可以说是用心专一，梦寐以求了。假如是秦始皇、汉武帝、杨宣三人生病的时候，突然让这三个人来，那么他们就会马上起来，握手言欢，忘记疾病跑到哪里去了，这种事情不需要看到结果就可以想到结果了。这些指的都是发自内心的喜悦，才能这么愉快，要是因为别人的赞美而随声附和的就不算了。

素常乐为之药

【原文】

　　六曰素常乐为之事，可以当药。病人忌劳，理之常也。然有"乐此不疲"一说作转语，则劳之适以逸之，亦非拘士所能知耳。

予一生疗病，全用是方，无疾不试，无试不验，徒痏浣肠之奇，不是过也。予生无他癖，惟好著书，忧藉以消，怒藉以释，牢骚不平之气藉以铲除。因思诸疾之萌蘖①，无不始于七情，我有治情理性之药，彼乌能祟我哉！故于伏枕呻吟之初，即作开卷第一义；能起能坐，则落毫端，不则但存腹稿②。迨沉疴③将起之日，即新编告竣之时。一生剞劂，孰使为之？强半出造化小儿之手。此我辈文人之药，"只堪自怡悦，不堪持赠君"者。而天下之人，

平时常乐为之事，可以当药

莫不有乐为之一事，或耽诗癖酒，或慕乐嗜棋，听其欲为，莫加禁止，亦是调理病人之一法。

总之，御疾之道，贵在能忘；切切在心，则我为疾用，而死生听之矣。知其力乏，而故授以事，非扰之使困，乃迫之使忘也。

①萌蘖：萌发的新芽，喻指事物的开端。②腹稿：已经想好但还没写出的文稿。③沉疴：拖延长久的重病，难治的病。

【译文】

第六种是指人们平常喜欢做的事情，可以当作药来用。病人害怕劳累，这也是人之常情。但是也有"乐此不疲"这句话作为反衬，然而劳累可以让他用来休息，这不是呆板迂腐的人可以明白的道理。

我这一生治疗疾病都是用这种方法，没有一种病不可以用，没有不灵验的时候。移疮洗肠这样奇特的医术，也比不过它。我一生没有别的嗜好，就喜欢著书，凭借它消除烦恼，用它来平息愤怒，驱除牢骚不平的怨气。于是我想到各种疾病的发生，都是由七情六欲引起的。我有调理性情的方法，疾病又怎么能伤害得了我呢？所以刚得病的时候，就开始构思怎么写书，如果能起能坐，就开始下笔。要不然就先打好腹稿，病快好的时候，就是新书完成的时候。一生都在写书，是谁让我这么做的呢？多半是造物主的意思吧。这是治愈我们文人的最好的药，是"只可自怡悦，不堪持赠君"的。但是天下的人，都有自己喜欢做的事情，或是吟诗或是喝酒，或是喜爱音乐或是爱好下棋，任凭他们去做自己喜欢的事情，不加以禁止，也是调理病人的一种方法。

总之，治病的方法，贵在能够忘记自己的病，时常将疾病挂在心上，人就会被疾病所控制和利用，生死只能由它了。明明知道病人没有力气，却故意让他去做一件事，不是要打扰他让他感到疲倦，而只是强迫他忘记自己的病情。

生平痛恶之药

【原文】

七曰生平痛恶之物与切齿之人，忽而去之，亦可当药。人有偏好，即有偏恶。偏好者致之，既可已疾，岂偏恶者辟之使去，逐之使远，独不可当沉疴之《七发》乎？无病之人，目中不能容屑，去一可憎之物，如拔眼内之钉。病中睹此，其为累也更甚。

故凡遇病人在床，必先计其所仇者何人，憎而欲去者何物，人之来也屏之，物之存也去之。或诈言所仇之人灾伤病故，暂快一时之心，以缓须臾之死，须臾不死，或竟不死也，亦未可知。刲股救亲①，未必能活；割仇家之肉以食亲，痼疾未有不起者。仇家之肉，岂有异味可尝，而怪色奇形之可辨乎？暂欺以方，亦未尝不可。此则充类至义之尽也。愈疾之法，岂必尽然，得其意而已矣。

【注释】

①刲股救亲：旧有自割股肉以供君亲食用之说，古人认为是大忠大孝的表现。

【译文】

第七种是生来厌恶的东西和咬牙切齿痛恨的人，忽然没有了，也可以当作药。人有喜好就有厌恶的事情，得到了喜好的东西，就可以治病，难道将厌恶的东西除去，将它驱赶得远远的，难道不能把它当成病重时的良药吗？没有病的人，眼中是不能容忍任何污浊的，去除掉一样厌恶的东西，就像将眼中的钉子拔去。生病时看到可憎的东西，病情就会加重。

所以看见病人，一定要先考虑他憎恨的是什么人，厌恶而且想要除去的又是些什么东西。这种人要是来了就先挡住他们，旁边有这种东西就必须要拿走，或是骗病人说他仇恨的人遇到灾难或是病死了，暂时让病人感到高兴，也许可以延缓一下他的生命。延缓一会儿没有死，也许就不会死了。割自己大腿的肉给父母治病不一定能活，割仇家的肉给父母吃，再重的疾病也是可以痊愈的。仇家的肉，难道有什么特别的味道，有什么奇形怪色用来分辨吗？暂时想一个办法来骗他，也不是不可以的。这是一个极端的例子。治疗疾病的方法，难道一定是这个样子的吗？只要满足病人的心愿就是了。

【原文】

以上诸药，创自笠翁，当呼为《笠翁本草》。其余疗病之药及攻疾之方，效而可用者尽多。但医士能言，方书可考，载之将不胜载。悉留本等之事，以归分内之人，俎不越庖，非言其可废也。

总之，此一书者，事所应有，不得不有；言所当无，不敢不无。"绝无仅有"之号，则不敢居；"虽有若无"之名，亦不任受。殆亦可存而不必尽废者也。

【译文】

以上的各种药物，都是我创造的，应该称作《笠翁本草》。其他治病的药方，有很多有效可用的，但是那些是医生可以讲，药书也可以查到的，记载起来就没完没了。让分内的人去做这些事情吧，我就不越俎代庖了，这并不是说这些东西没有价值。

总之，这本书里，凡是应该有的事，都有了，不应该讲的话，一句也没有。"绝无仅有"的称号，实不敢当，"虽有若无"的名头，我也接受不了。这本书大概也可以保留而不必全部废止。